btb
Aus Freude am Lesen

btb

Buch

Es ist Herbst im Jahr 30 nach Christus. In Adane (Aden) an der arabischen Weihrauchküste taucht eine schöne Frau mit drei Begleiterinnen auf: Kleopatra, Fürstin und Verwandte der großen Herrscherin Kleopatra – so behauptet sie zumindest. Die Frauen schließen sich der Karawane des griechischen Händlers Demetrios an, der Gewürze und kostbare Salben ans Mittelmeer bringen will. Kaum hat sich die bunt zusammengewürfelte Gesellschaft in Bewegung gesetzt, werden die Leichen von zwei Mitreisenden gefunden: Der Anfang einer Reihe von Anschlägen und Morden. Jeder scheint gegen jeden zu spielen, und durch Verrat, Intrigen und Überfälle, bei denen Mitreisende brutal verschleppt werden, wird die Karawane stark dezimiert.
Kurz vor dem Passah-Fest erreicht Kleopatra mit dem verbliebenen Rest der Karawane endlich Jerusalem. In der Hauptstadt des Räuberfürsten werden mit Hilfe der Schönen alle Rätsel gelöst; aber bis es so weit ist, bis sich Kleopatra unter Palmen mit dem Händler Demetrios erholen kann, muss einiges an Blut fließen.

Autor

Gisbert Haefs, 1950 in Wachtendonk am Niederrhein geboren, lebt und schreibt in Bonn. Als Übersetzer und Herausgeber ist er unter anderem für die neuen Werkausgaben von Ambrose Bierce, Rudyard Kipling und Jorge Luis Borges zuständig. Zu schriftstellerischem Ruhm gelangte er nicht nur durch seine Kriminalromane, sondern auch durch seine farbenprächtigen historischen Werke »Hannibal«, »Alexander« und »Troja«. Mit »Raja«, der abenteuerlichen Lebensgeschichte des historischen George Thomas, hat Gisbert Haefs ein grandioses Werk vorgelegt, das einmal mehr seinen Ruf als Meister des historischen Romans bestätigt.

Gisbert Haefs bei btb

Raja. Roman (72779)

Gisbert Haefs

Die Geliebte des Pilatus

Roman

btb

FSC
Mixed Sources
Product group from well-managed forests and other controlled sources
Cert no. GFA-COC-1223
www.fsc.org

Verlagsgruppe Random House FSC-DEU-0100
Das FSC-zertifizierte Papier *Munken Print* für Taschenbücher aus dem btb Verlag liefert Arctic Paper Munkedals AB, Schweden.

1. Auflage
Genehmigte Taschenbuchausgabe Dezember 2005,
btb Verlag in der Verlagsgruppe Random House GmbH, München

Umschlaggestaltung: Design Team München
Umschlagfoto: Artothek/F. M. Bredt
Satz: IBV Satz- und Datentechnik GmbH, Berlin
Druck und Einband: Clausen & Bosse, Leck
EM · Herstellung: AW
Made in Germany
ISBN-10: 3-442-73414-2
ISBN-13: 978-3-442-73414-6

www.btb-verlag.de

1. Die Fürstin und der Krieger

> Ein Gesetz verbot es Männern, sich durch seidene Gewänder zu schänden.
>
> GAIUS CORNELIUS TACITUS

> … im seidenen Kleidchen zeigt sie sich dir, fast nackt …
>
> QUINTUS HORATIUS FLACCUS

Duftende Salbe, das Gefühl kühler Seide auf gekühlter Haut, und die Gewißheit, sich beides nicht mehr lange leisten zu können. Der Vorrat an Goldmünzen war beinahe aufgebraucht. Aber in das Bedauern mischte sich die Überzeugung, Gold, Salbe und Seide wieder beschaffen zu können. Solange die Haut und der Körper nicht verfielen.

Nach dem ersten Mann, mit 13, hatte sie befürchtet, mit 20 werde sie so verbraucht und mit 25 so runzlig sein wie die Frauen aus den Bauerndörfern. Nun war sie 26, die Befürchtungen hatten sich verflüchtigt, und im Augenblick bedauerte sie nur, daß es hier kein richtiges Bad gab. Ein römisches Bad, mit Becken für heißes, laues und kaltes Wasser, und mit Badesklaven, die reiben und striegeln, und üppige Mengen Salbe…

»Ist es recht so, Herrin?«

Kleopatra ließ die mit glänzendem Silber belegte Bronzescheibe sinken. Der aufgetürmte Schopf erinnerte ein wenig an eine Pyramide – eine schlanke dunkle Pyramide, mit den edelsteinbesetzten Spangen als Leitern. Aber Pyramiden hatten gewöhnlich eine Oberfläche aus Stufen; wer brauchte da Leitern? Und wer, außer arabischen Läusen, sollte ihren aufgetürmten Schopf erklimmen wollen?

»Es ist gut. Du kannst gehen.«

Glauke neigte den Kopf. Geräuschlos glitt sie von dem breiten Schemel, auf dem sie gekniet hatte, und ging zur Tür. Vor dem schweren Ledervorhang, der Kleopatras Raum von dem ihrer drei Begleiterinnen trennte, blieb sie stehen und wandte sich um.

»Hast du Wünsche, Fürstin, oder kann ich eine Weile an den Hafen gehen?«

»Thais wird gleich hier sein. Wenn ich dich brauche, wird sie dich holen. Geh nur.«

Nicht, daß sie verstünde, was Glauke zum Hafen zog. Kleopatra mißtraute dem Meer. Gleich welchem. Roms Meer im Norden, das Rote Meer, das sie überquert hatten, oder dieser Teil des großen Meeres, das zwischen Arabien und Indien lag – drei Ansichten des gleichen Ungeheuers. Es fraß Schiffe und Männer und Geld; wogen eßbare Fische, Muscheln und Krebse das auf? Vielleicht der Handel... Aber es war nicht die Zeit, sich solch sinnlosen Gedanken hinzugeben.

Sie erhob sich aus dem beschnitzten Scherensessel und ging zum Fenster. Nicht ganz; nur so weit, daß sie im Schatten stehend, von außen unsichtbar, selbst alles sehen konnte, was auf dem Platz geschah.

Nicht viel, dachte sie. Mit Bedacht hatte sie diese Zeit gewählt, den frühen Nachmittag, da die meisten Leute des Orts sich in den Häusern aufhielten. Der Römer würde bemerkt werden, aber nicht von vielen. Man würde darüber reden – tuscheln, und Getuschel konnte Unwichtiges bedeutend machen.

Thais würde *nicht* gleich hier sein. Glauke war am Hafen, Arsinoë bei der Gattin des Handelsherrn Baschama, der die wenigsten Vorbehalte gegen Fremde zu haben schien. Thais hatte den Auftrag, sich bei den Frauen der Fischer und Seeleute an der langen nördlichen Bucht umzuhören, ob jemand etwas über Boote wußte, die ins Rote Meer fahren könnten, nach Norden.

»Aber da kommen wir doch her«, hatte Thais gesagt.

»Was nicht heißt, daß wir ewig hier bleiben müssen, oder?«

Kleopatra preßte die Lippen aufeinander. Thais und Arsinoë wußten, daß sie weggeschickt worden waren, und sie würden sich wie angewiesen bemühen, früh und überraschend genug zurückzukommen, um zu sehen. Glauke, am Hafen, würde den Römer ohnehin sehen, wenn er das Gasthaus betrat. Ihrem Gesicht war deutlich zu entnehmen gewesen, daß sie sich fragte, für wen die Fürstin mitten am Tag ihre Haare gelegt, gerollt, getürmt haben wollte.

»Für mich«, murmelte sie. »Für wen denn sonst?«

Dort kam der Römer. Vor dem Haus der Händler – ah nein, vor dem Tempel des Regengottes blieb er stehen und betrachtete die Rückseite des Gasthauses. Sie war sicher, daß er sie hier oben nicht sehen konnte; dennoch trat sie einen Schritt zurück.

Im Geiste ging sie noch einmal alles durch. Was sie wollte; was sie ihm sagen würde; was sie verschweigen mußte; was sie sich scheinbar widerstrebend würde entlocken lassen…

›Männer sind so leicht zu foppen‹, sagte sie sich. Aber sie durfte nicht den Fehler machen, diesen Valerius Rufus zu unterschätzen. Er mochte einer Nebenlinie angehören, aber die Valerii waren alt und reich und wichtig. Rufus schien gebildet zu sein, hatte Witz, und kein Präfekt des Reichs schickte einen Trottel an eine so wichtige, wiewohl abgelegene Stelle, wo er mit drei Dutzend Kriegern die Anliegen des Imperiums fördern oder verderben konnte. Kein Trottel; und gewiß kein einfacher Centurio.

Es klopfte an der Holztür, die den vorderen Raum von der düsteren Treppe trennte. Kleopatra schob den Ledervorhang beiseite und rief:

»Wer ist da?«

Die Tür wurde halb geöffnet; der Kopf des Wirts erschien.

»Herrin – ein Römer will dich sprechen.«

Kleopatra verbiß sich das Lachen. Der Besitzer des Gasthauses klang beinahe unterwürfig; wie er »Römer« gesagt hatte, hätte er auch »Seeungeheuer« sagen können; außerdem war der Anblick des mit gelbem Tuch umwickelten Kopfs, der in der Türöffnung zu schweben schien, seltsam genug, auch ohne die Hand, die aus dem dunklen Nichts der Treppe kam und im Bart wühlte.

»Zeig ihm den Weg – sei so gut«, sagte sie. Dabei dachte sie an ihre Ankunft, vor einem Mond; damals war der Wirt keineswegs unterwürfig gewesen. Er hatte auf die Vorzüge seines Hauses verwiesen, auf das ehrwürdige Alter, auf die Beliebtheit bei weitgereisten Händlern – all dies zweifellos Vorspiel zur Verkündung hoher Preise. Sie hatte eine Goldmünze hochgehalten – einen römischen Aureus – und gesagt, diesen werde sie lieber woanders ausgeben. Ein Haus, das zweihundert Jahre alt sei, könne jederzeit einstürzen, und sie wolle Ruhe, nicht die Gesellschaft zahlloser Inder, Perser und Araber. Das Haus sei durchaus standfest und werde nicht in den Hafen rutschen, hatte er darauf behauptet, und weitgereiste lärmende Gäste gebe es zur Zeit kaum. »Dann«, hatte Kleopatra gesagt, »wirst du dich hoffentlich freuen, wenigstens uns zu sehen und uns zwei Räume zu überlassen, für einen Mond, gegen diese Münze.«

Nach einigem Gezeter einigten sie sich auf einen Aureus für elf Tage. ›Männer sind so leicht zu foppen‹, sagte sie sich noch einmal, und sie erinnerte sich mit Vergnügen an das grimmige Gesicht der Frau des Wirts, während sie schon die kräftigen Schritte des Römers im Treppenhaus hörte.

»Rom zu Füßen der edlen Herrin«, sagte er, als er eintrat. Statt eines Fußfalls deutete er jedoch lediglich eine Neigung des Kopfs an; eher ein Nicken.

»Rom darf sich aus dieser unbequemen Haltung erheben.« Sie wandte sich ab und ging ins andere Zimmer zurück.

Rufus folgte; als er sich dem Scherensessel näherte, in dem sie wieder Platz genommen hatte, sah sie die schnellen Blicke, mit denen er die bunten Wandbehänge, die schweren dunklen Bohlen, die Truhen aus schwarzem Holz musterte. Und das Bett. Auf dem lederbespannten Gestell lagen Decken und Felle; sie lagen nicht sehr ordentlich, weil Kleopatra sie absichtlich zerwühlt hatte.

»Du kannst dich hierhin setzen.« Mit dem Fuß wies sie auf einen Schemel. »Oder dorthin« – mit dem Kinn deutete sie auf einen zweiten – »oder auf das Bett.«

Rufus lächelte. »Der Krieger, dem eine Fürstin ihr Bett anbietet, sollte den Helm fester schnallen und den Schwertgriff in die Hand nehmen.« Ohne sie aus den Augen zu lassen, zog er mit dem rechten Fuß einen der Schemel heran und setzte sich.

»Meine Begleiterinnen sind nicht da, deshalb kann ich dir nichts zu trinken bieten.«

»Ich bin gekommen, mich an deinen Worten zu laben.« Er stützte die Ellenbogen auf die Oberschenkel und bettete das Kinn auf die verschränkten Finger. »Weshalb hast du mich hergebeten?«

»Zwei Untertanen des Augustus Tiberius, am Ende der Welt gewissermaßen, sollten sich vielleicht verständigen.«

»Verständigen?« Diesmal war Rufus' Lächeln schräg. Fast zweideutig. »Wie Edle in der Fremde? Wie Diebe in der Nacht?«

»Sagen wir, wie Edle, die von Räubern zu unterscheiden möglicherweise nicht ganz einfach ist.«

Er schwieg ein paar Atemzüge lang. »Worauf läuft das hinaus?« sagte er dann. »Haben wir gemeinsame Ziele?«

Kleopatra unterdrückte jede Regung, die sich auf ihrem Gesicht hätte zeigen können. Triumph, zum Beispiel, weil sie schneller als erwartet – und leichter als erhofft – an diese Stelle gelangt war. Sie senkte den Blick.

»Kann ich mich dir ausliefern?« Sie fand ihre Stimme überzeugend: ein wenig verzagt, dennoch nicht demütig. Die Fürstin, die Hilfe sucht, aber nicht darum bittet.

»Versuch es«, sagte Rufus. »Ich kann dir nichts versprechen, außer, in gewisser Menge, Ehrlichkeit.«

»Ehrlichkeit und Redlichkeit, Tugenden eines römischen Kriegers?«

»Jemand hat einmal gesagt, Tugend ist nichts, was hemmt, sondern fördert. Fühl dich also gefördert.«

Sie tat, als ob sie zögerte; dann holte sie Luft und gab sich einen sichtbaren Ruck. »Nun denn. Ich brauche Hilfe, für die ich vielleicht erst zahlen kann, wenn sie mir geholfen hat, das Ziel zu erreichen.«

Rufus lehnte sich ein wenig zurück und verschränkte die Arme.

Sie wartete; als er nichts sagte, sprach sie weiter. »Es gibt etwas, das mir genommen wurde. Ich will es wiederbeschaffen; danach werde ich jede Hilfe belohnen können, die ich erhalten habe, und nie wieder neue Hilfe benötigen.«

»Wir sind nicht hergeschickt worden, um verlorene Gegenstände zu suchen«, sagte Rufus. »Wir schützen den Frieden des Imperiums. Und den Handel.«

»Ich weiß. Aber als ich neulich in eurem Lager war, habe ich etwas gehört. Etwas, das mich auf gemeinsame Ziele hoffen läßt.«

»Und zwar?«

»Daß ihr Adane verlassen und nach Norden gehen werdet.«

»Ah.« Rufus verzog das Gesicht. »Hat da wieder jemand nicht den Mund halten können?«

»Sei ihm nicht böse. Und mir auch nicht.« Kleopatra lächelte. »Du weißt, wie schwer es einsamen Kriegern fällt, schönen Frauen gegenüber zu schweigen.«

»Hat also jemand einer deiner Begleiterinnen etwas gesagt? Du warst ja die ganze Zeit mit mir zusammen.«

»Was sich verlängern und ausschmücken ließe.« Eigentlich hatte sie an dieser Stelle den gewaltigen Augenaufschlag vorgesehen, den Großen Blick; sie sagte sich aber, daß Rufus schon ausreichend geködert war und einer Darstellung der Kuhäugigen Aphrodite nicht bedurfte. Vielleicht wüßte er sie auch nicht zu würdigen. Und in dem Spiel von Anziehungen und Abstoßungen, das sie entwarf, durfte sie nichts übertreiben.

»Verlängern und ausschmücken?« Rufus deutete ein schräges Lächeln an, blickte zum Bett, dann wieder in ihr Gesicht. »Sag mir doch einfach, was du willst.«

»Das ist nicht einfach. Es ist – mehrfach.«

Rufus nickte. »Mehrfach ist immer gut. Sprich.«

»Ich will versuchen, es so schlicht wie möglich zu sagen. Ein Teil der Geschichte betrifft den Präfekten von Judäa.«

»Pontius Pilatus?« Rufus hob die Brauen. »Was hat er... aber sprich einfach weiter; ich lausche.«

»Auf dem Weg von Rom nach Judäa hat er sich eine Weile in Alexandria aufgehalten. Wie du sicher weißt. Dabei haben wir« – sie blinzelte – »angenehme Stunden miteinander verbracht. Im vorletzten Winter kam er von Caesarea aus noch einmal nach Alexandria; so haben wir uns wiedergesehen.« Sie machte eine Pause.

Rufus schloß die Augen; mit einer Stimme, die für Kleopatra künstlich gelangweilt klang, sagte er: »Gehört die Wiederholung von Liebschaften zu den Dingen, die ein Centurio zu fördern hat?«

»Hör mich an, dann wirst du wissen, daß es um mehr geht. Viel mehr. Pilatus bat mich, die Ohren offenzuhalten. Falls ich etwas höre, das ihn betreffen könnte, sollte ich es ihm weitergeben. Die Juden von Alexandria sind einflußreich, wie alle wissen, und einige sind im ganzen Imperium bekannt.«

»Meinst du Philo?«

»Den auch, aber neben Schreibern und Denkern gibt es andere. Gleichviel; ich habe etwas über eine Verschwörung gehört.«

»In Alexandria?«

»Zwischen Jerusalem und Alexandria, gegen Pilatus. Es geht um Tempelgeld und eine Wasserleitung.«

Rufus lachte, aber es klang freudlos. »Er hat das Richtige getan, sage ich. Unverzeihliche Blasphemie, sagen die Juden.«

Kleopatra hob die Hand. »Ich weiß nicht genug darüber, und vielleicht sollten wir nicht urteilen.«

»Nein? Der Präfekt *muß* urteilen. Jerusalem mit frischem Wasser zu versorgen gehört zu seinen Aufgaben; daß er die Leitung mit dem Geld hat bauen lassen, das Juden aus aller Welt zum Tempel schicken?« Er grinste. »Gerissen von ihm, unverzeihlich in den Augen der Juden. Aber sag, wie willst du, ohne zu urteilen, das Imperium verwalten?«

»Ich will es gar nicht. Dafür seid ihr zuständig.«

Er knurrte leise. »Weiter«, sagte er dann.

»Als ich diese Dinge hörte, war ich auf dem Weg nach Koptos, zu meinen Besitzungen. Ich bin wohl leichtsinnig gewesen und habe auf dem Nil, auf dem Schiff, ein falsches Wort gesagt. Bevor ich noch an Pilatus hatte schreiben können.«

»Derlei kommt vor, sogar bei Fürstinnen.«

Sie erzählte weiter, schnell, erfindungsreich und gesammelt: über den römischen Händler, einen ›Neuen Reichen‹, der seit langem ihre Länder und Häuser begehrt und sich nun mit einem jüdischen Geschäftsfreund zusammengetan habe, um sie zu berauben und zugleich zum Schweigen zu bringen; über bestochene Männer in der Verwaltung des Gaus von Theben; über die hastige Flucht durch die Wüste nach Berenike; über die nahenden Verfolger, vor denen sie sich auf ein auslaufendes Schiff gerettet habe.

»Und nun, da ich höre, daß ihr bald nach Norden geht«, sagte sie schließlich, »bitte ich darum, mit euch reisen zu dürfen. Vier Frauen allein, du weißt...«

Rufus nickte. »Ich nehme an, du willst Pilatus warnen und ihn außerdem bitten, dir zu deinen Gütern zu verhelfen?«

»Beides. Und noch etwas.«

»Noch mehr? Was denn noch?«

»Der verlorene Gegenstand.«

Rufus seufzte.

»Vielleicht kostbarer«, sagte Kleopatra langsam, »als all das, was diese beiden Händler mir genommen haben.« Sie erhob sich aus dem Scherensessel und ging zum Fenster.

»Löse das Rätsel und meine Spannung, Herrin.« Aber seine Stimme, fand sie, klang keineswegs gespannt.

Arsinoë stand vor dem Tempel des Regengottes und schien zwei Männer zu beobachten, die sich mit einem störrischen Esel abmühten. Als Kleopatra eine Hand auf den Sims legte, nickte Arsinoë und setzte sich mit kleinen Schritten in Bewegung. Kleopatra wandte sich um und ging zu dem Römer.

»Kostbarer«, sagte sie leise, mit belegter Stimme, »als Gold oder teure Salben.« Dabei bewegte sie sich so, daß der Duft ihres Körpers Rufus erreichen mußte.

Er hob die Hand; einen Augenblick dachte sie, er werde gleich den Arm um ihre Hüfte legen.

»Kostbarer Duft, fürwahr«, sagte er. »Erzähl mir von dem Gegenstand.« Er blickte zu ihr auf und kratzte sich im Nacken.

»Eine Fundstätte. Smaragde.«

Rufus pfiff leise. »Was ist damit? Wie kann eine Fundstätte von Smaragden verlorengehen?«

»Sie befindet sich in einem Felsental, in der Wüste. Als die Römer... als Augustus Ägypten eroberte, wurden alle Zugänge verschlossen, die Schächte zugeschüttet. Der Weg und ein paar Hinweise darauf, wie alles wieder zu öffnen wäre, sind verzeichnet.«

»Warte bitte.« Rufus hob die Hand. »Smaragde... Ich erinnere mich daran, etwas gehört zu haben. Alte Fundstätten in den steinigen Wüstentälern nördlich von Berenike?«

»Linien«, sagte sie. »Zum Auffinden unvorstellbarer Schätze. Linien wie die einer Hand. Zeig mir deine Hand, Römcr.« Sie ergriff Rufus' Rechte und beugte sich darüber.

»Die Stätten nördlich von Berenike«, sagte er mit belegter Stimme; dabei näherte er den Kopf, berührte mit der Nasenspitze Kleopatras aufgetürmtes Haar und atmete laut ein. Es klang beinahe wie ein Ächzen.

»Linien«, murmelte sie. »Gute Linien. Hier, die...«

In diesem Augenblick erschien Arsinoë. Sie blieb im Durchgang zwischen den Räumen stehen, schnalzte, sagte: »Um Vergebung, Herrin«, schnalzte abermals und ging wieder hinaus.

Sie würde bezeugen, dachte Kleopatra, daß der Römer sie an der Hand gepackt hatte. Falls es nötig wäre. Oder daß sie und Rufus vorbereitende Berührungen ausgetauscht hatten. Falls *das* nötig sein sollte.

»Deine Begleiterin«, sagte Rufus. Er räusperte sich. »Was...«

»Nur zur Sicherheit.« Kleopatra ließ seine Hand los und setzte sich wieder auf den Scherenstuhl.

»Zur Sicherheit?«

»Sie schaut in Abständen nach mir. Um zu sehen, ob ich etwas brauche.«

»Ah.«

Wenn es je ein zweifelndes *Ah* gegeben hatte, dachte Kleopatra, dann war es dieses. Sie verkniff sich ein Lächeln.

»Der Weg, sagte ich eben, und Hinweise auf die Schächte sind zweifach verzeichnet.«

»Warte bitte. Deine Begleiterin... ach, lassen wir das. Aber die Smaragde bei Berenike.« Er kniff die Augen zu Schlitzen und sah sie starr an.

»Was ist damit?«

»Sie gehörten den Königen. Zuletzt der Königin, deren Namen du trägst.«

»Und?«

»Wie können sie dann dir oder deiner Familie, deinen Vorfahren gehört haben?«

»Es gibt... Verwandtschaft.«

»Bist du mit *ihr* verwandt?« Nun riß der Römer die Augen weit auf. »Oder erzählst du Lügengeschichten?«

»Die Fürstin lügt nicht«, sagte Kleopatra mit harter Stimme. »Willst du die Geschichte hören oder nicht?«

Er nickte wortlos.

»An zwei Stellen verzeichnet, sagte ich. Auf... nein, unter dem Sockel einer Statue des Gottes Anubis. Und auf der unteren Seite des Steins in einem Siegelring.«

»Wo sind diese Wegweiser?«

»Ich mag es nicht laut sagen«, flüsterte Kleopatra. »Manchmal haben Wände Ohren. Komm, laß es mich in dein Ohr flüstern.«

Rufus stöhnte leise, erhob sich dann aber von seinem Schemel und kniete vor ihr nieder, so daß sein rechtes Ohr in Höhe ihres Mundes war.

»Das Götterbild«, hauchte sie.

Dann brach sie ab, denn Thais, die geräuschlos das vordere Zimmer betreten hatte, erschien im Durchgang und sagte:

»Fürstin?«

Kleopatra hob die Linke und winkte ab. »Stör mich nicht; geh zu den anderen. Wenn wir hier fertig sind, komme ich hinunter.«

Thais neigte den Kopf, wandte sich ab und ging.

Sie würde bezeugen, daß der Römer vor ihr gekniet hatte; falls dies nötig sein sollte. Und, dachte Kleopatra, wie Arsinoë hätte sie mir helfen können, wenn anderes nötig gewesen wäre.

»Was ist mit dem Götterbild?« Rufus kniete noch immer.

»Es wurde gestohlen«, flüsterte Kleopatra. »Ich weiß, wo es ist. Ich kann es finden. Auch der Ring wurde gestohlen, aber von ihm weiß ich nichts.«

»Wo ist das Bildnis?«

»In einer Oasenstadt, östlich der Straße von Petra nach Damaskus.«

Sie war nicht sicher, hatte aber das Gefühl, daß Rufus ein klein wenig zusammenzuckte.

Langsam, fast lautlos sagte er: »Redest du etwa von Ao Hidis?«

Sie legte die Hände auf seine Schultern, schob ihn ein wenig zurück und sah ihm in die Augen. Sie war verblüfft und bemühte sich nicht, es zu verbergen.

»Was weißt du von Ao Hidis?«

Er hob die Schultern. »Dort gibt es einen Fürsten, der Rom hin und wieder ein wenig verärgert. Aber sag, wie kommt die Statue dorthin?«

»Vor sechzig Jahren hielt der Vater des Fürsten sich in einem der Paläste Kleopatras auf. Er war ein Freund und Bewunderer von Marcus Antonius und hatte einige mutige Reiter mitgebracht, um gegen die Feinde von Marcus und Kleopatra zu kämpfen. Als alles zusammenbrach...« Sie hob die Schultern.

»Hat er alles zusammengerafft, was er gerade finden konnte, und hat es mitgenommen, gewissermaßen als Sold?« sagte Rufus. Er grinste. »Sieht dem Fürsten, dem heutigen, meine ich, so ähnlich, daß ich keine Mühe habe, es zu glauben.«

»Der Ring befand sich an Kleopatras Hand, als sie den Kuß der Schlange suchte. Es war nicht der Siegelring des Reichs der Ptolemaier, deshalb hat Augustus, der damals noch Octavianus war, ihn nicht für sich behalten. Er hat ihn einem verdienten Mann gegeben, einem Ägypter.«

»Ägypter oder Makedone?«

»Ägypter. Einer, der den Römern geholfen hat. Der Mann ist später nach Arabien gereist und umgekommen. Niemand weiß, was aus dem Ring wurde.«

Rufus kehrte zu seinem Schemel zurück. »Deine Geschichte hat Mängel.« Einen Atemzug lang entblößte er die Zähne.

»Ach ja?«

»Wenn die Hinweise auf die Smaragdstätten beim Zusammenbruch eingeritzt wurden, können sie nicht vorher schon auf dem Ring und dem Anubis gewesen sein.«

Kleopatra lächelte. »Scharfsinniger Mann«, sagte sie. Sie beugte sich vor und tätschelte Rufus' Wange. »Es waren die ergiebigsten und besten Fundstätten. Sie waren geheim. Keiner, der dort arbeitete, hat das Tal je lebend verlassen. Die Ritzungen waren lange vorher angebracht worden – falls einmal niemand mehr den Weg weiß.«

Rufus schwieg eine Weile; schließlich sagte er: »Meine Leute und ich sollen dich nun also nach Judäa geleiten, damit Pilatus deinen Klagen lauschen, eine Verschwörung bekämpfen und dir helfen kann, verlorene Güter zurückzuerhalten. Und auf dem Weg dorthin sollen wir Ao Hidis besuchen, um dort den Sockel eines Anubisbildnisses zu untersuchen?«

»Es wäre sehr freundlich, ja.«

»Wenn ich denn nun beschlösse, ohne dich diesen Anubis zu betasten, die Ritzung in seinem Sockel abzumalen?«

»Es würde dir nichts nützen, Rufus. Um die Zeichen deuten zu können, sind gewisse Kenntnisse nötig. Die Linien beschreiben den Weg von einer bestimmten Stelle zu den Smaragden. Ich weiß, wo diese Stelle ist – du weißt es nicht und kannst sie nicht finden.«

Er nickte; die Auskunft schien ihn nicht weiter zu verblüffen. »Also Palästina und Arabien?«

»So ist es.«

»Und die Belohnung, von der du gesprochen hast?«

»Gold, sobald ich die Güter wieder besitze. Oder sobald mir jemand, vielleicht Pontius Pilatus, etwas vorstreckt. Smaragde, sobald ich Zugang zu den Fundstätten habe.«

»Chimären«, knurrte Rufus. »Aber es soll schon greifbare Chimären gegeben haben.«

»Außerdem ist es eine lange Reise.« Sie glitt aus dem Scherensessel und kniete vor dem Römer. »Auf einem langen Weg könnte man einander näherkommen. Ich glaube, meine Begleiterinnen mögen römische Offiziere, solang diese jung sind und gut aussehen. Und ich...« Sie schwieg.

»Du?« Er lachte. »Der Duft, der dich umhüllt, reizt dazu, nach dem Quell allen Duftes zu suchen. Dem Quell all deiner Düfte. Aber Pilatus ist ein wichtiger Mann.«

»Er hat eine römische Gemahlin. Ich war keine Jungfrau, als ich ihm begegnete, und ich habe nicht vor, wieder zur Jungfrau zu werden.«

»Trotzdem.« Rufus legte die Handflächen an ihre Wangen. Es war nicht schwer, die Gier in seinen Augen zu sehen. »Römische Offiziere sollten nicht im Gehege von Vorgesetzten wildern.«

»Das kommt darauf an.«

»Worauf?«

»Wer der Wilderer ist. Wer das Gehege angelegt hat. Ein langer Weg, wie gesagt.«

Er hielt immer noch ihr Gesicht mit beiden Händen fest. Nun beugte er sich vor und streifte ihre Lippen mit dem Mund.

»Ein köstliches Gehege, fürwahr.«

Sie lachte. »Reden wir von der Reise«, sagte sie. Dabei griff sie nach seinen Handgelenken und entfernte die Hände von ihren Wangen; nicht ohne die Innenfläche der rechten Hand des Römers mit der Zungenspitze zu berühren. »Wie und wann willst du reisen?«

»Wir haben die Weisung erhalten, etwa zur Tagundnachtgleiche des Frühjahrs in Judäa zu sein. Es bleibt einige Zeit. Vielleicht bricht bis dahin eine Karawane auf, der wir uns anschließen können. Oder wir stellen selbst eine zusammen. Oder« – er zuckte mit den Schultern – »wir erhalten neue Befehle, die uns anspornen oder zügeln.«

»Also Aufbruch irgendwann im Lauf des nächsten Mondes?« Sie kehrte zum Sessel zurück.

»So etwa.« Plötzlich lachte er.

»Warum lachst du?«

»Deine Begleiterinnen sind nicht zufällig hereingekommen. Damit du, falls wir uns streiten, einem römischen Präfekten sagen kannst, sie hätten gesehen, wie ich zudringlich wurde?«

Kleopatra lächelte kühl. »Jeder Präfekt würde mir auch ohne die Worte meiner Begleiterinnen glauben.«

»Mag sein. Es hat auch keine Bedeutung. Ich habe nicht vor, mich mit dir zu streiten. Du solltest aber noch etwas bedenken.«

Sie hob die Brauen und sah ihn an.

»Meine Männer. Sie sind ausgesuchte Krieger. Wenn du willst, daß sie dich und deine Frauen schützen, solltest du etwas für sie tun.«

»Wie meinst du das?«

»Sagen wir, eine gewisse Vertrautheit herstellen. Sie werden zuverlässiger und umgänglicher sein, wenn sie das Gefühl haben, daß es nicht um irgendeine Fürstin mit beliebigen Begleiterinnen geht, sondern um Frauen, die sie näher kennen.«

Kleopatra verzog den Mund. »Du willst nicht etwa vorschlagen, daß...«

Er hob die Hand. »Keine Sorge; wie kannst du derlei denken? Sie sollen euch schätzen und achten, nicht geringschätzen.«

»Was soll ich tun?«

Rufus kicherte. »Demnächst wird es einen kleinen Wettbewerb geben. Ah, deine Wände haben Ohren, sagtest du? Komm, ich will es dir ins Ohr flüstern.«

Kleopatra beugte sich vor und lauschte.

»Nett«, sagte sie, als er fertig war. »Das gefällt mir.« Dann klatschte sie in die Hände und lachte laut.

2. An der Weihrauchküste

> Das Gewürzland zerlegt man in vier Teile. Von den Gewürzen sollen der Weihrauch und die Myrrhe von Bäumen kommen, die Kassia aber auch von Sträuchern; einige aber sagen, die Kassia komme aus Indien und der beste Weihrauch sei der in Persien. Nach einer anderen Einteilung zerlegt man das ganze Glückliche Arabien in fünf Königreiche, von welchen das eine die Krieger und Vorkämpfer aller, ein zweites die Ackerbauer, von denen das Getreide den übrigen zugeführt wird, ein drittes die Handwerker enthält; dazu noch das Myrrhen- und das Weihrauchland. Diese beiden tragen auch die Kassia, den Zimt und die Narde. Die Beschäftigungen aber gehen nicht von dem einen zum anderen über, sondern ein jeder bleibt bei der des Vaters. Der meiste Wein kommt von Palmen. Brüder sind geehrter als Kinder.
>
> STRABO

> Mit dem, was die seßhaften Gelehrten wissen, käme kein Händler oder Seefahrer je irgendwo an.
>
> ANTIGONOS KARCHEDONIOS

Eigentlich, sagte sich Demetrios später, sollte man keine nutzlosen alten Sklaven erwerben, aber manchmal muß man eine Ausnahme machen. Man sollte auch nicht blindlings Geld bei einem Rennen verwetten; der Verlust ist berechenbar, aber man weiß nie, welche Folgen es haben kann, wenn man gewinnt. Das war jedoch viel später.

Er bemerkte den Greis, weil dieser sich nicht bewegte: ein

regloser Fleck inmitten des Tosens. Seit Verlassen des Roten Meeres hatten sie gegen den Südostwind rudern müssen, der Wellen türmte und Gischtflocken trug, die Palmen in der Bucht von Adane zauste und das Tauwerk singen ließ. Wolkenfetzen eilten nordwärts nach Arabien, Windfetzen jaulten und zappelten im gerefften Segel, Wasserfetzen benetzten die Männer mit salziger Frische. Alle waren zu erschöpft – oder zu vorsichtig –, um die felsige Küste der Halbinsel zu umrunden und in den östlichen Hafen zu fahren, unter dem Krater. Dorthin, wo die Schiffe aus Indien lagen, geschützt von der Insel vor der Einfahrt ins Becken. Mit letzter Kraft ruderten sie statt dessen in die weite westliche Bucht, dann die Nordseite der Halbinsel entlang zum kleinen Hafen vor der Landzunge. Dort standen Wohn- und Lagerhäuser unter den Palmen, und an einem rauhen Stamm saß der alte Mann.

Aber zuerst sah Demetrios nur diesen erstaunlich ruhigen Fleck. Und vergaß ihn. Der Steg, an dem sie anlegten, hob und senkte sich zwischen den Pfosten, an denen Bronzeringe eine scheußlich schrappende Musik machten. An der Nordseite der Bucht, wo Männer mit Stangen und Brettern herumliefen, wühlte der Wind Sandschleier auf, und ein paar Kamele auf der Landzunge schienen rückwärts gehen zu wollen, um keinen Sand in die Augen zu bekommen.

»Wohlgetan, Herr«, sagte der Schiffer. Er ließ die Arme baumeln, um die Muskeln zu entspannen. »Eigentlich hast du uns ja nicht bezahlt, um dann selber zu rudern.«

»Der kluge Händler legt lieber Hand an, als untätig Opfer der Winde zu werden.« Demetrios lächelte ein wenig mühsam. Seine Sohlen waren rauh von Salz und wund von den Planken, vom Stemmen und Rutschen und neuem Stemmen.

Einer der Seeleute legte die Tauschlinge über den Pfosten am Steg. Der Schiffer prüfte die Bänder der Ledertasche, die das linke Heckruder vom Steg fernhalten sollte; dann wandte er sich wieder an Demetrios.

»Wie lange willst du bleiben?«

»Ich weiß es nicht. Das hängt von den Geschäften ab. Wenn sie gut sind, werden wir eine Karawane zusammenstellen und den Landweg nehmen; wenn sie schlecht sind, werde ich dich vielleicht nicht für die Rückfahrt bezahlen können.« Er zwinkerte. »Wie lange bleibst du?«

»Auch ich weiß es nicht.« Der Schiffer bleckte die Zähne. »Das hängt von den Geschäften ab. Ich muß ein paar Schreiben aushändigen, und danach? Vielleicht will jemand gegen den Wind Fracht nach Kane befördern lassen; vielleicht hat jemand Güter ins Rote Meer zu bringen. Man wird sehen.«

»Wenn ich schnell mit dem edlen Kharkhair einig werde«, sagte Demetrios, »lasse ich es dich wissen. – Kommt.« Er winkte den vier anderen, die ihn von Ägypten her begleitet hatten. Sie schienen nicht traurig zu sein, das tanzende Schiff verlassen zu können.

Erst jetzt, als sie mit ihren Beuteln über den Steg zum Land gingen, sah Demetrios, daß der reglose Fleck an der Palme ein Mann war. Ein alter Mann. Er trug nichts als einen Leibschurz. Der Rücken mußte gefühllos sein, sonst hätte er nicht am schroffen Palmenstamm lehnen können. Brust und Schultern waren mit Narben bedeckt, wie die Fußsohlen mit Schwielen. Er hatte nur eine Hand; über den Stumpf, der einmal das linke Handgelenk gewesen war, krochen zwei Fliegen.

»Eine Gabe, Herr, zur Versöhnung der Götter? Als Dank an Neptunus?« Er hielt dem Händler die Handfläche hin, wie einen rissigen Napf.

Latein war nicht Demetrios' liebste Sprache, aber hier am Südrand Arabiens klang es für ihn beinahe heimatlich.

»Römer?« Demetrios blieb stehen und sah auf den Alten hinab. »Hier – und *so*?« Dabei legte er den Zeigefinger an seinen Hals: dorthin, wo bei dem Alten das bläulich schimmernde Eisenband verlief, mit dem manche Wohlhabenden ihre Sklaven zeichneten.

»So, Herr. Damit der Fährmann mich festhalten kann, wenn ich versuchen sollte, in den Styx zu springen.« Er grinste, und Demetrios sah drei traurig vereinsamte Zähne.

Hinter ihm räusperte sich Meleagros. »Sollten wir nicht lieber eine Unterkunft suchen?« Er klang nicht gerade unwirsch, aber so mißbilligend, wie es einem erfahrenen Karawanenmann seinem Herrn gegenüber gerade noch zusteht.

Demetrios wandte sich seinen Begleitern zu. Meleagros hatte die Stirn gerunzelt; mit der Rechten zerrte er an einem der Tragriemen des großen Reisebeutels, der vom Nacken bis zu seinem Gesäß reichte. Prexaspes stand breitbeinig neben ihm; das Gesicht des Persers zeigte – außer Reiseschmutz und Müdigkeit – allenfalls gemessene Erheiterung. Der hagere Leonidas trat von einem Bein aufs andere, und Mikines machte Anstalten, seinen schweren Beutel abzusetzen.

»Geht voraus«, sagte Demetrios. »Kurz vor dem Krater, nicht weit vom Ende der Landzunge, steht Ravis Gasthaus. Grüßt ihn von Demetrios dem Unzeitigen und seht zu, daß ihr zwei Räume für uns bekommt. Ich folge bald.«

»Demetrios der Unzeitige? Du wirst uns hoffentlich eine schöne Lügengeschichte darüber erzählen, wie dir dieser Beiname zugefallen ist, Herr.« Meleagros hob die Hand und winkte den anderen.

Demetrios sah ihnen ein paar Atemzüge lang nach. Es war Nachmittag, und hier am Nordrand der Halbinsel, im Schutz der schartigen Felshaufen und Gebäude, staute sich die Hitze. Nur weiter oben zauste der kräftige Wind die Palmwedel. Zwischen der Uferkante und den Gebäuden saßen hier und da Männer, die redeten oder dösten. Ein riesiger Neger schlenderte vorüber, in die gleiche Richtung wie Demetrios' Gefährten. Er trug nur einen ledernen Leibschurz und über der linken Schulter einen Ziegenbalg, aus dem er eben Wasser in die hohle Hand rinnen ließ. Er schlürfte es auf, mit wahrlich prunkvoller Lautstärke; als er Demetrios angrinste, sah dieser, daß der Schwarze spitz zugefeilte Eckzähne besaß. Und daß sein Haar rot gefärbt war. Dann stolperte der Mann über etwas – Luft oder die eigenen Füße – und schlug lang hin. Als er sich aufgerappelt hatte, schwenkte er mit einem triumphierenden Lächeln den unversehrten Ziegenbalg.

»Nubo, der Rote Trottel«, sagte der alte Sklave. »Angeblich Sohn eines Fürsten irgendwo in Kusch. Und Demetrios der Unzeitige. Ein Geschäftsfreund des ebenso reichen wie rauhen Handelsherrn Kharkhair, nicht wahr?«

Der Greis konnte nicht gehört haben, daß Demetrios diesen Namen an Bord des Schiffes genannt hatte.

»Woher weißt du das?«

»Du bist vor einigen Jahren schon einmal hier gewesen. Du wirst mich nicht gesehen haben, Herr, aber ich dich.«

Demetrios musterte das zerfurchte Gesicht des Alten; eine von der Sonne gedörrte und verwüstete Lehmfläche mochte lange nach dem letzten Regen so ähnlich aussehen.

»Erzähl mir deine Geschichte«, sagte Demetrios. »Wenn sie gut ist, gehört das dir.« Aus dem Gürtel zog er eine silberne Halbdrachme und hielt sie hoch.

»Der Tageslohn eines Freien. So gut soll die Geschichte sein?«

Demetrios hockte sich auf die Fersen und sah ihn an. »Wie kommt ein Römer als Sklave nach Adane? Warum muß ein Sklave betteln? Was, außer meinem Namen und dem Besuch bei Kharkhair, hast du dir sonst noch gemerkt?«

Der Bettler schloß die Augen; mit monotoner Stimme sagte er: »Ich bin dreiundsiebzig. Vor fünfundfünfzig Jahren war ich einer der Krieger, mit denen Aelius Gallus Arabien erkunden wollte; und ich war einer von denen, die nicht zurückgekehrt sind. Ich wurde verwundet« – er hob den linken Arm – »und gefangen; seitdem bin ich Sklave. Hier, da und dort. Seit zwanzig Jahren in Adane, Sklave des Karawanenherrn Mukhtar, in den letzten Monden der seines Sohnes.«

Demetrios unterbrach ihn. »Ist der alte Mukhtar denn gestorben? Wann?«

»Im späten Frühjahr.«

»Früher oder später verlangen die Götter nach unserer Gesellschaft in der Unterwelt«, sagte Demetrios. »Man fragt sich nur, wozu. Aber sprich weiter.«

»Mukhtar dem Jüngeren habe ich gesagt, daß er zwar den Namen und den Reichtum seines Vaters geerbt habe, daß dessen Klugheit jedoch bei ihm zu Dummheit verkehrt wurde. Dafür muß ich nun um meine Nahrung betteln. Falls ich genug zusammentrage, kann ich mich freikaufen. Wenn nicht, wird er mich köpfen. Es sei denn, ich wäre bis dahin verhungert.«

»Bis wann sollst du dich freikaufen, um nicht geköpft zu werden?«

»Bis zum Ende des Mondes.«

»Das ist übermorgen?«

Der Alte nickte.

»Und der Preis?«

»Billig, Herr Demetrios. Ein guter Arbeitssklave kostet in Adane zur Zeit eineinhalb bis zwei Minen – zweihundert Drachmen. Mukhtars Sohn verlangt nur hundert Drachmen. Hundertfach zu viel für einen nutzlosen Greis.« Endlich öffnete er die Augen, die scharf und dunkel blickten. Mit einem spöttischen Zwinkern fuhr er fort – auf Griechisch. »Ein nutzloser Greis, der sich allerdings vieles gemerkt hat: Wege durch die Wüste, alle Brunnen zwischen Adane und dem Land der Nabatäer, die Preise aller Handelsgüter, die Gesichter aller wichtigen Händler und Räuber. Und der alle Zungen spricht, die zwischen Adane und Syrien gebräuchlich sind.«

Demetrios warf ihm die Halbdrachme in den Schoß und stand auf. »Wie heißt du?«

»Opiter Perperna.«

»O ihr Götter! Der Name allein ist Grund genug, dessen

Träger zu köpfen. Sind denn keine Römer in der Nähe, die dich freikaufen könnten?«

»Doch, aber wozu sollten sie das tun?« Er deutete ein Lächeln an. »Bei dem Namen.«

»Ich werde nachdenken und mich über dich erkundigen. Beeil dich nicht allzusehr mit dem Verhungern, hörst du?«

»Ich will gründlich zaudern.«

Als Demetrios sich zum Gehen wandte, fiel sein Blick auf das jenseitige Ufer. Er deutete auf die Gestalten, die dort rätselhafte Dinge mit Stangen, Pfosten und Brettern taten. »Was machen die da?« sagte er.

Perperna hob die Schultern – eine ob seiner sonstigen Reglosigkeit beinahe ungestüme Bewegung. »Sie bereiten die Rennbahn vor.«

»Was für eine Rennbahn?«

»Kurz vor Sonnenuntergang wird dort ein Sänftenrennen ausgetragen. Meine Landsleute« – er blickte zum westlichen Ende der Bucht – »bestehen darauf, mitzumachen, damit die Araber zur Abwechslung über Römer lachen dürfen, statt weinen zu müssen.«

»Daß du nach Westen blickst, heißt vermutlich, daß alle hiesigen Römer dort wohnen, weit außerhalb der Stadt?«

»Wer möchte schon römische Krieger in der Stadt?«

»Krieger?«

»Du klingst erstaunt. Kennst du denn diesseits von Indien einen Ort ohne römische Krieger?«

Demetrios nickte. »Ich kenne einige, und ich war sicher, Adane gehöre dazu.«

Perperna stieß eine Art Glucksen aus. »Vertrauen ist gut, Aufsicht ist besser; am besten ist mißtrauische Aufsicht nach vorheriger Zerstörung.«

Demetrios brach Richtung Landzunge auf; über die Schulter sagte er: »Deine Landsleute, nicht meine. Und wer hat etwas davon?«

Ravi stammte aus der großen Hafenstadt Muziris an der Westküste Indiens; er war vor dreißig Jahren in Adane an Land gegangen, um ein Gasthaus für Händler und Seeleute einzurichten. Die Wirte von Adane hatten dafür gesorgt, daß er sein Haus nicht am Hafen bauen durfte. Deshalb war er nun einer der reichsten Männer, denn er hatte nordwestlich vom Hafen und vom Krater, in dem der Kern der Stadt lag, eine Schänke unter den Palmen gebaut – dort, wo die Landzunge endete, über die Händler kamen und gingen. Sein Haus war das erste, das sie sahen; es war das für den Landhandel am besten zu erreichende, und neben Raum für Stallungen besaß Ravi dreierlei, das ihn über die anderen Schankwirte erhob: einen vorzüglichen Koch, der ebenfalls aus Indien stammte, die schönsten Mädchen aus allen möglichen Gegenden – und frisches Wasser.

Auf der Halbinsel Adane gab es Zisternen und drei nicht besonders ergiebige Quellen; ehe Ravi in einer Felskammer unter seinem Haus nach langem Hacken und Bohren auf Wasser stieß, hatte er täglich mehrere gefüllte Ziegenbälge von den Eselmännern des nördlichen Hinterlandes kaufen müssen.

Das eigentliche Gasthaus bestand aus einem unteren Geschoß, gemauert aus mit Mörtel verfugten Bruchsteinen; über der Balkendecke, die in zweifacher Mannshöhe den Schankraum abschloß, lagen die Schlafräume. Für die Mauern und Trennwände des zweiten Stocks hatte man Lehmziegel verwendet. Unten bildeten beschnitzte Tragbalken zwei Säulenreihen, zwischen denen man, wie ein weitgereister hispanischer Händler bei Demetrios' letztem Aufenthalt gesagt hatte, der Entschlackung der Seele oblag; die Gelasse für Reinlichkeit und Entleerung lagen links dahinter, Küche und Vorratskammern rechts.

Prexaspes lehnte an einem Tragbalken. In einer Hand hielt er einen großen Tonbecher, mit der anderen machte er seltsame Bewegungen. Vor ihm stand eine junge Frau, eine von Ravis Schankdirnen. Sie mochte knapp zwanzig sein, trug eine Art kurzen Chiton aus hellem Leinen und um die Hüften eine blaßrote Schärpe. Ihre Gesichtszüge erinnerten Demetrios eher an Darstellungen persischer Fürstinnen als an arabische Hetären.

»Sie ist von daheim«, sagte Prexaspes. »Fast, jedenfalls. Aus den Bergen östlich von Babylonien.«

Wieder verrenkte er die Finger der Rechten; die Frau lächelte und benutzte beide Hände, um zu antworten.

»Ist sie stumm?«

»Taubstumm, Herr. Und, wie sie sagt, sehr gelenkig. Zum Ausgleich.«

»Ich wußte nicht, daß du mit den Fingern reden kannst.«

Prexaspes hob die Schultern. »Man lernt so dies und das.«

In diesem Augenblick tauchte Ravi aus den Tiefen der hinteren Gemächer auf, stieß eine Reihe unverständlicher Laute aus und stürzte sich auf Demetrios.

»Tausend Jahre«, sagte er, als sie die Umarmung beendet hatten, »mußte ich deinen Anblick entbehren. Ich dachte schon, du kämst nicht mehr, ehe ich dies Gewerbe aufgebe.«

Demetrios musterte das Gesicht des Inders. »Du bist älter geworden, wie wir alle«, sagte er. »Und häßlicher.«

»Wie wir alle.«

»Aber du siehst nicht so aus, als ob dir nach Scherzen zumute wäre. Was soll das heißen – ›ehe ich dies Gewerbe aufgebe‹?«

»Laß uns sitzen und trinken, ehe wir über ernste Dinge reden. Komm.«

Demetrios folgte ihm zum Schankverschlag. Im übrigen Raum standen kaum kniehohe Tische, umgeben von ledernen Sitzpolstern; neben dem Durchgang zur Küche gab es höhere Tische, Schemel und ein paar Scherenstühle für Gäste mit anderen Sitzgewohnheiten.

Ravi beugte sich über den Schankverschlag; als er zwei Krüge und zwei Tonbecher auf den Tisch gestellt hatte, blickte er in Demetrios' Augen.

»Adane ist tot, mein Freund«, sagte er. »Lange und langsam gestorben, während wir gehofft hatten, es würde sich erholen.«

Demetrios schwieg ein paar Atemzüge lang. »Ich habe wohl bemerkt«, sagte er dann, »daß kaum Schiffe in der Bucht sind. Aber ich hatte angenommen, sie lägen im östlichen Hafen.«

»Eine Handvoll, vielleicht zwei Hände; mehr nicht.«

»Und die Karawanen aus dem Hinterland?«

»Was sollen sie hier?« Ravi breitete die Arme aus. »Waren holen, die keiner gebracht hat? Waren bringen, die keiner holen wird?«

Demetrios betrachtete das zerfurchte Gesicht des Mannes, den er schon so lange kannte.

»Zähl nicht die Jahre«, sagte Ravi, als ob er die Gedanken des Griechen gelesen hätte. »Jedenfalls nicht diese, unsere. Zähl die Jahre des Sterbens und sag mir, wohin ich gehen soll.«

»Dorthin, wo dein *karma* sich sammeln oder zerstreuen mag.« Demetrios lächelte. »Die Ägypter würden *ka* sagen oder *ba*. Aber das ist gleich. Fast.«

»Und wie nennst du es? Ihr?«

»Meinst du uns Griechen oder die Herren der Welt?«

»Haben die solche Gedanken?« Ravi schnaubte. »Und passende Wörter?«

»*Anima*«, sagte Demetrios. »Oder *animus*. Seit wann sind römische Krieger hier?«

»Seit nicht ganz einem Jahr.«

»Wozu?«

»Wozu wohl? Zur Aufsicht. Aber reden wir nicht von ihnen, sondern von uns.«

»Wohin zieht es dich?«

»Heim?« Ravi schüttelte den Kopf. »Ich bin zu lange fort.

Wenn man das Leben als Wanderung zu einem Ziel betrachtet, sollte man nicht umkehren.«

»Kennst du das Ziel?«

»Dann hätte ich es erreicht und könnte umkehren.« Ravi verzog das Gesicht und langte nach dem Weinkrug.

Demetrios leerte seinen Becher und bedeckte ihn mit der Hand, als der Inder nachfüllen wollte.

»Noch nicht; ich brauche noch einen klaren Kopf. Später will ich dir gern helfen, den schwarzen Saft der Schwermut durch Wein zu verdünnen.«

»Geschäfte?« Ravi kniff die Augen zu Schlitzen. »Welche Geschäfte willst du in Adane noch machen? Es gibt nichts zu gewinnen. Es gibt nicht einmal etwas zu verlieren.«

»Doch.« Demetrios verschränkte die Arme. »Das Leben.«

»Billige Ware. Wer würde den Verlust bemerken?«

»Jeder, der irgend etwas von dir will. Wie geht es dem alten Kharkhair?«

Ravi schob die Unterlippe vor. »Nicht, daß er mich je durch seinen Besuch ehrte; aber soviel ich weiß, leidet er wie alle anderen unter dem Niedergang.«

»Gut. Dann lassen sich vielleicht einträgliche Geschäfte mit ihm machen.«

»Noch einmal – welche Geschäfte willst du machen in dieser Stadt der lebenden Toten?«

Demetrios blickte zum Eingang, wo zwei Männer erschienen waren. Sie schauten in den Schankraum, tauschten Blicke miteinander und verschwanden wieder.

»Das ist einfach so. So ist das einfach. So einfach ist das.« Ravi hatte sich vorgebeugt, als wolle er aufstehen. Nun ließ er sich wieder zurücksinken. »Du und deine Leute, ihr seid die ersten Gäste seit fünf Tagen. Abgesehen von Nubo, der nicht zählt.«

»Der große Schwarze? Wieso zählt er nicht? Unangenehm?«

»Ein lieber Gast. Harmloser Narr. Aber er ist schon so lange hier, daß er fast zur Einrichtung gehört. Und außer ihm?« Ravi drehte die leere Handfläche nach oben.

»Ich höre es ungern, mein Freund. Aber zu den Geschäften. Du weißt, die Herren der Welt haben zuweilen seltsame Bedürfnisse.«

»Wie zum Beispiel die Zerstörung von Adane durch die Flotte vor – wieviel? Fünfundzwanzig Jahren?«

»Das war kein Bedürfnis, sondern Notwendigkeit.«

»Ha.« Ravi hieb auf den Tisch, daß Demetrios' leerer Becher tanzte. »Notwendigkeit? Was war daran notwendig?«

Demetrios hob eine Braue. »Was hättest du an Stelle von Augustus getan?«

»Hätte es denn nicht genügt, Adane zu besetzen?«

Demetrios zwinkerte. »Und jedes Jahr einen Aufstand niederschlagen zu müssen? Viel Geld für immer neue Truppen und immer neue Kriegsschiffe auszugeben?«

Ravi knurrte etwas Unverständliches.

»Ich weiß zu wenig. Ich weiß nicht einmal, wie viele Krieger sie da draußen am Westrand der Bucht haben.«

»Zwei Dutzend? Drei?« Ravi zuckte mit den Schultern.

»Ich nehme an«, sagte Demetrios, »sie unterstehen dem Präfekten von Ägypten und werden demnächst ausgetauscht. Wahrscheinlich besteht ihre Aufgabe darin, sich einfach blicken zu lassen. Wenn man weiß, daß sie da sind, vergißt man nicht, daß jederzeit weitere kommen könnten.«

»Wer hat hier die Aufsicht?« Ravi grinste. »Meinst du das?«

»Das auch. Vor allem meine ich, die Fürsten, Priester und Handelsherren hier haben einen furchtbaren Fehler gemacht. Kein Verbrechen, sondern schlimmer: eine Dummheit. Sagen wir mal so.« Demetrios zögerte und suchte nach den richtigen Worten. »Sie haben den Fehler gemacht, den Handel nur sich selbst zuzugestehen. Sie durften als einzige mit Gewürzen handeln. Mit Schiffen und Kamelen Weihrauch und Myrrhe, Zimt, Kassia, Pfeffer, Seide, edle Steine und all die anderen

Dinge befördern. Davon haben vielleicht tausend Leute gelebt. Vielleicht mehr. Wenn sie fremde Händler beteiligt hätten, wäre hier einiges verlorengegangen, es wäre aber mehr dazugekommen. Fremde Händler, fremde Schiffe, fremde Karawanen, alle bringen neue Waren und neues Geld, alle brauchen Unterkunft, Essen, Futter, Wasser; hundert fremde Schiffe geben den Stauern und Zimmerleuten und Segelmachern und Tauschlägern viel mehr Arbeit als die fünfzig eigenen.«

»Schon recht. Aber es ist ein Vorrecht der Menschen, die Zukunft nicht zu bedenken und die Gegenwart mit Fehlern zu füllen.« Ravi seufzte leise.

»Lassen wir derlei Spitzfindigkeiten; sie führen zu nichts. Wir wollen lieber über deine Wünsche und meine Absichten sprechen.«

»Deine Absichten? Bah. Du willst Geschäfte machen; du hast mir aber noch immer nicht gesagt, welcher Art die sein sollen.« Ravi fuhr sich mit dem Handrücken der Linken über die Nase. »Ihr seid – fünf, nicht wahr? Mit einem Schiff aus Berenike hergekommen. Wenn es dein Schiff wäre, hättest du das erwähnt, und dann hättet ihr nicht euer Gepäck hergeschleppt.« Mit dem Fuß stieß er an Demetrios' Beutel, der neben einem Tischbein stand. Dann nickte er und pfiff leise durch die Zähne.

»Was pfeifst du?«

»Der Beutel ist schwer; er gibt nicht nach, wenn man ihn tritt.«

»Das unterscheidet Beutel von Menschen. Und?«

»Schwere Beutel bedeuten schwere Inhalte. Was wird darin sein? Ein Chiton aus Blei? Wohl kaum. Eher wohl Münzen. Viele Münzen.«

»Vollkommen wertlos.« Demetrios kniff ein Auge zu. »Bleidrachmen. Steindenare.«

»Du hast vermutlich nichts Kostbares zu verkaufen, sonst würdest du auf dem Schiff nächtigen. Du bist also mit einigen vertrauenswürdigen Männern unterwegs, um etwas zu kaufen. Was?«

»Wie ich schon sagte, haben die Herren der Welt...«

»... zu denen du gehörst...«

»... manchmal seltsame Wünsche. Übrigens gehöre ich *nicht* zu ihnen.«

»Der Nachdruck, mit dem du das sagst, beweist das Gegenteil.« Ravi deutete ein Lächeln an. »Wenn du nicht *zu* ihnen gehören willst, meinethalben; aber dann gehörst du ihnen. Wie die halbe Welt.«

Demetrios knurrte leise. »Da mein Vater mir das Bürgerrecht vererbt hat, wurde ich als römischer Bürger geboren. Wie ich mit meinen Augen und Fingern und Zehen geboren wurde. Ich kann es nicht ändern. Aber lassen wir dies Geplänkel.«

In einer Art Laufschritt betrat Nubo das Gasthaus. Er sang etwas, tanzte durch den Schankraum, warf den Balg an die Decke, klatschte in die Hände, fing den Balg wieder auf und pfiff.

»Etwas zu feiern?« sagte Demetrios.

»Nein; nur so.« Nubo nickte, als habe jemand etwas gesagt, was Zustimmung verdiente, und verschwand treppauf.

Ravi seufzte. »Ob die Einfalt der Narren größer ist als die Klugheit der Weisen? Aber kommen wir zurück zu den Römern. Welche seltsamen Wünsche haben sie, außer der Beherrschung der Welt?«

»Schwelgereien«, sagte Demetrios. »Üppige und minder üppige. Die edlen und reichen Männer, aber vor allem die unedlen Reichen ergeben sich dem Sammeln sinnloser Dinge, wenn sie nichts Wichtiges mehr zu erledigen haben.«

»Ah. Sinnloses? Zweckloses? Bloß Erbauliches?«

»Manchmal sogar bloß Unerbauliches. Ich kenne einen Mann, dessen Glück es ist, sich mit überwältigend häßlichen Dingen zu umgeben. Andere sammeln Schönes – Bildwerke, zum Beispiel, oder Schnitzereien. Steine, die zwar nicht edel oder kostbar sind, in denen sich aber seltsame alte Tiere verkrochen haben, um nach dem Tod zu überleben. Gegenstände, die mit einer wahren oder erfundenen, aber jedenfalls fesselnden Geschichte verbunden sind.«

Ravi klatschte in die Hände. »Ich bin begeistert.«

»Wieso begeistert?«

»Es spricht für eine gewisse Verfeinerung der Gepflogenheitern, derlei zu tun. Vielleicht führt das mit der Zeit dazu, daß auch andere Gepflogenheiten ihre Grobschlächtigkeit verlieren.«

»Rechne lieber nicht damit.« Demetrios langte nach dem Wasserkrug und füllte seinen Becher. »Daß jemand in Rom Geld dafür ausgibt, seine Gäste mit dem größten jemals gebratenen Wildschwein zu verblüffen, heißt nicht, daß Rom davon absähe, alle Gegenden zu erobern, in denen eßbare Wildschweine vorkommen.«

»Du willst aber nicht versuchen, deine Kunden damit zu verblüffen, daß du ihnen Wildschweine aus Adane lieferst, oder? Hier gibt es nämlich keine.«

»Es wäre ein wunderbarer Erfolg, ein Wildschwein aus einer Gegend zu liefern, in der es keine gibt. Dieses Unschwein wäre erheblich wertvoller als alle anderen Tiere.«

Ravi nickte. »Ich sehe dich schon in Rom auf einem Markt stehen und deine Waren anpreisen. ›Zwei Chimären, edle Herren, und wer beide kauft, kriegt als Dreingabe noch diesen entzückenden kleinen Phönix‹, ja?«

»Ich sehe, du begreifst, worauf ich hinauswill. Aber vergiß nicht, mir endlich zu sagen, was du tun willst.«

Der Inder schwieg eine Weile; schließlich sagte er, fast zögernd: »Willst du jetzt ernsthaft reden? Dazu ist es eigentlich noch zu früh. Ernsthafte Reden sollte man ins Gewand der Nacht hüllen, daß nicht grelles Licht ihre Lückenhaftigkeit entblöße.«

Demetrios beugte sich vor und legte eine Hand auf Ravis Arm. »Ich will später auf die andere Seite wandern und sehen, was es bei einem Sänftenträgerrennen zu sehen gibt. Es ist immer angenehm, etwas Neues zu betrachten. Dazu möchte ich geradeaus schauen können; deshalb jetzt keine üppigen Trinkereien. Die eigentlichen Geschäfte haben zu warten. Morgen hoffe ich, von Kharkhair und vielleicht ein paar anderen empfangen zu werden. Aber bevor ich gehe, sag mir endlich, was du tun willst.«

Ravi leerte abermals seinen Becher; diesmal füllte er nicht nach. »Es ist aus, Freund«, sagte er mit beinahe tonloser Stimme. »Die alten Händlersippen werden vielleicht noch ein Weilchen überleben; einige von ihnen haben ja Geschäfte, Lager und Leute in Kane und Mariaba. Alle anderen werden sterben, es sei denn, sie begnügten sich mit Fischfang oder dem Sammeln von Harzen. Kein Platz mehr für alte Inder.«

»Was willst du machen?«

»Ich weiß es nicht. Nicht so recht. Ich habe ein wenig Geld, aus den guten Zeiten. Brauchst du vielleicht jemanden, der dich auf deinen Reisen begleitet?«

3. Ein Spiel in der Wüste

Eine glaubwürdige Unmöglichkeit ist einer
unglaubwürdigen Möglichkeit immer
vorzuziehen.

ARISTOTELES

Mehr als sichtbare gilt unsichtbare
Harmonie.

HERAKLEITOS

Von Kaphar Nahum war er nach Nordosten geritten. Er hatte den Jordan überquert, die Golan-Höhen, und von Sonnenuntergang bis kurz nach Mitternacht gerastet. Vom Rastplatz, einem kaum ergiebigen Brunnen unweit eines namenlosen Dorfs, führte der Weg zwischen Kies- und Steinrücken (später Dünen) nach Südosten.

Gegen Mittag hatte er den vereinbarten Treffpunkt erreicht: ein Tal im Niemandsland. Die Kartographen mochten das anders sehen und diese Gegend den Nabatäern im Süden zuschlagen oder dem Reich des Tetrarchen Philippos, wie die übrigen Gebiete westlich der alten Handelsstraße von Tadmor nach Petra. Zweifellos gab es in Rom kluge Männer, die das Land »Auranitis« oder »Hauran« nannten. Aber es gehörte nur sich selbst: Wind und Sand, darüber glühende Sonne und eisige Sterne, darin arabische Nomaden. Ein paar Städte gab es auch, aber sie waren kaum mehr als Namen für ein Rudel Hütten: Kanatha, Astharoth…

Es gehörte zu seinen Aufgaben, dafür zu sorgen, daß es ein Niemandsland blieb; dafür war er so weit geritten. Dafür, daß es weiter den Nomaden gehörte, ein paar Löwen und vielen Skorpionen. Er gönnte es ihnen, dieses Land; wie er auch Kaphar Nahum den dortigen Bewohnern gönnte, ob sie nun dem König anhingen oder den Schriftgelehrten oder diesem neuen Prediger, der eine Vorliebe für Gleichnisse und Fische hatte.

Der Gedanke an Fische und Wasser ließ ihn das steinige Tal noch karger empfinden. Er nahm den Lederhut ab, füllte ihn aus dem Schlauch und ließ die Pferde trinken. Zwei Pferde; es war sinnvoll, sich vorzusehen. Ein Reittier mochte sich in der Einöde ein Bein brechen; was würde dann aus dem Reiter? Er setzte sich in den Schatten, trank selbst ein paar Schlucke und sah zu, wie die Pferde versuchten, staubige Blätter von einem Krüppelgesträuch zu rupfen.

Er schloß die Augen, um ein wenig zu dösen – mit geschärften Sinnen, die jeden fernen Hufschlag, das Scharren eines Skorpions oder das Kratzen einer Kralle sofort bemerken würden. Seine Gedanken ritten den Weg zurück, zu den Fischen, den Fischern, den Handwerkern. Den Nachbarn in Kaphar Nahum – Nachbarn, seit er nicht mehr in der Festung lebte, sondern in einem Haus am Ortsrand, wie es einem Centurio der Söldnertruppe des Herodes Antipas zustand.

Centurio... Er schnaubte leise. Tertius Agabianus Afer, Centurio im Dienst eines jüdischen Königs. Vor vier Jahren hatten sie ihn bei den Hilfstruppen in Mauretanien angesprochen; allerdings wußte er noch immer nicht, ob »sie« Männer des Augustus Tiberius gewesen waren oder Leute des allmächtigen Sejanus, Präfekt der Prätorianer. Es hatte auch keine Bedeutung; wichtig war nur, daß sie ihm diese Möglichkeit anboten: sieben Jahre bei den Söldnern eines jüdischen Fürsten, mit gewissen Nebenaufgaben, danach das Bürgerrecht und Übernahme in eine besondere Einheit. Vielleicht in Rom, vielleicht in der Provinz.

Immer, wenn er in Gedanken an diese Stelle gelangte, verfluchte er seinen Vater, der gestorben war, ohne das Ziel zu erreichen. Er hätte als Pferdezüchter punischer Herkunft mit Namen Abdsapon in Agbia bleiben und dem Sohn ein blühendes Gestüt hinterlassen sollen, oder als Saponius Agbianus Afer wichtige Dinge für das Imperium tun und Häuser, Reichtum, das Bürgerrecht erwerben können. Der Vater hatte das eine aufgegeben und das andere nicht erreicht; nicht einmal der »Tertius« war echt – drittes Kind, ja, aber einziger Sohn. Keine Aussichten, im Reich etwas zu werden, außer auf Umwegen. Zu den Umwegen gehörte das eingeschobene A im Namen, damit nicht jeder sofort auf ein entlegenes Nest in der Africa Proconsularis kam.

Und dieser andere Umweg nach Galiläa.

Seine Nachbarn hielten ihn für etwas einfältig – welcher Römer ginge denn freiwillig zu den Söldnern des Herodes Antipas? Er wußte, was man von ihm hielt, und es störte ihn nicht. Vielleicht war es besser so, vielleicht war es ihm sogar lieb.

Wie der König, wie die Vorgesetzten durften die wichtigen Leute des Orts nichts von seiner eigentlichen Aufgabe wissen; aber schon seine offenkundige Tätigkeit war ihnen verhaßt. Unter den unwichtigen Leuten hatte er ein paar Bekannte. Freundschaft konnte es nicht geben. Nicht zwischen einem heidnischen Centurio und jüdischen Städtern oder Bauern. Oder Fischern. Oder Handwerkern.

Er und die anderen Söldner dienten dem König, aber man betrachtete sie als Besatzer. Sie hatten Gesetz und Ordnung zu hüten, die Zöllner und Steuereinnehmer (Juden, Diener eines jüdischen Königs, der »Freund« des Kaisers war) zu beschützen, manchmal Straßen zu bauen, immer Straßen zu sichern, Räuber zu bekämpfen, die Grenze zum Reich des Philippos zu bewachen... lauter abscheuliche Dinge. Verhaßte fremdsprachige Besatzer in einem Land, dessen Bewohner Aramäisch sprachen – die alte Verwaltungssprache der persischen Besatzer – und meist auch ganz geläufig Griechisch – Sprache der Truppen Alexanders, dann der Seleukiden, Besatzer nach den Persern. Hin und wieder ließen sie halb vergessene Brocken ihrer eigenen Sprache einfließen, aber das Hebräisch der alten Schriften war eigentlich keine Sprache mehr, nur ein ritueller Rest; auch die Schriftgelehrten äußerten ihre verwickelten Gedanken auf Aramäisch.

Jedenfalls die meisten. Es gab Eiferer, Erneuerer des Alten, die alte Gesetze und alte Gebräuche wieder einführen und mit der Macht des jüdischen Stammesgottes und seiner Worte alle Besatzer verjagen wollten: die Römer aus Judäa, die Söldner aus Galiläa. Sie waren nicht zahlreich; aber auch jene, die dies nicht wollten, weil sie wußten, daß Auslegungen der Äußerungen des Stammesgottes unverständlich und ohnmächtig wären in einer unverstandenen Sprache – auch diese Vernünftigen waren Teil des Erwählten Volkes und durften sich nicht durch engen Umgang mit anderen besudeln.

Der Schriftgelehrte, den er vor Räubern gerettet hatte, durfte weder mit dankendem Druck die Hand um seinen Unterarm legen noch Afers Haus betreten noch ihn in seinem Haus empfangen. Er hatte ihm und seinen Leuten ein Festmahl ausrichten lassen – im Garten, mit besonderen Speisen und Getränken, in besonderen Gefäßen, die nach dem Fest nicht gesäubert, sondern zertrümmert wurden.

Es gab andere Menschen, die gewöhnlichen Juden, die nicht viel von den strengen Vorschriften hielten. Sie betraten sein Haus oder die Festung, wenn es sein mußte, duldeten ihn und seinen Atem in ihren Häusern. Gewöhnliche Menschen, arbeitsam und ohne Dünkel; er mochte sie, weil sie aus dem gleichen Stoff waren wie er, seine Träume und seine Befürchtungen. Aber natürlich war er auch für sie ein fremder Büttel.

Afer blinzelte ins grelle Mittagslicht. Ein Pferd hob den Kopf und schnaubte leise. Hufschlag näherte sich, ein paar Steine kullerten; dann bog der Reiter um den Felsvorsprung.

Der Centurio nahm die Hand vom Schwertgriff und stand auf. »War dein Weg leicht?« sagte er auf Aramäisch.

Der Araber glitt von seinem dunklen Hengst. »Du ehrst mich – du bist selbst gekommen!« Er lächelte, führte die Hand an Stirn, Mund und Brust und setzte hinzu: »Ich dachte, ich müßte einem deiner Männer schwierige Dinge auseinandersetzen.«

»Hoffentlich nicht zu schwierig für mich.«

»Wir werden sehen.«

Der Araber tränkte sein Pferd, band dessen Vorderbeine zusammen und ließ sich im Schatten nieder.

Afer wartete geduldig, bis der Mann getrunken und getrocknete Datteln und ein Stück Brot gegessen hatte. Dann sagte er:

»Sprich, Numan. Wie stehen die Dinge in Ao Hidis?«

»Gut für jene, denen die alte Lage der Dinge mißfällt; und schlecht für die Verweser des Herkömmlichen.« Der Araber entblößte in einem breiten Lächeln die Zähne.

»Das heißt, alles geht wie erhofft.«

»Wenn dies deine Hoffnung war.«

Afer seufzte. »Spiel keine dummen Spiele mit mir, Freund. Unser Bewerber macht sich also gut?«

»Besser als erwartet.«

»Und die übrigen Männer?«

»Werden ihm wohl folgen. Wenn es so weit ist. In zwei oder drei Monden – sagen wir kurz nach dem Frühjahrsfest.«

Der Centurio nickte. »Dann ist es gut. Aber berichte ein wenig mehr.«

Numan lehnte sich zurück und schloß die Augen. »Manchmal erschreckt er mich beinahe. Er ist dem Fürsten sehr ähnlich. Nicht unbedingt äußerlich, aber in seiner Art, Dinge schnell zu erfassen und sich zu entscheiden.«

»Wie ist seine Stellung beim Fürsten?«

»Er steigt auf.«

Afer verschränkte die Arme. »Mehr, mein Freund«, sagte er.

Der Araber öffnete die Augen und lachte. »Du bist neugierig, nicht wahr?«

»Wißbegierig. Ich muß doch wissen, ob der große Plan aufgeht. Oder ob wir uns etwas anderes einfallen lassen müssen.«

»Er wird aufgehen.«

Numan sprach nach einer kurzen Pause weiter, mit monotoner Stimme, als ob er etwas auswendig hersagte. Afer kannte ihn jedoch gut genug und wußte, daß diese Stimmlage lediglich ein Zeichen für äußerste Sammlung war – für den Versuch, an alle wichtigen Einzelheiten zu denken. Einschließlich jener, die Numan selbst für unwichtig hielt, von denen er jedoch annehmen mochte, daß sie für Afer irgendeine Bedeutung hatten. Für Afer und für das Spiel.

Begonnen hatte alles vor etwa einem Jahr. Belhadad, Fürst der Wüste, Herr der Löwen, Sohn der Sterne, König der Wege – der Herrscher von Ao Hidis unterhielt seit langem Beziehungen zu den Römern. Aber auch zu ihren großen Feinden, den Parthern. Die Oasenstadt lag östlich der alten Handelsstraße von Petra nach Damaskus. Es gab dort Wasser und fruchtbare Täler, Bäume und Weiden, und einen klugen Fürsten, der all dies zu nutzen wußte. Flüchtlinge aus dem Imperium und dessen Randgebieten fanden Belhadads üppige Gastfreundschaft – falls sie genug Gold und Silber besaßen oder bemerkenswerte Fertigkeiten. Oder Kenntnisse. Händler, die früher die Oase gemieden hatten (es gab genug Brunnen an der Handelsstraße), suchten sie nun auf, um mit dem Fürsten und seinen Untertanen Geschäfte zu machen. Mancher Handelsherr mußte allerdings zu diesem kleinen Umweg überredet werden: Plötzlich hüteten Räuber die Straße, verlangten Silber für die Erlaubnis, von ihnen betreute Brunnen zu nutzen, und zufällig gefiel es Belhadad gleichzeitig, an der Straße Zoll zu erheben – zwanzig Hundertstel des Warenwerts gegen Geleitschutz, der die Räuber von der jeweiligen Karawane fernhalten sollte. Wer jedoch die Oasenstadt Ao Hidis aufsuchte, um dort Wasser zu schöpfen und Geschäfte zu machen, zahlte nicht für die Nutzung ihrer Brunnen und »nur« fünfzehn Hundertstel Abgabe auf alles, was er in die Stadt brachte oder aus ihr mitnahm.

Neben phönizischen Baumeistern und griechischen Handwerkern, die es aus unterschiedlichen Gründen vorzogen, außerhalb des römischen Einflusses zu leben und zu arbeiten, lockten die Freiheit der Wüste und der Schutz durch Belhadad auch Männer an, deren Gewerbe der Dolch und deren Tag Zwielicht war. Wenn sie sich nichts zuschulden kommen ließen, achtete der Fürst nicht auf das, was sie vorher getan hatten. Wenn sie in Ao Hidis Anlaß zum Mißfallen gaben, erhielten sie die Wahl zwischen schnellem Tod und längerem Dienst: im Heer des Herrschers.

Zunächst unbemerkt, dann beäugt, aber ungehindert dehnte Belhadad seine Macht über weite Wüstengebiete aus. Man sagte, zwischen der Küste des Arabischen Meers – jenes, in das Euphrat und Tigris münden – und den Grenzen des Reichs der Nabatäer geschehe nichts ohne Billigung, Beteiligung und gewinnende Teilnahme des Fürsten. Als die Nabatäer im Süden, die Juden und Römer im Westen bemerkten, daß Belhadad zu einer Macht geworden war, konnten sie bereits nichts mehr gegen ihn unternehmen. Es ist nicht nötig, gegen den Herrn über fünfzig Totschläger in der Wüste einzugreifen; aber es ist schwierig, ihm Vorschriften zu machen, wenn aus den fünfzig zweitausend geworden sind.

Afer wußte, daß die jüdischen Könige ebenso wie die Nabatäer und Roms Präfekten in Caesarea und Antiochia gelegentlich schwarze Gedanken nach Ao Hidis schickten. Aber nicht mehr. Um Belhadad zu beseitigen, hätten die Römer mehrere Legionen einsetzen müssen. In Caesarea gab es zwei Kohorten – Hilfstruppen, keine richtigen Römer –, und die Kräfte des Statthalters von Syrien wurden für andere Dinge gebraucht. Es gab Piraten, es gab auch in Syrien Räuber, und ein Abzug der Legion zum Einsatz in der Wüste mochte die Parther dazu bewegen, Babylonien zu besichtigen. Das Grenzland am Euphrat, dessen Wächter dann nicht auf Verstärkung aus Syrien rechnen konnten.

Aber es gab andere Möglichkeiten. Zum Beispiel die, einen begabten jungen Mann zu finden, der in der Leibgarde des Herrschers schnell aufsteigen konnte und eines Tages das Bedürfnis empfinden mochte, gewisse Dinge zu ändern. Die sehr freundschaftlichen Beziehungen zum Beispiel, die Belhadad mit parthischen Gesandten unterhielt, oder mit Kaufleuten aus Städten am Euphrat – Kaufleuten, die mehr Silber in Ao Hidis ließen, als dem Wert der von ihnen dort gekauften Waren entsprach.

»Er hat inzwischen viele um sich gesammelt, die mit den Dingen unzufrieden sind«, sagte Numan.

»Gesammelt?« Afer schnalzte. »Das darf nicht sein.«

»Nein, nicht gesammelt. Sammlungen sind leicht zu beobachten. Hiqar hat, sagen wir, Fühlung zu ihnen aufgenommen.«

»Wie macht er das?«

»Geschickt.« Der Araber lachte. »Ein junger hübscher Hauptmann der Leibwache lernt viele Menschen kennen. Er muß nicht viel sagen – er kann gezielt schweigen, wenn sie etwas sagen oder Andeutungen machen. Jedenfalls gibt es etliche Leute, auch aus der Umgebung des Fürsten, die einerseits nicht unbedingt Freunde der Römer sein wollen; aber andererseits finden sie, daß die Römer zu stark und zu nah sind, außerdem über zuviel Silber verfügen, und daß es deshalb nicht ratsam ist, allzu eng mit den Parthern befreundet zu sein.«

»Vorsichtige Entfernung von beiden, wie?« Afer lächelte flüchtig. »Eine kluge Einstellung. Es wäre zu wünschen, daß sie sich durchsetzt.«

»Was nun die anderen Fragen angeht«, sagte Numan gedehnt.

»Ja?«

»Sieh her. Es ist nicht sicher, aber ich habe gehört, daß die nördliche Gruppe der Wegelagerer hier ihre Tiere tränkt.« Er beugte sich vor und kritzelte mit dem Zeigefinger eine Art Karte in den Sand. »Und die südliche…«

4. Kamele und Sänften

> Rennst du, um strauchlosen Lorbeer zu knabbern?
>
> Lockt nicht als Lohn der Busch der Lenden
> Jedweder Nike? Oder die Drachme?
>
> Dymas von Herakleia

Im oberen Geschoß gab es fünfzehn Zimmer. Jedes bot Raum für drei Gäste – oder bis zu sechs, wenn sie eher bedürfnislos waren. In allen gab es dicke Schlafmatten, Kissen, Decken, einen zum Aufsitzen geeigneten Bottich, dazu Wasserkrug und Waschschüssel. Demetrios' Anweisung an seine Leute, insgesamt zwei Räume zu verlangen, hatte keine Bedeutung mehr. Da niemand außer ihnen und dem schwarzen Rotschopf in Ravis Gasthaus zu übernachten wünschte, gab der Inder ihnen fünf Zimmer zum Preis von zweien.

Während er sich reinigte, bedachte Demetrios die Lage des Wirts. Zum ersten Mal war er vor zehn oder elf Jahren in Ravis Gasthaus gewesen, auf dem Heimweg aus Indien. Der Niedergang von Adane hatte damals längst begonnen, aber noch war nicht alles verloren. Beide Häfen waren voller Schiffe, Karawanen kamen und gingen, und man hatte die Hoffnung, die Folgen der von den Römern angerichteten Verwüstungen irgendwann überwinden zu können.

Fünf Jahre nach dem Tod der letzten ptolemaischen Herrscherin, Kleopatra, fünf Jahre nach der Eingliederung Ägyptens ins Reich hatte Augustus den Präfekten in Alexandria angewiesen, ein Heer nach Arabien zu schicken, um, wie es hieß, reiche Freunde zu gewinnen oder reiche Feinde zu vernichten. Aelius Gallus war bis ins alte Reich der Sabäer vorgedrungen, hatte dann aber die Belagerung der Hauptstadt Mariaba abbrechen müssen. Dreißig Jahre später schickten die Römer aus ihren Häfen am Roten Meer eine Flotte nach Adane, um die Herrschaft der Handelsfürsten zu brechen und römischen Händlern den Zugang zu Arabiens und Indiens Märkten zu öffnen.

Der Fürst des weiter östlich gelegenen Kane nahm den vorübergehenden Ausfall von Adane als Geschenk des Schicksals und gewährte fremden Händlern gewisse Vergünstigungen: geringen Zoll (nur fünf Hundertstel des Warenwertes) und im Binnenland sichere Straßen, so weit die Waffen seiner Krieger reichten. Karawanen zogen von Kane über Mariaba nach Norden, ins Land der Nabatäer und weiter zum Hafen Gaza. Einzelne Händler fuhren mit ihren Schiffen nach Adane und von dort ins Rote Meer, weil ihr Ziel Ägypten war; für alle anderen war die eine lange Karawanenstrecke angenehmer als die Fahrt zu einem der ägyptischen Häfen, Berenike oder Myos Hormos, von wo alles mit Karawanen zum Nil gebracht und dann auf Flußschiffe umgeladen werden mußte. In Adane konnte man Wasser fassen oder kleinere Schäden beheben; mehr blieb nicht von der alten Pracht.

Es war müßig, dachte Demetrios, der Vergangenheit Tränen zu widmen oder sich zu fragen, was geschehen wäre, wenn der Fürst und die Handelsherren beizeiten Rom begriffen hätten.

Sein erster Aufenthalt in Adane war ein Zufall gewesen. Der Händler, dessen Gehilfe er damals war, hatte nicht auf die nächste Karawane warten mögen, die Kane frühestens in zwanzig Tagen verlassen würde. Deshalb waren sie mit dem Schiff weiter nach Westen gefahren, um in Adane frisches Wasser und, vielleicht, das eine oder andere Handelsgut aufzunehmen. Danach das Rote Meer und Berenike. Zwei Tage und zwei Nächte in Adane...

Der Händler, Nikolaos, hatte seinen jungen Gehilfen zu einigen Verhandlungen mitgenommen, ihn mit Kharkhair und anderen bekanntgemacht – dies am Tag. Abends und in der Nacht hatte Demetrios sich in Ravis Gasthaus aufgehalten, mit dem Inder über die Gerüche von dessen Heimat gesprochen und die Umrisse indischer Götter, griechischer Pflanzen und arabischer Mädchen unter der spiegelnden Oberfläche des Weins gesucht. Aber durch das Trinken gelang es ihnen lediglich, die Oberfläche im Becher abzusenken, bis nichts blieb als Leere, und wenn sie die Becher wieder füllten, schufen sie eine neue Spiegelfläche, unter der unzugängliches Mysterium blieb; oder Unsinn, falls dies nicht das gleiche war. Und vor dem Versuch, hinter den Weinspiegel zu gelangen, war Demetrios mit einem von Ravis Mädchen anderen Spiegelungen gefolgt: jenen, die schwinden, sobald man sie erreicht, und die bittere Süße und kraftvolle Erschöpfung sind.

Der zweite Besuch lag fünf Jahre zurück. Damals war Demetrios Gerüchten nachgegangen, daß man im Hinterland von Adane eine neue Art Myrrhe gefunden oder gezüchtet habe, besser als die gewöhnliche arabische, vielleicht ebenso gut wie die teurere erythräische. Er fand nie heraus, ob die Gerüchte ein verzweifelter Versuch der Adaner waren, wieder mehr Handel an sich zu ziehen; die Myrrhe jedenfalls war nicht besser und nicht schlechter als die üblichen arabischen Arten. Danach hatte er sich drei Nächte bei Ravi aufgehalten und mit Kharkhair und anderen Händlern kleine Geschäfte gemacht: Da er zu einer Zeit der Handelsflaute kam, konnte er günstig eine Schiffsladung Öl, Tücher, Salben und Gewürze zusammenstellen.

Und nun der dritte Besuch. Wahrscheinlich der letzte. Wenn alles sich so verhielt, wie Ravi sagte, würde es sich in Zukunft nicht mehr lohnen, nach Adane zu reisen. Allerdings fragte er sich, ob es sich für die Römer lohnte, in dieser Stadt der lebenden Toten, wie Ravi sie genannt hatte, ein paar Krieger zu unterhalten. Und warum sie dies überhaupt taten.

Als er etwa eine Stunde vor Sonnenuntergang über die Landzunge nach Norden ging, herrschte bereits Gedränge an der vorgesehenen Rennstrecke. Ravis Gasthaus war verlassen gewesen, als Demetrios gereinigt und mit frischer Kleidung in den Schankraum kam. Offenbar hatte der Inder das seltene Schauspiel nicht versäumen wollen, und wahrscheinlich waren Prexaspes und die anderen mit ihm gegangen. Demetrios sagte sich, daß er sich möglicherweise zur Unzeit allzu gründlich gereinigt habe und nun etwas verpassen würde.

Aber noch hatte das Rennen nicht begonnen. Und alle waren da: Kharkhair, Mukhtar, Baschama, Ilazar und die anderen großen Händler, die den Untergang von Adane überleben würden, weil sie auch in Kane und Mariaba Niederlassungen besaßen; Ravi und sein Koch Aschoka, der Demetrios mit einem breiten Grinsen begrüßte; Prexaspes hatte die taubstumme Perserin mitgenommen, Mikines und Leonidas standen an einem Karren, wo Wein ausgeschenkt wurde, und Meleagros redete unter heftiger Nutzung von Armen, Händen und Grimassen mit dem riesigen Nubo, der zu seinen rotgefärbten Haaren jetzt auch noch einen hellgrünen Chiton trug.

Die meisten Männer standen dort, wo das Rennen beginnen und enden würde. Man hatte eine ovale Bahn abgesteckt, auf der die Sänftenträger an die fünfhundert Schritte zurückzulegen hatten, vielleicht drei Stadien nach Demetrios' Schätzung. Nicht viel, sagte er sich, aber auf dem lockeren Sand oberhalb des eigentlichen Strandes eine mörderische Strecke.

Die Sänften und die Träger ruhten noch; zwischen ihnen und den lautstark redenden Männern standen einige Tische, an denen man Wetten abschließen konnte.

Demetrios näherte sich den Handelsfürsten. Kharkhair sah ihn als erster und winkte ihn zu sich. Mit hartem Griff umklammerte er den rechten Unterarm des Griechen.

»Demetrios der Unzeitige«, sagte er. »Willkommen. Was bringt dich her, nach all den Jahren?«

»Die Hoffnung auf die Gnade deines Lächelns, Fürst, und auf gedeihliche Geschäfte.«

Kharkhair nickte. »Das habe ich mir gedacht. Aber du weißt ja, daß die Gnade meines Lächelns um so größer ist, je gedeihlicher die Geschäfte für mich und je unersprießlicher sie für dich sind.«

Wie die anderen trug auch Kharkhair einen weiten, weißen Umhang, dazu ein mit Zierstricken befestigtes Kopftuch. Der Schleier, der ihn bei Bedarf gegen Wind, Sand und zu grelle Sonne schützte, war hochgeschlagen; die Ecken steckten in den Strickschlingen. Demetrios musterte das unverhüllte Gesicht: die weißen Brauen, die scharfkantige Raubvogelnase, den weißen Bart, die Runzeln. Kharkhairs Augen waren ebenso wach und mißtrauisch wie beim vorigen Mal, aber die Finger, deren fester Griff nicht nachgelassen hatte, schienen nur noch Haut und Knochen zu sein.

›Macht und Reichtum‹, dachte Demetrios, ›mögen ihm geblieben sein, aber die Parzen sind dabei, seinen Lebensfaden aufzuriffeln. Reich, mächtig und demnächst tot.‹

Laut sagte er: »Es wird uns zweifellos wieder gelingen, einen Ausgleich zwischen deinem Leid und meiner Wonne zu finden.«

Mukhtar rümpfte die Nase. »Niemand hier sieht es als seine Aufgabe an, einem Fremden wie dir auch nur zu minderen Formen der Wonne zu verhelfen.«

Demetrios glaubte, auf den Gesichtern von Kharkhair und Baschama einen Anflug von Mißbilligung zu lesen. »Dein edler Vater«, sagte er, »scheint mir drei Fehler gemacht zu haben, die sein Andenken nicht über die Maßen verfinstern sollten.«

Baschama hatte sich abgewandt, um von einem Diener einen Becher mit Fruchtsaft entgegenzunehmen. Diesen hob er nun, kniff ein Auge zu und sagte: »Erleuchte uns, Demetrios. Mukhtar – ich meine den Vater – hatte gute Eigenschaften, zahlreich wie die Sandkörner des Gestades, aber ihm waren auch Mängel eigen, deren Anzahl, wenn sie denn Schöpfeimer wären, zur Tilgung des Meeres gereicht hätten.«

Mukhtar unterbrach. »Was den Strand gedehnt und die Sandkörner seiner Weisheit unendlich vermehrt haben würde; und erspare uns doch Berechnungen dieser Art.«

»Die«, sagte Baschama ungerührt, »du ohnehin nicht durchführen könntest. Welche drei Fehler hast du bemerkt?«

»Zur Erbauung der Göttinnen der Unterwelt hat er seine Klugheit mitgenommen, statt sie dem Sohn zu hinterlassen. Zweitens hat er, wie viele andere auch, darauf verzichtet, beizeiten dafür zu sorgen, daß Fremde hier genug Wonne vorfinden und daher ausgedehnter Besuche mit Kriegsschiffen nicht bedürfen. Und schließlich hat er die Folgerungen hieraus seinem Sohn mitzuteilen vergessen.«

Kharkhair stieß ein knirschendes Geräusch aus, etwas, das von Erheiterung und Entrüstung gleich weit entfernt schien. Er blickte zu den Sänften, wo unter den Trägern auch römische Krieger standen. Sie trugen weder Waffen noch Rüstungen, waren jedoch unverkennbar dank der rötlichen Leibröcke und der Sandalen, deren Bänder sich um die Waden schlängelten.

»Reden wir nicht von Dingen, die die Vergangenheit besudeln«, sagte er. »Sprechen wir lieber davon, daß jene dort sich einbilden, eine Sänfte ebenso schnell und gut tragen zu können wie unsere Diener, die nichts anderes tun. Hast du vor, auf den Ausgang des Rennens zu wetten?«

»Wie könnte ein Fremder, der die Vorzüge der einzelnen Träger nicht kennt, dies wagen?«

Baschama lachte leise. »Wir könnten dir Ratschläge geben. Natürlich würden wir dir das Gegenteil dessen raten, was für uns sinnvoll ist.«

»Alles andere wäre so überraschend, daß Zweifel an meinen Ohren den Unglauben an eure Worte überwöge.« Demetrios wandte sich an Kharkhair. »Andererseits könntest du beschließen, mir einen guten Rat für das Rennen zu geben, damit die Freude über einen leichten Gewinn mich zum lallenden Narren macht, den du morgen beim Feilschen lebendig häuten magst.«

Kharkhair bewegte seinen Umhang, als wolle er aufdringliche Fliegen verjagen. »Kein Rat von mir, Demetrios. Die Wege hinab in die Unterwelt oder hinauf zu den Göttern soll man selbst wählen. Nur der selbstverschuldete Verlust schmerzt geziemend, nur der selbst errungene Gewinn trügt ausreichend.«

Mukhtar hatte das Gesicht verzogen; unüberhörbar gehässig sagte er: »Mancher Fremde, der unsere Vergangenheit berichtigen will, ist zu feige, in der Gegenwart Entschlüsse zu fällen.«

Demetrios nickte. »Du hast recht, Trefflicher. Es soll aber schon vorgekommen sein, daß am Ende eines kühnen Entschlusses nichts blieb als der Napf des Bettlers.«

»Bettler?« Der Araber schien mit den Augen etwas zu suchen. Dann hob er den rechten Arm und deutete auf eine Gruppe schäbig gekleideter Männer am Rand der abgesteckten Bahn. »Dort steht einer, durch Dreistigkeit vom Sklaven zum Bettler geworden. In zwei Tagen wird er den Kopf verlieren. Danach befindet er sich in jenem Zustand, den ich auch für dich ersehne.«

Baschama berührte Demetrios' linken Arm mit der Hand, seufzte leise und ging zu einer anderen Gruppe Bessergekleideter. Kharkhair wandte den Kopf, musterte Mukhtar und sagte:

»Abneigung gegen das Imperium ist verständlich, wird aber zu Dummheit, wenn sie die Möglichkeit von Geschäften verhindert und Gäste grundlos beleidigt.«

»Ich setze hundert Drachmen.« Demetrios zupfte sich am rechten Ohr; dabei fragte er sich, ob er gerade einen lächerlichen Fehler beging, aus reiner Abneigung gegen den Sohn eines Mannes, mit dem er einmal Geschäfte gemacht hatte. »Was setzt du?«

»Den bettelnden Sklaven.« Mukhtar schnaubte. »Falls du auf die Römer setzt.«

»Gib mir ein paar Atemzüge Zeit; ich will die Träger betrachten.«

Mukhtar hob die Schultern. Kharkhair blickte reglos geradeaus.

Die Sänftenträger waren sämtlich kräftige Männer; sieben der acht Gruppen gehörten reichen Kaufleuten – Kharkhair, Baschama und Mukhtar zählten zu den Besitzern. Und wie Demetrios an dem langen Tisch erfuhr, wo allgemeine Wetten abgeschlossen werden konnten, hatten alle Besitzer natürlich auf ihre eigenen Leute gesetzt. Die Römer waren erste Anwärter auf den letzten Platz.

»Wenn ich leichtfertig genug wäre?«

Der Araber fuhr mit dem Finger über einen bekritzelten Papyros. »Baschamas Leute liegen vorn... zwei Drachmen für eine gesetzte, wenn sie siegen. Die Römer – ah, neunzehn für eine.«

»Weiß jemand, wer in den Sänften sitzt?«

»Frauen.« Der Mann schnalzte mit der Zunge. »Natürlich jung und möglichst leicht. Nach dem Rennen werden sie sich zeigen, und sollte ein Kind in der siegreichen Sänfte gesessen haben, fällt der Sieg der zweiten zu.«

»Ich will es noch ein Weilchen bedenken.« Demetrios hob die Hand und ging weiter.

Er sagte sich, daß er es sich leisten konnte, ein paar Minen zu verlieren; andererseits wünschte er dringend, Mukhtar verlieren zu sehen. Einige Augenblicke stand er ratlos da, dann wandte er sich an den Mann, der eben noch den vier Römern, die neben einer Sänfte standen, etwas zugeraunt hatte.

»Dein Name, Freund?« sagte er auf Latein.

»Marcus Valerius Rufus.« Der Römer betrachtete ihn aufmerksam. »Warum willst du das wissen? Und wer bist du?«

»Ich bin Demetrios, Händler und römischer Bürger. Wie ich eben drüben am Tisch hörte, hat von den Einheimischen niemand auf euch wetten mögen.«

»Vielleicht machen sie den Fehler, nicht nach Vorzüglichkeit, sondern nach Abneigung zu wetten.«

Demetrios schätzte den Mann auf knapp dreißig; seiner Aussprache nach stammte er aus besseren Kreisen, und seine dunkelgrauen Augen blickten scharf.

»Ich weiß nicht, zu welcher der vielen Sippen namens Valerius du gehörst...«

»Hat das eine Bedeutung?« Der Römer hob die Brauen. »Und was willst du von mir?«

»Ich will auf deine Leute wetten; auch wenn ich neben dir vielleicht der einzige bin.«

»Und?«

»Wie gut sind deine Männer?«

»Sie sind gut. Und hart. Römer, keine Hilfstruppen.«

»Warum wollt ihr zum allgemeinen Spott werden?«

Rufus beugte sich vor und flüsterte ihm ins Ohr: »Das sage ich dir nicht. Du könntest es verraten.«

»Ich will auf euch setzen; warum sollte ich euch verraten?«

»Na schön. Wir ziehen ab, verlassen Adane in ein paar Tagen. Eine Gebärde als Abschiedsgruß. Übrigens – wir werden siegen.«

Demetrios betrachtete die vier Männer und nickte. »Das sollte mir genügen. Aber – hast du etwas dagegen, daß ich mit ihnen rede?«

Der Römer hob die Schultern. »Von mir aus.«

»Hört zu, Freunde«, sagte Demetrios. »Da ihr länger hier gelebt habt, kennt ihr sicher den einen oder anderen Hochmütigen, der alle Bürger und Kämpfer des Imperiums für fußkrank hält, nicht wahr?«

Zwei der Krieger verzogen keine Miene, einer lächelte; der vierte sagte:

»Wir sind jedenfalls nicht so gut im Weglaufen.«

Alle vier waren stämmig, mit sichtlich harten Muskeln ausgestattet; ein paar Atemzüge lang bedachte Demetrios all die Geschichten über Gewaltmärsche mit Gepäck, die er gehört hatte, und die Besoldung der Legionäre. Einen Sesterz am Tag erhielt der gewöhnliche *miles,* diese erfahrenen Männer hier in der Fremde vermutlich mehr. Wieviel wohl? Unwahrscheinlich, dachte er, daß es mehr als das Vierfache war. Vier Sesterzen entsprachen einem Silberdenar, dieser einer Halbdrachme. Was sollte er ihnen anbieten?

Kurz entschlossen sagte er: »Ich habe hundert Drachmen auf euch gesetzt. Wenn ihr gewinnt, kriege ich eintausendneunhundert zurück. Sagen wir – tausend für euch?«

Nun grinsten alle vier breit. »Was ist mit ihm?« sagte der Krieger, der als einziger geantwortet hatte; dabei deutete er auf Marcus Valerius Rufus, der zweifellos alles gehört hatte und betont gleichgültig dreinblickte.

»Wenn ihr ihn beteiligen wollt...« Demetrios hob die Brauen. »Ich hoffe, die Frau in eurer Sänfte ist nicht zu schwer.«

»Das hoffen wir auch«, sagte ein anderer Römer; gleichzeitig hörte Demetrios aus der Sänfte ein überaus angenehmes Geräusch – etwas zwischen Kichern und Gurren.

»Später gibt es Wein in Ravis Schänke – wenn ihr so etwas mögt.«

»Wir werden unsere Abneigung überwinden. Danke, Herr.«

Demetrios verwandte noch ein paar Augenblicke auf die Sänfte, die schlicht war, ohne Verzierungen, mit Vorhängen aus leichtem Stoff; die anderen Sänften wirkten bedeutender, prunkvoller. Und schwerer.

Er ging zurück zum langen Tisch und setzte bei einem der Wettaufseher hundert Drachmen auf den Sieg der Römer. Danach näherte er sich wieder Mukhtar und sagte:

»Wir wollen es so machen, wie du vorgeschlagen hast.«

Mukhtar fuhr sich mit der Zunge über die Unterlippe. »Ich habe eben Kharkhair eine Nebenwette vorgeschlagen. Wenn du verlierst, wird er keine Geschäfte mit dir machen.«

Der alte Händler verzog keine Miene. »Eine Wette ist so gut wie die andere«, sagte er.

»Und wenn ich gewinne?«

»Gibt Mukhtar mir drei prächtige Hengste.«

Demetrios verschwendete zunächst keine weiteren Gedanken auf Mukhtar. Der Vater war ein herber Handelsfürst gewesen und hatte sicherlich keine Zuneigung für Händler aus dem Imperium empfunden, ob diese nun Römer waren oder nicht. Das hatte ihn jedoch nicht daran gehindert, sich der üblichen Formen von Höflichkeit gegenüber möglichen Geschäftspartnern zu befleißigen. Der Sohn schien bei den anderen – aus Baschamas und Kharkhairs Verhalten zu schließen – nicht in gutem Geruch zu stehen. Und drei Pferde? Ein sinnlos hoher Einsatz für eine derartige Wette.

Mit einem Becher, der Wein, Fruchtsaft und Wasser zu gleichen Teilen enthielt, machte Demetrios sich auf die Suche nach seinen Leuten. Nördlich der Rennstrecke, an deren Beginn sich nun endlich die Träger aufstellten, fand er sie und Ravi. Sie lehnten an einem Zaun, tranken und betrachteten ein paar Dutzend Kamele, die hochmütig zurückstarrten und ihre Kiefer so bewegten, als ob es sich bei dem, was sie wiederkäuten, um vor der Verkündung gründlich zu erwägende philosophische Befunde handelte.

»Haben sie nicht große Ähnlichkeiten mit gewissen Handelsfürsten?« sagte Ravi, als Demetrios zu ihm trat.

»Nicht nur das. Sie sind die Versammlung der Hohen Priester des Sandgottes und beraten über die Frage, wie dessen Kinder eßbar gemacht werden können.« Demetrios hob den Becher und trank den Kamelen zu.

»Wenn ich das richtig gesehen habe, Herr«, sagte Mikines, »hast du gewettet. Auf wen?«

»Ich hoffe, auf die Sieger.«

Ravi lachte. »Das hoffen alle Wetter. Wollen wir das Orakel der Sandgötter befragen?«

»Wie geht das?«

Ravi blickte zu den Kamelen, die still standen und kauten; hin und wieder stieß eines der Tiere blubbernde Geräusche aus. »Von rechts, die ersten acht«, sagte er. »Sagen wir, sie stehen für die acht Sänftengruppen. Das erste für Kharkhairs Leute, das zweite…« Er nannte die Namen der Handelsherren, die Römersänfte ordnete er dem achten Kamel zu. Dann bückte er sich und nahm eine Handvoll Sand auf.

»Ich werde sie jetzt mit Sand bewerfen, die Hohen Priester des Sandgottes. Vielleicht bewegen sie sich dann. Das Orakel geht so: Die Sänfte gewinnt, deren Kamel sich am weitesten auf uns zu bewegt. Einverstanden?«

Niemand widersprach; alle sahen mit mehr oder weniger breitem Grinsen zu, wie Ravi den Sand schleuderte. Und tatsächlich bewegten sich einige Kamele – zur Seite, nach hinten, nur eines näherte sich dem Zaun, als ob es sagen wollte: »Mehr von diesem leckeren Sand!«

»Nummer acht«, sagte Mikines. »Ich hoffe, Herr, du hast auf die Römer gesetzt.«

»Das ist seit ungefähr dreihundert Jahren eine ziemlich sichere Wette.« Leonidas gluckste. »Ich weiß nur nicht, ob das auch für Sänften gilt.«

»Gleich geht es los.« Prexaspes deutete auf die Rennbahn.

Die acht Trägergruppen standen nebeneinander. Demetrios schätzte, daß nach höchstens hundert Schritten die abgesteckte Strecke zu eng wurde, daß höchstens drei Gruppen nebeneinander würden laufen können.

»Der da gibt das Zeichen.« Ravi deutete auf einen riesigen Mann, der eben noch mit anderen am Wett-Tisch geredet hatte und nun zu den Sänftenträgern ging – zu einem Sandhügel an der Südseite der Rennbahn. In der Rechten hielt der Mann eine Lederpeitsche, deren Ende er durch den Sand schleifen ließ.

Zwischen den Trägern gab es offenbar einen kleinen Austausch von Spötteleien und Anwürfen. Alle standen neben ihren jeweiligen Sänften.

»Guter Platz hier oben«, sagte Demetrios. »Man kann alles überblicken, ohne sich zu drängeln.« Er wandte sich an Prexaspes, der neben der Perserin stand und mit beiden Händen Zeichen machte. »Kann man so auch anfeuern? Schreien?«

Prexaspes streckte ihm die Zunge heraus.

Der Mann mit der Peitsche rief etwas; dann hob er das Gerät und ließ es knallen.

»Auf die Schultern«, murmelte Ravi.

»Hast du auch etwas gesetzt?«

Ravi schüttelte den Kopf. »Das ist so verrückt, daß ich mich mit Zusehen begnüge.«

»Wer hat sich das denn ausgedacht?«

»Ich glaube, das war Baschama; ich bin aber nicht sicher. Am Morgen nach einer durchzechten Nacht, heißt es. Ich glaube nicht, daß es diese Art Rennen je irgendwo gegeben hat.«

»Man könnte es in Rom vorschlagen«, sagte Demetrios; dann schwieg er, denn die Peitsche knallte zum zweiten Mal, die Träger beugten sich unter ihren Sänften ein wenig vor, ein paar Männer schienen je ein Bein heben zu wollen, andere gingen leicht in die Knie.

Der dritte Peitschenknall. Die acht Gruppen setzten sich in Bewegung, und die Zuschauer begannen zu johlen und zu klatschen. Demetrios' Kenntnisse des Südarabischen waren beschränkt; er verstand in dem Durcheinander der Schreie kaum ein Wort, sah aber, daß Ravi hin und wieder grinste oder den Kopf schüttelte.

Die acht Sänften schaukelten nebeneinander, näherten sich der sandigen Anhöhe, auf der Ravi und die anderen standen. Demetrios betrachtete die Beine der Träger, die Muskeln, die von den Tragstangen niedergedrückten Schultern, die verzerrten Gesichter. Und die Sänften – verzierte Tragstangen, Brokatvorhänge, Aufbauten wie der Bug eines Kampfschiffs.

Die meisten Träger waren Sklaven der jeweiligen Sänftenbesitzer, elf der zweiunddreißig Männer waren schwarz. Wahrscheinlich hatte man den Sklaven Belohnungen oder Peitschenhiebe in Aussicht gestellt.

Demetrios hatte keine Ahnung, ob Freie oder wenigstens Diener neben den Sklaven liefen und was man diesen geboten haben mochte. Aber noch ehe das Rennen zur Hälfte vorüber war, wußte er, daß er gewinnen würde. Die vier Römer trugen die schlichteste und wahrscheinlich leichteste Sänfte; die Tragstangen lagen mit Lederpolstern auf den Schultern; die Männer waren fast genau gleich groß, und sie liefen einen lockeren Trab. Der Mann vorne links gab den Takt an. Zwei andere Sänften wurden schneller getragen, erreichten vor den Römern den Scheitelpunkt der ovalen Bahn, aber es war deutlich zu sehen, daß die Träger mit sich und ihrer Last zu kämpfen hatten und kaum noch eine Art Laufrhythmus besaßen.

Auf dem Rückweg von der Wende gab es kleinere Rempeleien, die keine Folgen hatten. Dann zogen die Römer an den beiden anderen Sänftengruppen vorbei, und es war fast beleidigend, wie leicht sie ihren Vorsprung vergrößerten und wie mühelos sie das Ziel erreichten.

Ravi klopfte Demetrios auf den Rücken. »Du hast auf sie gesetzt, nicht wahr? Glückwunsch. Willst du mir nicht mit deinem Gewinn die Schänke abkaufen?«

»Ist das dein Ernst?«

Ravi nickte. »Wann wolltest du aufbrechen? Damit ich rechtzeitig packe.«

Es gab kein großes Getöse, keine überschwenglichen Feiern. Die edlen Handelsfürsten fühlten sich offenbar gekränkt und verschwanden schnell; lediglich einige der einfachen Adaner blieben, um Getränke zu vertilgen, Verlierer zu trösten und den Römern so etwas wie freundliche Abneigung, geringschätzige Achtung zu bekunden.

Demetrios ging zu den Männern, die um die immer noch geschlossene Sänfte standen, und klopfte ihnen auf die Schultern.

»Wieder einmal wurde das Imperium von richtigen Männern gerettet«, sagte er. »Aber jetzt wüßte ich doch gern, wen ihr da getragen habt.«

»Das muß noch warten.« Rufus berührte seinen Arm. »Der oberste Wettmeister wird gleich die Vorhänge öffnen, um nachzusehen, ob nicht etwa ein wolkenleichter Zwerg darin sitzt.«

»Das heißt, vorher darf ich den Gewinn nicht abholen, nicht wahr?«

Rufus lächelte. »Tröste dich; ich weiß, daß kein Zwerg in der Sänfte sitzt und daß du deinen Gewinn bald verteilen kannst. Aber sag mir etwas anderes, solange wir hier stehen.«

»Was denn?«

Der Römer kratzte sich den Kopf. »Ich weiß nicht, ob die Gerüchte stimmen – man sagt, du willst hier Geschäfte machen und eine Karawane zusammenstellen, wahrscheinlich nach Gaza.«

»Das stimmt; es sei denn, die Geschäfte wären so schlecht, daß ihr Ergebnis auf ein Schiff paßt.«

»Ich wünsche dir glänzende Geschäfte. Wir haben den Befehl erhalten, nicht zurück nach Ägypten zu reisen, sondern uns vorübergehend dem Präfekten in Caesarea zu unterstellen.«

Demetrios überlegte. »Das ist Pontius Pilatus, nicht wahr? Ärger in Judäa?«

»Wie immer; nur mehr als sonst.« Rufus grinste flüchtig. »Mit einer größeren Karawane reist man besser. Wir würden uns gern anschließen.«

»Eine Karawane mit römischen Kriegern wird die Freude räuberischer Wüstenmenschen mindern. Was sollte ich dagegen haben?«

Jemand hinter Demetrios räusperte sich; als der Händler sich umdrehte, stand dort der alte Bettelsklave, dem eine Hand fehlte.

»Mukhtar, durch dessen Eingeweide brennende Maden schweifen sollen, hat mir ausrichten lassen, daß ich jetzt dir gehöre.« Er betrachtete Demetrios mit einem merkwürdigen Gesichtsausdruck – Erleichterung, Besorgnis, Unterwürfigkeit, Ablehnung? Alles zusammen? Oder noch andere Regungen?

Demetrios verzichtete darauf, die Miene zu deuten. »Opiter Perperna«, sagte er. »Ich hoffe, du kannst reiten. Die Karawane wird immer größer.«

»Vielleicht wächst sie noch weiter.« Meleagros hatte zusammen mit Nubo die Gruppe erreicht.

»Wieso?«

Der Schwarze räusperte sich. »Es wäre mir eine Ehre«, sagte er, »und eine Wonne sowieso, der ehrenwerten Gesellschaft meine unwerte Begleitung aufdrängen zu dürfen.«

»Noch einer?« Demetrios lachte. »Von mir aus. Solange ich nicht jedes Reittier striegeln muß. Oder zu kaufen habe.«

Inzwischen war der Wettmeister zur Sänfte gekommen; er schob die Vorhänge beiseite, blickte ins Innere, richtete sich auf und sagte: »In Ordnung; ihr habt gewonnen.«

Aus der Sänfte stieg eine Frau. Sie mochte fünfundzwanzig Jahre alt sein, hatte schwarzes Haar und schaute Demetrios mit gleißend schwarzen Augen an. So gleißend, daß er zunächst nichts anderes sah. Erst ein paar Lidschläge später bemerkte er, daß die Sonnenstrahlen im Haar ein rötliches Glimmen entfachten und aus den Augen grüne Funken sprühen ließen.

»O Demetrios«, sagte sie mit einer Stimme, die ihm rauh und warm in die Ohren und gleich darauf den Rücken hinab rieselte, »ehe du deinen Gewinn abholst, erwäge doch, ob in deiner Karawane eine ptolemaische Fürstin und ihre Begleiterinnen mitreisen könnten.«

Rufus brach in Gelächter aus, und Demetrios befürchtete, daß sein Gesichtsausdruck in diesem Augenblick reichlich dumm sein mußte.

5. Brief des Sohnes an den Vater

> Demokritos verwirft Ehe und Kinderzeugung wegen der vielen Unannehmlichkeiten, die aus ihnen erwachsen ... Es gibt keine naturgegebene Beziehung zwischen Eltern und Kindern.
>
> EPIKUROS

Ehrwürdiger Vater, trefflicher Herr der Herden und der Steppen!

Wie in meinem früheren Schreiben wende ich mich an dich mit der Bitte, mir ein Zeichen zu geben: daß du mir den Fortgang dieses Unterfangens ersparest. Denn sieh, mich dürstet nach dem Wasser deines Brunnens, und in den langen Nächten der Fremde verlangt mein Leib nach Annehmlichkeiten: des Lagers in jenen Gemächern, welche die jungen Frauen mit einem Lächeln betreten und singend verlassen. O der Duft, den morgens der Wind aus den Wäldern bringt; o die Pracht und Güte deines Lächelns; o die Wonne vertrauter Speisen – und später den Reden der Weisen oder den Liedern der Witzigen lauschen, die glatten Steine des Innenhofes unter den Füßen, das Spiel der Farben, wenn die Sonne ihre Strahlen auf den Bildern der Wände verweilen läßt – der Wände deines Hauses, Herr, aus dem du mich gesandt hast, jene Dinge zu erkunden, die wir doch längst wissen.

Sieh: Was ich hierher mitbringen konnte, ist nutzlos und bar jeden Sinns, da sie, die hier leben, dieser Dinge nicht bedürfen. Kenntnisse über heilsame Pflanzen, das Wissen von Aufgüssen und lindernden Umschlägen – die Pflanzen, die ich kenne, wachsen hier nicht, und jene, die man hier nutzt, sind mir fremd. Ich bin der erfahrene Jäger unter Bauern und Viehzüchtern. Was nützt es denn, alle Geheimnisse des Lebens und Verhaltens von Flußpferden und Nashörnern zu kennen in einem Land, wo es weder Nashorn noch Flußpferd gibt? Ich kenne die Wege der Elefanten zu ihren Tränken und Suhlen, aber hier sind keine Elefanten, mein Vater, und im Sand dieses Landes herrscht betrüblicher Mangel an Suhlen und Teichen.

Die Menschen sind anders, sie reden anders, sie bedürfen anderer Köder, um nach einem Angelhaken zu schnappen. Ich habe diese Köder nicht, weiß ja kaum zu sagen, ob das, was ich für einen Angelhaken hielt, hier nicht vielleicht nur ein Nagel ist, ein Wurm oder ein Windstoß. Papyros, den Kundige mit Bims geglättet haben, verlangt andere Schreibhalme als der rauhe, der mehr Tinte aufnimmt. Du aber hast mich gleichsam als Schreiber in ein Land geschickt, in dem sie Steinscheiben verwenden statt Papyros, und jene Halme, die zurechtzukauen und zu verwenden ich gelernt habe, ersetzen nicht den Meißel, dessen Führung mir unerfreulich und unbekannt ist. Verloren bin ich in der Fremde, o mein Fürst und Vater.

Da dies so ist, lebe ich nicht als dein Sohn, sondern als fröhlicher Narr. Sie übersehen die von ihnen geschmähte Farbe meiner Haut, da ich meinen Haaren eine Tönung gegeben habe, die ihnen in die Augen kreischt wie der Klang einer gerissenen Saite in deine Ohren. War dies deine Absicht, Fürst – daß dein Sohn keineswegs geehrt werde? Da jede Ehrung des Sohnes dem Vater gilt, muß dies wohl auch mit Schmähungen so sein. Wolltest du verlacht werden, da dein Sohn, um zu überleben, den Narren spielen muß?

Was nun die Kenntnisse angeht, die zu sammeln du mich ausgeschickt hast, so wisse denn, daß niemand in all jenen Landen, die für uns erreichbar sind, die Römer liebt. Rom, sagt man, marschiert immer geradeaus und achtet nicht darauf, was unter den Schritten zertrümmert, zertrampelt, zerstört wird. Wo Rom ist, ist Macht. Wo Rom ist, sind aber auch andere Dinge: Wasser, Straßen, Versorgung mit Getreide, Ärzte, Büttel, Richter – Ordnung und besseres Leben, sagen die einen, Verlust der Freiheit, sagen die anderen. Ist es denn vielleicht wirklich besser, daß es *ein* Reich gebe, geleitet von Fähigen, deren Herr, wie es heißt, auf einer Ziegeninsel lebt und die täglichen Geschäfte seinen Helfern überläßt?

Aber all dies wußten wir längst. Von den Ahnen, denen du verdienstvoll näher bist als ich, haben wir die Geschichten ererbt, von den Alten haben wir sie gehört: über die allmähliche Dehnung und Schrumpfung des Reichs der griechischen Ägypter, die zunächst mit Macht in Gebiete vordrangen, welche unseren Ahnen gehörten und heute wieder unser sind. Kriege und Gegenkriege, Märsche und Gegenmärsche, und dabei ging es den Ptolemaiern zunächst nur um Elefanten für ihre Kriege. Angeblich. Denn weiß ich etwa nicht – hast du es mich denn nicht gelehrt –, daß es nie nur *einen* Grund gibt? Ptolemaios will Kriegselefanten; er kann sie nicht mehr aus Asien bekommen, da zwischen Indien und Ägypten jene Länder liegen, mit denen er Krieg führt. Sie lassen nicht zu, daß ihr Gegner mit ausgebildeten Kampftieren beliefert wird. Deshalb will er Elefanten aus unseren Ländern haben – aber dort, wo sie besonders zahlreich sind, wohnen Menschen, die sie nicht fangen, sondern jagen. Um sie zu essen. Deshalb führt Ptolemaios Krieg gegen uns. Er gewinnt ein wenig, seine Nachfolger verlieren ein wenig; schließlich sind die Grenzen wieder da, wo sie vorher schon waren, und die Ptolemaier beschränken sich auf bewaffnete Handelshäfen am Meer. Von dort schicken sie Krieger und Jäger.

Aber, o mein Vater: Warum haben sie Kriege geführt, zu denen sie Elefanten brauchten? Kriege gegen ihre makedonischen Brüder, die Leute des Seleukos in Syrien? Weil entweder die einen oder die anderen nicht zufrieden waren mit dem, was sie besaßen; und sie besaßen diese Länder, weil ihr göttlicher Herrscher Alexander sie anderen geraubt hatte. Den Persern, zum Beispiel, die Ägypten den Ägyptern nahmen und Syrien den Assyrern, die es anderen genommen hatten, denen wieder andere es hatten überlassen müssen. Immer war vorher ein anderes Volk da. Und erinnerst du dich, o mein Vater, an die zerfallenen Reste großer Häuser, drei Tagereisen südwestlich deines Palastes? An die Fragen, die ich gestellt habe und die keiner beantworten konnte: Wer hat das gebaut, wie hat es ausgesehen, wo sind die Erbauer geblieben?

Alles Land, das du besitzt – alles Land der Römer – alles Land der Araber und der Juden und der Parther – alles Land gehörte vorher anderen. Das einzige, was sich nicht ändert, ist der Wandel; die einzigen, die sich nicht ändern, sind die Menschen.

Da wir dies also längst wissen – wozu hast du mich ausgeschickt? Wozu hast du den bitteren Becher meines Abschieds gefüllt, statt ihn von mir zu wenden? Damit ich in der Ferne leide und Spott ertrage und Niedertracht sammele und später berichten kann, daß es genau so sei?

Oder ist es dein Begehren, die winzigen Einzelheiten und Eigentümlichkeiten zu erfahren, die eine Art Gräßlichkeit von der anderen unterscheiden? Ist es erheblich zu wissen, welches Volk seine Feinde gleich verbrennt, welches sie vorher lebendig schindet, welches das Verbrennen nur bis zum Garen gedeihen läßt, um die in vordem eigene Haut gewickelten Bratenbrocken alsbald zu verzehren? Genügt es nicht zu wissen, daß jeder jeden umbringt, aus jedwedem Grunde? Daß, wie ich inzwischen glaube, die besten Gründe nur Vorwände sind, um das zu verbergen, was allen Gründen zugrunde liegt. Die Lust zu töten. Einige mögen sagen, daß man Staaten einrichtet, um sicherer zu leben; ich sage, daß Staaten vor allem den Vorzug bieten, schneller und gründlicher und mehr zu töten.

Was also ist das Imperium der Römer? Ein Gerät zur Errichtung von Wasserleitungen? Ein Körper, dessen Glieder harmonisch miteinander leben? Oder vielleicht ein einziger Krieger, der mehr und schneller und grausamer töten kann als alle vor ihm?

Aber längst ehe du mich gesandt hast, Vater, wußten wir, daß sie eine Wüste schaffen und dies *Friede* nennen. Daß sie gewaltig sind, weil ihre Ordnung es ihnen erlaubt, schnell viele Krieger überallhin zu schicken. Ihre Götter sind größer als die der übrigen Völker – so groß, daß es nicht einmal nötig ist, die übrigen Götter zu bekämpfen oder ihre Verehrung zu verbieten.

Denn Rom erobert sogar die Götter der fremden Gebiete und macht sie zu römischen Bürgern.

Vielleicht kommt einmal ein Gott, der größer ist als die Götter Roms. Sicher kommt einmal ein Volk, das einen Anfall schwächlicher Unordnung bei den Römern nutzt, um ihre Herrschaft zu beenden. Aber das liegt weiter in der Zukunft als die Geburt deines Urgroßvaters in der Vergangenheit. Es wird uns also nichts anderes zu tun bleiben als das, was wir ohnehin tun: den Römern freundlich begegnen, solange sie die Grenzen nicht überschreiten; sie erschlagen, wenn sie bei uns eindringen; zurückweichen und aus dem Dickicht angreifen, wenn sie zu viele sind; nachrücken und sie erschlagen, wenn sie sich zurückziehen. Wie dies irgendwann unsere Nachbarn mit uns tun werden.

All dies wußten wir. Hast du mich ausgeschickt, um etwas zu bestätigen, was der Bestätigung nicht bedarf? Um Gründe zu finden, im nächsten Winter unsere Krieger nicht in den Norden Libyens zu schicken, wie du es mit jenem römischen Gesandten vereinbart hast? Oder um mich in der Ferne darauf vorzubereiten, daß ich einmal deine Macht übernehmen und dann alles wissen muß, was zu ihrer Ausübung nötig ist?

Es wird mich keine Antwort erreichen, magst du auch versuchen, mich zu belehren, zu verfluchen oder heimzurufen. Hier, in Adane, kann ich nichts mehr lernen oder bewirken. Seit die Römer den Hafen und die Festung eingenommen haben, sind die Ströme des Handels in andere Betten geflossen, und die kümmerlichen Rinnsale, die Adane noch benetzen, werden vielleicht bald völlig versickern.

Ein Händler aus dem Imperium ist angekommen; er stellt eine Karawane zusammen, mit der ich nach Norden reisen werde. Um zu sehen, auf welch andere Art die Menschen dort genau so sind wie überall. Er heißt Demetrios; ich glaube, er ist schon einmal in unserem Land gewesen. In deinem Land, Vater und Herr.

Über Adane habe ich, abgesehen vom Niedergang, nicht viel zu berichten. Die Bewohner der uns nahen Küste treiben manchmal Handel mit den Adanern, oder taten dies, solange es sich lohnte. Ich glaube, auch dies wird enden. Und ich bedauere es nicht, denn insgesamt fand ich die Adaner unerfreulich. Sie sind mürrisch und anmaßend, und ich habe lange gegrübelt und ihnen viel Anlaß zu Spott gegeben, um einen Grund dafür zu finden.

Sie halten sich für wichtig, bedeutende Erben alter Herrscher und Handelsfürsten. Als Rom noch ein Dorf war, sagen sie, haben die Herren von Adane schon die Meere befahren und im Binnenland große Stauseen und Kanäle gebaut. Wegen der Größe der Vorfahren steht es heute niemandem zu, die Kleinheit der Nachkommen zu entblößen. Sie zürnen den Römern, die vor Jahren die Herrschaft der Handelsherren gebrochen, ihre Verfügungsgewalt über Kräuter und Gewürze und über den Handel mit Indien beendet haben.

Aber eigentlich richtet sich ihr Zorn nicht gegen das, was die Römer taten, sondern dagegen, daß sie es zu tun wagten. Oder nicht wagten, nein; zum Wagnis gehört die Überwindung von Furcht und Gefahren. Die Römer haben Adane zerschlagen, wie du eine Fliege auf deinem Bein zerschlügest. Ist es ein Wagnis, eine Fliege zu meucheln? Die Adaner sind mürrisch und zürnen, weil die Römer ihnen nicht einmal bewiesen haben, daß Adane keine Macht ist – Rom hat es nicht für nötig gehalten, etwas zu beweisen. Rom hat einfach eine lästige Fliege zerquetscht. Und die Nachfahren der Fliege beklagen nicht das Zerquetschen, sondern die Erkenntnis, Fliegen zu sein.

Neben dem Murren gibt es einen weiteren Grund, die Stadt und das Umland zu verlassen. Der Mangel an eigenem Wert führt zur Ablehnung all dessen, was anders ist, denn es könnte ja im Andersartigen besser sein. Oder ergiebiger, oder unterhaltsamer. Rom ist so groß, daß keiner der Römer, die ich hier traf – ein Hauptmann und einige Krieger –, jemanden mißachtet, weil er eine andere Sprache spricht, andere Haare oder andere Haut hat, andere Götter verehrt oder Speisen anders zubereitet. Das Bewußtsein der eigenen Macht und Größe läßt sie alle anderen gleichmütig hinnehmen. Gleichmütig oder gleichgültig. Denn man hat für sie nicht mehr Bedeutung als eben jene Fliege.

Vater einer Fliege, Herr vieler Fliegen! Dies sind für lange Zeit meine letzten Worte an dich. Ich hoffe, du wirst mir vergeben, daß ich nicht erfreut bin über die Bürde, die zu tragen du mich zwingst und die Verbannung heißt. Verbannung, um zu lernen, was wir längst wußten. Ich hoffe, ich werde dir vergeben können, daß du sie mir zu tragen gabst.

6. Handel und Händel

Über die Frage, welche Handwerke und Gewerbe als anständig, welche als unanständig gelten, denke ich so: Verwerflich sind alle Erwerbsarten, bei denen man sich den Haß der Menschen zuzieht, wie die der Zöllner und Wucherer. Minderwertig sind auch die Berufe der Lohnarbeiter, bei denen man nicht die Geschicklichkeit, sondern nur die Arbeitskraft bezahlt; denn der Lohn ist nichts anderes als ein Handgeld der Sklaverei. Als unanständig gilt es auch, von Kaufleuten etwas zu kaufen, was man sofort weiterverkauft; denn solche Leute könnten keinen Gewinn erzielen, wenn sie nicht lögen, und es gibt nichts Verächtlicheres als den Schwindel. Auch alle Handwerker betreiben ein schmutziges Geschäft, denn in der Werkstatt kann keine vornehme Gesinnung gedeihen. Am schärfsten sind die Berufe zu mißbilligen, die dem Sinnengenuß dienen: Fisch- und Geflügelhändler, Fleischer, Köche; dazu kommen die Salbenhändler, Tänzer und Schauspieler. Solche Berufe aber, die größere Fähigkeiten verlangen oder großen Nutzen stiften, wie Heilkunde, Baukunst und die Lehre der Wissenschaften, sind anständig für die, zu deren Rang sie passen. Der Kramhandel hat als ganz unanständig zu gelten. Von allen Beschäftigungen aber, die Gewinn abwerfen, ist keine besser als die Landwirtschaft, keine ergiebiger, keine angenehmer, keine einem freien Manne angemessener.

MARCUS TULLIUS CICERO

Die eigentlichen Geschichten mußten warten. Demetrios sah voraus, daß auf der langen Reise viel zu reden sein würde. Er sah jedoch auch anderes voraus, und Ravi bestätigte dies, als gegen Mitternacht die Schänke sich leerte.

»Hast du dir überlegt, daß du ein Leitkamel brauchst?«

»Wie meinst du das?«

Ravi legte einen Finger an die Nase. »Du weißt doch genau, was ich meine. Eine Karawane ist wie ein Schiff; wenn nicht von Anfang an klar ist, wer rudert und wer die Befehle gibt, sollte man besser nicht auslaufen. Auch in der Wüste gibt es Riffe.«

»Gib mir keine Riffe, sondern noch etwas Wein.«

Ravi schielte in den Krug, grunzte und stand auf, um ihn wieder zu füllen. Demetrios lehnte sich auf seinem Stuhl zurück und versuchte, im Zwielicht des Schankraums Gesichter zu erkennen. Viele kannte er nicht; andere waren verändert, weil ihre Träger – oder er selbst – zu viel getrunken hatten. Unter einer heruntergebrannten Fackel, den Rücken an den Pfosten gelehnt, saß einer der Römer auf dem Boden, vom Wein zu den Göttern entrückt. Harz und Pech, in sein Haar getropft, bildeten über der Stirn ein kleines Horn. Zwei hockten noch da und würfelten, der dritte schnarchte, lang ausgestreckt, neben einem der Sitzkissen, um das er zutraulich den Arm gelegt hatte. Rufus war längst gegangen. Prexaspes – vermutlich mit der Perserin – und Meleagros fehlten ebenfalls; Mikines und Leonidas versuchten mit ein paar Einheimischen wesentliche Dinge zu erörtern, wobei sie arabische, griechische und lateinische Fetzen mit stechenden Gebärden und faserigen Grimassen zu einem Flickwerk fügten. Wenn dies, dachte Demetrios, ein Tuch wäre, würde er sich kaum damit bedecken wollen; Nachtgeister mochten durch die Lücken in den Schläfer eindringen oder diesen durch die Lücken hinaussaugen. Zwei der Begleiterinnen der Fürstin – Zofen? Dienerinnen? Freundinnen? – waren offenbar ebenso trinkfest wie hübsch, und die Fürstin selbst...

»Kleopatra«, sagte Ravi, der den vollen Krug kaum noch stemmen konnte und sich an der Tischkante festhielt, »oder aber warum muß sie ausgerechnet so heißen?«

»Ravi oder aber warum gießt du nicht endlich ein?«

»Die Becher.« Ravis Zunge schien sich durch ein Gaumenverhau stochern zu müssen. »Die Becher zappeln so.«

Demetrios fand das zwar nicht, hielt sie aber fest, und Ravi goß etwa gleich viel in die Gefäße und über Demetrios' Handgelenke.

»Das ist einfach so.«

»Du hast zweifellos recht; aber könntest du das etwas genauer...?«

Schwer atmend ließ Ravi sich auf seinen Stuhl sinken. »Daß Becher zappeln.«

»Und daß ptolemaische Fürstinnen Kleopatra heißen, kommt auch vor. Eigentlich sogar öfter, als Becher zappeln.«

Ravi trank einen Schluck. »Ich wüßte gern«, sagte er, »ob Fürstinnen auch zappeln.«

Demetrios begann, Gefallen an diesem Gespräch zu finden. »Wie Becher? Im Becher? Oder überhaupt? Oder wie hättest du es gern?«

Ravi seufzte tief und schloß die Augen. Als Demetrios schon glaubte, der Inder sei eingeschlafen, öffnete er sie wieder und sagte:

»Sie ist seit vielen Tagen hier. Sie und ihre Begleiterinnen. Mit einem Schiff gekommen, das dann weitergefahren ist.«

»Was will sie hier?«

Ravi kicherte. »Sie will weg hier.«

»Und vorher?«

»Ich weiß nur Gerüchte. Zappelnde Gerüchte.«

Demetrios wartete.

»Sie und die anderen Frauen wohnen in einem der Gasthäuser am Hafen. Am richtigen Hafen. Angeblich ist sie die Geliebte eines wichtigen Römers, und angeblich wollte sie hier etwas suchen. Ich weiß aber nicht, was.« Er rieb sich die Augen. »Was weiß ich überhaupt? Ich weiß, daß andere sagen, sie hätte hier gar nichts gesucht, sie hätte auch gar nicht nach

Adane gewollt; sie hätte einfach Berenike schnell verlassen müssen, und das einzige Schiff, das sie kriegen konnte, ging zufällig nach Adane.«

»Mit anderen Worten: Du weißt gar nichts.«

»Wie lange du gebraucht hast, um das herauszubekommen!«

Demetrios leerte seinen Becher und stand auf. »Die Höflichkeit, weißt du.«

»Weiß ich nicht. Du weißt doch, ich weiß gar nichts, auch nichts von deiner Höflichkeit, die du mir bisher vorenthalten hast.«

»Ich glaube, nur die Höflichkeit hat mich bisher daran gehindert, dir zu sagen, daß ich weiß, daß du nichts weißt. Außerdem glaube ich, ich geh jetzt schlafen.«

»Zappeln?«

»Schlafen. Zum Zappeln habe ich zuviel getrunken.«

Ravi gähnte. »Ach, ein Jammer, nicht wahr?«

»Nicht unbedingt. Wer mag schon allein zappeln?«

Als Demetrios morgens die Schänke verließ, sah er Perperna am Fuß einer Palme sitzen. Der alte Mann hatte eine löchrige Decke um die Schultern gelegt und stützte den linken Ellenbogen auf einen Beutel. Zwischen den Knien hielt er eine Lederflasche, in der rechten Hand einen Brotfladen, von dem er eben ein Stückchen abbiß.

Demetrios dachte an die vereinzelten Zähne des Alten, denen er derlei nicht zugetraut hätte; dann verspürte er leichte Gewissensbisse, weil er es abends versäumt hatte, sich um diesen seinen Wettgewinn zu kümmern.

»Dein Morgen sei leicht, Herr.« Trotz des Brotes war der Gruß verständlich. Perperna schaffte es sogar, gleichzeitig zu kauen, zu reden und zu lächeln.

»Er wird beschwert durch mangelnde Sorge um meinen Besitz. Hast du hier geschlafen?«

»Behaglich und in Frieden. Die Aussicht darauf, nicht im Verlauf der nächsten Tage geköpft zu werden, sorgt für milde Träume.« Er blinzelte. »Jedenfalls hoffe ich darauf, daß deine Befehle an mich weniger schneidig sind.«

Demetrios hockte sich auf die Fersen. »Wenn du Hunger hast, geh hinein und laß dir von Ravi etwas geben.«

»Ich bin ein vermögender Mann.« Perperna klopfte mit dem Armstumpf auf seinen Leibschurz. »Von deiner gestrigen Gabe ist noch das meiste da.«

»Gut. Alles weitere werden wir später klären.« Demetrios erhob sich.

»Gestattest du eine Frage, Herr?«

»Wenn es nicht lange dauert.«

Perperna nickte. »Bist du eilig unterwegs zu Geschäften?«

»So ist es. Warum?«

»Der edle Kharkhair hat vor Wochen die Ladung eines Schiffes aufgekauft.«

»Was ist mit dieser Ladung?«

»Gewürze, Tücher, Salben und Steine. Das Schiff kam aus Indien und sollte hier nur Wasser aufnehmen, dann weiter nach Myos Hormos. Es hat aber zuviel Wasser aufgenommen, durch die Planken, und der Besitzer mußte die Ladung verkaufen, um ein neues Schiff zu bezahlen.«

Demetrios beugte sich vor und klopfte dem Alten auf die Schulter. »Ich höre es mit Vergnügen. Noch mehr Vergnügen könntest du mir bereiten, wenn du wüßtest, wann sich Kharkhair die nächste Möglichkeit böte, die Güter einer anderen Karawane aufzudrängen.«

»Lange nach der Wintersonnenwende. Frühestens in zwei Monden.«

»Ich danke dir. Mit Kenntnissen läßt sich besser feilschen.«

Perperna schüttelte den Kopf. »Danke mir nicht, Herr. Es ist für einen alten Sklaven angenehmer, mit einem wohlgelaunten Herren zu reisen. Und gute Geschäfte bessern die Laune.«

Wie alle Handelsfürsten von Adane besaß Kharkhair weiter nördlich, auf dem Festland, einen umwallten Palast, Lagerhäuser und Stallungen. Diesmal jedoch zog er es vor, die Verhandlungen im Versammlungshaus der Händler zu führen, einem Gebäude aus milchfarbenem Stein mitten im Ort. Demetrios sah keine großen Veränderungen gegenüber seinem letzten Besuch; und wie zuvor stellte er fest, daß er sich in dem alten Krater gefangen fühlte, eingeengt.

Jahrhundertelang hatte die steinige Halbinsel mit ihren schroffen Kämmen und schartigen Graten allen Eroberungsversuchen getrotzt, und die schmale Zufahrt zum Hafen war immer leicht zu sperren gewesen. Bis die Römer kamen, mit einem Teil der Flotte den Hafen blockierten, die meisten Schiffe von Westen aus in die Bucht steuerten, zur Landzunge, und dort Kämpfer und Belagerungsmaschinen ausluden.

Sie hatten einen Teil des nördlichen Kraterrands zertrümmert; in diese notdürftig aufgefüllte Bresche hatten die Adaner eine Behelfsmauer und Stadttore eingefügt. Sie standen offen; niemand hinderte Demetrios daran, hindurchzugehen und sich eingesperrt zu fühlen. Während er durch die an diesem warmen Wintermorgen kaum belebten Straßen ging, fragte er sich, ob er an Stelle der Adaner ebenfalls am alten Platz geblieben wäre. Eine neue Stadt nördlich der Landzunge, weniger eng und weniger gut zu verteidigen – gegen wen? Römer und Räuber.

Das Haus der Händler lag gleich neben dem wichtigsten Tempel, dem des Regengottes. Kharkhair saß in der Eingangshalle auf einer Steinbank, die mit Tierfellen belegt war. Er begrüßte Demetrios mit einem knappen Nicken, erhob sich und führte ihn in einen kleineren Raum. Dort gab es bequeme Holzsitze, einen Tisch und Teppiche.

Nachdem ein Diener Schalen mit heißem Kräutersud gebracht hatte, sprach Kharkhair von Unbilden des Wetters, Unwägbarkeiten des Handels und ungebärdigen Söhnen, die des

Vaters Geschäfte in Kane und Mariaba minderten. Demetrios schlürfte die Brühe und machte zwischendurch höfliche Geräusche.

»Aber du bist nicht gekommen, den schweifenden Klagen eines Greises zu lauschen«, sagte Kharkhair schließlich.

»Wen würde eines edlen Geschäftsfreundes Leid denn nicht rühren? Überdies läßt sich aus geringfügigen Bemerkungen eines Weisen mehr gewinnen als aus langen Reden des Geschwätzigen.«

Kharkhair legte die knochigen Hände auf den Tisch. »Hast du solchen gelauscht?«

»Manchmal läßt sich derlei nicht vermeiden.«

»Hat der Geschwätzige von einem gewissen Schiff geredet?«

Demetrios lächelte. »Von Wind, Sand und Sternen, und auch von Schiffen, ja.«

»Ich bin ein alter Mann und des Feilschens überdrüssig. Man wird dir gesagt haben, daß die nächste Karawane erst nach der Sonnenwende aufbricht und daß ich an überfüllten Lagerhäusern leide.«

»So hat man es nicht gesagt, aber wenn du es so ausdrücken willst...«

»Salben«, sagte Kharkhair mit mürber Stimme. »Ein wenig Seide, Pfeffer, Kassia, Zimt, der eine oder andere bunte Stein, dazu Überbleibsel dessen, was im Herbst an Weihrauch und Myrrhe verfügbar war. Nicht genug für eine Karawane – zwölf, vielleicht dreizehn Kamelladungen.« Er seufzte. »Ich bin alledem nicht mehr gewachsen. Vielleicht sterbe ich, ehe die nächste Karawane geht; vielleicht lebe ich länger, aber aus Mangel an Waren wird überhaupt keine Karawane mehr gehen.«

»Ich will dir gern meine Hilfe leihen.«

»Das war meine Hoffnung.« Kharkhair langte in seinen Umhang und zog ein Stück Papyros hervor. »Ich habe aufschreiben lassen, was mich bedrängt; der Preis, den ich dafür verlange, daß du mich von der Bedrängnis befreist, brächte mich zum Weinen, wenn ich noch Tränen besäße.«

Demetrios nahm den Papyros und überflog ihn. Kharkhairs Schreiber hatte vermutlich noch eine zweite Aufstellung angefertigt, für arabische Händler; diese Liste jedoch war auf Griechisch, und sie hätte Demetrios beinahe jene Tränen in die Augen getrieben, die der alte Händler angeblich nicht mehr besaß.

»Ich wußte nicht, edler Kharkhair«, sagte er, »daß du mich heute hier treffen wolltest, um solch wunderbare Scherze zu machen.«

Ein Pfund Weihrauch kostete im Imperium eineinhalb bis drei Drachmen, je nach Güte – dies, nachdem das Harz aus dem Süden Arabiens mit Kamelen, die gefüttert werden mußten, und Treibern, die zu ernähren und zu bezahlen waren, durch etliche kleinere Reiche, die Durchgangszölle verlangten, und durch den römischen Einfuhrzoll befördert worden war. Demetrios ging davon aus, daß Kharkhair allerlei Weihraucharten zusammen in Säcken gelagert hatte; Händler und Salbmeister in Gaza oder tiefer im Imperium würden die Güte der einzelnen Harze bestimmen und die Waren entsprechend trennen. Unter vertrauten Geschäftsfreunden verließ man sich gewöhnlich darauf, daß niemand versucht hatte, lediglich minder gutes Weihrauchharz abzupacken. Es wäre ein arg aufwendiger Versuch der Täuschung, der sich eigentlich nicht lohnte. Mittlere Güte vorausgesetzt – oder Vermengung aller Gütegruppen –, mochte also ein ungeprüftes Pfund in Gaza zwei Drachmen kosten, vielleicht etwas mehr. Daß Kharkhair in Adane zwei Drachmen für ein Pfund verlangte, war entweder eine Unverschämtheit oder eine Beleidigung, die bodenlose Dummheit des Käufers voraussetzte.

Mit den anderen Waren auf dem Papyros verhielt es sich ebenso; vieles dabei bedurfte ohnehin der genauen Prüfung, aber selbst bei allerbester Güte waren die Preise unmöglich.

»Scherze?« Kharkhair runzelte die Stirn. »Geschenke, beinahe jedenfalls; aber doch keine Scherze!«

Demetrios stand auf. »Ich danke dir für die Zeit, die du mir geopfert hast«, sagte er. »Und, nicht zu vergessen, den Napf mit dem wärmenden Sud. Deine Tage seien ersprießlich.«

Kharkhair bewegte die rechte Hand; es war eher ein Wedeln denn ein Winken. Das Gesicht des alten Händlers zeigte keine Regung.

Demetrios erwartete, daß Kharkhair ihn zurückhalten oder einen Diener hinter ihm herschicken würde; aber als er das Tor im Krater erreichte, sagte er sich, daß er sich getäuscht hatte. Nur – warum? Weshalb ließ Kharkhair ihn überhaupt ins Händlerhaus kommen, wenn er offenbar nicht die geringste Absicht hatte, Geschäfte zu machen? Nur, um ihm von Altersbeschwerden und ungehorsamen Söhnen zu erzählen?

Er hatte eben das Tor hinter sich gelassen, als jemand ihn rief: eine Frau, und sie sprach Griechisch.

»Edler Herr Demetrios!«

Es war Arsinoë, eine der Begleiterinnen der ptolemaischen Fürstin. Sie mußte gelaufen sein, denn ihr Atem ging schnell, und als sie Demetrios erreichte, zog sie den locker schleifenden Umhang fester.

»Was ist dein Begehr?«

Sie lächelte. Ein hübscher Anblick, sagte sich Demetrios; weit erfreulicher als die Miene des alten Kharkhair.

»Mein Begehr? Ich könnte mehrere Begehren aufzählen, aber es geht nicht um mich. Die Fürstin hat dich gesehen, vor dem Tempel, und bittet um einen kleinen Teil deiner Zeit.«

»Wie könnte ich mich weigern? Dann bring mich zu ihr.«

Arsinoë wandte sich um und ging zurück in die Stadt. Demetrios gab ihr einen kleinen Vorsprung, um den Anblick, die Anmut ihres Schreitens zu genießen.

»Warum gehst du nicht neben mir?« Sie blickte über die linke Schulter zurück.

»Weil dein Gehen erbaulicher zu betrachten ist als die Straße vor uns.«

»Wenn dich mein Gehen schon erbaut, was wirst du erst sagen, wenn du mich sitzen siehst?«

Demetrios schnalzte. »Das hängt davon ab, worauf du sitzt und wie du dabei gewandet bist.«

Sie antwortete nicht. Demetrios machte ein paar schnelle Schritte, bis er neben ihr ging; dann sagte er:

»Deine Herrin, du, Glauke, Thais – noch jemand? Oder reist ihr wirklich nur zu viert?«

»Sonst niemand.«

»Und was hat euch ausgerechnet nach Adane geführt?«

Arsinoë schien zu zögern; nach ein paar Atemzügen sagte sie: »Ich nehme an, die Herrin wird dir diese und andere Fragen beantworten.«

»Das hoffe ich. Trotzdem wüßte ich gern deine Antwort.«

Sie schüttelte den Kopf. »Es steht mir nicht zu, der Fürstin vorzugreifen.«

»Das klingt, als gäbe es furchtbare Geheimnisse.«

Sie streifte ihn mit einem Seitenblick. »Gibt es die nicht immer und überall?«

Kleopatra saß mit den beiden anderen Frauen auf der Terrasse der Herberge; von dort hatte man einen guten Blick über den Hafen. Aus hochwandigen Schalen, die vor ihnen auf dem Tisch standen, dampfte es; Demetrios nahm an, daß sie heiße Brühe tranken. Alle drei hatten sich in wollene Umhänge gehüllt, und er sagte sich, daß für Menschen aus dem allezeit stickigen Ägypten der milde Winterwind vom arabischen Südmeer frisch sein mochte.

»Danke, daß du so schnell gekommen bist.« Die Fürstin begrüßte ihn mit einem Lächeln und einer Neigung des Kopfs.

»Die Gunst der Windgötter möge euch umfangen; der Neid der Meeresdämonen bleibe zu euren Füßen.« Demetrios riß sich vom Anblick der gekräuselten Mähne los, in der sich ein kleiner Windgötze mit losen Fingern vergnügte. Er nickte Thais und Glauke zu und setzte sich Kleopatra gegenüber auf einen Schemel. »Was kann ich für dich tun, Herrin?«

»Du könntest ein paar hilfreiche Äußerungen tun. Über die Art des Reisens und den Zeitpunkt des Aufbruchs. Falls du dich inzwischen dazu entschlossen hast, uns mit deiner Karawane reisen zu lassen.«

»Die Augen der Karawanenmänner, an Sand, Steine und Kamele gewöhnt, werden zweifellos den Anblick schöner Frauen ertragen können. Zur Zeit weiß ich aber noch nicht, wie wir reisen – wenn ich ehrlich sein soll, weiß ich nicht einmal, ob wir reisen.«

»Warum nicht?« Kleopatra klang beherrscht; ihr Gesicht verriet ihm nicht, ob sie überrascht oder gar enttäuscht war.

»Bis jetzt gibt es keine Waren.«

»Keine Waren, keine Karawane.« Sie legte beide Hände auf den Tisch.

Hübsche Hände, dachte Demetrios. Drei goldene Schlangen ringelten sich um schlanke Finger, mit einem roten, einem grünen und einem blauen Stein im Rachen; die Nägel waren gefärbt, passend zum Haar, und gefeilt – vielleicht ein wenig zu spitz für Demetrios' Geschmack. Aber sein Geschmack, sagte er sich, hatte hier keinerlei Bedeutung.

»So ist es.« Er schwieg einen Augenblick; dann setzte er hinzu: »Ich hoffe, daß sich das noch ändert.«

»Was willst du tun, wenn es sich nicht ändert?«

»Darüber mag ich nicht nachdenken.«

»Ich bitte dich!« Es klang eher spöttisch denn flehend.

»Das Schiff, mit dem wir gekommen sind, liegt noch in der Bucht. Wenn es keinerlei Geschäfte für uns gibt, werden wir mit diesem Schiff zurückfahren. Nach Berenike oder Myos Hormos.«

Die Fürstin stützte die Ellbogen auf den Tisch, verschränkte die Hände, legte das Kinn darauf und schaute an Demetrios vorbei – über den Hafen, zur Insel oder auf das Meer. Arsinoë, rechts von ihm, schob die Unterlippe vor; die beiden anderen tauschten Blicke.

Demetrios verzichtete darauf, Fragen zu stellen. Er wartete und betrachtete die Frauen. Zweifellos schöne Frauen zu betrachten erschien ihm angenehmer, als Fragen zu stellen nach ihren zweifelhaften Geschichten und Anliegen, nicht zu reden von den wahrscheinlich ebenso zweifelhaften Antworten.

Alle waren Mitte zwanzig, und bis auf etwas in der Haltung unterschied nichts die Fürstin von ihren Begleiterinnen. Thais hatte schwarzes Haar, in der Mitte gescheitelt und im Nacken mit einer schweren goldenen Spange versehen. Schwarze Augen, feingeschwungene schwarze Brauen, Lippen und Nägel fast schwarzgefärbt; unter langen Wimpern erwiderte sie Demetrios' Blick. Neben der beinahe schroffen Schwärze von Thais wirkte Glauke ein wenig weicher: das Haar mildes Braun, schulterlang, offen; dunkelbraune Augen mit einem seltsamen Schimmer wie von einem rötlichen Schleier; kein Schmuck und keine erkennbaren Färbungen. Alle vier waren schlank, aber eher schlank-üppig als schlank-hager. Als Arsinoë, die ihm am nächsten saß, sich bewegte, erreichte ihn ein Hauch von feinen Salben und köstlicher Frau.

Nein, sagte er sich, viel angenehmer, nun nicht zu fragen, was sie nach Adane gebracht hatte. Vier Frauen, ohne männliche Diener, ohne Leibwache; wenn es stimmte, daß sie Berenike möglicherweise überstürzt verlassen hatten, hätte er zwar gern den Grund für die Eile gewußt, wollte ihn aber eigentlich nicht wissen. Oder doch?

Kleopatras Blicke kamen zurück vom Meer und tasteten sich durch sein Gesicht; er bildete sich ein, sie spüren zu können, wie Berührungen gefeilter Fingernägel.

»Du wirst dich fragen, was wir in Adane machen und wie wir hergekommen sind«, sagte sie.

Demetrios lächelte. »Tatsächlich habe ich mir eben gesagt, daß euer Anblick angenehmer ist, als es wahrscheinlich unwahre Antworten auf zudringliche Fragen je sein könnten.«

Glauke rümpfte die Nase, sagte aber nichts; Thais blickte die Fürstin an. Als Kleopatra schwieg, sagte die Begleiterin:

»Warum sollten unsere Antworten unwahr sein? Und ob deine Fragen zudringlich sind, hängt von dir ab und davon, wie du sie stellst.«

»Nicht nur.« Demetrios winkte einem Schankdiener, der aus dem Eingang lugte, und deutete auf die kaum noch dampfenden Näpfe. »Ich auch, bitte. – Ich kenne bisher nur Gerüchte. Angeblich habt ihr Berenike überstürzt verlassen, mit dem erstbesten Schiff. Ich nehme an, es hat in Okelis angelegt, um Wasser zu fassen; die meisten Schiffe tun das. Wenn ihr also Berenike verlaßt, um Berenike zu verlassen, warum seid ihr dann nicht in Okelis an Land gegangen? Wenn das Schiff vielleicht von hier aus weitergefahren ist nach Kane, warum seid ihr in Adane geblieben? Wie überleben vier Frauen, von denen zumindest eine kostbaren Schmuck trägt, ohne bewaffnete Begleitung unter räuberischen Männern? Wenn sie von Berenike nach Adane gereist sind, warum wollen sie nun mit einer Karawane in den Norden, nach Gaza? Hätten sie nicht in Okelis die Möglichkeit gehabt, mit Händlern die Küste entlang nach Norden zu ziehen? Diese und andere Fragen stellen sich mir so; und es hat kaum Bedeutung, wie ich sie euch stelle.«

Kleopatra sah ihm in die Augen. »Nenn uns doch einige der anderen Fragen.«

»Die vier Frauen sind nicht arm«, sagte Demetrios, »sonst wären sie nicht hergekommen und könnten sich nicht einer Karawane anschließen. Wie ist es ihnen gelungen, ungeplündert nach Adane zu gelangen? Wie wollen sie den langen Weg nach Gaza überstehen, falls bei der Karawane jemand sich den Anweisungen des Karawanenherrn nicht fügt? Oder falls der Herr der Karawane zuweilen unwirsch ist?«

»War das alles?«

»Nein, aber es genügt – für den Anfang.«

Schweigen breitete sich aus; ein wenig, dachte Demetrios, wie Ringe in einem Teich, in den man einen häßlichen Stein geworfen hat. Aber die Ringe breiteten sich ja auch aus, wenn der Stein hübsch war.

Kleopatra leerte ihren Napf. Dann räusperte sie sich und blickte zur Abwechslung nicht an Demetrios vorbei, sondern über ihn hinweg.

»Vielleicht solltest du uns sagen, was du in Adane suchst.«

»Soll ich trefflich lügen, um so eure Wahrhaftigkeit zu fördern?«

Wieder bewegte sich Arsinoë unruhig, und Demetrios hatte das Gefühl, daß sie am liebsten aufgestanden wäre, um weit auszuholen und ihm ins Gesicht zu schlagen. Thais deutete ein Kopfschütteln an, und Glauke zog die Oberlippe zwischen die Zähne.

»Es wäre ein Versuch. Ob das Ganze einen Versuch wert ist, bleibt abzuwarten.« Kleopatra klang gelassen.

»Ich habe nichts zu verbergen«, sagte Demetrios.

Thais lachte. »Der einzige Händler innerhalb und außerhalb des Imperiums, der nichts zu verbergen hat!«

»Jedenfalls nichts, was dieses Gespräch beträfe.«

»Dann verbirg nichts, damit unser Gespräch gedeihe«, sagte Kleopatra.

Demetrios nickte. »Ich will es versuchen. Ich war weit im Süden, am Oberlauf des Nil, um für einige Kunden in Rom und Athen bestimmte Dinge zu beschaffen. Ich – das heißt: wir, denn natürlich war ich nicht allein; also, wir haben diese Dinge beschafft und sie bis zum ersten Katarakt gebracht. Dort haben wir sie eingeschifft; ein Teil meiner Leute dürfte inzwischen alles nach Alexandria befördert haben. Wir hatten aber bei diesen Geschäften Glück, so daß noch ein paar Münzen übrigblieben. Deshalb bin ich mit vier Begleitern durch die Wüste nach

Berenike und von dort nach Adane gekommen, in der Hoffnung, auch hier Geschäfte machen zu können. Das ist alles.«

Kleopatra hob eine Braue. »Darf es ein wenig mehr sein?«

»Mit Vergnügen, Fürstin. Sag mir, was dir an diesen Ausführungen fehlt, und ich will mich bemühen, den Mangel zu beheben.«

Kleopatra zögerte einen Atemzug lang. Dann wandte sie sich an ihre Begleiterinnen.

»Vielleicht gelingt es uns, die Stimmung zu bessern und ein wenig Vertrauen zu finden; vielleicht gelingt es uns leichter, wenn wir zu zweit sind, nicht zu fünft.«

Thais, Glauke und Arsinoë standen wortlos auf und gingen: Thais und Arsinoë ins Gasthaus, Glauke hinab zum Hafenbecken. Demetrios fragte sich, ob sie gehorsam oder gerissen waren. Die Fürstin hatte ihre Anweisung ganz beiläufig geäußert, aber das mochte zwischen ihr und den anderen nachdrücklicher sein als jeder Befehl.

»Sag mir ein wenig mehr über deine Geschäfte, dann will ich dir ein wenig mehr über mich sagen.«

Kleopatra bemühte sich weder um ein Lächeln noch um einen besonders verbindlichen Ton; es erschien ihm angemessen. Und überzeugender, als dies jeder Versuch hätte sein können, Anmut oder Hoheit zu nutzen.

»Ob ein wenig mehr genügt, werden wir dann sehen, Fürstin.«

Er schloß kurz die Augen; nun nahm er viele Dinge wahr, die er bisher nicht gehört oder empfunden hatte: die Geschwätzigkeit der Möwen und das Knirschen der Schiffe, die sich im trägen Wasser des Hafenbeckens hoben und senkten, das Malmen des Meeres weiter draußen, an der Insel vor der Hafeneinfahrt, das leichte Atmen der Fürstin und ihren Duft, einen Hauch von Sesamöl und Narde. Mit einem inwendigen Lächeln sagte er sich, daß seine Ausdünstungen keinesfalls so angenehm sein konnten. An diesem Morgen hatte er sich keiner bemerkenswerten Reinlichkeit schuldig gemacht, und der Gedanke an ein heißes Bad, an Badesklaven, die ihn striegeln und walken und salben konnten, brachte ihn dazu, an die sanften Finger dieser makedonischen Ägypterinnen zu denken, an ihr Bad im Gasthaus, an gemeinsame und gegenseitige Körperpflege, und hier beschloß er, die Augen lieber zu öffnen und seine Gedanken auf die Erörterung minder schwelgerischer Dinge zu richten.

Ohne Umschweife sprach er von den vergangenen Monden. Er war nach dem Abschluß von Geschäften aus Rom nach Capua gereist, um dort mit alten Freunden ein paar ruhige Sommertage zu verbringen. Briefe von Handelspartnern in Athen erreichten ihn, und die Freunde in Capua brachten ihn mit Männern zusammen, die besondere Vorlieben hatten: afrikanische Tiere. Die Wünsche der Leute in Athen betrafen afrikanische Kunstwerke.

Kleopatra unterbrach ihn. »Tiere und Kunstwerke? Als makedonische Ägypterin erstaunt mich das. Tiere für die Arena beschaffen doch die großen Häuser, die Tierfänger und besonders ausgebaute Frachter besitzen. Und Kunstwerke? Welche Kunstwerke gibt es denn schon in jenen Gebieten, die früher einmal, von den Ägyptern, als ›das elende Kusch‹ bezeichnet wurden?«

»Schnitzereien«, sagte Demetrios. »Handwerk, ganz allgemein. Straußeneier, in die mit feinen Klingen die Gesichter von Sturmdämonen geritzt wurden. Verzierte Pflöcke, die sich Frauen am Oberlauf des Nil in die Nasen oder Lippen stecken und mit denen reiche Athenerinnen ihre Gewänder befestigen möchten.«

»Ich verstehe.« Kleopatra hob die Schultern. »Und die Tiere?«

»Die Tierfänger beschaffen Nachschub für die Kampfbahn, aber es gibt Reiche, die keine Kämpfe sehen, sondern staunen wollen. Die zum Beispiel Jungtiere im Haus großziehen, mit ihnen spielen und sie abrichten möchten.«

»Kleine Elefanten, die die Herrin des Hauses aus dem Rüssel besprühen, wenn ihr auf der Terrasse zu heiß wird? Kleine Löwen, die durch Kraulen überschüssige Sklavenkinder beseitigen?« Sie verzog den Mund.

»Sogar kleine Giftschlangen, die von makedonischen Fürstinnen in Ägypten zur Lösung gewisser Schwierigkeiten genutzt werden.«

Kleopatra lachte halblaut. »Gut. Weiter?«

»Nach einiger Zeit hatte ich genug Aufträge zusammen – genügend Leute, heißt das, die bestimmte Dinge haben wollten und mir Geld dafür gaben.«

»Zahlen sie vorab?«

»Es gibt Geschäfte, bei denen vorab gezahlt wird. Vor allem solche, die nur auf Betreiben von Kunden in Gang kommen.«

Sie nickte. »Das verstehe ich. Sie haben dir also Geld gegeben, damit du jene Dinge aus dem elenden Kusch besorgst, die zur Befriedigung ihrer besonderen Gelüste nötig sind. Und? Wie kommst du überhaupt in die Lage, so etwas zu tun? Hast du Niederlassungen mit Leuten hier und da – sagen wir, in Massilia und Rom und Capua und Athen...«

»Sogar in Tarraco, Tomi und Trapezos.« Demetrios bleckte die Zähne. »Aber in Tomi gibt es nicht viel Geld. Und nicht viel Geschmack.«

Kleopatra seufzte. »Ah, Geschmack. Ein seltenes Gut. Und hat nicht einmal einer in Tomi gelebt, falls man das leben nennen kann, dem es dort an Geschmack mangelte?«

»Du meinst diesen Dichter, nicht wahr? Naso?«

»Publius Ovidius Naso.« Sie sprach den Namen mit einer Art Ehrfurcht aus.

»Es gibt Menschen, die sich nur da wohlfühlen, wo sie alles kennen. Vielleicht brauchen Dichter das Gewohnte, den Dunst all der Menschen und Dinge, die ihnen vertraut sind. Ich verstehe so etwas nicht. Ich brauche Wandel.«

»Vielleicht bist du deshalb Händler, nicht Dichter.« Sie

kräuselte die Nase. »Vielleicht sind deshalb Dichter angesehener?«

»Du meinst, weil die, denen etwas an Dichtern liegt, auch nicht viel von Aufregungen halten?«

»Bestimmten Formen von Aufregung.«

»Es gab einmal«, sagte Demetrios mit einem Blinzeln, »die goldene Zeit des Anfangs, die Zeit der großen Helden und Könige. Danach kam die Zeit der großen Dichter, die das aufregende Leben der Helden beschrieben. Vielleicht ist dein Naso deswegen nicht Homeros, weil er nicht genug zu beschreiben hat?«

Sie hob die Brauen und schwieg.

»Ah nein. Er hätte genug zu beschreiben gehabt, nicht wahr? ›Hilf mir, Muse, die Taten des Iuliers Gaius zu singen‹, oder die gegenseitigen Gemetzel von Marius und Sulla, den langwierigen Untergang von Hellas, furchtbarer, blutiger, aber eben länger in der Zeit als der Untergang Trojas. Die Irrfahrten des Octavianus zu jenem Ziel, an dem er zu Augustus verwandelt wurde. Viel zu besingen, fürwahr.«

»Und? Warum hat er anderes gesungen – deiner Meinung nach?«

Demetrios beugte sich vor. »Aus Bequemlichkeit«, sagte er. »Aus Trägheit – Trägheit des Geistes. Er war nicht bereit, nicht willens, vielleicht nicht fähig, sich auf das Fremde einzulassen. Liebeskunst, nun ja. Verwandlungen – was sind denn alle Verwandlungen in der Welt der Götter und der vielen Geschichten gegen jene, die in dieser Welt stattfinden? Ist nicht der Wandel des Octavianus zu Augustus viel wundersamer als all die Verwandlungen von Menschen in Bäume oder Tiere oder Sterne?«

»Trägheit?« Kleopatra schien zu grübeln. »Was ist diese Trägheit? Verzicht auf Veränderungen des Körpers im Raum, und dieser Verzicht führt vielleicht zu größerer Beweglichkeit des Geistes.«

»Mit welchem dann die Bewegungen heroischer Körper im Raum beschrieben werden?« Demetrios gluckste. »Ich fürchte, es ist viel einfacher und kläglicher.«

»Kläglich? Ovidius Naso?«

»Und andere. Kläglich, ja – der jämmerliche Verzicht darauf, die Welt, die man beschreiben will, selbst zu erfassen. Der erbärmliche Verzicht darauf, die Welt, deren Gestaltung durch andere man in Verse faßt, auch nur zu betrachten.«

»Aber wäre die Welt denn nicht vielleicht ein angenehmerer Aufenthaltsort für uns Sterbliche, wenn man einfach zuhause bliebe, statt zu reisen und zu streiten?«

Demetrios betrachtete sie forschend. »Ich weiß nicht, wie eng du mit dem Haus des Ptolemaios verwandt bist, aber wenn er nicht mit Alexander ausgezogen wäre, säßest du vielleicht als Ziegenhirtin in den Hügeln Makedoniens.«

»Ich weiß, was du meinst – aber wäre es denn schlecht?«

»Wenn nicht weitgereiste Händler Narde und anderes Zubehör für Duftsalben beschafft hätten, säßest du als Ziegenhirtin in den Hügeln und röchest nach Ziegen.«

Kleopatra schwieg ein paar Lidschläge lang; dann sagte sie: »Da auch sonst niemand Narde und Myrrhe besäße, wüßte ich nicht, was mir entgeht. Es wäre also nicht schlimm. Oder jedenfalls nicht unerträglich.«

»Deine Dichter könnten aber auch nur über Ziegen und Sträucher schreiben. Nichts über das goldene Vlies, zu dem Jason so weit gereist ist, nichts über Troja, nichts über Medea, Antigone oder Phaidra.«

Sie betrachtete ihre Hände und seufzte leise. »Und meine Finger wären stark und schwielig, mit stumpfen schmutzigen Nägeln. Ach ja. Aber wir waren bei deinen Handelsreisen.«

»Und deiner Frage nach dem Aufbau meines Geschäfts. Eigentlich ist es ganz einfach. Manche Leute erben von ihren Vätern ein Stück Land und ein Schwert, mit dem sie es verteidigen und vergrößern können. Ich habe von meinem Vater

Kenntnisse und Beziehungen geerbt und Geld – nicht viel, aber ausreichend für den Anfang –, um die Beziehungen zu wahren, die Kenntnisse zu vergrößern und zuzulassen, daß das Geld sich mehrt.«

Ohne sich in Einzelheiten zu verlieren, berichtete er von den Geschäften des Vaters, der mit einem Schiff zwischen den Häfen im Osten und denen Griechenlands umhergefahren war und die Erzeugnisse kunstvoller Töpfer und erfahrener Schmiede aus Hellas gegen Sesamöl, Kräuter, Wurzeln und Gewürze eingetauscht hatte. Dann waren es zwei Schiffe, später drei, und als der Vater mit dem siebten Schiff in den Fluten unterging, übernahm Demetrios alles: Schiffe, Beziehungen, Häuser und Schuppen. Und die Verantwortung für die Mutter und drei jüngere Schwestern.

»Ich sehe, man kann dir nichts vormachen.« Kleopatra lächelte boshaft. »Mutter und drei Schwestern – welche Frau könnte dich da zum Narren halten?«

»Jede.« Demetrios lächelte ebenfalls.

»Bist du sicher?«

»Das Wissen, daß jede Frau mich foppen kann, sorgt für erhöhte Wachsamkeit.«

»Ein Jammer. Aber weiter. Du hast die Geschäfte ausgebaut, nehme ich an?«

»Ausgebaut, ausgeweitet, hier und da verändert. Das Haupthaus ist noch immer in Athen – im Peiraieus, genauer, denn wo sollte das Haus eines seefahrenden Händlers sein, wenn nicht im Hafen? Und es gibt weitere Häuser in Byzantion, Rom, Alexandria und Antiochia.«

»Du mußt gute Leute haben. Denen du vertrauen kannst.«

Es klang – sehnsüchtig? Neidisch? Demetrios konnte den Tonfall nicht deuten.

»Gegenseitige Abhängigkeit, bei der alle gut verdienen, sollte man nicht mit Freundschaft verwechseln«, sagte er.

Die Fürstin schüttelte den Kopf. »Wer wüßte das besser als

ich? Du bist also mit deinen Leuten weit in den Süden gereist, um Tiere und Schnitzereien zu beschaffen. Und jetzt, in Adane?«

Demetrios hob die Schultern. »Aus Gründen, die ich nicht kenne, hat es dem alten Kharkhair gefallen, mich wie einen dummen Jungen zu behandeln. Ich weiß, daß er einiges zu verkaufen hätte, aber die Preise, die er verlangt, würde nur ein Schwachsinniger zahlen. Deshalb werde ich mich in den nächsten Tagen mit anderen Händlern vergnügen. Entweder gibt es ein Geschäft und eine Karawane nach Gaza, oder es gibt kein Geschäft, dann bleibt nur das Schiff zurück nach Berenike. Oder weiter nach Kane – man wird sehen.«

»Wenn es eine Karawane gibt, würden wir uns ihr gern anschließen. Was wären deine Bedingungen?«

Demetrios lehnte sich zurück, vorsichtig, um nicht vom Schemel zu fallen. »Zweitens«, sagte er, »die üblichen. Übernahme aller Kosten, die durch euch entstehen; ihr müßtet entweder selbst alles beschaffen – Kamele, Vorräte, Feuerholz und dergleichen – oder es von mir mieten. Und euch an den Kosten beteiligen, die dadurch entstehen, daß Räuber zu beschwichtigen und Zöllner zu befrieden sind.«

»Das mit den Räubern ist doch nicht so aufwendig; Rufus und seine Leute wollen ja mitkommen.«

»Das wäre hilfreich.« Demetrios nickte. »Es ist aber noch nicht gewiß.«

»Wenn dies zweitens ist, was ist erstens?«

»Das bringt uns zum Beginn des Gesprächs zurück.« Er bemühte sich, sein Lächeln nicht allzu spöttisch werden zu lassen. »Ich weiß immer noch nicht, wer ihr seid, was ihr wollt, ob ich euch vertrauen kann.«

»Vertrauen?« Nun klang sie beinahe höhnisch. »Wem kann man schon vertrauen? Und wozu willst du uns vertrauen können?«

»Ich wäre gern sicher, daß ihr nicht nachts zu Dämoninnen

werdet, euch in Schlangen verwandelt, in der Brust schlafender Händler passende Scheiden für eure Dolche seht.«

Ihre Augen wurden zu schmalen Schlitzen. »Wenn du einer Fürstin aus dem Geschlecht des Ptolemaios so etwas zutraust...« Die Stimme war beherrscht, aber er hörte, daß Kleopatra ihn am liebsten angeschrien hätte.

»Erlaube, daß ich lache. Gibt es, seit dem Tod des edlen Ahnherrn, irgendeine Scheußlichkeit, die seine Töchter und Enkelinnen nicht begangen haben? Ich gebe zu, sie besaßen auch alle Kühnheiten – aber: Wer bist du? Wer sind Thais, Glauke und Arsinoë? Was hat euch hergebracht? Warum habt ihr Ägypten verlassen? Wohin wollt ihr? Und was wollt ihr dort?«

»Ich entstamme einer Nebenlinie.« Sie klang nun wieder ganz sachlich. »Der Urgroßvater der großen Kleopatra hatte eine Halbschwester; aus ihrem Schoß stammt mein Teil der Familie. Die Hauptlinie ist zwar nicht ausgestorben, wie wir alle wissen. Aber seit Ägypten durch Erbschaft und Krieg Rom in die Hände fiel, ist die Frage von Hauptlinien und Nebenlinien bedeutungslos, was Macht angeht. Aber es gibt Reichtümer. Gold, Paläste, wertvolles Land, und es gibt Nachstellungen.«

»Nachstellungen von wem?«

Sie breitete die Arme aus. »Frag lieber: von wem nicht? Andere Nebenlinien, Nebennebenlinien, römische Verwalter, die gern in einen der Paläste umzögen, aufstrebende Händler, denen zur Krönung ihres Reichtums noch dieses Gebäude oder jenes Landstück fehlt. Männer, deren Großväter von einem meiner Vorfahren beleidigt wurden; Männer, die meinen, sich für angebliche Beleidigungen ihrer Vorfahren an mir rächen zu müssen.«

Sie schwieg; ihr Gesicht veränderte sich nicht, aber Demetrios hatte das Gefühl, daß ihre Augen sich plötzlich nach innen richteten.

»Ein Leben unter Wölfen«, sagte er.

Sie stieß ein hartes Lachen aus. »In Ägypten gibt es keine Wölfe; was wären sie denn auch gegen Menschen?«

»Du und deine Begleiterinnen – Dienerinnen? Sklavinnen?«

»Helferinnen«, sagte sie. »Untergebene Freundinnen. Falls es so etwas gibt.«

»Vielleicht gibt es das. Ich weiß nicht, ob Freundschaft nicht immer von gleich zu gleich sein muß. Geschehen muß. Kann Freundschaft sein, wenn sie nicht geschieht?«

Kleopatras Blicke richteten sich wieder nach außen, auf ihn, und er glaubte, in ihnen etwas wie Erstaunen zu sehen.

»Händler«, sagte sie, »zeiht man selten spitzfindiger Gedanken jenseits des Geschäfts.«

»Fürstinnen«, sagte er, »kann man oft keinerlei Gedanken vorwerfen. Nicht alle Fürstinnen sind gleich; hoffe ich. Nicht alle Händler sind gleich; weiß ich.«

Etwas wie Wärme, die ihn überraschte, lag in Stimme und Blicken, als sie antwortete. »Vergib mir; ich habe dich falsch eingeschätzt.«

Als er einige Zeit später aufbrach, hatte er genug zu erwägen, so daß er nicht weiter auf den Weg achtete und auch nicht auf die Bewohner von Adane, die ihren gewöhnlichen Geschäften nachgingen. Er hielt die Geschichte, die Kleopatra ihm erzählt hatte, für glaubhafte Wahrheit oder glaubwürdige Lüge, und er sagte sich, daß es ein Jammer wäre, sich sofort zwischen diesen beiden Möglichkeiten entscheiden zu müssen. Die Fürstentochter, von klein auf mit Bedrohung vertraut und dazu erzogen und ausgebildet, sich mit Waffen zu wehren, mit Wörtern zu verletzen, mit Händen zu töten... Die ebenso tüchtigen Begleiterinnen; die Nachstellungen, die überstürzte Flucht und der Wunsch, sich zu einem Mann zu begeben, der geschehenes Unrecht aufheben und künftigem Unrecht wehren konnte: Pontius Pilatus, Präfekt von Judäa.

Dieser hatte vor Jahren, auf dem Weg von Rom zu seiner Provinz, einige Zeit in Alexandria verbracht. Dort gab es eine große jüdische Gemeinde, reich an Zank und Einfluß, die ihn vielleicht schon ein wenig auf das vorbereitete, was seiner zwischen Caesarea und Jerusalem harrte. Kleopatras Äußerungen waren ein wenig ungenau, und Demetrios hielt es für ungebührlich, nach Einzelheiten zu fragen; immerhin war klar, daß der mächtige Mann auf Kleopatras Lager Zuflucht vor dem Zank gefunden und dieses durch geteilte Wonne ausgekleidet hatte.

In Alexandria hätte ihr, nach ihren Äußerungen, nichts geschehen können; aber die Güter, um die es ging, lagen weit im Süden, bei Koptos, und der Weg zu Freunden und Helfern, zu Einfluß und Schutz, war ihr durch die Häscher der Nachsteller versperrt. So blieb von Koptos aus nur die Flucht durch die Wüste, nach Berenike, auf ein Schiff; das einzige, das in der nötigen Zeit verfügbar war, fuhr jedoch nicht nach Norden, sondern nach Süden, weiter weg von Palästina, Pontius Pilatus und der Aussicht auf Hilfe.

Es mochte so sein. Demetrios erwog andere Geschichten, die sich hinter der von Kleopatra erzählten verbergen mochten, sagte sich jedoch, daß niemand sich ohne gewisse Berechtigung auf einen römischen Präfekten, den man befragen konnte, berufen würde.

Die Herren der Welt... Er dachte über die schwierige Mischung aus Hochachtung und Geringschätzung nach, die er als Grieche für die Römer empfand, als er das Kratertor hinter sich ließ und im Schatten der Palmen den Weg zu Ravis Gasthaus einschlug. Es war Mittag. Hier, zwischen der Bucht und dem Nordrand der Stadt, war niemand zu sehen, nur in der Hitze wabernde Punkte auf der Landzunge: Punkte, die Menschen oder Kamele oder Sandgeister sein mochten.

Aus den Augenwinkeln nahm er die Bewegungen hinter den Stämmen, im Palmenschatten wahr. Drei Männer stürzten sich auf ihn. Während er das Messer aus dem Gürtel riß und bedauerte, kein Schwert zu haben, fragte er sich, wer die Männer geschickt haben konnte – Kharkhair? Mukhtar?

Mit gezückten Dolchen – auch sie hatten keine Schwerter – drangen sie auf ihn ein. Er wehrte zwei Stiche ab, duckte sich unter dem dritten, wich aus, versuchte, einen Stamm als Deckung zu nutzen. Ein Stich verfehlte sein Ohr, ein Hieb hinterließ eine brennende Blutspur auf seinem linken Unterarm.

Und plötzlich hörte er das Gebrüll, die Stimmen der Männer, die weder Punkte noch Kamele noch Sandgeister waren, sondern Römer. Sie rannten von der Landzunge herbei, und wie durch einen rötlichen Vorhang sah er die Mittagssonne auf der Klinge eines Kurzschwerts blitzen, dann verlöschen, als Mann und Waffe in den Schatten tauchten.

Die vermummten Angreifer ließen von ihm ab, schienen einen Augenblick zu zögern und flohen dann. Er ließ die rechte Hand sinken, die das Messer hielt, betrachtete das Blut auf seinem Unterarm und hörte die Stimme von Rufus:

»Man könnte meinen, du hättest dich unbeliebt gemacht.«

7. Brief der Schwester an den Bruder

> ... verkünd Orestes meine Not und seine: In welchen Kleidern hier, in welchem Schmutz ich trauern, unter welchem Dach ich wohnen muß.
>
> EURIPIDES

Ich weiß nicht, wann du dieses Schreiben erhalten wirst, und nicht einmal, wann ich es jemandem zum Überbringen aushändigen kann. Niemand, der auch nur in die Nähe deines Hauses käme. Und bei dem immer wachen Mißtrauen der anderen sehe ich keine Möglichkeit, jemanden zu fragen.

Denn ich bin allein; und doch nie allein. Immer ist eine der anderen in der Nähe. Ich weiß nicht, ob sie dies verabredet haben; vielleicht ergibt es sich aus Zufall, vielleicht denkt gerade jetzt eine der anderen ähnliche Gedanken oder schreibt einen ähnlichen Brief. Teilt jemandem mit, daß sie sich von mir beobachtet fühlt.

Nach all den Wochen ist mir auch noch immer verborgen, was der eigentliche Zweck der Reise sein soll. Palästina ist natürlich das Ziel. Aber der Anlaß, die Absicht, das Angestrebte? Alle Äußerungen, die ich bis jetzt gehört habe, waren unbefriedigend und widersprüchlich. Vielleicht gibt es kein Ziel, zu dem wir hinwollen, sondern nur die Abstoßung, die hinter uns liegt. Kann ein Ziel nicht auch etwas sein, von dem man sich entfernen möchte?

Wenn es zulässig wäre, dies so zu nennen, hätte ich drei Ziele unmittelbar neben mir – die anderen, von denen ich gern möglichst weit entfernt wäre. Möglichst bald. Aber wie sollte eine Frau allein, ohne Geld, das anstellen?

Ich hatte gehofft, hier in Arabia Eudaimon, das die Einheimischen Adane nennen, eine Nachricht von dir vorzufinden, mein Bruder. Denn mein Schreiben aus Koptos muß dich doch erreicht haben. Ich kann die Tage nicht zählen; vielleicht sind einige bei der Seefahrt abhanden gekommen. Über Bord gefallen auf dem Weg von Berenike hierher. Sollte es dir bis jetzt nicht gelungen sein, etwas über die Geschichte und die Wahrheit der Fürstin zu erfahren?

Es mag sein, daß sie eine Fürstin ist. Sie hat das Verhalten einer Fürstin, verfügt über die Kenntnisse, die dem entsprechen, was zu sein sie behauptet. Aber etwas ist seltsam an alledem. Ich habe in Alexandria nicht in ihren Kreisen verkehrt, und als sich ihre Liebschaft mit dem Präfekten von Judäa zugetragen haben soll, war ich in Kyrene. Später in Memphis. Ich kann also nichts wirklich wissen.

Am ärgsten ist das Mißtrauen. Jeden Tag und jede Nacht, zunächst in Ägypten, dann auf dem Schiff, nun hier an der arabischen Küste, in einem Gasthaus. Jeden Tag und jede Nacht mit drei Frauen zusammenzusein, von denen ich nicht weiß, ob sie sind, was zu sein sie vorgeben. Ich weiß ja nicht einmal, ob sie nicht die gleichen Zweifel mir gegenüber hegen. Aber ich wiederhole mich.

Die Geschichte der Fürstin wiederholt sich auch. Allerdings mit kleinen Abwandlungen, die mich erheitern und zugleich erschrecken, da sie mein Mißtrauen mehren. Sie war neunundzwanzig, als wir Koptos verließen. Jetzt, wenig mehr als zwei Monde später, ist sie sechsundzwanzig. Sie besaß einmal ein Haus und ein Landgut nahe Koptos; unterwegs sprach sie von einem kleinen Palast bei Krokodeilonpolis und Anteilen an Geschäften in Naukratis. Kurz bevor wir Berenike erreichten (diese Reise unternahmen wir zum Teil bei Nacht, eilend und flüchtend, und außerdem ist der Weg von Koptos durch die Wüste selbst im Herbst tagsüber wegen der Hitze unerfreulich) – kurz vor Berenike also, bei der Rast an einem Brunnen, schaute sie lange hinauf zu den Sternen, wie es ein Seefahrer tun mag; dann seufzte sie, blickte nach Norden und sagte: »O die Dünen der Jugend, die sandigen Wege der Heimat.«

Mehr mochte sie nicht sagen, obwohl eine der anderen sie um Erhellung bat. Ich fragte den Besitzer einer der Brunnenschänken, was denn nördlich der Straße liege, und er berichtete von alten Steinbrüchen und Schürfstätten.

Neben ihrem Alter hat sie auch gewisse Verläufe ihrer Geschichte bearbeitet. Mit Absicht, um uns zu verwirren, oder aus Versehen, weil sie sich nicht an ihre vorige Erfindung erinnert? Jedenfalls lügenhaft (denn erlebte Wahrheit verliert sich nicht so schnell) erzählt sie von Tagen der Kindheit in Alexandria, dann wieder von Zeiten in Numidien, zuweilen auch Mauretanien. In Koptos war ihr Vater ein Neffe zweiten Grades der großen Kleopatra, deren Namen sie trägt. Auf dem Weg hierher wurde er nach und nach zu Kleopatras Sohn, und zwischendurch erinnerte sie sich an früheste Tage in – Rom.

Alexandros Helios, Kind von Kleopatra und Marcus Antonius? Seine Zwillingsschwester, Kleopatra Selene, wurde von Augustus zur Gemahlin des Königs Iuba von Mauretanien bestimmt. Seit dessen Tod vor neun Jahren ist ihr Sohn Ptolemaios dort der Herrscher. Meine Fürstin Kleopatra Enkelin der großen Königin und des Marcus Antonius? Wer wäre dann ihre Mutter? Und warum ist sie nicht am Hof ihres Vetters oder wenigstens in dessen Nähe, in Mauretanien?

Was, so frage ich mich und dich, Bruder, könnte die Base des Königs von Mauretanien zurück nach Ägypten treiben? Wege der Kindheit in der Wüste nördlich von Berenike? Und was wissen die beiden anderen?

Falls die Fürstin wirklich ist, was zu sein sie behauptet, gibt es neben diesen noch andere Fragen. Falls sie dies nicht ist – sagen wir, wenn sich die Wahrscheinlichkeit dafür mindert, mehren sich die Fragen. Wer ist sie, was will sie, wozu die Flucht von Koptos nach Berenike und übers Meer nach Arabia Eudaimon? Was ist ihr nächstes Ziel, was ihr wirkliches? Hat es jene Liebschaft mit Pontius Pilatus gegeben? Wird er ihr dann (wobei auch immer) helfen? Wenn es dies lange Beilager nicht gab, was will sie dann nun bei ihm und von ihm?

Ich fürchte, ich langweile dich mit sinnlosen Wiederholungen. Es ist, als spräche ich mit dir, aber du gäbest keine Antworten.

Kannst du ermessen, wie es ist, als Makedonin und Ägypterin und Untertanin des Augustus Tiberius hier im Süden Arabiens allein zu sein? Allein unter Arabern, allein unter den Frauen. Denn da ich nicht einmal einen Brief schreiben kann, ohne beäugt zu werden und Gründe nennen zu müssen, muß ich diesen Papyros heimlich mit Zeichen füllen. Wenn ich wenigstens wüßte, ob du mein früheres Schreiben erhalten hast! Schritte; ich muß unterbrechen.

Endlich nehme ich den Stift wieder auf. Ich lese, was ich oben geschrieben habe, und mich bewegen zwiespältige Gefühle. All dies liest sich wie der Erguß einer Maid, die Frau spielt; zerlegte Empfindungen, die sich hinter scheinbar gelassenen Gedanken verbergen, daß sie nicht vor dem Spiegel dieser Gedanken ihre Zerlegtheit einräumen müssen.

Ich bin immer noch allein, Bruder, ich habe Angst, ich bin ratlos. Drei andere Frauen um mich, die Nachtigallen sein mögen, aber auch Muränen. Ich weiß nicht, wovor wir geflohen sind, warum hierher, wohin als nächstes.

Das heißt, dies letztere weiß ich doch. Wir werden uns einer Karawane anschließen, die nach Norden reist; es war die Rede von Gaza. Aber seit ich den Stift beiseitelegen mußte, ist einiges geschehen, wovon ich kurz berichten will. Kurz deshalb, weil auch Ausführlichkeit nichts erhellen würde.

Hier in Arabia Eudaimon gibt es eine kleine römische Besatzung. Die Männer – ein Centurio und sechsunddreißig *milites* – unterstehen vermutlich dem Präfekten von Ägypten. Aber es handelt sich um Römer, aus Italien. Wozu sind sie hier, und warum echte Römer?

Der Centurio, ein Valerius Rufus, ist zweifellos guter Abkunft. Er spricht vorzügliches Griechisch, ein wenig Ägyptisch und offenbar recht geläufig Arabisch – wenn ich mich auf meine Eindrücke verlassen kann. Ein Mann, der im Imperium den Weg der Ehren und der Ämter gehen könnte, als bloßer Centurio, zuständig nicht etwa für eine Kohorte, sondern für diese wenigen Männer?

Die Fürstin ist vier- oder fünfmal bei den Römern gewesen. Immer ließ sie sich von einer der anderen begleiten. Ein wenig hatte ich das Gefühl, daß die Zurückbleibende auf mich achten sollte. Ich habe allerdings auch nicht darum gebeten, mit zu den Römern gehen zu können, daher weiß ich nicht, ob die Fürstin es mir gestattet hätte.

Wie du siehst, kann es sein, daß ich mir vieles nur einbilde oder einrede. Aber ist es nicht seltsam, daß bei solchen Gelegenheiten nur eine der anderen aufgefordert wird?

Seltsam ist auch, daß eine Fürstin aus ptolemaischem Geschlecht sich bereiterklärt, bei einem schlechten Scherz mitzumachen. Aus Gründen, die ich nicht kenne, werden die Römer Arabia Eudaimon verlassen; aus ebenso unbegreiflichen Gründen haben sie sich zuvor noch der Gefahr ausgesetzt, sich hier lächerlich zu machen – sich und Rom. Oder ist Rom so mächtig, daß es nicht lächerlich sein kann? Wie auch immer, die Römer haben an einem Rennen teilgenommen: Je vier Männer trugen eine Sänfte mit einer Person darin, und die Römer trugen – die Fürstin. Zur allgemeinen Überraschung haben sie gewonnen.

Außer dem Centurio Rufus hatte nur einer auf die Römer gesetzt: ein Händler namens Demetrios, der kaum einen halben Tag zuvor hier angekommen war. Er ist der Mann, der die

Karawane zusammenstellt, und nicht nur wir werden mit ihr reisen, sondern auch die Römer.

Demetrios war im Gasthaus, um mit der Fürstin zu sprechen. Sie hatte ihn darum gebeten. Ich war bei dem Gespräch zugegen und fand es seltsam. (Offenbar finde ich vieles seltsam; vielleicht *ist* vieles seltsam.) Ich erfuhr, daß Demetrios zuletzt am Oberlauf des Nils war, wo er vielleicht Tiere, vielleicht Gegenstände für reiche Römer beschafft hat.

Er wirkt wie ein freundlicher Mann, und während des Gesprächs schien er etliche Fragen und Zweifel zu unterdrücken. Aber vielleicht bilde ich mir auch das nur ein. Jedenfalls blieb mir ein zwiespältiger Eindruck – ein erfolgreicher Fernhändler, der freundlich und ein wenig einfältig ist. Aber wenn er einfältig wäre, könnte er nicht erfolgreich sein, oder?

Wir werden mit ihm und der Karawane aufbrechen, nach Norden. Ich hoffe, daß es mir vorher noch gelingt, einen Überbringer für diesen Brief zu finden. Es könnte sein, daß im kleineren Hafen noch jener Schiffer ist, mit dem Demetrios herkam. Aus Berenike, wie es heißt. Wenn es so ist, willigt er vielleicht ein, diese Rolle mitzunehmen.

Man sagt, eine Karawane benötige etwa achtzig Tage, um ins Reich der Nabatäer zu gelangen. Ich werde in Leuke Kome Ausschau nach einer Nachricht von dir halten; am besten wohl beim Befehlshaber der römischen Grenztruppen dort. Vielleicht gelingt es dir, mir zu schreiben und Antworten auf einige Fragen zu finden.

Noch lieber freilich wäre es mir, du fändest irgendwo Gold und könntest nach Leuke Kome reisen, um mich dort zu treffen und abzuholen. Denn deine Schwester, Dienerin der Fürstin, hat nicht die Mittel, allein zu fliehen. Und die anderen Mittel, die einer Frau bleiben, widern mich an. Bisher jedenfalls. Rufus wäre erträglich, aber er und die Fürstin verstehen sich zu gut. Demetrios? Es bleibt abzuwarten, wie er wirklich ist. Ich weiß, du wirst mich nicht verachten, wenn ich einen solchen Weg gehe. Falls er mir gangbar erscheint. Und immer noch frage ich mich, welche gnadenlosen Gottheiten des Zufalls mich in Memphis in den Dienst dieser Fürstin brachten, als ich Arbeit und Unterhalt suchte. Hätte doch unser Vater nicht alles gewagt und alles verloren! Dann müßtest du nicht Sklaven beim Bau schlechter Häuser beaufsichtigen. Und ich wäre nicht, was und wo ich nun bin.

Sondern vielleicht an einem schlimmeren Ort. Dies sage ich mir jetzt mit einem kleinen Lächeln. Ich reise, gerate in Gefahren, bin umgeben von Fremdheit und Rätseln – wieviel besser ist das doch als die Vorstellung, einem ungeschätzten Gemahl in der Abgeschiedenheit seines Hauses Kinder zu gebären!

8. Die Karawane bricht auf

Nach der Erstgeburt vererbt sich sowohl die Königswürde als die übrigen Ehrenstellen. Das Vermögen gehört allen Verwandten gemeinsam, der älteste aber ist der Verwalter desselben. Alle haben *eine* Frau. Der zuerst Eintretende begattet sich mit ihr, nachdem er seinen Stock vor die Tür gestellt hat (denn es ist Sitte, daß jeder einen Stock trägt); bei dem Ältesten aber übernachtet sie. Daher sind denn alle Kinder von allen. Ein Ehebrecher wird mit dem Tode bestraft; Ehebrecher aber ist jeder aus einem anderen Geschlechte.

Die Tochter eines der Könige, ein Wunder von Schönheit, welche fünfzehn Brüder hatte, die sie alle liebten und unaufhörlich einer nach dem anderen zu ihr gingen, soll, schon erschöpft, sich folgender List bedient haben. Sie machte Stöcke, die denen ihrer Brüder glichen, und so oft nun einer von ihr wegging, stellte sie immer einen seinem Stock gleichen vor die Tür und bald darauf einen anderen, achtete jedoch darauf, daß der zu ihr Kommende nicht einen dem seinigen gleichen finde. Als nun einst alle auf dem Markt waren, einer aber an ihre Tür kam und den Stock sah, so schloß er daraus, daß einer bei ihr sei; da er aber wußte, daß er alle Brüder auf dem Markt zurückgelassen hatte, vermutete er einen Ehebrecher, lief also zum Vater und wurde, als er ihn herbeigeführt brachte, überführt, seine Schwester fälschlich beschuldigt zu haben.

STRABO

»Dieses Kamel«, sagte Ravi, »wurde von Demetrios dem Unzeitigen gesattelt.« Er zupfte an Schnüren; eine der Packlasten löste sich und schlug dumpf im Sand auf.

Meleagros, der die Verteilung und Befestigung der Lasten

beaufsichtigt hatte, stöhnte und sah sich nach dem Schuldigen um, einem der Treiber. »Ich werde ihn in Scheibchen schneiden«, knurrte er.

Demetrios beriet mit Rufus nicht weit entfernt über Legionäre und deren Wüstentauglichkeit; er blickte über die Schulter zurück und sagte: »Ich war das nicht. Außerdem eigne ich mich nicht für Scheibchen.«

»Ungenießbar, am Stück wie geschnitten.« Ravi schnaubte.

»Ihr schuldet uns noch immer die Erklärung für diesen Beinamen.« Meleagros half Ravi, die Last wieder zu befestigen. »Inwiefern ist er unzeitig?«

Mikines, eine Tragstange über der Schulter, schlenderte herbei. »Hat eine Frau ihm den verpaßt?« Er grinste.

»Über seine Gepflogenheiten bei Frauen weiß ich nichts«, sagte Ravi. »Aber auf merkwürdige Weise ist es ihm immer gelungen, zum falschen Zeitpunkt in Adane zu erscheinen. Noch merkwürdiger ist allerdings, daß der falsche Zeitpunkt sich für ihn immer als richtig herausstellt. Wie er das macht, weiß ich nicht.«

Meleagros verzog das Gesicht. »Das ist alles? Und ich dachte, es wäre eine bemerkenswerte Geschichte.«

Demetrios fand die Geschichte der letzten Tage dagegen bemerkenswert genug: die Ankunft zur Unzeit, das Sänftenrennen, Römer und Ägypterinnen, Kharkhairs Verhalten; und jene Tatsache, die Ravi recht zu geben schien, daß die Karawane nun doch aufbrach. Mit Römern, Ägypterinnen, einem Wettgewinn namens Opiter Perperna, günstig gekauften Waren. Und einem weiteren unwahrscheinlichen Reisegenossen samt Begleitung.

Eigentlich war ihm auch gar nicht klar, wie es sich so gefügt hatte. Nach dem Überfall hatten Rufus und seine beiden Krieger ihn zu Ravi begleitet – »Man weiß ja nie, wer sich sonst noch durch dich gestört fühlt.« Leonidas, der im Schankraum herumlungerte, um festzustellen, welches Bier, mit welchem Wein vermischt, seine Wahrnehmung der Welt wieder der des Vorabends angleichen könnte, hatte behauptet, ihn verbinden zu wollen, dies dann aber doch einem von Ravis Mädchen überlassen. Das ging natürlich nicht ohne dumme Fragen von Leonidas, blöde Antworten von Demetrios und kluges Kichern der Schankmagd vonstatten und brauchte Zeit – Zeit, die der Römer und der Inder nutzten, um sich flüsternd zu beraten.

Ravi brachte Demetrios Wein, mit viel Wasser, »das verlorene Blut in der nötigen Stärke zu ersetzen«. Als der Anschlag ausreichend beredet war, einschließlich wüster Mutmaßungen hinsichtlich der Auftraggeber und ihrer Gründe, berichtete Demetrios von den Gesprächen mit Kharkhair und Kleopatra.

»Ach, die Frau ist verträglich«, sagte Rufus. Dann wandte er sich an seine beiden Krieger. »Nein, keinen Wein, ihr fallt sonst am Nachmittag um, und was sollen die Araber dann denken?«

»Was sie immer denken – daß die Römer wahnsinnig sind«, sagte Leonidas. Mit seinem gefährlichen Mischtrank setzte er sich zu den Legionären und wiederholte das, was er eben auf Griechisch gesagt hatte, zu ihren Gunsten auf Latein: »Delirant Romani.«

»Fällt dir etwas ein?« Ravi rieb den Rücken an einem rauhen Tragbalken und schaute den Römer an.

»Da wir mit der Karawane reisen wollen«, sagte Rufus, »sollte mir wohl etwas einfallen. Denn wenn Demetrios nicht reist, können wir ihn nicht begleiten. Womit könnte man den Handelsherren denn drohen?«

Ravi gluckste. »Sag ihnen doch einfach, du wirst nicht nur hierbleiben, sondern sogar dafür sorgen, daß die römische Besatzung verstärkt wird.«

»Ich weiß nicht...«

»Ich auch nicht.« Der Inder rieb sich die rechte Wange.

»Aber wenn dir etwas einfällt, sag doch gleich dazu, daß mir jemand diese Schänke abkaufen soll; andernfalls verdoppelst du die Drohung.«

»Wie kommt es eigentlich« – Demetrios sprach sehr lautes Latein, damit die beiden Krieger ihn hörten –, »daß diese Fürstin sich von euch in einer Sänfte herumschleppen läßt?«

Einer der Legionäre lachte. »Wir haben sie gefragt, weil sie so schön ist und so schön leicht.«

»Und wir waren sehr überrascht, als sie einverstanden war«, sagte der andere.

Rufus zupfte sich das Ohrläppchen. »Als Ptolemaierin stünde es ihr eigentlich zu, hat sie gesagt, von Untertanen in der Sänfte getragen zu werden. Seit wir bösen Römer den lieben Makedonen das Land abgenommen haben, das sie den Ägyptern nicht lassen mochten, trägt natürlich niemand mehr sie und ihresgleichen in einer Sänfte. Ich glaube, es erschien ihr einfach passend, von Römern getragen zu werden. Ausgleich für was auch immer.«

»Willst du sagen, sie hat Witz?« Demetrios runzelte die Stirn. »Ist mir nicht so dringend aufgefallen.«

»Ach, was wäre denn das Leben ohne Überraschungen?«

Rufus wechselte noch ein paar halblaute Worte mit Ravi; dann winkte er seinen Leuten und verschwand mit ihnen. Demetrios wußte nicht, wohin der Römer ging, und als er erfuhr, wohin Rufus gegangen war, wußte er nicht, wie er es angestellt hatte, das zu bewirken, was er bewirkt hatte.

Denn am folgenden Morgen erschien Kharkhairs Lagerverwalter – oder einer der zuständigen; Demetrios nahm an, daß der alte Handelsfürst etliche Männer brauchte, die sich um all das kümmerten, was Kharkhair selbst nicht mehr tun mochte oder konnte.

Ravi hatte einen kleinen Tisch unter die Palmen vor der Schänke gestellt; Demetrios saß dort, trank eine Mischung aus kaltem Kräutersud und Saft und lauschte Prexaspes, der phantastische Geschichten aus den parthischen Berglanden erzählte. Perperna hockte auf dem Boden, an eine Palme gelehnt. Als der Händler ihn aufforderte, ein wenig von sich zu berichten, schüttelte der alte Mann den Kopf.

»Später, Herr – wenn du erlaubst. Als dein Wettgewinn und Sklave darf ich dir nicht widersprechen, aber...«

Demetrios stieß einen ärgerlichen Knurrlaut aus. »Kannst du arbeiten, in deinem Alter, mit einer Hand?«

Perperna nickte; ein flüchtiges Lächeln huschte um seinen Mund – ein Lächeln, dachte Demetrios, wie ein Dieb, der Beute gemacht hat und sich schnell verbirgt, damit man ihn für mittellos hält.

»Ich kann, Herr. Warum?«

»Als Hellene halte ich nicht viel von Römern. Sie mögen die Herren der Welt sein, aber sie sind Barbaren, und als Sklaven taugen sie sowieso nicht. Du bist frei, Wettgewinn. Falls eine Karawane zustande kommt, brauchen wir Treiber und Pfleger; dafür würde ich dich bezahlen. Falls nicht?« Er hob die Schultern. »Man wird sehen.«

Perperna öffnete den Mund, um etwas zu sagen; aber in diesem Augenblick erschien eben jener Verwalter Kharkhairs, ein Mann mittleren Alters. Er hatte sich in wallende weiße Gewänder gewickelt. In der Rechten hielt er einen Stock, den er an den Tisch lehnte; unter dem linken Arm trug er eine dicke Papyrosrolle. Ihm folgten zwei hellhäutige und zwei schwarze Sklaven, die Packen und Korbtaschen trugen.

»Edler Demetrios!« Der Verwalter deutete eine Verneigung an; Höflichkeit gegenüber einem wichtigen Geschäftsmann mochte die kaum bemerkbare Beugung bewirken, Geringschätzung gegenüber einem Fremden aus dem verhaßten Imperium ließ den Rücken sogleich wieder gerade werden. »Der huldreiche Kharkhair hat mich angewiesen, dir von Preisen zu berichten und Warenproben zur Prüfung vorzulegen.«

»Darf ich fragen«, sagte Demetrios. Aber dann winkte er ab;

der Verwalter, dessen Namen er nicht kannte, würde ihm zweifellos nicht sagen, weshalb Kharkhair auf seine alten Tage wankelmütig geworden war, oder was sonst hinter der gründlichen Meinungsänderung stecken mochte.

Denn die Meinungsänderung war überaus gründlich. Als Demetrios den Papyros entrollte, stellte er fest, daß die Preise, am Vortag mehr als unverschämt, nun mehr als freundlich waren. Er überflog die Liste, las hier und da etwas genauer, blickte zwischendurch zum Verwalter auf, der die Arme verschränkt hatte und nach Norden schaute, über die Bucht.

»Wenn die Güte der Waren mein Herz so erfreut wie dieser Papyros meine Augen, könnten wir uns nach einigem Feilschen durchaus einig werden«, sagte Demetrios.

Mit einem beinahe verächtlichen Lächeln wandte sich der Verwalter den Sklaven zu und schnippte mit den Fingern. Die Männer begannen, Packen aufzuschnüren und Beutel aus den Korbtaschen zu ziehen.

Demetrios stieß Prexaspes an. »Geh und hol Mikines und Leonidas. Die feinen Nasen und Finger sind jetzt gefragt.«

Und sie prüften – Demetrios, Mikines, Leonidas, Prexaspes; irgendwann sah der Grieche die gierigen Blicke von Perperna und winkte ihn an den Tisch. Weihrauch und Myrrhe: klebrige Harzklumpen, in denen kostbare Düfte eingekerkert waren; Tontöpfchen, bedeckt mit Wachstüchern, und darin die Erzeugnisse der besten Salbmeister Südarabiens; andere Töpfe mit feinen Ölen für Speise oder Pflege; Fischmus, von dem eine Messerspitze ausreichte, die besten Tunken noch köstlicher zu machen; Tücher und Umhänge aus dem weichen Haar von Kamelfüllen; seltsame Figuren, geschnitzt aus Walknochen; Pfefferkörner, Kassia, Zimt, Ingwer, Kurkuma, dazu Saphire, Rubine und Perlen, all dies aus Indien; Seide aus Sina...

»Es ist gut«, sagte Demetrios irgendwann, beinah erschöpft.

»Wie denn sonst!« Der Verwalter, der die ganze Zeit reglos neben dem Tisch gestanden hatte und sich nicht setzen wollte, gestattete sich eine Gefühlsregung: Empörung, gemischt mit Verachtung, klang aus der Stimme.

Die Sklaven, unter den Palmen sitzend, blickten auf, als seien sie verblüfft.

»Wenn die übrigen Waren so gut sind wie diese Proben, werden wir uns einigen können.«

»Wann willst du sie prüfen?«

»Wo befinden sie sich?«

»Im Hauptlager, drüben.« Der Verwalter griff zu seinem Stock, der am Tisch gelehnt hatte, und deutete damit nach Norden, jenseits der Bucht.

»Dann werden wir in etwa zwei Stunden dort erscheinen. Darf ich noch etwas fragen?«

»Frag.«

»Hast du Brüder? Haben auch sie solche Stöcke?«

Der Araber stutzte sichtlich; dann preßte er die Lippen zu einem Strich und schüttelte den Kopf.

»Ich habe keine Brüder«, sagte er. »Und diese Geschichten, die man sich bei euch erzählt, mögen vor fünfhundert Jahren in der Wüste zutreffend gewesen sein. Aber nicht heute, nicht in den Städten.«

Während sie prüften – Perperna erwies sich als kundiger Mann mit empfindsamer Nase –, begann Meleagros, Kamele zu betrachten und unter den vielen Männern Adanes, die Arbeit suchten, Treiber und Pfleger zu verpflichten. Es dauerte fünf Tage, bis Demetrios glücklich war, Meleagros zufrieden und Perperna einverstanden. Der ehemalige Sklave, der nahezu jeden in Adane kannte, wies Meleagros auf gewisse Mängel gewisser Männer hin und empfahl ihm einige andere Leute.

In dieser ganzen Zeit ließen sich die Römer nur selten blicken, meistens abends, bei Ravi. Demetrios vermißte sie nicht, da er selbst mit den Vorbereitungen beschäftigt war. Außerdem nahm er an, daß die Auflösung der kleinen Festung, die fast fünfundzwanzig Jahre lang bestanden hatte, einiges an Arbeit erforderte.

An einem der Abende – er wußte später nicht mehr, ob es der vierte oder fünfte gewesen war – bescherte Ravi ihm eine unangenehme Überraschung.

Der Inder hatte es beinahe auffällig vermieden, sich zu ihm zu setzen, obwohl er nicht viel zu tun hatte. Die Vorbereitungen für die Karawane führten zwar dazu, daß nicht nur jene, die als Helfer mitreisen würden, sein Gasthaus aufsuchten, sondern auch einige Händler. Die Schänke des Fremden – das war und blieb Ravi, trotz der Jahrzehnte seiner Anwesenheit – hatten sie sonst gemieden; nun sahen sie Möglichkeiten, das eine oder andere zu verkaufen, und zwischenzeitlich fühlte Demetrios sich belagert. Aber das Gedränge war nicht so groß, daß Ravis Mädchen damit nicht fertig werden konnten.

Als endlich die meisten Gäste gegangen waren, kam der Inder zu Demetrios, der erst jetzt bemerkte, daß Ravi ihn bis dahin absichtlich oder zufällig gemieden hatte. Die Art der Annäherung war seltsam: nicht gewöhnliche Schritte, sondern ein seitliches Schleichen – der Versuch, zu einem bestimmten Ort zu gelangen, ohne sichtbar dorthin gehen zu wollen?

»Was machen die Geschäfte und die Vorbereitungen?«

Demetrios leerte seinen Becher und hielt ihn Ravi hin, der ihn aus dem Weinkrug auffüllte. »Langsam nimmt alles Gestalt an. Aber du, was ist mit dir und deiner Kaschemme?«

Ravi setzte ein schmerzliches Lächeln auf. »Darum geht es, und um etwas anderes.«

»Sprich.«

»Ich wage es kaum.«

Demetrios lachte. »Es muß ja furchtbar sein, wenn du nicht zu reden wagst. Willst du mich sanft darauf vorbereiten, daß du Drachen und geflügelte Giftschlangen mitzunehmen gedenkst?«

»Schlimmer.«

Demetrios wartete, aber Ravi schwieg, blickte auf den Krug, in seinen Becher, auf das Gesäß eines vorbeihuschenden Schankmädchens.

»Nun spuck es doch endlich aus!«

»Nun ja, es muß sein.« Ravi seufzte. »Es gibt zwei Schwierigkeiten. Von der einen hat dir Rufus vielleicht schon erzählt?«

»Nein. Jedenfalls weiß ich nicht, was du meinst.«

»Sie – die Römer – kriegen nicht genug Kamele zusammen.«

»Wie kann das sein? Es gibt doch...«

»... genug Kamele, das stimmt. Aber nicht alle Besitzer wollen verkaufen. Stell dir vor, manche möchten ein Kamel behalten, oder sogar zwei.« Ravis Gesicht zeigte deutlich, daß er selbst seinen Versuch, ironisch zu werden, nicht überzeugend fand.

»Und?«

»So, wie es aussieht, gibt es wohl nur eine Möglichkeit, und die wird dir nicht gefallen.«

»Wenn du noch lange so umwegig redest, bin ich in Gaza, bevor du gesagt hast, was du sagen willst.«

Ravi nickte. »Hast du deinen Dolch griffbereit?«

Demetrios faßte sich an den Gürtel. »Immer.«

»Leg ihn weg, bis ich gesprochen habe.«

»Kommt nicht in Frage.« Demetrios zog die Waffe und deutete mit der Spitze der Klinge auf Ravi. »Entweder, du redest jetzt endlich, oder ich schneide dir die Zunge heraus.«

»Jemand will meine Schänke kaufen.« Es klang tieftraurig, wie eine Todesbotschaft.

»Dann solltest du lachen und tanzen und johlen.«

»Sollte ich das?« Ravi schien in sich hineinzuhorchen. »Ja, vielleicht sollte ich wirklich. Später. Also, er will die Schänke kaufen, nicht als Schänke, sondern als Lagerhaus, und wegen der Quellen.«

»Besser als nichts.«

»Er will auch den Römern Kamele verkaufen.«

»Sehr schön. Und warum johlst du nicht vor Wonne?«

»Weil er all dies nur tut, wenn er mitreisen kann.«

Demetrios kniff die Augen zu Schlitzen und musterte Ravis Gesicht. Langsam sagte er:

»Wie du redest, kann das nur ein besonders lieber Freund sein. Da fällt mir niemand ein, außer – Mukhtar?«

»Eben.«

Demetrios bleckte die Zähne. »Halt ihn mir vom Leibe. Umgib ihn mit Römern. Solange ich nichts mit ihm zu tun habe...«

Ravi schien erleichtert, sagte aber, im Tonfall einer Warnung: »Das wird auf der langen Reise nicht einfach sein.«

»Gib dir Mühe.«

»Ich will's versuchen. Hast du eigentlich darüber nachgedacht, daß du ein Leitkamel brauchst?«

»Habe ich.« Demetrios kniff ein Auge zu. »Ich glaube, Römer eignen sich dafür besonders gut.«

Kurz vor Morgengrauen waren die letzten Packlasten festgezurrt; die Karawane brach auf. Demetrios und seine vier Leute, dazu Perperna; Kleopatra und ihre drei Begleiterinnen; Rufus und sechsunddreißig Krieger, eine halbe Centuria; Ravi; die taubstumme Perserin, die nicht zurückbleiben mochte; Nubo; zwei Dutzend Kameltreiber. Und Mukhtar samt sechs bewaffneten Dienern.

Ravi hatte eine kleine Amphore in einer Korbtasche auf seine übrigen Packen und Bündel geschnallt. Als Demetrios sie sah, vermutete er laut, es werde sich wohl um einen besonders guten Wein handeln oder vielleicht eine geheimnisvolle Gewürzmischung, aber Ravi schüttelte den Kopf und blickte halb finster, halb verlegen.

»Die Asche der Frau«, sagte er. »Ich kann sie doch nicht in

Adane lassen; die Araber würden auf dem Grab ihr Wasser abschlagen.«

Demetrios hatte Ravis Gattin nie kennengelernt; sie stammte aus einer der zahlreichen äthiopischen Völkerschaften auf der anderen Seite des Roten Meers und war gestorben, ehe er zum erstenmal nach Adane kam.

In den ersten Tagen geschah wenig Erwähnenswertes. Mukhtar hielt sich immer weit entfernt von Demetrios auf, was diesem recht war; Kleopatra, Thais, Glauke und Arsinoë blieben ebenfalls für sich, was Demetrios gern geändert hätte. Aber er wußte zu gut, daß anfangs alle erschöpft waren vom Reiten durch die heiße Winterwüste, zwischen Felsen, die Hitze und Helligkeit der Sonne vervielfachten, vom ungewohnten Sitzen auf Kamelen und vom immer wieder nötigen Absteigen und Gehen, damit die Beine nicht abfielen, vom Sammeln des Kameldungs als Brennstoff – sie hatten ein wenig Feuerholz, aufzubewahren für schlechtere Tage –, von all den anderen Dingen, an die sich selbst erfahrene Karawanenmänner zuerst wieder gewöhnen mußten.

Bei alledem waren die ersten Tage die einfachsten. Die Wege im Königreich der Gebbaniten und weiter nördlich im alten Reich der Sabäer waren gut und nicht allzu schwierig, es gab genug Wasserstellen, und man brauchte nicht dauernd Ausschau nach Wegelagerern zu halten. Der König der Gebbaniten in Thomna, der Herrscher im fernen Sabatha und seine Statthalter in den kleineren Hauptstädten sorgten für Sicherheit – teure Sicherheit, denn Zölle waren nicht nur an den Reichsgrenzen zu entrichten, sondern beim Betreten jeder einzelnen Provinz.

Und jedes weiteren Fürstentums, bis schließlich die römischen Zöllner als letzte ihren Teil verlangten. Der Weihrauch mittlerer Güte, aus Kharkhairs Lager für vier Obolen – zwei Drittel einer Drachme – das Pfund übernommen, würde sich in Gaza mit ein wenig Glück für zweieinhalb Drachmen beziehungsweise fünf Denare verkaufen lassen. Die mittlere Kamellast betrug um die vierhundert Pfund; aber natürlich wurden die Lasten anders verteilt, jedes Kamel trug auch Wasser und Holz und Vorräte und andere Waren, damit nicht das eine Kamel, das sich verirrte und verlorenging, sämtliche Myrrhe oder alle Edelsteine mit sich nahm.

Vierhundert Pfund Weihrauch, etwas mehr als 266 Drachmen in Adane, 900 bis 1000 Drachmen in Gaza – aber auf der Reise waren Männer zu bezahlen und Tiere zu ernähren, und bis Gaza mußten für diese mittlere Kamellast mittlerer Güte fast 350 Drachmen an Zöllen gezahlt werden. Demetrios hatte viel Gold in Adane gelassen; Silbermünzen wären gar nicht in der nötigen Menge zu tragen gewesen.

Solche Gedanken an Geld, an Wege, an Zölle und spätere Absatzmöglichkeiten beschäftigten ihn in den ersten Tagen. Hinzu kam, daß eine Karawane, wie jeder größere Verbund, einige Zeit braucht, bis alle Einzelteile ihren Platz und eine gewisse zweckgebundene Harmonie gefunden haben. Demetrios pries das Geschenk des Zufalls, die halbe Centuria disziplinierter Römer. Rufus hatte sie in kleinen Gruppen so verteilt, daß sie für die Karawane eine Art Gerüst bildeten, die äußere Ordnung wahrten und kleine Schwierigkeiten behoben, ehe er sich mit ihnen befassen mußte.

Andere Gedanken verschob er auf später; mit der Lage der Dinge konnte er gut leben und war nicht allzu versessen darauf, bestimmte Fragen zu stellen. Zumindest nicht sofort. Später, gegen Ende der Reise, wenn bis dahin alles gutgegangen war, wollte er dies und das klären. Was Kleopatra wirklich beabsichtigte – denn ihre Geschichte glaubte er nur zum Teil. Was Valerius angestellt hatte, damit Kharkhair seine Meinung änderte. Was Mukhtar dazu gebracht hatte, mit verabscheuten Männern aus dem gehaßten Imperium so weit nach Norden zu reisen – in eben jenes Imperium?

Am dritten Tag begannen Demetrios' Beine sich wieder wie

die eines alten Kamelreiters zu benehmen; abends, am Dungfeuer, fühlte er sich munter genug, um Perperna nach Einzelheiten des langen Lebens in der Sklaverei zu befragen.

Diesmal weigerte der alte Mann sich nicht, Auskünfte zu erteilen. Er lehnte seitlich an einem Kamelsattel. Aus der linken Hand, die er immer wieder auffüllte, ließ er Sand rieseln – »ein Korn für jeden verlorenen Tag eines verlorenen Lebens«, sagte er. Aber er grinste dabei.

»Sprich von deinen Verlusten«, sagte Demetrios. »Aber vergiß nicht die Gewinne.«

»Wo soll ich beginnen?« Perperna sah sich um. Mikines und Prexaspes ließen sich eben am Feuer nieder; Leonidas und Meleagros machten noch ihre Runde durchs Lager. Eine der Frauen – Demetrios war im Zwielicht nicht sicher, glaubte aber, es sei Glauke – stand an einen Felsen gelehnt und schien zu lauschen.

Von einem der anderen Feuer näherte sich eine Gestalt: nach Haltung und Gang eindeutig einer der römischen Krieger. Er wandte sich an Demetrios.

»Herr, ist Rufus notwendig?«

»Nicht notwendig. Aber sag ihm, Perperna wird gleich eine Geschichte über römische Wanderungen in Arabien erzählen.«

»Ich sag's ihm.« Der Legionär legte die Hand auf die Brust und verschwand in den tanzenden Schatten.

Das Tal war eng und langgestreckt; es gab einen Brunnen mit leicht brackigem Wasser. Die weit auseinanderliegenden Feuer genügten nicht, den Glanz der Sterne oberhalb der Felswände zu tilgen.

»Vielleicht will noch jemand zuhören«, sagte Prexaspes.

»Wer zum Beispiel?« Perperna blickte zu dem Perser hinüber.

»Leonidas und Meleagros, vielleicht die edlen Frauen aus Ägypten.« Prexaspes gluckste. »Am Ende sogar Mukhtar.«

»Da du es vorschlägst«, sagte Demetrios, »erlaube ich dir,

dich zu entfernen und an den anderen Feuern Bescheid zu sagen.«

Prexaspes hob die Arme in einer Gebärde spöttischer Verzweiflung und stand auf.

Die Frau, die Demetrios für Glauke hielt, ging ins Dunkel.

Ravi erhob sich. »Ich kenne die Geschichten schon«, sagte er. »Ich muß sie nicht zum vierunddreißigsten Mal hören.«

»Dreiunddreißig«, sagte Perperna. »Du übertreibst.«

»Warum hast du es nicht eher gesagt?« Mikines deutete ins dunkle Tal. »Wenn du sowieso gehst, hättest du doch Prexaspes den Weg abnehmen können.«

»Wer will das denn?« Ravi schüttelte den Kopf und ging; ob er lächelte, war nicht zu sehen.

Es dauerte einige Zeit, bis keine neuen Hörlustigen sich mehr am Feuer niederließen. Demetrios sah nicht alle Gesichter, schätzte aber, daß mindestens zehn Römer (mit Rufus) gekommen waren, zwei der Ägypterinnen, Leonidas, dazu Nubo und einige Treiber, die genug Latein verstehen mochten.

Perperna schien den Andrang zu genießen. »All das wegen meiner geringfügigen Person«, sagte er.

»Lauter, du geringfügige Person!« rief jemand.

Der Alte ächzte, erhob sich von seinem Kamelsattel und setzte sich auf einen nicht ganz mannshohen Felsblock. »So besser? Gut. Nun denn, wo soll ich beginnen? Das Leben eines Knaben in Rom ist für niemanden von Bedeutung, nicht einmal dann, wenn er Sohn eines Ritters ist.«

Jemand räusperte sich. »Bessere Geburt macht einen nicht minderwertig.« Es war die Stimme von Rufus.

»Das stimmt; aber sie hindert einen daran, nützliche Dinge zu tun. Am Ende wird man Legat oder gar Präfekt. Wie Aelius Gallus, einer der nutzlosesten Männer, die Rom je hervorbrachte.«

Wieder die Stimme von Rufus, diesmal ohne jede Spur von Ironie. »Hüte deine Zunge. Bedenk, wen du beleidigst.«

»Einen Trottel.« Perperna lachte hohl. »Wie ihr hören werdet. Mehr als fünfzig Jahre ist es her, daß ich mit einer Ausbildungskohorte nach Ägypten geschickt wurde. Und kaum war ich da, war ich auch schon wieder weg.«

»Es spricht für eine gewisse Hurtigkeit«, sagte Leonidas. »Und wo warst du, als du weg warst?«

»Fast schon hier. Viele Eigentümlichkeiten des Landes oder, besser, der vielen arabischen Lande wollten wir erforschen auf diesem Feldzug, den Aelius Gallus gegen die Araber unternahm. Und ich habe noch mehr Eigentümlichkeiten kennengelernt, als ich je kennen wollte und als Gallus sich je hat träumen lassen.«

»Warum fand der Feldzug statt?« sagte eine Stimme, die Demetrios nicht kannte. Vielleicht gehörte sie einem der Treiber.

»Der Kaiser, Augustus, hat Aelius Gallus losgeschickt, und zwar sollte er sowohl die arabischen als auch die äthiopischen Völker und Gegenden erforschen. Wir wußten ja – das heißt, ich wußte es damals nicht; wie die meisten Männer, die für andere den Dreck erst auftürmen und dann wieder wegräumen müssen, hatte ich keine Ahnung.«

»Sonst sprächest du anders.« Rufus schien noch etwas sagen zu wollen, knurrte dann aber nur und schwieg.

»Mag sein; ich bin ja kein feiner Mann, wie du und dieser Trottel Gallus. Bleiben wir bei Augustus. Er wußte, daß die afrikanische Küste, südlich und südöstlich von Ägypten, die Troglodytenküste, sich weit nach Süden erstreckt und daß das Meer, das die Araber von den Troglodyten trennt, da unten sehr schmal ist.«

»Nicht nur Augustus wußte es«, warf eine der Ptolemaierinnen ein. »Wir, die Makedonen in Ägypten, haben ja schon lange mit diesen Gegenden Handel getrieben.« Sie schien, ehe sie sprach, etwas in den Mund gesteckt zu haben und beim Sprechen zu kauen; Demetrios konnte nicht erraten, welche der Frauen es war.

»Gehandelt haben die Ägypter lange vor euch«, sagte Perperna. »Aber lassen wir das beiseite. Augustus, der edle *princeps* und Beherrscher der Welt, hatte die Absicht, diese Völker entweder zu Freunden und Bundesgenossen zu machen oder zu unterwerfen. Dabei war natürlich ganz unwichtig, daß sie schon immer im Ruf großen Reichtums standen.«

Rufus stöhnte. »Versuch doch bitte nicht, ironisch zu sein; kannst du nicht geradeaus sprechen?«

Perperna fuchtelte mit den Armen. »Wenn man mich dauernd unterbricht, kann ich nur im Zickzack reden.«

Er wartete, aber Rufus antwortete nichts darauf. Hier und da wurde getuschelt und gemurmelt. Perperna räusperte sich.

»Nun wohl, also weiter. Reichtum, sagte ich. Und zwar kam er daher, daß sie ihre Gewürze und kostbaren Steine gegen Silber und Gold eingetauscht und von all den Münzen nichts wieder herausgegeben haben. Und außer ihren eigenen Kaufleuten und Seefahrern durfte niemand ihre Güter befördern. Also wollte Augustus, angeblich, entweder reiche Freunde erwerben oder reiche Feinde besiegen. Wie man aber jemanden zum Freund macht, der ganz deutlich zeigt, daß er kein Freund sein will, das...«

»... das ist eine römische Kunst«, sagte Demetrios. »Man nennt sie auch ›befrieden‹.«

»Sie schaffen eine Wüste voller Gebeine, wo vorher Menschen in einem blühenden Land lebten, und nennen es Friede.«

»Wer sagt das?« Rufus hatte sich halb erhoben und bewegte heftig den Kopf; wahrscheinlich, dachte Demetrios, suchte er die Sprecherin, denn eine Frau hatte diesen anmutigen Satz gesagt.

Niemand antwortete.

»Schade.« Rufus' Stimme klang bedauernd. »Ein guter Satz; ich würde ihn gern zitieren, wenn ich wieder in Rom bin. Um zu sagen: Man hat uns durchschaut.«

»Ha.« Perperna schnaubte.

»Weiter, bitte.« Mehrere Stimmen sagten das.

»Weiter. Augustus, heißt es, hoffte auch gründlich auf die Nabatäer, seine Freunde, die versprochen hatten, ihn in allem zu unterstützen. Also ließ er von Ägypten aus Aelius Gallus etwas beginnen, was für einen Freundschaftsbesuch ein wenig zu gut bewaffnet war, für einen Krieg aber zu schlecht geleitet.«

»Wenn du nicht sicher bist, daß der Nachbar dir die Tür öffnet, nimm einen Rammbock mit«, sagte Mikines; er prustete.

»Syllaios. Da wir Latein sprechen, sagen wir Syllaeus; also, Syllaeus, Statthalter des Königs der Nabatäer in den Gebieten, die zum eigentlichen Arabien hin liegen, hat versprochen, daß er die Römer führen würde. Führen, mit Vorräten und Wasser versorgen, die richtigen Wege durch die Wüste zeigen. Daraufhin hat also Gallus den Feldzug begonnen. Aber Syllaeus hat uns gründlich betrogen. Hereingelegt.«

»Er hat euch doch wohl die verheißenen Wege gezeigt, oder?« sagte ein Mann. »Sonst wärst du kaum nach Adane gekommen.«

»Wer hätte denn je nach Adane gehen wollen?«

»Ach, ein paar Römer wollten sogar dorthin rudern – ein bißchen später.«

»Bleiben wir bei Syllaeus. Dieses schwarze Schwein von einem Nabatäer... aber er hat den gerechten Lohn bekommen.«

»Woher weißt du das?« sagte Demetrios. »Du warst doch die ganze Zeit in Arabien.«

»Ach, manche Dinge sprechen sich herum. Außerdem, vergiß nicht meine lieben Landsleute, die mich zwar nicht freikaufen wollten, aber immerhin zwischendurch Geschichten erzählt haben.«

»Wenn uns deine zu öde wurden«, sagte einer der Legionäre. »Reine Notwehr.«

»Bah. Dieser Nabatäer, Syllaeus, hat viele feine Formen von

Hinterlist erprobt; er hat uns nämlich weder eine sichere Küstenfahrt noch einen sicheren Landweg gezeigt, sondern uns auf unwegsamen Pfaden kreuz und quer durch die Wüste geführt, durch Sandlöcher und Felsgruben, an kahle, nackte, hafenlose und felsige Küsten mit Riffen und Untiefen.«

»Seid ihr zu Fuß auf den Riffen herumgeklettert? Muß nett ausgesehen haben...«

Perperna grunzte. »Nein, aber... Den ersten Fehler hat Aelius Gallus gemacht. Oder sagen wir den zweiten. Der erste war es, Syllaeus zu trauen.«

»Der zweite«, sagte Glauke (oder Thais?). »Der erste war, nicht unsere alten Landkarten und Schiffspläne zu benutzen.«

»Wie auch immer; davon weiß ich nichts. Der dritte Fehler also, den Gallus begangen hat, war, daß er große Schiffe hat bauen lassen. Kampfschiffe; dabei war ein Seekrieg weder beabsichtigt, noch konnte er überhaupt stattfinden. Ist Mukhtar hier?«

Jemand weiter hinten, weit außerhalb des Feuerkreises, sagte: »Zum Glück nicht. Warum?«

»Ich wollte eben sagen, daß es ja auf der Gegenseite überhaupt keine Kampfschiffe gab, und außerdem sind die Araber, sogar Mukhtar, nicht einmal zu Land brauchbare Krieger, sondern eher Krämer und Kaufleute; von der See überhaupt nicht zu reden.«

»Es sollte mehr friedliche Völker geben.«

»Friedlich? Die Art, wie sie mit gefangenen Römern umgehen...«

»... die besonders friedlich zu ihnen gekommen waren.« Demetrios klackte mit der Zunge. »Aber sprich weiter.«

»Schiffe, habe ich gesagt. Aelius Gallus hat bei Kleopatris am alten Nilkanal nicht weniger als achtzig Zwei- und Dreiruderer bauen lassen, und Barken. Damit verging einige Zeit. Ein paar Leute haben wohl versucht, ihm das auszureden, aber wie vornehme Römer nun mal sind... Die Herren der

Welt wissen einfach alles besser. Irgendwann hat er dann begriffen, daß er im Irrtum war, und da hat er dann hundertdreißig Frachtschiffe bauen lassen. Mit denen sind wir...«

»Wer ist ›wir‹, und wie viele wart ihr?« sagte Leonidas.

»Zehntausend Fußsoldaten, Römer, aus Ägypten, und Bundesgenossen, und zwar fünfhundert Judäer, geschickt von König Herodes, und tausend Nabatäer unter Syllaeus. Mit diesen Schiffen sind wir übers Meer gefahren, und nie haben so wenige Römer so viel gekotzt. Es war stürmisch, die nabatäischen Steuerleute müssen uns, das haben wir später begriffen, mitten auf dem Roten Meer nach Süden und wieder zurück gelenkt haben, statt einfach quer. Nach all dem Durcheinander mit Leid und Drangsal haben wir am fünfzehnten Tag Leuke erreicht, einen großen Handelsplatz im Land der Nabatäer.«

»Den wir alle kennen«, sagte Demetrios. »Aber... fünfzehn Tage auf See? Um von Ägypten nach Leuke zu kommen? Das ist ziemlich verwegen.«

»Und dabei« – Perperna klang seltsam befriedigt, als er weitersprach – »haben wir sogar noch Schiffe verloren, einige samt der Besatzung. Aber nur durch Stürme und Untiefen, kein einziges durch Feinde.«

»Und wer war der Schuldige?« sagte Rufus. »Syllaeus! Die Falschheit des Syllaeus!«

»Die Dummheit des Gallus, der sich auf Syllaeus eingelassen hat. Der dumm genug war, ihm zu glauben, daß der Landweg für Heere bis Leuke ungangbar ist; dabei ziehen die mit Kamelen reisenden Kaufleute in wahren Heerscharen von Leuke aus sicher und bequem nach Petra.«

»Oder, wie wir alle hoffen wollen, von Adane nach Leuke und dann weiter«, sagte ein Mann am äußeren Rand des Kreises. »Aber vielleicht sollten wir dich nicht dauernd durch kluge oder dumme Einwürfe unterbrechen.«

»Und vielleicht«, sagte jemand, »solltest du mit dem Unterlassen von Unterbrechungen beginnen.«

Tatsächlich konnte der alte Mann nun länger ungestört sprechen. Hin und wieder räusperte sich jemand, manchmal gab es Anlässe für Gelächter oder Stöhnen; zuweilen stand jemand auf und ging, weil ihn etwas trieb oder weil die Müdigkeit des Tages den Reiz der Erzählung minderte. Während er aus den Augenwinkeln Abgänge, aber auch neu – oder wieder – dazukommende Leute bemerkte, lauschte Demetrios dem Bericht, den Perperna mit großen Gebärden untermalte. Sein Felsblock war nah genug am Feuer, so daß man die Augen schließen mußte, wenn man des Gefuchtels Pracht zu meiden beliebte.

All dies »Gehampel« des Syllaeus, sagte Perperna, sei so geschehen, wie es eben geschah, weil sich der König der Nabatäer, Obodas, um die öffentlichen Angelegenheiten und besonders die des Kriegs nicht sehr kümmerte (»ein allgemeiner Fehler aller Könige der Araber«), sondern alles der Willkür des Statthalters überließ. Dieser aber habe alles mit Hinterlist, Tücke, Verschlagenheit, Trug und Täuschung betrieben (an dieser Stelle ächzte jemand und murmelte etwas über sinnlose Verdoppelungen von Wörtern, die das Gehörte schwerer erträglich und dazu minder deutlich machten).

Perperna mutmaßte, Syllaeus habe die Absicht gehabt, das Land auszukundschaften und einige Städte und Völker der Araber mit Hilfe der Römer zu erobern, um sich später, sobald die Krieger durch Hunger, Durst, Ungemach, Drangsale, Bedrängnisse, Krankheiten, Siechtum und andere Unbill ob seiner Hinterlist vernichtet wären, zum Herrn aller zu machen.

»Gallus also landete bei Leuke, als sein Heer schon von Mundfäule und Schenkelschwäche, zwei einheimischen Krankheiten, befallen war.«

»Mundfäule?« sagte Leonidas. »Führt sie Jahre später zu Wortdurchfall?«

Bei einigen hätten die Münder, bei anderen die Schenkel infolge des Wassers und der Kräuter eine gewisse Lähmung gezeigt. Aelius Gallus sei daher genötigt gewesen, den Sommer und Winter daselbst zu verweilen, damit sich die Kranken erholen konnten.

»Es ist bei uns Römern nämlich so«, sagte Perperna, »daß nur jene, die ausreichend gesund zum Leben sind, im Kampf sterben dürfen. Die anderen müssen überleben, weil sie sich in der Unterwelt nicht würden behaupten können.«

Demetrios wartete auf einen Einwurf von Rufus, aber dieser schwieg.

Von Leuke aus, fuhr Perperna fort, würden die Waren nach Petra, von dort nach Gaza oder zu Städten in Phönizien gebracht. Manchmal – »wenn nicht gerade Aelius Gallus und seine nabatäischen Steuerleute am Werk sind« – verschiffe man sie auch übers Meer, nach Ägypten. Wie es auch mit den Waren aus Arabien und Indien geschehe: nach Myos Hormos, dann über Land auf Kamelen nach Koptos, an einem Kanal des Nil in der Thebais, von dort den Nil hinunter nach Alexandria.

»Danke für die Belehrungen, die du einem zuteil werden läßt, der diesen Weg erst sieben- oder achtmal zurückgelegt hat.« Das kam, angereichert mit einem Schnaufen, von Mikines.

»Nicht alle genießen diesen Vorzug«, sagte Perperna. »Falls es einer ist. Du glaubst ja nicht, wie viele Männer das Erz ihrer Erfahrungen in Dummheit ausmünzen.«

»Weiter, o ihr Götter!«

»Von Leuke zog Gallus mit dem Heer, treulich gelenkt von treulosen Wegweisern, durch Gegenden von so gedeihlicher Art, daß sogar Wasser auf Kamelen mitgeführt werden mußte. Daher gelangte man erst nach vielen Tagen in das Land des Aretas, eines Verwandten von König Obodas. Nun nahm Aretas zwar den Gallus freundlich auf und machte ihm Geschenke; aber Syllaeus gelang es, durch einfallsreiche Arglisten auch dieses Land nahezu unbegehbar werden zu lassen. Er und seine Leute fanden nämlich Umwege, wo vorher Wege gewesen waren. Und während die Wege durch fruchtbare Gebiete führten, in denen Öl, Obst und Getreide zu finden waren, ergötzten sich die Männer dank der Umwege an Gegenden, die nur Spelt und wenige Datteln und karge Butter statt reichlichen Öls lieferten, und dazu benötigte man dreißig Tage.«

»Warum seid ihr denn nicht schneller gelaufen?« sagte ein Witzbold.

»Wieso?«

»Dann wärt ihr schneller wieder draußen gewesen.«

»Wer in der Hitze schneller rennt, ist früher tot.«

Das nächste Land, in welches das Heer kam, sei von Wanderhirten bewohnt, also größtenteils menschenleer gewesen; es heiße Ararene und der König Sabôs. Welchen Sinn es habe, König von Wanderhirten in einer Ödnis zu sein, müsse jedoch von Philosophen erörtert werden, ehe er sich dazu äußern wolle, sagte Perperna.

»Auch dieses Land durchzogen wir auf Umwegen, wobei wir fünfzig Tage vergeudeten, bis wir zur Stadt Negrana gelangten und in ein friedliches und fruchtbares Land. Der König floh, die Stadt aber wurde im ersten Angriff genommen.«

»Römer!« sagte jemand. »Friedliches und fruchtbares Land! Erobern! Pah.«

»Von da gelangten wir in sechs Tagen an einen Fluß, der so kärglich strömte, daß sein Name wenn nicht in den Sand, so doch aus meinem Gedächtnis gerieselt sein muß. Als sich hier die Barbaren…«

»Wer? Ach, wir. Nur wir.«

»… auf ein Treffen einließen, fielen von ihnen an die zehntausend, von uns aber zwei Mann; denn diese ganz unkriegerischen Leute bedienten sich der Waffen sehr ungeschickt; und zwar waren es morsche Bogen, krumme Lanzen, schartige Schwerter und gichtige Schleudern. Die meisten aber besaßen zweischneidige Äxte, mit denen man zur Rechten wie zur Linken je eine Gerte zwar nicht fällen, aber doch durch Kitzeln zum Lachen bringen konnte.«

Unmittelbar darauf habe das Heer auch die von ihrem König verlassene Stadt Aska erobert. Von hier zog man weiter zur Stadt Athrula, und nachdem Gallus sie ohne Kampf eingenommen, eine Besatzung hineingelegt und für Vorräte an Getreide und Datteln gesorgt hatte, gelangten die Römer zur Stadt Mariaba.

»Sie gehört dem Volk der Rhammaniten, damals unter dem König Ilasarus. Es ist wahrscheinlich die Hauptstadt des alten Reichs der Sabäer. Sechs Tage lang haben wir sie berannt und belagert, aber dann begannen wir unter Wassermangel zu leiden und mußten die Belagerung abbrechen.«

»Wassermangel?« sagte Demetrios, der sich eigentlich vorgenommen hatte, Perperna nicht mehr zu unterbrechen. »Wassermangel bei Mariaba? Wo eines der größten Wunder der Welt errichtet wurde, der gewaltige Wasserspeicher und die weitläufigen Bewässerungskanäle?«

Perperna machte eine Armbewegung, als wolle er etwas wegwerfen; vielleicht ein Stück fauligen Fisch.

»Heute weiß ich das«, murrte er. »Aber damals wußte ich es nicht, und wenn ich es gewußt hätte, wäre es trotzdem sinnlos gewesen. Aelius der Trottel hat sich immer noch auf diese Schweine von nabatäischen Führern verlassen. Die haben wahrscheinlich davon gewußt, aber sie haben uns doch absichtlich in die Irre geführt. Vielleicht… vielleicht hatte das ja einen anderen Grund.«

Demetrios wartete, aber Perperna sprach nicht weiter.

Jemand links von ihm erbarmte sich. »Sag uns, welchen anderen Grund es gehabt haben könnte. Deiner werten, in langen Jahren gereiften Meinung nach.«

»Dieser zufolge« – Perperna hüstelte – »könnte es ja auch so sein, daß Syllaeus eigentlich nichts Unziemliches wollte. Vielleicht haben sich die Nabatäer gesagt, die Römer sind jetzt da, die Araber waren schon vorher da, und vielleicht gehen die Römer wieder, aber mit den Arabern müssen wir noch lange auskommen.«

»Er hat sich aber vielleicht geirrt«, sagte einer der Römer.

»Bis jetzt, jedenfalls. Aber zurück zu Aelius. Er war nun nur noch zwei Tagereisen vom Gewürzlande entfernt, wie er später von Gefangenen hören konnte. Aber damals wußte er es nicht – keiner von uns wußte es. Immer hin und her; von einem Felsental zur nächsten Steinwüste.«

Auf diesen Zügen habe man, treulos geführt, eine Zeit von sechs Monaten verbracht. Gallus habe es erst bei der Umkehr erkannt, zu spät den Anschlag durchschauend, und zum Rückmarsch einen anderen Weg genommen.

»Ohne mich.« Perperna seufzte lang und laut. »Ich wurde bei einem kleineren Gefecht verletzt und bin in Gefangenschaft geraten. Die restliche Geschichte habe ich dann in all den Jahren Stück für Stück gehört und zusammengesetzt.«

Am neunten Tage sei das Heer wieder nach Negrana gekommen, wo die einseitige Schlacht stattgefunden hatte, und von da am elften zu den Sieben Brunnen. Dann immer weiter, durch friedliches Land mit genug Weiden und Gärten und Wasserstellen, zur Stadt Egra. Diese aber habe schon zum Lande des Obodas gehört und nahe am Meer gelegen.

»Für den ganzen Rückweg brauchten sie sechzig Tage, während sie mit dem Hinmarsch sechs Monate zugebracht hatten. Von da setzte das Heer in elf Tagen nach Myos Hormos über, dann durch die Wüste nach Koptos, und mit denen, die ihr Leben hatten retten können, reiste Gallus den Nil hinunter nach Alexandria. Viele waren gestorben, nicht durch Feinde, sondern durch Krankheiten, Drangsale, Hunger und schlechte Wege; im Krieg waren nur sieben umgekommen.«

»So wenige?«

»Wie es heißt«, sagte Perperna. »Man hat mir erzählt, daß

jemand es so aufgeschrieben hat. Ich weiß, daß sechs gefallen sind. Der siebte bin ich.«

»Was ist mit diesem Verräter geschehen?« sagte ein Treiber. »Syllaeus oder wie?«

»Er hat zehntausend Römer in die Wüste geführt«, sagte Perperna mit hörbarem Stolz. »Und er hat gemeint, sie gehen darin verloren. Aber zehntausend römische Kämpfer kann man nicht so leicht verlieren. Wenn man uns sagt, schleppt euer eigenes Gewicht an Wasser und Vorräten und geht damit vierzig Meilen an einem Tag, dann tun wir das. Einige kommen dabei um; das ist einfach so. Die meisten Leute sterben sowieso im Bett; soll man deswegen das Schlafengehen unterlassen?«

»Syllaeus!« sagte jemand.

»Ah. Ja, er wollte uns umbringen. Man hat ihn nach Rom gebracht und enthauptet. Zu schnell, finde ich. Man hätte ihn nach und nach zerlegen sollen.«

Irgendwo weiter weg, talauf, hörte man Stimmen. Perperna achtete nicht darauf.

»Was nun meine Erlebnisse angeht«, sagte er.

Ein Treiber unterbrach ihn. »Da ist etwas.« Er lauschte, ebenso die anderen, aber nur der Lärm von Stimmen, die durcheinanderredeten, war zu hören, nicht das, was sie sagten.

Dann kam jemand gelaufen, stolpernd und keuchend. Als er den Feuerkreis erreichte, sahen sie, daß es Ravi war.

»Komm mit, Herr der Karawane.« Sein Atem ging schnell und rasselnd, und sein Gesicht war verzerrt.

Demetrios erhob sich. Langsam. Ihm war, als drückte eine Last auf seine Schultern. Ein Pfund für jeden einzelnen Stern im fernen, unberührbaren, ungerührten Himmel.

»Was ist?« sagte er.

»Ich bin am oberen Ende des Tals über etwas gestolpert, im Dunkel. Komm. Nimm eine Fackel mit.«

Leonidas riß einen Zweig aus dem Feuer und lief voran.

Neben einem Felsvorsprung, der sie halb verdeckte, fanden sie die Leichen von Prexaspes und der taubstummen Perserin. Ihm hatte man den Hals aufgeschlitzt; das Mädchen war offenbar erdrosselt worden.

9. Afers Taten und Träume

> Wenn jemand meint, das erfordere viel Kosten, Mühe und Arbeit, so hat er völlig recht; bedenkt er jedoch die Folgen, die der Stadt drohen, falls sie das nicht tun will, wird er finden, daß es seinen Vorteil hat, freiwillig unsere Pflicht zu erfüllen.
>
> DEMOSTHENES

Für den Rückweg suchte Afer sich eine andere Strecke aus, weiter südlich. Die Wüste dort war zunächst ebenso steinig, aber sie gehörte zur Dekapolis, dem Reich der Zehn Städte. Pompeius hatte dies vor über achtzig Jahren so eingerichtet, um die mehrheitlich nichtjüdischen Bewohner der Gegend von jüdischen Herrschern und Priestern zu befreien. Und um sie enger an Rom zu binden.

Anfangs ritt er durch sandige Einöden und Täler – eher Rillen – voller Geröll: Bachläufe, zu anderen Zeiten oder vor einer Ewigkeit. Dabei hielt er sich, dem Gefühl und einer Erinnerung an Karten folgend, an die Grenze, die ferne Politiker und entrückte seßhafte Geographen festgelegt hatten. Es war eine nur auf Papyros und im Geiste vorhandene Linie, der in der Natur nichts entsprach. Aber sie trennte die hellenisierten Gebiete vom Reich des Philippos im Norden. Eine ähnliche Linie gab es im Süden, zum Königreich der Nabatäer hin, die aber nichts von Grenzen hielten.

Darüber – und über anderes, das damit zusammenhing – dachte Afer nach, während das Pferd ihn weitertrug. Die jüdischen Herrscher wachten eifersüchtig darüber, daß keiner von ihnen zu groß wurde; sie beaufsichtigten einander, so daß Rom nicht unmittelbar eingreifen mußte. Die Nabatäer rieben sich immer wieder an den Arabern und waren mit Rom so sehr verbündet, daß sie in ihrem wichtigsten Hafen, Leuke Kome, eine römische Besatzung und römische Zöllner dulden mußten. Dafür sah das Imperium nicht hin, wenn Dörfer im Süden der Dekapolis plötzlich nabatäisch wurden. Besser dies, als daß sie denen in die Hände fielen, die nicht zum Imperium gehörten: Arabern, die treffliche Händler waren, großartige Karawanenmänner und ebenso vorzügliche Räuber.

Von allen, die zwischen Syrien und Ägypten an der Grenze des Imperiums lebten, waren Afer die Menschen der Zehn Städte am liebsten. Und sie waren die Schwächsten. Außerstande, sich gegen die Nabatäer zu behaupten. Zehn Städte und zahllose Dörfer – die Dekapolis hatte keinen König, der seine Untertanen in den Krieg schickte, und keine Priesterfürsten, die ihre Gläubigen dazu aufstachelten, die Bekenner eines anderen, ebenso unsichtbaren Gottes zu töten. Es gab städtische Ratsversammlungen, die sich selbst Gesetze gaben, die athenisches oder römisches Recht übernahmen und abwandelten. Zehn Städte, jede davon Heimat für mehr als dreißigtausend Menschen, und in ihnen gab es Büttel und Richter und Männer, die Brände bekämpften; und wie überall wurde gezündelt und gestritten und gemeuchelt; wo zwei miteinander sprachen, gab es drei Meinungen.

Aber sie unterhielten keine Krieger und überfielen keine Nachbarn, nach außen waren sie wehrlos, und deshalb würden sie untergehen. Bis dahin konnte sich in diesen Städten alles tummeln, was anderswo als Belastung des Erdbodens angesehen würde. Nirgends hatte Afer so viele Spitzel, entflohene Sträflinge, gesuchte Mörder gesehen, und an keinem anderen Ort der Oikumene war so vieles möglich.

Es war angenehm, auf dem Rücken des Pferds zu dösen und

zu denken, wenn die Gedanken sich mit derlei befassen durften: Abwesenheit von Herrschaft, Anwesenheit von Unordnung. In der Dekapolis konnten römische und parthische Spitzel ihre Kenntnisse austauschen, arabische und ägyptische Roßtäuscher Kniffe vergleichen, und wenn es, dachte Afer, einen Platz gab, an dem Hektor und Achilles sich in einer Kampfpause einträchtig hätten aufhalten können, dann in einer Garküche in Gadara, einer Schänke in Hippos oder einem Freudenhaus in Gerasa.

Jenseits des Jordan. Vielleicht war dies einmal von der anderen Seite gesehen worden, als die Juden auf ihrer langen Wanderung von Ägypten her aus dem Mund ihres Anführers hörten, »Jenseits des Jordan« liege das Gelobte Land. Später, so hatte man Afer erzählt, wurde daraus das Gelobte Land des Paradieses, des Jenseits, und wer über den Jordan ging, kehrte heim in den Schoß des Herrn.

»Er ist über den Jordan gegangen«, sagten die Leute in Judäa nun von einem, der gefügte und gefügige Redlichkeit eingetauscht hatte gegen die Freiheit der Gesetzlosen. Über den Jordan, in die Dekapolis; es hatte keine Bedeutung, daß ein Teil des Landes westlich des Jordan lag, und ebenso wenig Bedeutung hatte es, daß in den Städten Rat und Richter die Gesetze meist streng anwandten. Wer dorthin ging, war für die Gemeinde tot und existierte nicht mehr für jene, denen ein Leben außerhalb ihrer Gemeinde undenkbar war.

Am Abend des ersten Tages gelangte Afer aus der sandigen und steinigen Einöde in die Wüstenei der Krüppelbüsche und Strauchwälder. Nicht weit südlich davon begann das bebaute Land, lagen die Äcker und Weiden und Dörfer der Dekapolis; Afer zog es jedoch vor, allein zu bleiben und die Nacht nicht in einem Gasthaus oder einem Bauernschuppen zu verbringen. Nachdem er die Pferde getränkt und gefüttert hatte, band er ihnen wieder die Vorderbeine zusammen und legte sich an den Rand eines Gesträuchs. Er aß ein wenig Brot und Dörrfleisch, trank Wasser und zählte dann die Sterne. Ihre Menge war größer als die der möglichen Staatsformen, die ihm durch den Kopf gingen. Die Sterne waren fern und erhaben und wahrscheinlich eisig, und wenn es Götter gab, waren diese fernen Lichter von Göttern gemacht. Die Staaten der Menschen dagegen, Roms versunkene Republik, der Prinzipat, Athens alte Demokratie, die Despotie östlicher Fürsten, die Gräßlichkeit – so sah er es jedenfalls – des beengten Lebens unter jüdischen Schriftgelehrten oder anderen Theokraten, dies Gewimmel möglicher und unsäglicher Formen des Zusammenlebens in Hitze und gegenseitiger Abscheu...

Kein Ausweg für ihn, nur die Hoffnung darauf, nach erfüllter Pflicht befördert zu werden. Befördert zum Dienst in einer höheren Schicht des gleichen hitzigen, wimmelnden, mörderischen Gedränges. Drang und Bedrängung. Dienst für Rom und für Herodes Antipas, danach vielleicht Dienst in Rom; aber wäre Rom wirklich besser als die Wüste, die Dekapolis, die jüdischen Königreich oder, warum nicht, die römische Provinz Judäa?

Er schlief unruhig, ohne einen greifbaren Grund dafür nennen zu können. Es gab keine störenden Geräusche, keine lauten Tierschreie, er lag nicht auf scharfkantigen Steinen; dennoch wachte er immer wieder auf, starrte ins mondbeschienene Gestrüpp des Grenzlands und in die struppige Finsternis seiner Gedanken.

Der Schlaf war wie ein Tuch, eine Decke aus vielen Flicken und Löchern; wenn er unter einem dieser Flicken hervorkroch und ins nächste Loch starrte, sah er dort flüchtige Schlieren, verwehende Traumfetzen. Einer dieser Fetzen hatte das Gesicht einer Frau, und Afer konnte sie gerade noch erkennen, ehe der Fetzen sich auflöste. Die Frau aus Magdala.

Vor etwa eineinhalb Jahren war er zuletzt durch diese Strauchwüste und die Hügel östlich des Sees geritten. »Tiberias«

nannten ihn Herodes Antipas und andere Römerfreunde zu Ehren des Kaisers, »Gennesar« hieß er bei den übrigen.

In einer Schänke außerhalb von Hippos hatte er die Nacht verbracht. Es gab kaum Betrieb, keine Karawane, nur einzelne Händler mit ihren Gehilfen. Der Wirt, den er von früher kannte, ließ sich nicht blicken; ein Schanksklave, zwei Schankdirnen und eine weitere Frau kümmerten sich um die Gäste. Das heißt, zunächst hatte die Frau die Küche besorgt, ein einfaches, aber schmackhaftes Mahl aus Hirse, Lauch, Linsen und Stückchen gebratenen Fleisches bereitet. Afer aß, trank dünnes säuerliches Bier, wechselte ein paar Worte mit dem Sklaven – das Wetter, die Jahreszeit, die letzte Karawane – und lehnte die freundlichen Angebote einer der Dirnen ebenso freundlich ab.

Er war müde, aber noch nicht müde genug zum Schlafen. ›Vielleicht‹, dachte er, ›sollte ich die Dinge, die ich gesehen habe, aufzeichnen, damit ich später in den Berichten nichts vergesse. Etwas Langweiliges tun, um bald einschlafen zu können.‹

Der Schanksklave brachte ihm eine große Öllampe; das Licht der Fackeln an den Wänden war zu matt, um dabei zu schreiben. Mit einem Eisenstift ritzte er für jeden anderen unlesbare Kürzel in seine Wachstafel. Er blickte auf, als einer der anderen Gäste, ein Händler aus Gerasa, laut pfiff und auf Griechisch etwas über die hitzigen Schenkel der Nacht sagte.

Es galt der Frau, die aus der Küche getreten war. Sie lächelte – ein wenig geringschätzig, schien es Afer –, verschränkte die Arme und sagte:

»Die Arbeit am Kochfeuer ist hitzig genug, um aus jeder Steppe einen Sumpf zu machen; Schenkel oder nicht. Habt ihr noch Hunger?« Ihr Griechisch war geläufig, klang aber so, als spräche sie gewöhnlich Aramäisch.

»Nicht auf Eßbares, eher auf deinen Sumpf.«

»Du würdest versinken und nicht überleben.« Sie nickte den Händlern zu und kam durch den Schankraum zu Afer. Er blickte ihr entgegen, bewunderte die prachtvolle schwarze

Mähne, sah die feinen Gesichtszüge und fragte sich, was die Frau in dieser Schänke verloren hatte.

»Bist du gesättigt?« sagte sie, als sie neben seinem Tisch stand.

»Wer ist schon je gesättigt? Aber ich habe keinen Hunger mehr.« Er lächelte und wies auf seinen Becher. »Darf ich dich zu einem kühlen Trunk einladen?«

Sie musterte ihn, schien ihn abzuschätzen, und plötzlich sah er in ihren dunklen Augen Schmerz. Vielleicht sah er ihn nicht wirklich, sondern wurde einen halben Atemzug lang von Hellsichtigkeit befallen. ›Schmerz‹, dachte er. ›Tiefer Schmerz, der in ihr steckt wie ein Pflock, wie ein Haken im Fleisch.‹ Dann dachte er: ›Was geht mich diese Frau eigentlich an?‹ Aber da hatte er schon die Hand ausgestreckt und sagte leise auf Aramäisch:

»Du willst heimkehren, nicht wahr? Wohin?«

Sie starrte ihn an, mit verschwimmendem Blick, öffnete den Mund, schloß ihn wieder und fuhr sich mit dem Unterarm übers Gesicht.

Als Afer die Augen wieder sah, waren sie nicht mehr feucht. Oder seine Hellsichtigkeit war verflogen.

»Wer bist du?« sagte sie.

»Einer, der daran gewöhnt ist, gut hinzuschauen.«

Sie senkte die Lider, schien in sich hineinzulauschen. »Dein Aramäisch ist... römisch?« Dann machte sie mit den Händen flatternde Bewegungen – die eines kleinen Vogels, der Wasser abschütteln und zugleich hochfliegen möchte. »Römer oder nicht«, sagte sie. »Mensch und Sohn eines Menschen.« Sie ließ sich auf einen Schemel sinken und legte die Hände auf den Tisch, die Handflächen nach oben, die Finger leicht gekrümmt.

Nun, in der dunkelsten Stunde, kurz vor Morgengrauen, lag er in diesem Gesträuch des Grenzlands und erinnerte sich an andere Teile des Traums. Das Gesicht der Frau... und die Hände, auf dem Tisch, im Traum zu Vogelkrallen geworden. Aber nicht bedrohlich, nicht die Krallen eines Raubvogels. Wenn er die Traumfetzen richtig zusammensetzte, waren es Streichelklauen gewesen. Kosekrallen eines wunden Vogels, der gern flöge, aber nicht die Kraft für den nötigen Anfangsschwung besaß. Für den Anfang, den Flug, den Heimflug.

»Wie kommst du darauf, daß ich heimkehren will?« hatte sie gesagt.

»Etwas in deinen Augen.«

»Um das zu sehen, mußt du sehr scharfsichtig sein. Oder selbst heimkehren wollen.«

Wahrscheinlich hatte er gelächelt; aber das wußte er nicht mehr. Er erinnerte sich daran, daß er nicht gleich weitersprach, sondern wartete, bis der Schanksklave zwei Becher von dem erfrischenden Bier gebracht hatte und wieder gegangen war.

»Wollen wir nicht alle heimkehren?«

»Wenn wir eine Heimat haben.« Sie trank einen Schluck... hatte einen Schluck getrunken. Er riß sich zusammen, um nicht zu dösen; der Schlummer, der wieder nach ihm griff, ließ ihn diese Dinge, die längst vergangen waren, neu erleben. Oder so sehen, als seien sie eben erst geschehen. Und einiges davon war schmerzlich; er wollte es nicht so nah an sich spüren, sehen, wähnen.

»Habt ihr nicht ein Sprichwort?« hatte sie gesagt. »Eine Redensart? Wo es dir gut geht, da ist deine Heimat?«

»Ubi bene, ibi patria. Ja; aber wo geht es einem gut?«

»Wo man sich wohlfühlt.«

»Und wo fühlt man sich wohl? Was ist dazu nötig?«

Bis zum Ende der Becher hatten sie über all das geredet, was ihnen dazu einfiel – die unterschiedlichen Bedürfnisse der verschiedenen Sucher.

»Ich bin aus Magdala.«

Als er die Augen schloß und nach innen lauschte, bildete er sich ein, wieder den seltsamen Klang ihrer Stimme zu hören beim Namen ihrer Heimatstadt.

»Ist das deine Heimat?«

»Heimat ist, wohin man gehen will. Magdala ist der Ort, aus dem ich geflohen bin.«

Strenge Eltern, beide früh gestorben, und noch strengere Verwandte. Sie war unrein geworden durch die Berührung eines Fremden, eines Kriegers. Grieche, unterwegs zu irgendeinem römischen Stützpunkt, halb verdurstet in der Sommerhitze. Er hatte aus dem leicht salzigen See trinken wollen, und sie hatte ihm frisches Wasser gereicht. Sein Atem hatte sie gestreift, seine Finger hatten ihre Hand berührt. Berührung durch einen Unreinen, einen Heiden; statt sich langwierigen und demütigenden Reinigungszeremonien zu unterziehen, war sie geflohen.

»Ich hatte sieben Teufel im Leib. Sechs habe ich... abgearbeitet.« Ein spöttisches und zugleich wehmütiges Lächeln – Bedauern darüber, daß die Teufel nicht mehr verfügbar waren, oder Kummer, je von ihnen geführt worden zu sein?

»Und der siebte?«

»Den siebten Dämon will ich noch eine Weile hegen. Er wird mich verlassen, glaube ich, wenn etwas geschieht.«

»Was? Etwas, das ihn vertreibt?«

»Etwas, das groß und gut und wichtig genug ist, seinen Platz einzunehmen und den der sechs anderen dazu.«

Afer hatte gelacht, als sie dies sagte. »Du wartest auf die Heimsuchung durch einen Gott. Oder darauf, daß dich das Alter mit Wucht befällt, nicht wahr?«

»Reden wir von dir. Wo ist deine Heimat?«

»Ich habe keine. Das Heim, in dem ich aufgewachsen bin, gibt es nicht mehr. Ein neues habe ich noch nicht gefunden.«

»Keine Frau? Kinder?«

»Sind Krieger, die man lenken muß, Kinder? Ist ein Haus, in

dem man mit einem Diener lebt, ein Heim? Ist die eine oder andere Dirne Frau?«

»*Eine* Frau, ja; nicht *die* Frau.«

Er war noch immer nicht sicher, ob er *die* Frau überhaupt wollte; an Kindern lag ihm nicht viel, und wenn man ihn in ein paar Jahren tatsächlich nach Rom befördern sollte, wäre das Leben dort mit einer Römerin, einer Einheimischen, zweifellos einfacher.

Die ersten Vorboten des Morgens krochen auf den östlichen Horizont. Afer fütterte und tränkte die Pferde, aß den Rest harten Brots und trank ein wenig Wasser. Er fühlte sich benommen von Schlafmangel. Oder von den unerwünschten Gedanken?

Er hatte lange nicht mehr an die Frau aus Magdala gedacht. Denken wollen. Damals war sie morgens mit ihm gegangen – den letzten Teufel wollte sie an einem neuen Ort bewältigen, und Kaphar Nahum erschien ihr dazu geeignet; außerdem hatte er eine Köchin gebraucht. Behauptet, eine Köchin zu benötigen; tatsächlich begehrte er die schöne, selbständige, sich gegen alles auflehnende Jüdin. Es war beim Begehren geblieben; zwei Tage nach der Ankunft in Kaphar Nahum hatte sie ihn verlassen, um diesem Zimmermannssohn zu folgen, Rabbi Jehoschua.

Während er weiter durch die Hügel nach Westen ritt, zum See, und von dort nordwärts, dachte er immer wieder über seine wirren Träume nach. Warum war ihm ausgerechnet in dieser Nacht die Frau aus Magdala erschienen? Was mochte aus ihr geworden sein? Rabbi Jehoschua hielt sich meistens in der Nähe von Kaphar Nahum auf, aber jüdische Prediger gehörten nicht zu Afers Vorlieben oder Aufgaben. Außer, sie sorgten für Aufruhr, wiegelten die Leute gegen den König oder gegen die Römer auf. Jehoschua tat das nicht; er mochte sich mit jüdischen Lehrern und Priestern anlegen, war aber innerhalb dessen, was Afer als seine Aufgaben ansah, unwichtig. Deshalb kümmerte er sich kaum um ihn und seine Leute.

Später, auf dem Ritt, zwang Afer sich dazu, an jene Dinge zu denken, um die er sich zu kümmern hatte. Die Vorgänge in der Oasenfestung Ao Hidis, den jungen Hiqar und den alten Fürsten, die Besorgnisse von Herodes Antipas hinsichtlich der Machenschaften von König Philippos... Aber immer wieder verirrten sich seine Gedanken, kehrten zu der Frau zurück, die er begehrt, aber nie besessen hatte. Vielleicht, sagte er sich plötzlich mit einem lautlosen Kichern, besaß sie ihn – vielleicht war er von ihr besessen, und einer ihrer Teufel hatte ihn in dieser Nacht aufgesucht, um ihn daran zu erinnern.

In Beth Saida machte er eine kurze Rast, erfuhr aber von dem Gastwirt, der ihm gelegentlich Nachrichten verschaffte, nichts Neues. Am Nordufer des Sees wechselte er ein paar Worte mit den Grenzern des Philippos; man kannte einander, und wenn die anderen sich fragten, woher er kommen mochte, sagten sie es nicht. Kaphar Nahum war nur wenige Meilen entfernt; Afer überquerte die Grenze oft genug, und sei es, um mit einem der Hauptleute des Philippos zu trinken und Kenntnisse über für beide Seiten lästige Unruhestifter auszutauschen. Die Grenzer sagten sich vielleicht, daß er die Linie überschritten haben mochte, als andere Posten Wache hielten.

In Kaphar Nahum ritt er zuerst zur Festung, um die Pferde loszuwerden und nachzusehen, ob sich in seiner Abwesenheit wichtige Dinge ereignet hatten.

»Nichts von Bedeutung«, sagte Xanthippos. Der lange dürre Spartaner, Afers Stellvertreter, feilschte eben mit einem Händler, der Eisenklumpen für die Waffenschmiede der Festung liefern wollte. »Nichts außer diesem Hund hier, der gutes Silber für möglicherweise schlechtes Eisen haben will.«

Afer streifte den Karren und die auf ihm liegenden Metallfladen mit einem Blick. »Laß den Waffenmeister die Güte prüfen«, sagte er.

Xanthippos stemmte die Hände in die Hüften. »Was meinst

du, was gerade geschieht?« Mit dem Kinn deutete er auf die Schmiede der Festung. Eine stinkende Rauchsäule hing über dem Steingebäude und besudelte den Abendhimmel.

»Was zeterst du denn dann?«

»Ich zetere nicht; ich versuche, diesen Händler zu geduldigem Warten zu bringen.«

»Herr«, sagte der Mann. »Es ist spät, ich habe noch keine Unterkunft für die Nacht und will hier nicht stehen, bis es eurem Waffenschmied gefällt, etwas zu sagen.«

»Haben wir Platz?«

Xanthippos hob die Schultern. »Gegen einen kleinen Nachlaß könnte man ihn bei den Pferden unterbringen.«

»Kümmere dich darum.« Afer wandte sich zum Gehen. »Wenn sonst nichts vorliegt...«

»Ah.« Xanthippos hielt ihn fest. »Ein Bote des Königs wartet auf dich.«

»Wer ist es?«

»Wer wohl!«

Afer seufzte. Da Xanthippos den Namen nicht nennen mochte, mußte es sich um Nikias handeln. Der alte Kreter war dafür zuständig, jene Botschaften zu übermitteln und jene Nachrichten zu sammeln, die nicht weitergetragen werden durften.

»Heute noch?«

»Du wirst ihn heute in einer der zahlreichen Schänken finden. Ich glaube, es hat Zeit bis morgen.«

»Weißt du, worum es geht?«

Xanthippos rümpfte die Nase. »Du da«, sagte er zum Eisenhändler, »bring dein Pferd und den Karren dorthin.« Er deutete auf den Stall, neben dem an der Innenseite der Festungsmauer weitere Schuppen und Unterkünfte waren.

Als der Mann sich mit dem knirschenden Karren entfernte, sagte der Spartaner leise: »Holz, glaube ich, und was daraus wird. Und ob man die Ergebnisse verbrennen sollte.«

Afer sog Luft durch die Schneidezähne. »Muß das jetzt sein? Aber... ich werde morgen mit ihm reden.«

Er machte einen kleinen Umweg, um nicht an einer der Schänken vorbeizukommen, die Nikias besonders schätzte. Dabei dachte er wieder an seine wirren Träume, die Frau aus Magdala und ihren Meister.

Vielleicht war es ein prophetischer Traum gewesen... Holz und »was daraus wird« war der Sohn des Zimmermanns. Ergebnisse verbrennen?

Er pfiff leise durch die Zähne. Herodes Antipas hielt sich, soweit er wußte, zur Zeit in der Festung Machairos auf, östlich des Toten Meers. In der er, vor einem Jahr, den Täufer Jochanan hatte enthaupten lassen. Zum Vergnügen seiner Tochter, wie es hier und da hieß; zur Wonne der Priester und Schriftgelehrten, wie Afer sehr wohl wußte. Wenn Nikias jetzt in dieser Angelegenheit reiste, konnte das nur bedeuten, daß die Pharisäer dem König arg zusetzten, daß sie von ihm die Hinrichtung eines weiteren Unbotmäßigen forderten. Eines wandernden Predigers, der das Wort seines und ihres Gottes ein wenig anders auslegte. Jehoschua hatte gesagt, der Sabbat sei für die Menschen da, nicht die Menschen für den Sabbat – Blasphemie in den Augen jener, die die Auslegungshoheit über die Schrift beanspruchten. Vielleicht, dachte Afer, würde Jehoschua sogar sagen, Gott sei für die Menschen da, nicht die Menschen für Gott. Schlimmere Blasphemie.

»O ihr Götter«, murmelte er, als er sein Haus fast erreicht hatte. »Könnt ihr uns nicht endlich von Göttern verschonen?«

Noch schlimmere Blasphemie, sagte er sich. In diesem Land, wie auch in anderen Gegenden des Imperiums, waren schon viele für weniger hingerichtet worden. Gesteinigt, gepfählt, gekreuzigt, mit Lanzen durchbohrt.

Er war ein wenig erstaunt, nicht von seinem Diener begrüßt zu werden. Tishahar, Freund, wiewohl Sklave, hatte feine Ohren und erkannte Afers Schritte sofort. Eigentlich hätte er in der Tür stehen und ihn mit einem feuchten Tuch und einem Becher empfangen sollen, halb Wasser, halb Wein. Danach die Schüssel für die staubigen, schmerzenden Füße.

Afer trat ins Haus. Es roch… anders. Ein Ruch von Siechtum. Er rief nach Tishahar. Ein Stöhnen antwortete ihm.

Der Sklave, Freund und Vertraute lag im zweiten Raum auf einer Matte, auf dem Boden. Auch ohne ihn zu berühren wußte Afer, daß der Babylonier hohes Fieber hatte.

»Herr«, murmelte der Kranke. »Ich kann mich nicht bewegen.«

10. Spuren im Sand

> Denn ganz und gar kümmere sich …
> niemand das mindeste um die Wahrheit in
> diesen Dingen, sondern nur um das
> Glaubliche, und dieses sei das Scheinbare.
>
> PLATON

Natürlich schlief in dieser Nacht kaum jemand. Vor Sonnenaufgang war es zwar nicht möglich, eine sinnvolle Spurensuche zu betreiben, aber alle saßen an den Feuern, redeten und stellten Vermutungen an.

Demetrios war zunächst entsetzt. Danach kam die Trauer: um einen Freund, Mitarbeiter, Reisegefährten. Und um den Vertrauten, der gewisse Geheimnisse teilte. Geteilt hatte. Den Tod des Mädchens bedauerte er, aber da er sie nicht gekannt hatte, blieben die Gefühle oberflächlich.

Er sagte sich, daß die Spurensuche auch bei Tageslicht nicht viel erbringen konnte; immerhin waren nach und nach fast alle Leute der Karawane, mit oder ohne Fackeln, dort herumgetrampelt. Welche Spuren sollten da noch zu finden sein?

Er saß mit dem Rücken zur Felswand, kaute auf einem dünnen Zweig, betrachtete die Feuer, versuchte die sitzenden, stehenden, gehenden Schatten zu zählen. Wenn nicht im Lauf der Nacht ein Fremder sich ins Tal geschlichen hatte, war mindestens einer dieser Schatten der eines Mörders. Vielleicht waren es auch mehrere. Ähnliche Gedanken würden sich nun viele machen; wer mochte sich ruhig schlafen legen, solange mindestens ein unbekannter Mörder unter ihnen weilte? Wer, außer dem Täter selbst, wußte denn, ob es einen Grund für den Mord an Prexaspes und dem Mädchen gegeben hatte, oder ob jemand grundlos, aus reiner Lust, getötet hatte und dies vielleicht im Lauf der Nacht wiederholen würde?

Aber welche Gründe könnte es geben? Hatten die beiden jemanden bei etwas überrascht? Was könnte es sein, das so furchtbar oder bedeutend war, daß es zu einem Mord führte? Hatte jemand versucht, das Mädchen zu schänden? Sie hätte ja nicht schreien können. Vielleicht war Prexaspes zufällig dazugekommen und mit dem Dolch daran gehindert worden, etwas zu unternehmen. Aber hätte der Perser dann nicht wenigstens geschrien, und hätte man dies nicht im ganzen Tal gehört? So laut war Perpernas Stimme nicht.

Wenn aber Prexaspes als erster getötet worden war, ohne noch einen Laut ausstoßen zu können, warum dann auch das Mädchen? War sie bei ihm gewesen? Hatte sie zu fliehen versucht?

Er seufzte lautlos. Es war furchtbar, und es war müßig – furchtbar müßig. Alle Fragen, die er sich stellte, würden sich wahrscheinlich nicht beantworten lassen; nicht jetzt, nicht am Morgen. Es sei denn, es gäbe Spuren: weder zertrampelt noch absichtlich verwischt.

In die Trauer drang plötzlich ein Gedanke, der ihn beinahe zum Lachen brachte. Der einzige, der sicher sein konnte, nicht im Schlaf von einem wahnsinnigen Mörder getötet zu werden, war der Mörder. Er würde als einziger ruhig schlafen. Wie wäre es, die ganze Nacht hindurch von einem Ende des Tales zum anderen zu schleichen und nachzuschauen, wer schlief? Aber es mochten auch Unschuldige schlafen, von Müdigkeit übermannt; und der Mörder, erregt durch seine Tat, mochte wachen oder so tun, als ob er schliefe. Im Geiste sah Demetrios sich umherschleichen, alle Liegenden anstupsen und jeden, der nicht gleich hochfuhr, vorsichtshalber erschlagen.

Die nächtliche Nacht, die wüste Wüste... Der sandige Sand; der windige Wind; das meerige Meer. Warum sprachen die Dichter vom Abgrund der Nacht, die sich doch über ihm türmte und ihn nicht aufsog, sondern zu erdrücken schien? Warum sagten sie die unendliche Wüste, das Meer aus Sand, da die Wüste doch einfach dies war: wüst, öde, mörderisch? Das weinfarbene Meer – tückisch, ruhig, aufgewühlt, schäumend, wiegend, malmend, lebenspendend, mordend, fischig, tangig, salzig, tausend Eigenschaften, die wesentlicher waren als die Farbe, und zahllose Farben, die nichts mit Wein zu tun hatten. Dunkel wie Wein – so war das Meer nur, wenn sich über ihm ein Unwetter bereit machte, loszubrechen; dann war es bedrohlich, und wann wäre Wein bedrohlich?

So saß er da, dachte Gedanken, die vielleicht sinnvoll, aber nutzlos waren, kaute auf seinem Zweig, starrte in den weinfarbenen Hades Nacht und lauschte der gefrorenen Brandung Wüste. Am Himmel, in jenem Ausschnitt, den die Felsenränder des Tals ihn sehen ließen, schwammen Sterne ihren immergleichen Kurs, oder vielleicht wanderten sie, aber sie verirrten sich nie. Vier der fünf Feuer waren erloschen, das fünfte würde bald sterben. Immer deutlicher sah Demetrios Umrisse: sitzende und liegende Menschen, die auch Felsen sein mochten, Gegenstände wie Sättel oder Packen, weiter entfernt die Hügel der schlafenden Kamele. Hin und wieder hörte er ein Knacken, ein Rieseln, wenn sich aus den erkalteten Felsen etwas löste – ein Steinchen, eine Handvoll Sand, von der gefrorenen Brandung aus den Klippen gesprengt. Der Schrei eines Nachtvogels, das ferne Grollen eines Löwen, Geraschel kleiner Nager, großer Insekten oder vielleicht einer forschenden Schlange; und die Ausdünstungen von Menschen und Kamelen, von Schweiß, Metall, Brot und Asche.

Das Kreiseln der Gedanken, verkettet der Anfang mit dem Ende, kein Ausweg und keine Lösung. Wer, warum, wann, wie? Verwüstet das Lächeln der Partherin, verstümmelt die

Botschaft ihrer Gebärden, gemeuchelt die Anmut ihres Schreitens. Das weinfarbene Schreiten, die rosenfingrige Botschaft; ein Lächeln, das nie wieder aus dem Gehege der Zähne schleichen, den Wall der Lippen erklimmen konnte.

Prexaspes. Wie viele Jahre, Geschäfte, Meilen, Schiffe, Etmale, Geheimnisse, wieviel Ärger und Gelächter, geteiltes Brot, geteilte Dirnen, geteilter Wein? Schiffsladungen und Karrenladungen, Kamellasten, Sklavenlasten... Rücken an Rücken hatten sie gekämpft, zuletzt im elenden Kusch, am Oberlauf des Nil, als Räuber ihnen Waren und Leben nehmen wollten. Guter Rat, derbe Scherze – wer sollte den Freund ersetzen, wer den erfahrenen Mitarbeiter? Und wie sollte er ihn rächen? Indem er den Mörder fand, natürlich, und ihm einen langsamen und gründlichen Tod verschaffte.

Im ersten Licht untersuchte Demetrios den Boden. Meleagros half ihm, die beiden Leichen auf einen flachen Felsblock zu legen. Noch bevor sie damit fertig waren, näherten sich andere von der Karawane. Demetrios wandte den Kopf und rief:

»Wartet! Bleibt stehen! Keine Spuren zertreten!«

Hinter dem nächsten Felsen erschien der Kopf von Rufus.

»Wir hören und gehorchen.« Die Stimme des Römers klang ein wenig spöttisch.

»Was machen die da?« Eine Frauenstimme, vielleicht die von Kleopatra.

Demetrios ließ Prexaspes' Beine los, richtete sich auf und sagte:

»Wir tun, was wir jetzt noch tun können. Nicht viel.«

Tatsächlich trat nun Kleopatra neben Rufus. Die aufgehende Sonne entzündete im Haar der Ptolemaierin einen glimmenden Brand.

»Meinst du, ihr findet noch etwas?« sagte sie.

Demetrios hob die Schultern. »Man muß es versuchen. Wer nicht versucht, kann nicht heldenhaft scheitern.«

Rufus verzog das Gesicht; Kleopatra deutete ein Lächeln an.

»Heldenhaftes Scheitern ist eine der Lieblingsbeschäftigungen von Demetrios dem Unzeitigen.« Ravi gesellte sich zu Rufus und Kleopatra. Neben ihm tauchte Perperna auf.

»Bald ist die Karawane vollzählig«, sagte Demetrios. »Wollt ihr nicht noch ein paar Hyänen, Löwen und Klippschliefer dazuholen?«

Hinter ihm stieß Meleagros einen leisen Pfiff aus. »Schau mal.«

Demetrios ging zu ihm. »Was denn?«

Meleagros deutete auf den sandigen Boden am Talausgang.

»Sieht aus wie Schleifspuren«, sagte Demetrios.

Vorsichtig, beinahe tänzelnd ging Meleagros neben den kaum sichtbaren Rillen her. Sie endeten ein paar Schritte außerhalb des Tals. Dort gab es eine zertretene, gefurchte Fläche, und der Sand war klumpig und verfärbt.

»Ein glücklicher Zufall«, sagte Demetrios. Er stemmte die Hände in die Hüften und sah sich um.

Der Ausgang des Tales war auch der Eingang: Die Karawane, abends von dort ins Tal gelangt, würde es auf dem gleichen Weg wieder verlassen. Wie ein breiter Strom zeigten sich die Spuren der Menschen und der Kamele, daneben das winzige Rinnsal, das Meleagros entdeckt hatte. Ein Strom, dachte Demetrios, der sich aus der gefrorenen Brandung Wüste ins Tal ergoß. Sandige Dünung, Steinschaum, Kiesebbe, regloses Fluten bis zum Horizont.

»Es gibt noch ein paar Tierspuren.« Meleagros hatte sich ebenfalls umgesehen; er deutete auf kaum sichtbare schwarze Linien.

Demetrios kniete nieder und bemühte sich, dem Boden hilfreiche Kenntnisse zu entnehmen.

»Weißt du, ob einer unserer Treiber sich aufs Fährtenlesen versteht?«

Meleagros zuckte mit den Schultern. »Ich werde sie fragen,

aber...« Er ging zurück zu dem Block, neben dem Rufus, Kleopatra und die anderen warteten. Demetrios hätte schwören können, daß Rufus jemanden zurückhielt – vielleicht viele, die für ihn unsichtbar, hinter dem ersten Felsen, aus dem Tal nachdrängten.

»Wenn du erlaubst«, sagte Perperna, »will ich einen Blick darauf werfen.«

Demetrios nickte. »Aber vorsichtig; die anderen bleiben bitte, wo sie sind.«

Rufus hob die Brauen, sagte aber nichts. Er drehte sich zum Tal, breitete die Arme aus und wandte sich dann wieder um.

Langsam, gebückt, mit winzigen Schrittchen, die Augen auf den Boden gerichtet, legte Perperna den Weg vom Felsen zur zertrampelten, verklumpten Fläche zurück. Nach etwa der Hälfte der Strecke bekam er Gesellschaft: Meleagros kehrte mit einem Treiber zurück, der sich auf Hände und Knie sinken ließ und schneller kroch, als Perperna ging.

Demetrios faßte sich in Geduld. Aus den Augenwinkeln beobachtete er die Gesichter der Beobachter. Rufus rieb sich mit dem rechten Zeigefinger die Nase; dabei sprach er leise mit Kleopatra. Die Ägypterin trug einen schlichten, knielangen Chiton und darüber ihren grauen Reiseumhang; eben löste sie die Schleife, die diesen unterhalb ihres Halses verschlossen hatte. Im Schatten des Tales war es noch kühl. Dort, wo sie stand, den Schopf von der Sonne zur glimmenden Krone verwandelt, mußte ihr unter dem Umhang warm werden.

Demetrios konnte nicht hören, was Rufus zu ihr sagte, und auch ihre Antwort verstand er nicht; aber ein paar Atemzüge lang wünschte er sich, daß ihr Lächeln nicht dem Römer, sondern ihm gölte.

»Nun denn.« Perperna richtete sich auf. »Was meinst du, Hüter der Kamele?«

Der Treiber, noch immer auf Händen und Knien, knurrte leise. Dann stand er auf, rieb sich die Hände an seinem Leibrock und sagte:

»Zwei kommen von Tal. Bleiben stehen, hier. Zwei, vielleicht drei von da« – er deutete auf einen Punkt, zehn Schritte entfernt, im Strom der Karawanenspuren – »schnell, dann hier Kampf. Und Geschlepp zu Fels.« Mit dem Daumen wies er hinter sich, über die rechte Schulter.

»Und deine Meinung?« sagte Demetrios.

Perperna machte ein paar Schritte hin zur breiten Fährte der Karawane, kniete nieder, schien mit dem Finger etwas im Sand zu umschreiben und stand wieder auf.

»Du hast recht.« Er nickte dem Treiber zu. »Ich glaube, es waren drei. Einer barfuß, zwei mit Sandalen.« Dabei wies er auf die Strecke, die von der Karawanenfährte herführte. »So, wie das hier zertrampelt ist, kann man nichts Genaues sagen; aber wahrscheinlich hat einer das Mädchen erwürgt, einer Prexaspes von vorn gepackt, die Hände festgehalten, und der dritte, hinter Prexaspes, hatte das Messer.« Mit der Spitze seiner Sandale berührte er einen der schwarzen Klumpen im Sand.

Zwei Stunden später brachen sie auf. Sie hatten die beiden Toten zwischen den Felsen bestattet, so gut es eben ging. Mehr war nicht zu tun; mehr war auch nicht zu entdecken. Nubo, der sich mit Fährten auszukennen behauptete, hatte den Platz ebenfalls untersucht und Perpernas Äußerungen bestätigt.

Demetrios trieb sein Kamel weiter nach links, weg von der Karawane. Er wollte nachdenken, versuchen, den Ablauf der Nacht aus dem Schacht des Gedächtnisses zu fördern. Wer war wann am Feuer gewesen, wer hatte Perpernas Geschichte gelauscht, wer war zwischendurch weggegangen?

Aber eigentlich war dieser Versuch müßig, und Demetrios sagte sich das, während er ihn trotzdem anstellte. Selbst wenn es ihm gelänge, jeden Anblick, jedes Geräusch, jeden Geruch und jede Empfindung aus den fraglichen Stunden heraufzubeschwören, besäße er bestenfalls unwesentliche Kenntnisse dessen, was sich ereignet hatte. Die Talsohle zu schmal für ein Lager, das um ein einziges Feuer angeordnet gewesen wäre; wechselnde Zuhörer bei Perpernas Geschichte; keine Möglichkeit, die Anwesenheit jedes einzelnen an einem der fünf Feuer zu ermitteln. Und selbst wenn – irgendwann im Verlauf der Nacht war wohl jeder einmal aufgestanden, um sich die Beine zu vertreten, Wasser zu trinken, Wasser abzuschlagen, nach den Tieren zu sehen, zu einem anderen Feuer zu gehen, oder um sich einfach irgendwo in eine Decke zu wickeln und zu schlafen, fern vom Feuerschein und von störenden Stimmen.

Und dennoch. Wenn es gelänge, wenigstens einige auszuschließen, die Menge möglicher Mörder zu mindern – aber außer ihm selbst und Perperna gab es nur zwei, von denen Demetrios mit Sicherheit wußte, daß sie die Morde nicht begangen hatten: die beiden Opfer. Alle anderen hätten es tun können, waren entweder gar nicht unter den Zuhörern gewesen oder zwischendurch weggegangen. So unwahrscheinlich dies auch sein mochte, konnte er nicht einmal Leonidas, Mikines und Meleagros ausschließen.

Nubo? Er nahm sich vor, am Abend mit dem schwarzen Rotschopf ein längeres Gespräch zu führen. Nach den wenigen Äußerungen von anderen, in Adane, hatte er den Eindruck gewonnen, daß man Nubo als eine Art freundlichen Narren ansah; bis jetzt hatte er allerdings nichts Lächerliches an ihm finden können.

Rufus? Der Römer hatte Einwürfe gemacht, Widersprüche vorgebracht; irgendwann war er verstummt. Hatte er schweigend gelauscht, oder war er leise fortgegangen? Die Frauen? Zwei von ihnen hatten sich in der Nähe des Feuers aufgehalten; aber welche zwei? Und waren es die ganze Zeit dieselben zwei gewesen?

Demetrios zog den ledernen Hut tiefer ins Gesicht und versuchte, die Krempe nach unten zu biegen. Wenn doch nur sein Geist ebenso hell wäre wie das Gleißen über der Wüste, das ihm die Augen versengte. Aber dann müßte sein eigener Geist diesen blenden. ›Man kann sich an den eigenen Worten berauschen‹, dachte er, ›Narkissos war tödlich verliebt ins eigene Spiegelbild, ich kenne Leute, die die eigene Klugheit bis zur Verdummung bewundern; wahrscheinlich kann man sich auch durch das eigene Licht verfinstern, durch Klarheit trüben. Der Vortrefflichkeit sind Grenzen gezogen, Torheit und Tölpelei dagegen schweifen ins Unendliche. Ein tröstlicher Gedanke, daß es etwas gibt, worin Menschen den vollkommenen Göttern gleichen oder diese sogar übertreffen: in vollkommen makellosem Schwachsinn.‹

Der Trost, den dieser Gedanke bergen mochte, wollte sich jedoch nicht einstellen. Zu hell, zu heiß, zu müde; der Paßgang des Kamels ließ ihn dösen, wiegte ihn wie in einer Trageschlaufe, die aus den Fasern in sich zurücklaufender Gedanken bestand.

Er stellte fest, daß er nicht der einzige müde Reiter war. Vier oder fünf andere schienen, ihrer Haltung nach, eingenickt oder kurz vor dem Einschlafen zu sein. Die Karawane war weit auseinandergezogen. In etwa drei Stunden, schätzte er, würden sie die unebenen Flächen aus Sand und Geröll verlassen, um durch eine Reihe unebener, steiniger Täler zu ziehen. Aber dort gab es Schatten, hin und wieder jedenfalls, und ehe abends der Glanz eines Provinzfürsten und seiner Zolleinnehmer sie blendete, würden sie sich von der Blendung durch die Sonne erholen können.

Diesseits der Berge schwebten, wie sauber geschnittene Ungeheuer aus Papyros, einige Geier. Ob sich im Reich der Aasvögel herumgesprochen hatte, daß jemand in dieser Karawane hin und wieder Futter für sie bereitete? Vielleicht auch bei der nächsten Rast?

Demetrios schnalzte mit der Zunge. Die nächste Rast war der Karawanenplatz der kleinen Stadt, an deren Namen er sich nicht erinnern konnte. Dort gab es den Statthalter des Königs, Büttel, Zöllner, Dirnen und Händler; für einen weiteren Anschlag würden die Mörder vermutlich die nächste Rast in der Öde abwarten. Falls es einen weiteren Anschlag gäbe.

Aber auch diese Gedanken waren müßig; solange niemand wußte, weshalb Prexaspes und das Mädchen gestorben waren, wußte auch keiner, ob es einen Grund für weitere Morde gab.

Irgendwie kamen ihm all seine Überlegungen müßig vor. Nicht einmal die Frage nach den Gründen ließ sich beantworten – schlüssig oder unschlüssig. Jemand hatte das Tal verlassen, um draußen ungestört zu reden. Mit wem? Mit einem anderen aus dem Tal, oder mehreren anderen von der Karawane, oder mit Leuten von außerhalb? Wenn die anderen von außerhalb kamen, wie waren sie zum Talausgang gelangt? Verabredet? Aber wer, außer den Leuten der Karawane, hatte denn wissen können, daß sie an diesem Abend genau dort lagern würden? Jemand aus Adane vielleicht, der ihnen gefolgt war? Jemand von woher auch immer, der einfach in der Nähe gewartet hatte, weil die Karawane ja irgendwann hier vorbeikommen mußte?

Wahrscheinlicher schien ihm die andere Überlegung: daß Leute von der Karawane das Tal verlassen hatten, um unbelauscht und unbeobachtet etwas zu bereden. Aber was? Was konnte so wichtig, so gefährlich, so teuer, so geheimnisvoll sein, daß dafür zwei Menschen sterben mußten?

Alles, sagte sich Demetrios. Ein Kamel war für einen Bewohner der Wüste zweifellos wertvoller als zwei Fremde. Aber würde jemand nachts heimlich über ein Kamel reden? Einen Esel? Geld? Die Ermordung eines Königs? Den Verkauf oder Verrat einer ganzen Karawane?

Je länger er grübelte, desto weniger wußte er. Alles, was ihm halbwegs sinnvoll erschien, wurde bei längerer Erwägung gewichtlos, unbedeutend oder einfach zur Chimäre. Nur zwei Dinge standen fest: Jemand – mindestens drei Männer – hatte sich vor dem Talausgang aufgehalten, wozu auch immer, und Prexaspes und die Perserin getötet. Aber Demetrios konnte weder ermitteln, weshalb, noch auch nur, was Prexaspes und das Mädchen dort draußen gesucht hatten. Einsamkeit? Eine Nachtwanderung zur Betrachtung der Sterne und der Wüste? Oder waren sie am Ende gar Teil des Geschäfts, der Verabredung, der Verschwörung gewesen? Widersprechende Teile, deren Widerspruch nur durch den Tod zum Verstummen gebracht werden konnte?

Er sah sich um, blickte die lange Reihe der Tiere und Leute entlang. Dann trieb er das Kamel zurück zu den anderen, hielt es an und wartete, bis die weiter hinten reitenden Frauen ihn erreicht hatten.

»Wie ist das Befinden der Fürstin?« sagte er, als Glauke neben ihm war.

»Gut – so gut, wie es ohne Sänfte in dieser Wüste sein kann.«

»Wäre es mit Sänfte besser?«

Glauke lachte. »Heißer, wahrscheinlich. Dann gäbe es bessere Gründe für schlechtere Laune.«

Demetrios streifte sie mit einem Blick. Wollte sie mit einem Blick streifen, aber aus dem Streifen wurde ein Verweilen. Die junge Frau trug einen Chiton, einen hellen Umhang und auf dem Kopf etwas, das ein umgedrehter Weinkrug hätte sein können. Von diesem Hut hing ein Tuch über Nacken und Ohren; mit ein wenig Zupfen ließe sich daraus auch ein Schleier für das Gesicht machen. Der Chiton war lang genug, um die Beine bis zur Hälfte der Waden vor der Sonne zu schützen.

»Was betrachtest du so dringlich?« sagte sie.

»Dringlich?« Demetrios schnalzte. »Der Anblick hübscher Frauenbeine ist nicht nur in Wüsten erquicklich; aber mein Blick war weniger dringlich denn prüfend. Ich wollte sicher sein, daß deine Schönheit nicht von der Sonne versengt werde.«

»O wie fürsorglich!«

»So sehr«, sagte er, »daß mich auch der Gedanke plagt, dir oder einer der anderen könnte bei nächtlichen Wanderungen durchs Lager Böses widerfahren.«

»Wie den beiden in der vergangenen Nacht?«

»Genau so.«

Sie rümpfte die Nase. »Wer sich in Gefahr begibt... Aber ich habe mich nicht durchs Lager bewegt, habe es auch nicht vor.«

»Nicht einmal, um erregenden Geschichten zu lauschen, von weitgereisten Männern erzählt?«

»Dazu schon gar nicht.«

Demetrios grinste. »Es haben aber zwei von euch zugehört.«

Sie hob die Schultern. »Mag sein, aber ich war's nicht. Ich habe geschlafen.«

»Haben deine Gefährtinnen denn nichts berichtet? Von Perpernas Geschichte oder vom Auffinden der Leichen?«

Glauke schien zu überlegen. »Nicht so unmittelbar«, sagte sie dann. »Wir haben heute früh natürlich über die Vorfälle geredet. Und die Fürstin hat zugeschaut, als du mit den anderen die Stelle untersucht hast, wo der Mord geschehen sein muß.«

»Kein Wort über den Reiz von Perpernas Geschichte? Der Alte wird enttäuscht sein.«

»Soll er.« Sie lachte leise. »Die Leichen waren wichtiger. Ich weiß nichts von seiner Erzählung. Nicht einmal, ob eine von uns zugehört hat.«

Thais trieb ihr Kamel an, bis sie neben Glauke ritt. »Redet ihr über kluge Dinge? Oder gar über wichtige?«

»Nur über Leichen und nächtliche Erzählungen.«

Thais nickte. »Perperna ist nicht der größte aller Erzähler. Die Leichen haben alles interessanter gemacht; aber darauf hätte ich gern verzichtet.«

Bis zum Abend stellte Demetrios in teils vorsichtigen, teils überrumpelnden Gesprächen fest, daß Glauke und Kleopatra geschlafen hatten, Thais und Arsinoë zwischendurch unter Perpernas Zuhörern gewesen waren; wie Ravi, Mikines, Leonidas, Nubo und Rufus. Aber es half ihm nicht weiter. Alle konnten unbemerkt aufgestanden sein, die Zuhörer ebenso wie die Schläfer, für deren Schlummer es keine Zeugen gab. Jeder einzelne Treiber, jeder einzelne römische Krieger, nicht zu reden von Mukhtar und seinen Leuten.

Die Stadt war in die Felsen gebaut; die Burg des Statthalters überragte alles. Am Fuß der Berge, am Ende des langen Wegs durch die Täler, gab es eingezäunte Weiden und einen kleinen, künstlich angelegten Wasserlauf. Dort grasten die Tiere, die den Leuten des Orts gehörten, dazu Esel, Pferde und Kamele, die den Kriegern als Reittiere dienten. Und es gab Vorratsschuppen neben einem kleinen Gasthaus für Fremde.

Aber ehe sie dies erreichen konnten, mußten sie am Ende des letzten Tals durch ein enges Tor, das die Krieger des Statthalters bewachten.

»Herr der Karawane«, sagte einer der Wächter, »du magst all deine Waren in Adane erworben haben, das unserem König untersteht. Aber der König ist weit. Er empfängt römische Gesandte und erhält von ihnen Geschenke. Sein Statthalter dagegen ist hier, und es ist seine Aufgabe, Zoll zu erheben.«

»Auf Güter aus dem eigenen Land?« Demetrios sprach absichtlich laut und zornig. Er wußte, daß die Verhältnisse so waren, wie sie sich hier darboten; aber Erfahrungen mit arabischen Kriegern und Zöllnern hatten ihn gelehrt, auch den Anschein von Nachgiebigkeit zu meiden. Wer sich vor ihnen duckte, wurde zu Boden gedrückt und durfte sich glücklich preisen, wenn sie ihn dabei nicht auch noch falteten. Sinnvoller war eine Art Zweikampf mit Wörtern und Scherzen, an deren Ende einer lachend nachgab.

»Auch auf diese. Woher sollen wir denn wissen, daß sie von Rechtschaffenen stammen, die ihre Abgaben freudig entrichten?«

»Zeig mir einen«, sagte Demetrios, »der freudig einem bewaffneten Wegelagerer Abgaben entrichtet, und ich zeige dir einen Trottel. Bin ich ein Trottel?«

Der Wächter lachte leise. »Trottel nenne ich den, der bei Sonnenuntergang im engen Tal steckt, statt nach Zahlung eines geringfügigen Betrags die Freuden der grünen Weiden und der hurtigen Schenkel unserer Dirnen zu genießen.«

»Dirnen?« Demetrios schnaubte. »Meinst du jene zahnlosen Greisinnen, die ihr dem Tod unter übergewichtigen Fremden aussetzt, weil ihr sie nicht mehr füttern mögt? Oder sprichst du von deiner verlausten Tochter, die den Fremden zuerst durch ihren Geruch betäubt und dann den Betäubten bestiehlt?«

»Du mußt deine eigene Schwester meinen, Sohn eines geifernden Krüppelfuchses. Von wem hast du den Geiz geerbt, den du wie ein Feldzeichen trägst?«

Demetrios verschränkte die Arme und grinste. »Meine redlichen Eltern haben einmal einen Mann aus diesem traurigen Ort als Gast aufgenommen«, sagte er. »Zum Dank hat er sie bestohlen und nichts hinterlassen als das Andenken seiner Schäbigkeit. Es mag sein, daß dies der Grund meiner Vorsicht ist.«

Der Wächter kicherte. »Es wird dir nichts nützen, eine Form von Verwandtschaft mit uns zu behaupten.«

»Dann werden wir eben umkehren und im zweiten westlichen Nebental nächtigen. Dort gibt es einen Brunnen. Und einen Weg über die Berge. Es tut mir leid wegen deiner Haut, aber...« Er seufzte.

»Was ist mit meiner Haut?«

»Der Statthalter, dein Herr, wird sie dir abziehen, wenn er hört, daß ihm ein prächtiger Hengst entgangen ist, den ich ihm eigentlich zum Geschenk machen wollte.«

Der Wächter rümpfte die Nase und blickte die Reihe der Kamele entlang. »Hengst? Ein greiser Kamelhengst etwa, der an Harnfluß leidet und die Burg mit seiner Pisse überschwemmt?«

Demetrios wandte sich um und hob den Arm. Das Zeichen galt Mikines, der eines der Pferde nach vorn bringen sollte. Eines der Pferde, die einmal Mukhtar gehört hatten und zuerst Gegenstand einer Wette, dann des seltsamen Handels mit Kharkhair gewesen waren.

Kein Mikines ließ sich blicken. Statt dessen kam, auf einem prachtvollen Schimmel, Mukhtar neben der wartenden Karawane entlanggeritten.

Demetrios legte die Hand an den Dolchgriff, aber bevor er etwas sagen oder die Waffe ziehen konnte, sah er ungläubig Mukhtars Zwinkern und hörte die herrische Stimme, die beinahe brüllte.

»Aus dem Weg, ihr schwanzlosen Skorpione! Fort, ihr Waisen eines bei der Zeugung gestorbenen Hamsters! Der edle Mukhtar wird im Auftrag des Herrn der Karawane diesen Hengst zur Burg bringen. Inzwischen werdet ihr es nicht wagen, auch nur dem letzten Kamel einen Grashalm zu verweigern!«

Mit offenkundiger Verblüffung gaben die Wächter ihm den Weg frei. Zugleich tauchte Rufus neben Demetrios auf und flüsterte:

»Keine Sorge; wir haben das abgesprochen. Aber du solltest die Öffnung des Tores nutzen.«

Leonidas, der auf dem ersten Kamel gesessen hatte, warf Demetrios einen Blick zu, packte den Strick, der vom Kopf des Tiers hing, und zerrte es hinter sich her. Die Wärter waren offenbar zu verblüfft, um ihn daran zu hindern, und stießen lediglich einige unverständliche Knurrlaute aus.

11. Die Reinheit der Absichten

> Das Huhn hatte Schlangeneier gefunden und begann sie auszubrüten. Da sagte die Schwalbe: »Was ziehst du dir da heran? Wenn es groß geworden ist, wird es bei dir mit seinen Übeltaten beginnen.«
>
> AISOPOS

Das Zimmer war schäbig und stickig. In einer Ecke lagen ein paar Strohsäcke, darüber eine Lederdecke: das Bett. Auf dem wackligen Tisch, neben zwei winzigen Öllampen, standen ein Krug und eine Schüssel. Glauke hatte den Krug mit Wasser vom Brunnen gefüllt und hinaufgetragen. Die Fensteröffnung, oberhalb des notdürftigen Betts, war mit einem Ledervorhang nahezu luftdicht verschlossen.

Kleopatra goß Wasser in die Schüssel, zog sich aus und wusch sich. Die Reinigung erschien ihr ebenso notdürftig wie das Bett, das Zimmer und die ganze Herberge. In Gedanken ergänzte sie: das ganze Land. Sand und Steine, Sand und Hitze, Sand und Berge, Sand und Kamele, heiße Steine, sandiges Essen... und schlechte Gesellschaft. Verglichen mit Teilen der Gesellschaft waren die Kamele umgänglich und die Steine fruchtbar.

Sie löschte eines der Lämpchen. Nackt ging sie zur Fensteröffnung, hob den Ledervorhang, blickte hinaus in die Nacht und genoß es, sich von der kühlen Luft trocknen zu lassen. In der Ferne sah sie einige wenige Lichter und unter dem Sternenhimmel die Umrisse der Festung. Der Pferch mit den Tieren und Lasten befand sich auf der anderen Seite des Gebäudes; sie sagte sich, sie solle zufrieden sein mit dieser kargen Erholung, einige Stunden der Schonung, der Verschonung zu finden. Aber dieses gute Zureden war, wie sie wußte, ebenso nett wie nutzlos.

Sie wollte an Alexandria denken, an Memphis, an weite kühle Räume und üppige Bäder. An Marmorwände; und vielleicht dachte sie an letzteres zu gründlich, denn ihre Gedanken glitten wie von einer Marmorwand ab und verirrten sich zu den Dingen, an die sie gar nicht denken wollte. Bedrängnis, Lügen und Scheitern. Beinahe gewaltsam riß sie sich von der Vergangenheit los, um freundliche Gedanken an die Zukunft bemüht. Aber die Gegenwart behinderte sie: die Herberge, Sand, Kamele, Mühsal. Und ein Klopfen.

Es war eher ein Hauchen von Fingerspitzen an der Tür. Arsinoë, dachte sie, mit einem Bericht, oder Glauke, oder Thais? Sie ging zur Tür und hob den Riegel aus den Bronzehaken.

Rufus trat ein. »Ein köstlicher Empfang«, sagte er; dann grinste er und verriegelte die Tür.

Kleopatra ging zum Tisch, griff nach ihrem Umhang und wickelte sich darin ein. »Was willst du?«

»Ein Jammer, daß du mir deinen Anblick so schnell entziehst. Wiewohl das schäbige Lämpchen der Pracht ohnehin nicht dient. Aber wir können ja tauschen – meine mindere Pracht gegen deine verminderte.« Er ging zum Tisch und begann sich auszuziehen.

Kleopatra ließ sich auf die Lederdecke des Betts sinken; sie lehnte sich an die Wand unter dem Fenster und tastete nach einem ihrer Reisebeutel. »Was willst du?« wiederholte sie. »Was soll das?«

»Statt unten an einem Trog will ich mich lieber hier bei dir und für dich reinigen.«

»Du könntest fragen, ob es mir recht ist.«

Rufus lachte. »Ich habe dir einiges zu sagen, was deine Antwort auf diese Frage beeinflussen könnte; deshalb wäre es dumm von mir, sie vorher zu stellen.«

Er hatte sich schnell vollständig ausgezogen, Gesicht und Oberkörper mit Wasser bespritzt und wusch sich nun das Gemächt.

»Deine Reinlichkeit wäre lobenswert, wenn sie sich woanders zutrüge.«

»Reinlichkeit in der Nähe einer schönen Frau ist erfreulicher als unter vielen häßlichen Männern.« Er langte nach dem Trockentuch. »Aber all dies erinnert mich an gewisse Verheißungen, die du mir, wenn du dich erinnern magst, in Adane gemacht hast.«

Kleopatra seufzte leise. »Wovon sprichst du?«

»Ich dachte an die Verheißungen deiner Zungenspitze in meiner Hand und daran, daß sie sich auf andere Körperteile übertragen lassen.«

»Gegenleistung oder Belohnung«, sagte sie, »für etwas, was noch nicht erbracht wurde.«

Rufus näherte sich dem Bett; mit einer Mischung aus Unbehagen und Lust betrachtete sie das ragende Glied vor ihrem Gesicht. Rufus war durchaus ansehnlich, und von ihrem letzten Liebhaber trennten sie Monde und Meere; aber sie war müde, und wenn sie unter den Männern der Karawane hätte wählen wollen, wäre Rufus nicht der erste.

»Du hast von den Möglichkeiten der langen Reise gesprochen, nicht ich. Und da wir über den Fortgang der Reise sprechen müssen, sollten wir die Möglichkeiten genießen.«

»Was ist mit dem Fortgang?«

Rufus streckte den Arm aus, um die Hand auf ihren Kopf zu legen. Sie wich aus und rutschte auf der Lederdecke weiter in die Ecke.

»Alles geht zu langsam.« Rufus kicherte. »Dies hier auch, aber vor allem die Reise.«

»Wie willst du sie beschleunigen?«

»Man könnte sich von Handelsgütern trennen und mit weniger Kamelen und weniger Lasten schneller reisen.«

»Du, deine Leute, meine Begleiterinnen, ich – und wer noch?«

Rufus stemmte die Hände in die Hüften und legte den Kopf auf die Seite. »Ja, wer noch? Warum noch jemand?«

»Nach dem Zwischenfall heute abend«, sagte Kleopatra langsam, »habe ich Arsinoë angewiesen, sich ein wenig um Demetrios zu kümmern. Vielleicht seine Laune zu bessern. Herauszufinden, wie ihm die Reise gefällt. Was ihm mißfällt. Ob er inzwischen mehr weiß, was die beiden Toten angeht.«

Rufus bleckte die Zähne. »Sie wird dir zweifellos berichten. Aber wir haben unsere beiden Fragen noch nicht geklärt.«

»Gut. Wer noch?«

»Gegenfrage: warum noch jemand?«

»Demetrios ist der Herr der Karawane. Es sind seine Waren und größtenteils seine Kamele.«

»Mukhtar hat auch einige Tiere und Lasten.«

»Hast du mit ihm gesprochen?«

Rufus hob die Schultern. »Wir wissen doch alle, wie sehr er Fremde liebt. Gleich ob Demetrios oder mich. Er wird tun, was für ihn sinnvoll ist.«

Kleopatra zögerte. Sie wußte, daß sie eine Entscheidung zu treffen hatte; daß sie sie schnell treffen mußte; daß einiges davon abhing.

»Die Reinlichkeit deines Leibes scheint größer als die Reinheit deiner Absichten. Was die Karawane angeht.«

»Wir können aber«, sagte Rufus halblaut, »diesen Teil aufschieben und zunächst den anderen erledigen.«

»Welchen anderen?«

»Ich wollte dein Ohr erfreuen und deinen Mund genießen.« Rufus beugte sich vor und vergrub die Finger seiner rechten Hand in ihrem Haar. »Und dir Genuß bereiten.«

»Laß mich los.« Sie sprach ohne besonderen Nachdruck.

»Ungern. Gewissermaßen im Gegenteil.«

»Die Erfüllung von Verheißungen sollte man nicht vorzeitig einfordern. Und man sollte makedonische Fürstinnen nicht drängen.«

»In manchem Drang ist Lust.« Er zog ihren Kopf näher zu seinem Gemächt.

Kleopatra bewegte die Hand, die im Reisebeutel etwas gesucht hatte. »Nicht drängen«, sagte sie; »makedonische Fürstinnen sind nie wehrlos.«

Rufus fuhr zurück und ließ ihren Kopf los, als er die kalte Klinge unter seinem Glied spürte. »Du...«, sagte er, und sie brauchte nicht viel Vorstellungskraft, um zu wissen, daß das nächste Wort keine Schmeichelei gewesen wäre.

»Geh. Und bedränge mich nie wieder.«

Langsam, sichtbar widerwillig ging er zum Tisch und raffte seine Kleider auf. »Nie wieder? Während der langen Reise oder danach?«

Sie bemühte sich um einen einigermaßen freundlichen Tonfall. »Ich werde dir sagen, wann ich bereit bin.«

Rufus entriegelte die Tür; über die Schulter sagte er: »Dann könnte es, was mich betrifft, zu spät sein.«

»Ich werde heiße Tränen vergießen, wenn es soweit ist.«

»Und die schnellere Reise?«

»Es wäre unredlich. Und so groß ist meine Eile nicht.«

12. Pferch und Verlies

> Was der Charakter nicht verschuldet, also
> die vom Schicksal verhängten Dinge, muß
> der Hochgesinnte edlen Mutes ertragen.
>
> MENANDROS

Mikines wirkte ein wenig verlegen. Statt in Demetrios' Gesicht blickte er dorthin, wo die Treiber und die anderen die Tiere in den Pferch trieben und abluden.

»Es kam mir vor wie ein guter Einfall«, sagte er dabei. »Wenn Mukhtar sich schon entschließt, halbwegs freundlich etwas Sinnvolles zu tun...«

»Und wer ist der Herr der Karawane?«

Mikines riß die Blicke mit einem beinahe hörbaren Ruck vom Schauspiel am Pferch los und sah Demetrios mit großen, verwunderten Augen an.

»Du; das ist doch keine Frage!«

»In Zukunft führst du die Anweisungen des Herrn der Karawane aus. Und fragst ihn, ehe du Dinge änderst.«

»Aber...« Mikines fuchtelte mit den Händen, als ob er Fliegen aus der Luft schnappen wollte; oder vielleicht Wörter. »Aber ist es denn nicht gut, wenn statt eines Fremden – du oder ich – dieser Araber mit Arabern verhandelt?«

Demetrios packte seinen alten Gefährten an der Schulter und schüttelte ihn. »Der Herr der Karawane erteilt die Anweisungen«, sagte er mit flacher, beinahe tonloser Stimme. »Wenn er darauf einmal verzichtet, wird vielleicht am nächsten Tag ein anderer auf den Gedanken kommen, es sei überhaupt nicht mehr nötig, ihm zu gehorchen oder ihn zu befragen. Mukhtar – und wer war noch dieser Ansicht?«

»Rufus«, murmelte Mikines. »Sie haben das besprochen. Mit der Fürstin.«

»Kleopatra auch?« Demetrios schwieg ein paar Atemzüge lang; dann sagte er: »Nie wieder, hörst du?«

Mikines nickte. »Aber« – er blickte erleichtert – »was mißfällt dir daran? Abgesehen von der Mißachtung des Herrn der Karawane?«

»Erstens genügt das schon. Zweitens könnte Mukhtar ein alter Feind des Statthalters sein und Nachteile über uns bringen. Oder ein alter Freund, der zu unserem Schaden mit ihm Vereinbarungen trifft.«

»Du hast recht – Herr.« Mikines klang nun zerknirscht. »Daran habe ich nicht gedacht.«

Demetrios sah Rufus zur Schänke des Karawanenplatzes gehen. Bei ihm waren zwei seiner Kämpfer, dazu Glauke und Kleopatra. Rufus blickte herüber, hob den Arm, lächelte; dann sagte er etwas zur Fürstin, die Demetrios einen nachdenklichen Blick widmete, ehe sie mit dem Römer das Schankhaus betrat.

Mikines hatte sich umgewandt, um sehen zu können, wohin Demetrios schaute.

»Es könnte sein«, sagte er leise, »daß ich etwas übersehen habe. Ich werde mich umschauen. Und umhören. Bin ich noch – oder wieder – in deiner Gnade?«

Demetrios lachte und klopfte ihm auf die Schulter. »Meine Gnade und deine Verläßlichkeit wären beide wertlos, wenn ein Römer, ein Araber und eine Makedonin sie beschädigen könnten.«

Bis Mukhtar wieder auftauchte, war die Sonne untergegangen. Demetrios hatte notwendige Gespräche aufgeschoben; nicht wegen Zauderns oder Schwankens, sondern weil er zunächst noch abwarten und beobachten wollte. Als er Mukhtar neben dem großen Feuer vor der Schänke sah, war er eben dabei, mit Meleagros und Leonidas die Packlasten abzuschreiten, um sich davon zu überzeugen, daß nichts fehlte und alles sicher und sinnvoll gestapelt war.

»Nach den Tieren habe ich schon geschaut«, sagte Meleagros. Mit einem unterdrückten Kichern setzte er hinzu: »Aus Gewohnheit, Demetrios; nicht, weil Rufus es vorgeschlagen hätte.«

»Hat er denn?«

»Er hat nicht.«

Demetrios blieb stehen und lehnte sich an einen Pfosten. »Die Nacht wird schnell kalt«, sagte er. »Ich werde sie gleich ein wenig... wärmer machen.«

Leonidas holte hörbar Luft durch die Schneidezähne. »Dumm von Mikines«, sagte er halblaut. »Und von Rufus. Es ist gut, daß die Römer die Sicherheit der Karawane hegen. Aber...«

Demetrios nickte. »Eben. Aber.«

Als er zum Feuer kam, trat Mukhtar ihm entgegen. »Ein Wort oder zwei, Herr der Karawane?«

Demetrios lauschte auf Untertöne, hörte aber weder Spott noch jene Gehässigkeit, mit der Mukhtar sich in Adane geschmückt hatte.

»Ich höre.«

»Der Statthalter ist ein alter Freund meines Vaters«, sagte Mukhtar. »Deshalb dachte ich, es ist vielleicht für alle besser, wenn ich mit ihm spreche.«

»Wozu du, ohne vorher mit mir zu reden, ein Pferd nimmst, für das ich Kharkhair bezahlt habe?«

Mukhtar hob die Schultern. »Wie dein Diener sagte, war es von dir doch für diesen Zweck vorgesehen.«

Demetrios kniff die Augen zu Schlitzen. »Was ist bei den Verhandlungen herausgekommen?«

»Freundliche Worte und gute Wünsche für die Karawane. Es gibt keinen Zoll zu entrichten.«

»Das klingt, als wäre da noch etwas.«

Mukhtar nickte. »Verkaufsabgaben – Handelssteuer, wie er es nannte.«

»Damit war zu rechnen. Wieviel?«

»Zehn Hundertstel.« Mukhtar legte den rechten Zeigefinger an die Nase. »Morgen früh, wenn die Händler kommen, um zu betrachten und zu feilschen, wird ein Aufseher des Statthalters mit seinen Schreibern dabei sein.«

»Es ist gut.« Demetrios hatte auf seiner letzten Reise ebenfalls zehn Hundertstel entrichten müssen. Kein Grund, Mukhtar zu loben. »Dennoch: Wenn du wieder solche Einfälle hast – du oder Rufus oder wer auch immer –, will ich vorher gefragt werden.«

»Es soll so geschehen.« Mukhtar wandte sich zum Gehen.

Demetrios hielt ihn am Ärmel fest. »Woher dieser Wandel? In Adane hättest du mich doch am liebsten roh aufgefressen.«

»Nicht roh.« Mukhtar blickte auf den Ärmel; Demetrios ließ ihn los. »Nicht roh«, wiederholte er. »Gebraten, vielleicht mit einer scharfen Tunke, die deinen Geschmack überdeckt.«

»Und jetzt?«

Mukhtar verdrehte die Augen. »Jetzt reiten wir zusammen; es verstieße gegen jede Nützlichkeit, wenn ich nicht alles täte, dir und damit mir zu nützen. Bis ans Ende der Reise.«

»Sag mir noch, warum du eigentlich diese Reise machst, in solch widerwärtiger Gesellschaft?«

»Was kümmert es dich?«

»Wissen schadet nie, und als Herr der Karawane wüßte ich gern, womit ich zu rechnen habe.«

»Mit meiner Zusammenarbeit, solange wir unterwegs sind.« Er wandte sich ab; über die Schulter sagte er: »Mein Ziel ist Ao Hidis – falls dir das etwas sagt. Bis dahin, oder bis zum Punkt der Trennung, werde ich alles tun, dir und mir zu nützen.«

In der Schänke gab es einen großen Gastraum und einen Schlafraum für etwa zwanzig Leute, außerdem sieben kleine Gemächer für edlere oder empfindliche, jedenfalls wohlhabende Reisende. Als Demetrios mit dem Wirt über Preise für Speisen und anderes redete, erfuhr er, daß vier der Zimmer belegt seien: zwei von je zwei Frauen, die beiden anderen von Rufus und Mukhtar.

»Der Römer hat gesagt, ich soll eines für dich freihalten, Herr.« Der Wirt sah ihn auffordernd an.

»Sehr freundlich von Rufus und von dir, aber ich werde draußen schlafen.«

»Edles Mißtrauen oder unedler Geiz, Herr?«

Demetrios lächelte. »Beides, mein Freund. Weiß ich denn, ob nicht in der Nacht ein langfingriger Steuereinnehmer meine Packen untersuchen will? Und ob in deinen zweifellos behaglichen Räumen nicht nachts Gürtel und Beutel zu wandern beginnen, um nie heimzukehren?«

Die Treiber und die römischen Krieger aßen am großen Feuer selbst zubereitete Speisen. Demetrios setzte sich auf einen vor der Schänke liegenden flachen Felsen und ließ sich von einer Magd des Wirts Braten und frisches Brot bringen, dazu einen Krug Bier, das frisch und angenehm säuerlich schmeckte. Beim Essen starrte er ins Feuer, das kaum zwanzig Schritte entfernt loderte, und hing mehreren Strängen unerbaulicher Gedanken nach.

Er war eben mit dem Braten fertig, als eine Stimme hinter ihm sagte:

»Hast du besondere Wünsche hinsichtlich der Wachsamkeit?«

Demetrios drehte sich nicht um. »Soll ich sie äußern oder alles dir überlassen? Da du dich nun auch um Pferde und Abgaben kümmerst.«

»Es war ein Fehler, dich nicht vorher zu fragen.« Rufus

klang jedoch keineswegs zerknirscht oder bußfertig, eher ein wenig erheitert. »Es war aber kein Fehler, Mukhtar auf diesen Hengst zu setzen.«

Demetrios wies mit dem Kinn zum Feuer. »Deine Männer sind, nehme ich an, in dieser Nacht nur begrenzt wachsam.«

Rufus gluckste. »Wegen der zweifellos besonders hübschen Dirnen, die es in solchen Orten immer gibt? Das läßt sich regeln. Ein Drittel wacht, ein Drittel schläft, ein Drittel fickt – so etwa?«

»Ich hätte es nicht feiner ausdrücken können.«

Rufus stieß einen schrillen Pfiff aus; dann sagte er: »Doch, das hättest du. Aber es würde nichts ändern.«

Demetrios wartete, bis der Römer einem seiner drei Unterführer Befehle zu erteilen begann; nach Rufus' ersten Sätzen erhob er sich vom Felsen und brachte die Holzplatte und den Krug zurück in die Schänke.

Meleagros und Mikines saßen mit den drei Begleiterinnen der Ptolemaierin an einem niedrigen Tisch. Kleopatra selbst war nicht zu sehen, hatte sich vielleicht schon zurückgezogen. Mukhtar und zwei seiner vier Männer hielten sich ebenfalls im Schankraum auf.

»Wo ist Leonidas?«

Meleagros blinzelte zu Demetrios auf. »Draußen«, sagte er. »Er wandert sinnend um den Pferch.«

»Mikines sollte ihn ablösen.«

»Ja, Herr.« Mikines schien damit gerechnet zu haben. »Ich will versuchen, wieder in deiner Achtung zu steigen.«

Glauke setzte ein schräges Lächeln auf; Thais zeigte keinerlei Regung. Arsinoë warf mit einer jähen Kopfbewegung die Haare zurück und sagte:

»Strafe für unbotmäßigen Beritt?«

»Sorge um die Sicherheit der Tiere und Lasten. Die Bewohner dieser Stadt sind dafür bekannt, daß sie geschickte Finger haben.«

»Magst du dich zu mir setzen, wenn du ihn schon hinausschickst?«

Demetrios musterte Arsinoës Gesicht und bemühte sich, kein Erstaunen zu zeigen.

»Ich könnte mir kaum Angenehmeres denken«, sagte er. »Aber die Pflicht, weißt du.« Er deutete eine Verneigung an und ging mit Mikines hinaus.

Einige Zeit später begab er sich mit einer Decke und dem Beutel, der die wichtigsten Dinge enthielt, zu den römischen Posten.

»Mögt ihr dulden, daß ich mich in eurer Nähe bette?«

Einige Männer lachten. Einer sagte: »Dein Schlummer ehrt unsere stille Wachsamkeit.«

Ein Posten, der um den Pferch geschlendert war, kehrte zurück; ein anderer brach dafür auf und ging den gleichen Weg.

»Wo werdet ihr ruhen, wenn alles andere getan ist?«

»Dort.« Der angesprochene Römer wies auf eine Gruppe kleiner Felsen, zwischen denen bereits Gepäckstücke lagen.

»Ich bin sehr froh, daß ihr mit der Karawane reist«, sagte Demetrios. »Der lange Weg ist gesäumt von Knochen leichtfertiger Menschen und ihrer Tiere.«

»Wir werden diesen Knochen vielleicht die einiger leichtsinniger Räuber beigeben.«

»Du warst einer der Sänftenträger, nicht wahr? Dein Name?«

»Postumus – Lucius Postumus.«

»Ich nehme an, dort, wo ihr euren Dienst demnächst zu versehen habt, wird es anderes zu tragen geben. Keine Sänften.«

»Ich weiß es nicht. Ich kenne unser Ziel nicht.« Postumus grinste; im Schein des kleinen Feuers sah Demetrios die Zähne blitzen. »Netter Versuch, wenn ich das sagen darf. Aber wenn du mehr wissen willst, solltest du den Centurio fragen.«

Demetrios lächelte. »Hat er euch gewarnt?«

»Er hat uns angewiesen, nichts zu sagen. Nicht, daß wir etwas wüßten.«

Die Römer hatten sich verteilt; zwei Männer gingen langsam um den Pferch, in dem die Tiere und der größte Teil der Lasten sich befanden. Auf der äußeren Seite, vom Gasthaus und dem Ort am weitesten entfernt, saß Mikines auf einem großen Stein und starrte über den Pferch zum Feuer.

»Du solltest in die andere Richtung schauen«, sagte Demetrios. »Der Feind kommt fast immer aus dem Dunkel.«

Mikines blinzelte. »Welcher Feind? Erwartest du Bekannte?«

»Man weiß nie. Sei vorsichtig und wachsam.«

»Leonidas löst mich nachher ab.«

»Gut so. Meleagros soll mich wecken; die letzte Wache übernehme ich.«

»Der steckt irgendwo da drüben.« Mikines versuchte ein Lächeln, aber es mißlang. ›Wahrscheinlich‹, sagte sich Demetrios, ›hatte er noch mit seiner Tölpelei und Mukhtars Ritt zu kämpfen‹. »In der Schänke, bei den Frauen vielleicht? – Ah, da ist Arsinoë. Sie scheint jemanden zu suchen.«

»Laß dich nicht finden. Es mindert die Wachsamkeit.« Demetrios klopfte ihm auf die Schulter und ging weiter. Jenseits des Pferchs, am Feuer, schien Arsinoë tatsächlich etwas zu suchen. Sie redete mit einem der dort lagernden Römer; dabei schaute sie sich immer wieder um.

Demetrios schnalzte leise. Er war entschlossen, sich nicht finden zu lassen. ›Vielleicht sucht sie gar nicht mich‹, sagte er sich; ›aber die Einladung im Gasthaus vorhin klang irgendwie bestellt. Von wem?‹

Eigentlich kam dafür nur Kleopatra in Frage – von wem sonst sollte Arsinoë solche Befehle entgegennehmen? Wenn es wirklich ein Befehl war. Vielleicht war sie einfach gesellig oder hatte sich mit den anderen gelangweilt; oder sie fand, Demetrios brauche Gesellschaft. Oder sie wollte einfach nett sein zum Herrn der Karawane.

»Was auch immer«, murmelte er. Gegen das Leuchten des langsam herunterbrennenden Feuers zählte er, so gut es ging, Höcker und Ballen. Umrisse. Es schien nichts zu fehlen, jedenfalls nichts Größeres.

Der Pferch war beinahe fünfeckig. Neben der ersten Ecke war das Feuer; an der dritten saß Mikines. Die vierte ragte fast in ein struppiges Gebüsch, aus dem Demetrios Wörter anfielen. Er zuckte zusammen und riß das Kurzschwert aus der Scheide.

»Einsam oder wachsam, Herr?«

Es war die Stimme von Nubo. Demetrios schob das Schwert zurück und holte tief Luft.

»Hast du dich verborgen, um Wanderer zu Tode zu erschrecken?«

Nubos Augäpfel glitzerten weiß; mehr war von ihm nicht zu sehen.

»In der Schwärze der Nacht«, sagte er, »wird alles Schwarze unsichtbar. Ich hatte Angst, verschlungen und Teil der Nacht zu werden, und wollte mich vor ihr in diesem Gebüsch verbergen.«

Demetrios lehnte sich an einen Pfosten und verschränkte die Arme vor der Brust. »Ist das einer der Scherze, mit denen du dich in Adane hervorgetan hast? Aber du klingst ernst.«

Nubo stieß einen Seufzer aus. »Du bist doch auch fremd, unter Arabern«, sagte er. »Dich hassen sie nur, mich verachten sie. Wie soll ich da überleben?«

»Deshalb hast du den Narren gespielt? Damit sie über den Narren lachen und Nubo nicht bemerken?«

»Du bist klug, Herr der Karawane. Und du hast recht. Der sichtbare Narr, der unsichtbare Nubo. Und hier der für die Nacht sichtbare Busch und… kein Nubo weit und breit.«

Demetrios löste sich vom Pfosten. »Komm«, sagte er. »Wir

wollen ein wenig reden, drüben am Feuer oder in der Schänke. Hast du schon etwas gegessen?«

»Ich wollte etwas Schwarzes haben, das in mir nicht zu sehen wäre. Aber es gab nur Helles.« Nubo kroch endlich ganz aus dem Gesträuch. Lichtspritzer vom Feuer hüpften durch sein rotgefärbtes Haar.

»Vielleicht finden wir dunklere Dinge.«

»Verbranntes Fleisch?« sagte Nubo, als er Demetrios folgte. »Nachtbrot? Schattenwein?«

»Dazu düstere Reden.«

»Habe ich dir schon ausreichend dafür gedankt, daß ich mit dir reisen darf?«

Demetrios gluckste. »Ich weiß nicht, was dir als ausreichend erscheint.«

Sie erreichten die fünfte Ecke. Gut sichtbar lag am Ende der letzten Strecke der Felsen, vom Feuer beschienen, auf dem Demetrios länger gesessen hatte. Nun saß dort Arsinoë.

Sie hatte die Hände in den Schoß gelegt und zupfte am Saum ihres Chiton. Als Demetrios in den Lichtkreis trat, blickte sie auf und sah ihm lächelnd entgegen. Dann verfiel das Lächeln jedoch – vermutlich, dachte er, bei Nubos Anblick. Bei der Feststellung, daß er nicht allein war.

»Wärmst du die Nacht durch deinen Anblick?« sagte er.

»Ich wärme sie mit der Hoffnung, dich zu sehen, Herr der Karawane.« Das Lächeln kehrte wieder.

»Nubo und ich wollten über Finsternisse reden. Wenn du magst, kannst du uns begleiten.«

»Finsternisse?« Sie klang weder neugierig noch begeistert.

»Wir können mit deinem Haar beginnen, ehe wir zu den üblichen Schwärzen gelangen.« Demetrios wies mit dem Kinn zur Schänke.

Arsinoë stand auf, langsam, vielleicht widerstrebend. »Ich hatte gehofft«, sagte sie fast flüsternd, »mit dir hier draußen ein wenig reden zu können – allein.«

»Das ehrt mich.« Demetrios lächelte sie an. »Aber der Herr der Karawane ist nie allein.«

Arsinoë folgte ihm in die Schänke; Nubo kam als letzter. Drinnen hatten sich inzwischen fast alle Tische gefüllt. Offenbar war das Gasthaus eine Art Treffpunkt des Orts – zumindest wenn eine Karawane den Lagerplatz nutzte.

Demetrios sah, daß Meleagros und Leonidas das Vergnügen, sich mit Frauen zu beschäftigen, um das Händlervergnügen aufgegeben hatten, mit Leuten zu reden, die am nächsten Morgen vielleicht etwas zu kaufen wünschen oder zu verkaufen anbieten würden.

Auf allen Tischen standen Öllampen; an Wänden und Stützpfeilern befestigte Fackeln halfen ihnen, Zwielicht zu verbreiten und die Luft dick und zäh zu machen.

Neben dem Eingang, den sie eben benutzt hatten, standen ein paar Einheimische auf. Nubo stürzte sich auf die freigewordenen Schemel, indem er sich auf einen setzte, einen zweiten mit der Linken packte und auf den dritten ein Bein legte.

»Musik«, sagte er, als Demetrios sein Bein berührte, um sich auf den Schemel fallen zu lassen.

»Wieso?«

»Musik fehlt. Ich glaube, die haben hier keinen, der so etwas macht.« Er beugte sich vor und schlug mit beiden Händen auf die Tischkante. Ein Wirbel, dessen Rhythmus immer weiter nach hinten wanderte, sich verschob, dann wieder zurückkam.

Arsinoë hatte sich auf den von Nubos Hand freigegebenen Hocker gesetzt. »Tanzen könnte man dazu«, sagte sie. »Jetzt noch ein paar Saiten und eine Flöte, oder eine kräftige Stimme...«

»Wo ist eigentlich die Fürstin?« sagte Demetrios. »Ich sehe sie nicht.«

»Sie war müde und hat sich schon längst zurückgezogen.«

»Dann sollten wir rücksichtsvoll sein und lieber nicht zu laut singen. Oder gar nicht.«

Arsinoë machte einen Schmollmund, sagte aber nichts.

Nubo hörte auf zu trommeln. »Ah, die Hufe der Büffel auf dem Steppenboden«, sagte er. »Die grollenden Löwenlieder, plätschernde Blutstropfen in der Dämmerung. Der Schrei des Mondes, das Flirren der Flußpferde.«

Arsinoë lachte laut. »Dein Griechisch!« Sie verschluckte sich beinahe. »Flußpferde flirren doch nicht!«

»Was tun sie denn, deiner Meinung nach?«

»Sie trampeln, grunzen, prusten, platschen, schnaufen, brüllen, klappern mit den Zähnen...«

»Ah, du hast sie nie wirklich gehört!« Nubo starrte ihr ins Gesicht, als ob er mit Blicken ihre Lider vernähen wollte. »Schließ die Augen, o Schöne! Nachts, wenn der Fluß das Bett verläßt und zum Schleier wird, der sich auf die Welt legt... wenn in der Ferne Gazellen in den Zweigen schaukeln und von der Zeit singen, als sie Pfeile des Großen Jägers waren und über die Ebene sausten... dann stellen Flußpferde sich auf die Vorderbeine, recken den Hintern und lassen ihren Schwanz kreiseln, bis er flirrt. Und die Ohren – weißt du, wie schnell sie mit den Ohren wackeln können? Ach was, wackeln – wirbeln! Zwirbeln!«

Ein Schanksklave brachte drei Becher. »Bier, Wasser, Saft, Wein?«

»Wie ist euer Wein?« sagte Demetrios.

»Schlangenpisse«, sagte Nubo. »Oder schlimmer.«

»Hier gibt es kaum Schlangen.« Der Sklave grinste. »Aber wenn es viele gäbe, und sie hätten Latrinen, dann – ja, dann.«

»Bier«, sagte Demetrios.

»Eine kluge Entscheidung.« Arsinoë legte die Hand auf seinen Unterarm. »Ich habe vorhin ein paar Schluck Wein getrunken. Furchtbar. Außerdem nimmt Wein den Männern das, was Frauen an ihnen allenfalls zu schätzen vermögen.«

Nubo kicherte. »Und Bier?«

»Bier auch. Aber langsamer.«

Demetrios steckte zwei Finger in den Mund und stieß einen schrillen Pfiff aus. Leonidas blickte auf; Demetrios winkte ihm, herzukommen; dabei deutete er auf den übernächsten Tisch, wo Ravi und Perperna saßen und einander anschwiegen.

»Was ist dein Begehr, Herr?« sagte Leonidas, als er neben Nubo angekommen war. Ravi und Perperna, die er im Vorbeigehen angestoßen hatte, folgten ihm.

»Du solltest Mikines ablösen. Und sag Meleagros, daß ich die letzte Wache übernehme.«

Leonidas legte die flache Hand auf die Brust. »Ich höre und gehorche. Deine Nacht sei ergiebig, Herr.« Er ging hinaus.

»Mußt du wachen?« sagte Arsinoë. »Ich dachte, der Herr der Karawane könnte sich ausruhen. Oder ergötzen.«

Aber der Blick, den sie ihm dabei gönnte, sagte Demetrios, daß sie offenbar nicht glaubte, etwas erreichen zu können. Was auch immer.

»Perperna – Ravi – wollt ihr euch zu uns setzen?«

»Stören wir nicht?« sagte der Inder. »Das wäre ungehörig, nicht wahr?«

»Keinerlei Störung. Wir wollten bei dem Bier, das hoffentlich bald gebracht wird, dunkle Reden über Arsinoës Haar und die Verdauungssäfte der Nacht führen.«

Perperna keckerte. »Das ist ein gutes Thema!« Er rammte seinen Stumpf in die dicke Luft, als ob er Atemlöcher hineinstoßen könnte. »Die Verdauungssäfte der Nacht!«

Demetrios glaubte, eben erst eingeschlafen zu sein, als laute Stimmen und Waffengeklirr ihn weckten. Er wollte aufspringen, aber harte Hände drückten ihn auf den Boden zurück. Er sah Männer mit Fackeln und Schwertern herumlaufen, hörte wütende Rufe, den dumpfen Klang von Faustschlägen; jemand neben ihm ächzte, dann gellte weiter weg ein Todesschrei.

Die Männer, die ihn festgehalten hatten, rissen ihn nun hoch. Araber, wahrscheinlich Männer des Statthalters. Er sah Rufus mit verschränkten Armen an einem Pfosten lehnen; andere Männer – Krieger? Büttel? – schleppten Opiter Perperna und den wild zappelnden und tretenden Nubo Richtung Herberge.

Demetrios holte tief Luft und schrie: »Lucius Postumus!«

Aus den Augenwinkeln sah er eine Bewegung, weiter weg, neben dem Pferch; Rufus löste die Verschränkung seiner Arme und deutete einen Hieb an; dann krachte etwas auf Demetrios' Schädel, und er sah nichts mehr.

Als er wieder zu sich kam, lag er auf kaltem feuchten Stein. Von irgendwo weiter oben sickerte Licht, rieselte Steinwände herab, zeigte die Umrisse eines Kerkers oder Verlieses. Neben einer Tür aus schweren, dicken Bohlen standen zwei Bottiche, ansonsten gab es in dem großen Raum nur hier und da etwas Stroh und ein paar Gestalten.

Stöhnend richtete er sich auf; sein Kopf fühlte sich an wie ein Jauchefaß, in dem Messer kreiselten. Ein Arm legte sich um seine Schulter, versuchte ihn zu stützen.

»Gut, dich wieder bei uns zu sehen, Herr.« Es war die Stimme von Leonidas.

Demetrios fuhr sich mit der Hand über die Augen. Mit schwacher, ihm selbst fremd klingender Stimme sagte er: »Was ist geschehen?«

»Rufus und Mukhtar haben beschlossen, ohne uns zu reisen.«

»Ohne uns, aber mit meinem Geld.« Ravi kniete vor Demetrios und sah ihm in die Augen. »Wahrscheinlich auch mit deinem.«

Demetrios atmete mehrmals tief; die Schlieren vor seinen

Augen schwanden, und als er versuchte, den Kopf zu drehen und sich umzuschauen, ließ sogar das Kreiseln der Messer nach.

»Wenn ich nicht so lange entfernt von ihnen gewesen wäre, müßte ich mich für meine Landsleute entschuldigen.« Perperna, der weiter rechts an der Wand lehnte, versuchte ein schwaches Lächeln.

Perperna. Nubo. Leonidas. Meleagros. Ravi. Glauke. Arsinoë. Thais.

Und Kleopatra, die nun zu ihm trat, sich auf die Fersen hockte und sagte: »Ich weiß nicht, ob du mit dieser Gesellschaft zufrieden bist.«

»Wo ist Mikines? Und was haben sie mit den Treibern gemacht?«

»Mikines«, sagte Leonidas traurig, »hatte wohl das Gefühl, etwas gutmachen zu müssen. Er hat sich gewehrt, und da haben sie ihn getötet. Die Treiber? Ich weiß es nicht; ich nehme an, man hat sie verjagt, oder sie sind mit Rufus und Mukhtar gegangen.«

Demetrios war noch zu benommen, um den Verlust eines weiteren alten Gefährten zu betrauern. Er sah Kleopatra an und hatte das Gefühl, aus ihren Augen Kraft zu trinken.

»Man kann sich seine Gesellschaft nicht immer aussuchen«, sagte er, »aber es gibt schlechtere.«

Kleopatra lächelte. »Ich fürchte, ich bin lieber bei euch als bei Rufus und Mukhtar – aber ein anderer Aufenthaltsort wäre mir lieber.«

13. Jehoschua

So weit ist es also schon gekommen mit mir,
daß ich den, der mein Bestes im Sinn hat,
fürchten muß.

Publius Terentius Afer

Schwäche und Schmerzen machten Tishahars Stimme fast unhörbar. Afer mußte sich zu ihm hinunterbeugen, bis sein Ohr den Mund des Sklaven beinahe berührte.

»Fieber, Herr… im Fieber bin ich gefallen. Jetzt kann ich mich nicht bewegen.«

Tishahars Stirn glühte. Der Körper war naß von Schweiß; und da er sich nicht vom Lager bewegen konnte, hatte er sich und die Decken besudelt.

Afer schlug Feuer und entzündete mehrere Lampen. Aus dem fast noch vollen Wasserschlauch in der Küche füllte er einen Becher und eine Schüssel. Er hob Tishahars Kopf und flößte ihm ein paar Schlucke Wasser ein; danach entkleidete und säuberte er ihn und bettete ihn auf frische Decken und Strohsäcke. Tishahar war zu schwach, um viel mehr als »Herr – nein – du« zu sagen.

Als dies erledigt war, machte sich Afer auf die Suche nach dem Heiler der Festung. Er wußte, daß er den Mann, der aus Damaskus stammte, zu dieser späten Stunde in einer der zahlreichen Schänken des Orts finden würde. Der Vater des Heilers, ein syrischer Grieche, hatte den Sohn dazu verdammt, mit dem Namen Adonis zu leben. Außer dem Namen hatte er ihm mindere Körpergröße, einen Buckel und krumme Beine hinterlassen.

Afer mied das Viertel der strengen Juden, die ihn im Dunkel der Nacht möglicherweise wegen Entweihung ihrer Gassen gesteinigt hätten. Zuerst versuchte er es am Seeufer; in der Nähe des kleinen Hafens gab es mehrere Fischerkneipen. Dort sah er ein paar Männer, die zum Gefolge des wandernden Rabbi Jehoschua gehörten, nicht jedoch den Heiler. Schließlich fand er ihn nördlich der Festung, in einer Gegend, in der vor allem Händler, Krieger, Araber und alle möglichen hellenisierten Bewohner der Grenzlande hausten.

Es dauerte einige Zeit, bis Afer den gründlich betrunkenen Adonis aus der finsteren, stinkenden Schänke ins Freie gebracht hatte. Der Heiler mußte den größten Teil des Nachmittags mit der Vertilgung der Weinbestände verbracht haben. Die Sonne war längst untergegangen, als sie die Festung erreichten. Afer schickte einen Krieger los, um den Burschen des Heilers zu suchen; mit der Hilfe seines eigenen Festungsdieners, eines vierzehnjährigen Arabers, tunkte er Adonis immer wieder in einen Bottich mit kaltem Wasser.

»Genug, es reicht!« Der Heiler schüttelte sich und fuchtelte mit den Armen. »Willst du mich nüchtern oder ertränkt?«

»Nüchtern genug, daß du dich um meinen Diener kümmern kannst. Ertränken werde ich dich, wenn du ihm nicht hilfst.«

Adonis rieb sich die Augen. »Was hat er?«

»Fieber und Lähmung.«

Der Heiler nickte und wandte sich an seinen Burschen, den der Krieger eben herbeigeschafft hatte. Er wies ihn an, verschiedene Beutelchen und Dosen in einen Reisesack zu packen.

Als sie die Festung verließen, kam ihnen Nikias entgegen. »Wir müssen reden«, sagte er.

»Sobald dies hier erledigt ist«, sagte Afer, »komme ich zurück. Wo finde ich dich?«

»Im Schlafgemach hinter deiner Schreibstube. Wie lange wird das dauern, was du zu erledigen hast?«

»Das hängt davon ab, wie gut der Heiler heilt. Aber vor Mitternacht bin ich auf jeden Fall zurück.«

»Mal sehen, ob es wirkt.« Adonis berührte Tishahars Schulter mit dem Zeigefinger; der Kranke lächelte schwach. »Hauptsache, er behält es bei sich. Vielleicht müssen wir das morgen wiederholen.«

Afer bewunderte den Magen seines Sklaven. Wahrscheinlich war Tishahar auch inwendig gelähmt. So, wie das angerührte Pulver gerochen hatte, hätte Afer sich am liebsten übergeben.

Seinen eigenen Burschen ließ er mit Anweisungen bei Tishahar zurück: tränken, kühlen, säubern.

»Ich danke dir, mein Freund«, sagte er, als sie wieder auf der Straße standen.

Adonis winkte ab. »Ich habe dir zu danken.«

»Weshalb?«

Adonis kicherte. »Du hast mich nüchtern gemacht. Jetzt kann ich gründlich weitertrinken.«

Afer begleitete den Heiler bis zur Festung. Adonis begab sich wieder in den Norden, zur Schänke; Afer und der Bursche des Heilers durchquerten das von einem schläfrigen Posten gehütete Tor.

Nikias war noch wach. Er saß in Afers Schreibstube und beschäftigte sich mit Papyrosrollen; zwei Öllampen spendeten ihm karges Licht.

Afer goß sich einen Becher Wein aus dem Krug ein, der auf dem Tisch stand. »Ist das nicht zu dunkel?«

»Manche Dinge sind so unerfreulich, daß man von ihnen besser nicht alles sieht.« Nikias lächelte schräg.

»Was ist so dringend, daß wir es noch in dieser Nacht besprechen müssen?«

Nikias ließ den Stift los und faltete die Hände. »Es geht es um diesen Erneuerer, den wandernden Rabbi.«

»Jehoschua?«

Nikias nickte. »Der König ist besorgt. Man verlangt von ihm, diesen Mann hinrichten zu lassen. Aber ihm hat schon die vorige Hinrichtung nicht gefallen.«

»Redest du von dem Täufer? Jochanan?«

Nikias seufzte leise. »Von dem rede ich. Und es sind die gleichen Leute, die den König auch diesmal bedrängen.«

»Seine Tochter?« Afer hob die Brauen. »Oder die Priester?«

»Jerusalem. Sie sagen, er ist ein Aufrührer. Sie sagen, er will den König stürzen. Sie sagen, er will die Römer vertreiben.«

Afer zog einen Schemel zum Tisch und setzte sich. »Ich sage, er ist ein guter Mann. Er achtet den König. Und wer könnte so dumm sein, sich mit dem Imperium anzulegen?«

»Jeder, der ausschließlich von seinem jeweiligen Gott besessen ist.«

»Er ist nicht besessen. Nach allem, was ich von ihm weiß, will er gewisse... sagen wir, Versteinerungen aufweichen, beseitigen.«

Nikias verzog das Gesicht. »Mit anderen Worten, er will den Tempel säubern.«

Afer trank einen Schluck. »Ich weiß es nicht«, sagte er. »Ein kleiner Rabbi aus Galiläa und der große Tempel in Jerusalem? Vielleicht würde er es wollen, aber ich bezweifle, daß er es sich wirklich zutraut. Dazu wären mehr Anhänger nötig, als er hat.«

»Auch mehr, als er in einem Jahr haben wird? Wenn er weiterhin, wie man sagt, Kranke heilt und Wunder tut?«

»Wunderheiler hat es immer gegeben. Und was in einem Jahr sein wird? Ich bin kein Sterndeuter.«

Nikias nickte. »Astrologen arbeiten nicht in dieser Festung. Da wir wissen, für wen du arbeitest...«

»Für den König.«

»Stell dich nicht dumm.« Es klang beinahe geringschätzig. »Natürlich arbeitest du für den König, aber du arbeitest auch für Rom.«

Afer schwieg ein paar Atemzüge lang. Dann sagte er: »Ist das wichtig?«

Nikias wischte mit der flachen Hand über den Tisch. »Es ist wichtig. Aus mehreren Gründen.« Er hob den Blick und sah Afer an. »Wer Söldner bezahlt, muß damit rechnen, daß ein anderer ihnen mehr bietet. Wenn wir wissen, daß jemand für Rom arbeitet, können wir uns auf ihn verlassen – wer würde denn Rom zu verraten wagen? Und wenn, wird Rom ihn bestrafen. Außerdem ist der König an der Seite Roms, so daß ihm nützt, was Rom nicht schadet.«

»Seit wann weißt du das?«

»Von Anfang an. Aber bleiben wir bei Jehoschua. Bist du sicher, daß er nicht gegen Rom wühlt?«

Afer zuckte mit den Schultern. »Wer kann schon sicher sein, was im Herzen eines Menschen vor sich geht? Ich bin sicher, soweit ich ihn kenne. Und soviel ich gehört habe.«

»Herodes wird im Frühjahr nach Jerusalem reisen. Er wird im Palast wohnen und das Passah-Fest mit seinen Untertanen feiern.«

»Mit seinen Untertanen?« Afer lachte leise. »Um nach Jerusalem zu gehen, braucht er die Erlaubnis von Pilatus. König von Roms Gnaden, zu Besuch in der römischen Provinz Judäa. Werden seine Untertanen jubeln? Die Hohen Priester sicher nicht.«

»Es wird schwierig. Damit es noch schwieriger ist, wird wohl auch Pilatus diese Zeit in Jerusalem verbringen. Verstehst du jetzt, daß wir alles wissen und sicher sein müssen?«

»Ich glaube«, sagte Afer langsam, »daß es Jehoschua um die Menschen geht und um das, was er für den rechten Glauben hält. Nicht um Mordanschläge zur Passah-Zeit.«

Nikias schob die Unterlippe vor. »Das wäre etwas Neues.«

»Wie meinst du das?«

»Fast allen, denen es um Menschen geht, geht es darum, diese zu führen. Fast allen, denen es um den Glauben geht, geht es darum, dadurch Macht über Menschen zu gewinnen. Und ich soll dir glauben, daß es Jehoschua nicht um Macht geht?«

Afer nickte stumm.

Nikias betrachtete ihn eindringlich. Dann sagte er: »Dein stummes Nicken überzeugt mich mehr, als lange Reden dies könnten.«

»Wie lange bleibst du?«

»Bis morgen nachmittag. Es wäre mir lieb, wenn du bis dahin noch mehr über ihn und seine Anhänger erfahren könntest.«

»Ich will es versuchen.« Afer erhob sich.

Nikias deutete auf den Schemel. »Setz dich; wir sind noch nicht fertig.«

»Was denn noch?«

»Ich wüßte gern, ob du weißt, für wen du in Rom arbeitest.«

Afer seufzte. »Ist das wichtig? Gibt es Unterschiede in Rom, die so wichtig sind, daß du und Herodes darüber nachdenken?«

»So dumm bist du nicht.« Nikias klopfte auf die Tischplatte. »Beleidige mich nicht, indem du dich verstellst.«

»Ich weiß es nicht.«

»Was weißt du nicht?«

»Für wen ich arbeite. Die Männer, die dafür gesorgt haben, daß ich herkam, haben es mir nicht gesagt.«

»Aber du mußt doch wissen, an wen du berichtest!«

»Natürlich weiß ich, wem ich berichte. Aber ich weiß nicht, für wen er arbeitet.«

»Das glaube ich nicht.« Nikias zählte mit dem Zeigefinger der Rechten die Finger der Linken durch. »Erstens der Geheimdienst des allmächtigen Sejanus, von dem es heißt, daß er nicht mehr damit zufrieden ist, amtlich die Prätorianer und nur insgeheim das Imperium zu leiten. Zweitens der Augustus Tiberius, der seit Jahren auf der Insel Capreae seinen keineswegs erhabenen Lüsten nachgeht; eigentlich überläßt er Sejanus alles, aber er hat immer noch ergebene Männer bei den Legionen. Drittens die Spitzel, die lange für Livia gearbeitet haben, die Mutter des Tiberius. Wir wissen nicht, für wen sie jetzt arbeiten, aber es ist nicht Sejanus. Viertens gibt es eine Gruppe einflußreicher Männer, reicher Händler, die eigene Sammler von Nachrichten unterhalten, um nicht von den anderen abhängig zu sein.«

»Eine lange Rede.« Afer leerte seinen Becher. »Ihr zuzuhören hat mich mit Durst erfüllt. Aber ich weiß wirklich nicht, für wen ich arbeite.«

»Wem berichtest du?«

Afer schüttelte den Kopf. »Das kann ich dir nicht sagen.«

»O tugendhafte Jungfräulichkeit!« Nikias schnaubte. »Du berichtest nach Caesarea, und zwar an den ehrenwerten Parmenides. Er arbeitet für die Legionen, also den Kaiser, und vielleicht auch für die großen Händler.«

»Du weißt mehr als ich«, sagte Afer schwach.

»Dafür werde ich auch besser bezahlt als du.« Nikias schloß kurz die Augen. Dann öffnete er sie wieder und sagte: »Aber genug davon. Ob Sejanus sich wirklich selbst zum Princeps machen will, und wer in Rom gegen wen welche Art Messer wetzt, das sind alles nur Gerüchte. Geh du anderen Gerüchten nach und komm am Nachmittag her, um zu berichten.«

Am Morgen schien Tishahars Fieber ein wenig nachgelassen zu haben, aber mehr als die Finger konnte er immer noch nicht bewegen. Afers Bursche schob ihm eine flache Schüssel unter, damit er sich erleichtern konnte. Danach reinigte er ihn und flößte ihm ein wenig Wasser ein. Währenddessen rührte Afer in einem Becher einen weiteren Trunk an: Wasser und ein Löffel des scheußlichen Pulvers.

Sein eigenes Frühstück – Brot, kalten Braten und einen mit Honig gesüßten Kräuteraufguß – nahm er in der Festung ein, bei der morgendlichen Besprechung mit dem Befehlshaber. Gamaliel, ein aus Byzanz heimgekehrter Jude, überließ eigentlich alle wichtigen Dinge Afer und Xanthippos, wollte aber gelegentlich Berichte hören oder Fragen gestellt bekommen, die er selten beantwortete. Neben Gamaliel, Afer und Xanthippos nahm diesmal auch Nikias an der Besprechung teil.

Als alles, was den Betrieb der Festung betraf, geklärt war und Afer sein Frühstück beendet hatte, wandte Gamaliel sich an ihn.

»Nikias hat schon mit dir gesprochen?«

»Meinst du etwas Bestimmtes, Herr?«

Gamaliel hob die buschigen Brauen. »Des Königs Berater«, sagte er mit seiner weichen, ein wenig einschläfernden Stimme, »möchte von dir bis zum Nachmittag mehr über diesen Rabbi wissen. Was wirst du tun, um diese Kenntnisse zu beschaffen?«

Afer schaute zu Nikias hinüber; mehr als ein angedeutetes Zwinkern kam von diesem nicht. Immerhin schien Gamaliel Bescheid zu wissen – was Afer ein wenig verblüffte. Bisher hatte er angenommen, der Herr der Festung zöge es vor, lästige Fragen zu meiden und sich von wesentlichen Kenntnissen fernzuhalten.

»Ich will versuchen«, sagte Afer, »mit einigen Leuten aus dem Ort zu sprechen. Solchen, die ihn kennen, und solchen, die vielleicht von seinen Anhängern etwas gehört haben.«

Gamaliel setzte ein seltsames Lächeln auf – Herablassung, Mitleid, Überdruß? »Geh zum Haus dieses Fischers, Simon. Du kennst ihn? Ein großer, starker Mann mit einem Gesicht wie aus Fels gehauen.«

»Ich weiß, wen du meinst, Herr.«

Gamaliel nickte. »Sonst noch etwas?«

Simon war offenbar nicht da; sein Boot lag nicht am Ufer hinter dem Haus. Die meisten Fischer des Orts waren wie üblich vor Sonnenaufgang hinausgefahren. Afer verzichtete darauf, Simons Boot auf dem Wasser zu suchen. Er stand neben dem Eingang des Hauses, kratzte sich im Nacken und seufzte leise. Wie er Simon einschätzte, gehörte der Fischer nicht zu den Starren. Wahrscheinlich hätte er nichts gegen die Berührung mit einem Heiden, bäte ihn ins Haus – aber es war unmöglich, es unaufgefordert zu betreten, und die Fischer von Kaphar Nahum hatten weder Diener noch Sklaven, die neben der Tür darauf warteten, Aufträge entgegenzunehmen.

Er bildete sich ein, aus dem Haus, vielleicht aus dem Innenhof, Stimmen zu hören. Afer seufzte abermals und klatschte in die Hände. Die Stimmen verstummten; Schritte kamen im Haus näher. Dann hörte er ein »Oh«, und die Frau aus Magdala stand vor ihm.

Sie hatte sich nicht verändert – bis auf ein merkwürdiges Leuchten, das aus den dunklen Augen über das Gesicht zu sickern schien.

»Afer! Suchst du mich?«

»Ich freue mich, dich zu sehen, Miriam.« Seine Stimme stockte, im Hals wie in einem Hohlweg gefangen, und er mußte ihren Pfad freiräuspern. »Aber ich wußte nicht, daß du hier bist.«

»Willst du zu Simon? Der ist auf dem See.«

Afer fühlte sich unbehaglich. Dann sagte er sich, daß dieses Unbehagen zu seiner Arbeit gehörte.

»Ich weiß nicht, zu wem ich will«, sagte er.

Sie musterte ihn aus schmalen Augen; mit einem flüchtigen Lächeln sagte sie: »Man hat dich geschickt, Kenntnisse zu sammeln, nicht wahr? Über ihn – Jehoschua.«

Er lauschte dem Klang ihrer Stimme, bemerkte die Veränderung, als sie den Namen nannte, und nickte, als hätte sie ihm etwas längst Vermutetes bestätigt.

»Du liebst ihn, nicht wahr?«

»Wir alle lieben ihn.« Leiser setzte sie hinzu: »Er und ich, wir werden uns vermählen.«

Afer lauschte in sich hinein und versuchte, die vielen verschiedenen Empfindungen, ein Gemenge wirrer Stimmen, einzeln wahrzunehmen, zu deuten. Bedauern war darunter, ein wenig Neid, das Gefühl eines Verlustes, aber auch Wärme und Zuneigung.

»Hat er deinen siebten Dämon bezwungen?«

Sie nickte; ihr Lächeln war vorsichtig, beinahe mißtrauisch.

»Dann wünsche ich dir und ihm Glück und ein langes Leben«, sagte er. »Du weißt, daß ich dir immer Gutes gewünscht habe. Und er ist ein guter Mann, soweit ich weiß.«

»Was willst du von ihm?«

»Ich will nichts von ihm. Andere wollen etwas von mir, nämlich wissen, ob sie ihn zu fürchten haben oder nicht.«

»Niemand braucht ihn zu fürchten.« Sie zögerte einen Augenblick, dann sagte sie: »Weder der König noch der Präfekt, noch die Hohen Priester.«

Afer kam sich überflüssig und reichlich dumm vor. Auf dem Absatz umdrehen, wortlos weggehen? Unmöglich. Er suchte einen Ausweg aus der Verlegenheit; das einzige, was ihm einfiel, war die Frage: »Wo werdet ihr euch vermählen?« Hastig, fast noch verlegener setzte er hinzu: »Damit ich weiß, wohin ich das Geschenk schicken soll – falls das nicht unwillkommen wäre.«

Sie lächelte. »Auch du bist ein guter Mann, Afer. Es wäre nicht unwillkommen, aber es ist weit. In einigen Tagen gehen wir nach Kana. Dort, im Haus von Freunden...« Sie brach ab, schaute an ihm vorbei, als ob sie einen anderen Gesprächsgegenstand suchte. Plötzlich sagte sie: »Dein Diener ist krank, nicht wahr?«

»Woher weißt du das?« sagte er verblüfft.

»Ihr wart gut zu mir. Deshalb achte ich auf das, was man von euch erzählt.«

Afer fühlte sich ein wenig verloren; ratlos sagte er: »Ja, er ist krank. Fieber und Lähmung.«

Noch während er dies sagte, erschien ein Mann aus dem Haus und blieb hinter Miriam stehen.

Afer erkannte ihn sofort; es war Jehoschua. Zum ersten Mal sah er aus der Nähe die feinen Züge, die durchdringenden, aber zugleich warmen dunklen Augen, den Mund, an dem und dessen Worten so viele hingen. Den offenbar so viele fürchteten. Jehoschua lächelte, und Afer begriff, daß lächeln für ihn einfacher und natürlicher war als schmähen oder fluchen.

»Ich habe mich gefragt, wer dich so lange hier festhält.« Er legte eine Hand auf Miriams Schulter. »Afer, nicht wahr? Ein Gerechter, wie ich hörte.«

Afer betrachtete die schmalen und doch kräftigen Finger, die so lange gute Zimmermannsarbeit geleistet hatten; und während er sich bemühte, die Sanftheit und die Kraft der Stimme zu ermessen, hörte er die eigene, lächerlich flache Stimme sagen:

»Wer ist schon gerecht?«

»Der diese Frage stellt, kennt den Beginn des Wegs. Aber wir alle sind unvollkommen und krank. Wie dein Knecht, nicht wahr? Miriam sagte, er ist auch dein Freund.«

Afer brachte nur ein »Ja« heraus. Vier oder fünf Männer, vermutlich Anhänger Jehoschuas, kamen aus dem Haus, blieben stehen und betrachteten Afer mißbilligend, als wollten sie ihn mit Blicken verscheuchen.

»Ich habe viel zu tun«, sagte Jehoschua. »Aber weil du gut zu Miriam warst und ein guter Mann bist, will ich zu dir kommen und nach deinem Knecht schauen.«

Einer der Männer hob die Hand und öffnete den Mund; bevor er sprechen konnte, sagte Afer:

»Herr, du bist ein Jude, ich bin ein Heide; du würdest dich besudeln, wenn du mein Haus beträtest. Eines solchen Opfers bin ich nicht würdig. Auch mein Diener ist es nicht.«

Ein anderer Mann nickte; in seinen Augen glaubte Afer so etwas wie Anerkennung zu lesen.

Aber Jehoschua schüttelte den Kopf. »Sind denn Gesetze für die Menschen da oder die Menschen für Gesetze?«

Afer breitete die Arme aus, die Handflächen nach oben gedreht. »Wir alle unterstehen Gesetzen, wir alle müssen Befehlen gehorchen. Wenn mein König sagt, geh hin und tu dies, stell fest, ob dieser wandernde Rabbi ein Aufrührer ist oder ein Gerechter, gehe ich hin und tue dies. Wenn ich einem meiner Krieger sage, komm her, dann kommt er. Es steht mir nicht zu, über eure Gebräuche zu urteilen. Aber wenn du einen freundlichen Gedanken, einen Wunsch auf meinen Knecht verwenden willst, werde ich dir danken.«

Miriam schloß die Augen und lehnte sich gegen Jehoschuas Schulter. Einer der Männer sagte leise etwas auf Aramäisch, zu leise für Afer.

Jehoschua schüttelte den Kopf und warf dem Mann einen verweisenden Blick zu. Dabei sagte er etwas, ebenfalls auf Aramäisch und ebenfalls leise; Afer meinte, die Wörter »Glaube« und »Israel« zu verstehen.

Jehoschua wandte sich an ihn. »Geh heim, Afer; dein Knecht möge gesunden.«

Noch ratloser als zuvor legte Afer die rechte Hand auf die Brust, neigte den Kopf, wandte sich um und ging.

Im Lauf des Vormittags sprach er mit etlichen Männern, die ihm gelegentlich Dinge zutrugen. Bevor er sich wieder zu Nikias in die Festung begab, ging er zu seinem Haus, um sich zu erfrischen und nach Tishahar zu sehen.

Sein Bursche lag am Fußende von Tishahars Bett und schlief. Als Afer den Raum betrat, richtete Tishahar sich auf, hob beide Arme, lächelte und sagte: »Das scheußliche Pulver hat geholfen, Herr.«

Auf dem Weg zur Festung überlegte Afer, ob er Tishahar

doch noch fragen sollte, wann genau die Besserung eingetreten sei, entschied sich aber dagegen.

Nikias befand sich im Gespräch mit Gamaliel; beide standen im Innenhof der Festung, wo Nikias' Begleiter damit beschäftigt waren, Pferde und Reisekarren vorzubereiten.

Nikias blickte ihm entgegen. »Und?« sagte er.

Afer holte tief Luft. »Sag dem König, der Mann ist ein Gerechter. Kein Aufrührer, weder gegen den König noch gegen Rom. Wenn Herodes jemanden hinrichten will, dann lieber alle Priester.«

Ein wenig ungläubig sah er Gamaliel lächeln und nicken.

Nikias grinste. »Das würde vielleicht mehr Probleme lösen, als wir haben.«

14. Im Kerker

Besser Witze reißen in guter Gesellschaft
im Kerker, als unter Fürsten und ehrbaren
Mördern über den Staat verfügen.

(FRAGMENT; KRETISCH?)

Zehn quälend lange Tage verbrachten sie im Verlies. Reden, dösen, schlafen, herumgehen, reden. Kleopatras Nähe wäre unter anderen Umständen für Demetrios ein Anreiz gewesen, gute Seiten an sich zu suchen und diese vorzuführen, um aus der Nähe Vertrautheit und innigen Umgang zu machen. Aber die Makedonin sagte gleich zu Beginn einige kluge Sätze. Sie waren an ihre drei Begleiterinnen gerichtet, doch sprach Kleopatra laut genug, so daß alle sie hören konnten.

»Vier Frauen und sechs Männer – ein ganz schlechtes Verhältnis. Wenn ihr euch wie die läufigen Hündinnen benehmt, wird es hier bald zugehen wie in einem Zwinger: Kot und knurren und kläffen.«

Glauke schob die Unterlippe vor, als sei sie beleidigt, Thais lächelte flüchtig, Arsinoë blickte an die Decke. Dort gab es nicht viel zu sehen. Das Verlies maß etwa zehnmal zehn Schritte, war doppelt mannshoch und hatte an zwei Wänden oben Licht- und Luftschlitze. Die schwere Tür und die Bottiche waren die einzigen Gegenstände, an denen die Blicke, die an den glatten Steinen des Verlieses abrutschten, Halt fanden.

Die Tür, die Bottiche und natürlich die Personen. Aber mit den Tagen und Nächten, mit Strohhalmen, Staub, Schmutz und Gestank wurden alle immer unansehnlicher; schließlich sagte sich Demetrios, daß er lieber den unwandelbar häßlichen Perperna verweilen als die Fürstin und ihre Begleiterinnen verfallen sah.

Kurz nachdem er erwacht war, wurde von außen eine Klappe in der Tür geöffnet. Meleagros gehorchte dem Zuruf des Kerkerwächters, ging hin und nahm vier Brote und zwei Wasserkrüge entgegen.

»Für wie lange?« sagte er.

»Morgen gibt es mehr davon. Wenn ich gut gelaunt bin.« Der Wächter stieß ein schepperndes Lachen aus und schloß die Klappe.

»Teile und herrsche, wie meine Landsleute sagen.« Perperna verzog das Gesicht.

»Lerne teilen, ohne zu herrschen«, sagte Nubo.

Leonidas kicherte, aber es klang nicht sehr heiter. »*Das* sollten die Herren der Welt lernen.«

»Einer der Herren der Welt ist dafür zuständig, daß wir hier sitzen«, sagte Demetrios. »Wer hat mich hergebracht?«

»Leonidas und Meleagros haben dich getragen«, sagte Perperna. »Ich habe ja nur einen Arm, und die Büttel wollten dich schleifen.«

»Danke, Freunde. Also, Mikines ist tot; ich fürchte, wir werden genug Zeit haben, um ihn zu trauern. Habt ihr sonst etwas gesehen?«

Aber niemand konnte etwas Wesentliches berichten. Die Büttel waren gekommen, die Römer hatten zugeschaut, Nubo glaubte, bei ihnen auch einen von Mukhtars Leuten gesehen zu haben.

»Uns hat man aus dem Schlaf gerissen und aus den Zimmern geschleppt«, sagte Thais. »Ich bin nicht sicher, aber es könnte sein, daß die Römer und ein paar Araber aus der Stadt sich mit den Ballen und Lasten beschäftigt haben.«

Demetrios schaute hinüber in die Ecke, in der Ravi saß. Der

alte Inder hatte einen Strohhalm zwischen den Zähnen und starrte vor sich auf den Boden.

»Worüber schweigst du, Freund?«

Ravi blickte auf. Ohne den Halm aus dem Mund zu nehmen, sagte er mit flacher Stimme: »Über die Gebeine meiner Gemahlin.«

Da es sonst nichts zu tun gab, beredeten sie ausgiebig das Offensichtliche: Mukhtars Ritt zum Statthalter, die Nacht, die Büttel, die Römer – und die Waren.

»Sie werden alles verkaufen«, sagte Meleagros.

»Inzwischen haben sie alles verkauft.« Demetrios rieb sich den Hinterkopf, der immer noch schmerzte. »Wahrscheinlich auch die Packtiere.«

Glauke machte große Augen. »Warum das? Die brauchen sie doch zum Reiten.«

Kleopatra schüttelte den Kopf. »Mit Rennkamelen kommen sie schneller voran.« Sie klang ein wenig ungeduldig. Demetrios hoffte, daß die einzig hilfreiche Tugend der Geduld ihr nicht abhanden kam. Sonst wäre sie im Verlies verlassen, und alle anderen mit ihr.

»Was ist mit all dem geschehen, was wir am Leib getragen haben?« sagte er.

»Das haben die uns hier abgenommen«, knurrte Perperna. »Bis auf das, was gut versteckt war.«

»Sie haben aber mit sehr gründlichen Fingern gesucht.« Arsinoë rümpfte die Nase.

Thais kicherte. »Unsere verborgene Makellosigkeit haben sie aber nicht gefunden.«

»Eure was?« sagte Nubo. »Wenn wir hier je hinauskommen, würde ich gern...« Er brach ab und grinste zu einem der Luftschlitze hinauf.

An Demetrios' Gürtel fehlten der Beutel und das Messer; auch die anderen besaßen weder Geld noch Waffen.

»Rennkamele«, sagte Meleagros. »Das, was wir hatten, haben die Büttel; was bei den Tieren und in den Packen war, haben Mukhtar und Rufus. Jedenfalls die Münzen. Ich nehme an, was zu verkaufen war, haben sie in aller Eile verkauft, die Lasttiere und ein paar Münzen für Rennkamele gegeben. Aber wozu?«

Perperna schnaubte. »Um ohne uns schneller und reicher an ihr Ziel zu kommen.«

»Aber was ist ihr Ziel?« sagte Leonidas. »Und... warum haben sie uns nicht getötet? Umbringen lassen?«

Niemand hatte eine befriedigende Antwort auf diese Fragen. Rufus und seine Leute sollten sich, wie der Römer behauptet hatte, dem Präfekten von Judäa unterstellen; welches Ziel Mukhtar hatte, wußte keiner.

»Vielleicht rechnet Rufus damit«, sagte Demetrios, »daß du doch irgendwann bei Pilatus auftauchst.« Er sah Kleopatra an. »Dann kann er sich mit etwas Glück herausreden. Wenn er dich umgebracht hätte und es käme heraus, würde ihm keine Ausrede helfen.«

»Wie sollte das denn herauskommen?« sagte Arsinoë. »Was in einer arabischen Wüste geschieht...«

»Früher oder später findet jede Nachricht den Weg nach Rom. Ein Händler hört etwas, ein Treiber erzählt etwas, oder die Herren der Welt beschließen, daß ihr Imperium ohne den ganzen Sand zwischen Damaskus und Adane unvollständig ist.« Perperna betrachtete seinen Armstumpf. »Vielleicht finden sie unterwegs meine Hand.«

Irgendwann schlief Demetrios ein. Irgendwann schliefen alle ein, erwachten, aßen Brot, tranken Wasser, redeten, schliefen wieder. Jeden Tag gab es vier Brotfladen und zwei Krüge mit Wasser, jeden zweiten Tag holte ein Kerkersklave, begleitet von drei schwerbewaffneten Wächtern, die Bottiche und brachte sie geleert zurück.

Die Zukunft enthielt nur Fragen: wie lange bleiben wir hier, was geschieht dann, wo finden wir Rufus und Mukhtar, falls wir sie je suchen können...

Deshalb drehten sich die meisten Gespräche um die Vergangenheit, die jüngste ebenso wie die weiter zurückliegende. Demetrios versuchte, Erklärungen für einige Rätsel zu finden, darunter auch solche, die ihm zunächst nicht als Rätsel erschienen waren. Dazu gehörten die Vorgänge in Adane und seine Geschäfte.

Warum hatte Kharkhair sich zunächst geweigert, mit ihm zu handeln, dies dann aber doch getan? Warum hatte ausgerechnet Mukhtar Ravis Gasthaus gekauft – Mukhtar, der weder Wirt war noch sein konnte und alle Fremden verabscheute? Möglicherweise hatte er ein Geschäft gewittert und würde das Gasthaus verpachten oder weiterverkaufen; aber was wollte er im Norden? Und wer waren die Leute, die Demetrios überfallen hatten, als er von Kleopatra zu Ravi unterwegs war?

Am zweiten oder dritten Tag – später flossen alle Tage und Nächte des Verlieses ineinander – erörterte er dies mit Ravi, der bis dahin unausgesetzt und beinahe verbissen geschwiegen hatte.

»Meine Ersparnisse«, sagte er, als Demetrios ihn nach dem Grund fragte; »das Geld für die Schänke, all das ist nicht so wichtig. Ich kann verhungern, betteln, arbeiten. Aber die Gebeine der Gemahlin... Was die anderen Dinge angeht, glaube ich, daß du einen offensichtlichen Gedanken mißachtest.«

»Und zwar?«

»Die Herren der Welt.«

Demetrios schwieg ein paar Atemzüge lang. Dann sagte er: »Du meinst, hinter all dem steckt Rufus?«

Ravi nickte. Mit einem langen Blick zur anderen Seite des Raums, wo Kleopatra sich offenbar angeregt mit Nubo unterhielt, sagte er: »Vielleicht solltest du auch die Fürstin befragen; sie war häufiger mit Rufus zusammen.«

»Das mag so sein, aber bleiben wir bei ihm – wozu das alles?«

Ravi seufzte. »Ihr Westmenschen gebt mir Rätsel auf. Manchmal seid ihr an der falschen Stelle mißtrauisch und unwirsch; manchmal, zum Beispiel jetzt du, ist einer von euch unfaßbar einfältig.«

Demetrios lachte. »Erleuchte mich, weiser Mann.«

»Die Herren der Welt wollen alles beherrschen. Was sie nicht ganz beherrschen können, wollen sie wenigstens bewachen. Rufus und seine Leute müssen in den Norden reiten, die Fürstin und ihre Begleiterinnen wollen auch dorthin. Vielleicht geht es besser, wenn man eine größere Karawane bildet. Also spreche ich, Rufus, mit dem Herrn der Karawane, dem einfältigen Demetrios. Demetrios erlaubt mir gnädig, mit seiner Karawane zu reisen. Damit ich sicher bin, daß die Karawane bald aufbricht, beschließe ich, seine Geschäfte zu fördern, zu einem schnellen Abschluß zu bringen. Außerdem möchte ich, daß er mir dankbar ist und daß er nicht im letzten Augenblick seine Einwilligung zurückzieht. Deshalb zwinge ich einen alten Handelsherren, mit ihm schnell ein Geschäft abzuschließen, und ich miete ein paar Schläger, die den Einfältigen, Demetrios den Unzeitigen, überfallen, damit ich ihn vor ihnen retten kann. Er wird mir vertrauen, er wird mir und meinen Leuten die Sicherheit der Karawane anvertrauen.«

Demetrios blinzelte schnell. »Das kann so sein, aber warum nun diese Wende, der Überfall?«

»Ich – immer noch Rufus – brauche ein paar Tage, um sicher zu sein, daß ich mit Kamelen umgehen kann. Um festzustellen, daß man ohne Waren schneller reiten könnte. Dann entledige ich mich des lästigen Gepäcks und der lästigen Leute und reite ohne sie, aber mit ihrem Geld weiter.«

»Und vielleicht hat er das alles schon vorher erwogen, als mögliches Verfahren, und zu Mukhtar gesagt, kauf diesem blöden Inder die Schänke ab, das Geld kriegst du in ein paar Tagen zurück?«

»Der blöde Inder muß dir leider zustimmen.«

Um die unerträglich gestaute Zeit zum Fließen zu bringen, erzählten sie Lügengeschichten, unterhielten einander mit Liedern und Gedichten, spielten Fragespiele, tauschten erfundene Erinnerungen aus. Jedenfalls nahm Demetrios an, daß viele persönliche Erzählungen unecht waren, wie die seinen, und daß er nicht als einziger vermeiden wollte, sich zu entblößen.

Zu den erbaulichsten Geschichten gehörten jene, die Perperna absonderte: über den Dienst in den Legionen vor einem halben Jahrhundert, die geringen Vorzüge und zahlreichen Mängel des Aelius Gallus, die Märsche durch Arabiens Einöden, die endlose Zeit der Sklaverei, die Schrullen seiner Herren, die labyrinthischen Vorgänge in den Frauengemächern und seine Überzeugung, daß die Götter es nicht für erforderlich hielten, im Leben der Sterblichen für Recht und Ausgewogenheit zu sorgen.

»Anfangs habe ich das anders gesehen«, sagte er. Dabei reckte er seinen Stumpf. »Irgendwo weiter im Norden hatten wir – meine Centuria – uns vom Hauptheer getrennt, um Wasser zu suchen. Wir haben eine Quelle gefunden, aber der Fürst, dem sie gehörte, wollte uns nicht trinken lassen. Es gab eine kleine Auseinandersetzung, und danach hatte der Fürst nie wieder Durst. Ich war derjenige, der ihn von seinem Durst erlöste, deshalb stand es mir zu, ihn auch von anderen Dingen zu erlösen. Er hatte einen kostbaren Ring, der den Finger nicht verlassen wollte; also habe ich den Finger abgeschnitten, und siehe da, nach hinten ging der Ring mühelos ab.«

Er klopfte auf eine kaum sichtbare Ausbeulung an seinem Schurz.

»All die Jahre habe ich den Ring behalten können. Der Ring und ein paar Münzen, das ist alles, was ich besitze. Abgesehen von meinem Kopf und den Geschichten.«

»Was hat das mit deinen Ansichten zu tun?« sagte Glauke.

»Als ich die Hand verlor, dachte ich zunächst, das sei der Ausgleich für den abgeschnittenen Finger. Dann habe ich mir gesagt, es wäre ungerecht von den Göttern – ein Finger gegen eine Hand. Inzwischen weiß ich, daß sie nicht abwiegen und ausgleichen; sonst stünden mir jetzt mehr als fünfzig Jahre zu, in Freiheit und als Herr arabischer Sklaven.«

Demetrios hatte der umwegigen Erzählung eher zerstreut gelauscht; in Gedanken war er wieder bei seiner Karawane gewesen und bei den Zwischenfällen, während er das Mienenspiel der Fürstin genossen hatte. Kleopatra zu betrachten war das, was ihn einigermaßen bei Laune hielt, zumindest an den ersten Tagen, ehe Schmutz und Vernachlässigung zunahmen. Einige Zeit nach dem Ende von Perpernas Erzählung nahm er den alten Mann beiseite.

»Wir sind keine Götter«, sagte er, »aber laß uns ein wenig ausgleichen.«

Perperna kicherte. »Willst du mir die fünfzig Jahre geben, Herr? Das wäre übertrieben. Die Freiheit hast du mir schon gegeben, und was soll ich mit arabischen Sklaven?«

»Hier im Kerker sind wir alle gleich frei. Aber ich dachte an etwas anderes.« Er kniff die Augen zusammen und musterte Perpernas Gesicht. »Prexaspes und das Mädchen.«

Ein Anflug von Unsicherheit, vielleicht so etwas wie Schuldbewußtsein? Was immer es war, es schwand aus Perpernas Zügen, ehe Demetrios es genauer betrachten konnte.

»Was ist mit den beiden, abgesehen davon, daß sie tot sind?«

»Prexaspes wurde mit einem Dolch oder Schwert getötet; das Mädchen hat man erwürgt – glaube ich.«

Perperna nickte. »So ist es.«

»Du hast Spuren gesehen. Unter anderem von zwei Männern mit Sandalen.«

»Deine Aufmerksamkeit...« Perperna verzog den Mund. »Jetzt würde ich sagen, sie kommt spät.«

»Das sage ich mir auch. Vor allem sage ich mir, ich hätte das Mädchen untersuchen sollen.«

Perperna schloß die Augen. »Was hätte das geändert? Sie wären trotzdem beide tot.«

»Das stimmt«, sagte Demetrios. »Aber es hätte mich zur Vorsicht bewogen.«

»Was willst du wissen?«

»Jetzt, da deine Landsleute sich als Schurken herausgestellt haben, will ich wissen, was du wirklich gesehen hast. Ohne jene Rücksicht, die ein Römer anderen Römern schuldet.«

Perperna stieß ein leises Knurren aus. »Auch einige der Araber von Mukhtar trugen Sandalen. Die Treiber waren barfuß. Aber...«

Er seufzte und schüttelte den Kopf. »Ach, was soll es? Römische Sandalen; keine besonderen Kennzeichen, aber ich glaube, einer der beiden Männer war Rufus.«

»Ich habe nicht zugesehen, wie unsere Treiber die beiden begraben haben. Ob der Kopf des Mädchens beweglich war, als man sie bewegt hat.«

»Er war beweglich.« Perperna blickte in Demetrios' Augen. »So beweglich, wie der Kopf eines Toten ist, dem jemand das Genick gebrochen hat.«

»Die besondere Ausbildung für den Nahkampf mit nackten Händen... Das Genick gebrochen, danach noch gewürgt, um Verfärbungen am Hals zu erzeugen? Falls zum Beispiel ein dummer Demetrios nicht genau hinsieht.«

»Zu meiner Zeit«, sagte Perperna, »gab es so eine Ausbildung nur für die Leibgarde des Augustus Octavianus.«

»Heute können die Prätorianer so etwas.«

»Ich bin beruhigt.« Perperna lächelte; er klang beinahe erleichtert. »Eigentlich habe ich dir nichts verraten. Eigentlich hast du alles selbst gewußt.«

»Eigentlich sollte man dich verprügeln.«

»Würde das etwas ändern?«

»Wir alle wären vorsichtiger gewesen.«

Perperna schnaubte. »Dann hätten sie uns nicht von den

Bütteln des Statthalters in den Kerker werfen lassen. Sie hätten uns irgendwo in der Wüste umgebracht.«

Da es sonst nichts zu tun gab, setzte Demetrios die Bruchstücke von Ahnungen und Kenntnissen immer wieder neu zusammen. Das Gesamtbild änderte sich dadurch kaum; er war nun ziemlich sicher, daß in jener Nacht Rufus und Mukhtar das Tal verlassen hatten, um sich ungestört abzusprechen, und daß Prexaspes und das Mädchen, vielleicht auf der Suche nach dem Platz für ein abgeschiedenes Beilager, zufällig in ihre Nähe gekommen waren.

Völlig ahnungslos war er jedoch noch immer hinsichtlich der Ziele von Rufus und Mukhtar. Zweifellos befehligte Rufus eine besondere Gruppe, eine Auswahl der Besten und Härtesten; Demetrios konnte aber keinen Zusammenhang herstellen zwischen den Vorgängen, die ihn betrafen, und dem Ritt nach Norden, zu Pilatus.

An einem dieser Tage ohne Gesicht versuchte Nubo, aus allem, was er gesehen und miterlebt hatte, eine zusammenhängende Geschichte zu machen; er kam der Fassung, die Demetrios für wahrscheinlich hielt, sehr nahe. Fast alle anderen – sogar Ravi, dessen teils bedrückendes, teils erholsames Schweigen sich langsam verflüchtigte – beteiligten sich an den Mutmaßungen und trugen eigene Betrachtungen und Erwägungen bei. Demetrios hielt sich zurück und beobachtete Kleopatra, die hin und wieder etwas bestätigte oder verneinte, sich ansonsten aber aufs Zuhören beschränkte.

»Du da«, sagte Nubo plötzlich, an Arsinoë gewandt, »erzähl uns doch, warum du an dem Abend so dringend mit Demetrios allein sein wolltest.«

»Braucht eine Frau einen bestimmten Grund, um mit einem Mann allein sein zu wollen?«

»Natürlich nicht.« Nubo machte ein Gesicht, das traurig

sein sollte, aber zugleich zu lauern schien. »Es erfüllte mich nur mit Bedauern.«

Arsinoë hob die Brauen.

»Doppeltes Bedauern«, sagte Nubo. »Weil ich gestört habe, und weil *ich* gern mit dir allein gewesen wäre.«

Die Makedonin betrachtete ihn, als sähe sie ihn zum ersten Mal. »Du? Mit mir?«

»Ist das so unvorstellbar?«

Sie lächelte. »Nein, nur – überraschend.«

Meleagros räusperte sich. »Vielleicht kommen wir ja irgendwann, nächstes Jahr oder früher, aus diesem Verlies heraus; dann könnt ihr euch zu zweit, ohne Zeugen, darüber unterhalten. Mir fällt eben etwas anderes ein.«

Da er nicht weitersprach, sagte Demetrios: »Was ist es?«

Meleagros betrachtete Kleopatra. »Die Fürstin hatte sich früh zurückgezogen. Im Verlauf des Abends war ich ja nicht dauernd in der Schänke. Deshalb weiß ich nicht genau... Aber ich glaube, irgendwann ist Rufus die Treppe hinaufgegangen.«

»Er hatte eines der Gemächer als Schlafkammer belegt«, sagte Thais.

»Er ist aber bald wieder heruntergekommen«, sagte Meleagros; Leonidas nickte. »Und er wirkte ein wenig unwirsch. So, als sei ihm ein Wunsch abhanden gekommen.«

Demetrios lachte. »Wie kommen einem Wünsche abhanden?«

»Indem sie einem so gründlich abgeschlagen werden, daß man sie hinterher gar nicht mehr gehegt haben möchte.«

Kleopatra zuckte mit den Schultern. »Wenn ihr es unbedingt wissen müßt – er war bei mir. Und bevor ihr weiter fragt: Er wollte sich mit mir vergnügen, und er wollte meine Zustimmung dazu, euch alle zurückzulassen.«

»Ich nehme an, du hast ihm beides verweigert?« sagte Ravi. »Und bedauerst es jetzt?«

Kleopatra legte den Kopf in den Nacken. Mit kalter Stimme,

ohne jemanden anzuschauen, sagte sie: »Ich wäre gern woanders.«

Später, als fast alle anderen schliefen, ging Demetrios geräuschlos dorthin, wo er im letzten Licht Kleopatra gesehen hatte. Nun waren ihre Umrisse eher zu ahnen; sie hatte sich nicht ausgestreckt, sondern lehnte an der Wand. Er hockte sich vor ihr nieder.

»Ich bin wach. Was willst du?« flüsterte sie.

»Mit dir sprechen.«

Sie seufzte kaum hörbar. »Muß das sein?«

»Es gibt einige Dinge, die ich wissen müßte; um bestimmte Entscheidungen zu treffen, wenn wir diesen Kerker je verlassen.«

»Was denn?«

»Hat Rufus etwas über seine Ziele gesagt?«

»Warum sollte er mit mir über seine Ziele sprechen?«

Demetrios ächzte leise. »Laß uns nicht Verstecken spielen, Fürstin. Wenn er dich fragt, ob du mit ihm, ohne uns, schneller reisen möchtest, werdet ihr doch sicher über das Ziel der Reise reden, nicht wahr?«

»Judäa«, sagte sie. »Jerusalem oder Caesarea, je nachdem, wo Pilatus sich gerade aufhält.«

Demetrios schwieg ein paar Atemzüge lang. Dann sagte er: »Vor ein paar Tagen – oder war es gestern? – habe ich mit Perperna geredet und einiges erfahren, was mich dazu bringt, Rufus und seine Leute für Prätorianer zu halten. Weißt du, was das bedeutet?«

»Harte Männer, die dem allmächtigen Sejanus unterstehen. Und?«

»Sejanus unterhält Spitzel. Die Prätorianer sind nicht zuständig für Dinge, die fern von Rom vorgehen; ihre eigentliche Aufgabe ist es, den Kaiser zu schützen.«

»Tiberius Augustus«, sagte sie mit hörbarer Verachtung,

»sitzt auf Capreae, wo er kleine Kinder schändet und Sklaven foltert. Wenn jemand Schutz braucht, dann nicht er, sondern die übrige Welt.«

»Mich bekümmert im Moment nicht der Kaiser, sondern die Frage, was Rufus im Auftrag des Sejanus in Arabien tut. Tun soll. Vielleicht auch in Judäa.«

»Und was sollte das sein?«

»Ich dachte, er hätte dir vielleicht etwas gesagt.«

Kleopatra schwieg.

»Heißt das«, flüsterte Demetrios, »er hat dir nichts gesagt, oder du willst es mir verschweigen?«

Kleopatra streckte die Hand aus und berührte sein Kinn mit der Spitze ihres Zeigefinger. »Man müßte sich reinigen können«, murmelte sie. »Und statt in diesem Kerker an einem erbaulicheren Ort sein.«

Demetrios lachte lautlos. »Willst du mir, um mich abzulenken, nun jene Wonnen verheißen, die Rufus vergebens bei dir suchte? Eine Verheißung, die du später nicht erfüllst?«

»Das käme auf den Ort an. Und darauf, wie wir uns vertragen.«

»Nenn mir einen Ort. Und sag mir, welche Art des Betragens dir verträglich erscheint.«

Sie schwieg. Demetrios wartete. Schließlich sagte sie:

»Ich habe von einer Oase gehört, weiter im Norden; irgendwo östlich der Straße von Petra nach Damaskus. Vielleicht steht dort eine Statue, ein Götterbild, von dem meine Vorfahren sagten, in seinem Schatten sei gut lieben.«

Demetrios versuchte, im Dunkeln ihren Gesichtsausdruck zu erraten.

»Und was das Betragen angeht, schätze ich Rücksichtnahme und Zurückhaltung.«

Er gab sich keine Mühe, den Hohn zu unterdrücken, den er ihr, wenn es Hohn als Schwamm gäbe, gern ins Gesicht ausgedrückt hätte. »Und wenn ich dich rücksichtsvoll und zurückhaltend zu dieser Oase geleitet habe, wirst du mich gnädig zusehen lassen, wie du dich im Schatten der Statue von Pilatus besteigen läßt?«

»Ich könnte es mir überlegen.« Kleopatra klang völlig ungerührt.

Demetrios war sicher, noch einen Pfeil im Köcher zu haben. Er wußte allerdings nicht, woher seine Sicherheit stammte – vielleicht eine Eingebung des Gottes, von dessen Statue die Rede gewesen war. Ein paar Lidschläge lang zögerte er; dann beschloß er, den Pfeil abzuschießen.

»Es fragt sich nur«, flüsterte er, »wie wir es anstellen wollen, den Präfekten Pontius Pilatus dorthin zu bringen – nach Ao Hidis.«

Die dunklen Umrisse der Fürstin bewegten sich. Demetrios hätte schwören mögen, daß sie zusammengezuckt war; ihrer Stimme war jedoch keinerlei Überraschung anzuhören, als sie sagte:

»Wie kommst du auf Ao Hidis?«

Er gluckste. »Edle und huldreiche Fürstin, Verzückung meines Gemüts, mutmaßliche Lust meiner Lenden – wenn du mir sagst, woher du den Namen kennst und was es mit der Statue auf sich hat, sage ich dir, wie ich auf Ao Hidis gekommen bin.«

Er wollte aufstehen, aber sie legte eine Hand auf seinen Arm und hielt ihn zurück.

»Sejanus ist nicht der einzige, der kühne Beschaffer von Nachrichten besitzt«, flüsterte sie. »Tiberius hat noch immer treue Gefolgsleute bei den Legionen, nicht wahr? Und die Krieger verfügen auch über geheime Dienste.«

»Erstaunlich, was makedonische Fürstinnen so alles wissen.«

»Erstaunlich, wie wenig überrascht manche Händler sind, wenn man ihnen so etwas erzählt.«

»Hältst du mich zurück, damit wir über Roms geheime Dienste plaudern?«

Kleopatra verstärkte den Druck ihrer Finger. »Livia Augusta, heißt es, hatte ihre eigenen Spitzel überall, noch lange nach dem Tod des Augustus. Die böse Witwe, die tödliche Spinne, in deren Netzen alle starben, die ihren Sohn Tiberius am Besteigen des Throns hätten hindern können... Was ist mit ihrem Netz geschehen?«

»Ein anderer fischt damit.«

»Wer ist der andere?«

Demetrios schnalzte leise. »Es gibt nur Gerüchte. Worauf willst du hinaus?«

»Vielleicht gibt es noch einen vierten Dienst«, flüsterte sie. »Nachrichten für die Herren des Geldes, die nicht von einem widerwärtigen Princeps oder einem bedenkenlosen Präfekten der Prätorianer abhängen wollen. Die schon zu Zeiten, als Livia noch nicht göttlich war, wissen mußten, woher sie welche Waren beziehen und welche Märkte ihre Erzeugnisse aufnehmen können. Der vierte Dienst, der Männer in ferne Gegenden schickt. Was hast du eigentlich in Afrika gemacht?«

Demetrios hob den Arm, auf dem noch immer ihre Hand lag. Er hauchte einen Kuß auf ihre Finger, ehe sie von ihm abgleiten konnten.

»Ich glaube, wir haben viele fesselnde Gespräche vor uns – falls wir je aus diesem Kerker herauskommen.«

Am nächsten Morgen wurde nicht wie gewöhnlich die Klappe, sondern die schwere Tür geöffnet. Vier bewaffnete Wächter traten ein; ihnen folgte, unbewaffnet, ein beleibter Mann mittleren Alters.

»Ich entbiete den edlen Gästen des Statthalters meine Grüße. In Abwesenheit des Fürsten scheint es bedauerliche Fehler gegeben zu haben, die erst heute früh zu meiner Kenntnis gelangten. Bitte folgt mir!«

Man geleitete sie – Männer und Frauen getrennt – zu Räumen, in denen sie sich reinigen konnten. Es gab dort große

Schüsseln, saubere Tücher und Berge frischer Leibwäsche. Danach brachte man sie in einen Saal, wo stumme Diener ihnen Platten mit Brot, kaltem Braten, eingelegtem Gemüse und Früchten reichten; dazu gab es dünnes Bier, Wasser, Säfte und Aufgüsse von Kräutern.

Noch während sie aßen und tranken, trugen andere Diener Waffen, Beutel und Reisemäntel herbei und türmten alles auf einen Tisch neben dem Ausgang.

Der Beamte des Statthalters ließ sich nicht mehr blicken; von den Dienern konnten sie nichts in Erfahrung bringen. Nachdem sie sich gestarkt und ihre Habseligkeiten wieder in Besitz genommen hatten, wurden sie von einem Dutzend bewaffneter Wächter sanft, aber nachdrücklich aus der Festung geleitet.

Nach kurzer Beratung, deren Ergebnis Ratlosigkeit war, zählten sie die Münzen durch, die in ihren Beuteln verblieben waren. Nachdem sie von einem Händler in der Unterstadt, in der Nähe des Pferchs, zehn Reitkamele und drei Packtiere gekauft hatten, blieb ihnen noch genug Geld für Vorräte und die Hoffnung, die nächsten vierzig oder fünfzig Tage ohne Hunger zu überstehen. Als sie fortritten, wandte sich Perperna um, blickte zurück zur Stadt, spuckte aus und sagte:

»Ein Erdbeben oder eine Feuersbrunst?«

Demetrios schüttelte den Kopf. »Eine Horde Prätorianer, die vom Sieg berauscht sind und plündern dürfen. Aber vorher ein paar Auskünfte.«

Kleopatra, die weiter vorn ritt, drehte sich zu ihnen um. Demetrios war nicht sicher, ob ihr Gesicht ein Lächeln oder eine Fratze zeigte, als sie sagte:

»Auskünfte sollte man erst dann verlangen, wenn man genug weiß, um mit ihnen etwas anzufangen.«

15. Das Spiel beginnt

Die eine Woge wälzt sich von dort heran,
Die andere von hier; wir aber treiben dahin
auf dem düsteren Schiffe.

ALKAIOS

Der Winter war friedlich in Kaphar Nahum. Dreimal mußte Afer mit einem Teil seiner Leute ausrücken, um in Tiberias und der Umgebung für Frieden zu sorgen. Die Stadt, vom alten König Herodes, den sie den Großen nannten, zu Ehren des Princeps gegründet und mit allerlei hergelaufenem Volk besiedelt, war ein ewiger Quell der Unruhe: Streit untereinander, Streit mit den Juden Galiläas, Übergriffe auf Zöllner und Steuereintreiber. Dazu kam die Dummheit gewisser Personen, die sich dem römischen oder jüdischen Gesetz entziehen wollten und Tiberias für ebenso sicher hielten wie die Dekapolis und andere Gebiete jenseits des Jordans.

»Um außerhalb der Gesetze zu leben, muß man ehrlich sein. Und klug«, sagte Gamaliel, als er wieder einmal mit Afer und Xanthippos über einen Gesuchten sprach. »Wer von euch beiden will diesen Dummkopf holen?«

Xanthippos deutete auf Afer. »Er ist dran; ich will nicht schon wieder.«

Also ritt Afer mit zwanzig Männern los – zwei, um den Gesuchten zu fangen und zu fesseln, und achtzehn, um den üblichen Tumult in Tiberias niederzuhalten. Auf dem Hin- und Rückweg kamen sie durch Magdala; Afer dachte mit ein wenig

Wehmut an die Frau, die nicht mit ihm hatte leben wollen, und den Rabbi Jehoschua, mit dem sie wohl inzwischen vermählt war.

Im übrigen stellte er in diesem Winter fest, daß er sich an das Land und seine Bewohner gewöhnt hatte und daß er sie zu schätzen begann. Nicht die Schriftgelehrten, deren selbstgewählte Aufgabe es war, die ganze Welt so einzurichten, daß alles zu den unverrückbaren Schriftzeichen paßte, die vor Jahrhunderten niedergeschrieben und als Äußerung des Einen Gottes ausgegeben worden waren. Nicht die strenggläubigen, engstirnigen Gefolgsleute der Schriftgelehrten, die bereit waren, für die Auslegung eines Schriftzeichens zu töten und zu sterben. Wohl aber die einfachen, gewöhnlichen Menschen, die Mehrheit der Juden: fromm, aber nicht eifernd, den Gesetzen treu, aber nicht hörig, eigenwillig, aber ohne Haß auf andere. Die Fischer von Kaphar Nahum, die Bauern, die Händler, ihre Frauen und Kinder; er mochte ihren Witz und ihre Wärme und sagte sich, daß es schlechtere Pflichten gab, als sie zu schützen.

Einige Wochen lang teilte eine syrische Hellenin sein Haus, sein Lager und sein Leben. Die Schreiberin eines Handelshauses in Laodikea hatte eine Karawane begleitet, sollte verworrene Handelsbeziehungen bereinigen, zertrennen oder neu knüpfen und dehnte Afer zuliebe die Arbeit aus, bis ein Bote kam, um sie zu suchen. Ansonsten gab es die üblichen Dinge: Aufgaben erfinden, um die Krieger in Schwung zu halten, Pflege der Waffen und Pferde, Ausbesserungen an der Festung, lange Abende mit Wein und Gesprächen, oft mit Adonis, Xanthippos und Gamaliel, manchmal auch mit Händlern aus der Nordstadt oder mit Fischern und Bauern in einer der Schänken am Seeufer.

Hin und wieder kamen Boten, die das tägliche Einerlei unterbrachen. Sie brachten Nachrichten, Anweisungen und Fragen, und meistens versuchten sie, nicht als Boten kenntlich zu sein. Dann redete ganz Kaphar Nahum einige Zeit von den »Männern des Zwielichts«, Meistern der Stümperei, die offensichtlich Geheimes betrieben, und man stellte Mutmaßungen darüber an, welcher König gestürzt, welches Gesetz umgangen, welche Sinnlosigkeit ausgeheckt werden sollte. Afer, der dann in den Schänken Zielscheibe des Spotts war, beteiligte sich genüßlich an der Verfertigung von Gerüchten und festigte so die Freundschaft, die ihn mit einigen der Bewohner von Kaphar Nahum verband.

Aber wenn diese Boten auch auffällig unauffällig waren, gelang es ihnen doch, die Nachrichten, die sie überbrachten, geheimzuhalten. Jedenfalls hörte Afer in den Schänken nichts, was mit den tatsächlich verhandelten Dingen zu tun hatte.

Die Boten kamen aus Laodikea und Antiochia, aus Caesarea und Jerusalem, aus Betharamphta und Machairos, aus Petra und aus der Wüste: Boten aus den römischen Provinzen Syrien und Judäa, aus dem Niemandsland und dem Reich der Nabatäer, Boten von Herodes Antipas, der sich nur selten in der unruhigen neuen Hauptstadt Tiberias aufhielt. Afer kannte Betharamphta nicht, wo Herodes vor allem weilte, und die Festung Machairos wollte er nicht wiedersehen – ein bedrückendes Labyrinth aus Steinen, Wällen und Verliesen; bei seinen beiden kurzen Aufenthalten dort war es ihm so erschienen, als sei dies der Ort, den unbekannte grausame Götter zu Beginn der Zeiten für die Folterung und Hinrichtung des Tertius Agabianus Afer vorgesehen hätten. Er wußte, daß dies Unsinn war, aber es zu wissen änderte nichts an den Empfindungen. Der Prediger Jochanan, den sie den Täufer nannten, war dort hingerichtet worden, und es hieß, daß dort nachts unheimliche Erscheinungen zu sehen seien.

Vieles wurde durch die Nachrichten klarer, auch wenn er nur einen Teil mit Gamaliel und Xanthippos besprechen konnte. Aus der Oasenstadt Ao Hidis hörte er, der junge Hiqar steige weiter auf, werde wohl bald den Befehl über die Leibgarde des Fürsten Belhadad erhalten und sei Liebling der Krieger und des Volks. Ein Gerücht brachte Afer dazu, selbst ein paar Tage in die Wüste zu reiten, um mit seinen Kundschaftern zu sprechen. Man sagte, Belhadad sei schwer erkrankt und habe die räuberischen Geschäfte einem Vertrauten übertragen.

»Es ist nichts daran«, sagte Numan, den Afer diesmal weiter nördlich traf. »Der alte Löwe ruht sich ein wenig aus. Aber nur, was die Staatsgeschäfte angeht. Angeblich sind drei seiner Frauen schwanger.«

»Das beruhigt mich nicht.« Afer grinste. »Kennst du nicht die Geschichte von dem alten Fürsten, der abends lustwandelte und am Rand seines Gartens einem Löwen begegnete?«

»Ich kenne sie nicht, aber mit Wonne harre ich der Belehrung.«

»Eigentlich beginnt sie so: Ein alter Fürst pries im Gespräch mit einem Freund die Götter, die es ihm gewährt hatten, trotz seines hohen Alters seine hübsche junge Frau zu schwängern. Daraufhin erzählte sein Freund, ebenfalls ein alter Mann, er sei abends unbewaffnet ausgegangen und am Randsaum der Nacht auf einen Löwen gestoßen. Da habe er sich gesagt, daß die Götter manchmal Wunder zulassen und daß wundersame Dinge, wenn man ganz fest an sie glaubt, zuweilen Wirklichkeit werden. So hielt er den Stock, auf den er sich gestützt hatte, mit der linken Hand vor sich wie einen Bogen, zog mit der rechten einen wesenlosen Pfeil aus dem Köcher, an dessen Vorhandensein auf seiner Schulter es mangelte, tat, als spannte er eine Sehne, und mit gespitzten Lippen stieß er jenes Geräusch aus, wie es ein Pfeil macht, der durch die Luft seinem Ziel entgegeneilt. ›Und siehe da‹, sagte der Freund, ›mit einem gräßlichen Röcheln hauchte der Herr der Wüste sein bedrohliches Leben aus. Ein Pfeil steckte in seinem Herzen.‹ Daraufhin sagte der alte Fürst: ›Was willst du mir mit dieser Geschichte erzählen?‹ ›Nur dies‹, sagte der Freund. ›Als ich mich umwandte, stand hinter mir einer meiner Krieger mit einem wirklichen Bogen.‹ Derlei soll auch bei Schwangerschaften schon vorgekommen sein.«

Numan lachte. »Wenn es so ist, wünsche ich dem, der hinter Belhadad gestanden oder gelegen hat, den schnellsten aller Hengste. Ein Sturmroß, besser noch. Denn Belhadads Rache ist schneller als der Wind und furchtbarer als ein Sandsturm, und sein Arm reicht weiter als sein Ruf, der ganz Arabien umspannt.«

Auf Belhadad und Hiqar bezogen sich auch die Nachrichten aus dem römischen Syrien. Zu einer bestimmten Zeit im Frühjahr werde der Präfekt Vitellius eine kleine Gruppe von Kriegern auf Wüstenwegen in die östliche Dekapolis schicken; der Präfekt von Judäa und Samaria, Pontius Pilatus, werde ähnlich verfahren, und Afer solle dafür sorgen, daß beide Gruppen mit einer dritten vereinigt würden, um zu tun, was getan werden müsse. Gesandte des Partherkönigs Artabanus verbrächten den Winter, wo sie ihn nicht verbringen sollten; falls sie im Frühjahr noch dort seien, solle man sie unversehrt, aber mit deutlichen Botschaften heimreisen lassen.

»Was ist das für eine dritte Gruppe, mit der ich die beiden anderen vereinigen soll?« sagte Afer, als der Bote geendet hatte.

»Ich weiß es nicht. Mir wurde nur dies aufgetragen. Ich soll dir aber nahelegen, in dieser Sache mit deinem König und seinen Beratern zu sprechen.«

Afer brachte den Boten für die Nacht in der Festung unter, wo er ihn bewirten ließ und ihm zugleich einschärfte, mit niemandem über die Nachrichten zu reden.

»Das brauchst du mir nicht zu sagen, Herr!« Der Mann klang beinahe vorwurfsvoll.

»Ich weiß, mein Freund. Ich weiß aber auch, daß ich dazu neige, nächtliche Einsamkeit mit Wörtern zu bevölkern; und vielleicht bin ich ja nicht der einzige.«

Nicht nur zur Bevölkerung seiner Einsamkeit, sondern auch

um Rat zu suchen, begab Afer sich nach Sonnenuntergang zu Gamaliel. Der Herr der Festung lebte seit dem Tod seiner Gemahlin mit einer Kreterin zusammen, die ein wenig jünger als er und seine Sklavin war, aber von allen als ehrwürdiges Haupt des Haushalts behandelt wurde.

»Magst du ein wenig Brot und Wein mit uns teilen?« sagte sie, als Afer eingetreten war.

»Wenn ich euch denn schon beim Nachtmahl störe...« Afer zog einen Schemel heran und setzte sich zu den beiden.

Eirene entzündete eine dritte, etwas größere Öllampe. »Damit du das Messer vom Obst unterscheiden kannst; Krieger sind bekanntlich dumm, und Männer sowieso.« Sie lächelte und füllte seinen Becher mit verdünntem Wein.

»Dummheit ist das, was mich herführt«, sagte Afer. »Und die Hoffnung, sie mit Gamaliels Hilfe beheben zu können.«

Der alte Offizier betrachtete ihn prüfend; Afer fühlte sich von den Blicken fast spürbar abgetastet.

»Der Bote hat dir offenbar nicht nur Anweisungen gebracht, sondern auch Rätsel.«

»So ist es, Herr. Aber vielleicht sollten wir das Nachtmahl nicht durch Rätsel schmähen.«

Eirene kicherte. »So spricht ein dummer Mann, der sich klug stellt und nicht laut sagen mag, daß die alte Sklavin sich bitte bald entferne.«

»Wenn es schwierig ist«, sagte Gamaliel, »könnte die alte Sklavin uns helfen. Ich habe vor Eirene keine Geheimnisse, und sie hat in ihrem Leben mehr Ränke durchschauen müssen, als alle Fürsten Arabiens gemeinsam aushecken können.«

Afer fühlte sich ein wenig unwohl, sagte sich aber, daß er in Gamaliels Speiseraum keine neuen Regeln aufstellen konnte. Daher beschloß er, weder Namen noch Orte noch genaue Zeiten zu nennen.

Gamaliel und Eirene lauschten Afers Bericht; am Schluß wechselten sie Blicke, und Gamaliel nickte der Sklavin zu.

»Deine Vorsicht ehrt dich«, sagte sie, mit einem etwas spöttischen Lächeln. »Wenn ich dich richtig verstehe, wollt ihr endlich etwas gegen Belhadad, den Herrn der Räuber, unternehmen, nicht wahr? Dazu werden die Präfekten von Syrien und Judäa heimlich Krieger abstellen, die du zu einem Treffen mit einer dritten Gruppe führen sollst.«

Afer stöhnte übertrieben und breitete die Arme aus. »Es ist offenbar unmöglich, vor einer klugen Frau Geheimnisse zu hüten.«

Gamaliel grinste. »Du hast schon etwas gelernt.«

»Herodes Antipatros, den sie zu Antipas verkürzt haben, wird sich beteiligen – wenn ich deine umwegigen Reden nicht mißdeute. Ich nehme an, von ihm oder Nikias wirst du mehr über die dritte Gruppe hören. Du solltest aber etwas anderes bedenken.«

»Was soll ich bedenken?«

»Aretas, der König der Nabatäer, beherrscht das Land jenseits des Jordan, vom Roten Meer bis hinauf nach Damaskus. Die Reiche von Herodes und Philippos und die Dekapolis, an der er immer wieder knabbert, begrenzen ihn nach Westen. Nach Osten beengt ihn nur die Grenzenlosigkeit Arabiens. Fällt dir nichts auf?«

Afer kratzte sich den Nacken. »Belhadads Räuberreich... Aretas hat einen Statthalter in Damaskus, und er selbst sitzt in Petra. Belhadad ist zwischen Petra und Damaskus. Meinst du das?«

Gamaliel räusperte sich. »Und weil Belhadad viele Krieger hat und in der Wüste schwer anzugreifen ist, dulden ihn alle. Oder haben ihn bis jetzt geduldet. So sieht es aus.«

»Willst du sagen, daß der Schein trügt?« Afer schüttelte den Kopf. »Aber...« Er brach ab.

»Die Nabatäer«, sagte Eirene, »sind Roms liebe Bundesgenossen. So lieb, daß einer ihrer Fürsten vor vielen Jahren die Krieger des Aelius Gallus in der Wüste verlieren wollte. So lieb, daß sie in Leuke Kome römische Krieger und Zöllner dulden müssen. Was würde denn geschehen, wenn Aretas sich mit den Parthern darüber unterhielte, daß Rom ihm zu mächtig ist?«

»Dann würde das Imperium Legionen schicken und Aretas kreuzigen. Und eine nabatäische Provinz einrichten.«

Gamaliel nickte.

»Siehst du?« sagte Eirene. »Ja, du siehst, nicht wahr? Eine Karawane zieht von Petra nach Damaskus. Vorher – ganz gleich, woher sie gekommen ist, beim Betreten von Aretas' Reich hat sie Zoll bezahlt. Kümmert es also Aretas, ob Belhadad von der Karawane Wegezoll verlangt? Die Nabatäer verlieren doch nichts.«

»Sie gewinnen sogar«, sagte Gamaliel. »Belhadad hält ihnen andere Araber vom Leib. Aretas läßt ihn gewähren; vielleicht bekommt er ja die Hälfte von Belhadads Einnahmen.«

Afer zögerte. Schließlich murmelte er: »Also, Belhadad tut nichts gegen Aretas' Willen? Verhandelt für ihn mit den Parthern? Und wir...«

»Du hast noch nicht zu Ende gedacht«, sagte Eirene. »Rom ist weit, aber Rom ist allmächtig. Diese Gedanken, wie wir hier denken, wird auch in Rom schon jemand gedacht haben. Was geschieht, wenn wir – ihr, denn ich bin ja nur eine Sklavin – also, wenn ihr Ao Hidis erobert? Falls euch das gegen Belhadads Krieger tatsächlich gelingt?«

»Wenn es gelingt, werden wir dafür sorgen, daß in Ao Hidis ein Fürst sitzt, der uns freundlich gesonnen ist.« Afer dachte an den jungen Hiqar, hütete sich aber, diesen Teil des großen Spiels zu erwähnen.

»Ein Fürst, der sich vielleicht auf ein paar römische Krieger stützen wird. Also eine römische Festung mitten im Reich der Nabatäer, zwischen Petra und Damaskus. Niemand, mit dem die Parther freundliche Gespräche führen könnten.«

»Also ist das, was mir wie eine geheime Säuberung vorkommt, vielleicht ein gut vorbereiteter Plan?« Afer bleckte die Zähne. »Vorsichtig, damit es nicht wie eine Eroberung aussieht, weder die Parther noch die Nabatäer verärgert und nicht so viel Geld kostet wie ein richtiger Kriegszug?« Er schüttelte den Kopf; dann lächelte er. »Das gefällt mir. Aber wer soll sich das ausgedacht haben?«

»Nun kommen wir zum Kern der Dinge«, sagte Gamaliel. »Vor zwei Jahren hätte ich gesagt, nur Livia Augusta kann so krumme Gedanken denken. Aber sie ist vor zwei Jahren gestorben, das alte Ungeheuer, und sie hat sich kaum um fremde Länder gekümmert. Ihr Netz von Spitzeln ist sicher nicht aufgelöst worden, aber wir wissen nicht, wem es jetzt dient. Ich glaube nicht, daß es hierbei eine Rolle spielt.«

Ein paar Atemzüge lang dachte Afer an »das alte Ungeheuer«. Sie war siebenundachtzig Jahre alt geworden und hatte Augustus um fast fünfzehn Jahre überlebt. Wer an Zufälle glaubte, mochte die Gnade der Götter preisen, die dafür gesorgt hatten, daß alle Nachkommen des Augustus umgekommen waren: im Kampf, durch Krankheit, wodurch auch immer. Wer nicht an Zufälle glaubte, hielt nicht die Gnade der Götter, sondern eher Livias Tücke für maßgeblich. Manche im Kampf erlittene Wunde fand sich im Rücken des Toten, manche Krankheit ließ sich kaum von der Wirkung des einen oder anderen Gifts unterscheiden. Aufmerksame Zeugen – ungläubige Menschen nannten sie Spitzel – berichteten Livia von Äußerungen und vom Lebenswandel edler Römer, darunter viele Verwandte des Augustus, und nachdem Livia den Princeps in Kenntnis gesetzt hatte, mußte dieser seine Freunde und eigenen Verwandten verurteilen: zur Verbannung, manchmal zum Tod. Auch in den Provinzen wußte man, daß in Rom kein Gedanke gedacht, kein Wort gesagt wurde, ohne daß Livia davon erfuhr. Als schließlich Augustus starb, wobei Gehässige durchaus an einer Krankheit zweifelten und das Wort Gift flüsterten, war nur noch ein Thronfolger verfügbar: Tiberius,

Sohn der Livia aus ihrer ersten Ehe mit Tiberius Claudius Nero.

Afer riß sich zusammen. Nicht träumen, sagte er sich, auch nicht Albträumen nachhängen. »Da sie tot ist«, sagte er, »und wir nicht wissen, wer ihr Netz geerbt hat, kommen wir hier nicht weiter.«

Eirene hob die Brauen und sah ihn scharf an. »Livia hat sich vor allem um ihre persönliche Macht gekümmert, um die Gedanken und Taten der wichtigen Leute in Rom. Nicht um Kriegsspiele an der Grenze. Das Netz ihrer Spitzel, wer auch immer es geerbt hat, ist dafür nicht angelegt.«

»Also der Kaiser oder Sejanus?«

Gamaliel hüstelte. »Ich diene König Herodes Antipas«, sagte er. »Er ist ein Freund des Kaisers. Die beiden Präfekten, die im Frühjahr Krieger schicken werden, dienen ebenfalls Tiberius Augustus. Ihm schulden wir Ehrfurcht und Gehorsam.« Er deutete ein Lächeln an.

»Was nicht heißt«, sagte Eirene, »daß er sich um alles kümmert. Wie man hört, ist er auf der Insel Capreae damit beschäftigt, seine liebevolle Zuneigung auf Kinder, Sklaven und Ziegen zu verwenden.«

Afer seufzte. »Sejanus, der allmächtige Herr der Prätorianer«, sagte er. »Ihr meint also, daß er diesen Plan entworfen hat?«

»Ich nehme an, der Führer der dritten Gruppe, die du mit den beiden anderen zusammenbringen sollst, ist ein Mann des Sejanus, und er wird dann das Unternehmen leiten.« Gamaliel schloß die Augen. »Wenn ich dir einen Rat geben darf, mein Freund, dann sieh zu, daß du bei diesem Unternehmen nicht nur die Brust gegen die Waffen von Belhadads Kriegern schützt, sondern auch den Rücken. Gegen andere.«

»Den Rat des Freundes will ich gern befolgen«, sagte Afer, »aber was sagt mein Befehlshaber, der Herr der Festung?«

»Nichts.« Eirene preßte die Lippen zu einem Strich. »Der

Herr der Festung dient Herodes Antipas. Es steht ihm nicht zu, sich in die Belange des Sejanus zu mischen. Die Belange des Imperiums.«

Im Frühjahr kam eines Abends endlich der Bote aus Syrien, auf den Afer gewartet hatte. Er teilte ihm mit, es seien einige bärtige Männer aufgebrochen: mehrere Karawanen, allerdings ohne Waren; vielleicht auch mehrere Pilgerzüge, wie so viele unterwegs nach Jerusalem zum Passah-Fest, allerdings ohne übertriebene Frömmigkeit. Afer nahm an, daß all diese Gruppen Waren beziehungsweise Frömmigkeit durch Waffen ersetzt hatten. Die Vorstellung, richtige Römer, Männer der syrischen Legion, hätten sich Bärte wachsen lassen, erheiterte ihn eine kleine Weile.

Am nächsten Morgen übergab Afer alle Verantwortung Xanthippos und verabschiedete sich von Eirene und Gamaliel. Seinen Burschen ließ er in der Festung; nur Tishahar begleitete ihn.

»Muß ich wirklich reiten, Herr?« sagte der Sklave, als sie die zwei Reitpferde und ein Packtier an den Zügeln durch die engen Gassen von Kaphar Nahum führten.

»Wenn es dir lieber ist, kannst du ja auf allen Vieren gehen und das Pferd aufsitzen lassen.«

Die Grenzposten des Königs Philippos grüßten mit einer seltsamen Mischung aus Neugier und Ehrerbietung. Einer sagte:

»Herr der Kundschafter, willst du zu großen Taten in die Wüste?«

»Ich will meinen Knecht ans Reiten gewöhnen«, sagte Afer. »Die schlechten Wege eures Landes sind dazu besonders geeignet.« Dabei fragte er sich, wieviel von den Plänen schon in die Ohren jener gesickert war, die eigentlich um keinen Preis etwas hätten erfahren dürfen.

In den Hügeln östlich des Sees Gennesar trafen sie am zweiten Tag Numan. Der Araber versicherte, alles stehe gut und die Vorbereitungen seien mehr oder minder abgeschlossen. Afer gab ihm letzte Anweisungen und legte mehrere mögliche Treffpunkte fest.

Außerhalb von Sukkoth, zwei Tage später, teilte ihm ein Offizier des Herodes mit, einer der Berater des Königs erwarte ihn in Bethanien. Dort trafen sie am folgenden Mittag ein; Afer ließ Tishahar mit den Pferden an einem Brunnen zurück und begab sich in den Ort, wo er Nikias traf. Am Ende der Unterredung sagte er:

»Herr, mir wäre wohler, wenn ich wüßte, wie der Mann heißt, dem ich alles übergeben soll.«

»Das will ich wohl glauben.« Nikias schüttelte den Kopf; das Bedauern in seiner Stimme und seinen Zügen schien echt zu sein. »Leider weiß ich es nicht.«

»Und niemand in der Nähe, den man fragen könnte? Kein anderer Mann von Sejanus?« sagte Afer aufs Geratewohl.

Nikias kniff ein Auge zu. »Nicht, daß ich wüßte.«

Tishahar und Afer verbrachten die Nacht östlich des Jordan. Am folgenden Morgen durchquerten sie den Fluß an einer Furt; auf dem Westufer wartete betont beiläufig ein römischer Centurio mit acht Kriegern, die vermutlich aus Samaria stammten, und richtete Afer aus, er solle sich in Jerusalem gleich in die Burg begeben.

Es war der zehnte Tag vor dem Passah-Fest. Zahlreiche Juden aus entfernten Gegenden, die das Fest der Ungesäuerten Brote in ihrer heiligen Stadt, beim Tempel verbringen wollten, waren bereits unterwegs. Afer vermutete, daß sie bei dieser Gelegenheit auch ausgiebiges Wiedersehen mit alten Freunden und Verwandten feiern wollten. Als sie sich der Stadt näherten, wurden die Pilger von frommen Juden mit Palmzweigen und dem Ruf »Gepriesen, der da kommt im Namen des Herren« begrüßt. Afer und Tishahar, die von einem bärtigen Mann Palmwedel erhalten hatten, wurden von einem offensichtlich Strengeren und Scharfsinnigeren aufgefordert, ihm diese auszuhändigen: »Nicht für Heiden!«

In der Stadt drängten sich die Menschen so dicht, daß Afer und sein Sklave kaum vorankamen. Aus Rücksicht, aber auch aus der Befürchtung heraus, durch ein unabsichtliches Rempeln oder den Tritt eines Pferdes einen Tumult auszulösen, stieg Afer bald ab und wies Tishahar an, sein Pferd und das Packtier am Zügel zu führen. Er war erleichtert, als sie endlich die Burg erreichten.

Ein Stallmeister nahm sich der Tiere an; ein Offiziersbursche brachte die beiden Männer zu einer Kammer im zweiten Geschoß. Sie lag an dem offenen Gang, der um den zweiten Innenhof lief.

»Ein bescheidenes Gemach«, sagte der Bursche. Er wies auf den Tisch mit Krug und Schüssel, die Strohsäcke mit Lederdecken und das kleine Fenster. »Leider sind viele Gäste unterzubringen; deshalb gibt es keine besseren Räume.«

Afer stellte sich auf die Zehenspitzen und schaute aus dem Fenster. Sie befanden sich an der Nordseite; tief unter ihnen fiel die Stadt zur Mauer hin ab. »Besser dies als die heiße Südseite mit dem hitzigen Blick auf den Tempel«, sagte er. Aus einem der nächsten Räume hörte er laute, aber nicht unangenehme Frauenstimmen. »Wer ist das?«

Der Bursche leckte sich die Lippen. »Schöne Frauen«, sagte er. »Eben erst angekommen; eine makedonische Fürstin aus Ägypten mit Begleitern.«

»Hat sie einen Namen?«

»Die Fürstin heißt Kleopatra.« Er lachte. »Wie sollen makedonische Fürstinnen aus Ägypten schon heißen?«

16. Der Weg nach Jerusalem

Unheilvolles Beginnen!
Kein Opfer, kein heiliges Stierblut
hatte die Himmelsherren günstig gestimmt

GAILUS VALERIUS CATULLUS

Demetrios behielt den langen, harten, schnellen Ritt als freudlos in Erinnerung. Es wurde nicht viel geredet; morgens waren sie meistens zu erschöpft. Tiere versorgen, Kochfeuer machen, essen, schlafen. Nicht zu vergessen die gelegentlichen Treffen mit Wanderhirten oder den Zöllnern irgendeines Wüstenfürsten, von denen sie erfuhren, daß die anderen unverändert zehn Tage Vorsprung hatten.

Wind, Sand und Sterne. Durst und schmerzende Muskeln. Die Kamele hielten besser durch als die Menschen. Und ausgedörrte Kehlen reden nicht gut. Hinzu kam der von Kleopatra gewollte, von Demetrios gebilligte, von den anderen hingenommene Abstand zwischen den Frauen und den Männern, so daß tatsächlich zwei Gruppen durch die Wüste hasteten.

Die besten Rennkamele Arabiens kosteten bis zu hundertmal soviel wie gewöhnliche Packtiere. Demetrios hatte keine Ahnung, welche Summen Rufus und Mukhtar ausgeben konnten; für ihn und die anderen kamen nur billige Rennkamele in Frage. Manchmal verfluchte er sich stumm dafür, beim Aufbruch nicht gefragt zu haben. Sicher hätte man ihm sagen können, welcher Güte die Tiere der »Feinde« waren.

Aber nach fünfzehn Tagen war der Vorsprung auf elf Tage

angewachsen, wenn er den Auskünften von Grenzreitern und Hirten trauen konnte. Als sie Leuke Kome erreichten, erfuhren sie, daß ein paar Römer und Araber dreizehn Tage vor ihnen dort gewesen seien. Eine der Frauen erkundigte sich beim römischen Hafenmeister nach Briefen, aber offenbar gab es keine; Demetrios hielt es nicht für nötig, mehr darüber zu erfragen.

Andere Dinge, über die er gern mehr gewußt hätte, blieben ihm verborgen. Kleopatra schwieg: ein freundliches, beinahe vertrauliches Schweigen, über dessen Art er teils alberne, teils schürfende Grübeleien anstellte. Hochmütiges Schweigen, demütiges Schweigen, abwartendes, vorausdenkendes, verweigerndes, abwehrendes, tückisches, verlegenes, höhnisches Schweigen und noch einige hundert Arten mehr... Kleopatras Schweigen empfand er meistens als einvernehmlich – sie hatten sich darauf geeinigt, einander nichts Wesentliches mitzuteilen.

Zu den Bereichen, über die nicht gesprochen wurde, die alle aus guten Gründen mieden, gehörte das Verhältnis zwischen Männern und Frauen. Unter anderen Umständen... Glauke und Leonidas wechselten hin und wieder ein paar Worte, wenn sie zufällig oder absichtlich nebeneinander ritten; Meleagros schien seine Müdigkeit am besten damit bekämpfen zu können, daß er Arsinoës Erschöpfung linderte, indem er ihr gewisse Handgriffe abnahm – Wasser holen, das Kamel füttern, den Sattel verstauen –, und zwischen Thais und Nubo schien es stumme Übereinkünfte zu geben. Ravi sprach kaum; zwei- oder dreimal versuchte Demetrios, mehr über die Bedeutung der Asche seiner Gemahlin zu erfahren, aber es gelang ihm nicht. Der Inder mochte einfach befremdet sein, verloren in der Weite der Wüste, betäubt von der Abwesenheit all dessen, was ihm vertraut war und so lange sein Leben ausgemacht hatte. Besorgt um die Zukunft. Bekümmert ob der Vergangenheit. Verirrt in der Gegenwart. Aber Demetrios vermutete, daß da noch etwas war. Etwas, das mit indischen Göttern zusammenhing oder mit der Art, wie Gebeine einer Toten zu behandeln waren.

Und Perperna lachte hin und wieder vor sich hin, ohne Anlaß, scheinbar besinnungslos. Ein alter Mann, der nach Jahrzehnten der Sklaverei die Ketten der Freiheit spürte? Ein Greis, dessen restliche Lebenskraft, ein karger Vorrat, durch die Mühen und Gefahren allzu schnell aufgezehrt wurde? Aber er schien durchaus imstande, alles zu erledigen, was zu tun war, und als Demetrios sich endlich dazu aufraffte, nach dem Grund fur das Gekicher zu fragen, sagte der Alte:

»Besorgt, was? Der blöde alte Mann wird schwachsinnig? Grinst und lallt und lacht vor sich hin, und bald wirst du ihn in Windeln wickeln oder ihm den Gnadenstoß geben müssen, he?«

»Man könnte es so sehen.«

»Ach, Junge – vergib mir, ich meine natürlich edler Herr Demetrios, keine Sorge. Wenn ich lache, dann entweder, weil ich mich an lachhafte Vorgänge erinnere – und kann ich denn mehr tun, oder Besseres, als bei dieser öden Kamelreiterei meine Vergangenheit zu sichten? Oder wenn es nicht das ist, dann lache ich über die jungen Leute.«

»Was ist daran so lächerlich?«

»Wie sie sich bemühen, einander stumm klarzumachen, daß jetzt natürlich nichts stattfinden kann, daß sie aber, wenn es anders wäre, sofort hinter der nächsten Düne übereinander herfallen würden.«

»Ist es nicht eher traurig, daß die Dinge so sind, wie sie sind?«

»Ei fürwahr, Herr. So traurig, daß ich mich ausschütten könnte vor Lachen.« Perperna bleckte seine wenigen Zähne. »Vielleicht lache ich auch ein wenig aus Erleichterung darüber, ein alter Mann zu sein und derlei Sorgen nicht mehr zu haben.«

»Nicht etwa, um nicht zu weinen, weil du zu alt für derlei Sorgen bist?«

Perperna schob die Unterlippe vor und tat vergrämt. »Jetzt muß ich lange grübeln, Herr. Vielleicht hast du recht, und dann werde ich heiße Tränen vergießen. Auch über dich und die Fürstin, nicht wahr?«

Kleopatra: warmer Abstand und kühle Nähe. So empfand Demetrios es, und natürlich war er nie zu erschöpft für Empfindungen wie Erbauung oder Lust. Es war erbaulich, am Ende eines langen Ritts – von Sonnenuntergang bis kurz nach Sonnenaufgang – nicht nur Sand und Felsen zu sehen, sondern im Schatten, in dem sie die heißesten Stunden verbrachten, mit Blicken auf Frauen einzuschlafen. Zwei oder drei Sätze mit der Fürstin zu wechseln. Anblick und kurzer Wortwechsel genügten, um die unter der Erbauung glimmende Lust anzufachen.

Und dann die nächsten tausend Atemzüge mit der Unterdrückung der Empfindungen zu verbringen. Es war müßig und nutzlos. Und es war gefährlich. Erbauung und Lust, das Vergnügen des Anblicks und die Wonne, mit einer gebildeten Frau zu sprechen, machten ihn nicht vergeßlich gegenüber der Gefahr. Die Wonne, überdies, war vor allem eingebildet, da die wenigen Worte über den Ritt, das Essen und den Felsen, der den besten Schatten warf, kaum Bildung bargen.

Die Gefahr, die er sah, hinderte ihn zuweilen daran, die Stunden bis zum Aufbruch am mittleren Nachmittag entspannt zu ruhen. Immer wieder fragte er sich, wer oder was Kleopatra tatsächlich war. Und was sie über Rufus und seine Ziele in Ao Hidis wußte.

Denn natürlich wußte sie mehr, als sie zu sagen bereit war. Und alle Einzelheiten, die er über sie wußte, ergaben ein Bild, das vor den Augen des Betrachters verschwamm, sich veränderte. Vielleicht war sie tatsächlich eine makedonische Fürstin, und wahrscheinlich hatte sie eine Liebschaft mit dem Präfekten von Judäa und Samaria gehabt, als dieser auf dem Weg von Rom nach Caesarea in Alexandria weilte. Es wäre gefährlich für sie, so etwas grundlos zu behaupten, da irgendeiner der Zuhörer früher oder später in Palästina eintreffen und sich notfalls bei Pilatus erkundigen konnte. Aber alles andere klang so, als sei da noch etwas – ein anderer Hintergrund, eine andere Geschichte, andere Ziele.

Was Rufus und Mukhtar anging, wußte sie zumindest über den Römer mehr. Vielleicht hatte sie wirklich keine Ahnung von der Rolle und den Absichten des arabischen Handelsfürsten, aber sie war oft in der Gesellschaft des Römers und seiner Leute gewesen, und allein die Tatsache, daß sie den Namen Ao Hidis kannte, machte Demetrios mißtrauisch.

Rufus, der mit drei Dutzend handverlesenen Männern aus Ägypten nach Adane gekommen war und nun nach Ao Hidis ritt. Offizier der Prätorianer? Sonderoffizier wahrscheinlich, Angehöriger des geheimen Netzes der Kundschafter. Ein Mann, der geräuschlos, mit bloßen Händen töten konnte und nicht zögerte, dies zu tun. Was wollte er in Ao Hidis, wozu nahm er den widerwärtigen Mukhtar mit? Es mußte sich um etwas handeln, das zu einer bestimmten Zeit zu erledigen war; bloße Eile ohne wirklichen Grund hielt Demetrios für ausgeschlossen. Dann hätte Rufus wohl eher gedrängelt und sich beschwert; was nichts daran änderte, daß Demetrios noch immer ratlos war hinsichtlich der Gründe und des Ablaufs – warum zehn Tage, warum Kerker statt Tod?

Und an einem der heißen Vormittage, als er im Schatten eines überhängenden Felsens lag, in Hitze, Sand und Müdigkeit, begriff er plötzlich, was der Grund für Rufus' Verhalten und die Frist war.

Oder jedenfalls einer der Gründe. Die Geliebte eines Präfekten, die man nicht mitnehmen konnte (oder die nicht mitgenommen werden wollte), brachte man natürlich nicht um; das war längst klar gewesen. Nein, es gab einen anderen Grund,

und er ärgerte sich so sehr über die Langsamkeit seines Denkens, daß alle Müdigkeit verflog.

Rufus hatte ihn durchschaut, konnte ihn aber nicht brauchen. Nicht sofort jedenfalls. Demetrios hatte lange gebraucht, um den Römer als Prätorianer, als Mann des gefürchteten und allmächtigen Sejanus zu erkennen. Offenbar war Rufus schneller gewesen, auch schneller als Kleopatra, deren ausgesprochenen Verdacht Demetrios weder bestätigt noch bestritten hatte.

Gewissermaßen waren sie Waffenbrüder, er und Rufus. Roms Handelsherren, dem Kaiser untertan und für ihre Geschäfte auf Kenntnisse angewiesen, die Princeps und Prätorianer ihnen nicht vermittelten, unterhielten ihr eigenes Kundschafternetz. Neben den naheliegenden Dingen – Märkte, Waren, Preise, Bedürfnisse – suchten sie alles zu erfahren, was den Umgang und den Handel mit Gütern und Völkern betraf, betreffen mochte, verändern oder beeinflussen konnte.

Mit anderen Worten: alles. Welche Fürsten welche besonderen Vorlieben hatten; in welchen Oasen römische Kaufleute besser nicht selbst, sondern nur durch Mittler tätig werden sollten; welcher Herrscher eines winzigen Reichs in der Wüste, in den Bergen, in den Wäldern einen Kriegszug gegen Nachbarn vorbereitete und entweder Waffen kaufen oder vielleicht die nächste Karawane plündern und niedermetzeln würde. Welche Stoffe die Frauen indischer Fürsten zur Zeit vorzogen, welche Klingen die Herren arabischer Häfen schwingen wollten, welche Verzierungen reiche Flußhändler auf dem Tigris gern für ihre Schiffe bezögen. Welcher parthische Karawanenmann sie zu welchen Preisen anbot, möglicherweise zusammen mit freundschaftlichen Empfindungen des Partherkönigs und Preisnachlässen für deren Erwiderung.

Und Demetrios nannte sich in Gedanken einen Trottel. Dann verbesserte er sich – nicht Trottel, sondern zugleich einfältig und aufgeblasen. Anzunehmen, ein mit besonderen Aufgaben und den zugehörigen Kenntnissen ausgestatteter Offizier aus der edlen Sippe der Valerii, ganz gewiß kein einfacher Centurio, werde Demetrios schon für einen einfachen Händler halten.

War es vielleicht so, daß Rufus von ihm verfolgt werden wollte? Er hatte ihm Geld und Güter genommen, das Leben gelassen und dafür gesorgt, daß man ihn und die anderen zehn Tage lang festhielt. Weil Rufus genau wußte, daß Demetrios versuchen würde, sich zu rächen, sein Geld und den Gegenwert seiner Waren wiederzubeschaffen.

Wenn Rufus verfolgt werden wollte – wozu? Wohin? Nach Ao Hidis, wahrscheinlich. Ins Reich des Räuberfürsten Belhadad. Die Frage, was Rufus dort wollte, ließ sich nicht so leicht beantworten. Es mußte sich um eine größere Unternehmung handeln; vielleicht wußten die Leute des Sejanus etwas über gegen Rom gerichtete Pläne Belhadads. Aber um Belhadad zu beeindrucken oder seine Unterfangen zu behindern, reichten die drei Dutzend Krieger nicht. Ob es eine Verabredung mit anderen gab – anderen Offizieren, anderen Truppen? Je länger Demetrios darüber nachdachte, desto wahrscheinlicher erschien es ihm. Eine Verabredung zu einem bestimmten Zweck, zu einer festgesetzten Zeit. Das würde die Eile erklären. Nicht jedoch die Einkerkerung. Offenbar hatte Rufus Kleopatra angeboten, schnell weiterzureiten, und sie hatte es abgelehnt; Rufus' Gründe, trotzdem aufzubrechen, mußten gewichtiger sein als alle Rücksicht, die ein römischer Offizier auf Vorlieben und Abneigungen eines mächtigen Mannes wie Pontius Pilatus zu nehmen hatte. Demetrios und seine Leute zu beseitigen wäre… aber das schied aus, wenn er davon ausging, daß Rufus ihn als »Waffenbruder« erkannt hatte.

Er verwickelte sich in die blaßroten Fäden seiner Gedankengänge und die immer breiteren Strähnen seiner Müdigkeit. Als er endlich in einen unruhigen, nicht eben erquicklichen Schlaf fiel, träumte er von Lasten, die er auf die Schultern nahm, wo sie sich auflösten; von Tieren, die er für gezähmt hielt, bis sie ihn rücklings anfielen. Er sah einen Tauschläger, der ein Seil aus Sand machen wollte, und dann war er selbst dieser verzweifelnde Handwerker. Er sah das dunkel glimmende Haar Kleoptras – Strähnen, die zu Fesseln wurden und dann zu ungreifbaren, aber bindenden Schlieren. Strähnen und Schlieren.

In den folgenden Tagen, beim Reiten und in den Rastpausen, bemühte Demetrios sich darum, die Denkstränge zu entwirren. Nach und nach kam er dazu, Mukhtar für das fehlende Teilchen des Rätsels zu halten. Solange er nicht wußte, warum der Araber mit Rufus ritt, konnte er keine wirkliche Klarheit gewinnen. Die übrigen Teile des Rätsels setzte er immer wieder neu zusammen, wie eines jener hölzernen Bilder, die man zersägt hatte, damit ein Kind sie neu fügte.

Am meisten überzeugte ihn diese Annahme: Rufus und seine Leute waren Teil eines Unternehmens, das sich gegen Belhadad richtete. Um es durchzuführen, mußten die Männer zu einem vorher festgesetzten Zeitpunkt mit anderen zusammentreffen. Um die Zeit einzuhalten, mußten sie schneller sein als Demetrios' Karawane. Demetrios, »Waffenbruder« in einem anderen geheimen Dienst oder nicht, konnte mit seinen wenigen Leuten nicht helfen – wohl aber sein Geld, zur Beschaffung schneller und teurer Rennkamele, vielleicht auch für anderes. Da er es nicht freiwillig hergegeben hätte, mußte man es ihm nehmen. Er würde, nach dem Ende der seltsamen Kerkerhaft, Kleopatra zu Pilatus geleiten, wie es sich gehörte. Und vielleicht von diesem mehr erfahren, oder aus den Beständen des römischen Staats sein Geld erhalten.

Oder mit Verstärkung losgeschickt werden, um Rufus zu helfen? Vielleicht, möglicherweise, unter der Voraussetzung, daß – alles blieb fraglich, solange Demetrios nicht mehr wußte. Über Mukhtar, über Ao Hidis, über Belhadad.

Mehrmals versuchte er, mit Kleopatra zu sprechen, wenn sie zufällig nebeneinander herritten und keiner der anderen nah genug war, um zu lauschen. Aber Kleopatra leugnete, von Ao Hidis mehr als den Namen und von Rufus' Absichten überhaupt etwas zu wissen.

***

Wenn sie gelegentlich an Rufus dachte und an das, was er in Ao Hidis erledigen sollte, empfand sie eine merkwürdige Mischung von Achtung und Abscheu. Er hatte nichts Genaues gesagt, aber sie wußte genug, um eine Ahnung von den Gefahren und Schwierigkeiten zu haben, die in Belhadads Stadt warteten.

Das war der Teil, bei dem sie Achtung empfand. Abscheu... aber vielleicht war dieses Wort zu heftig. Die Selbstverständlichkeit, mit der er sich entblößt und genähert hatte, berührte sie eigentlich gar nicht, ebenso wie die übrigen Vorgänge in ihrer Kammer, in der kümmerlichen Herberge. Die Toten? Sie hatte weder Mikines noch Prexaspes gekannt, auch nicht die stumme Partherin; bis die Aufgaben getan waren, würde es noch viele Tote geben.

›Es war unnötig, uns in diesen Kerker zu werfen‹, dachte sie. ›Demetrios und seine Leute... von mir aus; aber uns Frauen hätte er einfach allein reiten lassen können. Er kann doch nicht ernsthaft befürchtet haben, ich würde versuchen, Demetrios schnell aus dem Kerker zu holen?‹

Aber vielleicht, sagte sie sich später, wollte Rufus ganz sicher sein; und möglicherweise kam die Umsicht, die Rücksicht des Offiziers aus edlem Haus hinzu: vier Frauen allein in der arabischen Wüste... Und was hätte sie getan, wenn Rufus sie gebeten hätte, in der Herberge zu bleiben und nach zehn Tagen etwas für die Gefangenen zu unternehmen?

Immer wieder tauchten Bilder in ihrem Kopf auf: enge Zimmer, übervolle Räume, stinkende Bottiche, stinkende Körper. Es waren Bilder aus vielen Jahren, aus der überfüllten Kindheit in einem schäbigen Haus. Schmale Gänge, niedrige Decken, eine einzige Latrine für drei- oder vierhundert Menschen, die zwischendurch Bottiche benutzten. Die geleert und gesäubert werden mußten, Aufgabe für Sklaven, die es nicht gab, oder für kleine Mädchen. Die lichten Tage im Palast – ›Stadthaus‹, sagte sie sich, ›sittsam karg, mehr Buchrollen als Polster‹ – der Familie, die von ihrem Leben, ihrer Herkunft erfuhr und sie aufnahm; dann wieder, allzu bald, Bedrängnisse: ein enges, stinkendes, überfülltes Schiff und die Gassen von Kanopos, dem Vergnügungsvorort von Alexandria, und der lange, schmale, übelriechende Weg nach oben, in die besseren Häuser und besseren Stadtteile.

Abscheu – vielleicht zu hart, vielleicht nicht hart genug. Ein wenig Haß, und... ja, Rachedurst. Valerius Rufus hatte sie gedemütigt, indem er sie zwang, zehn Tage mit so vielen anderen in einem engen stinkenden Verlies zuzubringen. Sie würde sich eine geziemende Rache ausdenken. Vielleicht nicht durchführen, nicht durchführen können, aber immerhin ausdenken. Und bis dahin die köstliche Weite der Wüste genießen, die Schrankenlosigkeit. Wenn nur das Kamel mit seinem wogenden Paßgang sie nicht so sehr an jenes überfüllte, auf den Wogen tanzende Schiff erinnerte.

Sie beobachtete und schwieg. Demetrios mochte ein wenig einfältig sein oder jedenfalls nicht gerissen genug, um mit Leuten wie Rufus und Mukhtar mithalten zu können; aber er schien anständig zu sein und sorgte sich um seine Männer. Er sorgte sich sogar ein wenig um sie und ihre drei Begleiterinnen. Anständig... Lange her, daß sie diesen Begriff verwendet hatte. Lange her, dachte sie, daß jemand ihr Anlaß gegeben hatte, sich an dieses Wort zu erinnern und die Dinge, die man damit verband.

»Anstand und Tugend«, hatte der Sklave gesagt. Ein Grieche, der in jenem palastartigen Stadthaus die Kinder unterrichten mußte. »Wir wollen nun einige Beispiele für das suchen, was wir darunter zu verstehen haben.« Dann waren die Geschichten gekommen, die sie damals aufregend gefunden hatte, von der Selbstbeherrschung des jungen Spartaners, der einen Fuchs im Leibgewand verbarg und keine Miene verzog, als das Tier zu beißen begann; von Mucius Scaevola, der die Hand ins Feuer hielt, um die mit ihr vollzogene Schmach zu sühnen; von opferbereiten Männern und Frauen, die Gerechtigkeit und Gesetzestreue über das eigene Wohl, notfalls über das eigene Leben stellten. Und mit einem flüchtigen Lächeln erinnerte sie sich an die späteren Nutzanwendungen – zum Beispiel an die Worte einer spartanischen Dirne in Kanopos: »Schwesterchen, kommst du nach Sparta, sage, du habest mich hier treulich liegen gesehen, wie es der Kunde befahl.«

Anständiger Demetrios – was mochte er vorhaben? Sich an Rufus rächen, sein Geld wiederbeschaffen, den Tod seiner beiden alten Gefährten rächen?

Aber dazu war er zu anständig, zu weich; Rufus würde ihm das Schwert in den Bauch rammen und es zu besserem Genuß noch einmal herumdrehen. Sie sah sein Ende voraus, und irgendwie bedauerte sie es, denn sie mochte den Händler. Er war ein paar Jahre älter als sie, aber nicht viel; er hatte gelesen und war gereist, und manchmal war seine Unterhaltung sogar witzig. Eigentlich sah er gar nicht schlecht aus und bewegte sich mit einer gewissen sparsamen, beherrschten Anmut. Ein Glück, dachte sie, daß sie schon im Kerker den Frauen verboten hatte, näheren Umgang mit den Männern zu suchen. Ein Verbot, an das sie sich natürlich auch halten mußte. ›Ich wäre sonst längst mit ihm zwischen den Dünen verschwunden, und wer sollte dann klaren Kopf behalten?‹

Zwischendurch fragte sie sich, woran sie sich erinnern würde. Später, wenn alles vorüber und die Ziele erreicht wären. Dann sagte sie sich, daß noch viel Unvorhersehbares geschehen mochte, an das sie vielleicht öfter und eindringlicher würde denken müssen als an alles bisher Geschehene. Die Wüste, die Kamele, ihr seltsamer Geruch und ihre merkwürdigen Blubbertöne, das Schaukeln, das sie an Boote erinnerte. Die beinahe stumme Vertrautheit, die sich zwischen ihnen allen ergeben hatte. Die Geschichten – im Kerker hatten sie begonnen, einander unwahre Geschichten zu erzählen, über Herkunft und Erlebnisse. Unwahr, weil die meisten etwas zu verbergen oder zu verschweigen hatten und deshalb seltsame Dinge erfanden, und jene, die vielleicht nichts zu verheimlichen hätten, ließen sich von der Erfinderei anstecken. Unterwegs hatte es nicht so viele Geschichten gegeben; beim Reiten war nicht gut erzählen, und in den Rastpausen, in der Gluthitze, waren alle zu erschöpft.

Aber dann verließen sie Leuke Kome, und einen Tagesritt nördlich der Hafenstadt wurden alle erzählten und gehörten Geschichten verwischt durch Ereignisse.

Fast einhundertfünfzig römische Meilen führte die Weihrauchstraße nach Norden, durch die Wüste, dann durch die dürren Berge des Landes Madian, bis sie schließlich bei Ankale den langen Meeresarm erreichen würde. Sie hatten am frühen Vormittag – es war ein wenig kühler als zuletzt; deshalb waren sie länger geritten – das Rastlager zwischen Hügeln aufgeschlagen und auf einer groben Karte, von Demetrios in Leuke Kome erstanden, den Ort genauer zu ermitteln gesucht.

»Zu ungenau«, sagte der Händler; er rollte den Papyros wieder ein. »Wir sind irgendwo, und zwar irgendwann, und irgendwie sollten wir jetzt ausruhen.«

»Es ist gut, einen kundigen Mann bei sich zu haben, der einem immer sagen kann, was genau los ist.« Perperna kicherte und breitete seine Lederdecke an der Nordwestseite des Hügels aus. »Ist dieser treffliche Riesenberg nicht geformt wie der Höcker eines verhungerten Kamels?«

Kleopatra lächelte müde und ging zu den anderen Frauen, die sich schon in ihre Decken gewickelt hatten.

Meleagros band eben einem Kamel die Vorderbeine zusammen. Plötzlich stieß er einen Pfiff aus.

»Da kommt jemand«, sagte er.

Auch wenn sie ein halbes Dutzend Wächter aufgestellt hätten, sagte sich Kleopatra, wären sie überrascht worden. Die Reiter kamen aus einem der Täler; man konnte sie erst sehen, als es schon zu spät war.

Dreißig Männer auf Pferden. Einige blieben zurück, weil sie sich um Pack- und Ersatzpferde zu kümmern hatten; die übrigen umringten die Lagernden – und richteten Lanzen auf sie.

»Wer seid ihr?« Einer der Reiter trieb sein Pferd näher, dorthin, wo Demetrios und Ravi standen. Er hatte Griechisch gesprochen, aber die wenigen Silben genügten, um seine arabische Herkunft hören zu lassen. Er trug einen weiten Umhang, der vor langer Zeit weiß gewesen war. Am Sattel hing ein krummes Schwert, und die Spitze seiner Lanze zielte auf Demetrios' Brust.

»Überlebende einer geplünderten Karawane«, sagte Demetrios. Seine Stimme klang heiser; es mochte Erschöpfung sein, unterdrückter Zorn oder Ratlosigkeit.

»Ein Jammer.« Der Araber lachte; dabei entblößte er im Gestrüpp seines schwarzen Barts blitzend weiße Zähne.

»Daß wir überlebt haben?«

»Daß man euch schon einmal ausgeplündert hat. Aber das werden wir prüfen.«

Er wandte den Kopf und knurrte ein paar Befehle; einige Männer glitten von den Pferden, die übrigen sorgten mit ihren Lanzen dafür, daß niemand auf dumme oder heldenhafte Einfälle kam.

Die Untersuchung wurde schnell und wirkungsvoll durchgeführt. Die Männer nahmen ihnen alle Waffen ab, warfen sie zu einem wirren Haufen zusammen und brachten dem Anführer alle Geldbeutel und Schmuckstücke, die sie im Gepäck fanden.

»Ausgeplündert, fürwahr.« Ohne die Lanze loszulassen, rutschte er aus dem Sattel und betrachtete den Inhalt der Beutel, die Ringe, Spangen und Schmuckbänder.

Kleopatra rieb sich den schmerzenden Finger, von dem einer der Männer einen Ring gezerrt hatte.

»Wir wollen sie ja nicht töten, nicht wahr?« sagte der Araber. Er grinste flüchtig. »Wir nehmen den Schmuck und drei Viertel der Münzen. Mit dem Rest könnt ihr weiter überleben. Du da« – er wies mit dem Kinn auf Ravi –, »woher kommst du? Indien?«

Ravi nickte.

»Könnte unseren Fürsten reizen. Du kommst mit.«

Zwei Männer packten Ravi an den Armen und zogen ihn zu den Handpferden.

»Und du bist der Herr der Karawane?«

Demetrios knirschte etwas durch die Zähne; Kleopatra glaubte, »Sohn einer Hündin und eines Skorpions« zu verstehen, war aber nicht sicher.

»Wir werden erfreuliche Gespräche haben, wenn du so weitermachst.« Der Anführer der Wegelagerer lachte. »Für den Herren einer Karawane könnte jemand Lösegeld zahlen. Packt ihn. Und... die da.« Seine Lanze deutete auf Glauke. »Nur das schönste Frischfleisch für den Alten.«

Es war ein jäher Albtraum, aus dem Kleopatra gern erwacht wäre. Reglos, wortlos, wehrlos mußten sie zusehen, wie die drei Opfer zu den Ersatzpferden gebracht wurden. Ein paar beklommene Atemzüge und ungläubige Lidschläge später sahen sie nur noch den Staub, den die Pferde der Räuber aufwirbelten. Als er sich legte, waren die Araber und ihre Gefangenen verschwunden.

Thais und Arsinoë hatten die Hände vors Gesicht gelegt. Perperna rammte den Stumpf in die Luft, als wolle er die Götter zum Eingreifen prügeln; dann ließ er den Arm sinken, schüttelte den Kopf und hockte sich auf seine Decke. Nubo blickte auf

Leonidas, der langsam zu dem wirren Haufen aus Waffen und Beuteln ging. Meleagros stemmte die Hände in die Hüften, kaute auf der Unterlippe und wandte sich schließlich an Kleopatra.

»Und jetzt – Fürstin?«

Sie hob die Hände, die erstaunlich schwer waren: Bleiklumpen.

»Warum fragst du mich?« Sie erkannte die eigene Stimme kaum.

»Wer soll denn die Anweisungen erteilen?« Meleagros klang ganz gelassen.

»Laß uns ruhen. Und danach beraten.«

Irgendwann ließ die Betäubung nach. Kleopatra fühlte sich unwohl als Herrin der Karawane, aber zu ihrem Glück waren kaum Entscheidungen zu treffen. Die Suche nach dem geeigneten Rastplatz überließ sie den erfahrenen Karawanenmännern. Die Münzen, die die Räuber ihnen gelassen hatten, reichten eben aus für Nahrung, Futter und zwei Nächte in Herbergen.

»Demetrios hatte mehr«, sagte Meleagros, als sie unterwegs berieten. »Das haben sie nicht gleich gefunden, aber wo auch immer er es an sich versteckt hat – inzwischen werden sie es wohl haben. Die Götter sollen sie in Schweinescheiße ertränken!«

»Was können wir tun?« sagte Kleopatra. »Betteln?«

Nubo deutete auf die Kamele. »Sobald wir sie nicht mehr brauchen, können wir die Tiere verkaufen.«

»Wann brauchen wir sie nicht mehr?« sagte Thais. »Wir können doch nicht bis ans Ende der Oikumene wandern...«

»Wir wollen nicht ans Ende der Oikumene. Nur bis Jerusalem. Ich hoffe, dort Hilfe zu finden.«

Meleagros musterte Kleopatra mit schmalen Augen. »Du, vielleicht; wenn der Präfekt sich deiner wohlwollend erinnert. Aber was ist mit uns?«

»Was habt ihr vor?«

Meleagros und Leonidas wechselten stumm ein paar Blicke. »Wir werden Demetrios suchen«, sagte Leonidas.

»Wo? Wie?«

Perperna räusperte sich. »O Fürstin, die Herren des Handels haben ihre eigenen Möglichkeiten, Dinge herauszukriegen. Wer Lösegeld für Demetrios haben will, wird sich irgendwann melden. Und du? Willst du nichts unternehmen, um deine Glauke zu retten?«

Kleopatra hob die Schultern. »Meinst du, daß da noch viel zu retten ist? Und wie sollte die Rettung aussehen?«

Natürlich quälte sie sich, wie alle, mit hilflosen Fragen. Hätten sie nicht doch etwas tun können, zu den Waffen greifen, die man ihnen abgenommen hatte, um – vier Frauen und sechs Männer – gegen etwa dreißig kriegerische Räuber anzutreten? Oder hätte sie sagen sollen: Ich bin eine Fürstin, für die jemand Lösegeld bezahlen wird; nehmt mich und laßt Glauke frei? Nur: Wer hätte denn für sie etwas zahlen sollen? Der Präfekt? Pilatus mochte sich an sie erinnern, wenn er ihr Gesicht vor sich sah; der Name allein, verbunden mit Hinweisen auf Alexandria, wäre bei der Menge in Ägypten lebender Kleopatras nicht sehr nützlich gewesen. Außerdem zahlten römische Präfekten in der Regel kein Lösegeld, ließen sich und das Reich nicht erpressen. Entweder schickte man Krieger, in ihrem Fall ausgeschlossen, oder man vergaß die Betroffenen schnell und gründlich. Wenn es nicht um wesentliche Staatsgeschäfte ging... Für einen von den Parthern gefangenen Feldherrn nähme man Verhandlungen auf, aber für eine von arabischen Räubern entführte Frau?

Sie sprach nicht mit den anderen über ihre Gedanken; man mußte allerdings nicht viel sprechen, um zu wissen, daß alle ähnliche Überlegungen anstellten. Leonidas und Meleagros sowieso; sie hatten auf der Unglücksreise schon zwei Freunde verloren, Mikines und Prexaspes, und Demetrios war für sie nicht nur der Herr, sondern ebenfalls ein alter Freund. Nubo brütete vor sich hin (»Der Höcker, auf dem du sitzt, ist kein Ei, Junge«, sagte Perperna einmal) und schien sich zu grämen, mochte aber nicht darüber reden.

»Willst du etwas unternehmen?« sagte Leonidas am Abend in der letzten Herberge, ehe sie Jerusalem erreichten.

»Ich? Unternehmen? Was denn? Wozu?« Nubo riß die Augen auf und sah drein wie ein schlechter Komödiant, der verzweifelt versucht, Erstaunen zu zeigen über etwas, das weder ihn noch sonst jemanden wirklich berührt.

»Na ja, immerhin hat er dich mitgenommen. Du hättest ja auch bei den liebenswerten Bewohnern von Adane bleiben können.«

»Ach so. Wie kommst du darauf?«

»Ich dachte, und der da auch« – Leonidas wies mit dem Kinn auf Meleagros, der in seinen Napf starrte –, »also, wir haben gedacht, du hilfst uns vielleicht. Wenn uns was einfällt. Du siehst nicht so aus, als ob du dich über die Verluste freust.«

Nubo grinste. »Ich gräme mich, weil mein schönes rotes Haar häßlich geworden ist.«

Meleagros blickte auf. »Rausgewachsen«, sagte er. »Dein schwarzes Kraushaar mit roten Spitzen... wie ein Kopf, ah, wie die Gorgo Medusa, die ihre Schlangen durch verfaulte Maden ersetzt hat. Sollen wir dich scheren? Kahl?«

»Meine Götter wollen das nicht.« Nubo preßte die Lippen aufeinander. »Sie hausen in den Wolken, und wenn sie nach unten schauen, möchten sie die Welt betrachten, nicht ihr Spiegelbild auf meiner Glatze.«

Thais und Arsinoë wirkten bedrückt, aber gefaßt. In den flüchtigen Gesprächen – eher Austausch von Satzfetzen – erfuhr Kleopatra, daß die beiden Glauke nur wenig, Demetrios und Ravi gar nicht vermißten.

»Wir haben kein Geld«, sagte Thais irgendwann, als sie neben Kleopatra ritt. »Du auch nicht, Herrin. Ich nehme an, auch in Jerusalem gibt es Männer. Also?« Sie hob die Brauen.

»Warte lieber bis Caesarea«, sagte Kleopatra. »Nach allem, was ich über strenge Juden weiß, dürfen sie keine nichtjüdischen Frauen berühren.«

»Ein blöder Glaube. Und für uns ganz nutzlos.«

Der einzige, der völlig unverändert schien, war Perperna. Er sang vor sich hin, machte Witze, versuchte Geschichten zu erzählen und deutete an, daß nach seinen Jahrzehnten in arabischer Sklaverei die Freiheit, als freier Mann zu verhungern, bereits eine Lust sei.

»Und Wonne, o Fürstin, ist es mir, andere in die Knechtschaft gehen zu sehen.«

»Was soll ich dazu sagen? Böser alter Mann.«

»Ach nein, sag nicht so etwas Herbes.« Er lachte. »Wie alle Greise will ich meine Erfahrungen weitergeben. Mein Wissen teilen. Den Quell meiner Kenntnisse in unwillige Mäuler sprudeln lassen. Ohren, meine ich, die meine Worte trinken. Ah. Wie wir wissen, hört aber niemand auf die Alten. Also ist Gefangenschaft bei den Arabern die einzige Möglichkeit, Gefangenschaft bei den Arabern kennenzulernen. Ich freue mich darüber, daß Demetrios und die anderen auf diese Weise klüger werden.«

Kurz vor Jerusalem, in Sichtweite der Stadt und der Pilgerströme, die zum Passah-Fest und zum Tempel zogen, lenkte Meleagros sein Kamel zu einer Ansammlung von Schuppen und Zelten. Kleopatra winkte den anderen, ihm zu folgen. Mit ein wenig Glück, hatte er in den vergangenen Tagen mehrmals gesagt, werde man dort einen Händler finden, einen alten Freund von Demetrios namens Boschmun.

Sie fanden ihn: einen fetten, kahlköpfigen Phönizier. Er zupfte an seinem schmierigen Leibrock, langte nach einer spitzen, fast kegelförmigen Mütze, setzte sie auf und erhob sich.

Der Tisch, an den er sich lehnte, war überladen mit Papyrosrollen und allerlei Gegenständen, die Zierat oder Schmuck oder Waren für Abnehmer mit seltsamem Geschmack sein mochten: Straußeneier, auf denen sich feinstens geritzte Frauen und Männer verwickelten Vergnügungen hingaben; ein Weinkrug in Form eines auf den Vorderbeinen stehenden Nashorns, aus dessen wuchtigem Zeugungsglied man gießen konnte; eine Reihe kleiner Esel aus dunkelgrünem Stein, und alle Tiere hatten treffliche Mängel: nur ein Ohr, drei Beine, Höcker...

»Nun, da mein Haupt bedeckt ist«, sagte Boschmun, »kann ich Gäste empfangen. Meleagros... und Leonidas, nicht wahr? Dazu edle Frauen, und wo steckt Demetrios?«

»Die Herren der Wüste haben ihn mitgenommen und uns verschmäht.«

Boschmun klatschte in die Hände. Eine junge schlanke Sklavin erschien und verneigte sich stumm.

»Schemel«, sagte Boschmun, »und Wein. Habt ihr Hunger?«

»Eine lange Reise macht müde und hungrig.«

»Dagegen läßt sich etwas tun.«

Nubo und Perperna waren bei den Kamelen geblieben. Boschmun schickte einen Sklaven hinaus, der den beiden half, die Tiere in einen Pferch zu treiben. Als alle im größten der Schuppen auf Schemeln saßen und mit Brot und Wein versehen waren, bat der Phönizier um eine kurze Fassung der langen Geschichte.

»Von üppiger Kargheit, gewissermaßen«, sagte er mit öliger Stimme. »Damit ich mich ob der Unbilden grämen kann, ohne von Widrigkeiten zerschmettert zu werden.«

Meleagros und Leonidas wechselten sich beim Erzählen und Essen ab. Als sie fertig waren und Boschmun die Geschichte in groben Zügen gehört hatte, musterte er jeden einzelnen eindringlich. Kleopatra sagte sich, daß sie Demetrios' Leute vielleicht doch unterschätzt hatte, denn Meleagros und Leonidas war es gelungen, eine spannende Geschichte zu erzählen, ohne etwas über die Herkunft gewisser Ägypterinnen oder die Rolle gewisser römischer Offiziere zu sagen. Sie hatte aber das Gefühl, daß Boschmun hinter den gesprochenen Wörtern andere, verschwiegene zu hören imstande war, und sie war froh, als seine durchdringenden kleinen Augen von ihr zur neben ihr sitzenden Thais wanderten.

»Betrüblich, fürwahr«, sagte er. »Und euch hat man verschmäht? Nun ja, zuweilen ist es angenehm, nicht zu den Auserlesenen zu gehören. Was wollt ihr tun?«

Meleagros blickte Kleopatra an. »Die Herrin kennt den Präfekten von früher«, sagte er. »Sie hofft, ihn in Jerusalem zu finden – ihn und eine mögliche Neigung, ihr und vielleicht uns zu helfen.«

Boschmun hob die Arme über den Kopf und ließ sie wieder sinken. »Pontius Pilatus ist in Jerusalem, aber ob er sich gern an früher erinnern läßt?«

»Warum sollte er nicht?« sagte Kleopatra.

Boschmun zwinkerte. »Ich weiß nicht, ob eure alte Bekanntschaft so ist, daß er gern darüber spricht oder sich daran erinnern läßt – in Anwesenheit seiner tugendhaften Gemahlin.«

Kleopatra bemühte sich um ein ausdrucksloses Gesicht. Etwas Kaltes sickerte ihr das Rückgrat hinab; eisgewordene enttäuschte Hoffnung. Mit beherrschter Stimme sagte sie: »Fast alles läßt sich so sagen, daß niemand dadurch verletzt wird.«

Boschmun nickte. »Und fast alles, was man so sagt, führt bei tugendhaften Römerinnen zu Mißtrauen. Aber...« Er breitete die Arme aus. »Kluge Zungen erreichen vielleicht mehr, als ein dummer Händler sich ausdenken kann.«

»Wir haben kein Geld«, sagte Meleagros offen. »Früher oder später erfährst du es ohnehin, also warum nicht gleich?«

»Geld. Ein geringes Übel, eine gewaltige Behinderung, je nachdem, ob man es hat oder nicht.« Boschmun schloß für ein paar Atemzüge die Augen. »Geld zum Überleben, nicht wahr? Und... wollt ihr etwas unternehmen?« Er öffnete die Augen wieder und sah Meleagros an, dann Leonidas, dann Kleopatra.

»Für Demetrios? Ja – wenn wir können. Wenn es einen Weg gibt.«

»Aber wir kommen nicht, um zu betteln«, warf Nubo ein. »Wir bieten etwas.«

»Bieten ist besser als betteln.« Boschmun kratzte sich den Nacken. »Laßt mich raten – den restlichen Weg zu Pilatus wollt ihr zu Fuß zurücklegen und mir eure Kamele verkaufen?«

»Dies«, sagte Meleagros. »Und dich bitten, deine Ohren zu öffnen, wann immer jemand etwas über arabische Räuberfürsten und gefangene Händler erzählt.«

Boschmun nahm die spitze Mütze ab, betrachtete sie, als ob es sich um ein hehres Götterbild handelte, und setzte sie wieder auf.

»Ohren?« Er zupfte an seinem Ohrläppchen. »Wie sollte ich überleben ohne Ohren? Offene Ohren, weitreichende Ohren – langstielige Ohren gewissermaßen? Die Herren des Tempels mögen keine fremden Händler in der Stadt, wohl aber ihre Waren; da ich nicht in der Stadt bin, muß ich gründlich und weit lauschen, um das Wispern des Bedarfs zu vernehmen. Ebenso wie das ferne Trampeln jener, die die Bürde von Angeboten schleppen und nicht wissen, wohin damit.«

Er schwieg und runzelte die Stirn. Nach einer kleinen Weile seufzte er.

»Ach ja, oder nein. Wir wollen nicht feilschen. Eure Tiere... ich habe keinen großen Bedarf an Reitkamelen, aber ich will euch den Preis für gute Lastkamele zahlen. Und ein wenig mehr, weil es um meinen alten Freund Demetrios geht. Er hat mir vor Jahren geholfen, als ich diesen Umschlagplatz einrichten wollte und nicht die nötigen Mittel hatte; es wäre ungerecht, nichts für ihn und seine Leute zu tun.«

Kleopatra konnte sich ein Glucksen nicht verkneifen. »Du siehst nicht so aus, als ob du noch an Gerechtigkeit in der Welt glaubtest«, sagte sie.

»Kluge Frau.« Boschmun zwinkerte ihr zu. »Deshalb übernehme ich, wenn ihr wollt, eure abgemagerten Reitkamele zum Preis fetter Packtiere. Der Unterschied zwischen eurem Verlust und meinem Gewinn ist unermeßlich, da ihr ohne mein Anerbieten hungern müßtet, ich dagegen ohne eure Kamele weiterhin essen könnte.«

»Wir sind dir ausgeliefert«, sagte Meleagros.

»Bedenke aber«, setzte Leonidas hinzu, »daß die Zeiten sich ändern könnten.«

»Diese Überlegung wird in den Preis einfließen. Was nun Demetrios angeht...« Boschmun rieb sich die Nase. »Es gibt da ein paar Gerüchte.«

»Über Demetrios?« Meleagros beugte sich vor. »Schon?«

»Ah nein. Aber über die Herren der Welt und einen Räuberfürsten in der Wüste.«

»In der Wüste gibt es viele Räuberfürsten«, sagte Kleopatra; sie spürte, daß ihr Herz schneller klopfte, und sie ärgerte sich darüber, weil sie keinen Grund dafür sah. »Meinst du, Demetrios ist bei jedem von ihnen?«

»Demetrios ist einzig, also nur bei einem dieser Herren. Ich dachte lediglich, wenn die Römer etwas vorhaben, verfügen sie über Kenntnisse. Und der Fluß dieser Kenntnisse könnte andere Mitteilungen befördern. Man müßte jemanden finden, der mehr weiß.«

»Wo sollte man ihn finden?« sagte Meleagros.

»Ich will ein wenig darüber nachdenken. Einer von euch sollte in, sagen wir, drei Tagen wieder herkommen. Bis dahin könnte ich etwas wissen.« Er stand auf. »Nun laßt mich eure Kamele betrachten. Ich betrachte gern Kamele, vor allem solche, die bald mir gehören werden.«

Kleopatra blieb noch einen Augenblick lang sitzen, als die

anderen sich von den Schemeln erhoben und mit Boschmun hinausgingen. Das Feilschen um die Kamele war nicht ihre Angelegenheit; Meleagros und Leonidas konnten das erledigen. Sie versuchte, mehrere Gedanken gleichzeitig zu denken, was im leeren Schuppen vielleicht besser möglich wäre als zwischen Menschen und Kamelen.

Pilatus. Boschmun. Demetrios. Diese drei, in dieser oder einer anderen Reihenfolge. Der Präfekt, Vertreter des Kaisers, Hüter der Anliegen des Imperiums. Und Hüter der römischen Gesetze. Auch der römischen Ehegesetze. Der Phönizier, der außerhalb der heiligen Stadt der Juden seine Geschäfte machte, mit allen und mit allem. Der Händler, ein anständiger und folglich hilfloser Mann, in der Gewalt eines arabischen Fürsten. Und darunter, dahinter, daneben... nein, wenn sie sich selbst gegenüber ehrlich war: davor – vor und über allem Kleopatra und ihr Geschick.

Denn was kümmerten sie die Gesetze des Imperiums, die Geschäfte des Phöniziers, das Überleben des Demetrios? Sie wollte Hilfe von Pilatus. Einen Brief vielleicht, einen Rat, Unterstützung bei dem Versuch, ihren verlorenen Besitz in Ägypten zurückzugewinnen. Wenn eine tugendhafte Gemahlin neben ihm stand, durfte Kleopatra nicht an die Wollust der Nächte von Alexandria erinnern. Sie hätte keine Möglichkeit, den Präfekten persönlich zu bewegen; es bliebe nur die Bitte einer Untertanin an den Stellvertreter des Kaisers, ihr zu Gerechtigkeit zu verhelfen.

Demetrios... Ach ja, Demetrios. Vielleicht wäre es nett gewesen, unter anderen Umständen – zu zweit, in einem von Bädern und Küchen nicht allzu fernen Gemach, ohne Kamele und Sand und die anderen. Sie würde versuchen, bestimmte Leute in Rom von den Vorgängen in Kenntnis zu setzen, sobald sie dazu in der Lage war. Überflüssig, vermutlich; seine eigenen Leute, die Fernhändler und ihr Netz von Kundschaftern und Handlangern, sollten sich um ihn kümmern.

Einen flüchtigen Moment lang dachte sie an Glauke; dann beschloß sie, nicht mehr an Glauke zu denken. Sie hatte die junge Frau kaum gekannt; und ist denn die Herrin, mittellos geworden, für die abwesende Dienerin zuständig, die nicht länger dient?

Bliebe der Phönizier. Hellenen und Phönizier hatten sich nie vertragen; ihre Abneigung gegen Boschmun mochte, sagte sie sich, eine Art Erbe sein – das Kriegerblut makedonischer Fürsten in ihren Adern barg vielleicht Abwehr und Verachtung, gegen die sie machtlos war. Machtlos sein wollte. Sie fand den fetten Boschmun mit seiner öligen Stimme und den warmen Worten, die darunterliegende Härte und Kälte nur betonten, einfach widerwärtig. Als Mensch, als Mann. Sie war sicher, daß er höchstens ein Fünftel des Werts der Kamele zahlen würde, und lieber wäre sie Dienerin eines arabischen Räubers als dieser Kröte.

Kleopatra schrak auf, als die schlanke Sklavin eintrat, um Becher und Brotreste wegzuräumen. Sie war hübsch, dachte Kleopatra; den Zügen und der Haut nach mochte sie Kind einer hellenisch-arabischen Verbindung sein, und zweifellos war sie zu bedauern. Nicht als Sklavin – Sklaven gab es überall, wie es Handwerker und Krieger und Händler und Fürsten gab. Aber Sklavin dieses Scheusals…

Offenbar hatte Kleopatra ihr Gesicht nicht wie gewöhnlich beherrscht; die Sklavin schien etwas gelesen zu haben, sei es in den Gesichtszügen oder in den Augen. Sie lächelte, während sie sich zum geleerten Krug bückte, und sagte halblaut:

»Keine Sorge. Er ist ein guter Herr, am Tag und in der Nacht. Er hat mich nie geschlagen.«

Mit leichtem Entsetzen über ihre mangelnde Beherrschung und mit minder leichtem Erstaunen spürte Kleopatra, daß sie ein wenig errötete. Sie konnte sich nicht erinnern, wann dies zuletzt geschehen war. Sie räusperte sich.

»Kann man ihm vertrauen?« sagte sie.

»Er gibt sein Wort selten, aber wenn er es gibt, nimmt er es nicht zurück.«

»Klingt so tugendhaft, daß...«

Die Sklavin schüttelte den Kopf. Etwas wie Geringschätzung lag in ihrer Stimme, als sie antwortete.

»Du kennst dich nicht aus, Herrin. Keine Tugend. Notwendigkeit. Wer würde denn ein zweites Mal mit ihm ein Geschäft machen?«

Kleopatra hob die Brauen, sagte nichts und ging hinaus; sie spürte die Blicke der Sklavin in ihrem Rücken.

Die Geschäfte schienen bereits beendet zu sein: Boschmun überreichte Meleagros eben einen Beutel.

»Danke, Herr und Freund meines Herren«, sagte Meleagros. »Wir werden den nächsten Wein auf dein Wohl trinken. Mögen deine Kamele ewig rennen und deine Geschäfte nie Schaden leiden.«

»Die Kamele sollten nicht zu schnell rennen.« Boschmun bleckte die Zähne. »Sonst fallen am Ende die Traglasten ab.«

Sie nahmen ihre wenigen Habseligkeiten an sich – Beutel, Decken, Waffen, Kleidungsstücke. Kleopatra beeilte sich nicht. Sie hatte das Gefühl, daß es ihr gelungen sei, unauffällig als letzte mit ihrem Gepäck fertig zu werden. Die anderen waren bereits zur Straße unterwegs, als sie sich an den Phönizier wandte, der mit verschränkten Armen zwischen dem Pferch und dem ersten Schuppen stand und von den Kamelen zur Straße und wieder zurück schaute.

»Ein Wort noch, Herr des Handels«, sagte sie leise.

Er betrachtete sie mit ausdruckslosem Gesicht. »Die edle Makedonin?«

Sie überhörte den spöttischen Unterton. »Du hast von Räuberfürsten gesprochen.«

»Ungern, ja. Warum?«

»Der Überfall geschah im Land der Nabatäer. Wie viele Räuberfürsten duldet der König der Nabatäer? Und wie viele von diesen können dreißig Bewaffnete losschicken?«

Boschmun hob eine Braue. »Kluge Fragen, kluge Fragen. Willst du etwas unternehmen?«

»Ich will überleben. Dazu sind Kenntnisse nötig.«

Boschmun lachte. »Du solltest dich auf den Handel verlegen; du könntest es weit bringen.«

»Mag sein. Bleiben wir bei den Fragen. Was hältst du von Ao Hidis?«

Boschmun blinzelte. »Man sollte es erwägen. Belhadad hat einen langen Arm, und man sagt, die Nabatäer seien darüber nicht unglücklich.«

Als Kleopatra die anderen einholte, waren sie schon vor dem Tor. Meleagros hatte ein paar Worte mit einem der bewaffneten Wächter gewechselt und kam zurück.

»Die Stadt ist voll«, sagte er. »Es wird schwierig werden, irgendwo unterzukommen.«

»Ist der Präfekt da?«

Meleagros nickte. »Er ist, Fürstin. Aber... gewöhnlich verwendet er den Palast des Herodes als Praetorium. Diesmal ist Herodes Antipas selbst da, um das Fest im Tempel zu begehen. Also sind Pilatus und seine Leute in die Festung gezogen. Die Antonia.«

»Dann laß uns dorthin gehen.«

»Glaubst du, man wird uns willkommen heißen?« Meleagros verzog den Mund. »Ich glaube, wir sollten euch Frauen dorthin geleiten und uns dann nach anderen Möglichkeiten umschauen.«

»Versuchen wir es.«

Die Festung, von Herodes dem Großen gebaut und zu Ehren seines Freundes Marcus Antonius »Antonia« genannt, wurde von Kriegern bewacht. Meleagros warf Kleopatra einen Blick zu und deutete mit dem Kinn auf die Posten; Kleopatra trat vor. Hinter den Wächtern sah sie am Ende des Durchgangs den Innenhof der Festung, in dem Zelte standen, Unterkünfte der Kämpfer. Ein älterer Mann und zwei Frauen standen im Durchgang und schienen über etwas zu streiten.

»Kleopatra«, sagte sie, »Fürstin aus Ägypten. Der Präfekt war Gastfreund in meinem Haus in Alexandria und hat mich eingeladen.«

Einer der Wachtposten grinste. »Du siehst nicht aus wie eine geladene Fürstin«, sagte er.

»Dafür sind arabische Räuber zuständig.« Sie zögerte einen halben Atemzug lang; dann faßte sie einen Entschluß. »Neben der alten Freundschaft könnten neue Nachrichten den Präfekten bewegen, uns zu empfangen.«

»Nachrichten worüber?«

»Über Ao Hidis und Belhadad.«

Sie spürte die verblüfften Blicke der anderen. Aber sie sah auch, daß ihre Worte den Wächter nicht sonderlich berührten. Er schüttelte den Kopf und öffnete den Mund; aber dann schloß er ihn wieder, denn der ältere Mann und eine der Frauen aus dem Durchgang schienen etwas gehört zu haben und kamen zum Tor.

»Was ist mit Belhadad?« sagte der Mann.

»Diese Frau«, sagte der Wächter, »behauptet, der Präfekt sei in Alexandria in ihrem Haus zu Gast gewesen. Und sie will etwas über arabische Räuber erzählen.«

»Wie heißt du?« sagte der Ältere.

»Kleopatra.«

Der Mann lachte. »Wie soll eine Fürstin aus Ägypten schon heißen? Und was ist mit Belhadad?«

»Müssen wir das hier auf der Straße bereden?«

Die Frau, die bis jetzt geschwiegen hatte, legte eine Hand auf den Arm des älteren Mannes. Sie musterte Kleopatra mit klaren, graubraunen Augen. Als sie sprach, verwendete sie, wie alle anderen, Griechisch, aber die römische Herkunft war unüberhörbar.

»Kleopatra aus Alexandria? Und Nachrichten über Ao Hidis? Das sollte nicht hier erörtert werden.«

Sie streifte Kleopatras Begleiter mit schnellen, abschätzenden Blicken. Eine kluge, harte Frau, dachte Kleopatra, mit den Zügen und der Haltung der römischen Adligen. Was tat sie hier zwischen den Kriegern?

»Du da.« Die Frau wandte sich an einen der Posten. »Führ die Frau und die anderen zu Tarquinius. Er soll sie unterbringen.« Dann blickte sie Kleopatra an. Ohne eine Miene zu verziehen sagte sie: »Ich habe von dir gehört; deshalb... Man wird sehen.« Damit wandte sie sich ab und ging mit dem Älteren zurück in den Innenhof.

Der Posten gab einem der anderen seine Lanze und sagte: »Folgt mir.«

»Wer ist die Frau?« sagte Kleopatra.

»Claudia Procula.«

»Wer ist Claudia Procula?«

»Die Gattin des Präfekten.«

17. Belhadads Gefangene

> Laßt uns preisen die unerforschlichen
> Ratschlüsse der Ewigen, denen es gefiel,
> uns zu Hunger, Durst, Schmerzen, Ohnmacht
> und Juckreiz auch noch Fürsten zu geben.
>
> (GRABSPRUCH, ANONYM)

Acht Tage lang ritten sie, fast immer nach Norden. Der Anführer, Didhama, teilte außer seinem Namen kaum etwas mit. Vor allem nicht das Ziel des Ritts. Dafür, daß man nachts rastete und die Tage zum Vorankommen nutzte, gab es zwei Gründe, wie Demetrios vermutete. Erstens die Beschaffenheit der Wege, die bei Dunkelheit kaum nutzbar gewesen wären, und zweitens die Gewohnheiten der Räuber: Für sie war das Frühjahr kühl, und bis die Hitze des Tages ihnen lästig würde, mußten noch zwei Monde vergehen.

Die Gefangenen wurden gut behandelt. Oder, genauer: gar nicht. Man sorgte dafür, daß sie nicht nebeneinander ritten, sich nicht unterhalten, absprechen, verabreden konnten. Nachts wurden sie gefesselt und möglichst weit voneinander entfernt. Die Fesseln waren unbequem, jedoch nicht quälend; sie dienten lediglich der Sicherheit.

Aber auch ohne Gespräche mit Ravi und Glauke oder Mitteilungen seitens der Araber war Demetrios nicht im Zweifel hinsichtlich des Ziels und der Zugehörigkeit ihrer Entführer. Vor allem nicht, als ihm klar wurde, daß sie immer weiter nach Norden ritten. Es mochte weiter südlich, am Rand des Nabatäerreichs, ein paar kleine Wüstenfürsten geben, die hin und wieder eine Karawane plünderten, aber niemanden, der stark genug war, dreißig Männer loszuschicken. Dagegen hätte der Nabatäerkönig Aretas etwas unternommen. Weiter im Norden dagegen... lag Ao Hidis, das Reich des Belhadad.

Die Strecke, die sie nahmen, verlief wahrscheinlich östlich der alten Handelswege. Wüste, Sandflächen, steinige Täler, hin und wieder ein verdeckter Brunnen, an dem nur ein paar Pferdespuren zu sehen waren, kein Kameldung. Einer der geheimen Wege der Räuber, sagte sich Demetrios.

Danach sagte er sich andere Dinge. Dreißig kräftige, junge Männer, glänzende Reiter, erfahren im Umgang mit Waffen und der Wüste, vierhundert Meilen südlich ihrer Heimat... und sie taten nichts weiter, außer, daß sie ihn und die beiden anderen nach Norden brachten. Hatte Belhadad sie geschickt, um drei Gefangene zu machen und vielleicht ein wenig Geld zu erbeuten? Warum nicht dreißig Gefangene, oder dreihundert, die man ausplünderte und tötete, weil man sie nicht brauchte?

Eigentlich gab es nur eine Erklärung. Diese Männer waren ausgeschickt, um eine bestimmte Aufgabe zu erledigen. Nun, da sie erledigt war, ritten sie heim. Also konnte die Aufgabe nur heißen: Demetrios, Ravi, Glauke beschaffen.

Warum Glauke? Warum Ravi? Warum Demetrios? Je länger er darüber nachdachte – und zum Denken hatte er acht Tage und Nächte ungestörter Zeit –, desto mehr war er davon überzeugt, daß der Anschlag ihm galt, daß die anderen eher Dreingabe waren. Eine hübsche junge Frau, ein alter Inder? Jeder Räuber kann mit einer jungen Frau etwas anfangen, sagte er sich; aber wenn es ums Entführen und die Erpressung von Lösegeld geht, wäre die Fürstin Kleopatra lohnender. Die Männer hatten nicht einmal versucht, Namen und Rang und Herkunft zu ermitteln; ungewöhnlich für Räuber, die Lösegeld wollen. Glauke als Dreingabe? Wahrscheinlich; vielleicht auch, um alles nicht allzu offensichtlich zu machen. Ravi? Ein alter Inder, der lange in Adane eine Herberge geleitet hatte, mochte tausend Dinge wissen, die andere gern wüßten. Aber auch nach Ravi hatten sie nicht gefragt, bis auf: »Inder?« Blieb er selbst, Händler, Karawanenmann und Angehöriger der römischen Fernhändlerzunft. Mit Verbindungen und Kenntnissen.

Aber woher hatten sie von ihm gewußt? Belhadad, hieß es, wußte alles. Um alles oder jedenfalls vieles zu wissen, brauchte man Quellen, aus denen man Wissen bezog. Woher konnte Belhadad wissen, daß zu dieser Zeit ein gewisser Demetrios nördlich von Leuke Kome unterwegs sein würde?

Nachrichten reisen schnell, so schnell wie der schnellste Reiter. Es gab zwei Reiter, die dreizehn Tage Vorsprung hatten. Rufus und Mukhtar. Aber... acht Tage bis Ao Hidis, seiner Schätzung nach, und acht Tage von dort bis nahe Leuke Kome, das waren sechzehn Tage, nicht dreizehn. Vielleicht hatten die anderen inzwischen vierzehn Tage Vorsprung, aber sicher nicht sechzehn. Sie mußten also irgendwo jemanden getroffen haben, vielleicht Didhama. Und sie mußten ihm gesagt haben, daß andere Leute unterwegs waren. Wenn man sie nun gefangen und gefoltert hätte, wäre ohne Zweifel auch Kleopatra erwähnt worden. Und man hätte sie ohne Zweifel gefangen. Um Geld zu erpressen, oder um bei der nächsten politischen Schwierigkeit einen römischen Präfekten unter Druck zu setzen?

Gleichviel. Als sie Ao Hidis erreichten, war Demetrios sicher, daß Didhama ihn hatte fangen sollen. Und das konnte nur bedeuten, daß Rufus und Mukhtar (falls sie sich nicht in Feindschaft getrennt hatten) mit Belhadad zusammenarbeiteten.

Bei allem, was Demetrios über Belhadad und die Anliegen der Römer wußte, war diese Folgerung jedoch so unsinnig, daß er eine Weile das Denken einstellte und die letzten Stunden des Ritts in beinahe betäubtem Brüten verbrachte.

Ursprünglich war Ao Hidis eine Reihe kleiner Oasen gewesen. Belhadad und seine Vorgänger hatten daraus ein ostwestlich verlaufendes, fast dreißig Meilen langes und bis zu sieben Meilen breites Tal gemacht, eine einzige große fruchtbare Oase zwischen den Steinmassen und Sandmeeren der Wüste. Von Norden und Süden machten schroffe Steilwände jede Annäherung unmöglich; falls jemand über Treibsand, Felsgrate und Schlünde überhaupt dorthin gelangte. Im Osten endete das Tal in einem felsigen Schlauch, den ein paar Bogenschützen gegen ein ganzes Heer verteidigen konnten.

All das berichtete oder behauptete Didhama, als sie Ao Hidis erreicht und den westlichen Zugang hinter sich gebracht hatten: eine etwa dreihundert Schritte lange, hohe Mauer mit Zinnen und Wächtern, und ein zweiflügeliges Tor aus Holz und Eisen. Hinter dem Tor endete die Schweigsamkeit der Räuber, und es begann die Hauptstadt des Reichs von Belhadad.

»Ich hätte dir das alles längst sagen können, aber du hättest noch entfliehen können, oder vielleicht wären wir bösen Feinden begegnet, denen du nichts sagen können sollst.« Didhama löste den Schleier, mit dem er zuletzt Mund und Nase gegen sandigen Wind geschützt hatte.

»Daß es nach Ao Hidis geht«, sagte Demetrios, »hätte ich dir auch schon lange sagen können. Wozu also die Heimlichkeiten?«

Didhama grinste. »Wer nicht auch dann, wenn es unnötig wäre, den Mund halten kann, wird in der Not plappern wie eine Sandkaskade.«

»Plappern eure Sandkaskaden?«

Didhama antwortete nicht, und Demetrios erwartete keine Antwort auf die sinnlose Frage. Er sah sich um, sog die Bilder, Farben, Geräusche, Gerüche auf und bemühte sich, möglichst viel zu erfassen und zu behalten.

Er sah Zelte, große und kleine, schlichte und geschmückte

Zelte, eine wahre Zeltstadt, wie ein langgezogener Saum der Felswände im Norden und Süden. Dunkle Flecken im Stein schienen verhängte Höhleneingänge zu sein; hier und da lehnten lange Leitern, mit denen Wächter die natürlichen Schutzwälle erklimmen konnten, um Ausschau zu halten. In der Mitte des Tals nahm der Bewuchs zu: Viehweiden, Gärten, ganze Getreidefelder waren angelegt worden. Offenbar hatte man aus den Tümpeln der Oasen ein zusammenhängendes System von Teichen und Bewässerungskanälen gemacht. Als sie weiter nach Osten ritten, sah Demetrios zwischen den Zelten immer öfter Häuser aus aufgetürmten Bruchsteinen.

Und Menschen. Männer, Frauen, Kinder, ein paar Alte. Sie alle hüteten Pferde, Kamele und Rinder (wahrscheinlich, sagte er sich, gab es irgendwo auch Schafe und Ziegen), arbeiteten auf den Feldern, in den Gärten und in Werkstätten. Er sah Ledermacher und Tauschläger, Zimmerleute (woher mochte das Holz kommen?) und Schmiede, aber auch Verkaufsstände, an denen Nahrungsmittel, Gemüse, Früchte und Amphoren feilgeboten wurden, die Wein oder Bier und sicherlich Öl enthielten; Wasser gab es ja reichlich und vermutlich kostenlos in der Talmitte.

»Dreißigtausend?« sagte er ohne Einleitung.

»Was? Pferde?« Didhama hob die Hand, um jemanden am Wegrand zu grüßen.

»Menschen.«

»Zehntausend waffenfähige Männer.« Didhama klang ein wenig stolz, zugleich aber beinahe verblüfft über die Zahl, die er selbst nannte. »Und was an Kindern und Alten und Frauen sonst dazugehört.«

Demetrios beschloß, nicht zu staunen, sondern das, worauf Didhama sich etwas einbildete, herabzusetzen.

»Und mit diesen paar Leuten wollt ihr das Imperium herausfordern?« sagte er. »Wißt ihr denn nicht, wie mächtig Rom ist?«

»Mächtig, ja.« Didhama schnaubte. »Und sehr weit weg.«

Der Weg näherte sich dem Wasser in der Talmitte. Demetrios sah, daß das kostbare Naß durch Zäune geschützt wurde. Wahrscheinlich, damit Tiere und Menschen nicht darin herumtrampelten, sagte er sich. Reinlichkeit – aber wie wurden die Tiere versorgt?

Dann sah er unter den Zäunen Rinnen, die vom Wasser wegliefen, und am jeweiligen Kopfende eine Art Schleuse: hölzerne Rahmen mit beweglichen Brettern, die gehoben und gesenkt werden konnten. Ein bärtiger Mann führte eben ein Pferd zu einem dieser in die Erde eingelassenen Tröge. Er blickte auf und musterte Demetrios; dann wandte er sich ab.

Es war eine schnelle, beinahe jähe Kopfbewegung, und Demetrios konnte keineswegs sicher sein. Aber wenn sich die Männer des Rufus nicht mehr rasiert, wenn sie ihre römischen Rüstungen abgelegt hätten und sich als Araber ausgäben, könnte dieser Mann Lucius Postumus sein – der Mann, mit dem er am Abend geredet hatte, ehe die Büttel des arabischen Stadtfürsten ihn und die anderen in den Kerker schleppten.

Demetrios erwog die Unwahrscheinlichkeit, die Wahrscheinlichkeit; was er nicht erwog, war eine Frage an Didhama. Wenn der Mann Postumus war, hatte er Demetrios erkannt. Da er nichts gesagt, nicht einmal gezwinkert hatte, wollte er offenbar nicht erkannt werden. Es gab nur einen sinnvollen Grund dafür: Postumus, wenn er es war, gehörte zu dem Spiel, das Rufus in Ao Hidis spielen wollte.

Und dieses Spiel wurde Demetrios noch undurchschaubarer, als sie nach etwa drei Meilen zu einem Gebäude kamen, das er nur als Festung bezeichnen konnte; und vor dessen Eingang stand Rufus, bartlos, und redete mit einem älteren Araber.

Er blickte auf, als die Hufschläge der Pferde auf dem mit Steinen befestigten Weg zum Festungstor nicht mehr zu überhören waren. Und er lächelte. Ein schräges Lächeln, wie Demetrios fand.

»Spät kommt ihr, aber immerhin«, sagte Rufus.

Ehe Demetrios etwas sagen konnte, trieb Didhama sein Tier voran und hob den Arm zum Gruß.

»Ich hoffe, es sind die richtigen, Römer.«

Rufus schaute die Reihe der Reiter entlang. Ravi befand sich in der Mitte, Glauke ziemlich weit hinten.

»Es sind beinahe die richtigen Gefangenen, mein Freund«, sagte Rufus. »Bringt sie hinein. Ich nehme an, der Fürst wird mit ihnen reden wollen. Bald.«

»Was weißt du von den Wünschen des Fürsten, Römer?« sagte Demetrios. Er begann, sich wie ein Nebendarsteller in einer wirren Komödie zu fühlen. Einer, der nicht weiß, wie er ins Stück gekommen ist, wen oder was er darstellen soll, und nicht einmal, ob die Komödie nicht gleich zur blutigen Tragödie umschlägt.

»Soviel, wie er mir anvertraut hat«, sagte Rufus.

Der Ältere räusperte sich. »Sollen wir Hiqar dazuholen?«

»Es könnte nicht schaden. Geh, such ihn.«

Der Araber legte die Hand auf die Brust und verschwand in der Festung.

»Ist dir also gelungen«, sagte Demetrios, »was die Präfekten und der Princeps selbst bisher nicht erreichen konnten? Arabern zu befehlen?«

Rufus lachte. »Steig ab. Du wirst bald mehr Antworten bekommen, als das Gefäß deiner Fragen aufnehmen kann. Ihr anderen auch – Ravi und Glauke.«

»Was habt ihr... hast du mit uns vor?«

Rufus antwortete nicht. Didhama drehte sich auf dem Pferd um und rief etwas; dabei deutete er auf Ravi und Glauke. Sie stiegen ab – Glauke fiel eher vom Pferd; dann packten Didhamas Männer sie an den Armen und führten sie zum Tor der Festung.

Demetrios hatte sich ein paar Atemzüge lang dem Gebäude zugewandt, das aus großen behauenen Quadern bestand, darüber dicke Balken, darüber mindestens ein Stockwerk – er mußte den Kopf in den Nacken legen, um hochschauen zu können – aus Lehmziegeln. Er fragte sich, woher Holz und Lehm kamen. Dann roch er aus dem Innenhof den Rauch eines Holzfeuers, vermischt, wenn seine Nase nicht trog, mit trockenem Kameldung. Noch mehr Holz.

Ein erstickter Laut ließ ihn herumfahren. Glauke stand hinter ihm, gestützt oder geführt von zwei Arabern. Er hatte sie während der mühseligen Reise immer nur von weitem gesehen und nicht mit ihr sprechen können, ebenso wenig wie mit Ravi. Nun, da er sie aus der Nähe sah, erschrak er.

Die junge Frau war fahlgrau im Gesicht, das Kerben aufwies, wo vorher keine gewesen waren. Reisestaub mochte zur Fahlheit beitragen, war aber nicht die eigentliche Ursache. Die Augen, ähnlich denen einer Fieberkranken, starrten ihn mit einem fast unwirklichen Glühen an und waren doch irgendwie weit weg.

»Was ist mit dir?« sagte er.

Didhama stieß ihn an. »Geht hinein; reden könnt ihr später.«

Auch Ravi wirkte verändert, weit über seine Jahre hinaus gealtert. Aber ehe Demetrios mehr sagen oder fragen konnte, schoben die Männer sie an den beiden Wächtern vorüber in die Festung des Herrn der Räuber.

Der Innenhof war mit Steinplatten ausgelegt und maß vielleicht vierzigmal fünfzig Schritte. Auf allen Seiten ragten die Quadermauern auf, darüber – wie er nun sah – zwei Stockwerke aus Ziegeln, getragen und gestützt von Balken. In den Wänden gab es Fensteröffnungen, hoch oben Zinnen und an den vier Ecken turmartige Erhöhungen. Er glaubte, Köpfe von mindestens je einem Wächter zu sehen, aber dann schoben die Männer ihn und die beiden anderen in einen Gang in der nördlichen Mauer, drinnen eine Treppe hinauf und in ein kleines, kahles Zimmer.

Rufus war ihnen gefolgt. Er blieb in der Tür stehen und sah zu, wie andere Männer – Hausdiener oder Sklaven – Matten auf dem Steinboden ausbreiteten und Wasserkrüge, Schüsseln und Becher brachten.

»Macht es euch bequem«, sagte er, als die Diener gegangen waren. »Der Fürst wird nach euch schicken, sobald er Zeit und Lust hat. Bis dahin... ruht euch aus.«

Er trat zurück; zwei von Didhamas Leuten schlossen die Tür. Demetrios hörte, wie von außen Riegel vorgelegt wurden. Dann entfernten sich Schritte mehrerer Männer.

Demetrios wandte sich den beiden zu. Glauke hatte sich auf eine der Matten fallen lassen und blickte zu ihm auf. Ravi ging langsam zur Fensteröffnung, die sehr hoch in der Wand saß, stellte sich auf die Zehenspitzen, schaute hinaus, drehte sich wieder um und sagte mit brüchiger Stimme:

»Das geht zum Innenhof. Sich hinausstürzen wäre vielleicht der beste Weg.«

»Red keinen Unsinn.« Demetrios ging zu ihm und packte ihn an den Schultern. »Alter Freund, was ist mit dir? Und mit dir, Glauke? Ihr seht aus wie eure Bilder in einem alten beschlagenen Silberspiegel.«

Ravi bewegte die Lippen. Sie waren rissig und wie entfärbt.

»Reiten«, sagte Glauke mit spröder Stimme. Sie schloß die Augen. »Immer reiten, hastig reiten. Keine Auskünfte, kein Reden. Was soll mit uns geschehen?«

Ravi nickte stumm.

Plötzlich begriff Demetrios, daß beide Angst hatten. Angst vor dem Unbekannten. Ein wenig erstaunt lauschte er in sich hinein, aber dort fand er nur Verärgerung, Fragen, Verblüffung. Keine Angst. Oder... nein, ein wenig Angst, aber mehr Ärger. Und er sagte sich, daß er nicht an die Lage der beiden gedacht hatte. Aber selbst wenn – er hätte ja nicht mit ihnen reden können. Um ihnen zu sagen, daß er damit rechnete, zu den römischen Plänen befragt zu werden. Daß er darauf hoffte, irgendwie hinter die Spielzüge von Rufus schauen zu können. Und daß den beiden all das nichts nützte, wurde ihm ebenso plötzlich klar wie ihre Angst.

Denn sie waren, anders als er, nicht in Geheimnisse eingeweiht. Sie konnten nicht darauf vertrauen, wegen ihres Wissens befragt, vielleicht gefoltert, am Ende vielleicht getötet oder ausgetauscht zu werden. Keine angenehmen Aussichten, aber immerhin Aussichten. Für Glauke und Ravi gab es nichts außer dem Unbekannten, der Fassungslosigkeit angesichts einer vollkommen undurchschaubaren, sinnlosen Entwicklung. Sie konnten – ja, womit konnten sie rechnen?' Glauke drohte das Schicksal so vieler Frauen und Mädchen: Sklaverei, Entwürdigung zum Spielzeug eines mächtigen Mannes, Ausnutzung und später vielleicht Tod in der Wüste. Oder Spielzeug für viele Männer. Für Ravi gab es vielleicht nichts außer Folter und Tod. Und der Frage: warum.

»Ich«, sagte Demetrios; dann verstummte er.

»Du weißt auch nichts, nicht wahr?« sagte Ravi.

»Nichts. Außer, daß sie vielleicht versuchen werden, etwas aus uns herauszukriegen. Aber was?«

Einen Augenblick lang hatte er gezögert, sich dann aber schnell entschieden. Sollte er ihnen etwas sagen, ihnen etwas anvertrauen? Es mochte ihnen so etwas wie einen Sinn geben – aber wenn sie nichts wußten, konnten sie nichts aussagen, und wenn Belhadads Leute feststellten, daß sie nichts wußten, wäre ihr Los vielleicht... weniger hart? Gnädiger? Er wußte es nicht, konnte nur hoffen, ihnen etwas zu ersparen.

»Hat man euch mißhandelt?« Er fand die eigene Stimme fremd und verlogen, die Frage hohl.

Glauke schüttelte stumm den Kopf.

Ravi sagte: »Wir sind geritten. Wie du. Mehr nicht.«

»Und euch hat man auch nichts gesagt?«

Ehe einer antworten konnte, hörte er Schritte auf dem Gang. Die Tür wurde geöffnet; ein Mann, den er bisher nicht gesehen hatte, trat ein, hob den Arm und deutete auf Demetrios.

»Du da – mitkommen.«

»Und wir?« sagte Ravi.

Der Mann hob die Schultern. »Ergötzt euch aneinander. Viel Zeit bleibt euch dazu nicht. Oder zu anderem.«

Sie führten Demetrios die Treppe hinab, über den Innenhof, auf dem ein paar gelangweilt wirkende Krieger herumstanden, und gingen dann auf der anderen Seite eine Treppe hinauf, in einen großen Raum, der mit Teppichen ausgelegt war. Es gab hölzerne Truhen, auf denen große Öllampen standen, und einen niedrigen Tisch. Daneben saß, auf einem Stapel dicker Kissen, der Herr der Wüste, Belhadad.

›Ein alter Mann‹, dachte Demetrios zunächst. ›Ein schwerer Mann, ein mächtiger und gerissener Mann.‹ Vielleicht hatte er kein Haupthaar mehr; das kunstvoll um den Kopf geschlungene weiße Tuch, dessen Ende über das linke Ohr bis auf die Schulter fiel, ließ nur die hohe, gefurchte Stirn erkennen. Buschige weiße Brauen, ein weißer Bart, ein weiter weißer Umhang, dessen Falten so wirkten, als wollten sie steigen, schweben und den schweren Mann, der seltsam leicht schien, über alle erheben. Erst danach sah Demetrios die sehnigen, starken Hände, die mit einer Kette aus Holzperlen und einem Dolch spielten, und die beißenden dunklen Augen.

»Du magst stehen oder sitzen, wie es dir beliebt«, sagte Belhadad. Sein Griechisch war makellos, und die Stimme klang, als käme sie aus einem tiefen Gewölbe und dränge mühelos durch die Mauern der Festung.

»Wie könnte ich, von der Reise verschmutzt, in Anwesenheit des Fürsten sitzen?«

Belhadad nickte. »In der Tat – wie könntest du? Indem du dein Gesäß auf dem Teppich lagerst. Es geht ganz leicht; selbst

Römer sollten es können. Und was ist äußerer Staub? Nichts, verglichen mit der Finsternis des Inneren.«

Demetrios ließ sich nieder. »Mein Inneres«, sagte er, »ist licht ob der Wonne deines Anblicks. Wiewohl die Einladung, deine Gastfreundschaft zu genießen, sich nicht durch besonderen Liebreiz auszeichnete.«

Belhadad blickte an ihm vorbei. Durch die Tür, neben der Wächter standen, hatten zwei weitere Männer den Raum betreten. Sie verneigten sich vor dem Fürsten und ließen sich rechts von Demetrios nieder, die Rücken an eine Truhe gelehnt. Der eine war Valerius Rufus, der Demetrios mit ausdruckslosem Gesicht betrachtete, der andere ein junger Mann, kaum älter als 20, mit lockigem schwarzen Bart und klaren Zügen.

»Rufus kennst du ja«, sagte Belhadad. »Neben ihm ist Hiqar, der Hauptmann meiner Wächter und Hüter meines Leibes. Ihn wirst du kennenlernen; vor allem dann, wenn du wünschen solltest, dich unserer Gastlichkeit zu entziehen.«

Demetrios bemühte sich um ein halbwegs freundliches Lächeln. »Diese Gastlichkeit, die mich ehrt und die mir so jäh zuteil wurde, mag ich nicht allzu lange ausnutzen. Meine Geschäfte könnten unter meiner Abwesenheit leiden.«

»Die Gastlichkeit wird erst enden, wenn wir Brot und Salz miteinander geteilt haben. Was natürlich erst dann der Fall sein wird, wenn ich deiner Freundschaft sicher sein kann. Deiner Freundschaft und der deines Volks.«

»Meiner Freundschaft will ich dich gern versichern«, sagte Demetrios. »Für mein Volk kann ich kaum sprechen.«

Belhadad nickte dem Römer zu; Rufus sagte:

»Laß uns aufhören, höflich um die Dinge herum zu reden, Demetrios. Ich habe deine Karawane verlassen, um schneller voranzukommen; dann habe ich meine Krieger fortgeschickt, nach Caesarea, und mich mit Mukhtar und seinen Leuten herbegeben, trotz aller damit verbundenen Gefahren, um den edlen Belhadad zu warnen.«

»Wovor?«

Belhadad schloß die Augen; spielerisch richtete seine Rechte die Spitze des Dolchs auf Demetrios. Hiqars Mundwinkel zuckten, und Rufus seufzte.

»Ein schlechter Beginn«, sagte er. »Du weißt, daß ich ein Mann des Sejanus bin. Ich weiß, du gehörst zu den Kundschaftern der Fernhändler. Wir beide wissen, daß es noch zwei geheime Dienste gibt, den des Heeres und das Netz jener Männer, die einmal für Livia Augusta gearbeitet haben. Ich weiß, daß Sejanus ein Unternehmen gegen Belhadad vorbereitet. Wahrscheinlich sind die anderen Dienste beteiligt. Was weißt du davon?«

»Wenig. Fast gar nichts.«

»Das glauben wir nicht«, sagte Hiqar.

»Ich bin viele Monde unterwegs gewesen«, sagte Demetrios. »Von Rom nach Alexandria, von dort den Nil hinauf, viele Tagereisen südlich von Meroë, und von dort nach Adane. Wo hätte ich, auf dieser Reise, etwas Neues erfahren sollen über Pläne in Rom?«

»Vielleicht würde es uns genügen, das Alte zu hören, das du schon vorher wußtest.« Belhadad öffnete die Augen und hob den Dolch ein wenig an; die Spitze deutete nun auf Demetrios' Brust.

»Was immer ich weiß, und ich wiederhole, es ist nicht viel, gehört jenen, denen ich diene. Wenn ich sie verriete – wieviel Wert hätte wohl das Wort eines Verräters? Wer wollte sicher sein, daß ich die Wahrheit sage?«

»Es geht nicht um Verrat an Rom«, sagte Rufus. »Sondern darum, Rom vor einem furchtbaren Fehler zu bewahren.«

Demetrios lachte gepreßt. »Ist das deine Ausrede dafür, daß du deine Männer verläßt und Rom verrätst? Und von welchem Fehler sprichst du?«

Seine Gedanken tanzten, wirbelten im Kreis. Er brauchte Zeit, um die Dinge zu ordnen. Was sollte er mit all dem anfangen, was Rufus ihm gesagt hatte? Die nach Caesarea geschickten Krieger – und Postumus in Ao Hidis? Der Hinweis auf Mukhtar und auf die geheimen Dienste?

»Ich spreche davon«, sagte Rufus, »daß einige hundert Männer, unsere Waffenbrüder, sinnlos sterben sollen. Du hast Ao Hidis gesehen; meinst du, es wäre so leicht zu erobern? Und wenn es erobert wäre, wenn der edle Belhadad und seine Leute nicht mehr zwischen Rom, den Parthern und den Nabatäern stehen, wer soll dann die Parther daran hindern, zusammen mit den Nabatäern ganz Arabien und Babylonien zu nehmen und den Osten des Imperiums in eine einzige große, blutende Wunde zu verwandeln?«

»Dein Herr, der allmächtige Sejanus, wird dich dafür lieben.«

»Mein Herr, der große Sejanus, hat von den anderen Diensten falsche Nachrichten erhalten – fürchte ich. Wenn wir ihn an einem schlimmen Fehler hindern und ihm sagen können, wer für diese falschen Nachrichten zuständig war, wird nicht nur er uns lieben und loben, sondern auch Belhadad.«

Demetrios schwieg.

Hiqar wandte sich an Belhadad. »Herr«, sagte er, »ich glaube, er ist ratlos.«

»Es gibt Möglichkeiten, dem abzuhelfen.«

»Die gibt es – scharfe und stumpfe, heiße und kalte. Aber dafür bleibt noch genug Zeit. Vielleicht wäre es kein Fehler, ihn ein wenig nachdenken zu lassen. Allein.«

Belhadad hob eine Braue und blickte Rufus an. »Was meinst du dazu?«

»Ich weiß es nicht. Wir spielen ein gefährliches Spiel, wir wandern auf einem schwankenden Seil über Speerspitzen. Auf welche Seite wir auch stürzen, wir werden sterben. Wir müssen ans Ende des Seiles gelangen. Vielleicht hat Hiqar recht. Wenn Demetrios sich besinnt, könnte er uns helfen, das Seil zu straffen. Wenn nicht? Dann bleiben die anderen Möglichkeiten.«

Belhadad nickte. »Er soll bis morgen denken können. Allein. Bringt ihn weg. Und, o mein unwilliger Gastfreund Demetrios, erwäge das Leben deiner Freunde.«

Rufus und Hiqar standen auf.

»Komm«, sagte Hiqar. »Oder müssen wir dich zwingen?«

Demetrios schüttelte den Kopf und erhob sich.

Sie brachten ihn nicht zurück zu Ravi und Glauke, sondern in ein Verlies, eine kalte Felsenkammer unter dem Innenhof der Festung. Aus einem Schlitz in der Wand, kurz unter der Decke, sickerte ärmliches Licht. Ein Wächter, vielleicht der Kerkermeister, brachte eine Art Bottich aus gebranntem Ton, eine gerollte Bastmatte, Brot und einen Wasserkrug.

Hiqar und Rufus warteten wortlos, bis der Mann die Gegenstände in eine Ecke gestellt hatte. Dann sagte Hiqar:

»Ich empfehle dir, gründlich nachzudenken. Gedankenlosigkeit hat schon oft zu schmerzhaftem Tod geführt.«

»Und«, sagte Rufus, »da du kein Römer bist, sondern Grieche, versuch nicht, ein umgekehrter Regulus zu sein. Denk lieber an Ephialtes aus Trachis.«

Hiqar blinzelte. »Wer ist das?«

»Das erzähl ich dir draußen.«

Der Kerkermeister schloß die Tür und legte den Riegel vor. Demetrios entrollte die Matte. Er setzte sich, riß ein Stück vom Brotfladen, trank einen Schluck Wasser und begann zu kauen. Dabei dachte er an den Konsul Regulus und an den Trachinier Ephialtes. Der eine hatte als Kriegsgefangener den Karthagern sein Ehrenwort gegeben, in Rom für den Frieden zu sprechen und in die Gefangenschaft heimzukehren, hatte in Rom die Fortführung des Kriegs gefordert und sich nach der Rückkehr in Karthago ins Schwert gestürzt. Was wäre ein umgekehrter Regulus? Und Ephialtes? Er hatte die Perser bei den Thermopylen in den Rücken der spartanischen Verteidiger unter Leonidas geführt. Was wollte Rufus ihm sagen? Und was war mit dem Leben der Freunde?

Nicht zu reden von allem anderen. Demetrios fühlte sich wie ein attischer Jüngling im Labyrinth des Minotaurus, ohne von dessen Wirklichkeit überzeugt zu sein. Er seufzte und schloß die Augen. Vielleicht ließ sich so besser denken.

18. Pontius Pilatus

> Oder wenn er einen unreinen Menschen anrührt ... hat sich verschuldet ... So soll er für ... seine Sünde, die er getan hat, dem Herrn bringen ... eine Schaf- oder Ziegenmutter zum Sündenopfer, so soll ihm der Prister seine Sünde vergeben.
>
> 3 Moses 5

Kurz vor Sonnenuntergang hörte Afer von einem Schreiber, der Präfekt werde ihn etwa zur vierten Stunde am folgenden Morgen empfangen. Zusammen mit Tishahar begab sich Afer daraufhin ins Gedränge der Stadt, um irgendwo etwas zu essen.

»Mundet dir die Kunst der Kohortenköche nicht, Herr?« sagte der Diener, als sie die Festung verließen.

»Wenn es Kunst wäre, könnte ich mich damit abfinden. Aber so?«

Tishahar lachte. »Ich würde dir gern etwas bereiten, aber man kann da oben nicht kochen.«

»Laß gut sein. Wir werden schon etwas finden.«

Es zeigte sich jedoch bald, daß Afer das Fassungsvermögen der Garküchen Jerusalems überschätzt hatte. Die Stadt wimmelte von Einheimischen und Pilgern; dazu kamen die Krieger von Herodes Antipas und die fast vollständig nach Jerusalem verlegten beiden Kohorten aus Caesarea. Die Schänken waren übervoll, und um die wenigen offenen Feuerstellen auf den Plätzen drängten sich die Hungrigen in dichten Trauben. Einmal glaubten sie, zwei Plätze an einem Tisch gefunden zu haben, der vor einer Garküche stand. Aber der Wirt – oder einer seiner Leute – bedeutete ihnen, durchaus nicht unfreundlich, daß die Sitze für andere Gäste freigehalten würden, die alsbald kommen müßten.

»Außerdem – um Vergebung, Herr – essen hier nur streng Rechtgläubige.«

»Wenn wir die Innenräume nicht betreten, besudeln wir doch nicht die Luft, die sie atmen.«

»Allein die Tatsache, daß es euch gibt und daß man euch sehen kann, macht für sie alles unrein.«

Afer nickte. »Gilt das auch für dich?«

Der Mann breitete die Arme aus. »Nein, Herr. Ich bin kein Freund der Starren. Aber ich müßte mich den Vorschriften gemäß reinigen, wenn mich deine Hand oder dein Hauch berührte. Ich könnte keine Speisen oder Geschirr anfassen, um die anderen Gäste zu bedienen.«

»Würden sie das bemerken?«

Der Schankdiener lächelte ein wenig gequält. »Es gibt Gerechte, Herr, die einem Esel ansehen, daß er vor einigen Tagen Futter aus der Hand eines Heiden erhalten hat. Versucht es doch vor den Toren; dort gibt es Schänken und Küchen für Fremde.«

Die Tore wurden gewöhnlich nach Sonnenuntergang geschlossen, aber in diesen Tagen standen sie immer offen. Außerdem verließ Afer sich darauf, daß er als Hauptmann der Krieger des Herodes Antipas notfalls befehlen konnte, ihm zu öffnen.

Weiter draußen, jenseits des Gürtels aus Zelten, wo jene Pilger wohnten, für die es in der Stadt oder bei Verwandten keinen Platz gab, fanden sie einige Holzbuden, in denen Speisen von Fremden für Fremde bereitet wurden. Ein Hellene aus Tarent bewirtete ein paar Männer der ersten Kohorte des Präfekten, allesamt Griechen; eine Garküche, betrieben von einem

Perser, war von Kaufleuten und Treibern aus allen Gegenden des Ostens umlagert. Daneben gab es syrische, arabische, sogar illyrische Küchen. Afer entschied sich für eine abgelegene und deshalb nicht überfüllte Schänke, die einem Rhodier gehörte. Sie aßen gebratene Lammstücke, Kohl, Brot und Früchte und tranken dazu rhodischen Wein.

Gegen Ende des Mahls sagte Tishahar plötzlich:

»Wie lange wirst du in Jerusalem bleiben, Herr?«

»Ich weiß es noch nicht. Das kommt darauf an, was der Präfekt und der König für mich bestimmen. Warum?«

»Nicht weit von hier, ein Stückchen hinter Emmaus...«

»Ah, ich weiß. Dein Bruder, nicht wahr?«

»Er hat sich freigekauft und arbeitet dort für einen kretischen Pferdehändler. Ich würde ihn gern einmal wiedersehen.«

Afer runzelte die Stirn. »Eigentlich brauche ich dich in den nächsten Tagen nicht. Wenn man mich auf eine längere Reise schickt, mußt du ja nicht dabeisein.«

»Ich bin dein Sklave – wie du weißt.«

»Du bist mein Freund – wie du wissen solltest. Wie lange willst du bei deinem Bruder bleiben?«

»Einen Tag hin, einen zurück; zehn Tage dort. Oder ist das zuviel?«

Afer schüttelte den Kopf. »Das geht. Wahrscheinlich bin ich dann nicht mehr hier. Nimm dein Pferd mit und reite von Emmaus zurück nach Kaphar Nahum. Wann willst du aufbrechen?«

»Morgen früh, wenn es dir recht ist.«

»Es ist mir recht.«

Bis weit nach Beginn der vierten Stunde saß Afer mit etwa zwei Dutzend anderen auf Steinbänken in einem halboffenen Raum. Ein Schreiber, der ein kleines Pult an Riemen vor der Brust trug, füllte einen Papyros mit den Namen und Anliegen der Männer. Es handelte sich um Bittsteller, um Kläger, um Händler; die meisten sprachen so leise mit dem Schreiber, daß über dem Gemurmel der anderen und den Geräuschen vom Innenhof der Festung nicht viel von ihren Wünschen zu hören war. Mindestens fünfzehn Leute waren bereits vor Afer in der Wartehalle gewesen und bedachten ihn mit schwarzen Blicken, als ein anderer Schreiber oder Gehilfe ihn zum Präfekten rief.

Pontius Pilatus saß auf einem kleinen Podium in einem Scherensessel, vor ihm ein mit Rollen und Tafeln überfüllter Tisch, zu seiner Linken ein Schreiber, der ein Pult auf den Knien hielt, zur Linken ein älterer Mann. Afer mußte sich einen Atemzug lang besinnen, ehe ihm der Name wieder einfiel: Publius Quinctilius Columella, wichtigster Berater des Präfekten. Und der Mann, mit dem Nikias alle Dinge besprach, die zwischen den Diensten des Königs und denen des Präfekten behandelt werden mußten.

»Ave Sagabiane Afer«, sagte Pilatus; er nickte, deutete ein Lächeln an und wies auf einen Stuhl vor dem Podium. »Setz dich. Ich hoffe, du bist bei guter Gesundheit.«

Afer erwiderte den Gruß und preßte die rechte Hand auf die Brust, ehe er sich setzte.

»Laß uns nicht von den Göttern und dem Wohl des Princeps reden, sondern gleich zur Sache kommen. Zu den mehreren Sachen.« Pilatus schob eine Rolle beiseite, starrte auf eine Tafel, schob auch diese fort und griff zu einem weiteren Papyros, den er entrollte. »Kleinigkeiten«, knurrte er dabei. »Das kannst du alles mit Columella besprechen, später, heute abend?« Er warf dem Berater einen Blick zu.

Columella verzog den Mund. »Morgen wäre mir lieber; ist es dringend?«

»Alles ist immer dringend und bis vorgestern zu erledigen. Aber morgen reicht wahrscheinlich.« Pilatus lächelte knapp. »Zwei Dinge, die ich mit dir besprechen will, Afer. Dieser wandernde Prediger, Jehoschua, und natürlich unsere besonderen Freunde in der Wüste.«

»Womit möchtest du beginnen, Herr?«

»Jehoschua. Das geht wahrscheinlich schneller.«

Afer nickte. »Er ist ein Gerechter, Herr«, sagte er. »Ich habe ihn beobachtet und mit ihm und seinen Leuten gesprochen. Nichts, was Rom betrifft oder beunruhigen muß.«

Pilatus schob die Unterlippe vor. »Laß mich noch einmal lesen«, murmelte er, »was Kaiaphas schreibt.«

Während der Präfekt das Schreiben überflog, wechselte Afer einen Blick mit Columella. Der Berater blinzelte und versenkte sich dann in die Betrachtung der eigenen Fingernägel. Afer unterdrückte ein Lächeln, schaute wieder auf den Präfekten und wartete.

Pilatus schien sich seit dem vergangenen Jahr nicht verändert zu haben. Der stämmige, beinahe gedrungene Körper füllte die Tunika gut aus, die Silberspange auf der rechten Schulter war die gleiche wie zuvor, der Purpurrand der Toga war ein wenig verblaßt. Zu oft gewaschen, dachte Afer; offenbar legte der Präfekt noch immer keinen Wert auf Schmuck und andere Äußerlichkeiten. Columella hatte eine mit kleinen Edelsteinen besetzte Goldspange, und sein Purpurrand leuchtete frisch und kräftig.

Beim Lesen bewegte Pilatus die Lippen, schien die Worte lautlos zu kauen; das wuchtige Kinn mit der Kerbe bewegte sich auf und ab.

Der Präfekt gehörte dem Ritterstand an. Afer wußte, daß er den üblichen Weg gegangen war, die Laufbahn der Ämter in den Tempeln, in der Verwaltung und bei den Legionen. Vor fast dreihundertfünfzig Jahren hatte einer seiner Vorfahren, oberster Feldherr der Samniter, die Römer besiegt und zum Vertrag von Caudium gezwungen; ein anderer Pontius war Gastfreund des Cicero gewesen. Eine alte Familie von Kriegern und Verwaltern, dachte Afer; sie waren daran gewöhnt, die Geltung des römischen Einflusses mit dem Schwert durchzusetzen und römisches Recht notfalls mit dem Schwert anzuwenden. Auch gegen die Juden. Er wußte nicht, wie er sich als Präfekt verhalten hätte; vielleicht hätte er, da die Juden – er verbesserte sich: die strengen Rechtgläubigen unter ihnen – keine Bilder duldeten, darauf verzichtet, die Feldzeichen mit dem Bild des Tiberius in den Palast des Herodes zu bringen. Nach tagelangem Widerstand hatte Pilatus die Feldzeichen wieder entfernen lassen, was er als Niederlage empfunden haben mußte, da die Juden es als Sieg ihres allumfassenden Gottes auslegten. Im Jahr darauf hatte der Präfekt etwas getan, was Afer billigte: Um eine Wasserleitung zu bauen, die Jerusalem endlich mit den nötigen Mengen sauberen Trinkwassers versorgen sollte, hatte Pilatus Geld beschlagnahmen lassen. Jene Silberlinge, Münzen ohne Bild, nur mit der Aufschrift des Seleukiden Antiochos, die Juden aus der ganzen Oikumene einmal jährlich sammelten und an den Tempel schickten. Den folgenden Aufruhr hatte Pilatus blutig niederschlagen lassen; die Wasserleitung war nach zweijähriger Bauzeit im vorigen Jahr fertiggestellt worden, und soweit Afer wußte, weigerten sich Jerusalems Bewohner keineswegs, das Wasser zu verwenden.

Aber von Anfang an waren die Beziehungen zwischen dem Präfekten und dem Hohen Priester Kaiaphas gespannt gewesen, unerfreulich für beide. Wenn Pilatus nach Jerusalem kam, dann immer mit beiden Kohorten – fast tausend Mann, zur Hälfte Hellenen, zur anderen Hälfte Samariter, geführt von römischen Centurionen. Wie mochte er sich fühlen, mit der schwierigen Verantwortung, eine Provinz zu leiten, deren Bewohner dem Reich größtenteils feindselig gesonnen waren? Sie so zu leiten, daß ein wie auch immer zu bewertender Friede gewahrt blieb, daß Rom nicht Geld und Krieger schicken mußte, sondern Steuereinnahmen erhielt?

Pilatus rollte das Schreiben zusammen und stützte das Kinn auf die gefalteten Hände. »Ich hasse sie«, knurrte er. »Sie hassen mich. Und was Kaiaphas über diesen Jehoschua schreibt... Entweder hält er mich für einen leichtgläubigen Trottel, oder er glaubt tatsächlich, daß dieser Prediger im Begriff ist, das Imperium niederzureißen.«

Afer schwieg. Er sagte sich, daß derartige Selbstgespräche des Präfekten keiner zudringlichen Äußerung bedurften.

»Sollen sie hassen, solange sie fürchten.« Pilatus rümpfte die Nase. »Aber sie fürchten ja nicht einmal. Oder hast du den Eindruck, daß sie fürchten? Den Kaiser, das Imperium, die Legionen, mich, was auch immer?«

»Sie fürchten nur ihren Gott«, sagte Columella. »Sollten wir nicht zur Sache kommen?«

»Wir sind bei der Sache.« Der Präfekt klang grimmig. »Diesen einen, einzigen Gott, den man nicht einmal mit Namen nennen darf... Ist das nicht scheußlich? In Rom, Athen, Alexandria – ach was, überall, auch früher, in versunkenen Orten wie Persepolis oder im alten Babylon, in Karthago, in Ägypten, überall hat es immer weise Männer gegeben. Sie haben Gesetze gemacht und Gesetze ausgelegt, sie haben die Natur beobachtet, die Welt und die Menschen untersucht, sie haben Verse geschrieben und Tragödien, sie haben Bilder gemalt und Statuen gefertigt und Häuser gebaut, und was machen sie hier? Sie dichten nicht, sie bauen nicht, sie forschen nicht – wer hier als weiser Mann gilt, tut nur eines: Er legt die alten Schriften aus, und dann legt jemand seine Auslegung aus, und ein anderer widerspricht der Auslegung der Auslegung. Bauen sie Straßen? Stellen sie etwas her, womit sich zu handeln lohnt? Haben sie, da Bildwerke verboten sind, wenigstens Musik? Und die soll ich regieren?«

Afer wagte ein karges Lächeln. »Die Strengen, Starren würden jetzt vielleicht sagen, daß du eben dies nicht tun sollst. Sie werden von den Worten ihres Gottes regiert, die vor Jahrhunderten irgendein Mensch niedergeschrieben hat. Sollen die Römer doch heimgehen.«

Columella grinste.

»Und dann?« sagte Pilatus. »Sie waren Knechte der Ägypter und der Assyrer und der Perser, danach der Makedonen und der Seleukiden, und als sie frei waren, haben sie das genutzt, um übereinander herzufallen. Und was tun wir? Wir schützen sie gegen äußere Feinde, wir bauen Straßen und Wasserleitungen, wir sorgen dafür, daß sie auch in den Sabbatjahren, in denen sie nach den Vorschriften ihres Gottes nicht säen dürfen, genug zu essen haben. Wir bringen Ärzte ins Land und schneiden Straßenräubern die Hälse durch und sorgen dafür, daß sie von hier bis Gallien und wieder zurück reisen können, ohne alle zwei Meilen ein neues Gesetz und neue Zölle zu treffen, und wir achten ihre Gebräuche und hüten uns, ihren Tempel zu betreten, und wenn Kaiaphas mich zu sprechen wünscht, treffe ich ihn nicht in seinem Haus, das ich besudeln würde – ich, Vertreter des Tiberius Augustus! –, und nicht in meinem Haus, in dem er sich verunreinigt wähnt, sondern wir treffen uns im Freien, weit genug voneinander entfernt, daß nicht mein Atem ihn beschmutzt, und während ich von ihm behandelt werde wie... wie ein Wurm, ein Mindermensch, ein Stück Abschaum, und während ich seine Vorschriften und Auslegungen und die Vorschriften über Auslegungen und die Auslegungen von Vorschriften und die Ansichten über Reinlichkeit und Besudelung achte, darf ich hier, in meinem Saal, in meiner Festung, nicht einmal einen Altar für Jupiter oder ein Bild des Princeps aufstellen! Habe ich schon gesagt, daß ich sie hasse?«

»Hast du«, sagte Columella. »Dabei solltest du aber nicht vergessen, daß die Strengen, die Starrgläubigen nicht das ganze Volk sind.«

»Aber sie bestimmen alles!«

»Wenn es nur einen Gott gibt und dieser alles umfaßt, gehört ihm alles, und was ihm nicht gehört, die Römer zum Beispiel, ist weniger wert als Dreck, ist... ist einfach nichts. Wir werden das hier und heute nicht ändern. Wir können vielleicht zu allen Göttern beten, daß sie dafür sorgen mögen, daß nie wieder jemand auf den Gedanken kommt, es gäbe nur einen einzigen Gott, dem dann alles gehört. Aber bis dahin sollten wir uns um die Menschen kümmern.«

Pilatus lachte plötzlich. »Du hast ja recht. Und es gibt viel zu tun. Aber das hängt alles zusammen. Kaiaphas schreibt dummes Zeug – einerseits behauptet er, dieser Jehoschua will sich zum König der Juden machen und die Römer vertreiben; andererseits schreibt er, Jehoschua sorgt für Unfrieden, weil er den jüdischen Glauben lästert. Hier, wo war es?« Er rollte den Papyros wieder auf, suchte eine Stelle und schnaubte, ehe er laut las: »Um ihn zu erproben, wurde ihm ein Denar mit dem Bild des Tiberius gezeigt, den ein frommer Jude nicht betrachten, erst recht nicht berühren darf. Er hat ihn in die Hand genommen und gesagt, da dies das Bild des Kaisers sei, solle man es zur Zahlung von Steuern an den Kaiser verwenden, dem Kaiser geben, was des Kaisers ist, und Gott, was Gottes ist. Wenn aber diese Haltung sich durchsetzt, verlieren die Priester und die Schriftgelehrten allen Einfluß. Und wenn ich, Kaiaphas, allen Einfluß verliere, kann ich nicht mehr für Ruhe und Frieden sorgen.« Pilatus rollte den Papyros wieder zusammen. »Da alles Gott gehört, darf nichts den Menschen gehören und schon gar nicht dem göttlichen Augustus, dessen Frieden er nur wahren kann, indem er ihn für Dreck erklärt. Wahrlich, es fällt mir schwer, zwischen einem, der von seinem Gott behaust ist, und einem gewöhnlichen Irrsinnigen zu unterscheiden.«

Columella räusperte sich. »Ich genieße es, deinem verständlichen und vernünftigen Ausbruch zu lauschen, mein Freund. Aber Afer ist zu anderem Zweck hier, und draußen warten...«

Pilatus hob die Hand. »Schon recht, schon gut, keine Abschweifungen mehr. Afer – was ist mit Jehoschua?«

»Ein Gerechter, wie gesagt.« Afer schüttelte den Kopf. »Ich weiß nicht recht, wie ich ihn beschreiben oder seine... seine Lehre zusammenfassen soll. Er predigt Liebe, Verständnis...«

»Einer dieser Träumer«, knurrte Pilatus.

»... und Brüderlichkeit, nicht Aufruhr; was du eben vorgelesen hast, diese Sache mit den Münzen, erinnerte mich an einen anderen Satz von ihm. Er heilt ja angeblich Kranke, und dies soll er auch an einem Sabbat getan haben.«

»Ah«, sagte Pilatus. »Und das geht natürlich nicht, nicht wahr? Lieber sterben als an einem Sabbat geheilt werden? Lieber verrecken als sich von einem heidnischen Arzt berühren, besudeln lassen?«

»Er hat, als man ihm Vorwürfe machte, etwas gesagt wie: Ist der Sabbat für den Menschen da oder der Mensch für den Sabbat?«

»Klingt nicht nach dem großen Aufstand gegen Rom.« Pilatus verschränkte die Hände hinter dem Kopf und starrte an die Decke des Saals. »Aber ich sehe natürlich, daß es die Priester und Schriftgelehrten stört. Stören muß. Sie beanspruchen die ganze Macht, gewissermaßen königliche Hoheit der Auslegung des Worts. Wenn nun einer es wagt, die göttlichen Vorschriften anders auszulegen, bedroht er damit ihre Macht. Ist es *so*?«

»Ich glaube, so ist es.«

»Also – du hältst ihn nicht für einen Aufrührer? Einen dieser Dolchmänner, wie sie immer wieder aus Galiläa kommen? Oder einen, der den Sturm herbeipredigen könnte, wie dieser... wie hieß er noch, den Antipas voriges Jahr hat hinrichten lassen? Jo... Jochanan?«

»Der Täufer?« Afer spitzte die Lippen. »Auch Jehoschua tauft, aber er redet keinen Sturm herbei. Nein, Herr, ich halte ihn nicht für einen Aufrührer. Ich halte ihn für einen Gerechten, der den jüdischen Glauben erneuern will, für die Menschen, nicht für die Schriftgelehrten.«

Pilatus schaute zu Columella hinüber. »Was ist deine Meinung?«

»Ich glaube, Afer hat recht.« Columella deutete auf den

übervollen Tisch des Präfekten. »Einige deiner Leute haben Ähnliches berichtet. Sie schreiben auch, daß die Menge seiner Anhänger klein ist.«

»Nun denn.« Pilatus schob die Rolle an den Rand des Tischs. »Ich glaube nicht an Liebe und Brüderlichkeit, vor allem nicht zwischen dem Hohen Priester und mir. Aber das sieht dann doch so aus, als ob sie aus einem Furz einen Sturm machten, nur um behaupten zu können, sie fühlten sich bedroht. – Kommen wir zu den wirklich wichtigen Dingen.« Er wandte sich an den Schreiber. »Dazu brauche ich dich nicht. Geh so lange nach nebenan und schreib dem Hohen Priester. Du weißt schon – Ehre und Bedauern und Freundschaft und Abwarten und derlei.«

Der Schreiber nahm sein Pult, verneigte sich und ging zu einer kleinen Tür, die er öffnete und hinter sich wieder schloß.

»Ao Hidis«, sagte Pilatus. »Wie stehen die Vorbereitungen?«

»Die Männer aus Syrien sind unterwegs.« Afer sprach kurz von den Bewegungen und Vereinbarungen, dann von den Berichten seiner Kundschafter in der Wüste. Schließlich sagte er: »Der junge Mann, den wir gesucht und gehegt haben, ist inzwischen Herr von Belhadads Leibwache und damit sozusagen in Kriegsfragen sein Stellvertreter. Eigentlich fehlen nur noch zwei Dinge. Deine Kohorte, Herr, und der Name des Mannes, den ich treffen und dem ich alles übertragen soll.«

Pilatus verschränkte die Arme vor der Brust. Halblaut sagte er: »Und du meinst, alles wird so gelingen wie erhofft? Ist nicht Belhadads Hauptstadt vielleicht doch zu stark befestigt?«

»Für einen Sturmangriff sicherlich. Und eine lange Belagerung könnte schwierig werden.«

»Warum? Wegen des Nachschubs?«

Afer runzelte die Stirn. »Das auch, vielleicht. Nein, vor allem wegen der Versorgung. Es gibt dort Wasser, in Ao Hidis, aber außerhalb kaum. Belhadad kann zehntausend Kämpfer…«

»Mehr«, sagte Columella.

»Wieso? Woher weißt du das?« Pilatus wirkte überrascht.

»Wenn er zehntausend Krieger hat, haben die zehntausend Frauen. Wie ich die Araber kenne, werden die Frauen zu den Waffen greifen, wenn es um alles geht. Und sie werden mit den Waffen umgehen können wie Männer. Rechne noch kampffähige Halbwüchsige hinzu und ein paar tüchtige Greise.«

»Also zwanzigtausend oder mehr?«

»Vermutlich.«

»Ändert das etwas, Afer?«

»Wenn der Plan gelingt, ändert es nichts. Wenn er fehlschlägt, ändert es auch nichts.« Er lächelte grimmig. »Dann sind wir alle tot – alle Teilnehmer. Und für die Toten ist es unwichtig, ob sie von zehntausend oder von zwanzigtausend Feinden erschlagen worden sind.«

»Wenn es dazu kommt«, sagte Columella, »stürzt euch lieber in eure Schwerter. Die Frauen, heißt es, machen sich ein Vergnügen daraus, Gefangene langsam zu zerschneiden. Sehr langsam.«

»Sprechen wir nicht vom Scheitern.« Pilatus beugte sich vor und hob das Kinn. »Am Rande des Imperiums darf es kein Scheitern geben. Zu den weiteren Verläufen – du kriegst die erste Kohorte. Die Griechen. Die Männer aus Samaria brauche ich hier; sie lieben die Juden ganz besonders und sind in Jerusalem besser aufgehoben. Oder ich bin dies, wenn sie um mich sind. Ist alles dafür vorbereitet?«

Columella schloß die Augen. Mit eintöniger Stimme, als läse er die Wörter von den Innenseiten seiner Lider ab, sagte er:

»Sobald du den Befehl gibst, werden die Männer aufbrechen. Zu Pferd. In kleinen Gruppen, damit es nicht auffällt. Wir kennen drei oder vier Spitzel von Belhadad; wahrscheinlich gibt es noch mehr.«

»Nicht mehr lange.«

»Das wird so sein, ist aber noch nicht so. Wir wollen nicht, daß sie etwas bemerken. Sie werden also aus der Stadt sickern. Sie sammeln sich im Osten der Dekapolis, nordöstlich von Adraa. Da gibt es ein Tal mit Quellen.«

»Und es ist leicht zu sperren, Herr.« Afer hob die Hand. »Die Männer aus Syrien sind ganz in der Nähe.«

»Was tut Herodes Antipas? Falls er zur Abwechslung mal etwas tut?« sagte Pilatus.

»Wir haben ihm versprochen, daß er ein paar Stückchen dessen haben kann, was einmal südliche Dekapolis war und jetzt nördliches Nabatäerland ist.« Columella schnitt eine Grimasse. »Dafür wird er Nikias nicht daran hindern, tausend Krieger loszuschicken. Mitzunehmen, genauer; er will sie selbst befehligen. Sie werden dafür sorgen, daß Aretas stillhält – die Nabatäer könnten sonst meinen, sie müßten Belhadad helfen.«

»Ist das alles, was sie tun werden?« sagte Afer.

»Nein. Sie werden euch unterstützen, und sie bringen ein wenig Belagerungsgerät mit. Aber es gibt da noch etwas.«

Pilatus seufzte. »Noch nicht genug? Was denn?«

»Hast du mit Claudia gesprochen?«

»Wir waren beide unterwegs; ich habe sie seit gestern früh nicht gesehen; warum?«

Columella setzte ein schräges Lächeln auf. »Ich dachte, sie sagt es dir, deshalb habe ich bis jetzt geschwiegen.«

»Was denn, bei den Herrschern des Hades?«

»Gestern ist eine Frau angekommen, mit ein paar Begleitern. Sie sagt, sie hat wichtige Nachrichten über Ao Hidis.«

»Sollen wir sie zu dieser Besprechung holen?«

»Besser, wir reden später mit ihr und holen Afer dazu. Wenn du es nicht vorziehst, mit ihr allein zu sprechen.«

Pilatus blähte die Wangen. »Warum sollte ich das? Wer ist sie denn?«

»Sie hat sich mir und deiner Gemahlin vorgestellt als Kleopatra aus Alexandria.«

»Ah.« Pilatus verdrehte die Augen; dann begann er verhalten zu lächeln, wie in einer angenehmen Erinnerung befangen. »Und?« sagte er. »Ist sie es?«

»So, wie du sie beschrieben hast, wird sie es wohl sein.«

»Und Claudia war begeistert?«

»Sie war... förmlich.«

»Gut. Wie es sich für die Gattin des Präfekten gehört. Also Kleopatra... Wir werden sie später herbitten; wenn alle anderen, die draußen noch warten, abgefertigt sind. Afer, du wirst dich zur Verfügung halten.«

»Ja, Herr. Aber...«

»Was denn?«

»Wo treffe ich den Mann, der alles lenken soll, und wie heißt er?«

»Ach so.« Pilatus nickte. »Hätten wir fast vergessen. Er wird mit einer Gruppe auserlesener Totschläger zu euch stoßen, in Adraa. Leute von Sejanus, von der ganz harten Truppe. Und er heißt Valerius Rufus.«

19. Beratung und Ratlosigkeit

Unrat zu rechter Zeit, Rat zu falscher,
Jauche zum Fest und Saiten zum Düngen –
Wenn die Götter es fördern, wird's huldreich
mißlingen.

DYMAS VON HERAKLEIA

Bald nachdem sie zwei Räume im obersten Stock der Festung bezogen hatten, erschien ein Diener. Er suchte Kleopatra und geriet zunächst in den zweiten Raum, wo die Männer sich einzurichten suchten. Meleagros – sie hörte seine Stimme auf dem Gang – verwies ihn auf das Nebenzimmer.

Der Mann teilte ihr mit, daß Claudia Procula Anweisungen gegeben habe: Man solle Kleopatra und ihren Begleitern alle Annehmlichkeiten der Festung verfügbar machen; hierzu gehöre auch das Bad des Präfekten. Pilatus selbst halte sich außerhalb der Stadt auf, um den Nachmittag und Abend mit Handelsherren zu verbringen und den Fortgang einiger Straßenarbeiten zu prüfen. Er werde erst am Morgen wieder in die Festung kommen, zur Anhörung von Bittstellern und Klägern; im Lauf des Nachmittags werde man sie zu ihm holen.

»Und Claudia Procula? Ist es nicht auch ihr Bad?«

Der Diener lächelte. »Es ist auch ihr Bad, Fürstin, aber sie verbringt den Abend und die Nacht bei Freunden, römischen Händlern, die außerhalb der Stadt ein Landhaus haben. Behaglicher als die Räumlichkeiten der Festung.«

»Wenn ich denn warten muß, kann ich es mir ebensogut angenehm einrichten, nicht wahr? Bring mich zum Bad.«

Thais und Arsinoë begleiteten sie. Für römische oder ägyptische Verhältnisse war das Bad des Präfekten karg, ärmlich, einer Festung gemäß. Für Kleopatra und ihre Begleiterinnen war es, nach der langen Reise durch die Wüsten Arabiens, üppige Schwelgerei. Es gab ein heißes, ein laues, ein kaltes Becken; es gab eine fette gallische Sklavin mit kräftigen, weichen Händen und einem bemerkenswerten Vorrat an Ölen und Salben und Düften; es gab – aus den Beständen der Dienerschaft, nicht denen der Herrin – frische Leibwäsche und Überwürfe, und danach gab es das entsetzliche Essen der Feldküche im Innenhof.

»Pampe«, sagte Meleagros, der wie Leonidas, Nubo und Perperna nach den Frauen und viel schneller gebadet hatte. »Pampe, Glibberfleisch von irgendeinem kränklichen Hammel, Mus aus Bohnen, die der alte Cato in seinen Gärten vergessen hat... Und dieser Essig, den sie Wein nennen! Fürstin, in jeder anderen Stadt würde ich vorschlagen, vom Abfall zu essen oder eine Garküche aufzusuchen, aber hier, in Jerusalem, sollten wir zufrieden sein. Es gibt keine Hilfe.«

»Essen die Juden so schlecht?«

Leonidas hob die Schultern. »Sie essen manchmal sogar gut; sie haben auf jeden Fall mehr Gewürze als dieser Verbrecher, der die Kohorte mit seinen Speisen vergiftet. Aber die Stadt ist voll, die Schänken sind übervoll, und Nichtjuden sind bei einigen unwillkommen.«

Perperna schmatzte. »Verglichen mit dem, was wir unterwegs hatten, ist das doch gar nicht schlecht.«

Am Nachmittag des folgenden Tages kam ein Diener des Präfekten, um sie abzuholen. Kleopatra hatte länger gezögert, sich dann mit Meleagros beraten und beschlossen, ihn mitzunehmen. Immerhin war damit zu rechnen, daß Demetrios und seine Tätigkeit zu bereden wäre, und davon wußte Meleagros mehr als sie.

Pilatus hatte Sessel um das Podium stellen lassen, auf dem er, wie sie annahm, zur Abfertigung der gewöhnlichen Bittsteller saß. Außer ihm waren noch zwei Männer im Saal, aber zunächst hatte sie nur Augen für ihn.

Er hatte sich kaum verändert, wie sie fand. Müder, vielleicht, als damals in Alexandria, vor vier und dann noch einmal vor zwei Jahren. Sie erinnerte sich an den stämmigen Leib, der die Tunika erfüllte und damals aus schierer Muskelmasse bestanden hatte. Sie verkniff sich ein Lächeln, als sie erwog, daß sie ja Claudia Procula fragen könnte, ob daraus inzwischen Fett geworden sei.

Pilatus kam ihr entgegen, reichte ihr beide Hände und legte seine Wange an ihre. Sie stellte fest, daß er immer noch so roch wie damals, und der Geruch öffnete die Tür des Erinnerns ein wenig weiter. Nach der halben Umarmung schob er sie von sich und musterte ihr Gesicht.

»Männer werden älter«, sagte er dabei mit der festen, etwas heiseren Stimme, die sie einmal erregt hatte. Sie lauschte in sich hinein, aber von Erregung war nichts zu spüren. »Frauen dagegen, heißt es, werden schöner. Ich bin entzückt zu sehen, daß du dich an diese Regel hältst. Komm, setz dich – und wer ist dein Begleiter?«

»Meleagros«, sagte sie. »Ein Händler, Freund und Gefährte des Herrn der Karawane, mit der ich gezogen bin.«

»Hat er etwas zu unserem Gespräch beizutragen?«

»Ich glaube, wir werden ihn brauchen.«

Pilatus nickte und deutete auf einen der Sessel. »Setz dich, Meleagros. Diese da sind Columella, mein wichtigster Berater, und Afer, ein Mann, der sich in allem auskennt, was mit Ao Hidis zusammenhängt. Davon wolltest du doch sprechen, oder?«

Kleopatra zögerte. Trotz der Umarmung war sie – enttäuscht? Verblüfft? Sie wußte es nicht; vielleicht alles zusammen und außerdem verwirrt. Sie hatte erwartet, in Anwesenheit eines schweigenden, zunächst fast unsichtbaren Meleagros mit Pilatus ein wenig plaudern zu können, Erinnerungen aufzufrischen (unverfängliche, Leute und Vorgänge betreffend), eine gewisse Vertrautheit herzustellen, um dann über ihre Anliegen, ihre Bitte um Hilfe zu sprechen und erst danach auf Ao Hidis, Demetrios, Rufus und alles andere zu kommen. Statt dessen saßen sie nun hier wie in einer politischen Beratung. Sie erwog ein paar Lidschläge lang, einen kleinen Erpressungsversuch zu unternehmen – ›dich, Pilatus, bewegt Ao Hidis, mich bewegen andere Dinge; laß uns zunächst diese erörtern und erst danach...‹ Aber in Anwesenheit von Columella, der sie am Vortag zusammen mit Claudia Procula ein- oder abgeschätzt hatte, und diesem Afer?

Eine steile Falte zeigte sich auf Pilatus' Stirn, als er die Brauen zusammenkniff.

»Ich will nicht eure Zeit vergeuden«, sagte Kleopatra schnell. »Allerdings habe ich zwei Anliegen. Ao Hidis ist eines, das andere betrifft Vorgänge in Ägypten.«

Pilatus ließ die Falte wieder verschwinden. »Die ägyptischen Fragen laß uns später bereden. Was ist mit Ao Hidis?«

»Wirst du später Zeit haben – für die Fragen?«

Sie schaute ihm in die Augen, während sie das sagte. Und jäh wurde ihr klar, daß sie diesen Mann nicht kannte. Pontius Pilatus, zum Präfekten bestellt, der die Reise in Alexandria unterbrochen und Klatsch aus Rom gebracht, der Feste besucht, sich den Freuden guten Essens und den Wonnen des Beilagers hingegeben hatte – Pontius Pilatus, seinen Pflichten in Jerusalem und Caesarea entflohen, der sich in der munteren, tückischen, tanzenden und ränkeschmiedenden Gesellschaft Alexandrias entspannte – und nun Pilatus, Vertreter des Kaisers, Verkörperung der Macht des Imperiums, aber auch Gefäß der Gesetze Roms, der Zwänge, der Pflichten. Ein

Mann, der dem anderen ähnelte, der dessen Stimme hatte, wahrscheinlich dessen Körper, der roch wie jener andere. Aber dessen Augen waren warm gewesen, Anteil nehmend, zu Spott bereit; die Augen des Präfekten waren kalt, abwehrend, durchdringend. Sie versuchte, den leisen Schauder zu mißachten, der ihr den Rücken hinabrieselte.

»Ich werde Zeit haben – nicht unbegrenzt, aber hoffentlich ausreichend. Nun sprich.«

Kleopatra sammelte sich, bündelte ihre Gedanken und schob die eigentlichen Anliegen beiseite.

»Laß mich in Adane beginnen«, sagte sie. »Aus Gründen, über die später zu reden ist, war ich nach Adane geflüchtet, mit drei Begleiterinnen. Dort gab es eine kleine römische Besatzung, drei Dutzend Krieger unter der Leitung eines Mannes namens Valerius Rufus.«

Einigermaßen wahrheitsgetreu, unter Auslassung persönlicher Dinge, berichtete sie vom Eintreffen des Fernhändlers Demetrios und seiner Leute, von der Zusammenstellung einer Karawane, von Rufus' und Mukhtars Beschluß, sich dieser anzuschließen, von den ersten Tagen der Reise, den Morden, dem Aufenthalt im Kerker, der Fortsetzung der Reise, schließlich dem Überfall und der Entführung von Demetrios, Ravi und Glauke.

»Ich weiß nicht«, schloß sie, »ob ich mich irre, aber ich glaube, daß diese Männer aus Ao Hidis waren und daß sie den Auftrag hatten, Demetrios zu holen. Alles andere erscheint mir sinnlos. Wenn es aber so ist, dann müßte Rufus beteiligt sein und sich demnach bereits in Ao Hidis aufhalten.«

Alles schwieg. Vom Innenhof drang das Gebrüll eines Unteroffiziers oder Centurionen, und irgendwo, vermutlich in einem nahen Gang, hörte man eilige Schritte sich entfernen.

Kleopatra versuchte, in den Gesichtern der drei Männer zu lesen. Die Sessel waren als geöffneter Kreis angeordnet. Neben ihr saß zur Rechten Meleagros, links, ihr halb gegenüber,

Pilatus, neben ihm Columella und neben diesem, die linke Seite Meleagros zugewandt, der Mann, der angeblich alles über Ao Hidis wußte, Afer. Sie hielt ihn wegen des Namens, aber auch wegen der Hautfarbe und der Gesichtszüge für einen Numider oder Mauretanier. Er erwiderte ihren Blick – offen, wie es schien, gelassen, ruhig, aber außer Aufmerksamkeit und, vielleicht, ein wenig Anteilnahme verriet sein Gesicht nichts. Columella hatte die Nase gerümpft und starrte einen Punkt über Meleagros' Kopf an; seine Züge waren ausdruckslos. Pilatus schließlich hatte sich in seinem Sessel zurückgelehnt, die Hände auf dem Schoß gefaltet, und er betrachtete Kleopatra mit halbgeschlossenen Augen.

Columella riß sich von dem Punkt in der Luft los und blickte Pilatus an. »Darf ich?«

Pilatus nickte.

»Du da, eh, Meleagros«, sagte Columella, »hast du dieser Geschichte etwas hinzuzufügen?«

Meleagros räusperte sich. »Nein, Herr. Nichts Wichtiges jedenfalls. Es ist alles so, wie die Fürstin gesagt hat.«

Pilatus setzte sich auf. Ohne überrascht zu sein, sah Kleopatra Erstaunen und gleich darauf so etwas wie Hohn über sein Gesicht gleiten.

»Die Fürstin?« Er gluckste. »Das ist gut – Fürstin. Aber was wichtig ist, kann man nur beurteilen, wenn man die Zusammenhänge kennt. Hast du etwas, und sei es auch noch so nebensächlich, über Ao Hidis gehört, über Belhadad, über Absichten und Vorkehrungen?«

»Nein, Herr.« Meleagros beugte sich vor. »Ich bin ein Karawanenmann und kenne mich mit Tieren und Handelsgütern aus. Wenn mein Herr und Freund Demetrios Geheimnisse hatte, gab es einen anderen, mit dem er sie besprochen hat. Besprochen haben könnte. Das war Prexaspes, und der ist tot.«

»Eigentlich ist ein toter Parther ein guter Parther, aber in diesem Fall…« Pilatus seufzte. »Welche Art von Geheimnissen könnte das gewesen sein?«

»Auch das weiß ich nicht.« Meleagros blickte Kleopatra von der Seite an – fragend, wie es ihr schien.

»Wenn du etwas weißt, dann sprich«, sagte sie.

»Gut. Ich weiß nicht, ob das hilfreich ist, aber Demetrios hat vor unserem Aufbruch zuerst in Rom, dann in Baiae lange mit einem Händler namens Satornilos verhandelt.«

»*Der* Satornilos?« sagte Columella.

»Man nennt ihn auch den Kreter oder Minos – meinst du den?« Pilatus' Stimme klang so betont beiläufig, daß Kleopatra ein Lauern zu hören glaubte.

»Von Minos weiß ich nichts, aber er ist Kreter.«

Pilatus und Columella wechselten einen Blick; dann sagte der Präfekt:

»Ich hätte es mir denken sollen.«

»Darf ich fragen, was bei diesem Denken herauskommt?« sagte Kleopatra.

»Später.« Pilatus hob die Hand. »Laß uns noch einen Augenblick lang über eure Begleiter reden. Könnte einer von denen, oder eine deiner Begleiterinnen, etwas wissen? Etwas gehört haben?«

»Glauke vielleicht«, sagte Kleopatra. »Sie war erst kurz bei uns und hätte mir wohl nichts anvertraut. Thais und Arsinoë würden mir alles sagen, was ihnen auffällt oder Rätsel aufgibt.«

»Und von den Männern?«

»Leonidas weiß so viel oder so wenig wie ich.« Meleagros schüttelte langsam den Kopf. »Also so gut wie nichts. Nubo? Er ist nicht dumm, manchmal heiter, manchmal schwermütig; er hat sich lange in Adane aufgehalten, wo er den Narren spielen mußte, um zu überleben. Aber ich glaube nicht, daß er etwas weiß.«

»Und Perperna? Unhandlicher Name...« Columella verzog den Mund.

»Unwahrscheinlich«, sagte Kleopatra.

Meleagros nickte. »Das kommt mir auch so vor. Er ist fast fünfundfünfzig Jahre Sklave gewesen. Hin und wieder scheint er helle Augenblicke zu haben, aber meistens... Meistens wirkt er entweder wirr oder völlig in seinen Erinnerungen verloren.«

»Wo sind die beiden? Nubo und Perperna?« sagte Pilatus.

»Ausgegangen.« Meleagros breitete die Arme aus. »Nicht weit weg, nicht lange, haben sie gesagt; sie wollten nur ein wenig Luft außerhalb der Antonia schnappen.«

»Als ob die Luft draußen besser wäre«, knurrte Columella.

»Such sie«, sagte Pilatus. »Wenn du es für nötig hältst, nimm deinen Freund Leonidas mit. Sucht sie und bringt sie her, beide. So schnell wie möglich. Wenn ihr uns nicht hier findet, dann in meinen Gemächern.«

Meleagros erhob sich und legte die Hand auf die Brust. Kleopatra hatte den Eindruck, daß er durchaus nicht traurig war, diese Versammlung verlassen zu können. Zu viele hochrangige Römer für einen Karawanenmann und Händler, sagte sie sich.

Als er den Saal verlassen hatte, wandte Pilatus sich an Afer, »Was machst du aus dieser Geschichte?«

Der Mauretanier zuckte mit den Schultern. »Ich bin verwirrt«, sagte er. »Das ergibt doch alles keinen Sinn. Es sei denn...«

»Warte.« Columella streifte Afer mit einem Blick, dann Kleopatra, dann wandte er sich an Pilatus. »Mutmaßungen sollten warten, finde ich, bis wir mit den beiden anderen gesprochen haben. Mutmaßungen, Hoffnungen und Verdächtigungen.«

»Hoffnungen, Herr?« sagte Afer. »Was für Hoffnungen? Besorgnisse doch wohl eher.«

Kleopatra hatte die Augen geschlossen, als Afer sprach. Es war eine dunkle, ein wenig aufgerauhte Stimme – wie feiner Stoff, aus dem gute Leibwäsche gemacht wird; eine Stimme – eine hörbare Hand, die in solche Leibwäsche gleitet... Sie riß sich zusammen. ›Unsinn‹, sagte sie sich; ›du hast zu lange keinen Mann gehabt, und was auch immer mit Afers Stimme sein mag, bleib bei der Sache.‹

Pilatus hatte etwas von Hoffnungen wiederholt; sie war gerade rechtzeitig wieder aus den eigenen Untiefen aufgetaucht, um seinen Blick zu erwidern und seine Frage zu hören.

»Wollen wir, bis die beiden hoffentlich bald kommen, deine übrigen Anliegen bereden?« Dann lächelte er und setzte hinzu: »Fürstin?«

»Unter Aussparung gewisser... Einzelheiten, die hier nicht der Erörterung bedürfen?«

»Natürlich.«

Columella stand auf. »Ich glaube, dazu bin ich nicht vonnöten. Ich habe noch ein paar Kleinigkeiten zu erledigen.«

Pilatus nickte. »Geh, mein Freund. Ist etwas Wichtiges dabei?«

»Wichtige und unwichtige Kleinigkeiten.« Plötzlich lachte Columella. »Ach ja, eines, was dich begeistern könnte, ist dabei. Deine umsichtigen Mitarbeiter... Astyanas, du weißt schon, der Mathematiker, hat vor einiger Zeit berechnet, daß es hier demnächst eine kleine Sonnenfinsternis geben wird. Gegen Mittag am Tag vor dem Passah-Fest. Ich weiß nicht, ob das für die Juden wichtig ist, aber für die abergläubischen Krieger sollten wir eine Unterrichtsstunde ansetzen, damit sie nicht kreischend aus der Stadt rennen. Derlei und anderes. Wie gesagt, Kleinigkeiten. Ich bin nebenan, mit den Schreibern. Ruft mich, wenn die beiden Männer kommen.«

Pilatus nickte. »Es ist gut. – Sprich, Kleopatra.«

Afer räusperte sich. »Um Vergebung, aber vielleicht sollte ich meine Ohren so lange entfernen.«

Kleopatra sah ihn an und lächelte. »Bleib nur. Was deine Ohren verletzen könnte, wird ungesagt bleiben. – Es geht um Geschäfte und Diebstahl, Betrug und Ränke, Pilatus.«

In gespielter Verzweiflung hob der Präfekt die Hände. »Ein Bericht über den politischen Alltag? In Alexandria?«

»Den würde ich dir ersparen. Nein, es verhält sich anders. Da wir alle älter werden...«

»Du etwa auch?« Pilatus musterte sie mit einem kleinen Lächeln. »Der Verfall hat aber noch nicht eingesetzt. Sprich weiter, schönste Blume der Gärten von Kanopos.«

»Ich danke dir für die freundlichen Worte; Honigseim läßt du in mein Ohr fließen. Da jedem von uns Alter und Verfall beschieden sind, wie es den Göttern gefällt, wollte ich ein wenig vorsorgen. Es ergab sich, daß ich von einem alten Freund, der Ägypten verlassen wollte, um in Rom zu sterben, ein Stück gutes Ackerland kaufen konnte, zu einem freundschaftlichen Preis.«

»Solche Geschäfte muß man machen, wenn sie sich anbieten. Wo liegt das Stück Land?«

»Du kennst die Gegend nicht, aber du wirst von ihr wissen. Auf dem Ostufer des Nils, im fruchtbaren Schwemmland, südlich von Koptos. Nördlich von Theben.«

Pilatus pfiff leise. »Weit von Alexandria, nicht wahr?«

»Fünfhundert Meilen auf dem Fluß. Weit genug, um Alexandria gelegentlich gründlich zu vergessen – und alles, was dazu gehört«, sagte sie. »Nicht zu weit, um nicht hin und wieder Freunde zu besuchen, auf die man Wert legt, oder sie zum Besuch einzuladen. Das Land ist an mehrere kleine Bauern verpachtet; es wirft nicht viel ab, aber immerhin so viel, daß ein Hunger, wenn er knurrend vor der Tür läge, doch zu schwach wäre, die Tür zu öffnen.«

Ohne auffällig hinzuschauen, bemerkte sie, daß Afer lächelte.

»Nett«, sagte Pilatus. »Wie ist die Tür beschaffen?«

»Dazu komme ich gleich. Da ich nun dieses Land hatte, habe ich mich an mehrere Leute gewandt, die sich in dieser Gegend auskennen, und nach Häusern gefragt. Am liebsten in der Stadt – und lieber in Koptos als in Theben. Ich habe Briefe geschrieben und Antworten erhalten, Angebote; dann bin ich flußauf gereist...«

»Allein?«

»Hältst du mich für leichtsinnig? Nein, mit Arsinoë und Thais und zwei kräftigen Sklaven, denen ich vertrauen konnte. Und mit den nötigen Goldmünzen, um alles abzuwickeln.«

Afer nickte versonnen, als ob er sagen wollte, er ahne das Ende.

»Ich ahne das Ende«, sagte Pilatus. »Aber sprich weiter.«

»Auf dem Weg habe ich mich ein paar Tage in Memphis aufgehalten und hörte von einer jungen, gebildeten Frau, die durch Unglücke und Todesfälle verarmt war und Arbeit suchte, eine Anstellung. Glauke. Da Arsinoë und Thais... andere Vorzüge haben und ebenso wie ich nicht auf Dauer von Alexandria fortbleiben wollen, hatte ich ohnehin vor, eine Art Verwalterin zu suchen. Deshalb habe ich Glauke mitgenommen, um zu sehen, ob sie sich für dies und anderes eignet. Ich glaube, sie hätte eine gute Verwalterin werden können und angenehme Gesellschaft, aber... Nun denn. Wir kamen in Koptos an und haben mehrere Häuser besichtigt. Eines gefiel mir sofort. Es liegt ein wenig außerhalb, am Rand der Stadt, in einem großen grünen Garten mit Bäumen und eigener Quelle, und ich konnte es mit der gesamten Einrichtung kaufen.«

»Laß mich raten«, sagte Pilatus. »Du hast es genommen und bist gleich eingezogen, und der Verkäufer hat sich gesagt, diese Frau hat Geld? Bevor du bezahlt hattest?«

»So ähnlich.« Sie fuhr sich mit der Hand über die Augen; dabei streifte sie wie zufällig Afer mit einem Blick und sah, daß er aufmerksam lauschte. Und daß seine Augen nicht nur am Reiz ihrer Worte hingen.

»Ich habe gesagt, daß ich das Haus nehme, und dann habe ich nach den üblichen Verfahren gefragt. Mit wem muß ich reden, bei wem kann ich den Besitz eintragen lassen, wie schnell habe ich Steuern auf den Erwerb zu zahlen, all dies. Der Verkäufer sagt, er kennt die zuständigen Leute bei der Verwaltung, und es wäre doch am einfachsten, wenn er abends mit einem verläßlichen Beamten zu mir in das Haus käme. Und ob er Männer zum Tragen von zahllosen kleinen Silbermünzen mitbringen müßte oder ob ich alles durch eine Zahlungsanweisung auf eine der in Theben vertretenen Banken regeln wollte. Ich habe ihm gesagt, ich würde in Gold bezahlen.«

»Kleopatra«, sagte Pilatus. So, wie er den Namen aussprach, wurde daraus ein Gegenstand, der zu einem Drittel aus Mitleid, zu zwei Dritteln aus Tadel bestand.

»Das habe ich mir seitdem oft gesagt. Aber was geschehen ist, läßt sich nicht durch Jammern beseitigen. Der Verkäufer ist abends gekommen, zusammen mit einem anderen Mann, einem Schreiber der Gauverwaltung...«

»Nicht der Stadt?« sagte Pilatus.

»Das Haus liegt am Stadtrand, aber außerhalb der eigentlichen Stadtgrenzen.«

»Gut. Und dann?«

»Es waren noch zwei oder drei Männer bei ihnen, die draußen gewartet haben. Einer meiner Sklaven ist wohl mißtrauisch geworden und hat versucht, mit ihnen zu reden. Darauf haben sie ihn mit Messern angegriffen. Im Haus waren wir eben dabei, den Vertrag zu unterzeichnen. Papyros – drei Ausfertigungen – und Gold lagen auf dem Tisch. Der Sklave ist hereingestürzt, blutüberströmt, und hat etwas geschrien – ich konnte es nicht verstehen. Der andere Sklave kommt dazu, als die beiden Männer aufspringen, Dolche ziehen und sich über uns hermachen wollen. Du weißt, ich bin nicht völlig wehrlos...«

Pilatus lächelte. »Eine Wildkatze«, sagte er leise.

Sie wußte, daß er an gewisse Spiele in Alexandria dachte,

und erwiderte sein Lächeln. Aber nur kurz; sie spürte, daß ihre Züge wie selbständig ernst wurden, als sie weitersprach.

»Die anderen Männer, die von draußen, sind dazugekommen. Es gab ein Handgemenge mit Messern und Geschrei und umstürzenden Tischen. Einen der Handlanger habe ich verwundet – den Schreiber, der vielleicht keiner war, hat der zweite Sklave geritzt, ehe einer der anderen ihn mit dem Schwert erwischte. Irgendwie haben wir es geschafft – Arsinoë und ich –, in den nächsten Raum zu fliehen und eine Truhe vor die Tür zu schieben, dann in den übernächsten. Inzwischen waren Thais und Glauke auch dabei. Wir wollten aus dem Haus, zur Stadt, und sind zu den Pferden gelaufen. Ich hatte gerade noch einen Beutel schnappen können, in dem ein paar Münzen und die Urkunde über das Pachtland waren. Wir sind zum Pferch gerannt – und plötzlich waren noch mehr Männer da, mit Fackeln und Pferden. Sie haben die Wege zur Straße versperrt, uns blieb nur der Weg in die Wüste. Quer durch die Wüste, Pilatus – bis wir die Straße erreicht haben, die von Koptos nach Berenike führt. Und die ganze Zeit waren sie hinter uns.«

»Die Wüstenstrecke bis Berenike? Vier Frauen auf Pferden? Eine gute Leistung – aber wem sollte ich es zutrauen, wenn nicht dir?« sagte Pilatus. »Von Berenike nach Adane? Gab es kein anderes Schiff?«

»Nicht zu diesem Zeitpunkt, und die Verfolger waren nicht zu sehen, aber wir mußten ja damit rechnen, daß sie bald eintreffen.«

»Adane. Dann die arabische Wüste. Und nun bist du in Jerusalem. Eine wilde Geschichte. Kennst du die Namen der beiden?«

Kleopatra nickte.

»Was hast du dir vorgestellt?«

»Ich dachte, du könntest mir ein wenig Geld leihen, für die Reise. Und ein Schreiben mitgeben, für jemanden in Alexandria.«

Pilatus kaute auf der Unterlippe. »Geld ist keine Frage; natürlich helfe ich dir. Ein Schreiben... an wen? Am besten an den Präfekten, nicht wahr?«

Afer hob die Hand. »Um Vergebung, Herr – Fürstin – aber ich glaube, da war noch etwas, nicht wahr?«

»Du bist scharfsinnig, Afer«, sagte Kleopatra.

»Was denn?« Pilatus blickte zwischen ihnen hin und her.

»Der Verkäufer heißt Aemilius Priscus, Quintus Aemilius Priscus. Ein Verwandter des Präfekten von Ägypten. Bruder oder Vetter seiner Frau. Ich bin ihm vorher nie begegnet, aber ich kannte ihn – von weitem. Er hat in Alexandria Unterschlagungen begangen, und man sagt, der Präfekt hätte ihn entkommen lassen.«

»Das will erwogen sein.« Pilatus legte die Handflächen aneinander und berührte seine Nase mit den Spitzen der Mittelfinger. »Aber es macht die Sache nicht weniger reizvoll. Nur schwieriger.«

»Die thebaische Legion?« sagte Afer.

»Man müßte wissen, wer den Befehl hat. Ich werde es mit Columella besprechen. Aber... wurde nicht schon oft gesagt, daß auch der dümmste römische Gauner in den Provinzen sein Glück machen kann?« Dann klatschte er in die Hände. »Mich dürstet. Was soll ich für euch kommen lassen? Wein und Wasser? Säfte?«

Sie hatten eben erst begonnen, verdünnten Wein zu trinken und zu plaudern, als Meleagros erschien. Er brachte Nubo und Perperna mit. Beide verneigten sich tief vor dem Präfekten und ließen sich erst auf Schemeln nieder, als Pilatus sie zum zweiten Mal dazu aufforderte. Nach einem weiteren Händeklatschen, das einen Diener herbeirief, der Columella holte, sagte Pilatus:

»Meleagros, ich glaube, deine Dienste für heute genug beansprucht zu haben. Du kannst gehen. – Beginnen wir mit dir, Fürstensohn – wie ich gehört habe.«

Nubo hob beide Hände, mit gespreizten Fingern. »Er hat mich gezeugt, aber ich habe mich von ihm losgesagt. Ich bin niemandes Sohn, aber das hat hier keine Bedeutung.«

»Ao Hidis.« Pilatus klang deutlich gelangweilt. »Hast du etwas gehört, gesehen, erfahren, gedacht, was mit diesem Ort zusammenhängt? Oder mit dem Fürsten Belhadad?«

Nubo blies die Wangen auf. »Wir haben in den letzten Tagen viel darüber geredet. Seit Demetrios, Ravi und Glauke verschleppt wurden. Geredet, gerätselt. Vorher? Vorher hatte ich die Namen nur ein- oder zweimal gehört, flüchtig, in Adane.«

Pilatus hatte während Nubos Rede dessen Kopf betrachtet, umgeben von einem abstehenden Kranz krauser schwarzer Haare mit roten Spitzen.

»Dein Schopf«, sagte er jetzt. »Ist das eine Krankheit? Und was hast du in Adane gehört?«

»Keine Krankheit, Herr. Ich hatte die Haare gefärbt und bin lange nicht mehr zur Schur gewesen. Und in Adane habe ich nur gehört, daß es so einen Ort gibt, daß dort ein herrlicher Fürst sitzt, Leitbild aller, die das Imperium nicht lieben. Und daß Mukhtar aus Gründen, über die ich nichts weiß, dorthin reisen wollte. Oder sollte. Oder mußte.«

Pilatus stellte noch ein paar Fragen, aber es war auch für Kleopatra offensichtlich, daß Nubo nicht mehr wußte.

Perperna saß die ganze Zeit wie unbeteiligt daneben. Manchmal lächelte er vor sich hin, einmal kicherte er, ohne daß jemand einen Anlaß dazu gesehen hätte, dann wieder starrte er an die Decke oder blies auf seinen Armstumpf.

»Nun zu dir, alter Mann«, sagte Pilatus schließlich. »Weißt du etwas?«

Perperna kicherte wieder. »Herr, manche wissen viele kleine Dinge und sehen nicht, daß sie ein großes ergeben. Andere wissen ein großes Ding und sehen nicht, daß es aus kleinen besteht.«

»Sehr treffend.« Pilatus schien ein Gähnen zu unterdrücken. »Und was weißt du?«

Kleopatra seufzte lautlos. Sie hielt es für vollkommen unsinnig, den alten Mann zu befragen. Er mochte nicht unbedingt schwachsinnig sein, aber sicher hatte die lange Sklavenzeit ihn und seinen Geist geschwächt. Was immer er wußte, konnte kaum jemandem nützen,

»Ich weiß viele kleine Dinge, Herr. Und ein paar große, die aus kleinen bestehen. Ich könnte dir zum Beispiel vom Kriegszug des Aelius Gallus berichten, von der Freundschaft, die die Nabatäer für Rom empfinden, von dem, was Arabiens Fürsten und Händler und Sklaven über das Imperium sagen...«

Pilatus stöhnte. »Weißt du etwas, was uns weiterhelfen könnte? Über Ao Hidis?«

Perperna deutete mit dem Stumpf auf die kleine Tür an der Kopfseite des Saals. »Was weiß eine Fliege, die dort sitzt, von dem, was wir bereden?«

»Wohl wahr.« Pilatus blickte Columella an. »Ich glaube, das können wir uns sparen.«

»Um Vergebung, Herr.« Afer hatte mit geschlossenen Augen gelauscht; nun öffnete er sie und beugte sich vor. »Wenn ich ein paar Fragen stellen dürfte...«

Pilatus hob die Schultern.

»Bist du, ehrwürdiger Greis«, sagte Afer, »im Lauf deines langen Lebens nur im Süden gewesen – in Adane und im übrigen Weihrauchland?«

»Ich war überall, wo Sand und Peitschen und Durst sind.«

Afer lächelte, stand auf und füllte einen Becher mit Wein und Wasser. Er brachte ihn Perperna, beugte das rechte Knie und sagte:

»Möge dieser Trunk deine Kehle letzen und dein Gedächtnis öffnen, Ehrwürdiger.«

Kleopatra verkniff sich ein Grinsen. Sie wußte nicht, was Afer sich von diesem... Gehampel versprach, und es war deutlich zu sehen, daß Pilatus und Columella alles für Unsinn hielten.

Perperna nahm den Becher, hob ihn an die Stirn, trank und sagte: »Ich danke dir, mein Sohn.«

»Du bist mißachtet und mißhandelt worden, nicht wahr? Im Dienste des Augustus aufgebrochen und dann versklavt. Ich weiß nicht, ob das Reich für solche Fälle eine Entschädigung anbietet...«

Pilatus grunzte. »Es gibt Möglichkeiten«, sagte er dann. »Ich kenne sie nicht genau, aber ich weiß, es gibt da etwas.«

»Wirst du dich der Sache annehmen, Herr?« Afer wandte sich dem Präfekten zu, und Kleopatra, die seine linke Gesichtshälfte sah, war fast sicher, daß er nicht zwinkerte.

»Ich werde.« Pilatus' Augen waren Schlitze. »Was soll das werden?«

»Vergebung, Herr – und ein wenig Geduld.« Afer wandte sich wieder Perperna zu, der ein seltsames, lauerndes Lächeln aufgesetzt hatte. »Ist es nicht gut, daß du endlich frei bist?«

»Was heißt frei?« Perperna verzog den Mund. »Ich habe die Freiheit, meine letzten Greisenjahre als Bettler im Imperium zu verbringen. Ist das erheblich?«

»Besser ein Brot als die Peitsche«, sagte Afer. »Wer hat dich freigelassen oder befreit? War es nicht Demetrios?«

»Er hat bei einem Sänftenrennen Geld auf Römer gesetzt und mich gewonnen.« Perperna keckerte. »Großer Gewinn.«

Kleopatra hatte plötzlich das Gefühl, daß Afer auf dem richtigen Weg sei – wenn sie auch nicht wußte, was am Ende dieses Weges liegen mochte. »Er hat dir Geld und Arbeit geboten, nicht wahr?« sagte sie.

»Sein Geld und meine Arbeit wurden gestohlen.«

»Gestohlenes läßt sich wiederbeschaffen.« Sie zögerte und blickte Afer an, der ihren Blick ruhig erwiderte. »Auch mir wurde etwas gestohlen«, sagte sie dann. »Ein Haus und Land, in Ägypten, und viel Geld. Der Präfekt will mir helfen, es zurückzubekommen. Hilf du uns, Demetrios zu finden und das Rätsel Ao Hidis zu lösen, dann biete ich dir für deine letzten Jahre ein Dach, leichte Arbeit, Nahrung und Kleidung. In Ägypten.«

Afer nickte kaum merklich. Pilatus starrte sie mit großen Augen an, und Columella fuhr sich mit der Hand über den Mund, als müsse er dort ein Lächeln verwischen.

»Auch ein wenig Geld für Wein, Fürstin?« sagte Perperna.

»Auch das.«

Perperna nickte. »Das ist gut.« Er blickte Afer an. »Mukhtar ist mit Belhadad verwandt«, sagte er. »Sein Großvater war ein Bruder von Belhadad. Der Vater schuldete Belhadad Dank und Geld und hat vor seinem Tod den Sohn verpflichtet, diese Schuld bald zu begleichen. Deshalb die Reise. Und ich war einmal dort, in Ao Hidis, mit Mukhtars Vater.«

Nach längerem erstaunten Schweigen sagte Afer: »Kennst du dich in Ao Hidis aus?«

»In dem Ao Hidis von damals. Als die große Schutzmauer noch nicht fertig gebaut war.«

»Magst du noch einmal nach Ao Hidis reiten? Sehen, wie die große Schutzmauer niedergerissen wird?«

20. In Ao Hidis

> Manchen Orten ist Abgelegenheit als Reiz
> eigen, wie einigen Menschen Unerträglichkeit
> oder gewissen Kustwerken Unzugänglichkeit.
> Sei nicht das Eigenartige immer zu schätzen?
>
> (ANONYMER REISEBERICHT)

Demetrios fuhr von der Matte hoch, als die Tür geöffnet wurde. Der Wächter trat einen halben Schritt ins Verlies; hinter ihm waren zwei Bewaffnete zu sehen, die im Licht der Fackel des Kerkermeisters zu tanzen schienen.

»Komm, nach oben«, sagte der Mann.

Demetrios rieb sich die Augen und stand auf. Er wußte nicht, wieviel er in dieser Nacht geschlafen hatte. Er erinnerte sich an Fetzen scheußlicher Träume, an Geschrei im Innenhof der Burg oder in einem Traum, an langes fruchtloses Grübeln, immer wieder unterbrochen von Müdigkeit. Einnicken und emporfahren, dösen und zucken. Grübeln und kein überzeugender Schluß.

Während er hinter dem Wächter zwischen den Bewaffneten die steile Treppe hinaufging, versuchte er sich wachzudenken. Wenn sie ihn holten, erwartete ihn oben etwas; und was auch immer ihn erwartete, würde seine Aufmerksamkeit erfordern. ›Außer dem Tod‹, sagte er sich mit bitterem Spott; ›der Tod verlangt nur körperliche Anwesenheit, keine Geistesschärfe.‹

Rufus. Immer wieder hatte er dessen Spiel erwogen. Ein Mann des Sejanus als Verräter, als Überläufer zu Belhadad?

Kaum vorstellbar – aber was wäre er sonst? Schnell geritten, um schnell anzukommen, nach Ao Hidis zu gelangen, dort einzudringen, sich einzuschmeicheln? Die Männer, die er angeblich verlassen hatte, glattrasierte römische Krieger, nun als bärtige Treiber, Tierpfleger in Ao Hidis? Wozu? Hatten sie Verbündete in Ao Hidis, gegen Belhadad, oder waren sie Belhadads Verbündete?

Wie sollte er sich verhalten? Fragen, nichts als Fragen, auf die es keine Antwort gab. Warum hatten sie ihn, Glauke und Ravi gefangen? Es konnte nur auf Rufus' Veranlassung hin geschehen sein. Die Zeit war zu kurz, als daß Rufus nach Ao Hidis hätte reiten und von dort Didhama losschicken können; er mußte sie unterwegs getroffen haben – zufällig oder verabredet? Aber was wollten sie von ihm, von Ravi, von Glauke?

Der Hinweis auf Ephialtes half ihm nur bedingt weiter. Er hatte ihn erwogen und von allen Seiten betrachtet, wie ein Spielzeug, das mit einem anderen Spielzeug zusammengesteckt werden mußte. Der Verräter aus Trachis, dessen Name – Zufall, Überlieferung? – gleichbedeutend war mit »Albtraum«, hatte die Truppen des Xerxes über Ziegenpfade durch die Berge geführt, hinter die Stellungen der Spartaner, die dann fielen, treu wie das Gesetz es befahl. Und Ephialtes' Handeln umkehren? Das mochte heißen, daß Rufus den Verräter nur spielte, um beim Angriff der Römer auf Ao Hidis die Tore zu öffnen. Nicht nur Postumus, sondern auch die anderen Männer wären nicht nach Caesarea gegangen, sondern hätten sich Bärte wachsen lassen und trieben sich nun in Ao Hidis herum. Nette Vorstellung, sagte Demetrios sich; drei Dutzend Männer, die lautlos töten konnten, im Lager des Gegners. Aber drei Dutzend gegen zehntausend?

Vor allem: Es gab nichts, was ihm wirklich Klarheit gegeben hätte. Daß etwas gegen Ao Hidis und Belhadad unternommen werden würde, schien klar – aber wann? Was? Ein Angriff mehrerer Legionen? Woher sollten die kommen? Er schloß nicht aus, daß in der langen Zeit, die er in den Steppen am Nil und dann in Arabien verbracht hatte, bedeutende Beschlüsse gefällt worden waren, daß Tiberius zwei oder drei Legionen zusätzlich nach Syrien oder Palästina geschickt hatte. Aber ein solch großer Aufwand hätte sich herumgesprochen; wahrscheinlich wäre im Hafen von Adane schon darüber geredet worden, noch ehe der erste Legionär in Caesarea oder Antiochia das Schiff verließ.

Was auch immer geplant war, er wußte es nicht. Rufus spielte ein Spiel, Demetrios war Stein auf dem Spielbrett. Dies wußte er. Und auch, daß Rufus gemordet hatte, eigenhändig oder durch andere: Prexaspes, das Mädchen, Mikines. Gemordet, eine Karawane geplündert, Mitreisende in den Kerker gebracht, die Überlebenden später überfallen, Demetrios, Glauke und Ravi verschleppt... Was auch immer das Spiel sein mochte, für Demetrios gab es nur ein glaubwürdiges Verhalten: Rufus als Feind und Verräter zu behandeln.

›Seltsam‹, dachte er, ›wie schnell man denken kann, wenn man muß.‹ All dies hatte ihn die halbe Nacht gekostet, und all dies raste nun durch seinen Kopf, während er vom Verlies zum Innenhof der Burg hinaufstieg. Warum hatte er die halbe Nacht dafür gebraucht, warum ging es jetzt so schnell?

Wider Erwarten führten die Männer ihn nicht in Belhadads Räume, sondern tatsächlich in den Innenhof. Dort standen Rufus und Hiqar im Gespräch mit einem Graubart, der zwei krumme Schwerter im Gürtel stecken hatte. Der Römer blickte Demetrios entgegen; er schien mißmutig.

»Ich hoffe, du hast eine gedankenreiche Nacht verbracht«, sagte er. »Und zwar voll fruchtbringender Gedanken.«

Demetrios zog es vor, nicht zu antworten. Er stand zwischen den beiden Wächtern, die ihn aus dem Verlies geholt hatten, atmete die frische Morgenluft und bemerkte, daß der Kerkermeister nicht mehr bei ihnen war. Im Hof liefen ein paar Diener hin und her, trugen Speisen und Abfälle herum. Aus einem der Räume an der Ostseite war eine Frauenstimme zu hören, die zu einem Saiteninstrument etwas sang, abbrach, neu begann. Bald würde die Hitze des Frühlingstages den Hof der Burg fluten, aber noch lagen Frische und sogar ein Rest Kälte in der Luft. Trockene, gute Kälte, ganz anders als die Klammheit des Verlieses. Demetrios trank Luft – wie einer, sagte er sich, der nach langem Durst an einen Brunnen gelangt ist.

Hiqar betrachtete ihn mit forschenden, aber nicht unfreundlichen Blicken. Dann wandte er sich an den Graubärtigen.

»Dies, edler Harun, ist der Händler Demetrios. Von dem wir uns Auskünfte über die Arbeitsweise und die Absichten der römischen Kundschafter erhoffen.«

Harun legte die Hände auf die vor seinem Bauch gekreuzten Griffe der Krummschwerter.

»Manche Kenntnisse sind wie Geschwüre, die man aus dem kranken Leib herausschneiden muß«, sagte er mit einer tiefen, knarrenden Stimme. Auch er bediente sich des Griechischen. »Andere wollen gestreichelt und gehegt werden, um zu vollem Nutzen zu erblühen. Welcher Art sind deine Kenntnisse, Händler?«

»Sie sind von der schweifenden Art«, sagte Demetrios. »Sie gedeihen am besten in Freiheit und Bewegung.«

Rufus verzog den Mund. »So, wie du redest, bist du nicht lange genug eingesperrt gewesen.«

Zwei Bewaffnete betraten den Hof; hinter ihnen erschienen Glauke und Ravi. Als sie näherkamen, glaubte Demetrios in ihren Gesichtern weniger Erschöpfung als am Vortag, aber die gleiche Besorgnis und Verängstigung zu sehen.

Hiqar klatschte in die Hände. »Schluß mit dem Gerede«, sagte er. »Es wurden, durch die Gnade und Klugheit des edlen Belhadad, einige Beschlüsse gefällt. Die zu bezweifeln oder gar zu bestreiten dir nicht zusteht, Römer.«

Rufus hob die Schultern und wandte sich ab.

»Harun, Herr der Lanzen und Schwerter des Reichs, mißtraut Verrätern. Er mißtraut aber auch dem, was jemand unter Zwang sagt.«

»Was würde, ohne Zwang, aus allen Fürsten und Feldherren und Priestern? Man brauchte sie nicht«, knurrte Rufus.

Glauke tastete wie suchend nach Ravis Arm, wandte sich dem alten Inder zu und brach in Tränen aus. »Was wird mit uns?« sagte sie schluchzend. »Von welchem Zwang redet ihr?«

Ravi wirkte nicht viel standfester als Glauke, aber er sagte nichts und tätschelte ihre Schulter.

»Zwang«, sagte Harun, ohne die Hände von den Schwertgriffen zu nehmen, »ist hilfreich in der Eile. Es liegt aber keine Eile vor. Kein feindliches Heer ist im Anmarsch. Deshalb hat unser Fürst befohlen, zunächst keinen Zwang anzuwenden. Ihr werdet euch in Ao Hidis bewegen können. Unter Aufsicht; Hiqar und seine Leute haften für euch mit ihren Köpfen. Wir werden euch beobachten. Ihr könnt die Stadt und das Tal nicht verlassen; dafür wird gesorgt. Vielleicht wißt ihr etwas – vielleicht wißt ihr nichts. Daraus, wie ihr euch verhaltet, wenn Unvorhergesehenes geschieht, läßt sich mehr ablesen als aus... erzwungenen Worten. Einen von euch langsam zerschneiden und sehen, ob er oder ein anderer, der dabei zusieht, etwas sagt, können wir später immer noch.«

Außerhalb der Burg, kaum hundert Schritte nach Westen, standen am Fuß der Felswand ein paar Hütten und Zelte, daneben eine Koppel mit Pferden. Hier war ein Teil der Leibwache des Fürsten untergebracht – jene, die nicht bei Belhadad in der Festung Dienst taten. Hiqar führte die Gefangenen dorthin.

»Meine Männer werden euch hüten und hegen«, sagte er. »Ihr werdet ihre Nahrung teilen und von ihnen Decken bekommen und alles, was ihr braucht. Aber zuerst...« Er deutete auf eine abseits stehende Hütte, aus deren Dach Rauch aufstieg.

»Was ist das?« sagte Demetrios. »Willst du uns Brandzeichen aufdrücken?«

»Vergeudung von Haut und Hitze.« Hiqar schüttelte den Kopf. »Einer unserer Waffenschmiede wird eure Bewegungsfreiheit ein wenig einschränken.«

Offenbar hatte der Schmied bereits Anweisungen erhalten, oder derlei »Einschränkungen« gab es so oft, daß alle nötigen Dinge immer vorhanden waren. Alle drei erhielten Bronzeringe um die Unterschenkel. Die Kette dazwischen war lang genug für kleine Schritte, sogar für das Ersteigen gewöhnlicher Treppen, ließ aber jeden Gedanken an Flucht verkümmern.

Als die Ketten angebracht waren, übergab Hiqar die Gefangenen einem seiner Unterführer. »Du haftest mit deinem Kopf«, sagte er. »Und mit meinem. Behandle sie so, daß sie nicht deinen Kopf wollen, wenn sich herausstellt, daß sie Freunde des Fürsten sind. Und daß sie, wenn sie als Feinde getötet werden, nicht über die Trennung von dir weinen müssen.«

»Wie du befiehlst, Herr.«

Er wartete, bis Hiqar gegangen war; dann wandte er sich an die drei.

»Ich bin Baradhiya. Ich hoffe, ich muß euch nicht als Feinde behandeln; es wäre für mich und euch lästig. Habt ihr schon gegessen?«

Demetrios schüttelte den Kopf. »Das Knurren der Mägen wird bald das Rasseln der Ketten übertönen«, sagte er.

Baradhiya grinste flüchtig. »Dem kann abgeholfen werden.« Er rief einem der anderen etwas zu. Bald darauf erschien der Krieger zusammen mit einem Lagersklaven; sie brachten Becher mit heißem Kräutersud, Brot und Streifen getrockneten Fleisches.

Während sie sich auf dem sandigen Boden zwischen den Hütten niederließen und aßen, kümmerte Baradhiya sich um andere Angelegenheiten. Demetrios beobachtete ihn unaufdringlich. Er war noch jung, jünger als Hiqar, und wie dieser bewegte er sich mit einer gewissen kraftvollen Anmut. Kein unangenehmes Gesicht, dachte Demetrios; die von spärlichen schwarzen Bartlocken umrahmten Mundwinkel sahen so aus, als ob Baradhiya gern lachte, und die Augen wirkten wach und keineswegs kalt. Aber er beschloß, den jungen Mann nicht zu unterschätzen. Da Hiqar ihn als Stellvertreter behandelte und ihm Gefangene anvertraute, die ihn selbst den Kopf kosten konnten, wäre es überaus leichtsinnig, ihn für harmlos und leutselig zu halten. Die Krieger, die Belhadads Leibwache bildeten, mußten gute, ausgesuchte Männer sein; und soweit Demetrios sehen konnte, genoß Baradhiya bei ihnen Achtung und sofortigen Gehorsam.

Glauke und Ravi schwiegen, bis sie ihr Frühstück beendet hatten. Dann stieß Ravi einen leisen Rülpser aus, und Glauke lachte.

»Ich hätte nicht geglaubt, je wieder etwas zu essen. Und zu lachen«, sagte sie. »Demetrios, was haben sie mit dir gemacht?«

»In ein Verlies gesteckt, damit ich besser denken kann.«

»Und? Was ist bei deinem Denken herausgekommen?«

»Nichts von Bedeutung.« Er sah die Frau an, dann den Inder. »Ich weiß nicht viel mehr als ihr. Und hinsichtlich dessen, was man hier von uns erwartet, weiß ich gar nichts.«

Ravi machte ein seltsames Geräusch irgendwo in der Nase. »Du mußt aber doch irgend etwas wissen. Zum Beispiel, warum sie dich von uns getrennt haben.«

»Hat man euch etwas getan? Etwas gesagt?«

»Nichts«, sagte Ravi.

»Sie haben uns einfach vergessen«, sagte Glauke. »Dich haben sie geholt, dann haben sie unsere Tür versperrt, und heute früh, vorhin, haben sie uns herausgeholt und zu euch auf den Hof gebracht.«

»Ich fürchte, ich bin der Schuldige, auch wenn ich nichts dafür kann.« Demetrios betrachtete die Kette zwischen seinen

Füßen. Sie war nicht allzu schwer, die Ringe aus Bronze nicht allzu eng, dennoch fühlte er sich belastet.

»Wie meinst du das?« Ravi kniff die Augen zu Schlitzen.

»Ich glaube, daß sie mich haben wollten und euch einfach so mitgeschleppt haben.«

»Aber warum wollen sie dich haben?«

»In Rom gibt es viele Mächtige und viele Mächte, und alle Mächte haben ihr geheimes Netz von Kundschaftern. Sejanus, der Kaiser beziehungsweise das Heer des Kaisers, die Fernhändler...«

»Ah.« Glauke riß die Augen auf. »Und jetzt haben sie den Fernhändler Demetrios gefangen, damit er ihnen etwas über die Machenschaften in Rom erzählt? Oder...« Sie zögerte, dann setzte sie hinzu: »Hin und wieder habe ich ein paar Brocken von dem mitbekommen, was du mit Kleopatra oder Meleagros besprochen hast. Rom will gegen Ao Hidis vorgehen, nicht wahr? Weil Belhadad etwas mit den Parthern oder den Nabatäern oder beiden...« Sie sprach nicht weiter.

»So ungefähr. Offenbar wissen die hier, daß ihnen etwas droht; wahrscheinlich hat Rufus ihnen erzählt, was er weiß, und er ist ein Mann des Sejanus. Jetzt erhoffen sie von mir weitere Kenntnisse. Aber ich weiß nichts.«

»Dann wären wir völlig sinnlos gefangen worden?« Ravi schnalzte. »Ein Zustand, von dem ein Erleuchteter in Indien sagte, es sei der gewöhnliche Zustand der Menschen, die noch auf das Rad des Lebens gebunden sind.«

»Oder sich in die Politik verirrt haben.« Demetrios gluckste. »Und daran wird sich vorläufig nichts ändern. Wir können, fürchte ich, nur abwarten und hoffen.«

Während sie aßen, danach auch beim Reden, hatten sie hin und wieder Geräusche gehört, wie dumpfe Klagen. Nun erhob sich Demetrios, um sich die Beine zu vertreten, aber auch um nachzusehen, ob er den Ursprung der Geräusche finden konnte.

Sogleich war Baradhiya neben ihm. »Was willst du tun?«

»Nachsehen, woher die Geräusche kommen.«

»Das könnte lehrreich sein.« Ein seltsamer Ausdruck huschte über die Züge des jungen Offiziers. »Für euch, für alle. Kommt mit.«

Auch Ravi und Glauke standen auf. Sie folgten Baradhiya durch die Gasse zwischen den Hütten, über den davor liegenden Platz und ein paar Schritte weiter nach links. Dort lag eine leere Sandfläche, in der nur ein paar Pfosten steckten. Die ebenfalls leer waren. Sie mochten für Bestrafungen oder ähnliches vorgesehen sein, erfüllten aber zur Zeit keinen Zweck.

Dann sah Demetrios die beiden Köpfe auf dem Boden, zwischen den Pfosten. Im Boden, genauer. Die Köpfe zweier Männer mit rissigen Lippen und verquollenen Augen. Einer von ihnen stieß eben wieder einen dieser dumpfen Klagelaute aus.

»Gestern waren sie lauter«, sagte Baradhiya. Etwas wie Ekel schwang in seiner Stimme mit.

»Was ist mit ihnen?«

»Sie haben Wasser gestohlen – mehr Wasser, als ihnen und jedem hier zusteht. Dafür wurden sie eingegraben.«

Glauke gab einen Würgelaut von sich und hielt eine Hand vor den Mund.

»Die Leibwächter des Fürsten müssen also auch die von Belhadad verhängten Strafen vollziehen?« sagte Demetrios.

»Das müssen wir.« Baradhiya klang nicht so, als sei diese Pflicht ihm ein Vergnügen. »Jemand muß es tun«, setzte er halblaut hinzu. »Und es gibt noch viele andere Strafen, die schlimmer sind als dies – in der Sonne verdursten.«

»Noch schlimmer?« sagte Glauke tonlos. »Was denn?«

Baradhiya warf ihr einen abschätzenden Blick zu. Oder abschätzig? Demetrios war sich nicht sicher.

»Verrat«, sagte der Offizier, »wird anders bestraft. Die Maden, die sich von Aas ernähren, dringen nicht in gesunde Körper ein; sie brauchen eine Öffnung, eine Wunde. Verräter werden blutig gepeitscht und dann an eine Leiche oder einen wimmelnden Tierkadaver gebunden. Es dauert, sich beim Gefressenwerden zuzuschauen.«

Wenn sie ein paar Schritte tun wollten, waren immer mehrere Krieger bei ihnen. Die Ketten erwiesen sich jedoch als so beschwerlich, daß der Bewegungsdrang sich in engen Grenzen hielt. Wie die beiden anderen vergaß Demetrios oft, daß nur kurze Schritte möglich waren; dann gab es immer einen schmerzhaften Ruck, und die Ringe schnitten in die Knöchel oder rissen Hautfetzen ab. Ebenso oft blieben die über den Boden schleifenden Ketten an unbeachteten Hindernissen hängen – einem Stein, einer Pflanze – und ließen die Gefangenen straucheln.

Einen Bereich gab es, von dem Baradhiya und die anderen sie fernhielten. Hinter den Hütten, an der Felswand, waren Vorhänge zu sehen, teils aus Leder, teils aus Fellen. Demetrios nahm an, daß dahinter Höhlen lagen. Aber ob es sich nur um Kammern handelte, vielleicht für Waffen oder Vorräte, oder ob es ganze Höhlensysteme waren, möglicherweise mit Gängen, erfuhr er nicht. Als er Baradhiya darauf ansprach, lächelte der Offizier nur und sagte, Demetrios möge sich andere Fragen ausdenken, auf die er dann antworten wolle.

»Na gut«, sagte Demetrios. »Dann sag mir doch, ob ihr alle hier aus Ao Hidis seid.«

Inzwischen war es Abend geworden. Ein ärmliches Feuer brannte auf dem Platz zwischen den Hütten. Glomm, vielmehr; ein wenig Holzkohle und Kameldung verbreiteten mattes Licht und Wärme, reichten aber nicht für lodernde Flammen. Hiqar war nachmittags vorbeigekommen und hatte Demetrios und den anderen mitgeteilt, daß die Gefangenen bis auf weiteres bei den Kriegern bleiben und dort auch die Nächte verbringen würden.

Baradhiya saß zwischen Demetrios und Ravi auf einem kleinen Lederkissen. Die üppige Schwelgerei der Offiziere, dachte Demetrios; alle anderen saßen, hockten oder lagen auf dem sandigen Boden. Glauke, links von Demetrios, starrte in die karge Glut; sie schien völlig in Gedanken befangen, die sich weit weg begeben und die Denkende mitgenommen hatten.

»Wir sind alle aus dem Harran-Volk«, sagte Baradhiya. »Aus einem der vielen Zweige der Sippe. Aber natürlich nicht alle aus Ao Hidis. Der Ruhm des edlen Belhadad hat viele dazu gebracht, ihre Familien und Herden zu verlassen und statt der Schafe und Kamele den Glanz und das Glück in seinem Schatten zu hegen.«

Demetrios glaubte, ein wenig Spott zwischen den Wörtern oder in der Stimme zu hören.

»Gedeihen denn diese Dinge, die ihr hegt?«

»Wärst du sonst hier?«

Ein junger Sklave oder Offiziersbursche kniete vor Baradhiya und reichte ihm einen Napf. Der Offizier trank daraus und leckte sich einige Tropfen aus dem Schnurrbart.

»Gut«, sagte er. »Willst du kosten?« Er hielt Demetrios den Napf hin.

»Was ist das?«

»Vergorene Stutenmilch. Der Wein der Wüste.«

Demetrios lachte. »Köstlich, wie ich wohl weiß. Aber da ich dies oft getrunken habe, weiß ich auch, daß es meine Gedärme auswringen wird.«

»Es erquickt und reinigt den Leib, ja; was ist daran schlecht?«

»Mit der Kette werde ich mich nicht schnell genug zur nächsten Latrine begeben können.«

Baradhiya trank abermals und reichte dem Sklaven den Napf zur Weitergabe an andere. »Was das Gedeihen angeht«, sagte er, »bin ich seit zehn Jahren daran beteiligt. Ich komme aus einer Sippe nahe Damaskus.«

»Und die anderen? Hiqar, zum Beispiel, oder Harun?«

»Harun ist ein jüngerer Vetter des Fürsten; er ist von hier. Hiqar ist mein Vetter. Und mein Herr, hier. Er und ich sind seit zehn Jahren im Dienst des Edlen.«

»Immer in Ao Hidis?«

Baradhiya lachte. »Stellst du es dir so einfach vor, in die Leibwache aufgenommen zu werden? Nein; wir haben draußen begonnen, weit draußen. Zuerst bei den Herden, dann als Jäger, dann als Krieger.«

»Und wo habt ihr euer gutes Griechisch gelernt?«

»Das ist einfach die allgemeine Zunge. Ganz gleich, ob wir mit einem Römer oder einem Parther zu tun haben.«

»Kommen denn viele Parther hierher?«

Baradhiya blickte ihn von der Seite an. »Ich habe sie nicht gezählt.«

Demetrios schwieg; ihm waren die Fragen ausgegangen. Er suchte nach einem gangbaren Umweg, auf dem er etwas über Baradhiyas Treue gegenüber Belhadad erfahren könnte.

Ravi warf ein paar Sandkörner Richtung Feuer. »Ihr werdet alle verbrennen«, sagte er dumpf.

»Wer?« Baradhiya gluckste. »Und wie? Wie der Sand, den du ins Feuer wirfst? Sand brennt nicht.«

»Menschen wohl. In dem Feuer, das Belhadad entfacht hat, werdet ihr alle mit ihm zusammen verbrennen. Ich bin ein Fremder, wenn ich auch lange Jahre in Arabien gelebt habe. Aber sogar als Fremder weiß ich, daß das Imperium euch nicht viel länger dulden wird.«

»Auf die Unduldsamkeit der Römer kann man sich verlassen«, sagte Baradhiya. »Rom trampelt alles nieder. Was nicht wie Rom ist, wird verbogen, bis es Rom ähnelt oder zerbricht. Wir werden nicht brechen, und wir werden nicht Rom ähnlich werden.«

»Es wird euch nichts anderes übrigbleiben. Belhadad weiß das; du hast es offenbar noch nicht begriffen«, sagte Demetrios.

»Wie meinst du das?«

»Um dem Imperium zu trotzen, müßt ihr so stark werden, wie das Imperium hier im Osten ist. Ihr müßt Rom werden, um nicht Rom zu unterliegen. Meinst du denn, Belhadad kann mit den Parthern ein Bündnis gegen Rom eingehen, ohne hinterher dafür bezahlen zu müssen?«

Baradhiya lachte leise. »Du meinst, sie kommen und helfen uns, und dann gehen sie nicht wieder weg? Wie die Perser vor Jahrhunderten?«

»Ich meine«, sagte Demetrios, »daß ihr längst Rom seid.«

»Wir sind nicht Rom. Wir sind freie Araber.«

»Freie Araber ziehen durch die Wüste, ihr dagegen habt eine Stadt gebaut. Ein Rom in der Wüste. Ihr solltet vielleicht ein Bündnis mit Rom schließen statt mit den Parthern.«

Baradhiya wandte den Kopf; sein Mund war nun knapp neben Demetrios' Ohr. »Du redest«, sagte er leise, »wie einer, dem ich einmal begegnet bin.« Dann flüsterte er: »Er heißt Afer.« Lauter setzte er hinzu: »Kennst du ihn?«

»Wen bitte?« sagte Ravi. »Ich habe den Namen nicht verstanden. Aber wen könnte ich hier schon kennen?«

»Ich kenne ihn nicht«, sagte Demetrios. »Aber ich habe von ihm gehört.« Sein Herz schlug plötzlich schneller. Er dachte an ein Gespräch in Baiae, das letzte vor der Abfahrt.

Der Kreter Satornilos, den man auch Minos nannte, hatte ihn auf den Kai begleitet. Das lange Gespräch über die Anliegen und Wünsche der Fernhändler war beendet; in der letzten Stunde hatte sich alles um die Lage in Arabien gedreht und um Probleme, in die Demetrios auf der Rückreise verwickelt werden mochte.

»Wir sind natürlich beteiligt«, sagte Satornilos. »Aber in dieser Gegend treten wir gern zurück. Zwischen uns und den Arabern und den Parthern... drei Mühlsteine, sagen wir mal, zwischen denen unvorsichtige Finger zerquetscht werden. Das ist eher etwas für die Legionen. Und für Sejanus, wenn er denn an etwas anderes denkt als an seine Allmacht in Rom.«

»Was soll ich tun? Soll ich überhaupt etwas tun?«

Satornilos wiegte den Kopf, und plötzlich erinnerte er an einen Stier. Einen traurigen, verschlagenen Stier, vielleicht einen auf Getreide und Gemüsesaft zurückgeworfenen Minotaurus. Ob daher der Beiname kam?

»Es könnte sein, daß du etwas tun mußt. Für dich, für uns, für Rom. Die Fäden laufen natürlich in den Händen der Präfekten zusammen – Syrien und Judäa. Bei Herodes Antipas ist ein alter Hellene zuständig, Nikias. Und dann gibt es noch einen, der die unteren Enden der losen Fäden verknüpfen soll. Ein Mauretanier namens Afer, Centurio bei Herodes, in einem Kaff namens Kaphar irgendwas.«

Wie in einem grellen Tagtraum sah Demetrios sich nun am Kai von Baiae stehen, mit Satornilos; der geflüsterte Name...

»Wie auch immer«, sagte Baradhiya; dabei stand er auf. »Ich werde jetzt nach den Wächtern schauen – und meinen Platz einem Größeren freimachen.«

Aus dem Dunkel trat Hiqar in den matten Lichtkreis. Er nickte seinem Stellvertreter zu, der sich entfernte, und hockte sich auf die Fersen.

»Es wäre übertriebene Höflichkeit, euch zu fragen, ob ihr mit Unterkunft und Verpflegung zufrieden seid«, sagte er. »Fehlt euch etwas, dessen ihr bedürft?«

»Bewegungsfreiheit«, murrte Ravi.

Zu Demetrios' Erstaunen blickte Glauke aus ihrer Versunkenheit auf. »Das, ja«, sagte sie, »und ein wenig Reinigung.«

Hiqar betrachtete sie. Dann lachte er.

»Ich vergaß – du kommst ja aus einem der Länder, in denen man das Badewasser zum Gott erhoben hat. Ein Bad kann ich dir nicht bieten, wohl aber eine Schüssel. Komm.« Er streckte die Hand aus.

Glauke schien zu zögern; dann nahm sie Hiqars Hand und ließ sich hochziehen.

»Und ihr?«

Ravi rekelte sich. »Ich beginne, an mein Überleben zu glauben. Ich werde jetzt in die uns angewiesene Hütte humpeln, mit rasselnder Kette, und versuchen, von der Zukunft zu träumen.«

»Kann ich Fragen, die dich betreffen, in deiner Abwesenheit an Baradhiya richten?« sagte Demetrios.

Hiqar zwinkerte langsam, mit beiden Augen; oder vielleicht schloß er sie kurz. »Wir sind fast immer einer Meinung«, sagte er dann leise. »Auch was Bewohner entlegener Gebiete angeht – Rom, das Partherland, Mauretanien. Er kann für mich sprechen.«

Demetrios starrte hinter Hiqar und Glauke her, bis sie nicht mehr zu sehen – bis nur noch Glaukes Kettenglieder zu hören waren. Dann lauschte er dem Klirren, mit dem Ravi in der Hütte verschwand. Danach hörte er eine ganze Weile nur noch den wispernden Wind weit oben, an der Kante der Steilwand, und unten das mürbe Knistern des Feuers. Schritte von Wächtern. Gemurmel von Kriegern, die noch nicht schlafen mochten. Summen und Zirpen von Tieren, die nachts nie schliefen. Er bildete sich ein, in der Ferne, in der Talmitte, Wasser gluckern zu hören. Vielleicht war das aber nur die Erinnerung an den Kai von Baiae. Während er dem kaum Hörbaren lauschte und im Dunkel der Nacht, noch undurchdringlicher gemacht durch das ausglimmende Feuer, Unsichtbares zu sehen versuchte, wagte er es, einige Gedanken zu denken, die er vor wenigen Stunden noch für undenkbar gehalten hätte.

»Darf Ephialtes sich kurz zu dir setzen?« hauchte plötzlich eine Stimme hinter ihm.

»Wenn er mein Geld mitbringt«, sagte Demetrios.

Rufus lachte leise. »Das tut er nicht. Aber etwas anderes.« Er kniete neben Demetrios und musterte ihn von der Seite. »Siehst du ein wenig klarer? Die Nacht ist dafür gut. Schau nach oben.«

Demetrios legte den Kopf in den Nacken. Hoch über ihm glitzerte das Band der Sterne.

»Wie das Geschmeide der Aphrodite, nicht wahr?« sagte Rufus. Leiser, fast flüsternd setzte er hinzu: »Oder das von Kleopatra.«

Etwas raschelte zwischen ihnen. Demetrios tastete und fühlte etwas Rauhes – Papyros?

»Wenn du dich auf die Seite legst, das Gesicht zu mir, kannst du es vielleicht noch lesen.« Rufus' Stimme war kaum mehr als ein fernes Murmeln.

»Was ist es?«

»Sprich leiser! In Leuke Kome, beim Hafenmeister, gab es diesen Brief für Glauke. Ich habe ihn mitgenommen; ich wußte ja nicht, ob ihr je dort vorbeikommen würdet.«

»Warum gibst du ihn nicht ihr?«

»Zuerst solltest du ihn lesen. Damit du weißt, was es mit der Fürstin auf sich hat. Es könnte dein Mißtrauen mir gegenüber mindern.«

»Wie du meine Gefährten, meine Karawane und mein Geld gemindert hast?«

»Lies einfach.«

Demetrios streckte sich aus, auf den Ellenbogen gestützt. Das Licht der Sterne, das des Mondes, der eben über die Talkante kroch, und das des Restfeuers genügten, die kräftigen Schriftzeichen zu lesen.

Als er fertig war, schaute er zu Rufus auf, der noch immer neben ihm kniete. »Und jetzt?«

Rufus nahm den Papyros; mit einer schnellen Bewegung warf er ihn auf die Glut. Flämmchen, dann größere Zungen leckten an dem Brief und verzehrten ihn.

»Jetzt nichts.« Rufus stand auf. »Zu gefährlich. Aber in den nächsten Tagen sollten wir über Gründe und Anlässe reden. Und über« – das letzte Wort flüsterte er – »Afer.«

21. Lichte Nacht

> Gewährt die Gottheit dem Sterblichen Freude,
> Erschüttert sie vorher das Herz ihm durch
> düsteres Leid.
>
> PINDAROS

Afers Aufmerksamkeit hatte zu schweifen begonnen, als Pilatus in ein erneutes, aber nicht neues, Gezeter über die Juden ausbrach. Columella starrte an die Decke, und Afer betrachtete die Frau. Pilatus' Wörter wurden zu einem Wasserfall, zu bloßem Hintergrund, und Afer sagte sich eben, daß er tagelang so sitzen und Kleopatra anschauen könnte – das dunkle Haar, in dem dunkles, rötliches Feuer loderte, wo ein Sonnenstrahl aus dem Fenster es traf; die dunklen Augen, Nachtschächte, in denen der gleiche Sonnenstrahl grüne Funken schlug, die Lippen, die Lust und Lachen bargen... Und List, denn ohne grob zu sein gelang es ihr, Pilatus durch eine Frage zu unterbrechen, abzulenken, und plötzlich redeten sie über Familien in Rom, über bedeutende Sippen, gemeinsame Bekannte, und Columellas Blick stürzte von der Decke herab und streifte Afer mit einer gewissen Wucht.

»Ich glaube, das alles sollten wir bereden, ohne Afer weiter aufzuhalten«, sagte er.

Pilatus verschränkte die Arme. »Du hast natürlich recht. Afer, wir haben alles geklärt, nicht wahr? Die Mutmaßungen über Rufus und deine nächsten Schritte. Der Befehl an die Kohorte ist erteilt?« Er wandte sich an Columella.

»Der Schreiber hat alles ausgefertigt.«

Afer erhob sich. »Dann will ich, mit eurer Erlaubnis, mit den Centurionen reden. Nur eines, Herr – Rufus sollte den Oberbefehl haben.«

»Und da er nicht greifbar ist...« Pilatus starrte ihn an. »Ich habe keinen Scipio oder Alexander oder Pyrrhus unter meinen Leuten. Wir werden einen weiteren Befehl ausfertigen lassen, der dir alles übergibt.«

Afer schnappte nach Luft. »Aber, Herr...«

»Das geht nicht«, sagte Columella. »Er dient als Centurio dem König. Wir können doch nicht römische Krieger...«

»Können wir doch.« Pilatus lächelte. »Es ist kein Kriegszug; es nehmen ein paar Gruppen von Kriegern teil, die zufällig in der Gegend sind. Und du, mein Freund, wirst sie und Afer begleiten. Er braucht Beratung – falls es etwas zu verhandeln gibt.«

Benommen, fast betäubt stand Afer eine Weile unter den Bögen am Innenhof. Columella als Berater, und er selbst als Stratege? Der Centurio als Legat, gewissermaßen... Wenn alles glückte, brauchte er sich keine Gedanken mehr um seine Zukunft zu machen. Und wenn nicht? Wenn nicht, sagte er sich, war es ohnehin gleich, denn ein Fehlschlag konnte nur eine blutige Niederlage sein, und bei einer Katastrophe in der Wüste würde keiner heimkehren.

Die Centurionen hatten den Befehl bereits erhalten. Wenn sie Mißtrauen oder Zweifel empfanden, zeigten sie es ihm nicht; er hatte allerdings den Eindruck, daß alle darauf brannten, etwas zu unternehmen. Alles, selbst ein Vorstoß in die Wüste, war besser als dieses Herumsitzen in Jerusalem.

Es gab nicht viel zu besprechen. Die Griechen, Söldner des Imperiums, wußten selbst am besten, was zu tun war. Unauffällig die Stadt verlassen. Bei bestimmten Händlern – keiner weiter als zehn Meilen entfernt – bereitstehende Pferde übernehmen. Nicht gegen die Pilgerströme, sondern auf einsamen

Nebenwegen nach Nordosten reiten. Mit Waffen und Vorräten in einem Tal warten. Sich mit den Kriegern aus Syrien im nächsten Tal verständigen. Sich nicht sehen lassen, bis... bis Afer bei ihnen war und den Befehl zum Aufbruch gab.

Und während er mit den Männern redete, hielt er den Ausgang des Saals im Auge. Kleopatra war noch immer bei Pilatus; wann würde sie endlich erscheinen? Und während er mit den Centurionen redete und den Ausgang im Auge behielt, fragte er sich immer wieder, ob er imstande sein würde, die Aufgabe zu erfüllen.

Die Frage – eine Kette von Fragen – eine Woge von Fragenketten – kam in heißen Wellen, wie Fieber. Fragenfluten und Antwortebben. Er wußte, daß die Luft warm war, aber sie kühlte seine Wangen. Er wollte schreien, herumrennen, auf einen Baum klettern, sich in einer Höhle verbergen, die Hände vors Gesicht schlagen, heulen, ganze Amphoren von Wein leeren. Aber es gelang ihm, wie er hoffte, nichts davon zu zeigen. Statt schreiend herumzurennen, ging er ruhig zwischen den Zelten auf und ab, sprach mit den Männern, gab Ratschläge und Anweisungen.

Dann stand er am Bogengang, an dessen Ende die Wächter das Tor hüteten, und rang mit sich, ob er hinausgehen oder weiter den Ausgang beobachten sollte, aus dem Kleopatra doch irgendwann, endlich, kommen mußte.

Wein, dachte er, und Brot. Nicht das körnige Zeug mit tausend Absplitterungen schlechter Mühlsteine, das die Kohorten aßen, und nicht die Sorte Essig, die geizige Verpflegungsmeister an die Männer ausgaben. Richtigen Wein, warmes weiches Brot... Und dann denken und trinken und essen. Eine Nacht lang. Am nächsten Morgen die Stadt verlassen, oder nein, vorher noch zum König, zu Nikias, und dann in die Wüste, in die wüste Zukunft.

Thais und Arsinoë hatten offenbar einen kleinen Gang durch die Stadt gemacht, mit sittsam verhülltem Haupthaar.

Nun kamen sie durch den Bogengang, lachend und schwatzend.

»Auf ein Wort«, sagte er.

»Wieso nur eines?« Thais lächelte. »Ist die Fürstin noch beim Präfekten?«

»Sie ist, und darum geht es bei dem Wort. Ich muß mit ihr reden, wenn sie dort fertig ist, aber ich muß auch ein paar Dinge besorgen. Könnt ihr sie bitten, bei Sonnenuntergang in der Festung zu sein? In euren Räumen oder auf dem Gang?«

Arsinoë nestelte an ihrem Tuch, löste es und schüttelte das lange dunkle Haar aus. »Wir werden es ihr sagen – geht es um große Geheimnisse?«

»Furchtbare Geheimnisse.« Er lachte. »Wir sehen uns später.«

Erleichtert verließ er die Festung – floh beinahe. Einige Zeit lief er beinahe blind, taub und fühllos durch die Straßen. Er wußte später nicht, wie viele Menschen er unabsichtlich angerempelt hatte, sondern nur, daß er gegen den schäumenden Strom seiner Gedanken geschwommen war.

»Mein alter unbeschnittener Freund«, sagte plötzlich eine Stimme neben ihm, »was bringt dich Heiden in die heilige Stadt?«

Einen Augenblick lang war ihm schwindlig; er fühlte sich, als sei er aus einem rasenden Rennen herausgerissen worden und zu jäher Reglosigkeit verdammt. Wie hilfesuchend faßte er nach dem Arm des Mannes.

»Eleazar«, sagte er. »Du hier? Ich dachte, du wärest in Alexandria.«

»Du brichst mir den Arm.«

»Vergib – die Freude, dich zu sehen…«

»Fühlt sich eher an wie der Versuch, mich zu zermalmen.« Eleazar grinste und zupfte an seinem weiten Umhang, bis alles wieder so saß wie zuvor. »Aber sag, was machst du hier?«

»Hast du dringende Dinge zu tun?«

»Warum?«

»Ich brauche jemanden, der mir beim Weintrinken und Denken hilft.«

»Ach, so schwere Aufgaben soll ich übernehmen? Und wo, zum Beispiel?«

»Komm – ich will guten Wein und gutes Brot; dann gehen wir in die Festung und...«

»Die Festung?« Eleazar schüttelte den Kopf. »Bist du bei den Leuten des Präfekten? Die lassen doch einen Juden nicht ein.«

»Wenn du mit mir kommst, werden sie dich einlassen.«

Eleazar war Anfang Dreißig und, nach eigener Einschätzung, »guter Arzt und besserer Streuner«. Er kam aus einer Familie von Schriftgelehrten; der Vater, ein in Jerusalem hoch angesehener Pharisäer, lebte noch, war aber für den Sohn mehr oder minder gestorben. Und umgekehrt, wie Eleazar versicherte. Er hatte mehr von der Welt sehen wollen als Jerusalem und Umgebung, mehr wissen wollen als das, was in Schriften stand, und seien diese noch so heilig. Verwandte der Mutter in der jüdischen Gemeinde zu Alexandria hatten es dem jungen Mann ermöglicht, bei den besten hellenischen Ärzten der Stadt zu lernen. Seit dem Ende der Ausbildung reiste er durch das Imperium – nicht nur, aber besonders dorthin, wo es jüdische Gemeinden gab. »Auch Juden werden krank«, hatte er gesagt, »aber viele mögen sich nicht von heidnischen Ärzten behandeln lassen, und die Zahl guter jüdischer Ärzte ist nicht groß. Außerdem gibt es, wie du wohl weißt, viele römische und hellenische Ärzte, die keine Juden behandeln mögen.« Alexandria, Kyrene, Leptis, Utica, Siga, Volubilis, Tingis, von dort übers Meer nach Iberien – Gades, Corduba, Carthago Nova, Tarraco –, Gallien und Italien, die alten Griechenstädte der Magna Graecia, dann von Syrakus nach Korinth und Athen... Vor drei Jahren hatte ihn der Zufall nach Kaphar Nahum gebracht, wo er mit Adonis Kenntnisse und Geschichten austauschte. Dabei hatten er und Afer sich kennengelernt, und seitdem war Eleazar noch einmal in Kaphar Nahum gewesen und einmal in Magdala, wo Afer ihn besucht hatte. Vor einem Jahr hatten sie sich in Jerusalem getroffen, und zweimal war Afer bei ihm in Caesarea gewesen, wo Eleazar eine reiche junge Witwe tröstete, Seeleute behandelte und aufs Meer hinausschaute.

Natürlich wußte Eleazar, wo man in Jerusalem den besten Wein kaufen konnte, und er bestand darauf, ihn zu bezahlen.

»Die Witwe, weißt du«, sagte er mit einem eher mühsamen Lächeln, »wollte sich wieder vermählen, und da ich zu so etwas nicht tauge...«

»Warum nicht?«

»Ach, es erschwert einem die Abreise. Jedenfalls hat sie mir ein üppiges Abschiedsgeschenk gemacht und einen Schiffseigner genommen, der nicht nur zehn Frachter, sondern auch drei Häuser hat. Ich glaube, das Abschiedsgeschenk war vor allem dazu da, mich schnell verschwinden zu sehen.«

»Ich kenne viele, die man dafür bezahlen sollte, daß sie verschwinden, aber wer hat schon so viel Geld?«

»Ein Jammer, fürwahr.«

Eleazar bezahlte nicht nur den guten syrischen Wein, sondern auch den Laufburschen des Händlers, der die schwere Amphore zur Festung trug.

Kurz vor Sonnenuntergang fanden sie Kleopatra, Thais, Arsinoë, Meleagros und Leonidas, alle im größeren der beiden ihnen zugewiesenen Räume, wo sie saßen, Wasser tranken, Obst aßen und sich unterhielten. Das Thema schien eine Vermengung von Demetrios, Jerusalem, Wüste, den Eigenarten von Kamelen und den Schrullen reicher Alexandriner zu sein.

»Wo sind Nubo und Perperna?« sagte Afer, nachdem er Eleazar den anderen vorgestellt hatte.

»Vor der Stadt«, sagte Leonidas. Er blickte ein wenig grimmig.

»Was wollen sie vor der Stadt?«

»Die Nacht in einem Gasthaus nahe Boschmuns Lager verbringen und sich bei dem Phönizier und anderen dort mit dem Nötigsten versehen.«

Eleazar kratzte sich den Kopf. »So, wie ihr dreinblickt, habt ihr etwas Geheimes zu besprechen, nicht wahr?«

»Offenbar.« Afer zögerte; dann bat er den Arzt, eine kleine Weile nebenan zu warten.

»Was soll das grimmige Gesicht?« sagte er, als Eleazar verschwunden war.

Meleagros packte ihn unsanft bei den Schultern. »Niemand sagt uns etwas«, knurrte er. »Jedenfalls nichts Genaues. Aber es sieht so aus, als ob ihr – du, Nubo und der Alte – morgen etwas vorhättet. Etwas, was uns und Demetrios betrifft.«

»Laß mich los, Mann! Ja, wir haben etwas vor, aber darüber werden wir erst reden, wenn wir weit weg sind.«

»Wir? Wer ist wir?« sagte Leonidas. »Wenn es um Demetrios geht, bestehe ich darauf, zu *wir* zu gehören.«

Meleagros nickte.

Afer warf Kleopatra einen hilfesuchenden Blick zu. »Wieviel hast du ihnen erzählt?« sagte er. »Und wieviel hat Meleagros erraten?«

»Nichts und alles, aber keine Einzelheiten.« Sie lächelte. »Du wirst sie nicht daran hindern können, etwas zu unternehmen. Demetrios ist ihr Freund, nicht nur ihr Herr.«

»Ihr wißt nicht, worauf ihr euch einlassen wollt.«

»Ich war einmal ein guter Bogenschütze«, sagte Meleagros. »Ich müßte ein wenig üben, aber… Und Leonidas trifft mit dem Speer auf fünfzig Schritte den Fleck auf der Schulter einer fliehenden Antilope.«

»Ich müßte ein wenig üben, aber…«, sagte Leonidas mit einem breiten Grinsen.

»Ihr könnt die Pferde hüten und die Verwundeten waschen, wenn es soweit ist«, knurrte Afer. »Ich hasse euch.« Dabei lächelte er.

»Müssen wir Pferde beschaffen?«

»Das müßten die beiden anderen auch nicht. Warum seid ihr nicht bei ihnen, überhaupt?«

»Wir wollten zuerst mit dir reden.«

»Morgen früh habe ich noch etwas zu erledigen; ich nehme an, so um die vierte Stunde können wir aufbrechen. Zu Fuß; Pferde und alles andere, was nötig ist, erhalten wir draußen. Haben Nubo und Perperna gesagt, wie sie sich das weiter vorstellen?«

»Sie wollen morgen früh hier auf dich warten«, sagte Leonidas. »Sollten wir noch etwas wissen?«

»Alles, was ihr wissen müßt, erfahrt ihr unterwegs.« Afer seufzte leise. »Was dabei herauskommt, wenn man mit einem alten Freund Wein trinken und reden will... Mögt ihr mittrinken und mitreden? Gut – aber hütet eure Zungen. Kein Wort über blutige Aufträge oder derlei.«

»Wir sind sehr geübt im Verschweigen«, sagte Thais.

»Besonders im durchsichtigen Verschweigen.« Arsinoë kicherte. »Auch im Verraten durch Verschweigen. Und...«

»Das genügt.« Kleopatras Stimme klang schärfer als gewöhnlich; Arsinoë legte theatralisch eine Hand auf den Mund.

Afer ging in den Nebenraum, wo Eleazar am Fenster stand und in die sinkende Nacht schaute.

»Es wird ein wenig anders werden«, sagte Afer.

Eleazar wandte sich um; im zunehmenden Dunkel waren seine Züge nicht zu sehen, aber er klang erheitert.

»Immer wird alles anders als vorgesehen. Das ist einfach so. Wollen alle mittrinken? Weniger für jeden einzelnen, mein Lieber; du wirst schrecklich nüchtern bleiben, fürchte ich.«

Als sie mit der Amphore und den Broten zu den anderen kamen, hatten diese Öllampen angezündet. Meleagros fehlte; er sei, sagte Thais, zu den Kriegern unterwegs, um Becher zu leihen.

Kleopatra nahm ihn beiseite. »Hör zu«, sagte sie; es war

eher ein Flüstern. »Wir müßten später noch ein wenig reden – allein.«

Sie hatte in sein Ohr gesprochen; ihre rechte Ohrmuschel war ganz nah neben seinem Mund. »Nichts lieber als das«, flüsterte er. Dabei berührte er ihr Ohrläppchen mit der Zungenspitze.

Er wußte nicht, ob er mit einem Tadel, mit Schweigen, mit gar nichts zu rechnen hatte. Zu seiner Überraschung spürte er ihre Hand, für die Dauer eines Lidschlags, an seinem Oberschenkel.

Irgendwann begannen die Gespräche deutlich zu zerfasern, als die Amphore noch kaum zur Hälfte geleert war. Thais, Arsinoë und Kleopatra beredeten etwas mit Blicken, ohne daß Afer imstande gewesen wäre, auch nur Vermutungen über den Inhalt des Austauschs anzustellen.

Eleazar hob den Becher, den Afer ihm eben erst neu gefüllt hatte. »Wenn er leer ist, werde ich gehen«, sagte er. »Es gibt Dinge zu erledigen, weißt du.«

Kleopatra wandte sich wieder Afer und Eleazar zu. »Du wolltest uns noch mehr von deinen Leuten erzählen.«

»Ach, was gibt es da viel zu erzählen? Ich kann verstehen, daß der Präfekt den Hohen Priester und die anderen Großen nicht mag.«

»Er haßt sie«, sagte Afer. »Nicht mögen ist zu wenig.«

»Ich hasse sie auch.« Eleazar starrte in den Becher. »Zusammen mit meinem Vater, oder alle stellvertretend für ihn. Manchmal frage ich mich, ob es nicht besser wäre, keinen Vater zu haben.«

»Das kommt auf den Vater an.« Kleopatra berührte Afers Knie mit der Fingerspitze. »Was ist mit deinem Vater? Hast du auch so einen, den du lieber nicht hättest?«

»Müssen wir jetzt über Väter reden?«

Eleazar gluckste. »Das ist so mit Gesprächen bei Wein. Sie

wandern von Rebstock zu Rebstock und erreichen nie die Kelter.«

»Fühlst du dich denn nicht mitgehaßt, wenn Pilatus seine Abneigung über die Juden ergießt?« sagte Kleopatra.

»Vielleicht täte ich das, wenn ich anwesend wäre. Ich war aber nicht dabei, und in Caesarea sagt er so etwas nicht.«

»Hast du ihn da gehört?«

»Gehört, gesehen und gesprochen.« Er trank einen Schluck. »Ich glaube, er haßt nicht *die* Juden, sondern einige von ihnen. Man haßt nie eine allgemeine Menge; Haß ist etwas sehr Persönliches, wie Liebe, und bedarf eines greifbaren Gegenstands, einer bestimmten Person. Glaube ich.«

»Wen haßt er denn – deiner Meinung nach?« sagte Afer. Ihm gingen ganz andere Fragen durch den Sinn. Zum Beispiel: warum sein Knie, als Kleopatra es berührt hatte, nicht in Flammen aufgegangen war.

»Wenn du ehrlich bist, mein Freund, hat er die gleiche Abneigung wie du. Nicht gegen Yaaqub den Fischer, der gottesfürchtig sein Tagewerk verrichtet, seine Frau liebt, die Kinder ernährt und einem Fremden Gastfreundschaft weiht. Nicht gegen Esther, die den Mann durch eine Krankheit verloren hat und ihre Kinder zu sättigen versucht, indem sie für die Reichen näht. Nicht gegen Daniel, der Schuhe und Zaumzeug fertigt und am Sabbat nicht weiter als bis zur nächsten Synagoge geht. Redliche, gottesfürchtige, fromme Leute allesamt, die ihr Leben so verbringen wollen, daß es für sie und ihre Nachbarn erträglich und insgesamt gottgefällig ist.« Er beugte sich vor und sprach lauter, eindringlicher. »Was Pilatus haßt, was du nicht magst, was ich verabscheue – ausreichend verabscheue, um davor in euer Imperium zu fliehen, sind nicht diese. Sondern die, deren Gottesfurcht darin besteht, bei ihren Nachbarn und Untergebenen Furcht zu erzeugen; deren Lebenssinn es ist, durch Gottgefälligkeit, gewalttätige Gottgefälligkeit, allen Nachbarn das Leben unerträglich zu machen. Leben nicht nach dem Geist des Herrn, sondern nach jedem einzelnen Schriftzeichen, mit dem ein vielleicht redlicher, vielleicht irrender Mann vor Jahrhunderten den Geist des Herrn, oder den Hauch eines Albtraums, aufgeschrieben hat. Das ist nicht jüdisch, Freunde – derlei gibt es überall, wo jemand aus der Vielzahl der möglichen Wahrheiten eine einzelne ausgesucht hat und so sehr verficht, daß daneben alle anderen für ihn minderwertig sind, daß er alles andere für minderwertig und Abschaum erklärt.«

»Nicht jüdisch?« sagte Kleopatra. »Aber wo sonst gibt es das?«

Eleazar stieß ein herbes Lachen aus. »Als Alexander seine Strategen und Krieger, das ganze Heer, mit Perserinnen vermählte und als er dann starb – was haben da seine Strategen gesagt? Dein ruhmreicher Vorfahr Ptolemaios, Fürstin? Sie haben ihre persischen Frauen verstoßen, weil sie Barbarinnen waren, nicht würdig, an der Seite edler Makedonen zu leben. Was hat der große, der lichtvolle Aristoteles Alexander geraten? Daß er die Barbaren wie Vieh behandeln solle – pfleglich, damit sie Nutzen bringen, aber eben wie Vieh, minderwertiges Vieh, nicht wie Menschen. Und Rom? Zur Weltherrschaft vorherbestimmt, nicht wahr, und alle anderen Völker entsprechend zur Knechtschaft. Aus der sie aufstehen können, wenn sie römisches Wesen angenommen haben, zu Römern geworden sind.«

»Hast du«, sagte Afer, »je von einem Priester des Jupiter gehört, der sich reinigen muß, wenn ihn der Atem eines Menschen getroffen hat, der nicht Jupiter verehrt? Und ganz richtig sagst du, daß nur einer, der das römische Wesen angenommen hat, im Imperium wirklich frei sein kann – aber kann ich das jüdische Wesen annehmen? Muß ich nicht von einer jüdischen Mutter geboren sein? Ist es nicht so, daß euer Gott alle anderen, uns alle, auf ewig dazu verdammt hat, minderwertig zu sein und euch mit unserem Hauch zu besudeln?«

Eleazar leerte seinen Becher mit ein paar langen Schlucken. »Ja und nein«, sagte er dann. »Es ist so, daß die Hohen Priester und die Starrgläubigen diese hehren Ämter als ihren Familien vorbehalten ansehen. Neben ihnen sind alle gewöhnlichen Juden, was die Barbaren für Aristoteles waren – Vieh. Und bist du nicht in vielen Häusern gewesen, mein Freund? In Häusern, die gottesfürchtigen Juden gehören, die sich durch dein Eintreten nicht besudelt fühlen? Pilatus haßt die Oberen, die Hohen, die für die Welt und die Menschen nutzlosen Schriftgelehrten, die weniger Ertrag bringen als die magerste aller Kühe. Er haßt sie so, wie Tausende die römischen Konsuln, die Senatoren gehaßt haben, für die alle anderen Bewohner der Oikumene, ob Römer oder nicht, Abschaum sind.« Er stand auf.

»Laß uns, bevor du gehst, darüber reden, wo wir uns sehen. Morgen vielleicht, oder in sechs Monden?«

Eleazar schüttelte den Kopf. »Morgen verlasse ich die Stadt. Es ist mir zu eng hier, und zu fromm, mit all den Pilgern.«

»Warum bist du überhaupt hergekommen?«

»Ich hatte etwas mit dem König und seinen Beratern zu bereden. Es ging um eine Aufgabe – und um Geld.« Er lachte. »Das Geld, mit dem ich den Wein bezahlt habe.«

Auch Afer erhob sich. »Ich werde dich zum Tor begleiten. Damit nicht ein Hellene oder Samariter dich für Abschaum hält.«

»Fürstin« – Eleazar neigte den Kopf vor Kleopatra – »und ihr anderen: Eure Nacht sei angenehm. Ich hoffe, wir können wieder einmal plaudern.«

Afer nahm ihn beim Arm und ging mit ihm hinaus. Nach ein paar Schritten sagte er halblaut:

»Es gab gewisse... Einflüsse, die ein Gespräch zu zweit nicht gestattet haben, Freund.«

Eleazar klopfte ihm auf die Hand, die in seiner Armbeuge lag. »Ich kenne solche Einflüsse; es ist gut – aber trotzdem schade.«

»Morgen früh – ein Becher Wein oder Saft oder Kräutersud vor dem Aufbruch?«

»Du zerreißt mir das Herz, aber ich breche sehr früh auf.«

»Wohin?«

»Freunde besuchen im Nordosten von hier. In der Dekapolis.«

Afer blieb stehen. »Ich reite ein wenig später, aber auch in diese Richtung. Wollen wir ein Stück Weges zusammen reiten?«

»Gern.« Eleazar lächelte breit und nickte. »Ich habe noch einen kleinen Besuch zu machen – morgen abend könnte ich an den Jordanfurten warten.«

»Morgen abend also, an den Furten des Jordan – oder morgen in der Nacht, falls ich mich verspäte.«

»Ich werde warten.«

Als Afer das obere Stockwerk wieder erreichte, fand er die Tür zum größeren Raum, den die Frauen teilten, verschlossen, ebenso die Tür des kleineren Raums daneben. Die zu seinem Gemach war angelehnt, und durch den Spalt fiel mattes Licht.

Kleopatra stand am Fenster, das Gesäß ans Sims gelehnt, und blickte auf den Boden, vielleicht in die Flamme des Öllämpchens, das neben Afers Schlafmatte stand.

Er zog die Tür hinter sich zu, ohne den Riegel vorzulegen. »Wo sind die anderen – Fürstin?« sagte er.

»Sprich leiser und tiefer. Ich mag deine Stimme.«

»Und deshalb soll ich leiser und tiefer sprechen?« sagte er leiser und tiefer.

Sie lächelte. »Ja; so ist es gut. Vorläufig. Thais und Leonidas sind im ersten Raum, Arsinoë und Meleagros nebenan. Es hat sich so ergeben.«

»Wie ich sehe, hast du zwei Becher und die Amphore mitgebracht.«

»Leiser und tiefer, Afer. Ich wollte mit dir dies und das besprechen.«

Er bückte sich, füllte die Becher und reichte ihr einen. Ihre Finger berührten seine Hand; ein flüchtiges Verweilen, dachte er.

»Dies und das?« sagte er. »Beginnen wir mit *dies*.«

Sie trank, behielt den Wein eine Weile im Mund, dann schluckte sie und sagte: »Wein vertreibt den schalen Geschmack der Tage aus dem Mund. Dies? Gut. Ihr meint also, Rufus ist nach Ao Hidis gegangen, um das Tor zu öffnen und innen Unheil anzurichten, wenn ihr kommt?«

»Es ist die einzig sinnvolle Erklärung. Alles andere wäre... schlimm.«

»Wenn du zehn Denare hättest – wie viele würdest du darauf setzen, daß viele zurückkommen aus der Wüste, und wie viele darauf, daß es nur wenige sind?«

»Vier«, sagte er ohne zu zögern. »Darauf, daß wenige zurückkommen. Sechs auf die andere Möglichkeit.«

»Schließt das dich ein?«

»Es wird ein gnadenloser Kampf sein.« Dann lachte er unterdrückt. »Bin ich denn viele oder wenige?«

Sie trat einen halben Schritt vor und fuhr mit der Spitze des Zeigefingers um seinen Mund. Sanft, forschend, aber irgendwie entschlossen, dachte er.

»Hier und jetzt«, murmelte sie, »bist du nicht viele und nicht wenige, sondern alles. Ein guter Mann, den ich nie wiedersehen werde.«

»Was weißt du schon von mir? Ein guter Mann...«

»Magst du die Tür versperren?«

Er nickte und drehte sich um; es war, als streichelten ihre Worte seinen Rücken.

»Ein guter Mann, sonst gäbe dir Pilatus nicht seine Krieger. Ein trauriger Mann, Afer, mit tiefen Augen. Traurig, einsam unter Fremden. Du wärst gern woanders, nicht wahr? Mit einer Frau und... ja, mit Kindern. Du bist zum Vater geeignet, auch wenn du nicht viel von Vätern hältst.«

Er hatte den Riegel vorgelegt und ging zu ihr zurück. Es gelang ihm nicht, die Verblüffung aus seiner Stimme fernzuhalten. »Woher... Ach, es ist, wie es ist. Aber wie willst du wissen, ob ich nicht Frau und Kinder habe?«

Sie hob die rechte Hand zur linken Schulter und öffnete die Spange, die den Umhang hielt. Mit einem Seufzen oder Hauchen glitt der Stoff zu Boden.

»So, wie du weißt, was du über mich weißt«, sagte sie. »Du reitest morgen in die Schlacht, und falls du zurückkommst, solltest du mich nicht suchen. Ich werde weit fort sein, in Ägypten. Also laß uns, da wir nichts verbergen müssen, die Wahrheit sagen. Was weißt du von mir?« Sie faßte nach dem Saum des Chiton und begann ihn hochzuziehen, die Unterarme gekreuzt.

»Du, Fürstin der Nacht, bist keine Fürstin«, sagte er leise. »›Blume von Kanopos‹ hat Pilatus dich genannt? Wer immer dein Vater war ...«

»Ich weiß, wer mein Vater war. Wer er ist«, sagte sie undeutlich in den Leinenstoff. »Weiter.«

Afer atmete tief. Er mußte tief atmen, um sprechen zu können. »Die beste, teuerste, klügste Hetäre von Kanopos«, sagte er. »Wo die besten Gaukler, Magier, Schlangenbeschwörer... und Hetären von Alexandria leben. Danach? Danach hattest du wahrscheinlich eine kostbar eingerichtete Wohnung in Alexandria selbst. Und bessere Freunde. Thais und Arsinoë waren schon dabei, nicht wahr?«

Sie hatte den Chiton ausgezogen und wandte ihm den Rücken zu. »Kommen wir zu *das*. Hilfst du mir?«

Sie trug ein Brustband aus Seide; Häkchen und Ösen befanden sich zwischen ihren Schulterblättern. Die Nachtluft war immer noch schwül, aber als er ihre Haut berührte, fröstelte er einen Moment. Seine Hände... seine Finger dagegen brannten. Die Haut. ›Elfenbeinfieber‹, dachte er; und dann: ›Wie komme ich auf so ein Wort?‹

Als das Band gelöst war, faßte sie nach seinen Händen und drückte sie auf ihre Brüste. Er küßte ihren Nacken, und sie lehnte sich an ihn und sagte:

»Zuviel Stoff, Centurio. Zieh blank.«

Er lachte und ließ sie los, um sich auszuziehen, während sie ihren Leibschurz abstreifte. Im Licht des Öllämpchens sah er das dichte krause Haar zwischen ihren Schenkeln, und plötzlich war aller Frost verflogen, alles Fieber sammelte sich in seinem Gemächt, und er spürte nur noch unendliche Gier. Und die Gewißheit, daß die Unendlichkeit allzu endlich sein würde.

»Ich komme aus der Stadt«, sagte sie, »in der die Frauen sich das kurze Kraushaar rupfen, und doch bin ich behaart. Du lebst unter Beschnittenen und bist unbeschnitten. Sind wir Fremde in der Fremde daheim?« Sie legte milde, mildtätige Finger um sein Glied und ließ sich auf die Matte sinken.

»Fürstin«, sagte er, überrascht und ein wenig beschämt, weil seine Stimme kläglich klang, »der Fluß war zu lange gestaut; der Damm wird bald bersten.«

»Soll er bersten. Wir werden langsam wieder stauen.«

Das Gespräch, das er mit einem Vertrauten von Nikias zu führen hatte, kostete all seine Kraft, denn seine Gedanken waren in der Nacht geblieben, bei Kleopatra. Erst gegen Abend, als er sich dem Jordan näherte, hatte er das Gefühl, wieder Herr seiner selbst zu sein. Nun ließen sich die Gedanken wieder bündeln, er prüfte seine Beschlüsse und die Anweisungen, die er erteilt hatte, und stellte fest, daß er nicht völlig umnachtet gewesen sein konnte. Columella, der mit einer Gruppe hellenischer Krieger nachkommen wollte, würde nicht allzu viel auszusetzen haben.

Perpernas Kichern, schrill und durchdringend, riß ihn aus seinen Überlegungen. Er wußte nicht, was der alte Mann gesagt oder gehört hatte; die anderen ritten ein paar Pferdelängen hinter ihm. Weiter voraus, am Ufer, sah er eine vertraute Gestalt im weißen weiten Umhang, Eleazar.

»Heute werden wir ein paar andere Worte wechseln, mein Freund«, sagte er, als sie einander begrüßt hatten.

»Welche? Mach Feuer, dummer Hund? Oder so?«

»Das erledige ich«, sagte Meleagros. »Redet ihr einfach. Ich muß mich bewegen; vom Reiten bin ich ganz lahm.«

»Was willst du eigentlich in der Dekapolis?«

Eleazar sah ihn ausdruckslos an. Allzu ausdruckslos, wie Afer fand.

»Ich habe dir doch gesagt, es geht um einen Auftrag des Königs. Und um Geld.«

»Seit wann gibt der König Geld in der Dekapolis aus? Er würde sie doch lieber erobern, wenn nicht die Römer und die Nabatäer wären.«

»Ah.« Eleazar fuhr sich mit dem Ärmel über das Gesicht. »Ist das so? Du weißt, ich bin ein dummer Arzt ohne Ahnung von Politik.«

»Dann, o dummer Arzt, sag mir, welche unpolitischen Dienste du gegen Geld für den König dort verrichten sollst, wo der König nichts zu sagen hat.«

Eleazar beugte sich vor; leise sagte er: »Aber nur, wenn du es für dich behältst, ja?«

»Ich werde schweigen wie die tausendjährige Schildkröte, die längst vergessen hat, daß sie überhaupt nie reden konnte.«

»Gut, gut. Herodes Antipas hat ein paar Krieger in die Wüste geschickt, um irgendeinen Räuberfürsten zu bestrafen. Die soll ich als Arzt begleiten. – Und was findest du daran so lachhaft?«

22. Verfahren und Verluste

> Wir aber erschaudern schon, wenn wir einen anderen sterben sehen. Als Sokrates der Tod schon ganz nahe bevorstand, schlief er tief, so daß man ihn nur mit Mühe wecken konnte … Und das Keifen seiner Frau ertrug er mit Sanftmut.
>
> TELES

Nachhall, Nachgeschmack, Nachgefühl – sie fand nicht das richtige Wort, vielleicht nicht einmal den richtigen Gedanken. Afer war fort, aber doch noch ein Weilchen da. Fußabdruck im Gras, ehe die Halme sich wieder aufrichten, Atem auf einem Glas, ehe die Feuchtigkeit verdunstet. Was blieb, war angenehme Erinnerung, ohne Bedauern oder Erwartung.

Kleopatra hatte keine Zeit für langes Grübeln, selbst wenn sie lange hätte grübeln wollen. Als sie am Vormittag mit Thais und Arsinoë zum Innenhof hinabstieg, um einiges in der Stadt zu besorgen – Nahrung, Wein, Salben –, begegnete ihr auf halber Treppe ein Diener, der sie bat, ihm zu Claudia Procula zu folgen.

»Ich komme.«

Sie reichte Thais den Beutel.

»Alles wie besprochen? Oder sollen wir etwas auslassen, Fürstin?« sagte Arsinoë.

»Wie besprochen. Wir treffen uns später wieder oben.«

Claudia Procula erwartete sie in einem kleineren Raum – nicht so weitläufig, nicht so karg wie der Saal, in dem Pilatus mit ihr gesprochen hatte. Es gab gepolsterte Sessel und Liegen, an den Wänden hingen römische und griechische Teppiche mit Darstellungen von Göttern und Menschen, und am Kopfende des Raums stand ein Augustusaltar – deutlicher Hinweis darauf, daß die Gattin des Präfekten hier keine starrgläubigen Juden zu empfangen gedachte.

Procula saß hinter einem kleinen, mit Schnitzereien verzierten Tisch aus dunklem Holz. Sie wies auf den davor stehenden Schemel. »Setz dich.«

Kleopatra hätte lieber einen der Scherensessel genommen, fügte sich jedoch wortlos.

»Ich habe dich hergebeten, um einige Fragen zu klären«, sagte Claudia Procula. Sie hatte die Hände auf der Tischplatte gefaltet und blickte kalt. ›Kalt und hochmütig‹, dachte Kleopatra, ›wie es einer adligen Römerin geziemt. Gegenüber einer makedonischen Hetäre‹.

»Es geht mich nichts an, was der Präfekt tut, wenn er lange allein ist, unterwegs, ohne mich«, sagte Procula mit flacher, beherrschter Stimme. »Aber ich will dich und andere... ähnliche Bekanntschaften nicht in meinem Haus sehen.«

»Ohne Not wäre ich nicht gekommen, Herrin. Ich weiß angenehmeren Zeitvertreib.«

»Das denke ich mir. Welche Not hat dich angeblich hergetrieben?«

»Hat dein Gemahl nicht mit dir gesprochen?«

»Er ist beschäftigt.«

Kleopatra nickte. »Natürlich; ich vergaß. Aber die Geschichte meiner Not ist lang.«

»Erzähl sie so kurz wie möglich.«

Während Kleopatra redete, zeigte Proculas Gesicht nichts als beherrschte Kälte.

»Unangenehm«, sagte sie schließlich. »Aber ich begreife, weshalb du hergekommen bist. Was will Pilatus für dich tun?«

»Er ist sich noch nicht ganz schlüssig, Herrin. Ein Schreiben an den Präfekten von Ägypten wäre sinnvoll, wenn dieser Priscus nicht mit ihm verwandt wäre.«

»Jeder ist mit irgendwem verwandt«, sagte Procula. »Und jeder hat Feinde, die man gegen ihn verwenden kann.«

»Denkst du an eine bestimmte Person?«

»Warum sollte ich dir das sagen?«

Kleopatra verschränkte die Arme; sie überlegte, ob sie das Lächeln unterdrücken sollte, lächelte dann aber doch.

»Weil jeder mit irgendwem verwandt ist«, sagte sie.

»Wie soll ich das verstehen?«

»Vor... neunzehn Jahren hast du mich in den Arm genommen und getröstet, Herrin.«

Procula verlor nicht die Beherrschung über ihre Gesichtszüge, aber ihre Augen weiteten sich. »Ich dich? Wo soll das gewesen sein?«

»Erinnerst du dich an die Neunjährige, die drei, dann vier Tonpuppen hochwerfen und in der Luft tanzen lassen konnte? Eine ist gefallen und zerbrochen, und ich habe geweint.«

Procula starrte sie an, nun sichtlich verblüfft. »Ich... ich erinnere mich an ein Mädchen«, sagte sie zögernd. »Wo war es noch? Im Landhaus von... Antonia?«

»Außerhalb von Tusculum, Herrin.«

Procula löste die gefalteten Hände, deutete mit der Linken auf Kleopatra und stützte das Kinn auf die Rechte. »Wie kommst... wie kamst du zu Antonia?«

»Sie ist – wie nenne ich die von einer anderen Frau stammende Tochter meines Großvaters? Halbschwester meines Vaters – Halbtante?«

»Unmöglich.« Procula lehnte sich zurück und schüttelte den Kopf. »Das kann nicht sein. Du die Tochter von... Alexandros?«

»Den sie Alexandros Helios – Sonne – nannten, wie seine Zwillingsschwester Kleopatra Selene – Mond. Kinder des Marcus Antonius und der großen Kleopatra.« Sie sagte es mit ruhiger Stimme, entspannt; sie verspürte keinen Triumph, denn sie hatte keinen Wettkampf mit Procula ausgetragen.

Die Gattin des Pilatus lehnte sich noch weiter zurück. ›Wenn sie keine Lehne hätte‹, sagte sich Kleopatra, ›fiele sie jetzt rücklings zu Boden.‹

»Laß mich das verdauen«, sagte Procula. »Du die Tochter von Alexandros. Enkelin von Kleopatra und Marcus Antonius. Nach dem Sieg, nach dem Tod deiner Großeltern hat Octavianus Augustus euch im Triumph mitgenommen nach Rom. Ach nein, nicht euch, deinen Vater und seine Schwester. Und er hat sie der rechtmäßigen römischen Gemahlin des Marcus Antonius übergeben – seiner eigenen Schwester Octavia. Kleopatra Selene wurde mit dem Mauretanier Iuba vermählt. Sie haben einen Sohn, Ptolemaios, nicht wahr? Seit... neun Jahren Herrscher, zuerst zwei Jahre Mit-Herrscher, seit sieben Jahren allein König von Mauretanien.«

»Die zwei Jahre nach Iubas Tod hat mein Vater seiner Schwester und seinem Neffen... geholfen«, sagte Kleopatra. »Sich bereichert, genauer. Seitdem, hörte ich, lebt er unter Bewachung auf einer Insel vor der Küste Mauretaniens.«

»Laß mich all dies weiter entwirren.« Procula schloß die Augen halb und schaute auf die Tischplatte, wo ihr rechter Zeigefinger Linien malte, von denen Linien abzweigten, von denen andere Linien abzweigten.

»Octavia, Schwester des Augustus... Von Marcus Antonius hat sie zwei Töchter, beide Antonia genannt. Die Jüngere war mit Drusus vermählt und ist durch ihn Mutter von Germanicus, Livilla und Clau-Clau-Claudius; nach dem Tod des Drusus hat sie nicht mehr geheiratet, sondern sich um die Familie gekümmert. Sie hat von Octavia die Sorge um die anderen Kinder von Marcus übernommen, nicht wahr? Kleopatra Selene war bei Octavia, bis Augustus sie mit Iuba vermählte; Alexandros Helios...« Sie sprach nicht weiter.

»Alexandros Helios«, sagte Kleopatra, »war bei Octavia,

dann als lästiger Halbbruder und Gast bei Antonia. Drusus hat ihn nicht geschätzt – wie man sagt. Er ist bald nach Mauretanien gegangen, um seiner Schwester und seinem Schwager lästig zu werden. Aber zuvor hat er eine von Antonias Dienerinnen geschwängert. Sie ist bei der Geburt gestorben, und später hat meine Halbtante Antonia sich meiner angenommen. Wie sie sich der gesamten Familie angenommen hat, und der römischen Tugenden.«

Procula deutete ein Lächeln an. »Die Säule des Tempels«, murmelte sie, »*matrona patriae.* Wenn Cato, Hüter der republikanischen Tugenden, als Frau wiedergeboren wäre, dann wüßten wir, wer Antonia in einem früheren Leben war. Und du… wie kommt es, daß du nach der Erziehung, die sie dir zweifellos…«

»… angetan hat«, sagte Kleopatra. »Nach dieser Erziehung konnte ich nur Vestalin werden oder Dirne. Ich bin geflohen; lieber Dirne in Kanopos als Vestalin in Rom. Vor allem wollte ich fort aus dem… aus den Kreisen, in denen alle bespitzelt wurden, in denen jedes Wort, das einer sagte, den Weg ins Ohr von Livia Augusta fand.«

»War es wirklich so schlimm?« Procula klang beinahe mitleidig, Anteil nehmend, auf jeden Fall nicht mehr eisig.

»Für die in unmittelbarer Nähe des Princeps? Ja. Und du weißt, daß Antonia nicht Livias Liebling war.«

»Ich weiß es, und die Götter wissen es auch.« Ein verqueres Lächeln huschte über Proculas Gesicht. »Drusus, glänzender und beliebter Bruder des düsteren Tiberius… Liebling des Augustus, bis er an einer Verwundung dahinsiechte und erst starb, als Livia ihren Leibarzt zu ihm schickte. Wie man flüstert. Weil Livia ihren älteren Sohn Tiberius als Princeps sehen wollte. Dann spielte Augustus mit dem Gedanken, den Sohn des Drusus, den ebenso glänzenden Germanicus zu adoptieren. Livia, heißt es, hat ihn dazu gebracht, statt dessen Tiberius zu zwingen, seinen eigenen Enkel zu adoptieren, und Tiberius wurde

Kaiser... Weißt du, ob es in der Oikumene jemanden gibt, der mehr Grund hätte, Livia über den Tod hinaus zu hassen?«

Kleopatra zögerte einen Moment, verblüfft; dann sagte sie: »Zu Antonias Tugenden gehört es, nicht zu hassen.«

»Bleiben wir bei dir. Ich kann es fast verstehen. Flucht? O ja, weg von Livia, der schwarzen Mörderspinne, die ganz Rom ausgesogen hat, um ihren Sohn zum Kaiser zu machen.«

»Glaubst du mir nun, daß ich nicht hergekommen wäre ohne Not? Daß ich nicht die Absicht habe, zwischen dich und den Präfekten zu treten?«

Procula nickte. Ein zauderndes Nicken, eine verweigernde Bestätigung, dachte Kleopatra.

»Kommen wir zu dir«, sagte sie.

»Zu mir? Warum?«

»Du bist eine Procula Scribonia, nicht wahr? Dein Großvater war ein Vetter der ersten Frau des Augustus Octavianus, Scribonia. Macht uns das nicht irgendwie verwandt?«

Procula lachte laut auf. »Die Kettenglieder, die uns voneinander trennen, indem sie uns verbinden, müßte man mit mehr Fingern abzählen, als zwei Hände besitzen. Aber ich weiß, was du meinst.«

Sie stand auf, kam um den Tisch herum, streckte eine Hand aus und zog Kleopatra von dem Schemel hoch. »Komm, laß uns nebeneinander sitzen und weiterreden«, sagte sie. »Fünftschwester? Siebtnichte?«

»Eben klang es so, als ob dich das eine oder andere erstaune.«

Procula ließ sich in einen Scherensessel sinken und klopfte auf die Lehne des nächsten; Kleopatra setzte sich.

»Erstaunt war ich«, sagte Procula, »darüber, daß es in den engen, engsten Kreisen soviel Schrecken gegeben haben soll.«

»Dachtest du, Augustus hätte seine Hand über Antonia gehalten?«

»Wir haben nicht so viel davon mitbekommen, daher...«

Halblaut, als befürchte sie, von Spitzeln belauscht zu werden, sagte Kleopatra: »Man flüstert doch sogar, daß Livia den Augustus vergiftet habe, um sicher zu sein, daß bei dessen Tod Germanicus weit weg ist. Damit Tiberius...«

»Wie ich sagte – wir gehörten nicht zum engsten Kreis. Die Vermählung von Octavianus, der noch nicht der Augustus war, mit Scribonia war eine rein politische Maßnahme. Die Ehe hat nicht lange gehalten, und außer der Tochter Julia ist nichts geblieben.« Procula schwieg; als Kleopatra etwas sagen wollte, hob sie die Hand.

»Laß mich nachdenken. Eure Karawane. Ao Hidis und dieser Räuberfürst Belhadad. Rufus, den du für einen Mann des Sejanus hältst...«

»Ich halte ihn nicht dafür; er hat es mir beinahe selbst gesagt. Unmißverständlich angedeutet. Worauf willst du hinaus?«

»Auf Antonia.«

»Ah.« Etwas wie eine kalte Hand griff nach Kleopatras Herz. Sie bestand – ah nein, verbesserte sie sich; nicht die Hand, die Kälte bestand aus Erinnerungen an eisige Vorträge über Tugend und aus Befürchtungen, künftige Erinnerungen betreffend.

»Stehst du mit ihr noch in Verbindung?«

»Mit Antonia? Meinst du, sie würde etwas von... einer wie mir wissen wollen?« Aber während sie das sagte, spürte sie, wie sich tief in ihr etwas verkrampfte.

»Sie ist das tugendhafte Spiegelbild der Dämonin Livia«, sagte Procula versonnen. »In allen Einzelheiten.«

Kleopatra schwieg; sie fürchtete sich vor dem, was gleich kommen würde. Kommen mußte. Nicht kommen durfte.

»Übrigens auch, was Einfluß angeht. Weißt du, wem Pilatus seine Stellung als Präfekt verdankt?«

»Antonia?«

»Antonia. Lange geübte Tugend und tugendhafte Kenntnisse verleihen notfalls sogar Macht. Es heißt, das Schwein auf der Ziegeninsel... der Princeps fürchtet sich vor ihr. Man könnte sich in deiner Angelegenheit an Antonia wenden.«

Langsam, mit brüchiger Stimme sagte Kleopatra: »Wenn ich in Alexandria gewesen wäre, hätte ich das vielleicht versucht. Aber von Berenike oder Adane aus...«

»Du hast also noch Verbindung zu ihr.« Es war eine Feststellung. »Aber du weißt, was sie von Pflicht hält, nicht wahr? Auch von der Fürsorgepflicht einer Herrin ihren Dienerinnen gegenüber.«

Kleopatra nickte stumm.

»Ich weiß nicht, ob ich aus deinen Worten wirklich herausgehört habe, daß dir an diesem Händler etwas liegt. Demetrios. Obwohl man« – sie warf Kleopatra einen boshaften Seitenblick zu – »nach den Vorgängen der vergangenen Nacht daran zweifeln könnte.«

Kleopatra sagte nichts; sie fragte sich nur, was Procula sonst noch wußte.

»Woran dir aber etwas liegen muß, das ist deine Dienerin, Glauke. Ohne dich wäre sie nicht da, wo sie jetzt ist.«

»Was soll ich denn tun? Eine Frau unter den Raubtieren der Wüste?«

»Unter den Raubtieren Alexandrias hast du gut überlebt. Columella wird in ein paar Tagen reiten. Bei ihm bist du sicher, und mit ihm kannst du näher an Ao Hidis herankommen. Vielleicht etwas unternehmen. Columella ist ruhig und zuverlässig, ein Mann des Heers und des Kaisers. Die beiden Frauen, die bei dir sind, sollten solange hier bleiben. Danach könnte man erwägen, einen Brief an Antonia zu schreiben.«

Pilatus und Columella hielten sich außerhalb der Festung auf; jemand behauptete, sie seien zum Königspalast gegangen, um mit Herodes Antipas zu reden und zu speisen.

Thais und Arsinoë waren noch nicht zurückgekommen, als Kleopatra den Raum im oberen Stockwerk wieder betrat.

»Gut so«, murmelte sie. Langsam ging sie zu ihrem Lager, zwei dicken Matten aufeinander. Sie wollte sich darauf werfen, in die Wolldecke beißen, das Gesicht vergraben, die Lider zusammenpressen, so daß lediglich Tränen hinausfließen, Bilder aus der Welt aber nicht eindringen konnten.

Statt dessen lehnte sie sich an die Außenwand und starrte blicklos aus dem Fenster, die Finger ins Mauerwerk gekrallt.

›Was kann ich tun, was kann ich tun?‹ Die unaufhörliche stumme Wiederholung der Frage brachte sie einer Antwort nicht näher. Sie war gefangen, zu etwas gezwungen, was sie nicht wollte – erpreßt? Ein paar Momente hing sie der wahnwitzigen Überlegung nach, sich mit Gegenzwang zu retten – nach Caesarea zu reisen und die drei Kinder von Procula und Pilatus zu entführen. Unsinn; wie sollte sie in den gutbewachten Palast dort eindringen und diesen mit Kindern verlassen, Kindern überdies, die keine Säuglinge mehr waren? Pilatus hatte die Kohorten mit nach Jerusalem genommen, aber in Caesarea gab es nicht nur die Diener des Hauses, es gab die Krieger der römischen Kampfschiffe, die dort an der Mole lagen, und zweifellos hatte der Präfekt Vorkehrungen getroffen, um... Aber es war müßig, darüber weiter nachzudenken.

Procula hatte sie in der Hand. Thais und Arsinoë als Geiseln. Ein Schreiben an wen auch immer, Hilfe zur Wiedergewinnung ihres Besitzes in Ägypten erst nach der Rückkehr aus der Wüste. Glauke suchen, inzwischen wahrscheinlich von arabischen Kriegern hundertfach vergewaltigt und einfach tot – wenn es dort so etwas wie einfachen Tod gab. Demetrios... ah, Demetrios. Warum hatte sie nicht auf der langen Reise das selbsterlassene Verbot aufgehoben? Zum Hades mit Anstand und ziemlichem Betragen, wie es einer Fürstin und ihren Begleiterinnen zusteht. Von wegen Fürstin. Lieber läufige Hündin in der Wüste als asketische Fürstin in eisigen Marmorsälen. Aber es war sinnlos, an Afer und Demetrios zu denken, an Afer oder Demetrios, an beide oder keinen oder gemeinsam oder nacheinander. Demetrios war vermutlich längst tot, ermordet oder zu Tode gefoltert.

Afer würde ihm in die Unterwelt folgen, wo sie sich austauschen mochten über das, was dem einen an Erinnerungen blieb und dem anderen fehlte. Und sie würde wahrscheinlich auf einem Sandhaufen sitzen, geschützt und bewacht von Columellas Kriegern, und vor dem Ende, vor dem Untergang fliehen. Bis dahin würde sie genug sehen, um später schreiend aufzuwachen und einen Umweg um die eigenen Träume zu suchen; genug sehen, um die Flucht, den überstürzten Rückzug zu genießen. Denn wenn man irgendwo sicher war, dann bei einem Politiker, der genug Abstand von den Männern hielt, die er in den Tod schickte.

Auf dem Gang hörte sie Schritte, dann ein Scharren an der Tür. Sie öffnete und stand einem von Proculas Dienern gegenüber, der ihr mit ausdruckslosem Gesicht mitteilte, die Herrin und der Präfekt hielten es für sinnvoll, daß sie sich vor Erledigung ihrer Pflichten nicht mehr in die Gefahr der Stadt begebe; die Wächter am Tor seien angewiesen worden. Das gelte auch für die beiden anderen Frauen, sobald diese wieder in der Festung seien.

Erst zwei Tage später ging ihr der eigentliche Grund für Proculas Verhalten auf. Die edle Römerin war völlig ungerührt von dem, was vor Jahren in Kanopos und Alexandria gewesen sein mochte. Keine Rache dafür – Pilatus hatte Procula zur Mutter gemacht, er hatte einen Rang erreicht, der ihr und ihrer Familie angemessen oder jedenfalls hinnehmbar erschien, und was er außerhalb des Hauses und der Ehe tat, ließ Procula kalt. Es war auch keine Rache dafür, daß Kleopatra es, mit oder ohne Not, gewagt hatte, den Präfekten und damit auch Procula aufzusuchen.

Nein; all dies hatte keine Bedeutung. Kleopatra mußte sich an den Gedanken gewöhnen, keine Bedeutung zu haben. Für eine Römerin aus der Sippe der Scribonii konnte eine Makedonin oder Ägypterin keine Bedeutung haben. Abschaum? Ungeziefer? Etwas Derartiges; vielleicht stellte sie sogar eine Art Besudelung dar, wie der Atem eines Nichtjuden für Starrgläubige... Aber das konnte nicht sein, denn Besudelung war bedeutend, also hatte der oder die Besudelnde eine Form von Wichtigkeit. Und für Claudia Procula Scribonia war Kleopatra nicht wichtiger als ein skythisches Hirtenmädchen, eine armenische Küchenmagd, eine Lagerdirne, ein Fisch, ein Stück Holz.

Aber sie hatte einen furchtbaren Fehler gemacht; einen Fehler, auf den sie zunächst auch noch stolz gewesen war: Sie hatte Claudia Procula gegenüber behauptet, ebenbürtig zu sein. Als ob eine makedonische Ägypterin ebenbürtig sein könnte – als ob die wild gezeugte Tochter eines Sohnes, den Marcus Antonius, vermählt mit Octavia, der Schwester des späteren Augustus, ebenfalls wild gezeugt hatte in einer für Rom nie bestehenden Ehe mit einer langnasigen makedonischen Ägypterin, die zuvor schon mit dem eigenen Bruder und mit Gaius Iulius Caesar...

Das war der furchtbare Fehler, die unverzeihliche Anmaßung: gleichen Rang und gar noch Verwandtschaft zu beanspruchen. Dafür wurde man geziemend gezüchtigt, gepeitscht, in die Wüste geschickt.

Thais und Arsinoë waren sehr zurückhaltend mit Äußerungen über ihren neuen Zustand als Geiseln. Was war größer – das Glück, nicht in die Wüste reiten zu müssen, oder das Unglück, Geisel zu sein? Kleopatra wußte es nicht und gab auch bald den Versuch auf, es herauszufinden.

Da niemand ein Verbot verhängt hatte, mit den Frauen zu sprechen, hörten sie hin und wieder von den Dienern – die sie nun, da sie die Festung nicht verlassen durften, mit Nahrung versorgten – mehr oder minder entstellte Fassungen dessen, was sich draußen zutrug. Kurz vor dem Passah-Fest war Jerusalem, das ihnen schon vor Tagen übervoll erschienen war, angeblich noch voller geworden. Und unruhig; unter den Pilgern gab es viele, die das Fest doppelt nutzen wollten. Nicht nur dazu, ihre Verpflichtungen gegenüber dem Gott und dem eigenen Volk zu erfüllen, sondern auch dazu, bei jeder Gelegenheit den Römern klarzumachen, daß sie unerwünscht, verhaßt, Feinde und Besatzer waren.

»Was sagt der Präfekt dazu?« fragte Thais einmal, als wieder von Aufläufen die Rede war und von Predigern, die zum Aufstand anstachelten.

»Es kümmert ihn nicht«, sagte der Diener, der Schüsseln mit einer kaum eßbaren Suppe gebracht hatte.

»Ist es denn nicht gefährlich?«

»Dafür gibt es die Kohorte. Die Samariter verachten die Juden, die Juden verabscheuen die Samariter. Wenn es Ärger gibt, kann man sich darauf verlassen, daß die Kohorte härter zuschlägt, als römische oder hellenische Krieger dies täten.«

»Was tut Kaiaphas?« sagte Kleopatra.

»Der Hohe Priester? Ach, er ist zu klug, um etwas zu tun. Er versucht seine Leute zu beschwichtigen. Er hat ja keine Wahl.«

»Wieso? Er könnte doch...«, sagte Arsinoë.

Der Diener unterbrach. »Er könnte kaum. Er weiß, daß Rom zu mächtig ist, daß die Legionen kommen werden, wenn es wirklich einen großen Aufstand gibt. Er wäre dann der erste, den der Kaiser hinrichten läßt. Deshalb versucht er, den Frieden zu bewahren. Und wenn ohne seine Mitwirkung ein Aufstand losbricht, wird der sich auch gegen ihn richten, weil er mit den Römern Frieden zu halten versucht. Jedenfalls« – er grinste – »seid ihr Frauen hier in der Festung vor ihm sicher.«

Mehrmals versuchte Kleopatra in diesen Tagen, zu Pilatus oder wenigstens Columella vorzudringen; immer wurde sie von Dienern, Wächtern oder Schreibern abgewiesen: Die hohen Herren seien zu beschäftigt.

›Beschäftigt mit wichtigen Dingen‹, dachte sie bitter, ›ohne Zeit für Abschaum aus Alexandria. Unwichtiges Ungeziefer.‹

Am Morgen des sechsten Tages nach ihrer unheilvollen Unterredung mit Procula kam ein Schreiber des Columella, um sie zu holen. Der Berater des Präfekten empfing sie in einem kleinen Raum, eher einer Schreibstube, wo er mehreren Männern Befehle und amtliche Schreiben diktierte.

»Macht weiter, so gut es geht«, sagte er. »Ich bin gleich wieder da.«

Er nahm Kleopatra mit in einen noch kleineren Nebenraum, in dem nur ein Tisch und ein paar Schemel standen. Vermutlich, dachte sie, hielten sich hier Wächter auf, bevor sie andere abzulösen hatten.

»Morgen reiten wir«, sagte er. »Bist du bereit?«

»Wie könnte ich? Ich weiß ja nicht einmal, was ich an Kleidung oder Nahrung oder... Waffen mitnehmen soll.«

»Keine Sorge. Du wirst Teil einer Gruppe von Kriegern sein, die sehr schnell reiten müssen. Also wirst auch du schnell reiten. Chiton, Chlamys, Hut...«

»Ich habe weder Umhang noch Hut. Jedenfalls nichts, was ich auf einem Kriegszug anziehen könnte.«

»Man wird es dir bringen; ich veranlasse das gleich. Wenn nichts dazwischenkommt, brechen wir drei Stunden nach Sonnenaufgang auf. Sieh zu, daß du dann fertig bist.«

»Weiß der Präfekt, daß ich...«

»Nichts geschieht ohne Wissen und Billigung von Pilatus.«

Sie nickte. »Ich habe es befürchtet. Aber sag, Herr: Warum reiten wir morgen? Warum nicht gestern oder übermorgen? Gibt es bestimmte Gründe?«

Columella rieb sich die Augen; er wirkte müde. ›Zuviel Papyros‹, dachte sie, ›zuviel Verantwortung; die Verantwortung für mich hätte ich ihm gern abgenommen.‹

»Es gab gewisse Dinge zu erledigen«, sagte Columella. »Sie sind weitestgehend erledigt. Länger warten können wir nicht, da das Unternehmen gegen Ao Hidis an einem bestimmten Tag beginnen soll. Deshalb reiten wir morgen.« Er machte eine kleine Pause; dann setzte er hinzu: »Ich bin ganz froh, nebenbei, morgen die Stadt verlassen zu können.«

»Warum? Magst du die Wüste, die Lanzen und den Tod?«

Er lachte. »Lieber Blut auf einer Schwertklinge oder Lanzenspitze als an einem Stein, der aus dem Dunkel geworfen wird. Morgen ist der Rüsttag, wie sie es hier nennen; das heißt, nach der jüdischen Rechnung beginnt er heute abend. Zwielicht des Raben, die Abenddämmerung, ist der Beginn des Tages; Zwielicht der Taube ist die Morgendämmerung. Oder umgekehrt? Ach, es ist gleich. Jedenfalls beginnt heute abend für die Juden der Rüsttag, zur Vorbereitung auf das Passah-Fest, und an diesem Rüsttag sind sie alle gehalten, mindestens drei Becher Wein zu trinken. Heute wird es überall ein großes Abendmahl geben; morgen, ich rede von unserem *morgen,* für die ist das noch immer derselbe Rüsttag – morgen also werden sie alle übernächtigt und nicht ganz nüchtern sein und sich auf Passah vorbereiten. Dann endet die Streitlust, wie die Erfahrung uns lehrt. Wenn es noch Ärger gibt, dann heute; ab morgen früh braucht der Präfekt mich nicht mehr.«

»Kommt es nicht öfter vor, daß Unruhe gerade dann ausbricht, wenn die Leute etwas getrunken haben?«

Columella gähnte und versuchte dabei zu lächeln. »Schon, aber du vergißt, daß Leute, die für ihren Gott drei Becher trinken *müssen,* die Frömmigkeit gern ausdehnen und mindestens weitere drei Becher trinken *wollen.* Danach ist die Welt voller Wonne, und die Römer sind nette Menschen, sogar Samariter zählen weniger als die Aussicht auf ein paar Stunden Schlaf. Nun geh; wir sehen uns morgen früh.«

Thais und Arsinoë umarmten sie zum Abschied – nicht ohne

spitze Bemerkung über den rauhen Stoff der Kriegerkleidung und den scheußlichen Hut.

»Sollen wir dich begleiten?« sagte Thais.

»Bleibt hier oben. Ich weiß nicht, was unten noch alles geschieht, vielleicht muß ich warten, vielleicht brechen wir sofort auf. Wer hat etwas davon, wenn ihr euch ins Treiben mischt?«

»Ich zöge anderes Treiben vor.« Arsinoë lachte. »Aber wir werden sittsam sein; es bleibt uns ja nichts anderes übrig.«

»Soll ich Meleagros und Leonidas grüßen, wenn ich sie sehe?«

Thais gluckste. »Ach, wozu? Sie sind ganz nett, aber schick uns doch lieber zwei neue vorbei. Monotonie haben wir ohnehin.«

Als Kleopatra den Innenhof erreichte, gab es am Tor einen mittleren Aufruhr. Draußen, vor der Festung, standen offenbar Männer, die auf die Wächter einredeten oder einbrüllten, und die Posten brüllten zurück. Es klang, als ob gleich die Waffen klirren müßten. Ein Centurio – Römer – der Samariterkohorte schlenderte, sichtlich gelangweilt, zum Bogengang, und Kleopatra sagte sich, daß sie den Aufruhr wohl überschätzt hatte; wenn es wirklich ernst wäre, würde der Centurio seinen Schritt beschleunigen. Sie ging zur Kopfseite des Innenhofs und setzte sich auf eine Steinbank nahe dem Eingang zu Pilatus' Empfangssaal.

Bald darauf erschien der gelangweilte Centurio, etwas hurtiger als zuvor; zwei seiner Krieger folgten, und zwischen ihnen, mit Stößen der Lanzenschäfte getrieben, ging ein langhaariger, bärtiger Mann. Er trug einen knöchellangen Umhang oder Rock.

Kleopatra dachte an Columellas Äußerungen über Wein und Aufruhr. Der Mann, den sie für einen Juden hielt, sah nicht aus wie ein Aufrührer (›Wie sehen Aufrührer aus?‹ fragte sie sich), und als er wenige Schritte von ihr stehen blieb, stellte sie fest, daß er nicht nach Wein roch.

Sie betrachtete ihn aufmerksam, von der Seite. Er schien die Blicke zu spüren und wandte ihr den Kopf zu. Ein gutes Gesicht, sagte sie sich; sanft, aber kraftvoll. Sie ließ die Blicke sinken zu seinen Händen und sah, daß es die Hände eines Handwerkers waren, sehnig und schwielig, nicht die eines Schriftenwälzers. Zimmermann vielleicht, dachte sie, oder Seilmacher; sie schaute wieder hoch, in sein Gesicht, in seine Augen.

Zwei Atemzüge vielleicht, sagte sie sich später, keinesfalls länger, bis er den Kopf abwandte und zur Tür von Pilatus' Saal blickte. Aber in dieser winzigen Spanne fühlte sie sich durchbohrt, durchschaut, von innen nach außen gewendet. Und zugleich, auf eine ihr vollkommen unbegreifliche Weise, empfand sie Wärme, Trost und Zuspruch. Es war, als sei ihr Inneres vor ihr ausgebreitet, vor ihm und vor der Welt entblößt; alle Schande, alle Niederlagen, alle schäbigen kleinen Siege, die Lügen und Tapferkeiten und Mutlosigkeit, Anmaßung, Bedauern, Witz und Stolz und Trauer, alle Worte und jedes Schweigen. Durchschaut, entblößt, wieder verdeckt; und sie fühlte sich kraftlos und gestärkt, getadelt und gepriesen. ›Auseinandergenommen und neu zusammengefügt‹, dachte sie wie betäubt; ›neu und besser zusammengefügt. Wer ist dieser Mann?‹

Die Tür öffnete sich, und die Stimme des Präfekten, hörbar verärgert, sagte:

»Was bei allen Göttern soll diese Störung jetzt? Ich habe zu tun.«

»Herr«, sagte der Centurio, »diesen Mann haben die Büttel des Kaiaphas hergebracht. Er soll sich als König der Juden bezeichnet haben und den Aufstand gegen Rom predigen.«

»Aufstand? König? Ah bah.« Stühle oder Schemel wurden verschoben, dann kam Pilatus aus dem Saal und blieb nicht weit vor dem angeblichen Aufrührer stehen. Mit einem unwirschen Blick streifte er Kleopatra; dann wandte er sich wieder an den Centurio.

»Die Büttel von Kaiaphas, sagst du? Wo haben sie ihn aufgegriffen?«

»In einem Garten, in der Nacht. Kaiaphas hat ihn stundenlang verhört – behaupten sie.«

»Wie heißt er?«

»Jehoschua.«

»*Der* Jehoschua? Aus Galiläa?«

Nun schaute er den Mann unmittelbar an, nicht den Centurio. Jehoschua schien zu nicken, aber Kleopatra war sich nicht sicher.

»Was habe ich mit ihm zu schaffen?« Pilatus verschränkte die Arme. Plötzlich setzte er ein grimmiges Lächeln auf. »König der Juden? Ah, dann bringt ihn zum Palast, zu Herodes Antipas. Soll sich der König mit dem König befassen.«

Damit drehte er sich um und ging wieder hinein.

Der Centurio seufzte. »Na gut, zum Palast«, knurrte er. »Komm, Jehoschua oder wie immer du heißt; bringen wir es hinter uns.«

Auf dem Weg zum Tor erteilte der Centurio ein paar laute Befehle, vermutlich ordnete er die Wachen neu, da er ja zwei Männer als Geleit mitnahm; aber Kleopatra hörte nicht hin.

Sie war noch immer damit beschäftigt, sich wieder zu sammeln, zu verstauen, gegen die Welt neu zu verschließen. Und während sie dies tat, rang sie mit einem Gefühl, das sie erst ganz langsam, nach und nach begriff: Entsetzen.

Denn ebenso, wie sie sich von den Blicken des Mannes zerlegt gefühlt hatte, war es ihr so vorgekommen, als habe sie gleichzeitig in seinen Blicken alles über ihn gelesen. Ein guter Mann, sanft und liebevoll und doch stark... Nein, stark war zu schwach – gewaltig? Eine Art Hoheit, *demütige Hoheit*? Dann wich dieser Gedanke und machte einem anderen Platz, einem anderen Eindruck, dem wichtigsten:

Dieser Mann war voll unendlicher Trauer. Und voll unendlicher Entschlossenheit. Einer, der sterben wollte und wußte, daß er bald sterben würde.

Sie preßte einen Moment die rechte Hand auf den Mund. Etwas wie diesen Blick, nur viel schwächer, viel... geringfügiger, hatte sie vor Jahren in Kanopos gesehen, in den Augen eines Mannes, der in der feiernden Menge wahllos mit dem Schwert um sich geschlagen und dabei den Namen eines Gottes oder einer Göttin (oder mehrerer) gebrüllt hatte. Sie war in seinen Augen beinahe versunken, ein paar Lidschläge, bevor sie brachen, bevor die Lanzen herbeistürmender Krieger ihn durchbohrten.

Der Centurio, Jehoschua und die beiden Wächter hatten eben erst den Hof verlassen, als wieder einer der Bewaffneten vom Tor herbeikam und dem Diener, der neben dem Saaleingang stand, etwas sagte.

»Der Präfekt wird begeistert sein«, knurrte der Diener. Er öffnete die Tür und ging hinein.

Nach kurzer Stille hörte Kleopatra einen erstickten Laut – vielleicht einen unterdrückten Wutschrei des Pilatus. Dann sagte er, sehr laut und verärgert:

»Dieses dumme alte Stück Dreck... Wo ist er?«

»Vor dem Tor, Herr. Du weißt doch...«, sagte der Wächter.

»Ich weiß, ich weiß!« Pilatus hob die Arme und ließ sie sinken, als er auf den Innenhof hinauskam und mit schnellen Schritten zum Tor ging. »Ich weiß – die Unheiligkeit dieses heidnischen Orts würde Kaiaphas besudeln. Ich weiß, daß ich ein Stück Abschaum und Vertreter des Princeps bin und mit diesem Hund auf der Straße reden muß. Ich weiß...« Er redete noch weiter, aber inzwischen war er zu weit entfernt, und Kleopatra hörte nichts mehr.

Sie versuchte, den Blick des Mannes zu vergessen. ›Nein‹, sagte sie sich, ›nicht vergessen; so einen Blick muß man bewahren. Oder doch lieber nicht?‹

Sie schwankte immer noch, als Columella aus dem Saal kam, sich umschaute, sie erblickte und zu ihr trat.

»Das wird noch dauern, bei all den Unterbrechungen«, sagte er. »Hier ist es unbequem für dich. Willst du mit der Hälfte der Männer schon hinausgehen und vor der Stadt warten? Bei den Pferden, vielleicht bei einem Schluck Wein?«

Sie verspürte fast so etwas wie Dankbarkeit. »Gern, Herr«, sagte sie. »Alles lieber als hier noch lange sitzen und... zusehen.«

Er nickte. »Kann ich verstehen. Hat er dich beeindruckt, dieser Jehoschua?«

»Ich glaube schon.«

»Er ist ein Gerechter, heißt es.« Columella zupfte an seinem Ohrläppchen. »Keine Sorge, ihm wird nichts geschehen. Pilatus weiß gar nicht, was er mit ihm tun soll und warum Kaiaphas ihn herschickt. Ich nehme an, der König wird ihn freilassen.«

Mit zwölf Hellenen ging Kleopatra hinaus; einer der Männer trug ihren Lederbeutel mit Vorräten. Draußen, vor dem Tor, drei Schritte voneinander entfernt, standen Pilatus und der Hohe Priester Kaiaphas. Kleopatra betrachtete ihn neugierig, und was sie sah, beeindruckte sie nicht besonders: ein alter Mann, mit weißem Bart und Schläfenlocken, in langem schwarzen Umhang, mit scharfen Augen, die klug und zugleich böse blickten. ›Nicht böse‹, verbesserte sie sich dann, ›aber wie?‹

»Du erhebst also amtlich Anklage gegen diesen Gerechten?« hörte sie Pilatus sagen.

»Das tue ich. Und er ist kein Gerechter, sondern einer, der die Ordnung des Herrn umstürzen will. Und die der Römer.« Die Stimme des Hohen Priesters klang rauh – aufgerauht von Hitze, von Hitzigkeit, rauh und verbissen.

»Die Ordnung eures Gottes? Das geht mich nichts an«, sagte Pilatus höhnisch. »Außerdem meinst du damit wohl eher die Ordnung der Dinge, die dir und deinen Leuten Macht gibt, nicht wahr? Zur Ordnung der Römer – ah, ich werde ihn befragen. Ich muß ja, wenn du wirklich Anklage erhebst.«

»Das tue ich.«

»Ich habe Wichtigeres zu tun und sage dir, es wird unsere Freundschaft nicht mehren, daß du mich dazu zwingst.«

»Die Mehrung dessen, was du als unsere Freundschaft bezeichnest, ist nicht mein Hauptanliegen«, sagte Kaiaphas.

Auf dem Weg zum Stadttor mußten sie sich durch dichte Menschenmassen drängeln. Kleopatra war beinahe dankbar dafür, denn es war unmöglich, dabei viel zu reden. So konnte sie weiter nach dem suchen, was sie eben fast erwischt zu haben glaubte, einem Wort, einem Gedanken.

Kaiaphas. Böse Augen? Scharf, gerissen, machtbewußt... aber böse? Eher blickte er, fand sie, wie einer, der von Dämonen besessen ist.

Dann lachte sie lautlos. ›Den, der von Dämonen besessen ist, nennt man krank‹, sagte sie sich, ›und man versucht, die Dämonen auszutreiben. Kaiaphas ist von seinem Gott besessen. Nicht erfüllt, nicht geleitet – besessen. Soll man ihn wirklich fromm nennen, ihn und andere seinesgleichen? Oder soll man ihn besessen nennen und versuchen, diesen besonderen, besonders schlimmen Dämon auszutreiben?‹

Mehr als drei Stunden vergingen, bis Columella mit den letzten zwölf Kämpfern endlich bei der Herberge erschien. Er wirkte gehetzt und ein wenig bedrückt. Im Stehen trank er einen Schluck verdünnten Wein, riß ein Stück von einem Brotfladen ab und sagte dann:

»Los, Männer, auf, auf; wir haben keine Zeit zu verlieren!«

Als sie losritten, hatte er noch einige Anweisungen zu erteilen. Kleopatra wartete, bis er mit den zwei Unteroffizieren alles erörtert hatte, was zu erörtern war; dann trieb sie ihr Pferd neben seines.

»Was hat dich so lange aufgehalten, Herr?«

Er warf ihr einen Seitenblick zu; seine Augen wirkten trüb. »Jehoschua«, knurrte er. »Wer oder was sonst?«

»Und? Was ist dabei herausgekommen?«

Columella antwortete nicht sofort; er bewegte die Kiefer, als müsse er ein großes Getreidekorn zwischen den Backenzähnen zermalmen. Ein Korn von der Größe und Härte eines Kiesels. Schließlich sagte er, ohne sie anzuschauen:

»Er wird gerade gekreuzigt.« Dann streckte er den Arm aus und packte sie an der Schulter. »Fall nicht vom Pferd!«

Sie schnappte nach Luft; benommen und verblüfft stellte sie fest, daß sich ihre Augen mit Tränen füllten. »Gekreuzigt? Aber... ihr habt doch gesagt, er ist ein Gerechter!«

»Das ist er, aber er ist auch... dumm? Nein, dumm ist er nicht, aber erfüllt von einer Aufgabe? Ich weiß es nicht; ich hatte den Eindruck, er will sterben.«

»Aber warum?« Sie schrie die Worte beinahe.

Columella legte einen Finger auf seinen Mund. »Nicht so laut. Dadurch, daß Kaiaphas Anklage erhoben hat, war Pilatus gezwungen, ein Gerichtsverfahren zu beginnen. Ein Schnellverfahren nach unserem Recht. Wenn der König Jehoschua entlassen hätte... aber selbst dann; Herodes Antipas hat keine Gewalt in Jerusalem.«

»Aber wenn Jehoschua ein Gerechter ist und alles, was Kaiaphas gegen ihn vorbringt, haltloser Unsinn...«

»Es ist haltloser Unsinn. Kaiaphas und den anderen geht es nur darum, ihre Stellung, ihre Macht, ihren Einfluß zu sichern. Dieser Mann bedroht sie, weil er seinen, ihren Glauben anders auslegt – so, daß die Menschen ohne Schriftgelehrte und Hohe Priester mit ihrem Gott leben können. In Liebe, nicht in Furcht. Ah, ein Träumer.«

Da er nicht weitersprach, wiederholte Kleopatra ihr hilfloses: »Aber wenn er ein Gerechter ist...«

»Herodes hat ihn zu Pilatus zurückgeschickt«, sagte Columella ruhig. »Mit der Bemerkung: Ich finde keinen Tadel an ihm. Pilatus auch nicht. Er wollte ein schnelles Verfahren, der Form halber, und ihn dann freilassen. Aber... Jehoschua hat ihn daran gehindert.«

Kleopatra schloß die Augen. Sie dachte an den Blick – jenen Blick dessen, der sterben will.

»Wie hat er das gemacht?« sagte sie schwach.

»Pilatus hat zuerst eher scherzhaft gefragt: ›Bist du der König der Juden?‹ Darauf antwortet Jehoschua: ›Das hast *du* gesagt.‹ Pilatus fragt weiter, wie das Gesetz es vorsieht – Name, Herkunft und so fort.«

»Und?«

Columella zuckte mit den Schultern. »Und – nichts. Jehoschua hat nichts mehr gesagt. Kein einziges Wort.«

»Gar nichts?« Kleopatra erkannte ihre eigene Stimme nicht. Sie wußte, wie alle gebildeten Bewohner des Imperiums, was dieses Schweigen bedeutete. Sie blickte zur Seite, als ob in den Büschen am Wegrand Trost zu finden wäre. ›Tröstliche Rosen‹, dachte sie, ›und trostlose Dornen.‹

»Der Präfekt vertritt den Kaiser«, sagte Columella. »Wer dem Kaiser nicht antwortet, macht sich eines schrecklichen Vergehens schuldig, und zwar des... der...« Er suchte nach einem Wort, und da er die griechische Entsprechung offenbar nicht fand, benutzte er den lateinischen Begriff: »*Contumacia.* Verstehst du?«

»Trotz«, sagte sie, »Widerspenstigkeit. Aufsässigkeit.«

»Danke. Aufsässigkeit gegen den Augustus, den der Präfekt vertritt, wird geahndet mit Geißelung und nachfolgender Kreuzigung. Wenn er doch geredet hätte!«

»Und jetzt?« sagte sie tonlos.

»Inzwischen wird er den Querbalken zum Hinrichtungsplatz getragen haben, wo die Kreuzesstämme stehen. Es wird nicht mehr lange dauern.« Er warf einen Blick in den Himmel, zur Sonne. »Auch etwas anderes nicht.«

»Was denn?«

»Unser Mathematiker, Astyanas, hat errechnet, daß heute, gegen Mittag oder kurz danach, eine Sonnenfinsternis stattfinden wird. Ah, siehst du?« Er blinzelte und deutete in den Himmel, wo sich eben die Mondscheibe vor die Sonne zu schieben begann.

Kleopatra fand, daß die fahle Düsternis, die sich für kurze Zeit über das Land legte, gut zu ihrem Inneren paßte. Plötzlich stolperte ihr Pferd; es war nicht das einzige.

»Was war das?« sagte Columella. »Ein Erdstoß? – Ah, gut, es wird wieder hell.«

»Herr – warum tut man so etwas? Warum wollen manche Menschen sterben?«

Columella stieß ein häßliches Lachen aus. »Da gibt es viele Gründe. Manche hoffen, damit etwas zu erreichen, was sie lebend nie erreichen würden. Andere werden sie vielleicht bewundern und ihnen nacheifern. Manche sterben für ein Gesetz, einen Grundsatz, der ihnen heiliger ist als das eigene Leben. Es soll Leute geben, die sterben, um schneller ins Jenseits zu gelangen – dumm, wenn du mich fragst, weil niemand wirklich weiß, was uns dort erwartet. Und vergiß nicht: In ein paar Tagen werden sich einige tausend Männer bereitmachen, im Kampf zu sterben, weil zwei andere es ihnen befehlen.«

»Welche Männer sind das? Die, die befehlen?«

»Belhadad«, sagte Columella. »Und ich. Oder der Princeps, aber das ist in diesem Fall eins.« Er seufzte. »Laß uns von etwas anderem reden, hörst du? Es ist betrüblich, wenn ein guter Mann einfach so sterben will; es ist traurig, wenn ein Gerechter stirbt. Aber wir alle müssen sterben, früher oder später, und dieser Tod von Jehoschua hat keine besondere Bedeutung. Weder für uns noch für das Reich noch« – er gluckste – »für den Glauben oder Aberglauben der Leute hier. Dafür wird Kaiaphas schon sorgen. Laß uns von wichtigeren Dingen reden. Ao Hidis zum Beispiel.«

Vier Tage später, nach langen scharfen Ritten, erreichten sie kurz vor Sonnenuntergang ein Wüstental.

»Eigentlich müßten hier die anderen auf uns warten«, sagte Columella. Er winkte einen der Unteroffiziere zu sich. »Ich habe dir doch gestern schon gesagt, ich glaube, wir kommen zu weit nach Osten. Bist du sicher, daß wir hier richtig sind? Jedenfalls ungefähr?«

»Ich...«, sagte der Mann.

Dann sagte er nichts, sondern hob nur den Arm und deutete.

Auf mehrere hundert Reiter, die mit blitzenden Säbeln von den Kämmen der nahen Hügel, vom Hang des Wüstentals herabströmten.

Die Hellenen wehrten sich tapfer, aber sie hatten keinerlei Aussicht, den Kampf zu wenden. Drei Krieger, Columella und Kleopatra blieben als letzte übrig, zusammengedrängt in einem Kreis aus Pferden, Lanzenspitzen, Gestalten und verschleierten Gesichtern.

»Mach dich zum Sterben bereit«, sagte Columella heiser. »Vielleicht erhältst du gleich auf deine Fragen mehr Antworten, als du je haben wolltest.«

»Columella, Berater des Präfekten von Judäa und Samaria?« sagte einer der Männer. »Und die Fürstin Kleopatra, nicht wahr?« Er hob den Schleier vom Gesicht, schlug ihn über den Kopf zurück, und Kleopatra sah, daß es der Araber war, der Demetrios, Glauke und Ravi verschleppt hatte.

»Die beiden kommen mit«, sagte er. »Tötet die anderen.«

23. Ein Fluchtversuch

> Mich quält die Furcht, ich könnte gegen Götter mich versündigt haben und bei Menschen damit Ruhm noch ernten.
>
> IBYKOS

Demetrios empfand Unwirklichkeit. Gärten und Felder inmitten der Wüste; ein langes Oasental, das eine Stadt war; Leute, die mit einem römischen Angriff rechneten und gleichmütig schienen; ein Fürst, der nicht zu sehen war; eine Gefangene, die Gefallen am Führer der Leibgarde des Fürsten fand; ein Römer, der entweder seine eigenen Leute verriet oder ein verwirrendes Doppelspiel betrieb; Gefangene, denen man mit Folter gedroht hatte, um etwas aus ihnen herauszuholen, und um die man sich nun nicht mehr zu kümmern schien... Und ein alter Inder, der mit einem Griechen in einer arabischen Oase saß und mehr über Rom wissen wollte.

»Warum? Und warum hier und jetzt?«

Ravi betrachtete die Sandkörner in seiner Handfläche. »Deshalb«, sagte er.

»Wegen deiner Hand? Wegen des Sandes?«

»Wir sind Sandkörner. Du und ich. Eine kleine Hand hat uns aufgenommen, die von Belhadad und seinen Leuten. Bald wird sich um diese, die eigentlich auch nur Körner in Handform sind, eine andere Hand schließen, die Hand Roms. Und Rom, ein etwas größeres Sandkorn, ist in der Hand der Götter. Von denen weiß ich nicht viel; ich habe in meiner Jugend die indischen Götter angebetet und später gar keine. Die arabischen haben mich nicht besonders gereizt, von den römischen habe ich kaum etwas gehört. Ich bin Sand, Staub; wie jene, die mein Leben geteilt hat, Staub und Asche ist. Und verschwunden. Die Hand, in der ich mich befinde, kenne ich – ein wenig. Jetzt möchte ich mehr über die größere Hand wissen, die uns bald umfangen und vielleicht zermalmen wird.«

Demetrios schwieg eine Weile. »Schwierige Gedanken«, sagte er dann leise. »Ich weiß nicht, ob du mit Roms Hand recht hast. Ich kann mir hier und jetzt nicht vorstellen, wie sie Ao Hidis einnehmen wollen. Oder können. Ich glaube, sie werden sich blutige Nasen holen. Insofern... hat es wenig Sinn, sich über die Hand Roms Gedanken zu machen. Wie die Phönizier sagen: Man soll nicht kratzen, wo es noch nicht juckt.«

»Mich juckt es aber.« Ravi lächelte. »Erzähl mir von Rom.«

»Was willst du wissen? Wie die Stadt ist, die Gebräuche, die Gebäude, die Menschen? Oder die Geschichte?«

»Alles. Ich habe ein paar Römer gesehen, Krieger und Händler. Ohne Zweifel gute Krieger, und sicher erfolgreiche Händler. Aber insgesamt... kamen sie mir anmaßend vor. Anmaßend, ohne Ahnung von andersartigen Dingen und Gebräuchen, auch ohne Neigung, sich Ahnung oder gar Kenntnisse anzueignen – jedenfalls über das Maß dessen hinaus, was zum täglichen Leben und zum Handel nötig ist.«

»Du sprichst von den Herren der Welt«, sagte Demetrios. »Sie haben ursprünglich ein Dorf bewohnt, am sumpfigen Ufer eines Flusses, und um aus dem Sumpf zu kommen, sind sie auf sieben Hügel gestiegen. Dann waren sie Untertanen fremder Könige, aus der Nachbarschaft, und als sie deren Herrschaft abgeschüttelt hatten, haben sie sich einige Jahrhunderte lang damit vergnügt, selbst alle Nachbarn zu überfallen und zu besetzen, bis in Italien nichts mehr zu besetzen blieb. Danach sind sie übers Meer gegangen und über die Berge und haben weitere Nachbarn in die Familie aufgenommen. Zwangsweise. Oder abgeschlachtet. Jetzt, so scheint es, sind sie an Grenzen gelangt. Nicht unbedingt Grenzen dessen, was sie erobern könnten, sondern dessen, was sie verlockt. Sümpfe und Wüsten und Wälder und Meere und Berge, das sind nun die Grenzen. Was sie noch nicht erobert haben, ist entweder zu weit weg oder unergiebig. Oder, im Fall der Parther, zu aufwendig zu besiegen. Ist es so gut, oder willst du mehr wissen?«

»So entstehen Reiche.« Ravi nickte mehrmals. »Auch in Indien. Aber Reiche bleiben nur bestehen, wenn die Eroberer denen, die das Erobertwerden überlebt haben, etwas geben. Was geben die Römer?«

»Indem sie unterdrücken, geben sie Schutz vor Unterdrückung durch andere. Nachdem sie mehrmals tausendmal tausend getötet haben, geben sie den Lebenden Schutz vor anderen Tötern. Sie bauen Straßen, damit ihre Krieger schnell von einem Ort zum anderen marschieren können; auf diesen Straßen reisen auch Händler und Waren. Ärzte, Kenntnisse, Nahrungsmittel.« Er seufzte. »Meine Vorfahren, die Hellenen, haben wunderbare Kunstwerke geschaffen, aber sie waren nie einig und haben es vorgezogen, sich auch dann noch gegenseitig zu bekämpfen, als Einigkeit ihnen vielleicht zur Freiheit von Rom hätte verhelfen können.«

»Was haben die Römer mit diesen Kunstwerken deiner Vorfahren gemacht?«

»Sie haben einige mitgenommen und andere nachgeahmt. Und auch Götter jener, die sie erobert hatten, haben sie mit nach Rom genommen und ihnen dort Tempel gebaut. Götter, Kunstwerke, Menschen, Gold – alles.«

Ravi summte ein paar Lidschläge lang vor sich hin; dann sagte er: »Du magst sie, nicht wahr? Und magst sie nicht.«

»So gut das gleichzeitig möglich ist. Ich mag einzelne Römer, aber nicht die Herren der Welt. Ich reise auf ihren Straßen und bin dankbar dafür, daß ich viele tausend Meilen reisen kann, ohne tausend kleinen Fürsten Zoll bezahlen zu müssen. Ohne gegen tausend unbekannte, geheime Gesetze zu verstoßen. Es wäre gut, wenn es tausend verschiedene Reiche gäbe – aber sie würden einander bekriegen, wie sie es immer getan haben. Deshalb ist es vielleicht besser, daß es nur dieses eine gewaltige Reich gibt. Aber das, mein Freund, ist eine verwickelte Frage. Vielleicht sind die Menschen...«

Plötzlich stand Baradhiya vor ihnen. »Tiefe Gespräche, wie ich sehe«, sagte er. »Es tut mir leid, euch zu unterbrechen, aber der Fürst wünscht euch zu sehen.«

»Weißt du, was er... wünscht?« sagte Demetrios; er erhob sich und zog Ravi vom Sand hoch.

Baradhiya kniff ein Auge zu. »Besorgnis? Ich glaube nicht, daß er euch nachdrücklich befragen will. Dazu würde er euch nicht in den Tempel holen. Sondern in eine besondere Kammer.«

»Du klingst, als ob du diese Kammer nicht besonders liebtest.«

Baradhiya lachte. »Lieben? Ich liebe Frauen. In Kammern verbringe ich die eine oder andere Nacht. Kammern, die nicht zum Schlafen geeignet sind, stoßen mich eher ab. Kommt.«

Sie folgten ihm, so schnell dies mit klirrenden, schleifenden Ketten möglich war, zur Festung, ohne diese jedoch zu betreten. Der Weg führte weiter nach Osten, um die Außenmauern herum, zu einem Bauwerk, das aus der steilen südlichen Felswand des Tals gewachsen schien. Feine, mit Spiralrillen versehene Säulen aus rötlichem Stein trugen ein schmuckloses, flaches Dach; darunter befand sich eine Art Vorhalle mit Bildwerken. Es schienen keine Götterbilder zu sein, sondern Statuen von Kriegern, die aber keine Gesichter hatten: große Gestalten mit Umhängen, Brustpanzern und Helmen, einige hielten Speere oder stützten sich auf lange gerade Schwerter, aber alle hatten leere Flächen statt eines Antlitzes. Nicht einmal die Andeutung eines Mundes oder einer Nase war zu sehen.

»Was ist mit denen da?« sagte Ravi.

»Sie hüten den Zugang.« Baradhiya ging zu einer Öffnung im Felsen. Wenn es eine alte Höhlenöffnung war, hatte man sie kunstvoll geglättet und erweitert. Dahinter lag ein weiter Saal, in dem ein paar Fackeln brannten.

»Wie können sie den Zugang hüten, wenn sie nichts sehen?« sagte Demetrios spöttisch.

»Sie spüren.« Baradhiya klang ganz ernst. »Götter und Dämonen brauchen keine Augen, um zu sehen, keine Ohren, um zu hören, und keine Münder, um zu sprechen.«

Er ging in die saalartige Höhle; klirrend und scharrend folgten Ravi und Demetrios ihm. Als die Augen sich an das Zwielicht gewöhnt hatten, pfiff Demetrios durch die Zähne.

Die Höhle – eher Halle oder Saal, dachte er – war gefüllt mit Göttern. Ohne erkennbare Ordnung, wie es den Überirdischen zukam, deren Ordnung für Menschen allenfalls ein undurchschaubares Chaos sein konnte. Demetrios sah ägyptische Statuen von Thoth, Anubis, Osiris, Hathor, Horus; dazwischen und daneben eine Aphrodite aus Marmor, einen Zeus aus Gold, Apollon aus milchigem Stein, eine silberne Athene mit silbernen Eulen, den vergöttlichten Alexander mit Widderschädel auf dem Kopf, einen eisernen Baal, einige der seltsamen, im Imperium fast vergessenen iberischen Windgötter, arabische Regengötter, Altäre aller Art und Beschaffenheit; und Götter mit zahllosen Armen, mehreren Köpfen oder Elefantenhaupt – indische Götter, zu denen Ravi stürzte wie ein Ertrinkender zur Quelle.

»Jedem das seine«, sagte eine tiefe Stimme weiter hinten. »Rufus wollte beinahe unter den Anubis kriechen. Ich weiß allerdings nicht, warum ein römischer Krieger diesen ägyptischen Hundegott so sehr liebt.«

Belhadad lehnte an einer aus grünem Marmor gefertigten Darstellung des Herakles mit Keule und Löwenfell. Der Fürst hatte die Daumen in seine Gürtelschärpe gehakt und schaute zu Ravi hinüber. Neben ihm standen zwei halbfertige Statuen; Demetrios, der angenommen hatte, bei den Bildwerken handle es sich um Beutestücke, überlegte, ob in Ao Hidis begabte Töpfer oder Steinmetze arbeiteten.

»Komm her – du auch, wenn du mit deinen Verbeugungen fertig bist«, sagte Belhadad. »Ich will euch etwas zeigen.«

Demetrios ging schlurfend und klirrend zum Fürsten, der ihn mit einem mehrdeutigen Lächeln betrachtete.

»Schau – was siehst du?« Er klopfte gegen die unfertige Statue zu seiner Linken.

Demetrios versuchte, im unsicheren Fackellicht Einzelheiten zu erkennen. Und spürte, wie er erblaßte.

Das Standbild, an das der Fürst geklopft hatte, war keineswegs unfertig. Es handelte sich um eine mehr als mannshohe Holzpuppe, zwei Hälften, die mit Stiften verbunden werden konnten. Welchen Gott auch immer die Puppe darstellen mochte, war ohne Bedeutung; was allein zählte, waren die auf den Innenseiten angebrachten Klingen und Nägel.

»Stell dir vor«, sagte Belhadad in einem Tonfall, den ein üppiger Speisung ergebener Genießer für die Beschreibung eines trefflichen Mahls anschlagen mochte, »du liegst darin. Du könntest auch stehen, aber beginnen wir liegend, nicht wahr? Du liegst in einer Hälfte, und die andere wird auf dich, auf die untere Hälfte gesetzt. Die Klingen berühren dich. Hast du bemerkt, daß besonders feine Nägel vor den Augen sitzen? Ah ja. Um die Hälften haben wir Riemen geschlungen, und an der Oberseite stecken Pflöcke in den Riemen. Man kann sie drehen; langsam, schnell, ein wenig oder viel. Ein Mann – ich glaube, er war Syrer –, der mir gegen gutes Gold ein paar schlechte Pferde hatte verkaufen wollen, hat es fast drei Tage ausgehalten.«

Demetrios sagte nichts; er starrte in die Augen des Fürsten. ›Raubvogelaugen‹, dachte er, ›mit blutigem Messer aus Obsidian geschnitten.‹

»Wozu erzählst du uns das, Herr?« Ravi hatte sich von den indischen Göttern losgerissen und kam herbei. »Zu unserer Erbauung und deinem Verdruß? Oder damit wir dir wahrheitsgemäß von der Macht des Imperiums berichten?«

Belhadad rümpfte die Nase und winkte Baradhiya näherzukommen. »Die feinen Messer und die Zangen, Sohn«, sagte er.

Baradhiyas Gesicht zeigte keine Regung. Er ging nach links, zu einer großen Truhe, öffnete sie und nahm etwas heraus, das er Belhadad brachte.

Der Fürst löste die Daumen aus der Schärpe und nahm die Gegenstände; er hielt sie ins Licht der nächsten Fackel.

»Damit« – ein biegsames Messer, dessen Klinge aus Silber sein mochte und Scharten hatte – »läßt sich ein kleiner fransiger Schnitt in der Haut anbringen. Nur Haut, nicht viel Fleisch darunter. Und mit dieser Zange« – er hob die andere Hand – »ist die Haut gut zu packen und in schmalen Bahnen abzureißen. Je sauberer und schmaler die Bahn, desto länger das Vergnügen.«

»Noch einmal, Fürst«, sagte Ravi; seine Stimme schwankte ein wenig – »sollen wir dir von der Macht des Imperiums sprechen oder lieber von seiner Allmacht?«

Belhadad reichte Baradhiya die Folterwerkzeuge. »Wir haben noch viele andere Möglichkeiten. Einige davon werden wir morgen abend erproben. An wem? Das erfahrt ihr früh genug. Nach der Probe werdet ihr mir alles sagen, was ihr wißt. Eure geheimen Lüste, eure niedrigsten Schändlichkeiten, Roms Absichten – was auch immer. Geht.«

Schweigend wandten sie sich um und schlurften hinaus, unter das Vordach, zu den Statuen ohne Gesicht.

»Weißt du, was er morgen tun will?« sagte Demetrios heiser.

Baradhiya schüttelte den Kopf. Demetrios glaubte winzige Schweißperlen auf der Stirn des Kriegers zu sehen.

»Ich weiß es nicht. Vielleicht will er sich mit euch abgeben, vielleicht mit anderen. Es gibt noch mehr Gefangene; es gibt auch verurteilte Verbrecher, Leute aus Ao Hidis, die auf die eine oder andere Weise hingerichtet werden sollen.«

Ravi ging mit kleinen Schritten zu einer der Säulen und stützte sich daran ab. »Alles, was ich weiß«, sagte er, »will ich gern und sofort sagen. Deine Rede von anderen Gefangenen und Verbrechern klingt wie... ein schlechter Trost, eine freundliche Lüge.«

Irgendwie verstärkte die Vorführung oder Darbietung in der »Tempel« genannten Höhle das Gefühl von Unwirklichkeit. Immer wieder fragte sich Demetrios, welchen Sinn er darin sehen sollte. Im Tempel – einer Höhle mit ungenutzten Altären (er war nahe genug an ihnen gewesen, um die Staubschichten zu sehen) und wahrscheinlich im Lauf der Jahrzehnte geraubten Statuen aller möglichen Götter – und in Belhadads Drohung. War es eine Drohung? Er hatte eine Folterung angekündigt – wessen? Warum hatte er sie angekündigt? Warum jetzt, warum im Tempel, wenn die Höhle ein Tempel war?

Dies brachte ihn wieder zu all den anderen Fragen. Warum hatte man ihn, Ravi und Glauke entführt? Welches Spiel spielte Rufus, der angeblich unter die Anubis-Statue hatte kriechen wollen (wozu?) und dessen Andeutungen keineswegs genügten, Demetrios klarer sehen zu lassen?

Er verbrachte eine beinahe schlaflose Nacht. Glauke war nicht da; sie hatte sich offenbar, Ketten oder nicht, in Hiqars Arme, auf sein Lager geflüchtet. Während Demetrios den Geräuschen der Nacht lauschte, dem Raunen und Rascheln von Tieren und Wind, den schweren Atemzügen von Ravi und seinen leisen Schreien, die vermutlich einem unerquicklichen Traum entsprossen, versuchte er, wenigstens Glauke zu verstehen. Eine Frage weniger, sagte er sich, läßt mehr Denkplatz für die anderen.

Am Ende der Denkerei wußte er aber nicht, ob er Glauke wirklich verstand. Er nahm an, daß durch die lange Reihe von

Mißgeschicken und Befremdungen etwas in der jungen Frau zerbrochen war. Die Flucht nach Berenike, von dort übers Meer nach Adane, der Zug mit der Karawane, der jäh in einem arabischen Kerker unterbrochen worden war, der Weiterritt und schließlich Überfall und Verschleppung. Todesangst, Angst vor dem Unbekannten und Ungewissen, all dies weit außerhalb dessen, was sie vorher gekannt hatte... Möglich, dachte er, daß sie verloren in einem reißenden Fluß nach dem ersten Strauch gegriffen hatte, der am Ufer Halt versprach. Wenn es ihr gelänge, auf diese Weise an Land zu kommen, würde sie den Strauch wohl irgendwann loslassen und versuchen heimzukehren. Oder bei dem Strauch bleiben. In einer kurzen Zeit des Dösens träumte er von Hiqar mit Zweigen und Blättern; an einem niedrigen Zweig, der über trockenes Wasser ragte, hing Glaukes Kette.

Dann war er wieder wach und plagte sich mit Ravi. Warum hatte der alte Inder ausgerechnet jetzt begonnen, sich und ihm Fragen über das Imperium zu stellen? Wollte er wissen, wie groß die Aussichten darauf waren, daß die Römer tatsächlich Ao Hidis angriffen, und mit welchem Erfolg? Bedeutungslos, sagte er sich; wenn der Angriff stattfände, würde er abgeschlagen. So viele Männer, wie nötig wären, um die von zehntausend Kriegern verteidigte Oasenstadt zu nehmen, hatte Rom in ganz Syrien und Palästina nicht. Und selbst wenn... Die Gefangenen würden das Ende des Angriffs kaum erleben.

Gegen Morgen sank er in einen unruhigen Schlummer; eher eine Reihe von Schlaffetzen, die ihn einhüllten wie eine durchlöcherte Decke. Und wie die Decke den Nordwind, ließ der Schlummer die Wirklichkeit eindringen. Falls das, was er wahrnahm, wirklich war und nicht eine von unbekannten Göttern zu seiner Verwirrung aufgeführte grausame Komödie mit Spiegeln und Entstellungen. In diesen Fetzen, oder in einem der Löcher, hörte er einiges an Geschrei und Gezeter, Schritte, das Klirren von Waffen oder Ketten, aber er war zu erschöpft oder benommen, um aufzuwachen und dann vielleicht festzustellen, daß alles nur in seinem Traum stattgefunden hatte. Alles – was auch immer.

Als er von fernem Lärm geweckt wurde, hatte sich die Welt verändert. Männer mit Helmen, Lanzen und Schilden, Bogenschützen – darunter etliche Frauen – und Halbwüchsige, die gebündelte Lanzen trugen, gingen schnell, aber nicht hastig nach Westen, dorthin, wo die große Mauer das Tal sicherte. Demetrios hörte jemanden hoch über sich lachen; als er aufblickte, sah er oberhalb des Tals, an der Kante der südlichen Steilwand, ein paar Männer gehen, Wächter, mit Helm, Schild und Lanze, und er erinnerte sich daran, daß die Posten dort oben am Vortag noch unbewaffnet gewesen waren.

Zwischen den Hütten war niemand zu sehen; nur am Eingang zu den Höhlen standen Wächter – andere als zuvor. Jetzt hüteten zwei halbwüchsige Knaben das, was dort zu hüten sein mochte, und sie schauten grimmig drein, wie Männer, die sich einer schweren Verantwortung bewußt sind.

Fast hätte er gelächelt, bis er sich wieder an seine Lage erinnerte. Gefangen, gefesselt raffte er sich auf und trat auf den Platz vor den Hütten. Nun sah er jenseits der langen Reihen, die nach Westen zogen, die Bewegungen im übrigen Tal. In den Koppeln wurden Pferde bereit gemacht, mit Zaumzeug und Satteldecken versehen. Auf der Nordseite, jenseits der Kanäle und Teiche, bot sich das gleiche Bild: Wächter auf der Steilwand, Reihen von Kämpfern unterwegs nach Westen.

Und die umwickelten oder von Hüten bedeckten Köpfe alter Männer und Frauen auf den Feldern, in den Gärten, an den Bewässerungsschleusen.

Ravi tauchte weiter links auf, wo er jenseits der Hütten offenbar die Latrinen aufgesucht hatte.

»Es geht los«, sagte er. »Endlich geht es los.« Er klatschte in die Hände; dann brach er in Tränen aus.

»Was geht los? Hast du etwas gehört? Gesehen?«

Der Inder wischte sich die Wangen mit dem Unterarm. »Baradhiya hat seine Leute zusammengeholt«, sagte er. »Alle sagen, die Römer sind im Anmarsch. Vielleicht schon vor dem Tor.«

Demetrios spürte einen Hauch von Entsetzen, von Kälte, der ganz plötzlich einer seltsamen Gelassenheit wich. Das Warten hatte ein Ende; nun konnte nur noch der Schrecken kommen.

»Dann laß uns zusehen, daß wir noch so etwas wie ein Frühstück auftreiben«, sagte er.

»Frühstück?« Ravis Stimme kippte und brach. »In dieser Lage willst du essen?«

»Ist es besser oder klüger, mit knurrendem Magen zu sterben?«

Da Bau- und Brennholz kostbar waren, gab es in Ao Hidis nur Gemeinschaftsküchen; die der Leibgarde verwaltete der Waffenschmied, dessen Feuer zwei Zwecken diente. Als Demetrios mit seiner Kette in die Schmiede schlurfte, stand der Schmied an der Feuerstelle und rührte in einem Kessel.

»Wo sind die anderen alle?« sagte Demetrios.

»Einige beim Fürsten, in der Festung, die anderen unterwegs zur Mauer.« Der Schmied drehte sich nicht um.

Demetrios sog Luft durch die Nase. Es roch nach leicht angebranntem Mehlbrei, gesüßt mit Honig und vielleicht ein wenig Zimt.

»Hat man dir verboten, uns etwas zu essen zu geben?«

Der Schmied wandte den Kopf und grinste. »Niemand hat etwas davon gesagt. Nehmt euch Näpfe.« Er schaute wieder in den Kessel, rührte und schob das Gefäß auf die Steine, die das Feuer umgaben.

»Mußt du nicht mitkämpfen?«

»Ich *darf* nicht mitkämpfen. Ich habe ein steifes Bein.« Er klopfte sich mit der rechten Hand auf den Oberschenkel. »Ein Sturz vom Pferd, vor Jahren.«

Beim Reden war Demetrios langsam näher zur Feuerstelle geschlurft. Von einem Tisch – tatsächlich einer aufgebockten, unebenen Steinplatte – nahm er ein Schwert, das der Schmied mit einem neuen Griff versehen hatte. Knauf und Querstange fehlten, aber das störte Demetrios nicht. Die zweischneidige Klinge war scharf, ebenso die Spitze.

»Und jetzt«, sagte er, »die große Zange.« Dabei packte er den Schmied mit der Linken an der Schulter, riß ihn herum und setzte ihm die Schwertspitze an den Hals.

»Sobald ich rufe«, knurrte der Araber, »kommen andere und töten euch.«

»Sobald du rufst, bist du tot.«

Mit fahrigen Händen griff Ravi nach der Zange, ließ sie fallen, hob sie wieder auf und kniete hinter Demetrios nieder. Der Schmied schloß die Augen und schien dem Kratzen des Werkzeugs zu lauschen, das Ravi mehrmals ansetzen mußte, um den ersten der beiden Knöchelringe zu zerstören.

»Ich werde das hier doch sowieso nicht überleben«, sagte der Schmied. »Also warum soll ich nicht rufen?«

»Schweig, dann lassen wir dich leben.«

»Gutes Metall und so mißhandelt.« Er öffnete die Augen und verzog wie unter Schmerzen das Gesicht, während Ravi mit der Zange immer wieder neu zupackte.

»Warum wollt ihr mich leben lassen?« Er klang erstaunt.

»Ich bin Händler, kein Mörder«, sagte Demetrios. »Ich will mich bewegen können. Und fliehen. Sollte ich dabei Belhadad begegnen, werde ich ihn töten. Du hast mir nichts getan, also...« Er sprach nicht weiter.

»Erstaunlich.« Der Schmied rollte mit den Augen. »Wenn das ein Grund wäre, jemanden nicht zu töten, müßten viele Menschen noch herumlaufen, die dies nicht mehr tun.«

»Sei jetzt still.« Demetrios bewegte das Schwert kaum merklich; ein wenig Blut rann vom Hals auf das Schlüsselbein des Schmieds.

Ravi brauchte für den zweiten Ring nur halb soviel Zeit wie für den ersten. Als er Demetrios befreit hatte, setzte er sich auf den Boden und widmete sich der eigenen Kette.

Draußen war es still. Unwirklich, dachte Demetrios, unwirklich wie alles andere. Meine Fragen, die fehlenden Antworten, das Tal, alles ist unwirklich. Falsch. Und was machen wir jetzt?

Dann lachte er. »Ich weiß«, sagte er.

»Was weißt du?« Ravi hatte endlich auch seine Ringe mit der Zange zerquetscht und aufgebogen. »Wovon redest du?«

»Ich habe laut gedacht.« Demetrios sah sich um. »Da drüben liegen Lederschnüre. Wir werden ihn jetzt fesseln und knebeln.«

Ravis Hände hatten sich beruhigt; ohne zu zittern band er dem Schmied die Arme auf den Rücken, schob ihm einen beinahe sauberen Lappen in den Mund und schlang ein Tuch um den Kopf.

»Hinlegen«, sagte Demetrios.

Als sie dem Liegenden noch die Füße gefesselt und ihn an einen der Tischböcke gebunden hatten, wollten sie Näpfe aus dem Kessel füllen; aber der enthielt einen schleimigen Klebstoff, den der Schmied angerührt hatte. Der kalte Mehlbrei fand sich in einer Schüssel auf dem kleineren Tisch, jenseits der Näpfe.

»Schnell«, sagte Demetrios mit vollem Mund. »Da ist noch ein wenig Brot; mitnehmen. Komm.«

»Wohin?«

»Draußen.«

Er fand noch ein Messer, das er Ravi reichte; dann verließen sie die Hütte. »Langsam«, flüsterte Demetrios, als Ravi losrennen wollte. »Wir gehören hierhin und haben keine Eile.«

»Wohin willst du?«

»Alles ist unwirklich hier«, knurrte Demetrios. »Also flüchten wir in die Unwirklichkeit.«

»Was denn? Wie... ?«

»Zum Tempel, Mann.«

Die jungen Wächter vor dem Höhleneingang waren zu beschäftigt mit ihrer wichtigen Aufgabe, als daß sie auf zwei Männer geachtet hätten, die in eine andere Richtung schlenderten.

Vor der Festung standen richtige Wächter, Männer; aber auch sie waren beschäftigt, da gerade in der Festung Geschrei zu hören war, gebrüllte Befehle, das Geräusch von Karrenrädern und Pferden.

»Ich glaube es nicht«, murmelte Ravi, als sie die Festung halb umrundet hatten. »Die Götter sind mit uns.«

»Wir sind gleich mit den Göttern.« Demetrios gluckste. »Und wenn wir Glück haben...«

Sie hatten Glück; der Tempel war verlassen. Die blicklosen Statuen kamen Demetrios wie alte Freunde vor, und in der Höhle hinter dem Vorbau hielt sich niemand auf. Eine einzige Fackel glühte; sie steckte in einer aus Ton gebrannten Faust an der Wand.

»Nimm sie«, sagte Demetrios. »Sieh nach, ob weiter hinten jemand ist.«

Ravi nickte und verschwand mit der Fackel, während der Händler die Götterbilder zu untersuchen begann. Es gab keine Möglichkeit, den Tempel zu verschließen – keine Tür, keine ausreichend großen Möbelstücke. Einige der Statuen ließen sich bewegen, andere waren viel zu schwer. Nicht einmal vier Männer hätten sie ohne Werkzeuge bewegen können.

Ravi kam zurück. »Da hinten gibt es Gänge«, sagte er, »aber es scheint niemand drin zu sein.«

»Gut. Komm, pack an.«

»Was hast du... Ach so.«

Der Alexander mit dem Widderkopf ließ sich einigermaßen leicht bewegen; ohne allzu großen Lärm schafften sie ihn zum Eingang. Einer der iberischen Luftgötter kam als nächster, und Demetrios mußte ein Kichern unterdrücken, als er sich überlegte, daß auf diese Weise eine Verbindung zustandekam, die es nie gegeben hatte: Der Makedone und die Iberer.

»Das reicht nicht«, keuchte Ravi, als die zweite Statue im Eingang stand. »Wir brauchen noch mehr.«

Als dritter stummer Wächter mußte eine römische Minerva dienen. Zum Schluß bewegten sie den hundeköpfigen Anubis, stürzten ihn um, zerbrachen ihn und benutzten seine Teile, um die anderen Statuen zu verkeilen und Lücken zu schließen. Demetrios hob den Sockel – eigentlich nur eine Scheibe – und ließ sie fallen.

»Tausend Teile«, sagte er. »Rufus wird nicht mehr darunter kriechen.« Mit den Trümmern und Splittern stopften sie die letzten Löcher.

Irgendwann brannte die Fackel nieder. Hin und wieder hörten sie draußen Stimmen, weit weg; niemand schien in den Tempel zu wollen. Demetrios döste, fuhr aus dem Schlummer auf, sackte wieder weg; Ravi ging auf und ab, murmelte Gebete vor den Statuen der indischen Götter, wobei er vor allem den Elefantenköpfigen mit Inbrunst zu bedenken schien.

»Der Gott des glückhaften Beginnens«, sagte er.

»Ich weiß.« Demetrios gähnte. »Mir wäre jetzt ein Gott des glückhaften Endes lieber.«

»Vertrauen wir auf eine Göttin, die hier fehlt.« Ravi lachte. »Die Göttin Roma.«

Sie aßen das mitgenommene Brot, und Demetrios verfluchte sich, weil er nicht an Wasser gedacht hatte. Aber wie hätten sie es befördern sollen?

Nach seinem Gefühl mußte der größte Teil des Tages vergangen sein. Auf das karge Licht, das noch durch Ritzen sickerte, wollte er sich bei der Schätzung nicht verlassen; unter dem Vorbau war es ohnehin dunkler als unter freiem Himmel.

Dann hörten sie Schritte und Stimmen. In der Dunkelheit fühlte Demetrios das Zucken von Ravi, der flüsterte:

»Kommt das... von hinten?«

Plötzlich war Licht im Tempel, das Licht mehrerer Fackeln. Ein Dutzend Krieger, geführt von Didhama, kam aus den Tiefen des Tempels. Ravi und Demetrios waren umringt, ehe sie die nutzlosen Waffen heben konnten.

»Macht den Eingang auf«, sagte Didhama.

Seine Männer brachen den Götterwall, mit Schwertern, dann mit Lanzenschäften. Didhama und die übrigen standen stumm, wartend bei den Gefangenen. Sie machten allerdings keine Anstalten, sie wieder zu fesseln.

Immerhin, dachte Demetrios. In völliger Aussichtslosigkeit ist es gut, nicht auch noch gebunden und geblendet zu sein.

Von hinten, aus dem Tempel, waren weitere Stimmen zu hören. Didhama streifte Demetrios mit einem Blick – einem grundlosen Grinsen, wie Demetrios fand.

»Ich habe noch eine Überraschung für euch«, sagte der Araber. »Genießt sie, bevor ich euch zur Mauer bringe, zum Fürsten.« Mit dem Daumen wies er hinter sich.

Demetrios wandte sich um und sah der Gruppe entgegen, die aus den rätselhaften Gängen hinter der Höhle kam. Dann stieß er einen Laut der Überraschung aus. Oder des Schreckens.

Zwischen arabischen Kriegern kam ein Römer aus dem Dunkel. Und neben ihm ging Kleopatra.

24. Blutige Oase

> So wahr ich lebe, sollen alle, so in
> Wüsten wohnen, durchs Schwert fallen;
> und die auf dem Felde sind, will ich
> den Tieren zu fressen geben.
>
> HESEKIEL

Drei uralte fußkranke indische Elefanten, zwei von ihnen fast blind; ein Dutzend räudige Kamele mit Höckern wie von innen zerfressene Fruchthülsen; Ochsenkarren, beladen mit Tongefäßen; an die hundert mehr oder minder taugliche Pferde; dazu fast tausend Männer mit ihren Vorräten und Waffen und Decken und inzwischen überquellenden Latrinen...

Afer wußte nicht, wie es einige Meilen entfernt in dem Tal aussah, in dem die Kämpfer aus Syrien sich aufhielten. Ihr Führer, ein grauhaariger Centurio namens Heliodoros, versuchte ihn zu beruhigen oder aufzumuntern.

»Verglichen mit euch hier leben wir in elysischen Gefilden«, sagte er. »Jedenfalls muß man sich nicht dauernd die Nase zuhalten. Wir sind ja auch nur fünfhundert.«

Nikias kicherte. Der alte Mann saß auf einem Kamelsattel und kritzelte etwas auf Papyros. »Wer große Dinge tun will, muß vorher manchmal leiden.«

»Hauptsache, er kriegt die großen Dinge getan.« Afer trank einen Schluck Wasser und verzog das Gesicht. Schales, abgestandenes Zeug, das die Düfte der Latrinen und der Kamele angenommen hatte. Aber das bildete er sich wahrscheinlich nur ein.

»Hast du Zweifel?« Nikias ließ den Papyros sinken. »Es ist ein herrlicher Abend, gute Luft, wir haben mehr Sand, als wir je essen können, also was stört dich? Mißtraust du etwa unseren Kriegern?«

»Nein; sie sind das einzige, was mich an dieser Sache heiter stimmt.«

Tausend Männer aus dem Heer des Herodes Antipas – Männer aus Galiläa und Peraia, aus Orten wie Kana, Endor, Magdala, Tiberias, Sukkoth, Bethabara, Gilead, von den Ufern des Gennesar, des Jordan und des Toten Meers – sechshundert kampftüchtige, ihrem König ergebene Juden. Fromme Männer allesamt, gottesfürchtig, aber nicht starr und eng. Juden, wie er sie kannte und schätzte, die auf ihren Eigenheiten beharrten, ohne die der anderen herabzusetzen, die ihren Gott verehrten, ohne die Götter der anderen zu schmähen. Dazu vierhundert Söldner: Araber, Nabatäer, hellenisierte Araber, etliche Phönizier, Griechen, ein paar sizilische Hellenen, Kreter, Kappadokier; Männer aus Zypern waren dabei, Leute von anderen Inseln wie Rhodos oder Samos – und einige eiserne, ergraute Centurionen, Römer, die nach fünfundzwanzig Jahren bei den Legionen lieber einem fremden Fürsten dienen denn öden Ruhestand als gewöhnliche Bürger genießen wollten.

»Nein«, wiederholte er. »Die Männer werden ihre Sache gut machen. Ich frage mich nur, ob die Sache, die sie gut machen werden, jene Sache ist, die wir zu erledigen haben.«

Heliodoros spuckte in den Sand vor seinen Füßen. »Könntest du das erläutern?«

»Diese Männer« – Afer bewegte den Arm, als wolle er das ganze Tal umarmen – »und deine Leute, Heliodoros, und die Kohorte von Pilatus… Lauter gute Leute, und sie werden ohne Zögern und Zagen einen Hügel bewegen. Aber wir sollen einen Berg beseitigen.«

»Schon recht.« Nikias stand von seinem Kamelsattel auf und blieb mit verschränkten Armen vor Afer stehen. »Zu wenige gegen zu viele, das meinst du doch, nicht wahr? Was würdest du denn tun, wenn du Belhadad wärst?«

Afer stieß ein leises Knurren aus. »Das, was du annimmst – schauen, wie viele Belagerer kommen; feststellen, daß es lächerlich wenige sind; meine Krieger aufsitzen lassen und mit zehntausend gegen zweitausend einen Ausfall machen.«

»Eben.« Nikias lächelte grimmig. »Darauf bauen wir. Wie besprochen.«

»Alles sehr listig«, murmelte Heliodoros. »Wenn es gelingt, wird uns niemand preisen, weil niemand von diesem Unternehmen hören darf – die Parther könnten es übelnehmen, der Senat würde murren, die Hüter der römischen Münzschätze würden zetern, und außerdem wären einige Präfekten unwirsch, nicht zu reden vom König der Nabatäer und tausend arabischen Fürsten. Und wenn es mißlingt? Dann wird niemand uns tadeln, weil niemand etwas davon erfährt. Es könnte uns auch gleich sein, da Tote sich nicht über Tadel grämen können. Sagt man.«

»Tote mögen sich grämen, solang es ihnen gefällt, aber ihr Jammern wird die Lebenden nicht stören; verlaß dich darauf.« Nikias wischte sich das Grinsen aus dem Gesicht und wandte sich an Afer.

»Wir haben also drei Leute, auf die wir bauen müssen, und den Rest erledigen wir, nicht wahr?«

Afer nickte.

Heliodoros rieb sich mit dem Mittelfinger die Nase; dabei stöhnte er. »Rufus, Hiqar, Perperna. Man könnte auch vertrauensvoll einen Teich auf Entengrütze überqueren.«

»Hier gibt es keine Teiche, außer vielleicht in Ao Hidis.« Afer versuchte gar nicht erst, die Verdrossenheit nicht durchklingen zu lassen. »Auf Rufus, Hiqar und Perperna müssen wir uns wohl oder übel verlassen.«

»Eher übel«, sagte Heliodoros.

Nikias klatschte in die Hände. »Keine Reden vom Untergang! Die Götter könnten euch hören und das Gerede für einen Wunsch halten. Rufus ist ein Mann des Sejanus – einer, den der in Rom allmächtige Herr der Prätorianer mit Sonderaufgaben betraut, ist über jeden Zweifel erhaben. Er wird sich nach Ao Hidis begeben haben, um im Augenblick des Angriffs größtmöglichen Schaden anzurichten. Und Hiqar?« Er sah Afer an. »Den hast du sozusagen handgeschnitzt.«

»Habe ich. Er hat sich zum Führer der Leibwache hochgearbeitet und ist beliebt. Er wird in einem Moment, den er für günstig hält, Belhadad töten und selbst die Befehlsgewalt übernehmen. Nach allem, was ich gehört habe, kann er sich auf die Leibwache und viele weitere Männer verlassen. Auch auf Frauen, nebenbei, die gut mit dem Messer umgehen können.«

»Deine Hoffnung, abgesehen von den Eigenschaften dieses Hiqar, stützt sich natürlich darauf, daß bei Annäherung eines römischen oder sonstigen Heeres die Leute in Ao Hidis sagen werden: ›Das hat Belhadad gekocht; wieso sollten wir es jetzt essen?‹« Heliodoros blinzelte in die schnell untergehende Sonne. »Kann sein; aber was, wenn der Angriff – unser Angriff – dazu führt, daß sich alle noch enger um Belhadad scharen?«

Afer hob die Schultern. »Wir müssen hoffen und sehen.«

»Bleibt Perperna.« Nikias runzelte die Stirn. »Von allen erscheint er mir als der Fragwürdigste. Ein alter Mann, wirr im Kopf, der sagt, er kennt Geheimgänge?«

»Sagt er.« Afer grinste. »Es gibt eine andere Möglichkeit, Herr – den Angriff aufs nächste Jahrzehnt verschieben und heimkehren. Du kannst den Befehl dazu geben.«

Nikias musterte ihn. Kalt, wie es Afer schien. Dann sagte er: »Nein.«

Afer hatte das Gefühl, sich eben erst hingelegt zu haben, als ein Krieger ihn wachrüttelte.

»Was ist los?« Er setzte sich auf; ringsum war dunkle Nacht.

»Schlechte Nachrichten, Herr. Komm mit.«

Afer stand auf, ein wenig mühsam und müde; er folgte dem anderen zu einem kleinen Feuer.

Dort saßen Nikias und Heliodoros; neben ihnen standen zwei Männer in römischen Rüstungen.

»Von der griechischen Kohorte aus Jerusalem«, sagte Nikias.

Afer nickte; das hatte er sich bereits gedacht.

»Wir sind in einem Tal weiter östlich auf etwas gestoßen«, sagte der ältere der beiden. »Leichen. Vierundzwanzig – unsere Männer, die mit Columella geritten sind.«

»Alle tot?« Afer hatte das Gefühl, aus dem Nachtdunkel belauert zu werden. Als stünden seine sämtlichen bösen Vorahnungen außerhalb des Feuerkreises, um ihn und die anderen aus leeren Augenhöhlen zu begaffen.

»Alle. Es fehlen aber zwei.«

»Wer?«

»Columella und die Frau.«

Afer stöhnte. »Welche Frau hat Columella denn da mitgeschleppt?«

»Sie heißt Kleopatra.«

Wortlos ließ Afer sich auf den kalten Sand neben dem Feuer sinken,

»Ändert das etwas?« sagte Heliodoros. »An den Dingen und unserer Heiterkeit, meine ich?«

»Wenn sie Columella haben«, sagte Nikias düster, »haben sie unsere Pläne. Die wir also ändern müssen.«

›Kleopatra... Nachtwind. Nachtfeuer. Nachtaugen. O ihr Götter. Was soll ich nur tun?‹ dachte Afer.

Dann sagte er mit mühsam beherrschter Stimme: »Wir können ausschließen, glaube ich, daß es die Nabatäer sind oder sonst jemand außer den Leuten von Belhadad, nicht wahr?«

Nikias nickte.

»Du sprichst heitere Dinge mit geziemender Gelassenheit aus«, knurrte Heliodoros.

»Wenn sie Columella haben, werden sie alles versuchen, unsere Absichten aus ihm herauszukriegen. Wahrscheinlich wird es gelingen.«

»Unterschätz nicht römische Standhaftigkeit.«

»Ich unterschätze sie nicht, Nikias – aber ich will auch Belhadads Einfallsreichtum beim Foltern nicht unterschätzen. Wir müssen die Pläne ändern.«

»Das können wir nicht. Wie sollen wir denn Rufus und Hiqar...«

Afer unterbrach den Berater des Herodes. »Brauchen wir nicht. Wir müssen nur schneller vorgehen und die in Ao Hidis ablenken, beschäftigen. Angreifen nicht übermorgen bei Sonnenaufgang, sondern morgen tagsüber, oder abends, wenn wir ankommen und Belhadad nicht mit einem sofortigen Angriff rechnet. Falls Rufus und Hiqar überhaupt das tun, was wir erhoffen, werden sie dann schon sehen, daß es losgeht.«

»Könnte sein...« Nikias spitzte die Lippen. »Wie hast du es dir vorgestellt?«

***

Nach dem Gemetzel waren sie eine Weile in die Nacht geritten, hatten dann bis zum Morgengrauen geschlafen – notdürftig; trotz aller Erschöpfung hatte sie kaum schlafen können – und schließlich nachmittags Ao Hidis erreicht. Aus der Ferne waren Bewegungen zu sehen, die die Entführer dazu brachten, nicht zum Tor der Oasenstadt zu reiten, sondern zu einem Hintereingang, wie der Führer der Bewaffneten sagte.

Kleopatra hatte zwar damit gerechnet, am Ende des Wegs, der durch die Wüste, dann durch einen von außen unkenntlichen, scharf bewachten Gang unter einer felsigen Hügelkette führte, Demetrios zu sehen. Aber nicht so – niedergeschlagen, neben einem Ravi, der binnen weniger Tage zum Greis geworden war.

Und wie sie in der Nacht nicht mit Columella hatte reden können, konnte sie auch jetzt nicht mit Demetrios sprechen. Die Räuber öffneten einen Durchgang, den Demetrios und Ravi offenbar zuvor mit Statuen und Schutt versperrt hatten, und trieben sie alle hinaus ins Tal.

Blicke. Wörter konnten sie nicht wechseln, aber Blicke. Sie sah, daß Demetrios eine herbe Enttäuschung hinter sich hatte und bereits begann, Gedanken auf weitere Ausbruchs- oder Fluchtversuche zu verwenden. Sie fand es erstaunlich, dabei zuzusehen, wie er sich von einem bedrückten Gefangenen binnen weniger Atemzüge wieder zum gefaßten, gerissenen Händler wandelte. Er sah sich um, blinzelte ihr zu, schaute voraus und zur Seite.

Ganz anders Ravi. Der alte Inder schlich, wurde gestoßen und mit Lanzenschäften getrieben, stolperte, kam wieder auf die Beine, mühsam, langsam, kränklich... alt.

Und sie? Sie versuchte, sich klar zu werden über das eigene Befinden. Draußen, in der Wüste, hatte sie eigentlich nur Zorn und Verzweiflung empfunden, und Trauer über sinnlos dahingemetzelte Krieger. Junge Männer, ältere Männer; mit vielen hatte sie auf dem Weg von Jerusalem hierher Scherzworte gewechselt. Jetzt, in der Festung des Räuberkönigs Belhadad, schien all das verschwunden. Oder nicht verschwunden, aber verdeckt, überlagert von Ereignissen und neuen Anblicken. Sie mußte annehmen, daß mit ihr und den anderen etwas Furchtbares geschehen würde, aber sie sah auch viele neue Dinge, Farben, nahm Gerüche wahr, sah Leute von den Feldern zu ihren Hütten oder Zelten gehen, sah andere nach Westen strömen, dorthin, wo die große Mauer das Tal schützte. Wo die Angreifer offenbar begonnen hatten – womit auch immer.

Dann ertappte sie sich, als sie immer schneller, beinahe im

Dauerlauf voraneilten, bei immer schnelleren Gedankenwechseln. Ob die Pferde, die vor dem geheimen Gang zurückgeblieben waren, nach und nach durch diesen oder andere Gänge ins Tal gebracht oder in der Wüste versorgt würden? Ob es nicht angenehm wäre, in dem hellgrünen Gesträuch drüben, an einem Teich, mit Demetrios zu liegen. Oder mit Afer. Ob Ravi, der taumelte und stürzte und den sie jetzt einfach liegenließen, sich je aufraffen würde?

Links, am Südende der vier Männer hohen Mauer, ragte ein breiter, wuchtiger Turm. Leitern führten hinauf, und diese Leitern wurden sie hochgetrieben.

Oben standen Männer und schauten nach Westen. Kleopatra blickte zurück über das Tal, in dem die langen Schatten des Spätnachmittags lagen. Hier und da türmten sich Fackeln, die später entzündet und verteilt werden konnten, und am Fuß der Mauer brannten bereits drei Feuer.

Gegenüber im Westen, vielleicht dreihundert oder vierhundert Schritte entfernt, leuchteten helle Zelte auf einer Anhöhe. Sie konnte nicht sicher sein, glaubte aber zu sehen, daß es dort nicht nur Sand gab, sondern auch Fels – Steinbrocken, die als Brüstung dienen mochten.

Auf der sandigen Ebene zwischen Mauer und Anhöhe und weiter westlich sah sie lange Reihen. Männer, Krieger, zu Fuß und auf Pferden; Karren, gezogen von schwerfälligen Ochsen – wie hatte man die durch die Wüste gebracht, getränkt, ernährt? Was war auf den Karren? Vorräte? Aber nein, es konnten keine Vorräte sein, denn die würde man ins Lager bringen. Die Karren wurden aber immer näher an die Mauer gefahren.

Wankende Hügel, grauschwarz vor der sinkenden Sonne. Waren das Elefanten? Und daneben, dahinter Kamele?

Dann hörte sie hinter sich eine allzu bekannte Stimme, die von Rufus.

»Eine Wonne, dich hier zu sehen, teuerste Blume von Kanopos«, sagte er.

Woher wußte er... Aber das war jetzt nicht mehr wichtig. Was war schon noch wichtig außer den Leuten draußen, den Angreifern, und den Verteidigern drinnen? Die Elefanten? Wozu sollten sie dienen?

Wichtig war auf jeden Fall der große, stämmige Mann mit hellem Umhang, der an der Brüstung stand und hinausgeschaut hatte und sich nun umdrehte.

»Willkommen, und Dank, daß ihr meiner Einladung gefolgt seid.«

Columella, schräg hinter ihr, räusperte sich und trat einen Schritt vor.

»Die Einladung war arg formlos«, sagte er. »Deshalb laß uns nicht viele Worte machen. Es gibt zwei Möglichkeiten für dich, Belhadad. Der Augustus Tiberius wird dich als jüngeren Bruder und Bundesgenossen aufnehmen, dich erheben, wenn du die Waffen niederlegst und das Tor öffnest.«

Belhadad nickte einigen seiner Krieger zu. »Ihr da«, sagte er, »macht euch bereit. – Und die zweite Möglichkeit?«

»Dein Tod, und der all deiner Leute.« Columella deutete in die ebene Wüste hinaus. »Dort ist dein Ende. Ein Ende in Schande. Kein Stein wird hier auf dem anderen bleiben.«

»Du läßt es an Ehrerbietung gegenüber dem Herrn der Wüste fehlen, Römer«, sagte jemand. »Sollen wir, Herr?«

Belhadad knurrte etwas Unverständliches; dann sagte er: »Bereitet Fackeln vor, damit wir nachher die wichtigen Dinge sehen. Auch auf der Mauer. Was wollen die mit diesen Elefanten? – Ja, Harun, ihr sollt.«

Auf dem Turm und auf der Mauer wurden erste Fackeln entzündet. Neben Kleopatra, Columella und Belhadad drängten sich auf der fast zwanzigmal zwanzig Schritte breiten Oberfläche des Turms vielleicht eineinhalb Dutzend Krieger. Innerhalb der Brüstung zum Tal hin lagen Waffen – Speere, Schwerter, ein paar Bogen und Köcher – sowie Fackelbündel und Tontöpfe, die wahrscheinlich etwas Brennbares enthielten. Pech oder Öl, bestimmt für die Köpfe möglicher Angreifer.

Neben den Speeren hatte noch etwas anderes gelegen; zwei Männer schleiften es herbei: ein hölzernes Kreuz. Sie blieben neben Columella stehen. Der Mann, den Belhadad mit Harun angeredet hatte, ein älterer graubärtiger Krieger, befahl zwei anderen Kämpfern etwas, aber so leise, daß es nicht zu verstehen war.

»Ehrerbietung, Römer«, sagte Harun. »Knie vor dem Herrn der Wüste.«

»Ich knie vor dem Augustus und den Göttern«, sagte Columella.

Dann schrie er auf, überrascht, ehe er den Schmerzensschrei unterdrücken konnte, denn ein Krieger packte und hielt ihn, während der andere ihm mit einem scharfen Krummschwert die Sehnen der Kniekehlen durchtrennte. Columella sackte zusammen. Kleopatra hatte die Hände vor den Mund gepreßt und sah, wie der Römer sich auf die Unterlippe biß.

»Er kniet, Herr«, sagte Harun.

Belhadad nickte. »Befriedigend. Bindet ihn ans Kreuz und stellt ihn da vorn auf.«

Kleopatra schloß die Augen. Als sie sie wieder öffnete, sah sie Columella am Kreuz hängen: Arme und Beine ans Holz gebunden, den Stamm des Kreuzes zwischen zwei Blöcken verkeilt.

»Jetzt können sie dich sehen, und du sie auch«, sagte Belhadad. »Spätestens morgen früh, wenn sie angreifen. Wie viele, schätzt du?«

Harun hielt die rechte Hand über die Augen, um sie gegen die grelle sinkende Sonne zu schützen. »Schwer zu sagen, Herr; tausend oder etwas mehr. Bis jetzt. Aber hinter der Anhöhe drüben könnten noch mehr kommen.«

Belhadad nickte. »Columella, wie viele Krieger habt ihr mitgebracht?«

Der Römer knirschte einen Fluch durch die Zähne; dann sagte er: »Genug, um dich und alle hier zu zerstückeln.«

»Du kannst sie ja die Nacht über zählen.« Belhadad spuckte über die Brüstung. »Sie werden morgen früh angreifen, wie immer. Sollen wir sie zuerst anrennen lassen oder den Angriff sofort mit einem Ausfall beenden?«

»Das kommt darauf an.« Harun fuhr sich mit der Hand über den umwickelten Kopf. »Vielleicht sollten wir mit dem Ausfall warten, bis wir wissen, was sie tun wollen.«

»Gut. Die Männer sind verteilt?«

»Wie du es befohlen hast. Im Lauf der Nacht treiben wir die Pferde zusammen; bei Sonnenaufgang ist alles bereit.«

»Gut. Zeit für das Abendmahl, Freunde. Aber... was, bei allen Göttern, wollen die mit den Elefanten?«

Belhadad stand neben dem Kreuz und starrte hinunter, vor die Mauer. Harun trat zu ihm, umgeben von Kriegern. Rufus nahm den Helm ab und spielte mit dem Kinnriemen; in seinem Gesicht war nichts zu lesen. Demetrios lehnte zwischen zwei Arabern, die blanke Schwerter hielten, an der Brüstung über der eigentlichen Mauer.

Weitere Köpfe tauchten dort auf, wo die Leiter endete, aber Kleopatra wandte sich um, sah nach vorn.

Die Elefanten waren riesig; es mußte sich um indische Tiere handeln. Sie trugen seltsame Aufbauten, gleich großen Körben, aber nicht die gewöhnlichen Türme für Bogenschützen und Speerwerfer. Die Tiere schienen mit Lederdecken behängt – Lederdecken mit Metallscheiben, Panzer. Ein kleinerer Korb, umgedreht, den Boden nach oben, saß im Nacken des ersten Tiers. Sie nahm an, daß darunter der Treiber hockte, auf diese Weise geschützt.

Von der Mauerkrone flogen Pfeile und Speere, aber sie prallten an der Panzerung des Tiers ab. Der torkelnde, schlurfende Berg aus Fleisch und Muskeln hatte jetzt die Mitte der Mauer erreicht: das große zweiflügelige Tor.

Plötzlich blieb der Elefant stehen, schwankte, stieß ein klägliches Quäken aus und brach zusammen.

»Was machen die? Was soll das?« schrie Belhadad.

Hinter ihnen sagte eine ruhige Stimme: »Der Inder – so nennt man die Treiber, Herr – hat ihm einen Pflock ins Gehirn geschlagen.«

Kleopatra wandte sich um. Neben Rufus stand ein junger Araber, mit Lederpanzer und Helm. Auf der Schulter trug er ein Abzeichen; jedenfalls nahm sie an, daß es kein bloßer Schmuck war.

»Ich weiß, wie sie heißen«, schrie Belhadad. »Aber was soll das?«

Der zweite Elefant stand nun hinter dem ersten. Offenbar versuchte der Treiber, ihn dazu zu bringen, daß er mit den Vorderbeinen auf das tote Tier stieg. Der Elefant stieß schrille Trompetenstöße aus, setzte einen Fuß auf das Hinterteil des anderen, schaukelte vor und zurück – und fiel wie vom Blitz getroffen um.

»Alte nutzlose Tiere wahrscheinlich«, sagte der junge Offizier.

»Herodes Antipas hat drei davon«, sagte Harun. »Ob das die drei sind?«

Der Jüngere nickte. »Kann sein. Und ich wüßte gern, was in den Körben ist.«

»Sag mir lieber, was das alles soll, Hiqar.« Belhadad starrte ihn finster an.

Der dritte Elefant war an den beiden anderen vorbeigegangen, machte kehrt, stand nun ebenfalls vor dem Tor, stellte die Füße zwischen Rumpf und Vorderbeine des ersten; dann wurde er, wie die anderen, von seinem »Inder« getötet.

»Drei mächtige Kadaver, die uns daran hindern sollen, das Tor zu öffnen und einen Ausfall zu machen«, sagte Hiqar. Er nestelte an seinem Brustpanzer und ließ die Hand langsam auf den Schwertgriff sinken.

Hinter der Mauer, in der Nähe des Tors, loderte ein Feuer auf; Kleopatra hätte schwören mögen, daß unter den Männern, die dort standen, zwei der Leute von Rufus waren – aber mit arabischen Umhängen und unrömischen Bärten. Zwei andere, die eben die Plattform des Turms erreichten und sich zu Rufus begaben, schauten überaus betont an ihr vorbei. Demetrios warf ihnen einen Blick zu und begann, sich mit kleinen seitlichen Schritten Kleopatra zu nähern. Dabei nahm er einen Umweg, um hinter Hiqar zu bleiben.

»Was machen wir?« Belhadad klang eher wütend als besorgt. »Wie kriegen wir die von den Toren weg?«

Im Durchlaß am oberen Ende der Leiter erschienen die Gesichter von Glauke und Mukhtar. Glauke öffnete den Mund und rief: »Kle...«, dann erhielt sie von dem Araber einen Stoß und fiel vornüber.

Vor dem Tor liefen Kamele zusammen, von der Mauer aus mit Pfeilen überschüttet. Belhadad schrie: »Nicht schießen«, jemand rief: »Warum?«, gepanzerte Kamelreiter trieben die Tiere zu den Elefantenkadavern, glitten herunter und schnitten dabei, wie in einer einzigen eleganten Gebärde, den Kamelen die Kehlen durch. Auf den Ochsenkarren, die sich der Mauer immer weiter näherten, wurden kleine Gerüste aufgerichtet, von denen sich schwarze Flecken lösten.

»Katapulte«, schrie jemand weiter rechts, auf der Mauer unterhalb des Turms. Die ersten Geschosse kamen eher gesegelt als geflogen, landeten, barsten und gaben ihren Inhalt frei: Töpfe, gefüllt mit Giftschlangen, Skorpionen und...

»Scheiße«, schrie einer. »Die haben ihre Latrinen abgefüllt und...« Der Ruf endete mit einem Ächzen; etwas Dunkles schien am rechten Bein des Kriegers emporzuzucken und verschwand unter dem Umhang.

Keines der Geschosse erreichte den Turm; auf der Mauer und dahinter gingen in rascher Folge Töpfe nieder, barsten, brachten Männer dazu, aufzuschreien, zu kreischen, herumzulaufen, ihre Posten zu verlassen. Belhadad brüllte Befehle, die unten keiner hörte; als er einen Augenblick schwieg und Luft holte, hörte Kleopatra die ruhige Stimme von Hiqar.

»Sie haben das Tor mit Leichen verschüttet und beschießen uns mit Gift und Kot. Was sollen wir tun, Herr?«

Belhadad wandte sich zu ihm um. Zugleich trat Rufus einen Schritt vor und rief:

»Ehe wir etwas anderes tun, sollten wir über diesen da reden, Fürst der Wüste.« Er wies auf Hiqar. »Der Führer deiner Leibwache ist ein Verräter; er wird den Römern das Tor öffnen.«

Kleopatra sah, wie Hiqar das Schwert aus der Scheide riß und sich anschickte, Rufus niederzuhauen; die beiden Bärtigen fielen ihm in den Arm; Leibwächter, die auf Hiqar geblickt hatten, zogen ebenfalls ihre Waffen und wollten sich auf Rufus und die beiden anderen stürzen, oder vielleicht auf Harun, der mit erhobenem Schwert zwischen sie und Belhadad trat.

Demetrios starrte Rufus an, von der Seite, mit einem Ausdruck unendlicher Verblüffung und Fassungslosigkeit. Glauke, die sich nach dem Sturz nur langsam, fast widerstrebend erhoben hatte, tat einen Schritt zur Seite, um von den Schwertern wegzukommen; ein Pfeil, der wahrscheinlich Rufus gegolten hatte, abgeschossen von einem von Hiqars Leuten, bohrte sich durch Glaukes Hals. Kleopatra duckte sich, rempelte ein paar Männer beiseite, erreichte Demetrios und krallte die Finger in seinen Arm.

***

»Wer hat den erfunden? Kann man ihn nicht knebeln?« murmelte einer der griechischen Söldner der Kohorte neben Afer.

Nubo, ein paar Schritte voraus, drehte den Kopf und grinste. »Weißt du jetzt, warum Leonidas und Meleagros lieber bei den anderen geblieben sind?«

»Und du?« sagte Afer. »Warum hast du es vorgezogen, mit uns dein Leben wegzuwerfen?«

Der riesige Schwarze grinste und klopfte auf das Bündel aus Stemmeisen, Hacken und Spaten, das er trug. »Außer mir schafft das doch keiner.«

Afer hatte hundert Hellenen der Kohorte mitgenommen. Zwei Gruppen zu je fünfzig Männern würden versuchen, durch andere »Hintereingänge« ins Tal einzudringen oder wenigstens dort Verteidiger binden. Die übrigen, nicht mehr ganz dreihundert, sollten den Sturm auf die Mauer von Ao Hidis anführen. Demnächst; kurz vor Sonnenuntergang. Wenn alles so ging wie geplant. Wie erhofft. Er wollte in Gedanken noch einmal alles durchgehen, aber das war unmöglich.

Denn Perperna redete unausgesetzt. Sie liefen geduckt durch Rinnen, rutschten Sandhügel hinab, immer bemüht, im letzten Tageslicht außer Sichtweite möglicher Wächter zu bleiben. Und Perperna redete. Dabei fuchtelte er mit dem linken Arm, an dessen Stumpf ein Gerät aus Leder und Eisen glitzerte, gefertigt von einem vermutlich (dachte Afer) totgeredeten Waffenmeister: etwas wie eine Tasche, mit Bändern am Arm befestigt, und dort, wo eine Hand hätte sein können, ragte eine scharfe Klinge heraus. Zu Beginn des Unternehmens hatte Perperna die Scheide abgezogen und weggeworfen, immer redend, immer redend...

Es waren die Fehlleistungen des Aelius Gallus, die Gesichter von Sklavinnen, die Düfte durchfallkranker Kamele, Erinnerungen an besonders widerwärtige Besitzer, unterbrochen – oder betont – durch weise Reden wie »Das Pferd kennt den Reiter besser als der Reiter das Pferd; der Sklave kennt seinen Herrn besser als der Herr den Sklaven« und derlei.

Als sie sich eine Düne hinaufwühlten, stöhnte einer der Griechen: »Und wenn du jetzt nicht die Fresse hältst...«

Perperna, der offenbar mühelos mit den jüngeren, kräftigen Männern Schritt hielt, grinste ihn an. »Was dann? Brichst du mir die letzten Zähne aus? Aber wer sollte euch dann zu den geheimen Hinterpforten führen, Söhnchen? Es ist nämlich, wie ich schon einmal gesagt habe, kein leichter Weg, und wer ihn nicht kennt, wird ihn nicht finden. Ich glaube sogar, daß von denen, die ihn einmal gekannt haben, nur wenige ihn heute noch finden könnten; ich dagegen, der ich damals den Sklaven zugehört habe, die meine Brüder waren, weiß nicht nur, wo der Eingang ist, o nein, ich könnte ihn sogar finden, wenn ich nicht wüßte, wo er zu sein hat. Es ist nämlich so, daß er – da ist.«

Er schwieg und deutete triumphierend auf einen kargen Strauch, der vor einer Felswand stand.

»Ich genieße dein Schweigen«, sagte Afer. »Aber ich sehe nur dürres Gesträuch.«

»Wink es beiseite«, sagte Perperna. »Oder such den Krieger mit dem schlimmsten Mundgeruch; er soll es anhauchen, und es wird weichen.«

Sie nutzten die Schwerter als Hacken, zerstückelten den vielarmigen Strauch und starrten die Felswand an – oder nicht die Felswand, sondern einen scheinbar undurchlässigen, undurchsichtigen Bewuchs von Flechten und kleinsten Pflanzen.

Perperna trat vor, verbeugte sich, lächelte einmal rundum und setzte schweigend seinen Armdolch an. Mit ein paar schnellen Schnitten hatte er eine große Fläche gelockert; er nahm die rechte Hand zu Hilfe und riß die Pflanzenschicht ab.

Darunter sah man die Umrisse eines Höhleneingangs, verschlossen mit aufgetürmten Steinen, Scherben, Geröll, Holzresten und sogar ein paar verbogenen Metallstücken.

»Wir preisen dich«, sagte ein Centurio. »Und jetzt sei bitte, bitte weiter still.«

Nubo ließ das schwere Stemmeisen, das er mitgeschleppt hatte, von der Schulter gleiten und schob es in eine der größeren Spalten.

Die anderen warteten, bis erste Steine und Trümmer zu rutschen begannen. Dann beteiligten sie sich mit Schwertern und Lanzenschäften; ein besonders stämmiger Mann packte die Hacke.

Als sie die Öffnung freigelegt hatten, schlug einer der Krieger Feuer; mit drei Fackeln am Kopf, in der Mitte und am Ende des Zugs drangen sie in die Unterwelt von Ao Hidis ein.

Es gab Krümmungen und Säle, in denen phantastische Steingestalten standen; schiefe Ebenen, die sie keuchend hinauf liefen, bis sie plötzlich bemerkten, daß es abwärts ging; neue Höhlenkammern; ein Rinnsal, das bläulich schimmernde Steine umspülte.

Und den Ausgang, hinter einer weiteren Wand aus Schutt und Geröll. Sie kamen in eine Kammer, in der Gestelle zur Aufnahme von Lanzen standen, und durch einen Gang, an dessen Ende jemand ein paar Scherben von Amphoren zu einer Pyramide geschichtet hatte. Afer bückte sich und roch an einer Scherbe.

»Sesamöl. Weiter. Und – die Götter seien mit uns.«

***

Demetrios bemühte sich, die verkrampften Finger von seinem Arm zu lösen. Es kam ihm wahnsinnig vor, in dieser Lage leise zu sagen: »Ich habe mich nach deiner Berührung gesehnt, aber sie war in meinen Träumen sanfter.«

Er sagte es trotzdem und sah, wie Kleopatras Züge sich zu entspannen begannen. Bis Waffen klirrten, jemand einen Todesschrei ausstieß und hinter ihnen Belhadads harte, gebieterische Stimme dröhnte.

»Ich weiß, wer *er* ist. Aber wer bist du, Rufus?«

»Du weißt? Daß Hiqar ein Verräter ist?«

Demetrios fuhr herum. Hiqar stand vor dem Fürsten, ohne Waffe; Baradhiyas Leiche hing über der Brüstung. Haruns Männer hatten schnell und hart zugeschlagen. Was auch immer unten, hinter der Mauer geschah, hier oben auf dem Turm waren Hiqars Männer, die jungen Krieger der Leibwache, entwaffnet, wanden sich unter den Griffen anderer Kämpfer oder lagen in ihrem Blut.

»Du weißt es?« sagte Rufus; zum erstenmal sah Demetrios den Mann, der angeblich für Sejanus arbeitete, verblüfft.

»Ein kluger Fürst weiß, daß es immer Unzufriedene gibt«, sagte Belhadad. Er zog den Dolch und betrachtete das Spiel des Fackelscheins auf der Klinge. »Deshalb gibt er ihnen einen, der die Unzufriedenheit bündelt – einen, der ihn irgendwann ablösen will – einen, um den sich die Aufsässigen scharen. So kann er sie beobachten. Oder beobachten lassen, nicht wahr, Harun?«

Der graubärtige Krieger bleckte die Zähne. »Beides, mein Fürst«, sagte er.

»Was Hiqar nicht weiß«, sagte Belhadad gedehnt, »ist etwas anderes. In seiner Sippe nahe Damaskus gibt es Männer, die mir ergeben sind. Als die Römer jemanden suchten, der ihre schmutzige Arbeit macht, haben diese Getreuen Hiqar vorgeschlagen. Weil er gut ist. Weil er mir ähnelt. Weil ich vor fünfundzwanzig Jahren seiner Mutter beigelegen habe.«

Hiqar starrte den Fürsten an; Demetrios fürchtete, daß die Augen des jungen Offiziers aus dem Kopf springen würden.

»Du... mein Vater?«

»Ich... dein Vater. Und da ich dich gezeugt habe, will ich nun den zweiten Schritt tun. Den dritten. Der zweite war, dich zu dem zu machen, was du bist. Der dritte ist, dir alles zu nehmen. Töte ihn.«

Der Befehl galt Harun. Aber der Graubärtige war abgelenkt. Auf der Mauer, inmitten von Schlangen und Skorpionen, kämpften Männer aus Ao Hidis gegeneinander: für und gegen Belhadad, für und gegen Hiqar. Offenbar hatte sich das, was auf dem Turm stattfand, sofort herumgesprochen; die näherstehenden Krieger mußten ohnehin alles gesehen, vielleicht auch gehört haben. Fackeln, frisch entzündet, stürzten mit den Trägern zu Boden, wenn diese von Schwertspitzen oder Pfeilen getroffen wurden. Die schnell hereinbrechende Nacht, geschwenkte und am Boden lodernde Fackeln, die Feuer hinter der Mauer und die Schreie der Getroffenen vermengten sich mit dem Geruch von Blut und Kot zu einer beinahe göttlichen Einheit, deren Einzelteile Demetrios nicht auseinanderhalten konnte. ›Hadesnacht‹, dachte er; dann riß er Kleopatra zu Boden, als ein Pfeilhagel auf dem Turm niederging.

Draußen, vor der Mauer, schwärmten Krieger aus, kletterten auf die Kadaver der Elefanten und Kamele, legten Leitern an und begannen zu klimmen. Die Mauerkrone wurde kaum noch verteidigt; die Befehlskette bei den Männern von Ao Hidis war gerissen, die Ordnung gebrochen.

Aber Demetrios machte sich keine falschen Hoffnungen. Zu viele Verteidiger, zu wenige Angreifer – wenn er sich nicht irrte. Es würde einige Zeit dauern, bis die Belhadad und Harun Getreuen sich durchsetzen konnten, aber sie würden sich durchsetzen. Sie waren die Mehrheit.

Einer von Rufus' Männern wollte zu Harun vordringen; ein Krieger stand ihm im Weg, einer, der Harun abschirmte und Hiqar mit blankem Schwert bedrohte. Der bärtige Römer packte Kinn und Hinterkopf des Kriegers, machte einen kleinen Ruck nach links, einen großen nach rechts und brach ihm das Genick.

Harun streckte die Hand aus, um den Dolch von Belhadad entgegenzunehmen. Den Dolch des Vaters, der den Sohn töten sollte. Mit der nunmehr freien Hand zog Belhadad sein Schwert, machte ein paar schnelle Schritte, riß Kleopatra an sich und ging mit ihr nach vorn, unter das Kreuz, an dem Columella hing. »Ist da unten einer, der verhandeln will?« brüllte er mit seiner kraftvollen, rauhen Stimme. Die Schwertspitze lag an Kleopatras Kehle.

Mukhtar sagte: »Edler Oheim, dieser hier hat mich in Adane...« Dann verstummte er, denn Rufus rammte ihm das Schwert in den Nacken.

Harun setzte den Dolch an Hiqars Kehle. Demetrios riß einem wie gelähmt dastehenden Krieger die Lanze aus der Hand und stieß sie in Haruns Rücken.

Schattige Gestalten schwärmten aus, unbemerkt über die Leiter auf den Turm gelangt. Ein Mann – im Fackellicht sah Demetrios das Gesicht, die Hautfarbe, die Züge eines Mauretaniers – stürzte sich vorbei an anderen, miteinander ringenden Männern, tauchte unter aufzuckenden Schwertern hindurch, packte Belhadads rechten Arm und bog ihn zurück, zurück, weg von der Kehle der Frau. Demetrios hörte Kleopatra rufen: »Afer! O ihr Götter...«, riß die Lanze aus Haruns Körper, schleuderte sie auf den Fürsten und verfehlte ihn.

Von der Mauer zogen sich Haruns Krieger zurück, bedrängt von den Angreifern, die über die Leitern zur Krone geklommen waren; die Überlebenden aus Hiqars Truppe verfolgten ihre Gegner und vermischten sich mit den angreifenden Hellenen, Syrern und Juden. Mit einem Kreischen stürzte ein Mann von der Mauer, in eines der Feuer.

Einige von Haruns Männern schlugen sich durch zum Turm, um ihren Fürsten zu verteidigen. Demetrios fand ein herumliegendes Schwert und rammte es in den Bauch eines Arabers, der sich auf Hiqar stürzen wollte, und er sah Hiqar springen, einem anderen die Waffe entreißen, zu Belhadad laufen und über einen Leichnam stolpern, und Belhadad versuchte, sich am Stamm des Kreuzes von Columella festzuhalten, während Afer – falls das der Name des Mauretaniers war – ihn gegen die Brüstung drückte, und einer von Rufus' Männern duckte sich unter einem Schwertstreich weg und rammte dem Krieger die Finger der Rechten ins Auge.

Ein riesiger schwarzer Schatten erschien, der einen langen Schaft schwenkte. Demetrios begriff, daß es Nubo war und der Schaft schwer und aus Eisen; und Nubo drehte sich rasend schnell und ließ die schwere Stange kreisen, und Demetrios vernahm den dumpfen Aufprall von Eisen auf Fleisch, sah Helme wegfliegen und hörte Knochen splittern.

Ein großer Araber drang auf ihn ein, trieb ihn mit wuchtigen Hieben und Stößen des Schwerts immer weiter zurück, und Demetrios, der aus mehreren Wunden blutete, konnte ihm das Schwert nicht aus der Hand schlagen. Er hörte ein seltsames Keckern und sah Perperna, der eine linke Hand hatte, nein, keine Hand, eine Klinge, und Perperna drehte sich wie ein Kreisel, wobei er unausgesetzt redete, unverständliches Zeug brabbelte, und zerschlitzte den Hals des Arabers, der sein Schwert zum Todesstoß gegen Demetrios gehoben hatte, und dann wandte Perperna sich um und rammte die Klinge, die Hand, in die Brust des neben ihm auftauchenden Mannes, und das war Rufus, und Kleopatra stieß einen schrillen Schrei aus, als Belhadads Hand vom Stamm des Kreuzes glitt und der Fürst der Räuber, der Herr der Wüste, das Gleichgewicht verlor und über die Brüstung kippte und Afer mitriß.

Demetrios wollte zu Kleopatra, aber zu viele kämpfende, taumelnde, schreiende Männer waren zwischen ihnen. Er packte das Schwert und hob es und senkte es und stieß und hieb und spürte den Geschmack von Blut, die Lust von Blut, die unvergleichliche Wonne, eins zu sein mit diesem sich windenden, tötenden, stößigen, sterbenden Riesenleib aus Kriegern.

25. Die Beschwichtigung

Bring mir Wasser und Wein, mein Junge,
Und bring uns Kränze: Ich will mich im Faust-
kampf Gegen Eros versuchen

Anakreon

Später hörte sie mehr von den Einzelheiten der Schlacht, die bis in den Morgen weitertobte. Entscheidend, hieß es, seien die vor dem Tor aufgetürmten Tierkadaver gewesen, die einen Ausfall von Belhadads überlegenen Kräften unmöglich machten. Entscheidend, sagten andere, seien die tagelang gesammelten Schlangen und Skorpione gewesen und die Früchte der Latrinen. »Wirklich entscheidend«, sagte Lucius Postumus, »war die Unordnung und Zwietracht, die Rufus im richtigen Augenblick verursacht hat.«

Vielleicht, sagte sie sich, war es der Todessturz von Afer und Belhadad, oder das Eindringen von Afers Gruppe durch einen vergessenen, vor Jahrzehnten geschlossenen Gang. Oder Pepernas Gedächtnis, seine Erinnerung an eben diesen Gang. Wahrscheinlich jedoch alles zusammen.

Aber das kam später. Zuerst ging es nur ums Überleben. Schwierig genug, zumindest am Anfang. Vielleicht hatte alles gar nicht so lange gedauert; für Kleopatra war jedoch eine Ewigkeit vergangen, als nach dem Sturz von Afer und Belhadad das Gefecht auf dem Turm endete. Zehn oder elf Krieger kämpften weiter, als ihr Fürst und Harun gefallen waren. Und danach… danach kam die lange Nacht, in der immer wieder

Angriffe auf den Turm, auf die Mauer abgeschlagen werden mußten.

Irgendwann schüttelte sie Demetrios, der keuchend vor ihr stand, mit blutunterlaufenen Augen, das tropfende Schwert gesenkt.

»Komm zu dir; es ist vorbei! Hörst du?«

Langsam klärte sich sein Blick; sie hatte das Gefühl, daß er wie aus einem langen Albtraum oder, vielleicht, aus einer für sie unbegreiflichen Verzückung erwachte.

»Vorbei?« sagte er schwach; seine Blicke versuchten sich an ihrem Gesicht festzusaugen, glitten haltlos an ihrem Körper hinunter zu Boden, zum Widerschein der nächsten Fackel in einer Blutlache, zur Spitze seines Schwerts.

»Vorbei, Demetrios. Falls du Demetrios bist.«

Er lächelte, aber auch das Lächeln fand keinen Halt, sickerte aus den Mundwinkeln und verdunstete in der schwülen Nacht.

»Hörst du? Demetrios?«

Er schüttelte den Kopf. »Es gab einmal einen Händler, der so hieß. Jetzt gibt es einen Schlächter. Küß mich.«

Dann taumelte er und ließ das Schwert fallen. Sie fing ihn auf, hielt ihn fest; seine Stirn lag auf ihrer rechten Schulter. Sie begann zu überlegen, ob sie sich vor diesem Körper, der aus etlichen leichten Wunden blutete, ekeln sollte, oder vor diesem blutbespritzten Gesicht, oder vor dem im Körper, hinter dem Gesicht, dem Händler, dem Fremden, der aus seinem Blutrausch erwachte. Ehe ihr Überlegen viel weiter gediehen war, hob Demetrios den Kopf und suchte mit den Lippen ihren Mund. Er schmeckte nach Blut und Gier und Kraft, nicht abstoßend, nicht fremd, sondern vertraut, und den Körper in ihren Armen hatte sie schon lange gekannt oder kennen wollen. Sie küßten einander ausdauernd, bis jemand sie beiseite rempelte.

»Platz da; das ist bestimmt nett, aber hier gibt's jetzt Wichtigeres.«

Man hatte Columella vom Kreuz geschnitten und auf eilig zusammengetragene Tücher und Umhänge neben die anderen Verletzten gebettet. Fast alle, die in den Kampf auf dem Turm verwickelt gewesen waren, hatten Wunden davongetragen. Die Leichtverletzten halfen beim Säubern und Verbinden, während die Kampftüchtigen zuerst alle Leichen über die Brüstung hievten und fallen ließen, um dann wieder zu den Waffen zu greifen. Bestattungsfeiern und Opfer für alle zuständigen Götter würde man am nächsten Tag abhalten; zunächst war alles andere dringender.

Eine Abteilung kappadokischer Bogenschützen besetzte die zum Tal blickenden Seiten des Turms; zusammen mit anderen auf der Mauer und den bereits an der Innenseite, in Ao Hidis befindlichen Kriegern schlugen sie die Gegenangriffe von Belhadads Leuten zurück. Hiqar und die Überlebenden der Leibwache waren ins Tal vorgedrungen: um zu kämpfen und Gleichgesinnte zu sammeln und, vielleicht, andere zur Aufgabe zu bewegen. Ebenfalls vom Turm und, soweit Kleopatra dies sehen konnte, aus der Nähe der Mauer verschwunden waren die bärtigen Römer. Sie schauderte beim Gedanken an Vorstöße ins Dunkel, zwischen die Feinde, und als sie sich an das gräßliche Knacken erinnerte, verspürte sie einen stechenden Schmerz im Genick.

Rufus lag nicht weit von Columella entfernt. Zuerst hatte man ihn für tot gehalten und wie die anderen über die Brüstung werfen wollen; dann stellte einer der Krieger fest, daß der Römer noch atmete, wenn auch flach. Die Wunde, die Perperna ihm beigebracht hatte, war tief und klaffte, und Rufus hatte viel Blut verloren.

Kleopatra kniete neben ihm, als er die Augen öffnete.

»Blume von Kanopos«, flüsterte er.

»Sei still, du bist zu schwach.« Sie wusch ihm das Gesicht und versuchte, seine rechte Hand von dem durchtränkten, verkrusteten Tuch zu heben, das Brust und Bauch bedeckte.

»Laß das. Wie war der Kampf?«

Mit dem Hinterkopf deutete sie in die Nacht; Schreie und das Klirren der Waffen waren nicht zu überhören. »Er ist noch nicht beendet.«

»Werden...« Er ächzte; seine Hand tastete zur Bauchmitte und zuckte zurück. »Werden wir siegen?«

»Das kommt darauf an, wer für dich ›wir‹ ist«, sagte Demetrios. Zuletzt hatte er geholfen, zehn Schritte entfernt Verwundete zu verbinden; nun war er unbemerkt zu Kleopatra getreten. Sie blickte auf und sah den Ausdruck von finsterer Abscheu, mit dem er Rufus betrachtete.

»Kann er reden?« Columellas Stimme war hart und voll von unterdrückten Schmerzen. »Dann legt ihn neben mich, oder umgekehrt, und laßt uns allein.«

»Ehe er stirbt, wüßte ich gern, warum er meine Freunde ermordet und mich beraubt hat.«

»Demetrios, was?« sagte Columella. »Es gibt wichtigere Fragen. Bringt ihn zu mir.«

Ein Heiler, der sich um Schwerverletzte gekümmert hatte, trat zu ihnen. Er beugte sich über Rufus, der etwas durch die Zähne zischte.

»Dieser Mann sollte nicht bewegt werden«, sagte der Heiler. »Er hat nicht mehr lange zu leben.«

»Dann bringt mich zu ihm.« Columella klang nun deutlich verärgert. »Und alle anderen – weg mit euch.«

»Wer bist du, daß du hier befiehlst?« sagte der Heiler.

»Columella. Er vertritt den Präfekten und den Kaiser«, sagte ein leichtverwundeter Centurio, der im Augenblick den Oberbefehl auf dem Turm zu haben schien. »Tut, was er sagt.«

Zwei Männer packten die Decke, auf der Rufus lag, und schleppten den Verwundeten nicht eben sanft zu Columella.

Der Heiler kratzte sich den Kopf und seufzte leise; dann wandte er sich an Kleopatra.

»Du bist die... Fürstin, nehme ich an«, sagte er. »Ich bin

Eleazar. Afer war mein Freund; wir haben auf dem Weg hierher von dir gesprochen.«

»Laß uns auf dem Rückweg reden, Eleazar«, sagte Kleopatra. »Hier ist genug anderes zu tun, und mein Herz ist schwer von Blut und Entsetzen.«

»Du hast recht – und ich werde gebraucht.« Der Arzt nickte ihr zu, mit einem erschöpften Lächeln, und ging zu den Stufen, die zur eigentlichen Mauer hinabführten.

Irgendwann waren alle versorgt, die noch zu versorgen waren. Die wenigen Heiler und Pfleger folgten dem Kampflärm, der schwächer wurde und sich von der Mauer ins Tal entfernte; auf dem Turm blieben nur die Verwundeten, die Leichtverletzten und ein paar Posten zurück.

Demetrios hatte eine Lederflasche aufgetrieben. »Wasser und Wein«, sagte er. »Nach all dem Blut. Trink, Blume von Kanopos.«

Kleopatra spülte sich den Mund aus und trank in langen Zügen. Sie gab ihm die Flasche zurück und betrachtete ihn. Im unsteten Fackellicht wirkte er verändert und doch gleich. Der gleiche Demetrios, dachte sie, und die gleiche Kleopatra, in einem anderen Leben.

»Woher weißt du es?« sagte sie.

»Es gab einen Brief, den ich nicht hätte lesen sollen.«

»Was für ein Brief?«

»Glauke hat aus Adane an ihren Bruder geschrieben, in Ägypten, und Fragen gestellt. Er hat geantwortet, nach Leuke Kome, und dort hat Rufus den Brief an sich genommen.«

Sie wandte sich um und schaute dorthin, wo Columella und Rufus lagen und redeten. Geredet hatten – Columella lag auf dem Rücken und starrte in den Nachthimmel, und über Rufus' Gesicht hatte jemand ein Tuch gebreitet.

»Den können wir nicht mehr fragen, warum er das gemacht hat«, sagte sie bedrückt. »Und Glauke…« Sie hob die Schultern. »Trotz allem, was er angestellt hat, kann ich ihn nicht hassen. Aber ich wüßte gern, was alles sollte.«

Demetrios nahm ihre Hand und deutete mit dem Kopf zur Westseite. »Komm, laß uns die Wüste betrachten. Sie ist genauso tödlich wie diese verwickelten Pläne, aber klarer.«

Sie ließ sich zur Brüstung ziehen. Ihre Schultern berührten einander, und als Demetrios sich auf die Steine stützte, hielt er ihre Hand fest.

Vor ihnen, unwirklich unter dem unvollständigen Mond und den Sternen, lag das graubraune gefrorene Wogen, und die weißen Zelte auf der Anhöhe gegenüber hätten Segel eines Schiffs sein können. ›Eines Schiffs‹, dachte sie, ›das von einem ungeheuren Wellenberg angehoben wurde und gleich ins Tal stürzen wird, zerschmettert. Wenn ich mich vorbeuge, sehe ich all die Trümmer. Die Elefanten. Die Leichen und... Afer.‹

Nach einiger Zeit sagte sie: »Und was stand in dem Brief?«

»Nicht viel. Einiges über die Fürstin Kleopatra und die beiden anderen, Thais und Arsinoë, über den Garten der Lüste in Kanopos und einen kleinen Palast in Alexandria.«

Sie seufzte leise. »Manchmal muß man lügen, um der Wahrheit näherzukommen.«

»Der Wahrheit?«

»Ist die Verwirklichung der eigenen Wünsche denn nicht ebenso wahr wie die Hindernisse, die dabei zu überwinden sind?«

»Ich weiß nicht, was Sokrates dazu gesagt hätte, aber der Beifall der Sophisten ist dir gewiß.«

Sie sah ihn von der Seite an. »Bist du verärgert? Darüber, daß ich nicht die Wahrheit gesagt habe – so, wie man sie gewöhnlich versteht?«

»Nicht, was dich und deine Wünsche angeht, oder deine Verwandtschaft mit der Großen Kleopatra. Aber du hättest uns allen einiges an Mühe ersparen können, wenn du ein paar andere Kenntnisse früher preisgegeben hättest. Ao Hidis zum Beispiel.«

»Ich hatte nicht viel preiszugeben.« Sie lachte leise. »Aber wenn du verärgert bist, muß ich mir wohl überlegen, wie ich dich beschwichtigen könnte.«

Demetrios nickte. »Ich werde mir etwas einfallen lassen. Wenn das hier vorbei ist und wir noch leben.«

Drei Stunden nach Sonnenaufgang endeten die Kämpfe. Kleopatra hatte nicht den Wunsch, das zu sehen, was nun folgen mußte.

»Die erste Gruppe wird schon zusammengestellt«, sagte Eleazar. Der Arzt hatte bis zur Erschöpfung gearbeitet und war trotzdem nicht froh über den Befehl, sich zu denen zu gesellen, die in den nächsten Stunden aufbrechen würden. »So viel zu tun... Aber wenn die hohen Herren befehlen, muß man gehorchen.«

»Wer hat befohlen?« sagte Kleopatra; dabei schaute sie über Eleazars Schulter ins Tal hinein und suchte Demetrios.

»Columella; wer sonst? Und Nikias widerspricht nicht.«

»Er will den besten Arzt haben, nehme ich an.«

Eleazar rieb sich die Augen. »Entweder gibt es bessere als mich, dann soll er einen anderen nehmen. Oder ich bin der beste, dann werde ich hier gebraucht. Aber was hilft Denken gegen Befehle?« Er hob die Arme und ließ sie fallen, in einer Gebärde des Entsagens.

Ein Zug brach auf, bestehend aus Verletzten, Betreuern, Bedeckung und Beute – der erste Teil der Schätze, die Belhadad und seine Vorfahren in all den Jahrzehnten zusammengetragen hatten. Nicht alle Kamele waren geschlachtet worden; die Tiere, die noch lebten, wurden beladen, ebenso ein Teil der Ochsenkarren.

Von den Kriegern, die die Bedeckung zu übernehmen hatten, hörte Kleopatra grausame, glaubhafte Geschichten über die Kämpfe im Tal und vollkommen unglaubwürdige Berichte über die Berge von Münzen und Steinen, die sie bewachen sollten.

Eigentlich hatte sie bleiben wollen; es gab noch etwas zu klären. Aber Demetrios sorgte dafür, daß sie mit der ersten Gruppe aufbrach.

»Was willst du denn im Tal?« hatte er gesagt. »Leichen zählen? Zusehen, wie Belhadads Festung geschleift wird?«

»Es muß da irgendwo eine Statue geben, unter deren Sockel etwas eingeritzt ist. Ein Götterbild.«

»Götterbild? Welcher Gott?«

»Anubis.«

»Den habe ich zertrümmert. Den Sockel auch, um mit den Splittern den Eingang... Ah.«

»Was?« Sie hatte Mühe gehabt, wenigstens dieses Wort auszusprechen. Hoffnungslosigkeit am Ende des Entsetzens.

»Belhadad sagte, Rufus hätte den Sockel von unten ansehen wollen. Was gab es denn da zu sehen?«

»Später. Ich sage es dir später.«

Eleazar hatte von einem Rasthaus erzählt, außerhalb von Gadara, in der Dekapolis – das Rasthaus eines hellenischen Babyloniers. Dort gebe es köstliche Speisen, üppige Bäder, luftige Gemächer, und Bogengänge und Innenhöfe, in denen Brunnen plätscherten, Blumen ihren Duft verbreiteten und zahme Vögel den Mond heraufsängen. Dort wollte sie auf ihn warten; auf ihn und die anderen Überlebenden. Und bevor er einträfe, wollte sie dort einen langen Brief schreiben.

Beim Aufbruch wußte sie nicht, wer von den anderen noch lebte. Sie freute sich darauf, es irgendwann wissen zu wollen und dann auch zu erfahren, und sie fürchtete sich vor der Liste jener Namen, deren Träger nicht wiederkehren würden.

Was sie nicht sehen wollte, war die Zerstörung. Man hatte ihr gesagt, daß die toten Elefanten auf dem Rücken große Behälter mit Öl und Harz trugen, ebenso die geschlachteten Kamele in den Satteltaschen. Man würde die Behälter öffnen, die Tiere und die toten Menschen und das Holz der Tore und alles Brennbare, das nicht mehr gebraucht wurde, aufeinandertürmen und anzünden. Die Mauer niederreißen, den Turm und weiter im Tal die Festung. Hiqar, hieß es, werde mit einem Teil der Leute dort bleiben, in einem kleineren, ungeschützten Tal, als Bundesgenosse Roms und Freund der Nabatäer – die davon noch nichts wußten. Die übrigen Bewohner, soweit sie noch lebten, waren zur Sklaverei vorgesehen.

All dies, den Brand, die Zerstörung, die Versklavung, ließ sie hinter sich. Da alle Reittiere für die Verletzten und die Beute gebraucht wurden, ging sie zu Fuß, oft mit Eleazar, manchmal neben der Sänfte, die für Columella gebaut worden war und die einige kräftige Männer trugen. Männer, die noch in der Nacht für Belhadad gekämpft hatten und deren Schultern blutige Striemen zeigten.

Der Wirt hieß Aristeides, war so hoch wie eineinhalb gewöhnliche Männer und so breit wie zwei. »Scharf gewürzte Würste aus Eselfleisch«, sagte er, »gemästete und am Spieß gebratene Lämmer, die gedeihlichen Fische unserer Flüsse und Teiche, Schweinchen für jene, denen ihr Glaube dies nicht verwehrt, große und kleine Vögel in einer Kruste aus Honig und Sesam, frischgeronnene Milch, Wein aus Syrien und von den hellenischen Inseln, dazu das Lied der Nachtigallen und, wenn du willst, die Dienste eines kräftigen Badesklaven, der feine Finger hat und gute Salben.«

Kleopatra sah sich in dem weitläufigen Raum um, zu dem der Wirt sie geführt hatte. Das Fenster, zu verschließen durch einen beweglichen, mit dünnem Leder bespannten Rahmen, lag über dem zweiten der drei Innenhöfe; als sie hinausschaute, sah sie Blumen und einen gemauerten Brunnen. Im Raum gab es eine breite Liege mit Kissen und Decken, die unbehaust von Ungeziefer waren, dazu einen festen Tisch, Krug, Schüssel und zwei Lampen.

»Verweser der üppigen Herrlichkeit«, sagte sie. »Wahrscheinlich werde ich auf dem Weg nach Jerusalem betteln müssen – aber ich kann nicht widerstehen.«

Aristeides grinste breit. »Betteln? Wer redet von betteln! Du bist eine Freundin von Eleazar, dessen Kenntnisse meine Tochter gerettet und meine Verdauung gefördert haben. Für die Freunde meiner Freunde gibt es günstige Preise. Und wenn du nicht mehr zahlen kannst...« Er zuckte mit den Schultern. »Es gibt immer etwas zu tun, etwa in der Küche, und gewiß gäbe es Männer, die für andere Dienste zu zahlen bereit wären.«

»Ich will es erwägen.«

Aber das wollte sie nicht, sagte sie sich, als Aristeides gegangen war. Weder erwägen noch unternehmen. Nicht hier, nicht jetzt. Nicht, solange es andere Möglichkeiten gab.

Der Badesklave hatte feine, kundige Finger, und es war unvergleichliche Lust, nach all den Monden auf Schiffen, in kargen arabischen Herbergen, in der Wüste, auf Kamelen und zuletzt in Ao Hidis (›Claudia Proculas Bad will ich den Göttern des Vergessens übergeben‹, dachte sie) ein gutes, geräumiges Bad mit heißem, lauem und kaltem Becken zu genießen, vorher abgerieben und gereinigt, danach geknetet und gesalbt.

Eine ebensolche Lust war es, zu Beginn der Abenddämmerung auf einer gefütterten Liege zu ruhen, die unter den Bögen am Innenhof stand, kleine gebratene Vögel zu essen, frische Früchte, gutes duftendes Brot, dazu köstlichen Wein zu trinken und nicht an Ao Hidis zu denken.

Natürlich dachte sie daraufhin sofort an Ao Hidis, und als sie leise Schritte hörte, fuhr sie zusammen. Im Zwielicht herbeischleichende Krieger mit krummen Dolchen...

Aber es war Eleazar, der mittags mit dem Zug des Columella weitergegangen war. Er berührte ihre Schulter, nahm ihr den

Becher ab und leerte ihn. Danach ächzte er und setzte sich auf den Rand ihrer Liege.

»Wie kommst du her?« sagte sie. »Ich dachte, du müßtest Columella bis Jerusalem begleiten.«

»Das dachte er auch.« Eleazar lächelte. »Es ergab sich aber, daß die Ratsherren von Gadara dem teuren Freund, dem edlen Römer eine Bitte vortragen wollten. Und damit er geneigt ist, diese an Volk und Senat und Kaiser weiterzuleiten, haben sie ihn mit Geschenken überhäuft und gefederte Karren und Reit- und Zugtiere gestellt und Ärzte und Salbmeister. Und zufällig hat in dem Gedränge niemand auf einen überflüssigen jüdischen Arzt geachtet.«

»Willkommen, du Überflüssiger. Hast du Hunger?«

Eleazar nickte. »Aristeides weiß schon von meinem grimmig knurrenden Magen. Erlaube, daß ich mich nach kurzer Reinigung in deine Beschaulichkeit dränge.«

Tatsächlich konnte von drängen oder gar bedrängen keine Rede sein. Eleazar war ein überaus angenehmer Gesellschafter, gebildet und weitgereist; im Lauf der Gespräche stellten sie in den nächsten Tagen fest, daß sie einige gemeinsame – wiewohl flüchtige – Bekannte hatten. Natürlich sprachen sie auch von Afer, dessen Ende beide bedauerten, wiewohl aus unterschiedlichen Gründen.

»Ich hätte ihm eine ansprechende Betätigung irgendwo anders gewünscht«, sagte Kleopatra. »Und ich glaube, er wäre ein guter Familienvater geworden.«

Eleazar ließ die Mundwinkel sinken. »Du füllst mich mit Skepsis. Er hat sich nie viel aus Kindern gemacht.«

»Bei manchen Männern ändert sich das, sobald es die eigenen sind.«

»Außerdem fehlte die richtige Frau. Aber die hätte er wahrscheinlich gefunden. Woanders.« Er machte ein Geräusch zwischen Lachen und Seufzen. »Was heißen soll, nicht bei meinen Leuten.«

Kleopatra musterte ihn über die blakende Flamme der Öllampe hinweg. »Magst du sie nicht, deine Leute?«

Eleazar blähte die Wangen. »Ach, so kann man das nicht sagen. Ich glaube, Afer hatte einen guten Blick. Einen scharfen Verstand. Er hat einmal gesagt: ›Bei euch gibt es wunderbare Menschen und Bestien, wie überall. Es schadet auch nicht, daß ihr euch für auserwählt haltet. Irgendwann kommt ihr bestimmt dazu, die anderen, die nicht auserwählt sind, deshalb nicht für minderwertig zu halten, und wenn es euch dann noch gelingt, eure finsteren Prediger zu knebeln und dafür zu sorgen, daß die Schriftgelehrten für ihren Lebensunterhalt richtig arbeiten müssen, statt immer nur Wörter in Zeichen zu zerlegen und die Zeichen umzudeuten...‹ So ähnlich. Übrigens gab es einmal eine Frau, eine Jüdin, die er geliebt hat. Aber daraus ist nichts geworden.«

»Warum? Haben ihre Leute sie nicht gelassen?«

»Sie hatte sich von all dem... wie soll ich sagen, freigemacht? Aber dann ist sie diesem wandernden Erneuerer begegnet, Jehoschua, und hat sich mit ihm vermählt. Miriam hieß sie. Eine schöne, kluge Frau.«

»Jehoschua?«

»Du klingst so, als ob du ihm begegnet wärst.«

»Ja. Ich glaube, er war ein Gerechter. Ein guter Mann. Sie haben ihn gekreuzigt.«

»Ach.« Eleazar wirkte betroffen. »Afer hat gut von ihm gesprochen. Wann ist das geschehen?«

»An dem Tag, an dem ich mit Columella Jerusalem verlassen habe.« Sie erzählte, was sie wußte, und während sie redete, bemerkte sie, daß sie gern mehr gewußt hätte.

»Die finsteren Gelehrten«, knurrte Eleazar. »Und mit ein wenig Mühe hätte Pilatus... Aber das ist müßig. Laß uns bei Afer bleiben. Wir haben davon gesprochen, daß wir ihm ein anderes Ende gewünscht hätten.«

»Was wäre dein Wunsch gewesen?«

»Er hat ein gutes Ende gefunden. Eines, wie er es sich gewünscht hätte. Im vollen Besitz seiner Kräfte, nicht im Siechtum. Im Kampf gegen einen starken Feind. Ein herrlicher Tod für einen Krieger. Ich wünschte nur, der Anlaß wäre seiner würdig gewesen.«

»War er das nicht?«

Eleazar schnaubte. »Ein Krieg, von dem niemand sprechen, von dem keiner erfahren wird? In der Wüste, verstrickt in unentwirrbare Fäden, die in Rom gesponnen wurden? Sag, vermißt du ihn?«

Kleopatra lauschte in sich hinein, ehe sie antwortete. »Als Lebenden, ja, nicht als Mann. Es war gut, für beide, aber es war vorbei. Es hätte keine Wiederholung gegeben. Warum fragst du?«

Eleazar beugte sich vor und legte die Fingerspitzen seiner Rechten auf ihren Arm – eine merkwürdig keusche Berührung, wie sie fand.

»Du bist klug, gebildet und weitgereist«, sagte er halblaut, »und zweifellos die schönste Frau zwischen den Säulen des Herakles und Babylon. Wenn du nun Afer vermißtest, wäre es mir eine Verzückung, dich trösten zu dürfen. Nicht, daß ich dessen würdig wäre.«

Kleopatra lachte, glitt von der Liege, nahm sein Gesicht zwischen die Hände und küßte ihn auf den Mund. »Das hast du sehr schön gesagt. Eine Rede, die danach schreit, widerlegt zu werden.« Sie ließ ihn los und setzte sich auf ihre Kline.

Eleazar schaffte das Kunstwerk, zugleich schwermütig und listig zu lächeln. »Man kann es ja mal versuchen«, sagte er. »Ich warte auf dein großes ›Aber‹.«

»Ein kleines, mein Freund. Ich bedarf des Trostes nicht. Und ich warte auf einen, der ihn mir, wie ich hoffe, trotzdem geben wird.«

»Wer ist dieser Verabreicher trostlosen Trostes? Wenn ich das wissen darf?«

»Demetrios. Du hast ihn auf dem Turm gesehen.«

Eleazar nickte. »Ich habe es mir fast gedacht. Fürstin, ich werde nicht lange bleiben; es könnte immer noch sein, daß gewisse Römer mich suchen und vermissen.«

»Wohin willst du reisen?«

»Ich weiß es noch nicht. Vielleicht Alexandria?«

»Bei Koptos, weit im Süden«, sagte sie, »werde ich, falls alles sich so fügt, demnächst ein gastliches Haus besitzen. Wenn dein Weg dich dorthin führt...«

»Wie könnten der Weg und ich dieser Aussicht widerstehen?«

Drei Tage später kam Demetrios; aber er kam nicht allein. Ravi war bei ihm, der – »irgendwie; mehr weiß ich nicht« – das Gemetzel und das Chaos der Nacht überlebt hatte; außerdem Nubo, Perperna und Meleagros.

»Und Leonidas?« sagte Kleopatra, obwohl sie die Antwort bereits ahnte.

»Er hat ehrenvoll gekämpft, wie vor langer Zeit ein gewisser Spartaner dieses Namens. Er ist eines vorzüglichen Todes gestorben, und wir haben alle Götter, an die er nicht glaubte, zu seinen Ehren gepriesen«, sagte Meleagros.

Demetrios sah sich im großen Schankraum um, in dem alle standen und durcheinanderredeten; er wandte sich an Aristeides.

»Gib ihnen Räume«, sagte er. »Einzeln oder gemeinsam, wie sie es wollen. Meine Wünsche äußere ich später.«

»Hast du Wünsche?« sagte Kleopatra; mit leichtem Mißfallen stellte sie fest, daß ihr Herz ein wenig kräftiger klopfte als nötig. Aber eigentlich mißfiel es ihr gar nicht, sagte sie sich dann.

Demetrios bückte sich nach seinem schweren Reisebeutel. »Ich habe Wünsche, Fürstin.«

»Blume von Kanopos.« Sie lächelte.

»Darf ich weiter Fürstin sagen?«

»Was immer du möchtest.«

»Ich will dir etwas zeigen.«

»Deine Sammlung von Dichterbüsten? Ah ah ah. Soll ich darauf hereinfallen?«

Er lachte. »Die schleppe ich nicht durch die Wüste. Nein, etwas anderes. Aber nicht hier.«

»Komm.«

Sie ging voraus, treppauf, genoß das Bewußtsein, daß seine Blicke ihr enger folgten als er, und führte ihn zu ihrem Raum.

»Besser als in gewissen Herbergen«, sagte er nach dem ersten Rundblick. »Fürstin, wappne dich.«

»Du siehst mich wehrlos«, sagte sie.

»Das hoffe ich.« Er grinste; aber dann nahm er sie nicht in die Arme, sondern holte aus dem Reisebeutel einen kleineren heraus, öffnete ihn und schüttete den Inhalt auf den Tisch: Münzen, Goldfladen, Steine.

»Das Dreifache dessen, was wir verloren haben – wir alle zusammen«, sagte er. »Und die anderen haben auch einiges.« Er nestelte an seinem Gürtel, als wäre da noch etwas.

»Verteilung der Beute?«

»So ist es.« Er legte die Hände auf ihre Schultern. »Übrigens – nachdem Columella abgereist war, hat Nikias alles geregelt. Er ist kein Römer, wie du weißt, also nicht so gründlich, was Blutvergießen angeht. Es hat kein Gemetzel stattgefunden. Wenn dich das beruhigt.«

Sie nickte, sagte aber nichts, sah ihn nur an.

»Deine Augen leuchten«, murmelte er. »Heute früh habe ich mich gewaschen; jetzt ich bin schmutzig von der Reise.«

Sie lachte. »Saubere Männer gibt es hier reichlich. Ich glaube, ich habe auf einen schmutzigen Demetrios gewartet.«

»Es war die Rede von... besänftigen?«

Sie schüttelte den Kopf und löste seinen Gürtel.

»Betäuben?«

Sie faßte den unteren Saum seines Chiton und hob ihn an; Demetrios reckte die Arme, damit sie das Gewand über seinen Kopf streifen konnte.

»Bestechen?«

Sie legte die Hände an seinen Leibschurz und schob ihn abwärts.

Demetrios streifte die Sandalen ab, nur unter Benutzung der Füße. »Behelligen?« sagte er dabei.

»Staub«, sagte sie, »nur Staub, kein Schmutz. Nein, behelligen ist das falsche Wort.« Sie zog den Chiton aus und spürte, als der Stoff ihren Kopf umgab, seine Hände an ihrem Schurz.

»Befreien?« Er kniete und blinzelte zu ihr empor. »Wie befreit man eine ... Ah. Du duftest. Du und dein Dschungel.« Er schob eine Hand zwischen ihre Schenkel und wühlte den Mund in ihr dichtes Kraushaar.

»Falsch.« Sie stellte den linken Fuß auf den Rahmen des Betts. »Beschwichtigen. So etwa. Aber ich wollte *dich* beschwichtigen. Komm.« Sie ließ sich langsam auf das Lager sinken.

Später und in den nächsten Tagen setzten sie nach und nach die Einzelteile des Rätsels zusammen. Demetrios hatte von einem widerstrebenden Lucius Postumus ein paar karge Mitteilungen bekommen, Fetzen eines weiten, buntscheckigen Gewands. Nicht genug, um etwas zu unternehmen, Berichte nach Rom zu schicken, aber doch ausreichend, um ein wenig klarer zu sehen, zu begreifen, Teil welchen Spiels sie alle gewesen waren. Nubo und Perperna trugen weitere Fetzen bei. Was am Schluß zustandekam, war kein Stoff für einen Reisemantel, bestenfalls genug Tuch für einen Schurz, aber den Rest konnten sie durch Raten glaubwürdig ergänzen.

Marcus Valerius Rufus war ein Vertrauter des großen, in Rom allmächtigen Sejanus gewesen. Einer von vielen – es gab andere, zum Beispiel jene Gesandten, die Nubos Vater aufgesucht und von ihm Krieger erbeten hatten – Krieger, die im

Spätsommer ins nördliche Libyen ziehen und dort notfalls römische Truppen binden sollten. Notfalls: falls diese sich einer vollständigen Machtübernahme durch Sejanus widersetzen würden. Ähnliches war wohl in Ao Hidis vorgesehen. Vorgesehen gewesen – bei Beginn der Belagerung wollte Rufus dafür sorgen, daß Unruhe entstand, Durcheinander, an dessen Ende Hiqar die Macht übernehmen, mit den Belagerern Frieden schließen und später die römischen Verbände in Syrien und Palästina beschäftigen sollte. Mit Perpernas Erinnerungen und Afers Stoßtrupp hatte niemand rechnen können, aber selbst ein Scheitern war eingerechnet: In diesem Fall sollten Rufus und seine Leute wie gute Römer handeln und den Sieg der Belagerer herbeiführen. Für den Spätsommer würde man entweder andere Möglichkeiten erörtern, oder ein geschwächter, aber immer noch bedrohlicher Hiqar konnte gegen kaisertreue Truppen vorgehen.

»Er hat sich gut abgesichert«, sagte Meleagros.

»Wer? Rufus?« Perperna, ausnahmsweise nicht übersprudelnd von Redseligkeit, hob den Kopf.

»Unsinn. Sejanus. In beiden Fällen ist Ao Hidis erledigt, und wenn etwas durchsickert, kann Sejanus sagen, was wollt ihr denn? Wir haben eine Gefahr beseitigt; alles andere ist üble Verleumdung.«

»Mukhtar war eine Art Versicherung«, sagte Demetrios. »Mit Belhadad verwandt, nicht wahr? Zunächst sollte Mukhtar, der von seinem Vater einen Auftrag hatte, Rufus in Ao Hidis einführen, für ihn bürgen. Später, wenn etwas schiefgegangen wäre, hätte man ihn, als Belhadads Verwandten, statt Hiqar zum neuen Fürsten machen können. Sehr gerissen.«

»Und all die Machenschaften in Adane?« sagte Kleopatra. »Alles nur, um schneller ans Ziel zu kommen?«

Demetrios runzelte die Stirn. »Ich weiß es nicht. Ich nehme an, er hat Befehle bekommen – zu spät vielleicht. Er hat sich ausgerechnet, daß er nur mit den besten Rennkamelen rechtzeitig in Ao Hidis eintreffen kann. Er hat aber nicht genug Geld dafür. Also... das ist jetzt reines Raten, aber ich glaube, es könnte so gewesen sein. Also sorgt er zuerst dafür, daß meine Karawane schnell aufbrechen kann.«

»Wie?« Nubo schüttelte den Kopf. »Wie soll er das gemacht haben?«

»Er vertritt dort unten Rom, nicht wahr? Mit Kriegern und Einfluß, und in der Zeit, die er in Adane verbracht hat, ist ihm sicher einiges zu Ohren gekommen, was er für Erpressungen nutzen kann. Vielleicht hat er aber gar nicht erpreßt, sondern nur mit römischen Waffen gedroht. Er sorgt dafür, daß Kharkhair zuerst abweisend, dann überaus freundlich ist. So daß ich glücklich bin und keine Fragen stelle. Er mietet ein paar Schläger, die mich überfallen, und er ist in der Nähe, mit seinen Leuten, um mich zu retten – damit ich ihn auf jeden Fall mitnehme. Alles verwickelt und überflüssig, aber wenn man einmal mit solchen Spielen beginnt... Vielleicht hat er zu Mukhtar gesagt: Spiel mit, sonst besuchen meine sechsunddreißig Männer in der nächsten Nacht dein Warenlager und zerschlagen alles. Mukhtar, ohnehin von seinem sterbenden Vater beauftragt, Schulden in Ao Hidis zu begleichen, läßt sich darauf ein. Muß sich darauf einlassen. So sehr liebt er die Fremden, daß es bestimmt kein Vergnügen war. So kommt die Karawane zustande, wir reiten los, und bei der ersten sich bietenden Gelegenheit läßt er alle, die nicht auf seiner Seite sind, ins Verlies werfen, verkauft die Karawane und alle Waren, kauft schnellere Kamele und – ab nach Norden.«

»Und Prexaspes? Und das Mädchen?« sagte Meleagros.

»Die beiden sind in die Nacht gewandert. Das Mädchen ist nicht nur stumm, sondern auch taub; sie hat also nichts von Perpernas trefflicher Erzählung.«

»Ha!« sagte der Alte. »Abermals ha! Weiter!«

»Prexaspes wollte nett zu ihr sein, nehme ich an; oder ihm ging Perpernas Geschwätz auf die Leber...«

»Erneut ha!«

»Daß fast alle dem Vortrag gebannt lauschten, haben Rufus und Mukhtar genutzt, um sich außerhalb des Tals noch einmal zu besprechen. Genau festzulegen, wann wer was tut, was die beste Gelegenheit ist, derlei. Zufällig sind Prexaspes und die Partherin vorbeigekommen und mußten zum Schweigen gebracht werden.«

»Und die späteren Entführungen? Du, Ravi, Glauke, danach Columella und ich?« sagte Kleopatra.

»Schwierig.« Demetrios zögerte, und Kleopatra hatte den Eindruck, daß er erwog, was er allen sagen konnte und was nicht. Sie fragte sich, ob er wirklich alles wußte.

»Schwierig«, wiederholte er. »Columella ist nicht schwierig; den Führer des Gegners in die Hand bekommen... das erklärt sich von selbst. Den Mann, mit dem man verhandeln, der einem aber auch in Rom Wege ebnen kann. Rufus hat wahrscheinlich nicht damit gerechnet, daß Belhadad den Römer so behandelt, aber... Na ja. Ich glaube, Glauke war ein Fehler von Didhama. Ich sage es ungern, Fürstin, aber wahrscheinlich hat Rufus dem Araber gesagt, er soll die Schönste aus der Gruppe mitnehmen. Für Rufus war das Kleopatra, für Didhama war es die Jüngste: Glauke. Ravi? Ich weiß nicht – vielleicht, weil er aus Indien ist, ein Fremder, deshalb reizvoll, oder weil er in seiner Schänke etwas gehört haben könnte. Mich, nehme ich an, wollte er haben, weil ich zu den Kundschaftern der Fernhändler gehöre.«

Meleagros war der einzige, der dazu etwas sagen zu müssen meinte. »Habe ich mir schon so lange gedacht, Herr... Und Prexaspes?«

»Wußte als einziger Bescheid. Ich glaube aber nicht, daß Rufus das wußte.«

»Könnte es sein«, sagte Kleopatra, »daß es eines seiner Ziele war, im Verlauf des Unternehmens die Leute zu... enttarnen, die für die anderen geheimen Dienste der Römer arbeiten?

Die etwas gegen Sejanus unternehmen könnten? Enttarnen und beseitigen?«

»Einschließlich des geheimnisvollen vierten Dienstes? Könnte sein.« Demetrios rümpfte die Nase. »Alles sehr verwickelt. Und so aufgezogen, daß Sejanus bei jedem möglichen Ende gewinnt. Ah.« Plötzlich lachte er. »Zwei Dinge noch. Erstens – alles ging ja angeblich darum, ein Bündnis zwischen Belhadad und den Parthern zu verhindern. In ganz Ao Hidis war kein einziger Parther zu finden. Und zweitens: Das geht dich an, Perperna.«

Der Alte schloß die Augen. »Ich bin nicht da.«

»Du hast mit deiner scharfen Klingenhand um dich geschlagen und zufällig, im Gedränge, Rufus erwischt. So hat es ausgesehen. War es so? Oder Rache für die Karawane, für die Toten, für den Raub? Oder... hast du dir einiges von dem schon gedacht, was wir jetzt beredet haben?«

Perperna öffnete langsam die Augen wieder und setzte sich auf. »Ich weiß nicht, wovon du sprichst. Habe ich euch eigentlich von der Zeit im Land Asir erzählt?«

»Leg mir das alles auf den Bauch«, sagte Kleopatra in der Nacht, als ein lustvoll erschöpfter Demetrios auf der Kante des Lagers saß und Münzen durch die Finger in den Beutel rinnen ließ.

»Alles? Aber... das ist kalt.«

»Kann nicht schaden. Die Hitze, weißt du...«

»Und wie! Es wäre aber ein Jammer, sie zu bekämpfen.«

»Lindern.« Kleopatra kicherte. »Beschwichtigen.«

»Ah.« Demetrios goß den Inhalt des Beutels auf Kleopatras Bauch; sie genoß das Gefühl, von schwerwiegender Kostbarkeit beladen, aber nicht belastet zu sein. Das meiste rollte ohnehin rechts und links herab aufs Laken.

»Da ist noch etwas«, sagte er.

»Was denn?«

Er bückte sich zu seinen Kleidern, die auf dem Boden lagen. »Perperna sagt, er hätte irgendwann gehört, wie du mit Rufus oder sonst wem über Statuen und Ringe geredet hast. Die Anubis-Statue habe ich zerstört. Diesen Ring« – er hielt etwas hoch, das im Lampenlicht golden und grünlich glitzerte – »hat er, als er noch kein Sklave war, einem Araber samt Finger von der Hand geschnitten. Er sagt, wenn es der Fürstin beliebt, soll sie ihn nehmen. Für das, was sie ihm verheißen hat. Was hast du ihm versprochen?«

»Daß er, wenn ich meinen Besitz zurückbekomme, seine letzten Tage dort verbringen kann. Zeig her.«

Er reichte ihr den Ring. Sie hielt ihn ins Licht und spürte, wie sich ihr Herzschlag beschleunigte.

»Könnte sein«, sagte sie. »Um es zu wissen, müßte ich ihn zerstören.«

»Perperna sagt, wenn seine Trümmer dich glücklich machen, ist er zufrieden.«

»Beschwichtigt?«

»Das hat er nicht gesagt. Ich glaube, dazu ist er auch zu alt.«

»Wie alt willst du werden?«

»Das kommt auf die Umstände an, und auf die Begleitung. Was ist mit dem Ring?«

»Wenn er es ist«, sagte sie leise, »gibt es auf der Unterseite des Steins eine Zeichnung. Eine Ritzung. Sie wird mir sagen, wie ich zu einem alten Bergwerk komme. Nördlich von Berenike. Dort gibt es Smaragde.«

Demetrios schwieg; dann sagte er beinahe andächtig, wie es ihr schien: »Die Smaragde der Ptolemaier... Und sie stehen dir wirklich zu?«

»Meine Nase mag nicht die meiner Großmutter sein, aber sonst – ja.« Sie zögerte. Zauderte. Wog ab. Dann gab sie sich einen Ruck.

»Ich muß dir noch etwas sagen. Falls...« Sie brach ab.

»Falls was?«

»Der Händler und Kundschafter Demetrios... wird er weiter handeln und kundschaften, oder könnte er sich vorstellen, nach Smaragden zu suchen, wenn dies der Ring ist? Nach Smaragden zu suchen und sich gelegentlicher Beschwichtigungen zu befleißigen?«

»Es gibt Verpflichtungen – die man lösen kann. Ich bin immer gereist und lange weggeblieben; wieso nicht ein wenig länger?« Er begann, die Münzen und Steine und Goldfladen in den Beutel zu schaufeln. »Diese Gegenstände besetzen einen Ort, für den ich bessere Besatzung wüßte. Warum fragst du?«

»Keine Vermählung«, sagte sie. »Nur beschwichtigende Lust, solange es dauert?«

»Warum keine Vermählung?« Er bückte sich, und sie fühlte seine Zungenspitze in ihrem Bauchnabel. »Vermählungen lassen sich auflösen, wenn die Beschwichtigung nicht mehr wirkt.«

Sie tastete nach seinem Kopf, wühlte die Finger in seine Haare. »Dann sollte es keine Geheimnisse geben, nicht wahr?«

»Welche Geheimnisse, Fürstin der Blumen von Kanopos?«

»Auf dem Tisch liegt ein Papyros«, sagte sie. »Heb nicht den Kopf, laß ihn, wo er ist. Gut. Ich habe einen langen Brief geschrieben. Und eine Abschrift gemacht. Er soll bald nach Rom gelangen.«

Demetrios hob den Kopf und sah sie an.

»Rufus«, sagte sie, »war ein Mann des Sejanus. Du bist Kundschafter der Fernhändler. Columella und Afer haben für den Kaiser und die Legionen gearbeitet.«

Demetrios nickte. »Ich muß dich anschauen, während du wichtige Dinge sagst. Aber meine Finger, vor allem dieser eine, müssen nicht in dein Gesicht sehen.«

»Müssen sie nicht? Nein, sie müssen nicht. Worauf ich hinaus will...«

»... abgesehen von Beschwichtigung...«

»… ist etwas, was du jetzt hören wirst und danach nie erwähnen sollst. Kann ich mich auf dein Schweigen verlassen?«

»Wozu schwätzen?« Er lächelte. »Für Mund und Zunge gibt es bessere Verwendung.«

»Nicht… Sieh mich an. Es geht um den vierten geheimen Dienst.«

»Die Spitzel der Livia Augusta?« Er richtete sich auf; mit Bedauern spürte sie, daß seine Aufmerksamkeit sich nicht mehr auf den Finger richtete.

»Livia war Laster und Eigennutz. Wer sollte ihr Netz mörderischer Spinnen übernehmen und verwandeln, wenn nicht Tugend und Gemeinsinn?«

Demetrios' Unterkiefer sackte. »Du meinst… ?«

Kleopatra lachte. »Du siehst gerade entzückend blöd aus. Ich liebe dich. Erwecke deinen Finger, dann will ich weiterreden.«

»Ich höre und gehorche, Fürstin.«

»Gut. Als Livia Augusta zu den Göttern versammelt wurde, gab es tausend Augen und Ohren in Rom, die nicht wußten, was sie noch beachten, und tausend Zungen, die nicht wußten, wem sie nun berichten sollten. Da das Laster gestorben war, wandten sie sich an die Tugend, und die Tugend hat sie weiter genutzt. Neu verwendet.«

»Verstehe ich dich richtig?«

»Antonia, jüngere Tochter des Marcus Antonius… Meine Stieftante, wenn man so will. Sie hat Livias Netz übernommen. Was keiner weiß und keiner wissen darf, hörst du?«

Er nickte.

»Lasterhafte Leute, in diesem Netz. Die Tugend bedient sich des Lasters, um die Tugend zu fördern. Sie hat mich aufgezogen, bis ich geflohen bin, weil mich die Tugend erstickt hat. Aber ich bin ihr dankbar – in einem gewissen Ausmaß. Und deshalb habe ich ihr all die Jahre berichtet, was ich für wichtig hielt.«

»Auch über gewisse Finger?«

Sie lachte. »Das würde sie nicht erschrecken, aber es ist ihr gleich, solange die Finger nicht in Staatsgeschäften wühlen. Der Papyros auf dem Tisch ist für Antonia. Was du gesagt hast, was ich gedacht habe... Verstehst du? Es genügt nicht für einen römischen Richter, für den Senat, für den Kaiser, aber Antonia weiß vieles, und vielleicht kann sie das, was ich ihr geschrieben habe, mit anderen Dingen zusammensetzen. Vielleicht kann sie, wenn Pilatus es nicht vermag, mir sogar helfen, meinen Besitz zurückzubekommen.«

***

Arsinoë und Thais kümmerten sich um das Haus außerhalb von Koptos, das gute Gewinne abwarf: Die Spitzen der Gauverwaltung, die Befehlshaber der thebaischen Legion, Geschäftsleute, Dichter, Musiker gingen dort ein und aus.

Nubo hatte sich aufgemacht, um sich mit seinem Vater zu versöhnen oder diesen zu entmachten. »Väter«, hatte er zum Abschied gesagt, »sind ungewisser als Mütter; lästig außerdem. Haben wir nicht alle Schwierigkeiten mit unseren Vätern? Du, Fürstin, und Demetrios? Mukhtar, den die Geier des Jenseits zerfleischen mögen? Heißt es nicht, der Prediger Jehoschua sei nur wegen seines Vaters gestorben, oder für ihn, oder weil dieser es befahl? Und Afer, nach allem, was du erzählt hast, Edle? Väter... Zuerst sind sie nötig, danach lästig. Man wird sehen.«

Perperna hütete das Haus in Koptos. Meleagros beaufsichtigte die Arbeiter im neueröffneten Bergwerk, in dem kostbare Smaragde gefördert wurden. Zuweilen reisten Kleopatra und Demetrios dorthin, um sich vom Fortgang der Erschließung zu überzeugen.

Wenige Monde nach Beginn der Arbeiten, im Winter, erfuhren sie, wie das ganze Imperium, daß in Rom der allmächtige

Sejanus gefallen sei. Antonia, sagte man, habe dem Kaiser die entscheidenden Kenntnisse übermittelt. Im Oktober seines 17. Herrscherjahres verließ Tiberius, Sohn der Livia Augusta, Adoptivsohn und Erbe des Augustus, die Insel Capreae und begab sich nach Rom. Wenige Tage später wurde der Präfekt der Prätorianer, Sejanus, abgesetzt und bald darauf hingerichtet.

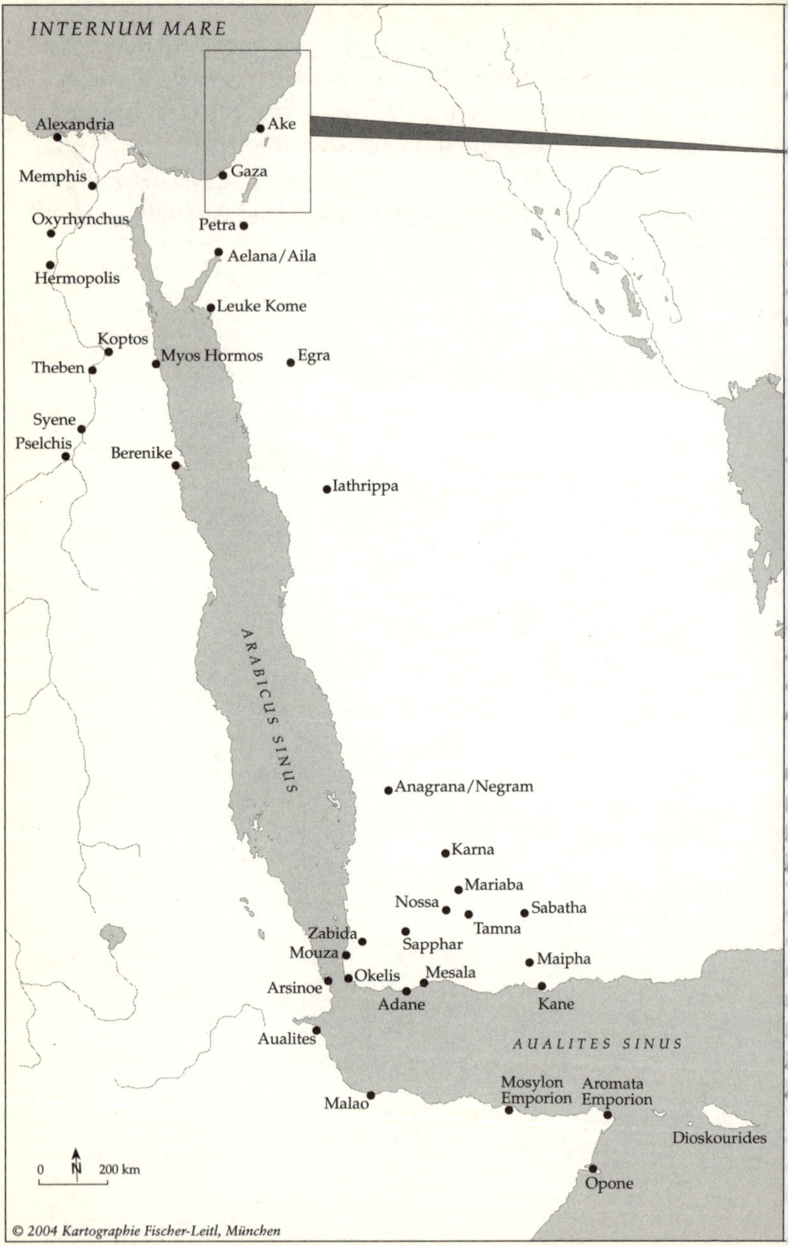
INTERNUM MARE
Alexandria
Ake
Gaza
Memphis
Oxyrhynchus
Petra
Aelana/Aila
Hermopolis
Leuke Kome
Koptos
Myos Hormos
Egra
Theben
Syene
Pselchis
Berenike
Iathrippa
ARABICUS SINUS
Anagrana/Negram
Karna
Mariaba
Nossa
Sabatha
Tamna
Zabida
Sapphar
Mouza
Maipha
Okelis
Mesala
Arsinoe
Adane
Kane
Aualites
AUALITES SINUS
Mosylon Emporion
Aromata Emporion
Malao
Dioskourides
Opone
0
N
200 km
© 2004 Kartographie Fischer-Leitl, München

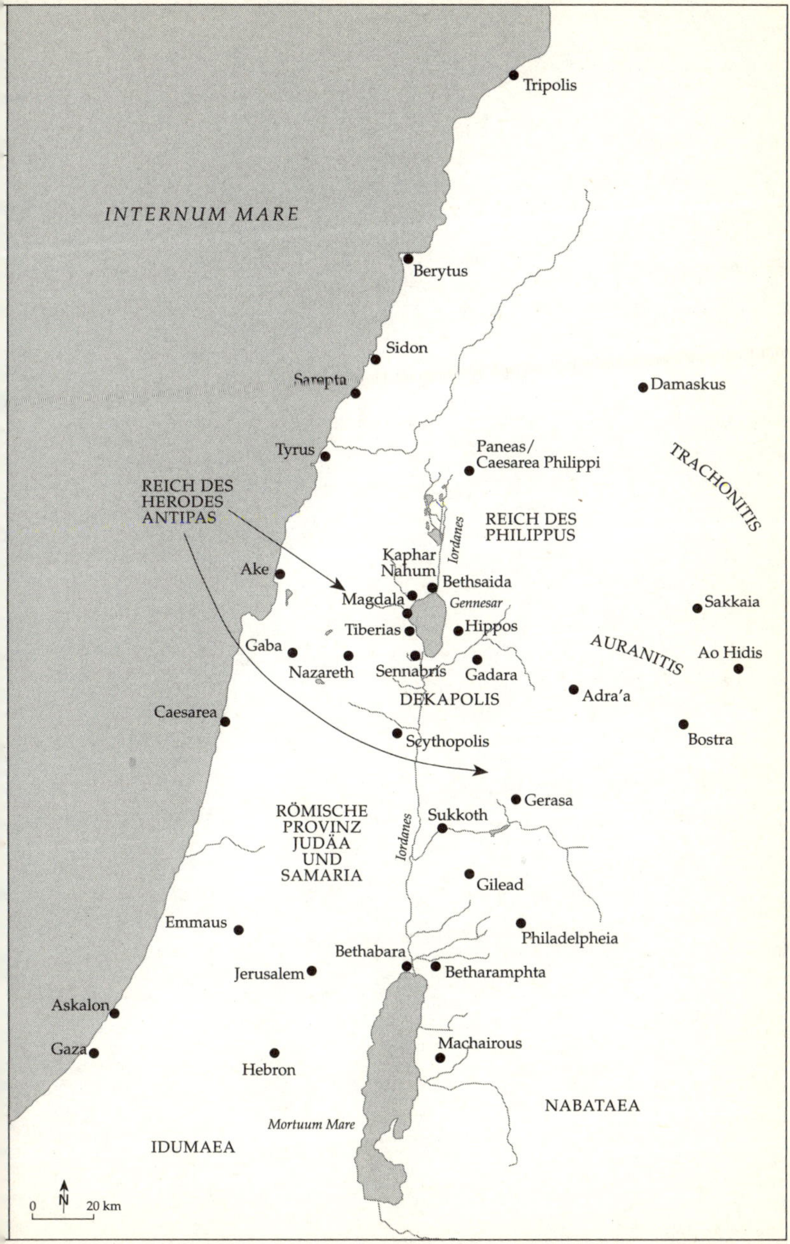

INTERNUM MARE
Tripolis
Berytus
Sidon
Sarepta
Damaskus
Tyrus
Paneas/
Caesarea Philippi
TRACHONITIS
REICH DES
HERODES
ANTIPAS
REICH DES
PHILIPPUS
Iordanes
Kaphar
Nahum
Bethsaida
Ake
Magdala
Gennesar
Sakkaia
Tiberias
Hippos
AURANITIS
Gaba
Ao Hidis
Nazareth
Sennabris
Gadara
DEKAPOLIS
Adra'a
Caesarea
Bostra
Scythopolis
Gerasa
RÖMISCHE
PROVINZ
JUDÄA
UND
SAMARIA
Sukkoth
Iordanes
Gilead
Emmaus
Philadelpheia
Bethabara
Jerusalem
Betharamphta
Askalon
Gaza
Machairous
Hebron
NABATAEA
Mortuum Mare
IDUMAEA
N
0
20 km

Inhalt